Ella Schneider
22.12 2008

Anne Cuneo

Zaïda

Roman

Aus dem Französischen von Erich Liebi

bilgerverlag

Es ist zwecklos, den Leuten sagen zu wollen, sie sollten sich mit einem ruhigen Leben zufriedengeben. Sie wollen, dass etwas läuft, und wenn sich nicht von selber etwas tut, fordern sie es heraus. […] Von den Frauen wird erwartet, etwas ruhiger zu sein, aber die Frauen haben die gleichen Gefühle wie die Männer; sie brauchen etwas, an dem sie ihre Talente beweisen, sie brauchen Platz, um sich verausgaben zu können, wie ihre Brüder.

Charlotte Bronté
Jane Eyre, 1847

Meine Urgrossmutter hiess Zaïda.

«Das bedeutet ‹die Glückreiche› oder ‹die Vielgeliebte›, und kommt aus dem Arabischen», sagte sie manchmal nicht ohne Stolz auf die Herkunft ihres Namens. «In einer Rossini-Oper gibt es sogar eine Rolle mit meinem Namen», fügte sie zufrieden hinzu.

Als ich noch ein Kind war, wusste ich nicht, dass sie meine Urgrossmutter war. Sie war einfach eine sehr nette Dame, eine Tante. Aber die Tante von wem, habe ich mich nie gefragt. Alle nannten sie Zia Zaïda (Tante Zaïda). Ich auch.

Sie brachte mir das Walzertanzen bei. Sie setzte sich mit mir auf einen runden Tisch, der kaum mehr als einen Meter im Durchmesser hatte, dann erklärte sie mir ernsten Blickes, dass jemand, der mehr Platz brauche zum Walzertanzen, niemals ein guter Tänzer sein werde. Oder eine gute Tänzerin.

Bei ihr habe ich auch «Himmel und Hölle» und «Gummitwist» gelernt. Nachdem sie mir ein erstes Mal die verschiedenen Sprünge vorgemacht hatte, die für die Kunstfertigkeit solcher Übungen unerlässlich sind, beschränkte sie sich konsequent darauf, mich zu verbessern, bis ich es bis zur Meisterschaft gebracht haben würde, wie sie sich ausdrückte. Sie hat mir beigebracht, auf dem Fahrrad das Gleichgewicht zu halten. Sie hat mir Schlittschuh- und Rollschuhlaufen beigebracht. Sie hat mir Französisch beigebracht, und sie hat mir Englisch beigebracht, ihre Muttersprache, denn sie selbst war Engländerin und hielt es für unerlässlich, dass ich den paar Quentchen englischen Blutes, das in meinen Adern floss, die nötige Ehre erwies.

Zu sagen, Zaïda sei Engländerin, war allerdings ein grosses Wort. Geboren wurde sie in London als Tochter einer englischen Mutter und eines italienischen Vaters aus mittelitalienischem Klein-

adel, Leonardo De Vico mit Namen, der aus politischen Gründen nach London emigriert war; seine Ideen waren zu liberal für die Regierung des Kleinstaates im noch nicht vereinigten Italien, aus dem er stammte. Er hatte rasch eine Stellung beim Stock Exchange gefunden, ein kleines Vermögen gemacht und nicht mehr an Rückkehr gedacht. Zia Zaïda ihrerseits hatte schliesslich einen Italiener geheiratet, Francesco Giocondo, und falls sie mir, als ich noch ein kleines Kind war, die näheren Umstände erklärt haben sollte, habe ich sie wieder vergessen. Über sich selbst sprach sie kaum. Deshalb habe ich nie begriffen, dass sie nicht irgendeine Grosstante, sondern die Grossmutter meines Vaters war. Für die Vergangenheit hat sich Zaïda anscheinend nie besonders interessiert.

«Lass uns lieber über Kommendes statt über Vergangenes reden», pflegte sie zu sagen.

***

Als meine Mutter Witwe wurde (mein Vater starb bei einem Motorradunfall), war sie 28 und ich vier. Im Giocondo-Clan überliess man die Seinen nicht dem Schicksal, Verwandte eilten herbei, um zu verhandeln, wie ihr am besten zu helfen sei. In Vevey in der Schweiz fand sie rasch eine Stellung an der Rezeption eines Hotels, dessen Besitzer Italiener waren. Es war ihr gelernter Beruf. Das Problem dabei: Nach schweizerischem Recht war ihr der Nachzug der Familie, im vorliegenden Fall also ich, nicht erlaubt, jedenfalls nicht gleich am Anfang.

Das Getuschel, das heimlich zu belauschen für mich Ehrensache war, wenn ich wissen wollte, was aus mir werden sollte, drehte sich um dieses Thema: «Und Alice? Wohin geben wir die Kleine?» Man erwog diesen Onkel und jene Cousine, Tante X, Cousin Y. Man zog auch meinen Grossvater in Betracht, sah aber davon ab, ihn überhaupt zu fragen. Ein verwitweter älterer Herr, Universitätsprofessor ausserdem, wäre nicht in der Lage, sich um ein vierjähriges Mädchen zu kümmern. Ausgeschlossen! Was die anderen betraf, gab es überall irgendein Hindernis, das meiner Aufnahme im Weg stand. Nach mehreren ganze Abende dauernden Palavern meinte jemand – ungern, wie mir schien:

«Man könnte Zaïda fragen.»

Von Zaïda hatte ich bereits reden gehört, das lag wohl an ihrem Vornamen, den man nicht so schnell vergass. Vielleicht hatte ich sie auch einmal gesehen, aber erinnerte mich nicht an sie. Kurz und gut: Ich kannte sie nicht. Ihren Namen nahm man nur sehr widerstrebend in den Mund, das hörten sogar meine Kinderohren, und entsprechende Kommentare aus der Tischrunde liessen nicht lange auf sich warten:

«Zaïda? Das ist nicht eurer Ernst! Sie ist sehr eigenartig! Und ihr Beruf erst … Meint ihr, sie könnte es? Und wäre sie überhaupt fähig dazu? Würde sie der Kleinen nicht ein schlechtes Vorbild sein? Und ihr Flausen in den Kopf setzen?»

Scheu, aber bestimmt fragte dann meine Mutter angesichts ihrer bevorstehenden Abreise:

«Meint ihr, sie wäre einverstanden?»

Sie war einverstanden.

So kam es, dass ich mit Zaïda einige meiner glücklichsten Kinderjahre verbrachte. Als sie starb, war ich neun.

Beim Begräbnis begriff ich, dass diese kleine Zia (sie war nur einsfünfzig), angezogen wie aus dem Modejournal, Chanel-Kostüm, seidene Bluse, hohe Absätze, nicht meine Tante war, sondern meine Urgrossmutter. Und über hundert Jahre alt. Trotz ihres Gehabes als feine Dame und trotz ihres hohen Alters kletterte sie ohne fremde Hilfe auf den Tisch, rannte mit mir im Park herum, sang freche Lieder und war jederzeit für einen Spass zu haben.

Bei dieser Gelegenheit wurde mir auch klar, dass die Leute, die zum Begräbnis gekommen waren und die Tante Zaïda regelmässig bei uns zu Hause aufgesucht und sich mit ihr hinter verschlossener Tür getroffen hatten, ihre Patienten waren. Tante Zaïda war Psychoanalytikerin. Und hatte gearbeitet bis zum Schluss.

Beim Begräbnis sah ich auch meinen Grossvater wieder. Ich kannte ihn kaum. Aber Zia Zaïda hatte viel von ihm gesprochen, allerdings ohne je zu erwähnen, dass er ihr Sohn war, für sie war er einfach «dein Grossvater» oder Alberto. Er sei Mathematiker, erfuhr ich von ihr. Er habe an Universitäten in den Vereinigten Staaten, in Italien und England gelehrt. Als sie starb, war er in Oxford. Und gerade eben in den Ruhestand getreten.

Auf dem Weg zurück vom Friedhof fragte er mich, ob ich einverstanden sei, dass er sich um mich kümmere. Ich fand ihn lieb und freundlich, fühlte mich von aller Welt verlassen und sagte ja.

Ich könnte den Eindruck erweckt haben, mit meiner Urgrossmutter allein gelebt zu haben, aber das traf nicht zu. Mathilda war auch da, Zia Zaïda nannte sie «ihre Gesellschafterin». Sie kümmerte sich um Haus und Küche, um die praktischen Dinge unseres Lebens. Von ihr habe ich auch die paar Kochrezepte, die ich am Ende meiner Kindertage kannte.

Grossvater bezog die Wohnung seiner Mutter, und Mathilda kümmerte sich weiterhin um alles.

Im Verlauf von annähernd vier Jahren schaffte er es, in mir den Eindruck zu erwecken, ich sei jemand. Er nahm sich meiner mit aller Sorgfalt an. Hausaufgaben machen mit Grossvater gehört zu meinen schönsten Erinnerungen an die Schulzeit – ein Problem nicht zu verstehen, gab es bei ihm nicht. Was es auch sein mochte, er schaffte es immer, es mir so zu erklären, dass es mir einzuleuchten schien.

Auf den ersten Blick wirkte er streng, manchmal auch traurig, aber eigentlich war er ganz lustig, und er schaffte es, mich zum Lernen anzuhalten, indem er mich zum Lachen brachte. Und ausserdem lehrte er mich eine Menge Dinge, die man in Schulbüchern vergeblich sucht. Auch mein Französisch und Englisch förderte er, er beherrschte beide Sprachen perfekt.

Er spielte so schön Geige, dass es meinen Kinderohren wie ein Wunder vorkam. Er entlockte seinem Instrument Bach, Zigeunerklänge, lustige Lieder, Jazz, lachte dazu, es schien ihn überhaupt keine Anstrengung zu kosten. Er wollte es mir auch beibringen, aber leider bin ich unmusikalisch. Punkto Musik musste ich mich immer mit der Rolle der Zuhörerin begnügen.

Nach ein paar Wochen bewunderte ich meinen Grossvater, er verstand es, den Platz von Zia Zaïda einzunehmen, ohne sie zu verdrängen, denn er bezog sich oft auf sie.

Dann starb auch er. Eine Lungenentzündung raffte ihn innerhalb weniger Tage dahin. Ich war knapp dreizehn.

Mit ihm verlor ich auch die Freude am Leben. Plötzlich machte meine Mutter ihre Rechte geltend, selbstverständlich ohne mich zu fragen. Mathilda hatte angeboten, sich um meine weitere Erziehung zu kümmern, doch meine Mutter hatte sich entschieden, sich nicht auf sie verlassen zu wollen – aus Hochnäsigkeit vermutlich, für meine

Mutter war Mathilda nur eine Dienstbotin. Ich war zum Schluss gekommen, meine Mutter habe es nur deshalb nicht schon früher gewagt, sich bemerkbar zu machen, weil sie sich von Zaïda und Alberto gar zu sehr eingeschüchtert fühlte. So kam es, dass ich heimatlos in einem Internat in der Nähe von Lausanne landete. Korrekt, aber kalt. Seit mich Zaïda in Obhut genommen hatte, sah ich meine Mutter kaum mehr. Zu Zaïdas Bestattung war sie nicht gekommen. Ich glaube, dass man sie gar nicht erst um ihre Meinung gebeten hat, als man mich Grossvater anvertraute. Obwohl ich jetzt nur dreissig Kilometer von ihr entfernt lebte, änderte sich nichts. Sie holte mich in die Schweiz, um mich in der Nähe zu haben, nicht, um mich besuchen zu können.

Ich entschloss mich, meinen Kummer in Arbeit zu ertränken.

Dank Zaïda und Grossvater entpuppte ich mich rasch als gute Schülerin, Französisch hatte ich bei ihnen gelernt, ohne dass es mir überhaupt bewusst gewesen wäre, und zu meinem Glück waren meine Mailänder Lehrer ganz gute Pädagogen gewesen. Und ich hatte viel gelesen. Zaïda holte regelmässig stapelweise Bücher zu den unterschiedlichsten Themen aus der Bibliothek, und ich verschlang sie unverzüglich, «denn ein richtiges Fräulein liest jeden Tag». Auch Grossvater brachte laufend Bücher aus Bibliotheken und Buchhandlungen mit nach Hause, und er verband damit eine Gewohnheit, die ich sehr mochte. Er erzählte mir aus jenen Büchern, für die ich seiner Meinung nach noch zu jung war, über die ich aber dennoch Bescheid wissen sollte. Kurz und gut, dies alles brachte es mit sich, dass ich meinem Alter ziemlich voraus war.

Mit vierzehn hatte ich meine Zulassung zum Gymnasium, die man normalerweise mit sechzehn macht. Aber noch war ich nicht alt genug, und meine Mutter stöberte in Cornwall die De Vicos auf, die englische Verwandtschaft meines Vaters, die den Kontakt zu unserer Familie nicht abgebrochen hatte. Also verbrachte ich zwei Jahre bei ihnen, am Ortsausgang von Saint Askin, ein charmantes Dorf an der Küste, das Haus schien aus dem 17. Jahrhundert zu stammen, war geräumig und sonnig und lag inmitten eines grossen Gartens, der von hohen Rhododendron-Büschen in allen Farben umgeben war. Vom ersten Stock aus, wo ich mein Zimmer hatte, konnte man einige hundert Meter weiter das Meer sehen. Auf dem Speicher unter dem Dach gab es einen grossen leeren Raum unter einem Glasdach, es musste das Atelier eines Künstlers gewesen sein. Wenn Schule war, lebte ich in einem Internat in Exeter, in den Ferien streifte ich zu Fuss, mit dem Rad und sogar zu Pferd durch die Gegenden Cornwalls; manchmal allein, manchmal in Begleitung Simons, Sohn des Hauses, ein paar Jahre älter als ich, der mich mit Herablassung behandelte, ich fand ihn arrogant. Seine Eltern, Cousin John und Cousine Hermione, brachten mir immer viel Herzlichkeit entgegen, wenn auch mit sehr britischer Zurückhaltung.

Aus einem Satz hier und einem anderen dort ergab sich schliesslich, dass meine Mutter überhaupt niemanden aufgestöbert hatte: Ich war hier, weil Zaïda und Alberto (das heisst mein Grossvater) es so eingefädelt hatten. Sie hatten dafür gesorgt, dass mit dem Geld, das sie mir hinterlassen würden, mein Lausanner Internat bezahlt werden konnte. Sie waren es, die mit Hilfe eines dazwischengeschalteten Anwalts meinen Aufenthalt in England organisiert hatten. Heute weiss ich auch, dass ich es ihnen zu verdanken habe, dass ich mein Hochschulstudium beenden konnte.

Erst mit vierundzwanzig, als ich den Rest der Erbschaft in Hän-

den hielt, begriff ich, dass Zaïda die Ausschüttungen so eingerichtet hatte, dass mir bei ihrem Tod noch genug bleiben würde, um unter dem Strich auf jeden Fall einen Beruf zu haben. Und mein Grossvater hatte aufgepasst, dass es keine Schwierigkeiten gab.

So kam es, dass Zaïda zeit meines Lebens das strahlende Bild der guten Fee abgab, die mich auch dann noch, als sie schon gegangen war, bei der Hand hielt, bis ich wirklich auf eigenen Füssen stehen würde. Ein strahlendes Bild, ja, aber auch ein geheimnisvolles. Sie war von einer Wolke der Missbilligung umgeben, man fand sie sonderbar, ausgefallen – zu anders. Für den Rest der Familie galt sie als extravagant, mein Grossvater fand sie aussergewöhnlich. Für mich war es umso schwieriger, mich zu entscheiden, weil ich sie bedingungslos liebte.

Der schon vor sehr langer Zeit verstorbene Urgrossvater der englischen «Cousins» war Zaïdas ältester Bruder. Damit waren sie ihre Urgrossneffen und für mich sehr weit entfernte Cousins. Früher lebten sie in Truro in einer winzigen Wohnung. Zaïda verbrachte einen Teil des Jahres in ihrem Haus, das sie in ihrer Jugend gekauft oder geerbt hatte. Mit der Zeit wurde ihr das Haus zu gross und sie fand es unmoralisch, dass Alberto und sie es nur gelegentlich bewohnten, während John, Hermione und Simon in ihrer kleinen Dreizimmerwohnung eingepfercht waren, ihre Mailänder Wohnung würde ihr durchaus reichen. Alberto war offenbar gleicher Meinung. Sie ermutigte die jungen De Vicos dazu, dort zu wohnen. Sie willigten ein, bestanden aber darauf, ihr eine Etage freizuhalten, damit sie weiterhin kommen konnte, wie es ihr beliebte. Sie mochten sie sehr, und Zaïda kehrte bei niemandem je die alte Dame heraus, sie war ein willkommener Gast, man brauchte sie einfach nur zu nehmen, wie sie war. So ergab es sich, dass sie weiterhin kam, seltener zwar, aber doch jedes Jahr (wobei ich mich frage, warum sie mich nie dorthin mitgenommen hat). Die De Vicos jedenfalls kannten sie gut.

«Sie war eigenartig», sagten sie.

Ich wollte wissen, inwiefern sie sie «eigenartig» fanden, aber mehr als ein Schulterzucken war von ihnen nicht zu bekommen.

Als ich Simon danach fragte, meinte er theatralisch:

«Also wirklich! Die Alten und ihre Geschichten, wen interessiert denn so was. Mich jedenfalls nicht.»

Ich gab auf.

Zaïda aber blieb trotz allem Teil meines Lebens, nicht nur, weil sie als Einzige eine wirkliche Mutter für mich war, sondern auch des Bildes wegen.

Ihre Mailänder Wohnung war zu der Zeit, als ich bei ihr wohnte, nur spärlich möbliert. Nur das Notwendigste. Kaum Bücher von allgemeinem Interesse. Medizinische Fachliteratur aber füllte eine ganze Bibliothek, das Literarische beschränkte sich auf Werke wie «Die Brautleute» von Manzoni, auf ein paar Bücher von Dumas, auf die Stücke von Shakespeare und auf ein halbes Dutzend Romane von Wilkie Collins, Jane Austen und Paolo Valera. Die übrigen Bücher, die wir lasen, stammten aus verschiedenen öffentlichen Bibliotheken, wo wir ständig anzutreffen waren. Den einzigen Luxus in der Wohnung bildeten im Esszimmer zwei Porträtgemälde in blattvergoldeten Rahmen. Dass die junge lächelnde Frau mit roten Haaren und grossen dunklen Augen in einem ovalen Gesicht mit etwas spitzem Kinn Zaïda war, hätte ich nie gedacht, wenn sie es mir nicht gesagt hätte. Der junge Mann war ebenfalls sehr schön, mit schwarzen krausen Locken auf dem Kopf, grauen Augen und einem glatten

Gesicht mit konzentrierten Zügen. Zaïda hatte mir anvertraut, er sei früher einmal ihr Geliebter gewesen. Nach der Art ihrer Kleidung zu schliessen, musste das Ende des 19. Jahrhunderts gewesen sein. Sie sahen glücklich aus.

Ich war gerade neun geworden, als ich eines Tages, ich kam von der Schule, Zaïda tot auf ihrem Bett vorfand, vollständig bekleidet, mit geschlossenen Augen, einem friedvollen Gesicht, als ob sie gerade «un pisolino» (ein kleines Verdauungsschläfchen) machen würde. Mathilda war ausser Haus und ich allein mit Zaïda. Auf diese Eventualität hatte sie mich immer wieder vorbereiten wollen, doch hatte ich mich geweigert, sie in Betracht zu ziehen.

Zunächst sass ich eine Stunde lang neben ihr, hielt ihre Hand und weinte. Während dieser Stunde der Verzweiflung glaubte ich, ohne sie auf keinen Fall weiterleben zu können, mein erster Gedanke war, mich umzubringen. Aber dann hatte ich eine Idee.

Ich legte Zaïdas Hand auf ihre Brust und ging ins Esszimmer, wo ich die Bilder abhängte. Mit einem Messer löste ich sorgfältig die Nägel, mit denen die Rahmen an der Rückwand befestigt waren. Ausgelöst aus ihren üppigen Goldrahmen waren die Gemälde an sich kaum grösser als ein grosses Blatt Papier.

Ich lief in mein Zimmer, holte den Koffer unter dem Bett hervor, wo er sich seit meiner Ankunft befunden hatte, und legte die Bilder hinein. Dass Zaïda von ihrem Geliebten getrennt würde, kam nicht in Frage. Darüber legte ich ein paar Kleidungsstücke, dann schob ich den Koffer wieder unters Bett und verstaute die Rahmen im Besenschrank. Dann ging ich in Zaïdas Zimmer zurück. Bevor ich Hilfe holte, küsste ich sie noch einmal.

«Du bleibst bei mir, Zia Zaïda. Ich nehme dich mit.»

Nach den Bildern hat nie jemand gefragt. Ich könnte mir denken, dass Mathilda, die durchaus bemerkte, dass sie nicht mehr da waren, mit Grossvater darüber gesprochen hat, aber – typisch für ihn – er sagte lieber nichts. Ich behielt sie. Immer, wenn ich eine neue Wohnung bezog, begann ich damit, sie an die noch nackten Wände zu hängen. Die neuen Rahmen sind weniger aufwendig als die ursprünglichen, doch der Frische der Bilder tut dies keinen Abbruch. Sie sind mit B. Tatley signiert, aber meine Neugier war nie gross genug, um herausfinden zu wollen, wer das war. Oft meinen die Leute, auf dem Bild mit Zaïda sei ich in einem Theaterkostüm zu sehen – ob das Nachahmung oder Vererbung zuzuschreiben wäre, weiss ich nicht. Tatsache ist jedenfalls, dass ich ihr mit der Zeit ähnlich sah, abgesehen davon, dass ich einssechzig gross bin.

Gleichwohl war Zaïda in meinem Leben nur noch verschwommen gegenwärtig. Aber ich erzählte immer gern, ich sei von meiner Urgrossmutter erzogen worden – so etwas gab es nicht alle Tage.

Meine Mutter heiratete wieder, einen Hotelgast, und lebt jetzt in Deutschland. Der Typ schwimmt im Geld, aber ich finde ihn nicht besonders sympathisch. Da mich nichts wirklich Persönliches mit ihr verbindet, fällt es mir sehr schwer, in dieser Frau meine Mutter zu sehen, während sie es versteht, mir das Gefühl zu geben, überflüssig zu sein, aber doch jemand, um den sie sich bedauerlicherweise von Zeit zu Zeit zu kümmern hat. Ich tue mein Bestes, um ihr diese Last zu ersparen.

Ich wäre gern Ärztin geworden, aber weil ich mir das intellektuell wohl nicht zutraute, gab ich mich damit zufrieden, Apothekerin zu werden, als solche liess ich mich später in Lausanne nieder, wo ich sogar das Bürgerrecht erworben habe. Die Italienerin aus England, wie mich einer meiner Professoren damals nannte, war nun Schweizerin.

Mit John und Hermione blieb ich in losem Kontakt, aber nach Cornwall bin ich nie mehr zurückgekehrt. Als John starb, war ich gegen dreissig. Er war mit Hermione sehr eng verbunden gewesen, und ein paar Monate später starb auch sie. Simon schrieb ich, ich verstünde seine Not, Vater und Mutter praktisch gleichzeitig verloren zu haben. Wochenlang hörte ich nichts von ihm.

Doch eines Abends rief er mich an.

«Kann ich dich sehen?», fragte er nach der Begrüssung.

«Klar», gab ich etwas verwundert zur Antwort. Simon war für mich eigentlich ein Fremder. Abgesehen von ein paar Spaziergängen und den Mahlzeiten am Familientisch hatten wir keinen näheren Umgang miteinander gehabt.

«Ich kann in die Schweiz kommen», fügte er hinzu. «aber in Anbetracht des Grundes meines Anrufs ist es vielleicht klüger, wenn du zu mir kommst.»

Mehr wollte er mir nicht verraten. Ich fuhr hin. Zur verheerendsten Zeit meiner Ehe kam mir oft dieses Haus wieder in den Sinn – es gehörte mir, Zaïda hatte es Alberto hinterlassen, und weil ich Albertos einzige Nachfahrin war, erbte ich das Haus und alles andere. Ich war allerdings immer der Auffassung, das Haus sei für die De Vicos wichtiger als für mich, weshalb ich über einen Anwalt einen langfristigen Mietvertrag hatte abschliessen lassen.

Der erste Schock war, als Simon unter der Tür jenes Hauses stand, das einmal das Heim Zaïdas, dann das seiner Eltern gewesen war, und in dem er jetzt selber wohnte. Wir blieben wie angewurzelt stehen, sahen uns an und glaubten unseren Augen nicht. Ich, weil er überhaupt nicht so aussah, wie ich ihn in Erinnerung hatte. Aus dem schlaksigen, pickeligen und missmutigen Jungen von einst war ein verführerischer Mann geworden. Schön wäre nicht das richtige Wort, er war magnetisch. Und er sah, wie er mir später erklärte, vor seinem geistigen Auge das kleine unansehnliche Mädchen mit Zöpfen, aus dem eine Frau geworden war, was er absurderweise nicht erwartet hatte.

Mit anderen Worten: Wir verliebten uns auf den ersten Blick ineinander. Doch in diesem Augenblick taten wir beide so, als ob nichts wäre.

«Ich bat dich zu kommen, weil ich in einem Schrank im Atelier etwas gefunden habe.»

«In einem Schrank?»

«In einem von Zadies Schränken.»

«Und was geht mich das an?»

Der Sitting room *der Eltern war behaglich neu eingerichtet worden, die Wände waren voller Bücher und Fotos, alles in warmen und hellen Farbtönen. Das Zimmer ging auf einen Rasen hinaus, an dessen Ende man jenseits des Gebüschs das Meer sehen konnte, das allerdings zwei- oder dreihundert Meter weit entfernt war, wie ich aus eigener Erfahrung wusste. Simon stand auf und griff nach einem Aktendeckel aus Karton auf dem Tisch, der von Papieren überquoll. Er kam und setzte sich neben mich aufs Sofa. Er öffnete den Aktendeckel.*

«Schau, der Anfang ist in Englisch, deshalb habe ich begriffen, worum es sich handelt.»

Ich nahm das Blatt, das er mir reichte. In rundlichen Buchstaben hatte jemand mit bräunlicher Tinte auf Englisch geschrieben: «Erinnerungen von Zadie De Vico Tatley Barber Giocondo.»

Ich wandte mich Simon zu, der darauf wartete, dass ich etwas sagte.

«Zaïda hat ihre Autobiographie geschrieben?»

«Ich denke schon.»

«Was heisst das denn? Hast du es nicht gelesen?»

«Eigentlich nicht. Der grösste Teil des Textes ist Italienisch. Und es gibt französische und sogar deutsche Abschnitte. Die Seiten auf Englisch haben genügt, mich extrem neugierig zu machen, aber auch wenn ich De Vico heisse – Italienisch verstehe ich kein Wort. Du schienst mir die ideale Person dafür zu sein.»

Es waren mindestens zweihundert eng und beidseitig beschriebene Seiten ohne Korrekturen und Streichungen. Zaïda hatte geschrieben, was ihr gerade in den Sinn gekommen war, vermutete ich, und nach Belieben auf Englisch, Deutsch, Französisch oder Italienisch. Sie schrieb nicht, um gelesen zu werden – ausser von mir, wie ich am Schluss zu verstehen glaubte. Dass Simon Mühe hatte zu folgen, wundert mich nicht. Am liebsten hätte ich mich gleich hineingestürzt. Aber das ging nicht. Es berührte mich sehr, dass Simon diesen Schatz an dem Ort mit mir teilen wollte, wo er entstanden war. Sorgfältig legte ich den Aktendeckel auf den Beistelltisch vor mir und drehte mich ihm zu, um ihm das zu sagen.

«Danke, Simon, danke, dass du gedacht hast, das könnte wichtig sein für mich.» Dabei berührte ich seine Hand, ein Zeichen der Zuneigung, dachte ich. Doch diese einfache Geste brachte die geheimnisvolle Alchemie zum Explodieren, die seit dem Augenblick in uns wirkte, als ich an die Tür geklopft hatte. Wir lagen uns in den Armen, ohne zu wissen, wie es gekommen war, wir küssten uns leidenschaftlich, als ob unser Leben davon abhinge. Vielleicht war es ja auch so.

«Ist das, was wir hier tun, nicht ein bisschen inzestuös?», fragte ich, weil ja etwas gesagt werden musste, als es uns endlich gelang, uns voneinander zu lösen.

Simon lachte. Seine Stimme war ebenso brüchig wie die meine.

«Alice, wir haben einen gleichen Urgrossvater. Ich finde unsere Verwandtschaft sehr verwässert. Was davon übrig bleibt, reicht gerade noch aus, um uns eine Spur Narzissmus zu gönnen, wenn wir im anderen einen Zug unserer selbst entdecken.»

Das muss es gewesen sein, was uns zu einem Paar zusammenschweisste, ohne Diskussionen, ohne Zweifel, weder bei mir noch bei Simon. Der Zufall oder die Vorsehung oder wie man es auch immer nennen will, wollte, dass wir beide frei waren. Ich hatte eine so leidvolle Ehe hinter mir, dass ich es vorzog, nicht mehr daran zu denken, seit zwei Jahren ging ich jeder engeren Beziehung aus dem Weg, die Wunden waren zu tief.

Abgesehen davon lebten wir tausend Kilometer voneinander entfernt. Ich bin mir nicht sicher, ob ich eines Tages wieder mit jemandem zusammenleben könnte, Simon nicht ausgeschlossen – und ich bin mir auch nicht sicher, ob ihm so sehr daran gelegen war. Die Frau, die er hatte heiraten sollen, hatte es sich im letzten Augenblick anders überlegt, das war einige Jahre her, und seither hatte er sich nach seinen eigenen Worten als Mann verhalten, flatterhaft und unverbindlich. Meiner Meinung nach steht ihm der Sinn ebenso wenig nach Heiraten wie mir. Obwohl einzuräumen ist, dass wir im Augenblick unserer Begegnung beide reif waren für einen neuen Anfang. Und ausserdem ging mir durch den Kopf, das hier könnte ein weiterer Streich Zaïdas sein, Zadies, wie man sie in dieser Weltgegend nannte, oder Albertos. Es mochte sie geärgert haben, uns, die sie gekannt und geliebt hatten, jeden für sich unglücklich zu sehen, und sie mochten einen Vorwand gesucht haben, unter welchem wir uns wieder begegnen würden, weil beide wussten, dass die Möglichkeit bestand, dass wir zusammen glücklich werden könnten.

Seither sind wir auf Reisen. Ich besuche ihn in Cornwall, er besucht mich in Lausanne. Er arbeitet beim Radio und teilt seine Arbeitszeit entsprechend ein.

Aber ich komme zurück auf jenen Tag und auf die folgenden, als ich verstand, wer Zaïda wirklich war. Bald entschloss ich mich, ihren Bericht ins Reine zu schreiben. Und es bewegte mich sehr, als ich feststellte, dass er erst nach meiner Geburt endete. Zaïda hatte drei Söhne, einer von ihnen war mein Grossvater, und mehrere Enkelkinder. Überlebt hatte nur mein Grossvater und sein Sohn, mein Vater, ich war ihre einzige Urenkelin. Zaïda hatte ihre «Memoiren» mir gewidmet, noch ohne mich gekannt zu haben, und ohne zu ahnen, dass ich nur wenig später fünf Jahre meines Lebens mit ihr verbringen würde. Sie wollte einfach, dass die zukünftige Frau, die sie vor Augen hatte (also mich – arme Zaïda, wenn sie mich mit meinem ersten Mann gesehen hätte …), wusste, was lange vor ihr eine andere Frau erlebt hatte, um Lehren daraus ziehen zu können. Was mein erstes Jahrzehnt des Erwachsenenlebens betraf, war das gründlich misslungen.

Später versprach ich Zaïda in Gedanken, es besser zu machen. Vielleicht sogar wieder zu studieren und Ärztin zu werden, nachdem diese Möglichkeit uns Frauen jetzt – im Vergleich – auf dem Silbertablett serviert wird. Ich kehrte nach Lausanne zurück. Abends und an den Wochenenden schrieb ich Zaïdas Erzählung in jene Sprache um, die mir unterdessen mündlich und schriftlich am geläufigsten war – ins Französische. Während dieser ganzen Schreibarbeit hatte ich ständig Zaïdas Stimme im Ohr, wir hatten so oft zusammen Französisch gesprochen, dass ich das Gefühl hatte, sie diktiere mir, was ich schreiben sollte.

Erinnerungen

von

Zadie De Vico Tatley Barber Giocondo

Hätte ich nur an mein eigenes Leben zu denken, so wäre dies ja einerlei, – aber ich wünsche für andere die Bahn zu brechen – wird mir das gelingen? Die Verantwortung, die ich auf mich genommen habe, ist gross – ich fühle, dass ich im Namen meines ganzen Geschlechts dastehe, und wenn ich meinen Weg schlecht mache, für mein ganzes Geschlecht ein Fluch werden kann.

Marie Heim-Vögtlin
erste Ärztin der Schweiz
Briefe, 28.2.1869

I

Mein eigenes, wirkliches Leben begann mit achtzehn. Vorher hatte ich Papa und Mamma, Mrs Steen, meiner Amme, und dann Miss Welti, meiner Gouvernante, Freude gemacht. Miss Welti mochte ich sehr, sie hatte es geschafft, meinen Kopf mit all dem auszustatten, was sich für ein Mädchen der besseren Gesellschaft ziemte – Französisch und Deutsch inbegriffen, ohne dass ich das Gefühl gehabt hätte, zum Lernen gezwungen zu werden. Ich fand Miss Welti lustig und interessant, ganze zehn Jahre lang. Sie hiess Louise, doch den Weisungen meiner Mutter und den damaligen Gepflogenheiten entsprechend, nannte ich sie auch nach ihrer Heirat immer «Welti». Aber ich will nichts vorwegnehmen.

Mein Leben begann an einem Tag Ende April, im Jahr, als ich achtzehn wurde. Mein Vater hatte aus einem dieser italienischen Herzogtümer, aus dem er stammte, aber worüber er kaum sprach und wohin er nie mehr zurückkehren wollte, einen bescheidenen Adelstitel mitgebracht, der ihm wenig bedeutete. In England war er dank eines Prinzgemahls, der ihn mochte und ihm wohl wieder zu seinem Baronet-Titel verhelfen wollte, zum Ritter geschlagen worden. So wurde es mir jedenfalls erzählt, oder ich glaubte, es so verstanden zu haben, mit persönlichen Erinnerungen kann ich nicht gerade prahlen, als der arme Albert starb, war ich gerade erst zwei Jahre alt. Aber gut, mein Vater war ein Lord, meine Mutter eine Lady, und ich das hochwohlgeborene Fräulein.

Mein Vater war zweimal verheiratet gewesen. Zuerst mit der Frau, die er aus Italien mitgebracht hatte. Sie war gestorben, von ihr hatte er einen Sohn, meinen Halbbruder Simon. Und dann mit meiner Mutter, allerbeste Herkunft, Grafentochter – und glaubt mir, in Vergessenheit geraten konnte das nicht, schon gar nicht bei ihrer Tochter, der man Tag und Nacht förmlich eintrichterte, die Enkelin eines Grafen habe sich soundso aufzuführen und soundso nicht, und vergessen Sie niemals, meine liebe Tochter, dass der geringste Fehltritt die ganze Familie ins Elend (gemeint ist natürlich das soziale) stürzen würde.

Simon gefiel das ebenso wenig wie mir.

«Weisst du was?», fragte er mich eines Tages. «Sobald wir frei sind, um zu tun, was wir wollen, ändern wir unseren Namen in Vico und lassen das Adelsprädikat verschwinden.»

«Ich wäre eher dafür, uns Smith zu nennen, so wären wir wirklich anonym.»

«Nein, nicht anonym. Ein ausgefallener Name ist besser. Aber ein Normalsterblicher will ich sein.»

Natürlich hat er nie etwas dergleichen unternommen. Ich auch nicht, aber für mich war das auch nie wirklich eine Notwendigkeit gewesen.

Damit soll gesagt sein, dass uns dieser Adelstitel nichts einbrachte, wir lebten wie andere Leute des Grossbürgertums auch, mein Vater fuhr Tag für Tag zur Arbeit in die City, ganz im Gegensatz zu den Lords mit erblichem Titel, die sich damit begnügten, das Vermögen, das ihre Ahnen angehäuft hatten, und die Einkünfte aus ihren Ländereien auszugeben.

Im Gegenteil, für uns oder jedenfalls für mich war es eine Last, eine schwere Bürde, dem Adel anzugehören.

Ich lebte mit meiner Gouvernante auf dem Land, in Cornwall, wo meine Mutter aufgewachsen war, dort verbrachte ich die meiste Zeit. Meine Mutter hingegen hielt sich häufig in London auf. Im vorigen Jahr hatte sie zum ersten Mal verfügt, ich hätte mich für die «Saison» in die Hauptstadt zu begeben – ein wichtiger Augenblick, vor allem für meine Mutter, die ungeduldig darauf wartete, ihren Sprössling auf den Heiratsmarkt werfen und dafür sorgen zu können, dass in zwei, höchstens drei Jahren ein Ehemann mit Adelstitel und Vermögen greifbar sein würde.

Dieses Jahr war es also unausweichlich, dass ich wieder nach London fuhr. Meine Mutter hatte mir geschrieben, sie habe Stoffe gekauft und sich der Dienste einer angesehenen Schneiderin vergewissert. Ich wurde an einem bestimmten Tag erwartet, unter den Fittichen Miss Weltis und meines Zimmermädchens Jenny.

Von uns zur nächstgelegenen Bahnstation der Cornwall Railways fuhr man in der Pferdekutsche, ich hatte den Eindruck, dass man für dieses Stück des Weges mehr Zeit brauchte als für den ganzen Rest der Reise, denn wenn man einmal in diesem Zug sass, war man ein paar Stunden später bereits in Paddington.

Wir drei waren an einem regnerischen Aprilmorgen in der Familienkalesche zu dieser Reise aufgebrochen, doch schon nach ein paar Meilen hatten wir einen Unfall, fern jeder Ansiedlung verlor unser Wagen ein Rad. Jenny war verletzt, der

Kutscher stand unter Schock, und die arme Welti krümmte sich vor Schmerz und Sorgen.

«Ich darf gar nicht daran denken, dass Sie von Ihrer Frau Mutter am Bahnhof erwartet werden, dass Sie morgen zwei Anproben haben und in drei Tagen Ihren ersten Ball. Wenn Sie nicht in diesem Zug sitzen, wird mir das Lady De Vico niemals verzeihen.»

Als echte Leute vom Land waren wir früh aufgebrochen und wären auf jeden Fall lange vor dem Zug am Bahnhof von Saint Askin angekommen.

Ich versuchte, mit dem Kutscher zu verhandeln, er war immer noch ganz benommen und nicht in der Lage aufzustehen.

«Gibt es hier in der Nähe eine Herberge oder eine Poststation?», fragte ich ihn.

«Zwei Meilen von hier, mindestens», gab er lakonisch und nebelhaft zur Antwort.

«Gut, dann gehe ich jetzt.»

«Kommt gar nicht in Frage! Sie können nicht allein eine Herberge betreten.» Das war typisch Welti.

«Begleiten Sie mich.»

«Ich kann nicht, mein Fuss ist verstaucht.»

«Na dann, Sie sehen ja unsere Lage. Jenny ist verletzt, Sie können nicht gehen und der Kutscher ist kampfunfähig. Sollen wir also hier tatenlos herumsitzen, obwohl ich vollkommen gesund bin? Was soll mir denn schon passieren?»

Sie brachte noch ein paar Einwände vor, verstummte aber, als ich ihr erklärte, ich würde alles tun, um für sie Hilfe zu holen und um den Zug nicht zu verpassen.

Sie drückte mir eine Bahnfahrkarte in die Hand, ich nahm die kleinste meiner Taschen und marschierte los. Nach einer unendlich langen Wegstrecke kam ich zur Poststation «The King's Arms». Es war eine Herberge der altmodischen Art, wo man die Pferde wechseln, übernachten und sich verpflegen konnte. Die Cornwall Railways gab es schon so lang wie mich selbst (der Tag, an welchem Prinz Albert die Bahnlinie eingeweiht hatte, der 2. Mai 1859, ist mein Geburtstag), aber noch war die Welt der Kutschen längst nicht vorbei, insbesondere nicht in so abgelegenen Gegenden des Königreichs wie der Grafschaft Cornwall.

Ich trat ein und fühlte mich, das muss ich zugeben, trotz meines schönen Selbstbewusstseins ein bisschen eingeschüchtert. Der Raum war übervoll. Der Weg bis zum Zug war noch recht weit, und die meisten Leute aus den entlegensten Winkeln des Hinterlands waren zweifellos unterwegs zur Bahnstation. Eine Kellnerin trat auf mich zu und hiess mich an einem bereits überbesetzten Tisch Platz zu nehmen.

Ich versuchte ihr zu erklären, es habe unterwegs einen Unfall gegeben und man sollte jemanden zu Hilfe schicken, aber die Mühe war vergeblich. Sie interessierte sich nur dafür, ob ich essen und trinken wollte. Vom Streiten müde, bat ich um eine Tasse Tee, doch sie gab mir grob zur Antwort, jetzt würde hier nur Bier ausgeschenkt. Und ging.

Ich sass mit geballten Fäusten da und fragte mich, wie ich es anstellen sollte, dass jemand Hilfe zu Miss Welti und den anderen schickte, als sich ein junger Mann über den Tisch hinweg zu mir beugte.

«Kann ich Ihnen behilflich sein, Madam?»

«Ja, wenn Sie die Aufmerksamkeit des Wirts gewinnen und ihn zu meiner Gouvernante, meinem Zimmermädchen und meinem Kutscher schicken könnten, die zwei oder drei Meilen von hier auf der Strasse nach Tregony verletzt neben unserer Kutsche liegen, weil sie ein Rad verloren hat.»

Er machte eine beruhigende Handbewegung, stand vom Tisch auf und ging hinaus. Durchs Fenster sah ich, dass er zu den Ställen ging. Genau das zu tun, hätte ich die Geistesgegenwart haben sollen. Unterdessen hatte die Bedienung einen riesigen Schoppen Bier vor mich hingestellt und streckte mir die Hand entgegen, damit ich zahlte. Seufzend tat ich, was man von mir verlangte. Eine Diskussion wäre nutzlos gewesen. Ich sass da, starrte auf mein Bier und fühle mich miserabel. Den Zug würde ich ganz bestimmt verpassen.

Jemand berührte mich am Arm, und ich drehte mich um. Der Mann von gerade eben verneigte sich.

«Sie fahren gleich, Madam. Darf ich Ihnen unterdessen einen etwas komfortableren Ort vorschlagen? Ich habe einen kleinen Tisch weiter hinten gesehen und ihn für Sie reservieren lassen.»

Ich stand auf, ohne dem Bier eine Träne nachzuweinen, er bot mir seinen Arm, ich nahm ihn, und wir durchquerten den Schankraum.

Wir setzten uns, und es gelang ihm, Tee zu bestellen. Er war viel tüchtiger als ich.

«Eigentlich sollte ich den Zug nehmen», sagte ich. «Meine Mutter erwartet mich in Paddington und meine Schneiderin morgen früh in ihrem Atelier, wenn ich nicht komme, wird daraus die Tragödie des Jahrhunderts.»

Er zog eine Uhr aus seiner Westentasche.

«Ich fürchte, den Zug haben Sie bereits verpasst. Es sei denn vielleicht, dass ich Sie hinter mir auf mein Pferd aufsitzen lasse und wir uns im gestreckten Galopp auf den Weg machen.»

«Würden Sie das tun? Sie kennen mich ja nicht einmal. Und ich kenne Sie auch nicht.»

Er stand auf und verneigte sich.

«Basil Tatley, immer zu Ihren Diensten, Madam.»

Jetzt stand auch ich auf und machte meinen obligaten Knicks.

«Zadie De Vico. Erfreut, Ihre Bekanntschaft zu machen.»

Kann das sein, fragte ich mich. Zum ersten Mal in meinem Leben war ich mit einem Mann allein, und ich hätte es durchaus schlechter treffen können. Er musste ein paar Jahre älter sein als ich – fünf, schätzte ich. Er war geschmackvoll gekleidet, ohne Protzigkeit, gut proportioniert, zuvorkommender Gesichtsausdruck, dunkle gekrauste Haare, seine grauen Augen lächelten, und nach meinen ersten Eindrücken hatte er die Manieren eines Gentlemans.

«Sind Sie aus Cornwall?», fragte er.

«Meine Mutter, ja. Mein Vater ist Italiener. Und Sie?»

«Engländer von bester Herkunft. Mein Vater sitzt im Oberhaus, mein älterer Bruder ist im Begriff, es ihm gleichzutun, mein zweiter Bruder ist in der Armee, wie es sich gehört für seinen Rang, mein dritter Bruder wurde Geistlicher, das übliche Los dritter Söhne, und ich habe das Glück, der Jüngste zu sein, und kann es mir aussuchen. Ich bin längst nicht so reich wie meine Brüder, kann mich aber gleichwohl nicht beklagen, ganz abgesehen davon, dass ich viel mehr Freiheit geniesse.»

Der Raum hatte sich inzwischen ziemlich geleert und Basil Tatley und ich mussten beide daran denken, dass die Zeit verging.

«Was ist nun mit diesem Zug», fragte er lächelnd, «versuchen wir es?»

«Wir versuchen es.»

Wir liessen unseren Tee stehen, holten sein Pferd aus dem Stall, er liess mich hinten aufsitzen und wir ritten in einem Höllentempo davon. Aber es reichte nicht, der Zug fuhr uns vor der Nase weg.

Unterwegs hatte es in Strömen zu regnen angefangen, und wir waren patschnass. Zu allem Überfluss lahmte inzwischen das Pferd. Da standen wir nun vor dem kleinen Bahnhofsgebäude, hielten die Zügel des Pferdes in der Hand und krümmten uns vor Lachen. Was der Grund für diese Heiterkeit war, weiss ich nicht, vielleicht war es der Übermut, der sich unterwegs unserer bemächtigt hatte, denke ich jetzt. Es war das erste Mal in meinem Leben, dass ich eine halbe Stunde oder vielleicht auch eine ganze, der Sinn für die Zeit war mir abhandengekommen, einen Mann mit beiden Armen umschlungen gehalten hatte. Wie auch immer, jenseits dieses Lachanfalls lag meine Unabhängigkeit. Ich hätte mir Sorgen um meine Mutter und den verpassten Termin bei der Schneiderin machen sollen. Aber ich konnte nicht. Mit mir, Zadie, war etwas geschehen, mehrmals hatte ich Entscheidungen vollkommen ausserhalb des familiären Rahmens getroffen – ich weiss nicht, wie ich es erklären soll. Auf jeden Fall war das ein Augenblick, den ich nie vergessen sollte. Ein Dreivierteljahrhundert später ist er noch so frisch, als ob es gestern gewesen wäre.

«Was machen wir jetzt? Ich kann Sie nicht zurückbringen, ich muss erst zusehen, dass sich jemand um mein Pferd kümmert.»

«Wir sollten uns auch um uns selber kümmern, bevor wir uns eine Erkältung holen, würde ich sagen.»

Wir machten uns auf den Weg, um eine Herberge zu suchen. Es war noch vor Mittag, doch der Himmel hing so tief, dass man hätte glauben können, es sei schon fünf Uhr abends.

Die Herberge, die wir betraten, das «Grenville's Arms», war halbleer, die Frau des Wirts stand hinter dem Tresen. Als sie uns sah, schlug sie die Hände über dem Kopf zusammen.

«Mein Gott, Kinder, ihr seid ja pudelnass! Kommt schnell, trocknet euch.»

Sie trat mir entgegen, nahm mich beim Arm, führte mich zum Kamin, zog mir den Mantel aus und prüfte tastend mein Kleid.

«Sie sind nass bis auf die Knochen.»

Mir blieb nichts anderes übrig, als zustimmend zu nicken, meine Zähne klapperten so sehr, dass ich kein Wort herausgebracht hätte.

«Meine armen Lämmchen! Ich gebe euch ein Zimmer, ihr kriecht unter die Decke, und wir lassen eure Kleider trocknen. Sonst holt ihr euch den Tod. Kommt.»

Wir gingen in den oberen Stock, die Wirtin öffnete die Tür zu einem geräumigen Zimmer und bedeutete uns einzutreten.

«Marc! Marc!»

Der Inhaber dieses Namens erschien.

«Ja, Mrs Penny?»

«Mach ein grosses Feuer im Kamin, bevor mir diese Turteltäubchen noch krank werden.»

Nicht eine Sekunde lang schien sie gedacht zu haben, wir könnten nicht verheiratet sein. Zur damaligen Zeit war eine junge Frau allein mit einem Mann nur denkbar, wenn es sich um eine Prostituierte handelte (was bei mir sichtlich nicht zutraf), oder wenn sie seine Gattin war. Wir wirkten wie zwei junge Leute aus gutem Haus, konnten also nur verheiratet sein.

Mrs Penny liess uns allein und versprach, in wenigen Minuten unsere Kleider zu holen, und ich fand mich allein in diesem Zimmer mit Basil Tatley – einem unbekannten Mann, und mit der Aussicht, mit ihm zusammen nackt im Bett zu liegen.

«Ich sehe nicht hin, mein Fräulein, ziehen Sie sich aus und schlüpfen Sie unter die Decke, Sie zittern ja wie Espenlaub.»

«Und Sie?»

«Ich setze mich ans Feuer. Mir ist weniger kalt als Ihnen.»

Gesagt, getan. Demonstrativ kehrte er mir den Rücken zu, trat zum Kamin und starrte so lange hinein, bis ich rief:

«Sie können sich jetzt umdrehen.»

Ich hatte mich ausgezogen, war ins Bett geschlüpft und hatte die Decke bis unters Kinn hochgezogen, auch die Haare hatte ich aus dem Knoten gelöst, sie waren genauso nass wie mein Mantel.

Einen Augenblick lang sah er mich betroffen an.

«Wie schön Sie sind!»

Er machte einen Schritt. Jetzt klopfte es zum Glück an die Tür, und Mrs Penny trat ein. Ich hätte nicht gewusst, was antworten.

«Hier, meine Lämmchen, ein Hemd für die liebe Frau und eines für Sie, mein Herr. Es versteht sich, dass wir hierzulande etwas korpulenter sind als Sie. Aber für dieses eine Mal sollte Sie das nicht zu sehr stören. Vorwärts, mein Junge, machen Sie, dass Sie aus diesen Kleidern kommen.»

«Aber …»

«Ich bitte Sie, ich könnte Ihre Mutter sein, ich habe in dieser Herberge Dutzende Männer nackt gesehen, Sie sind nicht der Erste, dem ich ein Hemd ausleihe, während wir seine Kleider trocknen lassen.» Er lenkte ein, und die brave Frau brachte seine Kleider weg. Unterdessen hatte ich mir das Hemd übergezogen und Basil Tatley war in seines geschlüpft, dann setzte er sich aufs Bett. Ich stiess die Decke zurück und stand auf, etwas anderes fiel mir nicht ein, um zu verhindern, dass er sich zu mir ins Bett legte. Und um mir etwas Haltung zu verschaffen, nahm ich ihn bei der Hand, machte einen kleinen Knicks und sagte mit ziemlich viel Verlegenheit in der Stimme:

«Ich glaube, mein Herr, Sie hatten mir diesen Tanz versprochen.»

Er liess sich nicht aus der Fassung bringen. Auch er stand auf und verneigte sich tief.

«Die Ehre ist ganz und gar meinerseits, Madam, auf diesen Augenblick habe ich seit langem gewartet.»

Er nahm mich bei der Hand, legte mir seinen anderen Arm um die Taille, fing an, einen Walzer zu pfeifen, und zog mich in einen wilden Tanz.

Wie lange wir so tanzten, weiss ich nicht. Als wir aufhörten, standen wir ganz nahe beieinander. Ein Kleid mit starker Polsterung, das uns auf Distanz gehalten hätte, gab es nicht. Es gab nur etwas zu tun, und wir taten es ohne zu zögern: Wir küssten uns.

Es war das erste Mal, dass mich ein Junge richtig küsste, aber ich war mir nicht sicher, ob ich es richtig machte.

«Lass dich gehen», sagte Basil mit ziemlich erstickter Stimme.

Das brachte mich in die Wirklichkeit zurück. Ich trat – ungern, wie ich gestehen muss – einen Schritt zurück.

«Das hier entspricht nicht unbedingt dem, was mir Mamma mit einem Jungen zu tun geraten hat, Basil.»

«Das hier entspricht nicht unbedingt dem, was mir mein Vater mit einer jungen Dame zu tun geraten hat, meine liebe Zadie. Machen wir Schluss damit?»

«Was soll ich tun, wenn ich … wenn wir … wenn ich danach einem Verlobten erklären muss, warum ich … ich … verstehst du, was ich sagen will.»

«Sprichst du von deiner Jungfräulichkeit?»

«Eine junge Dame spricht nicht über solche Dinge. Aber sie denkt daran … ohne Unterlass sogar.»

Er sah mich voller Ernst an.

«Ich verstehe. Aber ich glaube dir eine peinliche Erklärung ersparen zu können: Heirate mich.»

Ich brach in Lachen aus.

«Basil! Ich kenne dich seit zwei Stunden. Du könntest ein Trunkenbold sein, ein Spieler, ein Don Juan, ein Mörder, ein Hochstapler ...»

«... ein Pirat, ein Dieb, ein Zuhälter ... Das stimmt. Aber Tatsache ist, dass ich bloss Basil Tatley bin, Künstler.»

«Künstler, so, so? Um welche Art von Kunst handelt es sich denn?»

«Ich schreibe fürs Theater, und ich male.»

«Für meine Mutter ist das oder Trunkenbold, Spieler, Zuhälter und so weiter gehupft wie gesprungen.»

«Ich habe mein persönliches Vermögen. Nicht übermässig gross, denn wir sind vier Brüder und ich bin der Jüngste, aber genug zum Leben.»

«Du machst dich lustig.»

Er sah mich mit leidender Miene an.

«Meine liebe Zadie, nachdem du mir jetzt also alles gesagt hast, um mir klarzumachen, dass du mir nicht traust, hättest du nun die Güte, mich ausserdem wissen zu lassen, ob ich dir gefalle?»

Da standen wir nun in unseren zu grossen Hemden, jeder dem anderen ein Unbekannter, mit nackten Füssen, und erwogen aufs Allerernsthafteste zu heiraten. Noch einmal bekam ich einen Lachanfall. Basil schloss sich mir an, und wir lachten einfach so, ohne uns zu berühren, ich weiss nicht, wie viele Ewigkeiten lang.

Ich sagte mir, dass ich Feuer und Flamme war für diesen trotz seines lächerlichen Hemdes schönen Jungen – und nur die eine Lust verspürte ... Aber ich hatte Angst.

Allmählich klang unser Lachanfall ab, wir standen da und sahen uns an. Er streckte die Hand aus: Wenn ich die meine hineinlegte, hätten wir einen Pakt geschlossen. Das wusste ich. Die Chinesen sagen, wir seien immer nur die Hälfte von uns selbst, und dass es immer irgendwo jemanden gebe, der die andere Hälfte sei. Ich hatte das unbezwingliche, aus der Sicht der Konventionen aber unvernünftige Gefühl, dass dieser Unbekannte meine andere Hälfte war.

Ich streckte die Hand aus, er ergriff sie und drückte sie so fest, dass fast die Knochen brachen.

«Ich habe das Gefühl, dich schon immer gekannt zu haben», sagte er mit bewegter Stimme, als ob er meine Gedanken gelesen hätte. «Lass uns heiraten.»

«Abgemacht.»

«In zwei Tagen sind wir verheiratet.»

«In zwei Tagen?»

«Ich beschaffe uns eine Sonderbewilligung.»

«Und wer soll das organisieren?»

«Mein Bruder natürlich. Bist du schon achtzehn?»

«Sozusagen. Nächste Woche.»

«Perfekt.»

Wir warfen uns in die Arme. Und alles, was uns unsere Erziehung eingeimpft hatte, war im Nu weggefegt. Was meine Mutter über gewissenlose Verführer gesagt hatte, löste sich in Luft auf. Ich spürte nur noch ein Verlangen. Dass ich schwanger werden könnte, überlegte ich mir nicht eine Sekunde lang, auch nicht, dass dieser Junge ein Hochstapler und morgen schon spurlos verschwunden sein könnte.

Natürlich hatte ich Angst, weil ich wusste, weil ich es das Dienstpersonal flüstern gehört hatte, beim ersten Mal tue es weh. Und dass die erste Nacht oft keine sehr gute sei.

Es hat nicht weh getan, und meine erste Nacht mit Basil war so phantastisch wie alle späteren. Wir nahmen uns nicht die Zeit, etwas zu essen, und auch geschlafen haben wir kaum, wir liebten uns stürmisch. Als sich am Fenster der Tag bemerkbar machte, hatte ich das Gefühl, nicht mehr zu wissen, wo ich aufhörte und wo Basil anfing. Ich hatte das Gefühl, im Paradies zu sein.

«Ich muss nach London», sagte ich, als wir uns behelfsmässig mit dem kalten Wasser aus dem Krug gewaschen hatten und uns anzogen.

«Ich komme mit.»

«Aber du hast kein Gepäck ...»

«Du auch nicht.»

«Stimmt, aber ich habe eine Mutter, die mit einem vollen Kleiderschrank auf mich wartet.»

«Mach dir keine Sorgen, im Haus meines Vaters ist alles da, um sich für jede Gelegenheit passend anziehen zu können.»

Wir nahmen uns nur gerade Zeit für ein kräftiges Frühstück und überliessen Basils Pferd einem Stallknecht, dann liefen wir zum Bahnhof.

Ich war überzeugt, Jenny und Miss Welti auf dem Bahnsteig anzutreffen, aber sie waren nicht da.

Unterwegs bemühten wir uns, unsere Mitreisenden nicht zu brüskieren (keinen Skandal hervorzurufen, hätte meine Mutter gesagt), wir sassen nebeneinander, mein rechtes Knie streifte sein linkes Knie, meine Hand auf der Lehne berührte die seine. Ansonsten tauschten wir Blicke aus, die unanständiger gewesen sein mussten, als wenn wir uns in aller Öffentlichkeit ausgezogen hätten, und wir redeten bis zum Umfallen. So hatte ich zuvor noch nie mit jemandem gesprochen, stundenlang, ohne Verbote und Tabus. Über uns sprachen wir nicht. Sondern über Bücher, die wir gelesen hatten oder die einer von uns nicht gelesen hatte, dann erzählte es der eine dem anderen. Sein Lieblingsautor war Wilkie Collins. Meiner Jane Austen. Basil erzählte mir von den Londoner Theatern, wo ich noch nie gewesen war. Als das Thema Bücher erschöpft war, redete vor allem er, alles andere, was ich ihm hätte erzählen können, wusste er schon.

Wir waren fast in London, als er fragte:

«Welches ist der erste Ball, zu dem du gehst?»

«Der von Lady Sutton, falls wir es mit meinem Kleid bis dahin schaffen. Er ist in drei Tagen. Das hat jedenfalls meine Mutter gesagt.»

Er tastete sich ab, zog einen Skizzenblock und einen Stift aus der Tasche und kritzelte ein paar Worte auf ein Blatt, riss es heraus und reichte es mir.

«Das ist meine Adresse, sieh zu, mich wissen zu lassen, ob deine Mutter die Meinung geändert hat.»

«Und was machst du dann?»

«Mach dir keine Sorgen. In drei Tagen tanzen wir zusammen.»

Ich liess meinen Blick auf die Notiz fallen.

«Was? Barronbridge House! Bist du ein Barronbridge?»

«Nicht ganz. Ich bin der Jüngste. Ich werde nie einen Titel tragen.»

«Unsere Eltern kennen sich.»

«Mir war auch, deinen Namen bereits gehört zu haben. Aber als Jüngster hatte ich das Recht, nach Oxford zu gehen und zu studieren, was ich wollte, seit Jahren bin ich nur sehr selten zu Hause, ich weiss eigentlich nicht mehr, ob sie noch miteinander verkehren.» Er lächelte fast ein wenig scheu. «Bei meiner Geburt war mein dritter Bruder bereits neun Jahre alt. Ich glaube, ich war das Ärgernis der Familie. Ich lebte ein wenig abseits.»

Inzwischen waren wir im Bahnhof Paddington angekommen. Ich versuchte, in der Menge das eine oder andere bekannte Gesicht zu erkennen, aber es war natürlich niemand gekommen.

Es hatte meine ganze Überredungskunst gebraucht, damit mich Basil nicht gleich nach Hause begleitete. Ich hatte nicht die Absicht, an diesem Tag mit wem auch immer über ihn zu reden.

«Du kannst nicht allein nach Hause gehen!»

«Machst du Witze? Ich nehme einen Fiaker und steige vor dem Haus aus. Fang jetzt bitte nicht an, mich als Veilchen zu behandeln, das man unter eine Glasglocke stecken muss.»

Ein weiterer Lachanfall war die Folge, und er war so ansteckend, dass der Kutscher unseres Fiakers mitlachte, ohne zu wissen, worüber. Basil reichte ihm die Adresse, blieb auf dem Gehsteig stehen und sah zu, wie wir wegfuhren.

In den wenigen Minuten, die ich allein in diesem engen Gehäuse verbrachte, sprach ich endlich aus, was auf der Hand lag: Ich hatte etwas erlebt, was nicht rückgängig zu machen war. Ob ich Basil wiedersah oder nicht, ob ich ein Kind bekam von ihm oder nicht (so unwissend ich auch sein mochte, war mir doch bekannt, dass mit diesem Risiko zu rechnen war), das war mir alles gleichgültig. Ich würde nie mehr die hochwohlgeborene Zaïda De Vico sein – ich war, um die Worte meiner Mutter zu gebrauchen, entehrt, und das erfüllte mich mit Wohlbehagen.

Mit dem zeitlichen Abstand kann ich bestätigen, was ich an jenem Tag ziemlich konfus empfunden, aber nicht (noch nicht) hatte in Worte fassen können: Die dreissig Stunden, die damals gerade hinter mir lagen, bestimmten den Rest meines Lebens.

II

Noch heute, so viele Jahre später, sehe ich den Augenblick vor mir, als ich meiner Mutter und – glücklicherweise – auch meinem Vater gegenüberstand. Es war noch zur Zeit der Butler oder Majordomus, des Footmans oder Lakais, und einer ganzen Schar weiterer Bediensteter, die ich, nach dem ständigen Vorwurf meiner Mutter zu schliessen, zu familiär behandelte. Sie warf mir auch vor, nach ihrem Geschmack zu oft selber Hand anzulegen, was heisst, dass ich mich selber an- und auszog, dass ich meine zehn Finger benutzte, um mich zu kämmen, und so weiter – alles, was meine Mutter niemals tat, ohne die Hilfe mehrerer Zimmermädchen in Anspruch zu nehmen. Ich fand das immer lächerlich. Für sie hingegen war es schockierend, dass ich einem Diener gegenüber Dankbarkeit zeigte, wenn er im Kamin Feuer gemacht hatte. Das sei seine Arbeit, Dankbarkeit sei hier nicht angebracht.

Womit klargeworden sein dürfte, dass wir in unseren Auffassungen der Welt nicht übereinstimmten.

Aber ich komme zurück auf den Augenblick, als ich die grandiose (oder besser gesagt: grosssprecherische) Halle des elterlichen Hauses betrat. Ich liess dem Diener nicht die Zeit, mich anzumelden, sondern stiess gleich die Tür zum *Sitting room* auf, wo ich meine Eltern um diese Zeit vermutete.

«Na, so was, Zaïda!», rief mein Vater, «hast du eine gute Reise gehabt?»

Weil mein Vater fast das ganze Jahr in London arbeitete,

sah ich ihn nur selten. Ich mochte ihn sehr. Er behandelte mich nicht als Anhängsel, von dem nichts erwartet wurde, ausser seinen Befehlen zu gehorchen, sondern als voll zurechnungsfähige Person. Er war es gewesen, der gegen den Willen meiner Mutter Miss Welti durchgesetzt hatte, weil sie Schweizerin war, aus einer zweisprachigen Stadt mit dem Namen Biel stammte, Französisch sprach wie eine Französin und Deutsch wie eine Deutsche. Von meinem Vater hatte ich mehr schlecht als recht Italienisch gelernt – er legte Wert darauf, dass ich die Sprache meiner Vorfahren sprach. Und ein wenig Deutsch, die Sprache der österreichischen Besatzer seiner Heimat. Er hatte mir von seinen Qualen als junger Mann in einer italienischen Kleinstadt erzählt, wo er unter drohender Todesstrafe gezwungen gewesen war, seine Ideen und Sympathien zu verheimlichen.

«Zaïda, nimm das, was dir andere erzählen, nie für bare Münze. Nur Revolten bringen die Welt voran», sagte er mir immer wieder gern.

Insofern ist seine Erziehung wohl der Schlüssel zu den wichtigen Entscheidungen, die ich in meinem Leben getroffen habe.

An jenem Tag mussten meine Eltern darüber gesprochen haben, auf welche Weise sie mich empfangen wollten, und wie mir schien, hatte mein Vater Oberhand gewonnen. Anstelle eines endlosen Gejammers, auf welches ich mich gefasst gemacht hatte, begnügte sich meine Mutter mit einem eisigen:

«Ich weiss nicht, ob uns genug Zeit bleibt, um dein Ballkleid fertigzustellen.»

«Schlimmstenfalls ziehe ich eines der letzten Saison an, man müsste nur ein paar Sträusschen und Bänder ersetzen.»

«Das kommt nicht in Frage.»

Ein Themenwechsel war angezeigt, in diesen Dingen liess meine Mutter nicht mit sich reden.

«Hat man euch gesagt, was uns passiert ist?»

«Ja», antwortete mein Vater, «Miss Welti schickte einen Boten. Sie und Jenny sind zurückgekehrt, um sich versorgen zu lassen. Sie dachten, du hättest unterdessen den Zug genommen, denn von den Leuten im ‹King's Arms› hatten sie erfahren, dass du zum Bahnhof aufgebrochen warst.»

Dann erzählte ich die ganze Geschichte ohne Auslassung bis zu unserer Ankunft im «Grenville's Arms». Ich sagte, wie pudelnass ich geworden war, erwähnte die Liebenswürdigkeit der Gastgeberin, sprach von der Herberge, vom Hemd, vom bequemen Bett, eigentlich über alles, doch von dem Moment an, als ich die Herberge betreten hatte, strich ich Basil aus meiner Geschichte. Ich drehte meine Unterlassungslüge so zurecht, dass man glauben musste, er hätte sich an der Tür von mir verabschiedet.

«Wer war dieser Herr?», wollte meine Mutter wissen.

«Wenn ich ihn richtig verstanden habe, einer der Söhne des Grafen Barronbridge.»

«Welcher?» fragte meine Gebärerin mit plötzlicher Lebhaftigkeit.

«Ich weiss es nicht, Mutter, ich habe ihn nicht danach gefragt.»

«Hat er dir seinen Vornamen nicht genannt?»

«Doch, vielleicht, aber ich habe ihn wieder vergessen.»

«Vorwärts, Mädchen, geh dich umziehen, wir wollen zu Tisch», warf – glücklicherweise – mein Vater dazwischen. Später am Abend überraschte er mich dann doch, als er mir zuflüsterte:

«Ich bin sicher, dass du dir den Vornamen deines tapferen Ritters durchaus gemerkt hast, aber du möchtest nicht, dass deine Mutter seinetwegen auf dumme Gedanken kommt.»

«Ich versichere Ihnen, Vater ...»

«Versichere mir besser gar nichts, das war nur eine kleine Nebenbemerkung. Ich fordere keinen Namen von dir.»

Er lachte, und ich lachte mit ihm. Wohl zum tausendsten Mal fragte ich mich, wie es möglich war, dass ein so leutseliger und weltoffener Mensch eine so steife und letzten Endes menschenfeindliche Frau hatte heiraten können. Mein Halbbruder Simon, der fünfzehn Jahre älter ist als ich, war dabei gewesen, als sie sich kennenlernten, und er vertrat die Meinung, unser Vater habe sich von ihrer Schönheit blenden lassen und habe ihre strengen Manieren für Grazie gehalten. Der Haken dabei war aus Simons Sicht, dass es für Vater eine Liebesheirat, für Mutter aber eine blosse Vernunftehe gewesen war.

Pech für mich, dass dieser charmante Vater so selten da und diese intolerante Mutter so sehr vereinnahmend war.

Die zwei folgenden Tage überspringe ich einfach, ausser zu den unzähligen Anproben zu gehen, tat, dachte und sagte ich nichts. Das Kleid für den Ball der Suttons wurde rechtzeitig fertig.

Die Suttons, denen die Wohlgeborenen nachsagten, Emporkömmlinge zu sein, besassen in Mayfair ein Haus, in welchem das unsrige gleich zweimal Platz gehabt hätte. Ihre Bälle waren berühmt. Es hiess, vor der grossen Trauer der Königin (eine euphemistische Bezeichnung für den Tod des Prinzgemahls) sei sie immer auf den Bällen der Suttons gewesen, denn Victoria und Albert hatten gern getanzt. Ich habe nie versucht, diese Geschichte zu überprüfen, vermutlich stimmt sie, ich habe sie hundertmal erzählt gehört.

Bei unserer Ankunft waren wir hingerissen. Es brannten so viele Kerzen, dass man glaubte, es sei heller Tag. Lord und Lady Sutton, eine korpulente Fünfzigerin, begrüssten uns auf ihre gewohnt joviale Art, und ein junger Mann bat mich gleich um einen Tanz, ich verschwand mit ihm aufs Parkett. Aus dem Augenwinkel heraus sah ich, dass meine Mutter in eine grosse Diskussion mit einer mir unbekannten Dame verwickelt war. Was sie sagten, verstand ich nicht, aber der Gegenstand ihrer Äusserungen war zu erraten, es ging um die Identität des jungen Mannes, der mich gerade herumwirbelte.

«Ich bin Lucien Montague», erklärte mein Kavalier, «und ich bin entzückt, Ihre Bekanntschaft zu machen, Miss ...?»

«Ich bin Zaïda De Vico, mein Herr. Die Freude ist ganz meinerseits.»

«Tanzen Sie gern, mein Fräulein?»

Und so weiter.

Er war ein hübscher Junge, dieser Lucien, aber langweilig. Den Hof machte er ganz offensichtlich nicht mir, sondern dem eventuellen Vermögen meines Vaters. Als dieser Gedanke einmal da war, hörte ich das ferne Echo der Stimme meiner

Mutter: «Die guten Heiraten werden im Kopf gemacht, mein Fräulein, vergessen Sie das nie.»

Armer Papa!

Ich nahm wieder bei den Meinen Platz, und zum grossen Glück liess Lucien nicht den Wunsch erkennen, noch einmal mit mir tanzen zu wollen. Er musste zum Schluss gekommen sein, ich sei ein Griesgram. Kein Wunder! Er hatte mich so sehr gelangweilt, dass ich bald keine Lust mehr hatte, ihn anzulächeln.

Der nächste Tanz begann, aber kein Kavalier näherte sich. Meine Mutter war gerade im Begriff, mir scheele Seitenblicke zuzuwerfen, darauf hätte ich wetten können – was? ihre Tochter ein Mauerblümchen? Was hatte ich schon wieder ausgeheckt? –, wenn in diesem Augenblick nicht ein ranker, eleganter junger Mann mit Lockenkopf und lachenden grauen Augen hinter uns aufgetaucht wäre und sich zu uns herabgebeugt hätte.

«Mein Fräulein, würden Sie mir die Ehre erweisen, mir diesen Tanz zu gewähren? Gestatten Sie, Madam?»

Basil! Bei meiner Mutter wandelte sich abzeichnender Unmut in ein Lächeln, aber bevor sie auch nur ein Wort hätte sagen können, war ich schon aufgestanden und hatte Basil meine Hand gereicht. Er ist gekommen! Etwas anderes konnte ich nicht denken. Erst in diesem Augenblick begriff ich, dass ich mich in den vergangenen zwei Tagen auf seine Abwesenheit vorbereitet hatte. Ich würde ihn nicht wiedersehen, ich … Dummheiten! Er war da, das Orchester nahm ein neues Stück in Angriff, Basil sah mir in die Augen und flüsterte mir zu:

«Du weisst gar nicht, wie sehr du mir gefehlt hast. Ich musste die ganze Zeit an dich denken. Ich habe sogar von dir geträumt.»

«Übertreib nicht, Basil.»

Seine grauen Augen waren jetzt beinahe schwarz.

«Wie bitte? Du willst mir doch nicht etwa sagen, dass du mich bereits vergessen hast?»

Ich hätte gern laut herausgelacht, wenn das bei einem Ball wie diesem nicht unangebracht gewesen wäre.

«Doch, ich habe dich vergessen. Für fünf Minuten, hin und wieder. Als mich die ungeschickte Schneiderin mit der Nadel stach, zum Beispiel.»

«Ich verstehe. Liebst du mich?»

«Ich weiss es nicht.»

«Wie, du weisst es nicht?»

«Du weisst es ja auch nicht. Wir sind verliebt. Aber wir wissen beide noch nicht, ob wir uns lieben.»

«Du hast recht und unrecht. Ich wusste sofort, dass ... Gut, einverstanden, ich wusste gleich, dass ich in dich verliebt war. Wir brauchen Zeit zusammen, um es herauszufinden.»

«Du weisst, dass mir die Etikette heute Abend nicht mehr als drei Tänze mit dir erlaubt.»

«Und du nimmst das ernst?»

Ich sprach so ernst es nur ging:

«Aber natürlich. Ich habe keine Lust aufzufallen, sonst würden mir meine Mutter und die Klatschbasen, mit denen sie verkehrt, keine Atempause mehr gönnen, mich ständig im

Auge behalten, und ich wäre weniger frei, als wenn ich mich den gesellschaftlichen Gepflogenheiten anpasse. Einen anderen Weg, tun zu können, was ich will, gibt es nicht.»

«Weiss deine Mutter, dass du … dass wir …?»

«Meine Mutter weiss alles. Der Regen, die Herberge, das Hemd, die Nacht in der Herberge. Sie denkt bloss, du seiest deines Weges gegangen, nachdem ich den Zug verpasst hatte. Und sie weiss übrigens nicht, dass du es bist.»

Die Musik war vorbei, er begleitete mich in die Ecke, wo er mich gefunden hatte. Der Stuhl meiner Mutter war leer, doch mein Vater, der bis jetzt bestimmt mit den verheirateten Männern und den widerstandsfähigen Junggesellen Karten gespielt hatte, war in den Ballsaal zurückgekommen.

«Darf ich dir meinen Vater vorstellen», sagte ich, «Sir Leonard De Vico.»

Basil verneigte sich und reichte ihm die Hand.

«Basil Tatley, zu Ihren Diensten, Sir.»

«Ich freue mich, Ihre Bekanntschaft zu machen, junger Mann. Ich glaube, es ist Zeit für Erfrischungen.»

Jetzt verneigte er sich vor meiner Mutter.

«Ich habe diesen Kindern gerade vorgeschlagen, uns in den Speisesaal zu begleiten für die Erfrischungen. Darf ich Ihnen Basil Tatley vorstellen, meine Liebe.»

Meine Mutter liess es dabei bewenden, den Kopf zu neigen und etwas zu murmeln, was vielleicht «Sehr erfreut» bedeutet haben mochte.

Doch bei der ersten sich bietenden Gelegenheit raunte mir mein Vater zu:

«Er ist der junge Mann, der dich zum Zug begleitet hat, nicht wahr?»

«Vater, Sie sind unmöglich. Man kann Sie ja nicht einmal anlügen.»

«Ja, das stimmt», sagte er einfach.

Unterdessen hatte meine Mutter herausgefunden, dass Basil nicht der älteste Sohn seiner Familie war, und langsam, aber sicher verlor sie jegliches Interesse an ihm.

Das Essen wurde nicht am Tisch serviert, man bediente sich am Buffet, was es jenen Gästen, die lieber umhergingen, erlaubte, sich mit den Leuten zu unterhalten, entweder mit jenen, die sich in kleinen Gruppen an den Tisch gesetzt hatten oder mit den anderen, die es wie wir vorzogen, im Stehen zu essen.

Meine Mutter hätte es gern gesehen, wenn ich mich zu ihr gesetzt hätte, und sie brachte diesen Wunsch mit einer gebieterischen Geste zum Ausdruck. Doch sofort setzte sich mein Vater auf den Stuhl, den sie für mich vorgesehen hatte.

«Lassen Sie die Jugend sich mit der Jugend amüsieren, meine Liebe.»

Basil an meiner Seite bot mir einen Teller mit Verpflegung an und schlug vor, etwas zu trinken holen zu gehen. Ich nutzte den Augenblick, als meine Mutter mit meinem Vater beschäftigt war, um mit Basil wegzugehen.

«Deine Mutter wird niemals hinnehmen, dass wir heiraten», stiess er zwischen den Zähnen hervor, während sein Gesicht ein höfliches Lächeln zur Schau trug. «Es hätte nicht viel gefehlt, und sie hätte es mir mit diesen Worten gesagt.»

Ich musste mich zwingen, nicht zu lachen.

«Ich muss lernen, zwischen den Zähnen zu sprechen wie du», sagte ich. «Ich glaube, mein Vater wird uns helfen.»

«Ich habe die Sonderbewilligung, und mein Bruder ist Geistlicher, er ist bereit, uns zu trauen.»

«Wie hast du das geschafft?»

«Ich weiss nicht, ob das für die Ohren einer jungen Dame …»

«So siehst du also die Frauen, sie dürfen nicht alles wissen.»

«Ist ja gut. Ich habe meinem Bruder gesagt, dass wir zusammen geschlafen haben.»

Fast wäre ich an meinem Stück Gebäck im Mund erstickt, und vor Schreck hätte ich beinahe das Glas fallen lassen.

«Was? Bist du verrückt geworden?»

«Nein. Ich befinde mich im Sündenstand. Wir befinden uns im Sündenstand. Es gibt nur ein Mittel, dies zu ändern. Heiraten. Er war sofort einverstanden und verschaffte mir in null Komma nichts die Sonderbewilligung. Wenn ich ihm nicht gesagt hätte, dass … Wie dem auch sei, wenn ich es ihm nicht gesagt hätte, hätte er wochenlang gezaudert.»

«Er muss mich für eine Schlampe halten.»

«Klar. Und mich für einen Wüstling. Was kann uns das schon ausmachen?»

Ja, genau, was hätte uns das ausmachen können? Ich sage das jetzt, aber an jenem Abend hatte mein unabhängiges Leben vor weniger als einer Woche gerade erst angefangen, und die Konventionen hatten noch eine gewisse Macht über mich.

Eine Woche später heirateten wir, in Reverend Michael Tatleys Kirche, meinem zukünftigen Schwager. Ausserhalb jeglicher Konventionen diesmal. Ich hatte aufgehört, so zu tun, als ob, und mich geweigert, mich ausstellen zu lassen zwecks Findung eines reichen Mannes, von dem man erwarten konnte, meiner oder wohl eher den Wünschen meiner Mutter würdig zu sein, denn für sie waren meine persönlichen Vorlieben völlig bedeutungslos. Ich trug ein weisses Kleid, das für den nächsten Ball bestimmt gewesen war, auf den ich nicht gehen würde, man hatte es für die Kirche ein bisschen geändert.

Simon war da, und mein Vater führte mich zum Altar. Meine Mutter kam nicht. Als mir Simon sagte, sie würde nicht da sein, war ich dann doch überrascht. Natürlich ging alles so schnell und ohne den Pomp, von dem sie geträumt hatte. Doch in zwei Tagen hätte sie es geschafft, eine Gartenparty zu meiner Hochzeit zu organisieren, wenn sie es gewollt hätte. Es gibt Traiteurs, die so etwas ausgezeichnet machen.

«Du heiratest den Jüngsten der Familie, Zadie, du wirst nicht Gräfin sein, das ist unverzeihlich.»

Ich hatte mich entschieden, mir meiner Mutter wegen keine Sorgen mehr zu machen, es war zwecklos zu hoffen, sie ändern zu können. Und seit meiner zartesten Kindheit hatte ich vergeblich versucht, ihr zu gefallen. Der Augenblick war gekommen, mich mehr um mich als um sie zu kümmern.

Was zwischen dem Ball bei Lady Sutton und dieser Hochzeit geschehen war, daran erinnere ich mich nur ungenau. Ich sehe mich noch in meinem Zimmer in London, wie ich den Ausschnitt des Kleides höher nähte. Ich sehe die Hausgouvernante, die mir einen weissen Schleier brachte und sich weigerte, mir zu sagen, woher sie ihn hatte. Von meinem Vater wahrscheinlich. Ich erinnere mich auch, durch die Tür zur Bibliothek gehört zu haben, wie sich meine Eltern stritten – heftiger als sonst üblich.

Wann genau ich den Zug nach Liskeard nahm, weiss ich nicht mehr, Michael war dort Pfarrer. Simon begleitete mich. Unterwegs legte er mir die familiäre Situation dar.

«Vater ist seit langem unglücklich, Zadie. Er war verliebt in die Schönheit deiner Mutter, aber nach deiner Geburt wachte er langsam auf. Seit einigen Jahren erwartet er nur noch eines: dass du das Haus verlässt.» Er lächelte. «Weisst du, wir beide sind so sehr Engländer, dass es uns manchmal schwerfällt, unseren Vater zu verstehen. Er ist hundert Prozent Italiener. Dass er perfekt englisch spricht, sollte nicht darüber hinwegtäuschen. Er ist leidenschaftlich. Die Weigerung deiner Mutter, deine Heirat gutzuheissen, hat das Fass zum Überlaufen gebracht.»

«Hat er eine Geliebte?»

«Ja. Seit vielen Jahren. Eine Witwe aus Clerkenwell. Einmal, ganz am Anfang, bin ich ihm gefolgt. Aber wir haben nie darüber gesprochen.»

«Und jetzt?»

«Er wird sich vielleicht scheiden lassen. Du wirst verheiratet und vom Skandal nicht betroffen sein.»

«Und Mutter?»

«Ich mache mir ihretwegen keine Sorgen, sie wird es schaffen, sich als unschuldiges Opfer hinzustellen.»

«Und du?»

«Ich werde auch heiraten, eine Französin, die ich kennenlernte, als ich das letzte Mal für Vater nach Paris musste. Sie ist

Bretonin, fast eine Engländerin. Für Mutter wäre sie ein Skandal gewesen, weshalb ich lieber nicht mit ihr darüber geredet habe. Wir beide werden verheiratet sein, bevor sich Vater entschieden hat. Er ist über sechzig. Nachdem wir nun versorgt sind, wird er keine Minute mehr verlieren wollen.»

«Er hat mich in Basils Arme getrieben, um endlich frei zu sein?»

«Schwesterlein! Du kennst deinen Vater nicht! Er vergöttert dich. Er sah, dass du in diesen jungen Mann verliebt bist, und hat sich mit ihm unterhalten. Dabei wurde ihm klar, dass ihr mit oder ohne seinen Segen heiraten würdet, weshalb er lieber gleich sofort ja gesagt hat. Er hat genauso viel Vorsicht walten lassen, wie es deine Mutter getan hätte, aber sie wollte unbedingt, dass du einen Erstgeborenen heiratest, um zu einem Titel zu kommen. In diesem Punkt gingen ihre Meinungen auseinander.»

«Mir fällt es schwer zu glauben, dass meine Mutter – meine Mutter, Simon! – so wenig übrig hat für mich.»

Ich hatte mich so sehr an meine Gebärerin gewöhnt, dass ich bisher nie daran gedacht hatte. Aber mein Glück, mein Leben für einen Titel zu riskieren, den sie nicht einmal tragen würde, sich nur gerade etwas darauf einbilden konnte … Ich brach in Tränen aus. Es war das erste Mal, dass ich meiner Mutter wegen weinte. Und das letzte Mal.

Mit welcher familiären Drangsal sich Basil hatte herumschlagen müssen, weiss ich nicht. Er war auf niemandes Einwilligung angewiesen, legte aber Wert auf den Segen seiner Eltern. Wie es schien, bekam er ihn, seine Eltern waren anwesend.

Die zungenfertige Miss Welti half mir beim Anziehen.

«Ich kehre in die Schweiz zurück, werde diesmal den jungen Damen der besseren Bieler Gesellschaft Englisch beibringen», sagte sie fröhlich. «Aber Sie müssen mir etwas versprechen, Zadie.»

«Was denn?»

Ihre Stimme wurde um eine Stufe leiser, sie war gerührt.

«Wenn ihr mich braucht, müsst ihr mir sofort schreiben.» Sie räusperte sich und fügte errötend hinzu: «Sie sind ja fast mein eigenes Kind, und wenn Sie nicht glücklich sind, bin ich es auch nicht.»

Sie starrte auf den weissen Schleier über meinem Haar, aber das war mir egal. Ich stand plötzlich auf und schlang meine Arme um ihren Hals. Unterdessen hatte sie richtig zu heulen angefangen, und ich tat es ihr gleich.

«Versprechen Sie es mir!», sagte sie schluchzend.

«Ich verspreche es, Miss Welti.»

Nach der Kirche fuhren wir in Kutschen hinaus vor das Dorf nach Saint Askin, zu einem Haus, das ich damals noch nicht kannte. Wie viele wir waren, weiss ich nicht mehr. Ich sehe nur noch, wie mein Vater einen mit einem grossen roten Bändel verzierten Schlüssel aus der Tasche zog.

«Hier, meine Kinder. Erlaubt mir, euch dieses Haus zu schenken. Falls es euch nicht gefällt, könnt ihr es ohne weiteres wieder loswerden.»

Es gefiel uns so gut, dass ich jetzt, ein Dreivierteljahrhundert später, immer noch dort bin.

An jenem Tag drehten Basil und ich gemeinsam den Schlüssel im Schloss, dann umfasste er mich mit seinen Armen und liess mich über die Schwelle treten.

Der Salon im Erdgeschoss, der heute Hermione als Wohnzimmer dient, war leer, abgesehen von Sesseln und einem langen, mit Speisen beladenen Tisch, hinter welchem ein Diener und ein Zimmermädchen standen. Es müssen wohl doch viele Leute da gewesen sein, denn ich sehe etwas später auch den leeren Tisch vor mir.

Es war Abend geworden, und Basil und ich waren allein. Das Haus war noch kaum möbliert, aber immerhin gab es ein grosses Bett, in welchem wir unsere zweite gemeinsame Nacht verbrachten.

Ich muss gestehen, dass ich zu Beginn leicht beunruhigt war. Ich war bis jetzt sehr behütet gewesen, aber in grossen Häusern waren immer Geschichten zu hören, die sich Dienstboten oder Gäste zuflüsterten. Vom Hörensagen wusste ich also, dass die Männer in der ersten Liebesnacht zwar leidenschaftlich waren, sich nach erfolgter Eroberung aber nicht mehr für die Frau interessierten. Wie würde es mit uns sein?

«Oh! Meine Liebste», rief Basil, kaum war die Tür zu. «Zehn Nächte ohne dich, ich war nahe daran, verrückt zu werden.»

Das beruhigte mich ein bisschen.

Dann nahm er mich in seine Arme, und während er mich mit dem linken Arm an sich drückte und mich mit Küssen bedeckte, knöpfte er hinten mein Kleid auf. Ich konnte es ihm nicht gleichtun, bei ihm waren alle Knöpfe vorn. Weshalb ich mich darauf konzentrierte, seine Küsse zu erwidern.

«Liebst du mich noch?», fragte Basil, als mir mein Kleid schliesslich zu Füssen lag.

«Ich glaube ja. Und du?»

«Du glaubst es nur? Bist du nicht sicher?»

«Nun, schau ...»

«Zadie!»

Ich schaffte es nicht, ernst zu bleiben, und lachte. Das brachte ihn zunächst etwas durcheinander, doch nach ein paar Sekunden lachte auch er, und wir fielen uns wieder in die Arme.

«Was glaubst du denn, liebe ich dich oder liebe ich dich nicht?», brachte ich schliesslich hervor.

«Liebe Frau Tatley, versuchen Sie vielleicht, mir zu sagen, ich hätte eine dumme Frage gestellt?»

«Ganz und gar dumm ist sie nicht, ehrlich gesagt, lieber Herr Tatley. Ich habe mich auch gefragt, ob Sie mich lieben oder ob unsere erste Nacht für Sie einfach ein glücklicher Zufall gewesen ist, den man unmöglich wiederholen kann.»

Als Antwort hob er mich in die Höhe und trug mich zum Bett.

Diese zweite Nacht war noch besser als die erste, und so ging es über die Jahre weiter.

Es ist sonderbar, bei allen Männern, die mir in meinem Leben etwas bedeutet haben, spielte es sich jedes Mal so ab: Ich erkannte sie nicht gleich, aber sie waren sich ihrer Sache immer sofort sicher.

Was Basil betrifft, weiss ich deshalb Bescheid, weil sein damals bester Freund, Steve Johnson, mir viel später einmal die Briefe zu lesen gab, die er von ihm erhalten hatte, vor allem aber jenen, den er etwa ein Jahr nach unserer Heirat geschrieben hatte.

«Du wirst dich krümmen vor Lachen, da bin ich mir sicher», schrieb er. «Ich bin verheiratet und verrückt vor Glück. Und unser Entschluss, vor dreissig keinesfalls ans Heiraten zu denken? Wie soll ich dir das erklären, Steve? Was tun, wenn dir das Schicksal die Person über den Weg laufen lässt, die mit dir übereinstimmt, obwohl der dreissigste Geburtstag noch auf sich warten lässt? Mein Pferd hatte ein Eisen verloren, und während ich wartete, dass der Hufschmied seine Arbeit tat, ging ich in der Herberge einen Grog trinken, ich fror. Als sie mir gegenüber Platz nahm, wusste ich innerhalb einer Sekunde, dass sie eine Frau war für mich. Eine Stunde später war es die Gewissheit, dass sie die Frau war, auf die ich wartete. Sie war ein Mädchen, das zur Saison nach London fuhr, alles das, was mir meist zuwider ist. Aber sie hatte schon diese eine Besonderheit, dass sie allein unterwegs war, ohne Gepäck, und nicht von einer dieser Anstandsdamen begleitet wurde, die uns junge Ledige nur als Heiratskandidaten ansehen, vorausgesetzt, wir sind reich genug und ausreichend mit Titeln ausgestattet, um ihres Schützlings würdig zu sein. Dieses Mädchen erzählte mir, ihre Kutsche habe in einiger Entfernung von dem Ort einen Unfall gehabt, und sie habe sich von ihren Reisegefährten getrennt, um den Zug zu nehmen. Sie schien keine Ahnung davon zu haben, wie wenig ihre Lage den Konventionen entsprach. Sie war anders als alle Mädchen, denen ich vor ihr begegnet war. Offen gesagt, habe ich in ihr keinen einzigen Moment lang ein Mädchen gesehen. Es fällt mir schwer, dir das zu erklären. Ich bot ihr an, sie hinten auf mein Pferd aufsitzen zu lassen und sie zum Bahnhof zu bringen. Sie sagte ja. Und während wir mit hängenden Zügeln Richtung Bahnhof galoppierten, wusste ich es. Natürlich spürte ich den Körper einer schönen Frau, der sich an den meinen drückte. Aber da war etwas anderes. Sie verpasste den Zug (wir haben es wirklich nicht gewollt). Ich glaube, es wäre vor Einbruch der Nacht noch einer gefahren, doch weder sie noch ich hatten daran gedacht. Es regnete in Strömen, wir waren tropfnass und traten in die erstbeste Herberge auf unserem Weg, um uns trocknen zu lassen. Die Wirtin hielt uns für ein verheiratetes Paar und brachte uns im gleichen Zimmer unter. Ich weiss, dass es ehrenhafter gewesen wäre, dieses gleich wieder zu verlassen. Aber es lief anders. Seit ein paar Jahren hatte ich meine Geliebten – Unschuldige, ich will mir darauf nichts einbilden, und Durchtriebene, die mir ihre ‹Tricks› beibrachten, im Grunde aber an nichts interessiert waren als an meinem Geld. Selten hatte ich Lust, eine von ihnen wiederzusehen. In Paris hielt ich eine von ihnen ein Jahr lang aus. Ich ging zu ihr. Doch wenn die Nacht vorbei war, vergass ich sie für Tage, für Wochen sogar. Mit Zadie geschah etwas, was ich seit jenem Tag vergeblich zu verstehen hoffe. Als sie in der Herberge an meinem Tisch sass, war es, als ob eine Hand mich dazu trieb, mich vor ihr zu verneigen, um sie ansprechen zu können. Ich erkannte kaum ihre Gesichtszüge. Tatsächlich ist es die Tochter einer der Nachbarn meiner Eltern, aber ich hatte sie noch nie gesehen und auch nie von ihr gehört. Zweifellos deshalb, weil ich in meiner Jugend so wenig Zeit mit meiner Familie verbrachte. Es war, als ob ich von einem Magneten angezogen würde, ich konnte nicht anders, als ihr meine Dienste anzubieten. Aus dem unförmigen Umhang, in den sie sich gehüllt hatte, löste sie sich erst anschliessend, dann sah ich flammende Haare, als ob rund um ihren Kopf die Sonne unterging. Und in diesem Kopf waren schwarze Augen, aber wirklich pechschwarz, sehr gross, die mich ansahen, als ob sie mich wiedererkannten. Das war ungeheuerlich, Steve, mir konnte so etwas nicht passieren, nicht mir, dem Lebemann, dem Skeptiker, am Vorabend seiner Abreise zu einem Abenteurerleben in Frankreich. In diesem Augenblick wusste ich ganz bestimmt, dass sie die Frau meines Leben war. Wir trennten uns erst am anderen Tag in London, und es dauerte drei Tage, bis ich sie wiedersah.

Ich sprach mit meinem Vater über sie, und er fand meine Idee, sie zu heiraten, ‹perfekt›.

‹Ihr Vater ist ein Grossbürger, er arbeitet, um leben zu können›, erklärte mein erhabener Vater, ‹aber es ist etwas Gutes daran, denn dieses Mädel interessiert sich nicht für dein Geld. Für dich als Jüngster ist das eine ideale Heirat.›

Tatsächlich ist mein Schwiegervater Baronet eines obskuren Staates vor der Vereinigung der italienischen Halbinsel – mit anderen Worten, sein Titel ist wert- und substanzlos. Er wurde von unserer Königin für geleistete Dienste in der Finanzwelt geadelt. Er ist englischer als ein Engländer, aber auch Italiener, so weit man dies mit einer Melone auf dem Kopf und einem Stock in der Hand überhaupt sein kann, er besitzt ein Bankkontor am Stock Exchange und ein Haus in

Mayfair. Er ist ein Original, er wusste im Voraus, dass ich bei ihm um die Hand seiner Tochter anhalten würde. Er hatte alles durchschaut.

‹Ich sehe ja, dass ihr verliebt seid. Ich gehe davon aus, dass Zaïda die vierundzwanzig Stunden ihres Verschwindens mit Ihnen verbracht hat. Ich gebe meine Einwilligung unter einer Bedingung.›

‹Welche Bedingung, Sir Leo?›, fragte ich etwas beunruhigt.

‹Dass Sie sie niemals zwingen, etwas gegen ihren Willen zu tun. Das würde sie umbringen. Oh, äusserlich würde sie weiterleben, aber ihr Herz würde verkümmern.›

Ich versprach es. Wäre ich nicht so verliebt gewesen, hätte ich mir vielleicht gesagt, das Risiko sei zu gross. Ich kannte sie ja nicht. Was hätte sie von mir verlangen können? Jetzt, da ich sie besser kenne, verstehe ich, was mir ihr Vater hatte sagen wollen. Sie ist ein Freigeist. Erzogen worden ist sie von einer schrecklich strengen Mutter, aber sie überlebte diese Zwangsjacke unbeschadet. Nun war es an der Zeit, dass sich etwas änderte. Vielleicht wäre es schwieriger gewesen ohne Sir Leo De Vico, ein Liberaler aus Überzeugung. Ich habe ihn sogar im Verdacht, in der Tiefe seines Herzens Republikaner zu sein. Ihr Wunsch ist es, Bücher zu lesen – sämtliche Bücher. Sie will studieren, seit ihrer frühesten Kindheit träumt sie davon, Ärztin zu werden. Ich weiss nicht, ob das so einfach sein wird – eigentlich bin ich vom Gegenteil überzeugt. Sie könnte nach Schottland gehen, wo bereits mehrere Engländerinnen Medizin studiert haben. Aber wir haben keine Lust, nach Schottland zu gehen, wir behalten dies als letzte Möglichkeit im Auge.

Auch Paris käme in Frage. Aber wir denken eher daran, in die Schweiz zu gehen, es heisst, dort seien die Frauen seit langem zum Medizinstudium zugelassen und nicht mehr den Feindseligkeiten ausgesetzt, wie man sie von anderswo kennt. Von meinem Bruder Michael höre ich, in London sei eine Schule eröffnet worden, wo Frauen zu Ärztinnen ausgebildet werden, er will uns informieren, sobald er mehr weiss. Nebenbei gesagt, habe ich Michael schockiert, als ich ihn zwang, unsere Heirat zu segnen. Jetzt schockiere ich ihn noch einmal, weil ich ihm sage, meine Frau wolle studieren. Aber ich glaube, er hat Zadie ins Herz geschlossen, und trotz seiner moralisierenden Sendbriefe tat er, was man von ihm verlangte. Ich glaube, dass wir ausserhalb Englands die besten Voraussetzungen haben. Falls dies es mit sich brächte, während Jahren London fernzubleiben, werde ich London fernbleiben. Schreiben und malen kann ich überall, und ausserhalb meines familiären Milieus schreibe und male ich vielleicht sogar origineller. Unterdessen ist eines meiner Stücke von James Rathborne angenommen worden (erinnerst du dich an Rathborne? Derjenige unserer Kollegen in Eton, der bei jeder Gelegenheit Shelleys Gedichte deklamierte). Es wird in diesem Winter zu sehen sein. Obwohl ich es ihm von Pontoise aus geschickt habe. Vielleicht kommen wir für die Proben nach London, aber ganz sicher zur Premiere.

Der langen Rede kurzer Sinn, mein Lieber, ich bin glücklich.»

III

Was für ein Brief! Wahrlich ein Paradebeispiel dafür, was nur zwischen den Zeilen zu lesen ist; Basil spricht von den Folgen eines der bewegtesten Jahre meines Lebens. Er bekräftigt zu Recht, dass ich am Ende jenes besagten Jahres entschlossen war, Medizin zu studieren, aber er verschweigt, dass es dafür einen sehr treffenden Grund gab, dass es nicht bloss ein Traum war, den ich seit meiner Kindheit hätschelte. Es stimmt zwar, dass ich oft bedauert habe, kein Mann zu sein, und das auch gesagt habe, denn zu gern hätte ich Menschen ärztlich betreut. Alle in meiner Umgebung haben darüber immer nur gelacht. Jetzt schaut euch dieses Mädchen an, ist sie nicht drollig! Niemand nahm mich ernst, und im Grunde genommen nicht einmal ich selbst.

Aber schön eins nach dem anderen.

Wir setzten uns über alle Regeln der besseren Gesellschaft hinweg, zu der man uns zählte: Eine Woche, nachdem wir uns kennenlernten, die Verlobung, drei Tage darauf die Hochzeit. Die unsrige war zwar sicher nicht die erste Blitzheirat, aber im Allgemeinen dauerte so etwas in unseren Familien doch ein paar Monate – was bereits eine beträchtlich kürzere Frist war als die manchmal Jahre dauernden «korrekten» Verlobungen.

Deshalb entschlossen wir uns, auf Distanz zu jenen Kreisen zu gehen, für die wir nur zu Geschwätz Anlass gegeben hätten. Wir wollten nach Frankreich.

Die letzten Wochen vor unserer Abreise verbrachten wir praktisch allein in unserem Haus in Saint Askin, wir statteten es mit Möbeln aus, räumten die (extravaganten) Geschenke der Tatleys und ihrer Freunde, meines Vaters, meines Bruders und unserer Freunde beiseite. Heutzutage schenkt man einem jungen Brautpaar Essbesteck – früher war es ein vollständiges Service, in unserem Milieu hätte kein Freund oder Familienmitglied gewagt, es bei weniger zu belassen.

Diese Wochen sind mir auf zauberhafte Weise in Erinnerung geblieben. Basil war ein einfacher Mann, womit ich sagen will, dass er nicht unter den inneren Qualen manch anderer Männer litt, die ansonsten zwar charmant und sympathisch sein konnten, den anderen aber meist das Zusammenleben nicht leicht machten. So etwas gab es bei Basil nicht, er war von ausgeglichener Gemütslage und konnte sich für alles begeistern. Ich war fünf Jahre jünger, aber wegen meiner Vorliebe fürs Lesen hatte ich mehr Bücher gelesen als er. Wie ein Verhungernder auf das Essen stürzte er sich auf die Bücher, die er noch nicht kannte. Unsere Tage verbrachten wir damit, uns über unsere Lektüre zu unterhalten, und unsere Nächte, uns zu lieben. Auf dem Speicher hatte mein Vater das Dach öffnen und eine Verglasung einbauen lassen, damit wir dort nach unserer Rückkehr ein Atelier einrichten konnten. Basil freute sich sehr darüber. Zum ersten Mal wurde er von jemandem so ernst genommen, dass man ihm einen Ort zum Malen schenkte.

Nachdem wir uns eingerichtet hatten, verreisten wir nach Frankreich. Basil hatte dies schon geplant, bevor wir uns begegneten. Während des deutsch-französischen Krieges hatte er noch als junger Mann französische Maler kennengelernt, die nach London geflohen waren. Wie er mir erklärte, hatte er es ihnen zu verdanken, dass er die Bedeutung der neuen Malerei begriff, die kurz darauf «Impressionismus» genannt werden sollte. An ihnen hatte er sein eigenes Leben orientiert. Mit seinen französischen Freunden blieb er in Kontakt, und einer von ihnen, Mr Camille Pissarro, hatte ihm angeboten, sich an einem Atelier zu beteiligen, das er mehr oder weniger regelmässig in Pontoise in der Nähe von Paris für ein paar junge Leute bereitstellte. An diesem kleinen Ort lebte er, und dort liessen wir uns nieder.

Ich lebte wie in einem Traum. Bis dahin war ich praktisch nie aus dem Landhaus herausgekommen und dann wurde ich plötzlich in eine Welt katapultiert, die mir fremder war, als wenn ich auf dem Mond gelandet wäre.

Sämtliche Regeln, die mein Leben wie ein Korsett eingeengt hatten, wurden hier ignoriert, waren unbekannt oder vielleicht auch vergessen worden. Einen Teil meiner Tage verbrachte ich mit Spaziergängen und damit, mein Französisch zu verbessern, indem ich ein Buch nach dem anderen verschlang. Der Sommer verging wie im Flug. Und dann auch der Herbst. An den Abenden waren wir unter uns oder es kamen Freunde, und auch dann wurde diskutiert. Mir wurde klar, dass ich von der Welt keine Ahnung hatte. Ich hatte nicht nur weit abseits der Hauptstadt gelebt, sondern auch ebenso weit entfernt von allem, was ausserhalb des engstirnigen Kreises geschah, in dem ich lebte. Ich kannte zwar die Namen jedes noch so bescheidenen Blümchens, doch erst in

Pontoise erfuhr ich, dass unser Premierminister Disraeli hiess. Und hier hörte ich auch zum ersten Mal von der Pariser Kommune. Hier klärte man mich über die Neuheiten in der Literatur auf. Und natürlich in der Malerei. Hier wurde unser William Turner, der in den Salons des guten englischen Tons als verrückt galt, als Held verehrt, als Genie, als ein Vorreiter.

Nichts, aber auch gar nichts war wie früher.

Basil und ich liebten uns immer noch wie am ersten Tag, und ich war überglücklich.

Monsieur Pissarro war ein Mann um die fünfzig und trug einen langen Bart. Seine Liebenswürdigkeit fand ich anrührend, sie erinnere mich an meinen Vater.

«Er ist ein so hervorragender Lehrer, dass er sogar Steinen das Zeichnen beibringen könnte», meinte Basil.

Gelegentlich ging ich ins Atelier, wenn er mit Basil beschäftigt war. Sie sprachen kaum miteinander, sie malten beide, oder besser gesagt, sie korrigierten, was sie am Vortag draussen in der Natur gemalt hatten, nur gelegentlich sah Monsieur Pissarro von seinem eigenen Bild auf, um einen aufmerksamen Blick auf Basils Arbeit zu werfen, wobei er Bemerkungen machte wie:

«Mit dem Weiss schwächen Sie Ihre Vision ab, Tatley.»

Und Tatley korrigierte.

An einem Abend, als ich auch dort war, schnitt sich Monsieur Pissarro in die linke Hand. Ich lief in den kleinen Salon, wo seine Frau am Lesen war, und bat um Verbandsmaterial.

«Und Alkohol, bitte.»

«Alkohol?»

«Ja, oder einen Branntwein, etwas sehr Starkes.»

In Cornwall machten es die Bauern so, wenn sie sich schnitten. Bevor sie die Wunde verbanden, gossen sie Alkohol darüber und riefen «Aua, aua, aua». Einer der Bauern erklärte mir, auf diese Weise würden Krankheiten abgetötet. Ob das stimmte, wusste ich nicht, aber es sprach nichts dagegen, das Glück auf unsere Seite zu ziehen.

Madame Pissarro sah mich erstaunt an, aber dann holte sie doch die auf dem Schrank beiseite gestellte Schnapsflasche. Wir gingen ins Atelier zurück, ich begoss Monsieur Pissarros Wunde, und er rief «Aua, aua, aua» wie der erstbeste englische Bauer, dann verband ich die Wunde.

«In zwei Tagen ist es vorbei, Sie werden schon sehen, und für den Fall, dass es zu einer Schwellung kommen sollte, habe ich eine Salbe dabei, die Ihnen guttun wird. Ich geb sie morgen früh Basil mit.»

Alle sahen mich voller Verwunderung an.

«Ich wusste gar nicht, dass du so gut mit Verletzten umgehen kannst, Zadie.»

Ich lachte.

«Das ist nur ein kleiner Schnitt, nichts Ernstes. Als ich Kind war, wollte ich immer wissen, was Dr. Montgomery tat, ein Freund meines Vaters, der uns alle behandelte. Und um die kleinen Wehwehchen muss man sich auf dem Land ohnehin meist selber kümmern.»

An jenem Abend, als wir im Bett und uns (wie an jedem Abend seit unserer Hochzeit) in den Armen lagen, gestand ich zum ersten Mal mein Bedauern darüber ein, nicht Ärztin sein zu können.

«Dafür gibt es doch Schulen», sagte Basil. «Ich habe von einer medizinischen Schule für Frauen in London gehört.»

«Ja, ich auch. Aber anschliessend ist es den Frauen nicht erlaubt, in Krankenhäusern zu arbeiten, und weil einige Professoren – aus Anstand, wie sie sagen – keine Frauen in ihren Kursen dulden, ist diese Ausbildung entsprechend zweitklassig. Wegen der Dummheiten und Vorurteile anderer will ich aber nicht eine zweitklassige Ärztin werden. Wenn ich Leute heilen soll, brauche ich die besten Voraussetzungen dafür, und die habe ich als Frau nicht.»

Dabei blieb es, und für längere Zeit kam das Thema Medizinstudium nicht mehr zur Sprache, denn ein paar Tage später stellte ich fest, dass ich ein Kind erwartete.

Wir waren mehr als glücklich, wir waren beide ausser uns vor Glück.

An die Monate meiner Schwangerschaft erinnere ich mich kaum. Einzelne, unscharfe, unbestimmte Bilder. Ich war so glücklich, ein Kind zu bekommen, dass ich diese Zeit später wohl hatte vergessen wollen.

Wir hatten eine Hebamme von allerbestem Ruf engagiert, von Zeit zu Zeit besuchte sie mich. Zusammen mit dem Hausmädchen half sie mir, alles für die Ankunft des Kindes vorzubereiten.

Dieses Hausmädchen, Joséphine mit Namen, fanden wir in dem kleinen Häuschen vor, das wir gemietet hatten. Der Vermieter hatte nichts von ihr erwähnt, aber sie erwies sich als diskret und tüchtig, wir behielten sie, ohne Fragen zu stellen. Im Haushalt war sie sehr gut, beim Kochen nur mittelmässig, vor allem aber brauchte man ihr keine Anweisungen zu geben, sie kümmerte sich um alles. Da ich zeitlebens nie fähig gewesen bin, einem Bediensteten Befehle zu erteilen (das war zweifellos meine Art von Widerstand gegen meine Mutter, die den lieben langen Tag Befehle von sich gab), war ich sehr glücklich, dass Joséphine das nicht brauchte.

Ich erinnere mich auch, dass ich bei Basil für ein Porträt Modell sass. Er hatte bereits ganze Hefte voll Skizzen von mir, nackt und bekleidet, als Brustbild oder Ganzkörper, beim Spazierengehen oder zu Hause, aber gemalt hatte er mich bis jetzt noch nie.

Es wurde gerade wieder Frühling, seine zartgrünen Schimmer spiegelten sich gelegentlich in den Fensterscheiben, weshalb mir diese Modellsitzungen auf besondere Art in Erinnerung geblieben sind – wie Pausen in einem Musikstück. Ich weiss, wie Basil mich sah, denn das Porträt besitze ich immer noch. Aber niemand ausser mir erinnert sich an Basil selber, gross, schön, in diesem Licht, in das nur ab und zu der Schatten eines Vogelfluges fiel, noch schöner als sonst.

Gegen Ende der Schwangerschaft hatte ich überhaupt keine Lust mehr auf etwas, nicht einmal lesen mochte ich. Basil verbrachte ganze Tage damit, mit mir zu reden oder mir vorzulesen.

Und dann kam Anfang Juni die Geburt.

Es war gerade eines dieser Gewitter losgebrochen, wie ich sie nie mehr erlebt hatte, seit wir von Cornwall weggezogen waren. Ich sagte mir immer wieder, dass dieses Kind wegen des Gewitters kommen wollte. Schlagartig und ohne die Wehen, die es laut Hebamme, Madame Pissarro und Joséphine hätten ankündigen sollen, verlor ich das Fruchtwasser.

Joséphine war zu Bett gegangen, aber sie hatte mir seit einer gewissen Zeit zweimal täglich wiederholt, bei der ersten Wehe möge ich doch bitte «Monsieur» nach ihr rufen lassen. Basil ging sie also holen.

Nach nur wenigen Minuten war sie da, brachte mich zu Bett, zog die Röcke hoch und befahl:

«Monsieur, gehen Sie die Hebamme rufen und im Vorbeigehen achten Sie darauf, dass in der Küche Feuer brennt und es heisses Wasser gibt.»

Ihr Ton war energisch, und Basil gehorchte.

«Sie haben das Fruchtwasser verloren, Madame, haben Sie das nicht gemerkt? Haben Sie keine Wehen gespürt?»

«Nein, erst jetzt ...» Es tat sehr weh, denn unterdessen waren die Wehen da – und wie.

Der Rest ist wirr. Die Hebamme kam nicht, Basil hatte sie nicht gefunden, sie war bei einer anderen Geburt. Verzweifelt hatte er sie stundenlang gesucht, während das Gewitter tobte. Schliesslich lief er zum Pfarrhaus – an solchen Orten war man besser aufgehoben als bei der Polizei –, und er hatte richtig gehandelt. Der Pfarrer hatte ihm kaum zugehört.

«Ich schicke Abbé Kiener zu Ihnen, er ist Arzt.»

So kam es, dass nicht die Hebamme an mein Bett trat, sondern ein Mann, der aussah wie ein Metzger – ausser, dass er Hände hatte wie ein Engel. Leider war viel Zeit vergangen und das Kind in ungünstiger Lage. Ich war erschöpft. Das Gesicht des Abbés füllte meinen Gesichtskreis aus, ich litt, und jedes Mal, wenn ich schrie, sagte er:

«Machen Sie sich keine Sorgen, Madame Tatley, Gott ist gut, er wird es Ihnen vergelten.»

Ausser den Sprüchen dieser Art und Basils Hand, die die meine hielt, weiss ich nichts mehr von jener schrecklichen Nacht, ausser dass ich furchtbare Schmerzen hatte und dass, als der Morgen anbrach, das Kind geboren war – tot.

Ich selber schwebte tagelang zwischen Leben und Tod. Später erfuhr ich, dass dieser sonderbare Abbé Kiener, der Arzt gewesen war, bevor er fand, nur das Priesteramt würde ihm Erfüllung geben, das Haus praktisch nie verlassen, sondern mich versorgt und Basil zu trösten versucht hatte. Im nebligen Durcheinander, in dem ich überlebte, sah ich sein und Basils, Madame Pissarros und Joséphines Gesichter schwimmen, ohne zu verstehen, was geschah.

Eines Morgens war ich wieder ich selbst. Es musste sehr früh gewesen sein. Basil schlief in den Kleidern auf der Bettdecke, durchs Fenster sah ich ein Stück blauen Himmel, und in diesem Augenblick wusste ich, dass mein Kind tot war. Ich gab mir Mühe, mich nicht zu bewegen, um Basil nicht aufzuwecken. Ich hatte das Gefühl, in ein schwarzes Loch zu fallen: Was tat ich eigentlich da? Kein Kind, keine Malerei, kein Schreiben, kein Grund zu leben. Basil hatte eine Berufung. Und ich?

Er öffnete die Augen, und wir sahen uns an – eine Ewigkeit lang.

«Zadie, du bist wach!»

«Ja.»

Er drückte mich stürmisch an sich.

«Oh, Zadie! Ich hatte solche Angst. Dr. Kiener, nein, Abbé Kiener sagte, du würdest bestimmt heute wieder aufwachen, aber ich habe trotzdem bemerkt, dass er sich Sorgen machte. Oh, meine Liebste!»

«Unser Kind ist tot.»

Er drückte mich so sehr an sich, dass ich fast erstickte. Eine Weile weinten wir beide lautlos. Schliesslich schob mich Basil ein wenig von sich weg, damit wir uns ansehen konnten.

«Es ist traurig, mein Liebling. Aber du bist da. Ich hatte eine solche Angst, euch beide zu verlieren, dass ich …»

Ich verstand, was er sagen wollte. Ich fing wieder zu weinen an, und er auch. In diesem Zustand fand uns dann Abbé Kiener.

Er hatte angeklopft, war aber eingetreten, ohne zu warten, weder Basil noch ich wären imstande gewesen, auch nur ein Wort hervorzubringen.

«Ah, gelobt sei Jesus Christus! Bravo, meine Kleine, du hast dich tapfer geschlagen.»

«Aber nicht gut genug, um mein Kind zu retten.»

Und das Weinen ging heftiger weiter als zuvor.

Er setzte sich auf den Bettrand und nahm mich bei der Hand.

«Zadie – Sie erlauben doch, dass ich Sie Zadie nenne? – Ihr Kind befand sich in einer schwierigen Lage, und Ihr Mann hat Zeit verloren bei der Suche nach Hilfe, es war Weltuntergangswetter, und die Hebamme war bei einer anderen Geburt. Um euch beide zu retten, habe ich Dinge getan, wofür mir eigentlich die Befähigung fehlt. Ich bin untröstlich, es nicht geschafft zu haben, aber Sie zumindest, Sie habe ich durchgebracht. Ihr Kind ist im Himmel jetzt. Aber ich sage Ihnen nicht, Sie würden ein anderes kriegen, denn ein Kind, das man verloren hat, kann man nicht ersetzen. Aber dem Himmel müssen wir danken, dass er Sie verschont hat.»

Er liess meine Hand los, und ohne die geringste Scham untersuchte er mich.

«Ich gehe jetzt in die Kirche», schloss er, «später komme ich zurück.»

Ich hörte noch seine Stimme auf der Treppe, als er Joséphine anwies, einen Kräutertee zu besorgen, den ich trinken sollte.

Wenn ich jetzt daran zurückdenke, habe ich das Gefühl, es sei alles an einem einzigen Tag geschehen, in Wirklichkeit mussten aber mehrere Tage vergangen sein, bis sich die nächste, wie in Stein gemeisselte Erinnerung einstellte.

Wir sind in unserem kleinen Salon.

Basil kommt mit einem Brief in der Hand.

«Mein Stück ist angenommen worden! Es wird im Embassy auf die Bühne kommen.»

Ich stehe auf und umarme ihn. Er hat das Stück im schlimmsten Augenblick geschrieben, als es ungewiss war, ob ich durchkommen würde.

«Ein Text, geschrieben, als man so unglücklich war, kann nicht gut sein», meinte Basil. Aber das Gegenteil traf zu. Das Stück, in dem er eine Situation beschreibt, die sehr der unsrigen gleicht – ein Maler, seine Frau, das verlorene Kind –, berührt. Ich erkannte mich in der Jugendlichen wieder, die erwachsen wird, als sie heiratet und ein Kind bekommt, weshalb ich ihm, als er es mir zu lesen gegeben hatte, vorschlug:

«Du solltest Nina (der Name der Heldin) sagen lassen, dass sie jetzt Medizin studieren wolle, denn in Zukunft wolle sie verstehen, was geschieht.»

Basil sah mich an, ohne etwas zu sagen, und fügte dann diesen Schluss hinzu. Der Direktor des Theaters schrieb ihm dann, dies sei einer der entscheidenden Augenblicke im Text.

«Und du?», fragte Basil und sah mich mit seinen grauen Augen fest an, was in mir immer noch das gleiche Herzklopfen hervorrief wie am ersten Tag. «Du möchtest auch Medizin studieren?»

«Ja, ich auch. Ich habe immer davon geträumt, Menschen zu behandeln. Aber Ärztin zu werden schien ein unerreichbares Ziel zu sein. Jetzt ist es möglich. Zumindest möchte ich es versuchen.»

Eines Morgens machten wir einen langen Spaziergang an der Oise entlang und dachten über unsere Möglichkeiten nach. Natürlich hatte ich von der medizinischen Schule für Frauen gehört, die in London eröffnet worden war. Doch mir kam dies gleich von Anbeginn an absurd vor, noch bevor ich überhaupt daran dachte zu studieren. Eine medizinische Schule nur für Frauen bedeutete eine Verzettelung der Kräfte, nur deshalb, weil die Herren keine Lust verspürten, ihre Welt (und letztlich ihre Einkünfte) mit den Frauen teilen zu müssen, diese sollten dort bleiben, «wo sie hingehören».

In einer Ecke unseres Schlafzimmers hatte ich eine Broschüre in deutscher Sprache entdeckt, und mein erster Gedanke war, Abbé Kiener müsse sie bei uns liegen gelassen haben, als Elsässer sprach er nämlich auch Deutsch. «Frauenfrage und Frauenstudium», lautete die Überschrift. Der Verfasser war ein gewisser Dr. von Scheel, Rektor der Universität Bern. Der Artikel gab seine Antrittsvorlesung wieder.

«Die Wirtschaft Europas in ihrer alten, jahrhundertealten Form, die den Männern und den Frauen je ihre eigenen sozialen und wirtschaftlichen Rollen zugewiesen hatte, ist im Verschwinden begriffen. Die Wolle wird nicht mehr zu Hause gesponnen, ebenso wenig, wie zu Hause gewoben wird. Kerzen, Seife und tausend andere Dinge des täglichen Bedarfs werden längst nicht mehr im Haushalt produziert. Die Frauen heiraten später, sie verbringen einen grösseren Teil ihrer Zeit ausserhalb des Hauses, um ihr tägliches Brot zu verdienen. Was sie zuallererst brauchen, ist eine Ausbildung, die sie auf eine sich rasch verändernde Welt vorbereitet. Während aber die Frauen in der Industrie, im Handel und als Lehrerinnen willkommen sind, wird ihnen der Zugang zu höheren Berufen nach wie vor verwehrt. Wenn die Frauen ebenso gut wie die Männer für den Beruf des Königs oder für handwerkliche Arbeiten taugen, warum sollten sie dann nicht auch Ärztin, Richterin oder Politikerin sein können?»

Ich gebe den Text aus dem Gedächtnis wieder. Fürs ganze Leben eingeprägt hat sich mir nur dies: Warum eigentlich nicht?

Während unseres langen Spaziergangs sprach ich mit Basil darüber, wobei ich gleichzeitig auch meine Vorbehalte gegenüber einem nicht-gemischten Medizinstudium in London zum Ausdruck brachte.

«Ich möchte studieren», schloss ich, «und dieser Dr. von Scheel ist der Mann, der mir am vertrauenswürdigsten erscheint.»

«Aber in Bern oder Zürich wird auf Deutsch unterrichtet. Meinst du nicht, dass das für dich zu schwierig wird?»

«Deutsch spreche ich nicht gut, aber das Lesen fällt mir leicht, man kann alles lernen. Man braucht nur ... Ich schreibe an Welti! Meine Schweizer Gouvernante, verstehst du.»

Er verstand. Miss Welti war während zehn Jahren meine einzige Schule gewesen, den grössten Teil meiner Zeit verbrachte ich mit ihr. Gelesenes, Erinnerungen, Kinderabenteuer, das alles verband ich mit ihrer Anwesenheit. Basil kannte Welti (an unserem Hochzeitstag waren sie sich kurz begegnet), als ob sie seine Gouvernante gewesen wäre.

Auf dem Nachhauseweg gingen wir im Pfarrhaus vorbei und baten um ein Gespräch mit Abbé Kiener. Der Pfarrer mit dem Gehabe des lieben Papas schüttelte den Kopf und teilte uns mit, Abbé Kiener sei abgereist.

«Wie, abgereist? Wohin?»

Einen Augenblick lang sah uns der Pfarrer wortlos an. Er versuchte uns einzuschätzen, das war nicht zu übersehen, und je länger es dauerte, desto grösser wurden meine Sorgen.

«Ich bin nicht berechtigt, Ihnen dies zu sagen», gab er schliesslich mit leiser Stimme zur Antwort, «aber der Bischof hat davon Wind bekommen, dass der Abbé als Ihr Geburtshelfer gewirkt hat, und dies aufs Heftigste missbilligt. Er hat ihn zur Busse weggeschickt.»

«Zur Busse! Wie ist denn so etwas möglich? Er hat das Leben meiner Frau gerettet. Ohne ihn wäre sie jetzt tot!», ereiferte sich Basil.

«Unser Bischof ist für Argumente dieser Art unempfänglich. Ein Abbé hat keine Frau zu berühren – zwingen Sie mich nicht, Dinge zu sagen, die nicht meiner Überzeugung entsprechen.»

«Wo ist er?»

«Wenn er sich bei Ihnen nicht verabschiedet hat, dann ist er auf dem Weg ins Elsass, wo er als Wanderarzt wirken will.» Er lächelte. «Er sprach davon, zum protestantischen Glauben überzutreten, aber vielleicht ist das nur seiner Wut zuzuschreiben. Ich würde es bedauern.»

Während wir uns von ihm verabschiedeten, gab er einen Seufzer nach dem anderen von sich.

Wir hatten es sehr eilig, nach Hause zu kommen.

Als wir die Tür öffneten, hörten wir Joséphines spitze Stimme:

«Es kommt überhaupt nicht in Frage, dass Sie jetzt gehen, Monsieur l'Abbé! Madame sagte, sie würde zum Essen zurück sein, ich habe auch für Sie ein Gedeck aufgelegt.»

Wir beeilten uns.

Abbé Kiener war bereits aufgestanden und im Aufbruch. Mit seiner Körpergrösse schien er den ganzen Raum auszufüllen, Joséphine wirkte neben ihm wie der Spatz am Fusse des Baumes. Er trug eine schwarze Hose, das kragenlose Hemd offen und eine Bauernmütze.

«Monsieur l'Abbé …»

Er hob eine Hand.

«Den Herrn Abbé gibt's nicht mehr. Ich bin Paul Kiener. Guten Tag, Zadie. Guten Tag, Basil.»

«Guten Tag, Doktor», gab Basil zur Antwort und betonte den Titel dabei so britisch, wie es nur ging. Das machte er zwar nur selten, aber wenn, duldete die Arroganz in seiner Stimme keinerlei Widerspruch. Sogar bei Kiener wirkte es, er nahm es kommentarlos hin, als Doktor angesprochen zu werden, er lächelte bloss.

«Sie wollten abreisen, ohne sich von uns zu verabschieden, obwohl wir der Grund Ihrer Unannehmlichkeiten sind?», fügte ich kaum liebenswürdiger als mein Mann hinzu.

«Ich habe es eilig, in der Anonymität der grossen weiten Welt unterzutauchen, mein Leben zu ändern, etwas anderes zu machen. Bezüglich der Kirche habe ich mich schwer getäuscht. Oder vielleicht geht es ja auch nur aufs Konto unseres Bischofs. Aber mich dafür rechtfertigen zu müssen, mein Bestes getan zu haben, um das Leben einer Kranken zu retten, dafür aber der Unkeuschheit beschuldigt zu werden, weil ich allein mit einer Frau in ihrem Schlafzimmer gewesen sei und sie berührt habe, um … Nein, das reicht!»

Weder Basil noch ich waren katholisch, und wir verzichteten darauf, Kommentare abzugeben. Aber dass man Paul Kiener Unkeuschheit vorwarf, brachte uns zum Lachen, obwohl es ja hier eigentlich um den Tod unseres Kindes ging.

Bald schloss sich Kiener unserer Heiterkeit an, und selbst die sonst immer ernsten Züge Joséphines, die an der Tür wartete, um zu sehen, ob der Ex-Abbé nun gehen oder bleiben würde, entspannten sich zu etwas wie einem Lächeln.

«Gut, Joséphine, Doktor Kiener isst mit uns, bitte, alles Weitere sehen wir später.»

«Sehr wohl, Madame.» Sie eilte in die Küche.

«Wir sind wirklich untröstlich, dass Sie unseretwegen in eine so unangenehme Situation geraten sind, Doktor», sagte Basil.

«Es ist schwer zu glauben», fügte ich hinzu.

Er seufzte.

«Als ich aus dem deutsch-französischen Krieg heimkehrte, wo ich so viel Schreckliches gesehen hatte, dass es fürs ganze Leben reicht, fand ich es erholsam, innerhalb einer festen Form denken zu können. Die zwei Jahre Priesterseminar, die ich absolvieren musste, gingen problemlos vorbei, ich fühlte mich wiederhergestellt, aber ich vermute, dass ich immer noch unter Schock stand. Im Umgang mit den Leuten nehme ich jedoch Mal für Mal Anstoss an Verboten. Ein Priester tut dies nicht, ein Priester denkt jenes nicht. Solange es nur um Kleinkram ging, nahm ich es hin. Aber jetzt wollten sie mich an einen Ort schicken, der nach meiner Auffassung ein Kirchengefängnis ist, damit ich dafür büsse, versucht zu haben, Menschenleben zu retten. Das war des Guten zu viel.»

IV

Wir gingen zu Tisch.

«Ich kehre ins Elsass zurück, aufs Land», erklärte Paul Kiener am Ende der Mahlzeit. Wir hatten bis jetzt nur gescherzt, um die Atmosphäre etwas zu entspannen. «Es gibt bestimmt irgendwo einen Winkel, wo es an Ärzten mangelt. Mein Priestertum werde ich auf meine Weise leben – als Wanderarzt. Und im Elsass gibt es diesbezüglich keine Probleme, wenn es wirklich eine Religion braucht, trete ich der protestantischen Kirche bei.»

Ich musste lächeln.

«Der Herr Pfarrer erwähnte, Sie hätten das vor», bemerkte ich. «Aber er schien der Meinung zu sein, und ich habe es auch gedacht, nur, weil Sie wütend waren.»

«Er ist ein braver Mann, er hat bloss die Entscheidungen des Bischofs weitergegeben. Ich habe durchaus bemerkt, dass er nicht einverstanden ist. Aber mir war's ernst. Daran liegt es unter anderem, dass ich kein guter Priester bin. Ich glaube an Gott, aber ebenso sehr glaube ich, dass die Art und Weise, wie man ihn lobt, keine so wichtige Frage ist. Hauptsache, man lobt ihn.»

Wir waren bereits beim Kaffee, als mich Basil bei der Hand nahm.

«Du solltest vielleicht Dr. Kiener um Rat fragen, Zadie.»

«Worum geht's?», fragte der gute Doktor.

«Ich möchte Medizin studieren.»

Er strahlte.

«Im Ernst, Zadie?»

«Sehr im Ernst. Ich habe schon immer gern Menschen versorgt, und die Erfahrungen, die ich gerade gemacht habe, verdoppeln meine Neigung. Ich möchte nützlich sein.»

Ich stand auf und holte die Broschüre über die Ärztinnen, die ich in meinem Zimmer gefunden hatte.

«Haben Sie das verloren, Doktor?»

«Ach, meine Broschüre. Ich habe sie überall gesucht. Danke, Zadie. Hans von Scheel ist ein grossartiger Mann, wir kennen uns seit der Zeit, als ich Medizin studierte.»

«Wo haben Sie studiert?»

«In Zürich. Das lag näher von zu Hause als Paris oder Wien. Anfänglich wollte ich nach Basel, das liegt ja direkt vor unserer Haustür, aber da war kein Platz frei für mich.»

«Was er über die Frauen sagt, hat mir auf jeden Fall sehr gefallen.»

Er runzelte erstaunt die Stirn.

«Verstehen Sie Deutsch?»

Ich erzählte ihm von Miss Welti.

«In diesem Fall müssen Sie unbedingt in Zürich studieren. Zum einen ist es eine hervorragende medizinische Fakultät. Und zum anderen gibt es für eine Frau nichts Besseres. Sie müssen sich in den Vorlesungen keine Anzüglichkeiten von ihren Studienkollegen gefallen lassen. Gelegentlich vielleicht die eine oder andere Kleinlichkeit, aber durchaus erträglich. Im Vordergrund steht, dass man Sie dort nicht bei der Arbeit behindert. Es gibt seit zwanzig oder dreissig Jahren Frauen an der Fakultät, und einige von ihnen haben brillante Doktorarbeiten vorgelegt. In Zürich können Sie sich voll und ganz auf Ihre Studien konzentrieren und brauchen Ihre Kräfte nicht an Dummheiten zu verschwenden.»

Bis gegen Ende des Nachmittags blieben wir bei Tisch und schmiedeten verwegene Pläne.

Dr. Kiener wollte unbedingt den letzten Zug nach Paris nehmen, als die Nacht hereinbrach, begleiteten wir ihn zum Bahnhof. Und wir versprachen uns, uns bald wiederzusehen. Er gab uns die Adresse seiner Schwester in Saint-Louis.

«Schreibt mir dorthin, sie wird immer wissen, wo ich bin.»

Kaum wieder zu Hause, setzte ich mich an meinen Tisch und schrieb Miss Welti einen Brief. Ich erläuterte ihr, was ich vorhatte, und schloss:

«Meine liebe Welti, ich weiss, dass ich Sie um etwas bitte, was Sie etliche Zeit kosten könnte, aber ich möchte, dass Sie in Zürich Erkundigungen einziehen, vielleicht sogar selber hinfahren, um sich die Zulassungsbedingungen an der medizinischen Fakultät für eine Ungebildete wie mich erklären zu lassen. Was muss ich lernen, bevor ich das Studium beginnen kann? Und wo und wie?»

Etwa eine Woche später war die Antwort da. Miss Welti war begeistert.

«Ich schreibe Ihnen diese Zeilen, um Sie um etwas Geduld zu bitten, diese Woche noch fahre ich nach Zürich, ich habe dem Rektor geschrieben und ihn um ein Gespräch gebeten.»

Noch eine Woche, und auch diese Antwort war da.

«Der Rektor wollte wissen, wer Sie sind und was Sie gelernt

haben. Ein Eintrittsexamen gibt es nicht, man muss einfach Referenzen vorlegen. Ihre Fähigkeiten konnte ich ihm bis in alle Einzelheiten aufzählen. Nur beim Fach Chemie habe ich ein bisschen gelogen, aber ich kann Ihnen helfen, Ihren Rückstand aufzuholen. Ein Cousin von mir ist Chemiker und liebt es zu erklären, was er macht. Manchmal ist er etwas langweilig, weil er so viel redet, aber immerhin lässt Ihnen das genug Zeit, sich das Wesentliche zu merken. Auch beim Deutschen werde ich Ihnen helfen, wenn es Ihnen recht wäre, nach Biel zu kommen. Ich habe tatsächlich eine Stelle in einem Mädcheninstitut gefunden, die mir sehr gefällt. So kann ich jeden Abend zu mir nach Hause, und das möchte ich nicht aufgeben. Aber jetzt gibt es ja den Zug von Biel nach Zürich, das geht sehr schnell.»

Es ging auf den Sommer zu, und ich hatte gehört, wie man Basil immer wieder vorgeschwärmt hatte, wie ideal das Sommerlicht sei für Landschaftsmalerei an der Oise. Deshalb wollte ich unbedingt, dass wir bis Herbst in Pontoise blieben. Höchstens würden wir eine kleine Entdeckungsreise nach Biel und Zürich unternehmen.

Ich machte das nicht allein Basils wegen. Ich brauchte diesen Sommer, um wieder in Gang zu kommen. Ich wollte ausgeruht nach Zürich fahren. Und was gab es dafür Besseres als Pontoise? Das Leben hier war friedlich, Joséphine hätschelte mich, ich war von Malern umgeben, und Basil und ich liebten uns immer noch so leidenschaftlich wie am Anfang.

Von den Mitgliedern meiner Familie habe ich nicht mehr gesprochen, obwohl ich mit jedem von ihnen korrespondierte. Ich schrieb ihnen persönliche Briefe. Meine Mutter antwortete auf meine Beschreibung des Lebens in Frankreich in knappen Worten, eigentlich waren es nur Empfangsbescheinigungen. Mein Vater und Simon hingegen hielten mich auf dem Laufenden. Mein Vater schrieb über das Geraune im kulturellen London, und Simon erzählte mir den Klatsch. So erfuhr ich aus einem seiner Briefe, dass sich meine Eltern inzwischen getrennt hatten, was jedoch weder Vater noch Mutter in ihren Zeilen erwähnt hatten.

Meine Mutter wohnte die meiste Zeit auf einem der Familiensitze in Kent, und nach London kam sie nur, wenn eine offizielle Angelegenheit es erforderte, dass sie ihren Mann begleitete oder dass ihr Mann ihr Geleit bot. Mein Vater hatte sein grosses Haus in Mayfair gegen ein kleineres in Bloomsbury eingetauscht. Nichts von alledem hatte zu einem Skandal geführt, man wusste den Anschein zu wahren. Und von den Veränderungen wusste ich nur dank Simon, der übrigens eines schönen Morgens in Pontoise aufkreuzte.

Ihm hatten zuerst Basil und dann auch ich von unserem Unglück erzählt, worauf er mit einer Flut von Briefen antwortete, in denen er uns Hilfe, Geld, Unterstützung anbot. Wir schrieben zurück, das Einzige, was uns wirklich Freude machen würde, sei seine Anwesenheit.

«Auch ich brauche eure Gegenwart. Ich werde endlich Mireille heiraten, meine bretonische Verlobte, und hoffe, dass die ganze Familie kommt.»

Simon arbeitete, soweit wir wussten, mit Vater zusammen am Stock Exchange. Er rechnete damit, bald einmal den Bankkontor übernehmen zu können, wenn der Patron sich zurückziehen würde.

«Andere warten geradezu darauf, dass ihnen ihr Vater die Schlüssel zum Tresor aushändigt. Ich nicht. Mit Vater zu arbeiten macht richtig Spass. Er wird nie böse, er verfügt über eine Intuition, die uns reich gemacht hat, und er ist integer bis ins Mark. Für mich ist er ein Freund geworden. Falls er aufhören und aufs Land ziehen will, bin ich, glaube ich, bereit, seine Nachfolge anzutreten. Aber von mir aus kann er das Ruder in der Hand behalten, bis er hundert wird.»

Mein Vorhaben, Medizin zu studieren, versetzte ihn in Begeisterung.

«Brillant! Brillant! Das ist eine ganz und gar brillante Idee.» Zu Basil sagte er: «Du hättest sie sehen sollen, wie sie Tiere mit gebrochenen Pfoten pflegte, das Fieber der Angestellten senkte und Wunden verband ...»

Ich musste lachen.

«Du lässt aber auch gar nichts aus. Sag doch gleich, ich sei Florence Nightingale.»

«Auf jeden Fall bist du jemand, für den es die natürlichste Sache der Welt ist, andere zu pflegen. Wenn du erst einmal die Geheimnisse der ärztlichen Kunst gelernt hast, wirst du perfekt sein. Ich bin dein erster Patient, du kannst dich auf mich verlassen.»

Noch am gleichen Abend schrieb er Vater einen Brief, was zur Folge hatte, dass dieser eine Woche später ohne Voranmeldung bei uns vor der Tür stand.

Er sah schneidig aus, wirkte zehn Jahre jünger. Ich hätte

ihn gern über sein Privatleben ausgefragt, aber meine angeborene oder von meiner Mutter eingeimpfte Zurückhaltung hinderte mich daran. Ich begnügte mich mit der Frage, die immer passt:

«Was für günstige Winde führen Sie zu uns, Vater?»

«Ich fand es unerträglich, dir nicht persönlich zu sagen, wie sehr ich dein Vorhaben schätze, Medizin zu studieren. Ich habe mich informiert, mit Dr. Jex-Blake gesprochen, sie ist eine bemerkenswerte Frau und legte eine aussergewöhnliche Entschlossenheit an den Tag, um von der Fakultät angenommen zu werden. Sie schaffte es, in Edinburg studieren zu können, aller Ablehnung seitens der Männerwelt zum Trotz. Sie rät dir, nach Zürich oder Paris zu gehen, wenn du es dir leisten kannst.»

Ich hatte von Dr. Jex-Blake reden gehört, sie war eine Legende.

«Wir hatten gedacht, nach Zürich zu gehen, Miss Welti erkundigt sich für mich dort eben jetzt.»

Mein Vater rieb sich die Hände.

«Sehr gut. Und ich bitte euch, nicht auf das Notwendige zu verzichten, meine Kinder. Ich bezahle dieses Studium, ich will, dass du an nichts anderes denken musst, Zadie. Und was haben Sie vor, Basil? Ihr Stück wird im Embassy gegeben, habe ich gesehen.»

Basil verbeugte sich mit einem Lächeln.

«Ich werde tun, was ich bis jetzt getan habe, Sir Leo. Meine Stücke schreiben und malen. Die letzten achtzehn Monate hat Zadie hier gelebt, um mir einen Gefallen zu tun, damit ich die Malerei im direkten Kontakt mit einem Meister lernen konnte. Ich werde mit ihr in der Schweiz leben, so lange es sein muss. Schreiben und malen kann man überall.»

«Aber in den Semesterferien werden wir Sie besuchen, Vater, da brauchen Sie keine Angst zu haben.»

Vater küsste mich auf beide Wangen.

Ein paar Wochen später trafen wir uns alle wieder in Rennes zu Simons Hochzeit. Seine Verlobte war Protestantin, die Feier war deshalb bescheidener, als wenn die Braut katholisch oder anglikanisch wie wir gewesen wäre. Doch ihre Eltern liessen es sich nicht nehmen, ein grosses Fest zu geben. Wir verbrachten in Rennes eine angenehme, bewegte und fröhliche Woche.

Meine deutlichsten Erinnerungen beziehen sich auf das Ende dieser Woche. Wir sitzen bei Tisch – ob in einem Restaurant oder in einem Privathaus, weiss ich nicht mehr –, Simon, Mireille, mein Vater, Basil und ich. Simon, Mireille und mein Vater sind im Begriff, nach London aufzubrechen. Und wir – nach Zürich.

Man spricht über mein Medizinstudium, was nicht weiter verwunderlich ist. Heute, ein Dreivierteljahrhundert später, fällt es schwer, das zu verstehen, aber in jenem Augenblick war es doch eine solche Sensation, dass man die ganze Zeit einfach daran denken musste.

Mireille, meine neue Schwägerin, war dreissig. Bevor sie Simon heiratete, war sie Witwe gewesen. Ihr Mann war kurz nach ihrer Heirat bei der Belagerung von Paris ums Leben gekommen.

«Wir Frauen sorgten dafür, dass die Bürger zu essen hatten, und wenn sie verwundet wurden, pflegten wir sie. Wir haben den Nachschub sichergestellt. Niemandem wäre es in dieser Situation in den Sinn gekommen zu behaupten, wir seien das ‹schwache Geschlecht›.»

«Du solltest auch Medizin studieren», warf Simon ein. Es war als Scherz gedacht, aber Mireille fasste es nicht so auf und schob ihr Kinn vor.

«Warum nicht?», antwortete sie vollen Ernstes.

«Und wo willst du das tun?»

«In Paris. Madame Brès würde mir bestimmt behilflich sein.»

«Wer ist diese Madame Brès?», fragte mein Vater.

«Dr. Brès müsste ich sagen. Sie hat in Paris Medizin studiert, als erste Frau überhaupt. Und während der gesamten Belagerung von Paris, während der Kommune, arbeitete sie im Krankenhaus, um Leben zu retten. Sie war die einzige …»

Sie legte sich eine Hand auf den Mund, ihre Augen füllten sich mit Tränen und mit zitternder Stimme schloss sie:

«Sie war die einzige Ärztin, die in den Parc Monceau ging, wo am laufenden Band Erschiessungen stattfanden, als die Kommune besiegt war und die Kommunarden zu Tausenden hingerichtet wurden. Manchmal waren die Leute nicht sofort tot, und ihr gelang es, sie wegbringen zu lassen und zu retten. Heimlich. Sie hat alles organisiert, aber ausser uns wusste niemand davon.»

Mein Vater nahm sie bei der Hand. Ich kenne niemanden, der aus einem bloss halben Wort oder gar ganz ohne Worte versteht, was man ihm nicht gesagt hatte. Ich hatte es nie geschafft, ihn anzulügen, er kannte die Wahrheit, wenn er mich bloss ansah. Lange war ich überzeugt, dass dies nur bei mir so war, weil ich seine Tochter war. Aber an diesem Abend wurde mir klar, dass es eine Gabe war, die er bei allen anzuwenden verstand.

«Ihr Mann ist erschossen worden? War er Kommunarde?»

«Ich … er …»

Sie warf einen unsicheren Blick zu Simon.

«Du brauchst dich nicht zu fürchten, Mireille», antwortete Simon und nahm ihre andere Hand. «Ich liebe dich mit deiner Gegenwart und mit deiner Vergangenheit.»

Und mein Vater fügte hinzu:

«In meiner Jugend hätte ich zehnmal erschossen werden können. Wo ich war, gab es keine Kommune, ich schaffte es wegzukommen, ohne den Verdacht der Behörden auf mich zu ziehen. Diesem Umstand verdanke ich mein Leben. Sich gegen eine diktatorische Herrschaft aufzulehnen, die man als ungerecht empfindet, ist eine heilige Pflicht. Am Ende ist immer die Gerechtigkeit die Siegerin. Schauen Sie: Italien ist vereinigt worden. Unsere Opfer, das Leben all jener, die es für die Sache hingaben, trugen den Sieg davon.»

Mireille sah ihn an und wischte sich die Tränen ab.

«Ich ging in die Bretagne zurück, aber sprach nie darüber, weil es niemand verstanden hätte.»

Sie schneuzte sich.

«Ich habe geschworen, nie mehr einen Fuss nach Paris zu setzen, aber für das Studium würde ich es tun.» Sie lächelte mir zu. «Ich würde gern mit dir kommen, aber ich spreche kein Wort Deutsch.»

Sie drehte sich zu Simon um.

«Mein Mann war Drucker, er druckte die Plakate der Kommune. Er war für die Republik des Volkes, gegen die Preussen. Er sagte, Herr Thiers habe Frankreich verraten. Als sie zurückkamen, war er einer der Ersten ...»

Sie weinte wieder.

«Ich habe ihn gesucht und gesucht ... Man erwähnte den Bois de Luxembourg, den Parc Monceau, und ich ging hin.» Jetzt schwieg sie, sie war dort. «Als sie alle umgebracht hatten, gingen die Soldaten wieder, die Leichen wurden aber nicht gleich weggeschafft. Da habe ich Madame Brès gesehen.»

Sie schwieg. Wir stellten uns alle die gleiche Frage, doch niemand wagte es, sie laut auszusprechen, geantwortet hat sie aber schliesslich doch.

«Ich glaube, mein Mann war sofort tot. Jedenfalls war er tot, als ich ihn fand. Es gelang mir, seine Leiche zu verstecken, bevor sie sie holen kamen. Ich war mit Freunden gekommen. Wir begruben ihn, als ob er an einer Krankheit gestorben wäre, und wir behielten es für uns.»

Simon legte ihr seine Arme um die Schultern.

«Diese Dinge sollte man nicht für sich behalten, es ist besser, darüber zu reden.»

Und Basil schloss:

«Du solltest stolz sein auf ihn. Er ist für seine Überzeugung gestorben, er ist ein Held.»

Im Grunde war das Milieu, aus dem Basil stammte, keineswegs dazu angetan, einen Kommunarden zu bewundern. Umso mehr bewegte es mich, dass er dazu fähig war, eine Sache zu verstehen, die nichts mit ihm zu tun hatte.

Am anderen Tag nahmen wir Abschied, allerdings erst, nachdem ich meinem Vater geschworen hatte, ihm zu schreiben, sobald ich Miss Welti getroffen haben würde.

Als Erstes fuhren wir nach Paris, wo wir während ein paar Tagen Museen und Galerien besuchten. Dann reisten wir weiter nach Genf, aber ohne uns dort länger aufzuhalten. Am anderen Morgen waren wir bereits wieder unterwegs, und nach einem langen Reisetag trafen wir in Biel ein, eine kleine Stadt am Ufer eines Sees.

Wir gaben unser Gepäck zur Aufbewahrung, nahmen einen Fiaker und fuhren zu Weltis Adresse.

Angesichts der späten Stunde nahm ich an, Miss Welti sei zu Hause, und sie hatte uns tatsächlich ungeduldig erwartet und empfing uns voller Begeisterung. Sie wohnte im dritten Stock eines Mietshauses.

«Ich war mir sicher, dass ihr heute kommen würdet, doch als die Zeit verging, dachte ich, es müsse euch etwas aufgehalten haben, ich freue mich so sehr, euch nun für längere Zeit zu sehen, Basil, Sie erlauben mir doch, Sie Basil zu nennen, Sie sind der Schatz meines kleinen Schätzchens hier, und infolgedessen … »

Sie freute sich so sehr, uns zu sehen, dass sie zwischen zwei Sätzen kaum Atem fand. Sie hatte sich überhaupt nicht verändert. Aber ich sah sie mit anderen Augen, und ich begriff, dass das «alte Fräulein», das ich in meinen Erinnerungen zu einer Mutterfigur gemacht hatte, in Wirklichkeit höchstens um die dreissig sein konnte.

Sie hatte uns ein Zimmer in einem Hotel reserviert, wir baten sie, uns zu begleiten und mit uns zu essen. Alle drei zogen wir los wie fröhliche Kinder.

«Ich habe mir drei Tage freigenommen, um euch nach Zürich zu begleiten», eröffnete sie uns bei Tisch. «Sie müssen sich mit dem Dekan unterhalten, damit er feststellen kann, ob Ihre Kenntnisse ausreichend sind, weil Sie ja nicht die ‹Matura›, das Reifezeugnis, haben. Wenn er zum Schluss kommt, Sie genügten, wird er Sie privat immatrikulieren, nicht vor versammelter Studentengemeinde. Was Ihnen allerdings nicht erspart, Ihr Reifezeugnis nachholen zu müssen. Und zwar vor Ende des Studiums, damit Sie dann ohne weitere Formalitäten Ärztin werden können. Aber viele Studentinnen machen es auf diese Art nachträglich. Damit will ich sagen, dass ich mit einigen Damen gesprochen habe, die in Zürich Medizin studieren oder studiert haben, und alle bestätigten mir, dass Sie in Zürich keine jener Demütigungen zu erwarten haben, die in Paris an der Tagesordnung sind. Man wird Sie vielleicht anstarren, aber an der Fakultät respektieren die Studenten ihre weiblichen Kommilitonen.»

Anderntags fuhren wir bei prächtigem Wetter nach Zürich, vom Zug aus bewunderten wir das Schweizer Mittelland, eine Landschaft, die sich sehr von Südengland unterscheidet. Die Farben der Natur waren wunderbar, Basil machte eine Skizze nach der anderen. Und Miss Welti erklärte mir unterdessen die Grundzüge der Chemie.

«Zur Vertiefung brauchen Sie einen Spezialisten, ich gebe Ihnen jetzt nur einen Überblick für Ihr Gespräch mit dem Dekan der medizinischen Fakultät.»

In Zürich bat Basil den Kutscher (mit Welti dazwischen), uns zu einem Hotel am Fluss zu fahren.

«In diesem Fall empfehle ich Ihnen das ‹Schwert›», sagte der Kutscher, nachdem er uns ausgiebig gemustert hatte. Wir sahen offenbar nicht wie wohlhabende Leute aus.

Das Hotel «Schwert» lag am Fluss und an einer Brücke, wo nach Auskunft des Kutschers jeden Freitag Markt gehalten wurde. An der Tür stand ein Diener auf Abruf.

«Wollen Sie wirklich ins Hotel, wir könnten es auch mit einer kleinen Pension versuchen», wagte Welti zu sagen.

Basil wischte ihren Einwand mit einer Handbewegung weg.

«Miss Welti, wir sind untypische Studenten, wir haben Geld und sind von niemandem abhängig. Solange das Geld reicht, geben wir es aus, um angenehm leben zu können. Wenn es aufgebraucht ist, wird meine Frau Ärztin sein und ich entweder ein bekannter Maler oder ein gefragter Theaterautor. Und wenn ich es nicht schaffe, ein berühmter Künstler zu werden, werde ich meiner Frau auf der Tasche liegen. Und es wird weiterhin Geld da sein, um bezahlen zu können.»

Welti lachte.

«Wenn Sie die Dinge so sehen … Worauf warten wir noch?»

Diese ersten Tage in Zürich waren verwirrend. Ich erinnere mich zwar gut an mein Gespräch mit dem Dekan, der mich gleich mit den unterschiedlichsten Fragen bombardierte, um mich auf die Probe zu stellen.

Welti hatte mich wie eine Stopfente mit Begriffen gefüttert, weil sie überzeugt war, sie mir vorher nicht ausreichend eingetrichtert zu haben. Am Vorabend war ich völlig erschöpft und meinte schliesslich lachend zu Welti:

«Hören Sie auf, Miss Welti! Sie wissen doch, dass ich ein paar Bücher gelesen habe, seit wir auseinandergegangen sind. Und ausserdem werde ich binnen einer Woche alles vergessen haben, was Sie mir jetzt erzählen. Wir wollen also lieber nicht so tun, als ob.»

Aber ich muss gestehen, dass mir das vollgestopfte Hirn doch ermöglichte, gute Figur zu machen, so dass der erhabene Herr Professor schliesslich verkünden konnte:

«Ihre Bildung reicht aus für einen Eintritt, aber Sie werden noch die Matura machen müssen, bevor Sie Ihr Lizentiat und Doktorat bekommen, Frau Tatley. Nicht wahr?»

«Ja, Herr Dekan.»

«Und arbeiten Sie an Ihrem Deutsch. Es ist ganz ordentlich, aber Sie erleichtern sich das Leben, wenn Sie es besser können.»

Das verstand sich von selbst. Ich begnügte mich damit zu nicken.

Bei unserer Ankunft hatte ich an Vater geschrieben, um ihn zu beruhigen und ihm die Adresse des Hotels mitzuteilen, in dem wir abgestiegen waren. Eines Morgens, ein paar Tage bevor wir nach Pontoise zurückfahren wollten, um den Sommer dort zu beenden und unseren Umzug in die Wege zu leiten, meldete sich ein Unbekannter zur Frühstückszeit.

«Herr und Frau Tatley?»

«Zu Ihren Diensten, mein Herr.»

«Ich bin einer von Sir Leos Korrespondenten, mein Name ist Franz Hunziker.»

Wir tauschten die üblichen Bücklinge und das übliche Händeschütteln aus.

«Madam, Ihr Vater hat mich beauftragt, für Sie ein bescheidenes, aber komfortables Haus für ein paar Jahre zu suchen. Das sind seine eigenen Worte. Ich meinerseits frage mich, ob Ihnen nicht auch eine Wohnung dienen würde, ich hätte eine im Auge.»

Basil und ich sahen uns an, dann brachen wir in Lachen aus. Mein Vater hatte verfügt, für die Kosten meines Studiums aufzukommen, und mit dieser Massnahme liess er uns wissen, dass wir nicht würden knausern müssen.

«Ich danke Ihnen, dass Sie meinen Vater nicht ganz wörtlich genommen haben. In einer Wohnung fallen wir bestimmt weniger auf als in einer Villa.»

Wir hatten uns auf Spaziergängen ein paar Häuser angesehen, aber sie waren uns ein bisschen zu grossspurig vorgekommen, weshalb wir uns darauf einigten, nicht unbedingt auffallen zu wollen und eine Pension ins Auge zu fassen. An die Möglichkeit, eine Wohnung zu nehmen, hatten wir nicht gedacht.

Diejenige, die Franz Hunziker für uns ausgesucht hatte, lag etwas ausserhalb der Altstadt, an einer Strasse namens Zeltweg, die zur Gemeinde Hottingen hinausführte. Sie lag in der hinteren einer Doppelreihe von Häusern, etwas abseits der Strasse, die tagsüber mit all den Karren, Wagen und Pferden ziemlich lärmig war. Die Zimmer waren geräumig, ruhig, die

Fenster hoch, unmittelbar über einem Baum mit viel Laub. Ich mochte die Wohnung sofort. Sie war gross, aber nicht zu gross, und ich würde mich hier wirklich wohler fühlen als in einer Villa. Wir nahmen die Wohnung.

Herr Hunziker gab uns seine Adresse.

«Lassen Sie mich ein paar Tage im Voraus wissen, wann Sie zu kommen gedenken, es wird alles bereit sein.»

Wir reisten ab. Als Erstes fuhren wir über Basel nach Saint-Louis, um Dr. Kiener zu treffen. Er hatte keine Zeit verloren. In kürzester Zeit hatte er sich eine Kundschaft armer Leute erworben und klopfte «Tag und Nacht die ländlichen Gegenden ab, zu Pferd und bei jedem Wetter», wie wir von seiner Schwester erfuhren, während wir auf seine Rückkehr warteten.

Er war immer noch gleich gross, aber etwas weniger massiv – bei der vielen Bewegung hatte er abgenommen. Sein Aussehen hatte allerdings mehr von einem Arbeiter als von einem Arzt.

«Der Kampf gegen die Armut und gegen den zu frühen Tod ist hart», sagte er mit einem tiefen Seufzer, nachdem er uns in seiner überschwenglichen Art umarmt hatte.

«Haben Sie kein Ambulatorium, wo Sie die Leute empfangen können?»

Er deutete ein verzagtes Lächeln an.

«Meine Patienten gehören weder zu jener Sorte von Leuten, die von sich aus den Arzt aufsuchen, meine lieben Freunde, noch können sie sich den Arzt alle Tage leisten. Ich lebe von der Wohltätigkeit meiner Schwester und verbrauche, was mir von meinem Erbteil übrig geblieben ist. Honorare bekomme ich nur ganz selten. Deshalb bin ich sehr auf Sparsamkeit bedacht.»

Basil warf ihm einen hinterhältigen Blick zu.

«Aber wenn Sie von einem Mäzen eine Lokalität und eine Kutsche angeboten bekämen, um die Zeit Ihrer Tage besser nutzen zu können, würden Sie es annehmen?»

Kiener deutete ein Lächeln an.

«Mit Mäzen meinen Sie sich selbst?»

Basil machte eine Verbeugung.

«Ich muss einfach immer wieder an den Tag denken, als Ihr Erscheinen für Zadie eine Frage von Leben oder Tod gewesen war. Und ich sage mir, dass ich dies Ihren Patienten schuldig bin. Ich verfüge über mehr Mittel, als ich brauche, ohne dass ich etwas dafür getan hätte, man kann das Geld geradeso gut für etwas Nützliches ausgeben.»

Kiener legte ihm eine Hand auf die Schulter.

«In diesem Fall betrachte ich Ihr Angebot als Kapitalrendite und ausserdem als Geschenk des Himmels. Ich akzeptiere.»

So kam es, dass er am anderen Morgen wieder auf seinem schlechten Mietpferd durch die Lande ritt, während wir mit seiner Schwester einen leerstehenden Laden anmieteten, den sie im Auge gehabt hatte und der problemlos zu einer Arztpraxis umgebaut werden konnte.

Dann sah sich Basil einige Stallungen an, wählte jene aus, die ihm die beste zu sein schien und vertrauenswürdig wirkte (in solchen Dingen war er unschlagbar). Er kaufte eine Kutsche und ein Pferd und bezahlte nicht nur ihren Preis, sondern auch für Unterbringung und Unterhalt.

Tags darauf reisten wir weiter, nicht ohne versprochen zu haben, bald wiederzukommen.

V

Unsere letzten Monate in Pontoise verliefen friedlich. Basil malte viel, ich studierte viel, wir sind viel spazieren gegangen. Unser Alltagstrott wurde von keinem Drama mehr getrübt. Basil fuhr für ein paar Tage nach London, um über die letzten Änderungen an seinem Stück zu diskutieren, im Dezember sollte es aufgeführt werden. Ich begleitete ihn nicht. Es gab immer noch Momente, wo ich eine grosse Müdigkeit spürte, ich wollte lieber die Ruhe und die Mahlzeiten geniessen, die zwar sehr gepflegt, aber nach einem Ausdruck, den Joséphine sehr mochte, in erster Linie «kräftigend» waren. Abgesehen davon verbrachte ich meine Zeit mit Lernen aus Büchern, die ich aus Zürich mitgebracht hatte: die berühmte Chemie natürlich, aber nicht nur das. In meiner Kindheit hatte mich Welti dazu gezwungen, etwas Latein zu lernen, aber ich hatte nie verstanden, was daran nützlich sein könnte, weshalb ich mich mit oberflächlichem Schein zufriedengab, um ihr eine Freude zu machen. Jetzt sah ich, wie lebendig diese «tote Sprache» in der Medizinausbildung war. Ich machte mich also wieder dahinter. Auch hinter die Mathematik und die vielen anderen Dinge, die zu kennen mir bis jetzt ziemlich überflüssig vorgekommen waren.

Gegen Ende September und nach einer ganzen Reihe von Abendgesellschaften und Festen bei unseren Malerfreunden und bei ein paar Personen, die wir etwas näher kennengelernt hatten, waren wir bereit zu gehen.

Seit ein paar Tagen lebten wir inmitten unseres Gepäcks. Am Abend vor unserer Abreise trat Joséphine ins Zimmer, wo ich gerade dabei war, einen der unzähligen Koffer zu schliessen. Die Art und Weise, wie sie eine Ecke ihrer Schürze zusammenrollte, liess darauf schliessen, dass sie mir etwas Wichtiges mitzuteilen hatte, bei ihr war das ein untrügliches Zeichen.

«Ja, Joséphine?»

Sie hüstelte noch ein paarmal, bevor sie ihr Anliegen vorbrachte.

«Wer wird sich in der Schweiz um Sie kümmern, Madame?»

Diese Frage hatte ich nicht erwartet.

«Mhm ... ich weiss es nicht wirklich, Joséphine, ich habe noch nicht darüber nachgedacht, warum?»

«Es ist, weil ... weil ... Ich möchte bei Ihnen bleiben, Madame. In Ihren Diensten.»

«Aber Joséphine ...»

«Sie müssen wissen, Madame, dass das Haus, in das Sie eingezogen sind, vorher seit zwei Jahren leer stand. Und ich wohnte heimlich in einem Mansardenzimmer. Niemand wusste es. Als Sie kamen, tat ich so, als ob Sie mich eingestellt hätten. Ich hatte ja gesehen, dass Sie dachten, der Besitzer habe mich mit dem Haus mitgeliefert. Deshalb habe ich nie etwas gesagt. Aber jetzt ...»

«Ich werde in einer Stadt leben, wo kaum Französisch gesprochen wird, Joséphine.»

Sie wischte den Einwand mit einer Handbewegung weg.

«Wenn ich hierbleibe, wird mich niemand mehr haben wollen, Madame. Ich hatte ein uneheliches Kind, man nahm es mir weg. Und weil ich mich wehrte, steckte man mich ins Gefängnis …»

Ihre Stimme begann zu zittern, dann schwieg sie.

Vor Überraschung und Mitleid war ich wie gelähmt.

Im Nachhinein kann ich meine Unachtsamkeit gegenüber Joséphine, die an jenem Tag bereits anderthalb Jahre bei mir war, nur mit meiner Jugend und mit dem Drama entschuldigen, das ich selber erlebt hatte. Als ich nach Pontoise kam, war ich gerade achtzehn geworden, und als ich mein erstes Kind verlor, war ich neunzehn. Zum Zeitpunkt dieses Gesprächs war ich noch keine zwanzig Jahre alt.

Joséphine musste mein Schweigen für eine unausgesprochene Ablehnung genommen haben.

«Sie haben nie über mich zu klagen gehabt, Madame?»

Jetzt hatte auch ich Tränen in den Augen.

«Ganz im Gegenteil, Joséphine, Sie waren wunderbar, und darauf kommt es an.»

«Ich wusste, dass Sie es so sehen würden, Madame. Aber hier kennt man mich nur als die Frau mit dem unehelichen Kind, die einen von den Männern, die gekommen sind, um ihr Kind zu holen, umzubringen versucht hat.»

Langes Schweigen. Inzwischen waren wir beide in Tränen aufgelöst.

«Was ist aus dem Kind geworden?», fragte ich schliesslich.

«Es ist von guten Leuten adoptiert worden – zum Glück. Mit sechs ist es an einem Fieber gestorben.»

«Und der Vater?»

«Im siebziger Krieg gefallen. Sonst hätte er mich geheiratet. Er wollte Urlaub nehmen dafür, als ich ihn wissen liess, ich sei schwanger, aber er wurde vorher getötet.»

Meine Entscheidung war in einem einzigen Augenblick gefallen.

«Sie müssen Deutsch lernen, Joséphine, denn mir ist es viel lieber, mit Ihnen, statt mit einer unbekannten Zürcherin zu leben.»

Sie fiel auf die Knie, ergriff meine Hände, bedeckte sie mit Küssen und weinte. Und auch ich tat es ihr wieder gleich.

«Ich bitte Sie, Joséphine, stehen Sie auf. Machen Sie schon, stehen Sie auf.»

Sie stand auf, und ich nahm sie in meine Arme.

So fand uns Basil, in gegenseitiger Umarmung und heisse Tränen vergiessend.

Ich erklärte ihm alles, während Joséphine steif wie ein Stock und mit gesenktem Blick dastand und heftig eine Ecke ihrer Schürze ein- und ausrollte.

«Ich hatte davon gehört», gestand er mit ruhiger Stimme, als ich schwieg. «Ich sollte gewarnt sein, hiess es, aber Klatsch interessiert mich nicht. Es kommt darauf an, was jemand tut. Ich finde den Gedanken, dass Sie mit uns kommen, sehr angenehm, Joséphine.»

Er trat zu ihr, ergriff ihre rechte Hand und schüttelte sie, als ob sie ein Mann wäre.

«Willkommen in unserem neuen Leben.» Und es schien ihm angebracht hinzuzufügen: «Und übrigens hatte ich bereits bedauert, mich von einer Person trennen zu müssen, die meine Pinsel so einwandfrei zu reinigen versteht.»

Wir verschoben unsere Abreise um zwei Tage. Am Tag darauf begleitete ich Joséphine nach Paris. Nachdem sie mir die Augen geöffnet hatte, war mir klar, dass sie ordentlich gekleidet sein musste, wenn sie respektiert werden sollte, und dies war nicht der Fall. Natürlich war sie immer auf peinliche Sauberkeit bedacht, doch unter ihren Schürzen verbargen sich Kleider, die ihre besten Tage längst gesehen hatten.

Bei dieser Gelegenheit erfuhr ich, dass auch diese «alte Frau» keineswegs so alt war, sondern erst zweiunddreissig. Und anständig gekleidet, mit dem kleinen Hut auf dem Kopf, auf den ich zur Vervollständigung ihrer Reisegarderobe bestanden hatte, sah sie nicht mehr älter aus, daran änderten auch die Falten um ihre Augen nichts.

An einem kalten und regnerischen Oktoberabend trafen wir in Zürich ein. Die erste Nacht verbrachten wir im Hotel. Früh am anderen Morgen ging ich in die Wohnung. Ich hatte Herrn Hunziker unsere Ankunft angekündigt, und auch, dass Joséphine da sein würde. Er holte uns im Hotel ab und brachte uns an den Zeltweg, während sich Basil um unser Gepäck kümmerte.

Mein Vater hatte für die Möblierung gesorgt. Ich hatte ihn gebeten, spartanisch vorzugehen, und er respektierte unseren Wunsch. Es waren Betten da, einige Schränke, Tische und Stühle. Nichts von dem ganzen Plunder, mit dem man damals die Häuser vollstopfte.

Auf dem Dachboden gab es ein Mädchenzimmer, und Joséphine bestand darauf, sich dort einzurichten. Wenn wir zusammen unterwegs waren, ging sie immer einen Schritt hinter mir, damit niemand übersehe, dass sie eine Bedienstete war. Meine Vorhaltungen blieben wirkungslos.

Sie ging durch die Wohnung, sah sich in der Küche um, dann fertigten wir eine Liste dessen an, was uns noch fehlte.

«Ich kann alles besorgen, Madame, kümmern Sie sich um Ihre Studien. Der Haushalt ist meine Sache.»

Von einer Nachbarin hatte sie die Adresse eines Haushaltswarengeschäfts, ich gab ihr Geld und liess sie machen, und noch am gleichen Abend assen wir bei uns zu Hause, als ob wir schon seit Monaten hier wohnten.

In den folgenden Jahren kümmerte sie sich getreulich um uns. Ihr hatte ich es zu verdanken, dass ich mich voll und ganz auf mein Studium konzentrieren konnte – besser noch, sie half mir dabei. Als ich das Fach Anatomie studierte, sprach ich manchmal mit ihr darüber. Lesen konnte sie kaum, und auch Schreiben war keineswegs ihre Stärke, aber sie hatte ein Gedächtnis aus Stahl. Wenn ich in ihrer Gegenwart laut eine Beschreibung las, konnte sie mich anschliessend praktisch aufs Komma genau korrigieren. Als mein Studium zu Ende war, verfügte sie über nahezu gleich viel theoretisches Wissen wie ich.

Ihr Quasi-Analphabetismus hinderte sie nicht daran, sich schnell in einer Mischung aus Deutsch und Dialekt zurechtzufinden, ganz abgesehen davon, dass sie sich an vielen Orten problemlos auf Französisch verständigen konnte.

Aber ich bin der Zeit voraus.

Jetzt geht es um meine erste Medizinvorlesung.

Ich wollte nicht auffallen, weshalb ich schwarze Kleidung

trug, nur mit einem kleinen weissen Kragen. Als ich eintraf, stellte ich fest, dass ich recht hatte, die anderen Frauen waren genauso gekleidet wie ich.

Am meisten Angst hatte ich in der Anatomie vor dem Sezieren. Und als meine Studienkolleginnen und ich das erste Mal das Amphitheater betraten, gab es tatsächlich jemanden, der halblaut, aber sehr deutlich vernehmbar in perfektem Französisch sagte:

«Die Krähen sind immer schwarz.»

Als dann aber die Arbeit begonnen hatte, ging alles ganz gut. Ich hatte Angst, die Übungen schlecht zu vertragen, aber das Interesse an den Funktionen des menschlichen Körpers gewann die Oberhand.

Bei einem der Krankenhaus-Lieferanten hatte ich mir ein Sezierbesteck besorgt, wobei man mich zwei- oder dreimal gebeten hatte, ich möchte bitte meinen Mann vorbeischicken, man verkaufe die Instrumente lieber dem «Herrn Doktor» persönlich. Ob die Leute dort je verstanden haben, dass ich dieser «Herr Doktor» war, weiss ich nicht.

Wenn ich manchmal den ganzen Tag damit zugebracht hatte, eine Hand zu sezieren oder ein Schienbein zu untersuchen und dann nach Hause kam, erzählte ich alles Basil, der mir fasziniert zuhörte und Fragen stellte.

«Dank deiner Beschreibungen sehe ich die Körperteile, die ich male, von innen», sagte er einmal.

Gelegentlich sezierte ich auch, was Joséphine vom Markt nach Hause brachte – Kaninchen und Hühner –, kurz bevor sie in die Pfanne kamen. Sie verfolgte die Operationen aufmerksam, wagte es schliesslich sogar, selber das Skalpell in die Hand zu nehmen – selbstverständlich nur in der Küche –, und wurde mir eine grosse Hilfe beim Lernen für die Prüfungen.

Ich belegte auch die Fächer Mathematik, Chemie, Botanik – und zwar alle auf Deutsch. Ich hörte nicht auf, ohne Unterlass Miss Welti und ihre Entschiedenheit zu preisen, die sie während meiner gesamten Jugendjahre an den Tag gelegt hatte. Sie war mir für die tausenderlei Dinge, die zu lernen waren, eine gute Lehrerin gewesen. Meine ersten Sommer-Semesterferien nutzte ich dazu, die berühmte Matura nachzuholen, und Miss Welti verbrachte zwei Wochen mit uns. Wir machten lange Wanderungen, aber gleichzeitig arbeiteten wir hart. Sie half mir, mein Deutsch zu verbessern, was mir beim Studium eine grosse Hilfe war.

Mit Herrn Hunziker, der über den Börsentelegraphen in ständiger Verbindung mit meinem Vater stand, blieben wir in freundschaftlicher Beziehung, was uns ermöglichte, hin und wieder kurze Botschaften auszutauschen. In der Zeit, als Miss Welti bei uns war, kam uns Herr Hunziker eines Tages besuchen. Und das Unerwartete geschah – er verliebte sich in sie. Als sie nach Biel zurückgekehrt war, kam er wieder zu uns, um uns zu fragen, was wir davon hielten, wenn er sie bitten würde, ihn zu heiraten. Er war verwitwet und hatte keine Kinder.

«Seit dem Tod meiner Frau begegnet mir zum ersten Mal ein Fräulein, das mich in Aufruhr versetzt.»

«Dann besuchen Sie sie doch in Biel und machen Sie ihr den Hof», ermutigte ihn Basil. «Ihr werdet sehr glücklich zusammen, da bin ich mir sicher.»

Tatsache ist: Franz Hunziker, wohl noch keine vierzig, war ein schöner Mann, grossgewachsen, schwarze Haare und schwarzer Schnurrbart, militärische Haltung. Tatsache ist auch, dass er und meine Welti ein schönes Paar sein würden. Ich wusste schon lange, dass sie nicht hatte heiraten wollen, allerdings mit Bedauern. Sie hatte es mir erzählt, als sie noch meine Gouvernante gewesen war.

«Um zu heiraten, muss man reich und jung sein, und ich bin weder das eine noch das andere. Ich hätte mir Kinder gewünscht, aber mein einziges Kind sind Sie», hatte sie mir einmal an einem Weihnachtsabend eröffnet, als man uns beide ganz allein in dem grossen, etwas melancholischen Haus meiner Mutter in Cornwall gelassen hatte und wir in der Küche mit den Bediensteten schlemmten. Meine Mutter hätte das niemals erlaubt, denn sie war sehr strikt auf Etikette bedacht, aber sie war ja nicht da, und es hatte sich alles wie von selbst ergeben.

Ich war sehr glücklich darüber, dass sich Welti mit ihrer düsteren Prognose geirrt hatte, und ich hoffte, dass es noch nicht zu spät war für sie, Kinder zu bekommen (ein Jahr später gebar sie zwei Buben, Zwillinge.)

Und ich?, mag man sich fragen. Und meine grosse Liebe?

Basil und ich liebten uns mit der Heftigkeit der ersten Tage. In gewisser Hinsicht lebten wir zweifellos das, was heutige Psychiater eine symbiotische Beziehung nennen. Der eine erlebt mit höchster Intensität alles, was der andere tut, und umgekehrt. Ich könnte fast sagen, während der zehn Jahre sei ich ein wenig Maler und Theaterautor und Basil ein wenig Arzt geworden.

Eines der Zimmer unserer Wohnung diente uns als Atelier. Dort malte und schrieb Basil. Ich hatte meinen Arbeitstisch auch dort und studierte. So verbrachten wir ganze Tage und Nächte, manchmal schwiegen wir, manchmal tauschten wir Eindrücke oder Informationen aus, und wenn uns die Lust überkam, küssten und liebkosten wir uns (zwei- oder dreimal an einem Abend, wenn mich meine Erinnerung nicht täuscht).

Wir teilten zusammen das Bett, vom ersten bis zum letzten Tag, obwohl wir noch in einer Zeit lebten, als es hiess, Leute unseres Standes hätten je ihr eigenes Zimmer. So wie Basil, ohne darüber nachzudenken, auf einen Diener verzichtete, verzichtete ich auf ein Zimmermädchen. Wir hatten ja Joséphine, sie kümmerte sich liebevoll und mit Hingabe um uns, und sie war sehr tüchtig. Wir nahmen zusätzliches Personal in Dienst, wenn es nötig war, aber sonst waren wir die ganze Zeit unter uns. Das verstärkte die Intensität unserer Beziehung noch. Meine sexuellen Bedürfnisse blieben dieselben vom ersten bis zum letzten Tag, und wenn ich es nach Basils Verhalten beurteile, traf dies auch für seine zu.

Und? Keine Kinder?

Doch, natürlich. Aber eigentlich muss von vier Schwangerschaften gesprochen werden. Drei davon endeten als Fehlgeburt. Das zweite Baby hatte ich zu behalten vermocht, ein Mädchen, bis in den siebten Monat. Dann kam es zur Entbindung. Gleich nach der Geburt bekam es eine Gelbsucht, schon nach wenigen Stunden war es tot. Zwischen Basil und mir gab es eine Unverträglichkeit genetischer Natur. Sie war schuld daran, dass ich ein Kind von ihm nicht austragen konnte. Damals wusste man darüber noch nicht Bescheid, und es machte mir deshalb grossen Kummer, die Kinder zu verlieren. Ich dachte, ich sei schuld daran.

Doch die Harmonie zwischen uns war stark genug, um unsere Paarbeziehung zu erhalten.

«Ich habe dich und du hast mich. Wir sind Liebende, und wir sind jeder dem anderen sein Kind», sagte mir Basil eines Tages, als ich nach dem Tod unserer kleinen Tochter nicht zu weinen aufhören wollte. Auch er war traurig, aber weniger als ich. Kinder zu haben stand für ihn nicht im Vordergrund, das hatte ich schon früh begriffen und mir immer wieder gesagt, es liege daran, dass ihm die Früchte seiner Phantasie genügten. Und auch, dass unsere Liebe so absolut war und es keinen Platz gab für einen Dritten.

Auf die Studienjahre will ich aus zwei Gründen nicht näher eingehen: Einerseits, weil ich mit meiner Erzählung erst beim Alter von 25 Jahren angekommen bin, aber noch ein Dreivierteljahrhundert zu schildern habe; andererseits, weil die Erinnerung an meine erste grosse Liebe, die unter den damaligen Umständen hatte unvollendet bleiben müssen – beziehungsweise auf tragische Weise vollendet worden war –, auch die Erinnerung an eine Leidenschaft in mir wachrief, die ich später in dieser Art nie mehr erlebt habe, und an den schrecklichen Schmerz nach dem tragischen Ende.

Von den Zürcher Jahren kann ich nur sagen, dass sie friedlich gewesen sind. Ausgegangen sind wir kaum. Uns stand der Sinn nicht nach Extravaganzen, und wir legten auch keinen

Wert darauf, in den Patrizierhäusern des «unteren Zürich» ein und aus zu gehen, deren Bewohner uns Studenten im «oberen Zürich» mit einiger Skepsis betrachteten. In Hottingen gab es jedoch einen literarischen Zirkel, wo wir manchen Abend verbrachten.

Jeden Sommer fuhren wir nach England, und schon beim zweiten Mal liess mich der Arzt von Saint Askin bei ihm assistieren.

Die Leute sahen mich anfänglich mit scheelen Blicken an. Meine Sporen verdienen konnte ich, als es in der Kaolin-Mine ein Unglück gab. Saint Askin hatte im Verlauf seiner Geschichte entdeckt, dass in seinem Boden das Material lagerte, aus dem Porzellan hergestellt wird, und das hatte der Gegend Wohlstand gebracht. Einige Unternehmer waren reich geworden, und ein ziemlich grosser Teil der Bevölkerung vernachlässigte den Boden, um in der Mine zu arbeiten – aus diesen Leuten wurde das, was man heutzutage Subproletariat nennt, sie waren am Anfang nicht mehr auf dem Boden heimisch und noch nicht in der Mine, wo die Arbeit sehr streng, manchmal ungesund, sogar gefährlich und obendrein schlecht bezahlt war.

Zum Unglück. Ich arbeitete in der Praxis von Dr. Cornwallis, dessen Assistentin ich war, und hörte mir die Klagen einer Frau mit Migräne an. Der Arzt war dringend zu einer Entbindung einige Meilen von hier gerufen worden.

Plötzlich stürmte ein schmutziger kleiner Junge mit zerzausten Haaren und hervorstehenden Augen in das Sprechzimmer, gefolgt von der empörten Hausgouvernante.

«Mach, dass du augenblicklich wegkommst von hier, du

dreckiger Bengel. Entschuldigen Sie, Madam, es gab keine Möglichkeit, ihn zurückzuhalten.»

«Die … Mine … Hilfe! …», brachte der Junge schliesslich hervor, dann fiel er der Länge nach hin.

«Grosser Gott! Es muss ein Unglück in der Mine gegeben haben», schrie meine Patientin. «Der Junge hier, Johnny, ist der Sohn meiner Nachbarn, ein braver Bub. Es … gibt bestimmt Verletzte.»

Man wird sich durchaus vorstellen können, was in diesem Moment in einer Studentin vorging, die ein paar Semester Medizin studiert, aber noch kein einziges Praktikum in einem Krankenhaus absolviert hatte, sich jetzt aber um Schwerverletzte würde kümmern müssen. Blitzartig wurde mir klar, dass es Zeit war, meine Verwirrung zu vergessen. Einerseits, weil die Leute jetzt in erster Linie beruhigt werden mussten, andererseits, weil es bei der geringsten Schwäche meinerseits geheissen hätte, von einer Frau sei ja nichts anderes zu erwarten – und bestimmt hätte jemand gesagt, was einer meiner Professoren in Zürich von sich gegeben hatte: Dies sei nun der Beweis dafür, dass das weibliche Gehirn nicht für die Medizin gemacht sei.

Ich begann mit der Wiederbelebung Johnnys, der nicht verletzt, sondern einfach viel zu schnell gerannt war.

«Kennst du Spring Hollow, Johnny?»

«Der Hof der Quincys, ja.»

«Geh jetzt zu mir nach Hause und sage Herrn Tatley, er solle dich hinten aufsitzen lassen und zu Dr. Cornwallis reiten, der jetzt gerade in Spring Hollow ist, um ihm auszurichten, er werde so schnell als möglich in der Mine gebraucht. Warte auf ihn, um ihn an den Unglücksort zu begleiten. Und sag ihm, ich sei bereits dorthin unterwegs mit allem, was wir hier verfügbar haben. Hast du verstanden?»

«Ja, Madam.»

Jetzt wandte ich mich an die Gouvernante.

«Besorgen Sie mir schnell die nächste Kutsche. Stehlen Sie eine, wenn's sein muss. Wenn kein Kutscher da ist, fahre ich selber.» Sie ging wortlos. «Und Sie, meine Liebe, helfen mir, Verbände und Desinfektionsmaterial vorzubereiten. Die vorhandenen Schienen nehmen wir auch mit.»

Wir füllten das ganze Material in drei Koffer, mehr als zehn Minuten brauchten wir nicht dafür. Und kaum waren wir fertig, stand ein Gentleman in der Tür, elegant gekleidet wie für den Opernbesuch, sehr gross, braun und mit gerunzelter Stirn.

«Wie ich höre, gibt es einen Notfall.»

Ich erkannte ihn sofort. Es war Jonathan Barber, einer der älteren Söhne Lord Lidleys, unseres steinreichen Nachbarn. Als ich vierzehn gewesen war, hatte unsere Beziehung bis zu einem sehr keuschen Kuss gereicht. Dann hatten wir uns aus den Augen verloren. Er war ein paar Jahre älter als ich.

«Ein Feldwebel in Damenkleidung hat mich angehalten und mir befohlen, mich dem Arzt zur Verfügung zu stellen. Mein Fahrzeug und meine Person stehen zu Diensten. Wo …? Donnerwetter, bis du das, Zadie?»

«Dr. Zadie Tatley, zu Ihren Diensten, Mister Barber. Reden können wir nachher. Helfen Sie mir, diese Kisten auf Ihre Kutsche zu laden. In der Mine ist ein Unglück geschehen und …»

«Das genügt, Doktor. Sie können mit mir rechnen.»

Er zog seinen eleganten Gehrock aus, und mit Hilfe seines Kutschers waren die Kisten im Nu aufgeladen.

Weniger als eine halbe Stunde später waren wir bei der Mine. Das Schauspiel hatte etwas Apokalyptisches: Der Himmel war grau, es regnete, der Eingang zur Mine war von einer Staubwolke verhüllt, während sich in der Ferne haushohe Wellen an den Felsen brachen. Weiss der Himmel, wie viele Fischer in Seenot sind, ging es mir durch den Kopf. Jonathan Barber blieb in meiner Nähe, was mir die nötige Kraft verlieh, mit der Arbeit anzufangen. Einige Verletzte hatte man bereits herausgeschafft, aber die anderen befanden sich immer noch im Schacht.

«Wir sollten zu zweit sein!», rief ich.

«Wir sind zu zweit», antwortete Barber. «Ich gehe hinunter. Ich bin zwar kein Arzt, aber in der Indien-Armee habe ich mich um Verwundete gekümmert. Bis Cornwallis da ist, kann ich mich wenigstens umsehen.»

Er lief los, und ich begann mit der Versorgung der Verletzten, die auf dem blossen Boden herumlagen. Mehrere hatten Knochenbrüche. Fieberhaft versuchte ich mein anatomisches Wissen zusammenzukratzen, bevor ich mich um die Brüche kümmerte, so schnell es ging und mit der Hilfe der Bergmannsfrauen, die auf Nachrichten über ihre Männer warteten und froh waren, sich mit einer Beschäftigung von ihren Ängsten abzulenken.

Stunden mussten vergangen sein. Dr. Cornwallis kam und kam nicht. Aber Jonathan Barber kam zurück.

«Wir haben es geschafft, drei Männer heraufzuholen, die eingeklemmt waren. Einer muss eine ausgerenkte Schulter haben, die zwei anderen Beinbrüche. Aber einer ist noch unten, und ich weiss nicht, was ich von ihm halten soll. Man müsste …»

«Ich gehe hinunter.»

«Zadie, nein!»

«Ich bin Dr. Tatley. Und Dr. Tatley geht hinunter.»

Er verbeugte sich mit einem Lächeln, als ob wir uns in einem Salon befänden.

«Ich bin stolz, Ihr Freund zu sein, Doktor», sagte er. «Wie kann ich Ihnen behilflich sein?»

Zunächst versorgte ich noch den Verletzten mit der ausgerenkten Schulter, erst letzte Woche hatte ich gelernt, wie man das Schlüsselbein einrenkt, Dr. Cornwallis hatte betont, man müsse handeln, so lange die Muskeln noch warm sind.

Dann fuhr ich in die Mine ein. Wenn ich an die Kleidung dachte, die wir damals trugen, frage ich mich, wie ich das geschafft hatte. Im Aufzug zitterten mir die Knie. Jonathan fuhr mit mir. Ausser meiner Angst, der Sache nicht gewachsen zu sein, machte ich mir auch zunehmend Sorgen, weil Dr. Cornwallis und Basil nicht kamen, aber dass Basil kommen würde, davon war ich überzeugt.

Der Verletzte schien dem Tod nahe. Aus seiner Nase rann Blut, und er atmete sehr schwer. Mit grosser Anstrengung legten wir ihn auf die Seite. Ich wollte nicht, dass er im Falle innerer Blutungen erstickte. Im Schein der Grubenlampe, die Jonathan und ein mitgekommener Minenarbeiter hielten, glaubte ich eine Wunde am Hinterkopf zu erkennen. Beim Abtasten war nichts von einem gebrochenen Glied zu spüren. Aber der Puls war schwach, sehr schwach sogar.

«Er hat einen Schlag auf den Kopf bekommen, und vielleicht hat er auch gebrochene Rippen. Haben Sie die Bahre?»

«Ja, Doktor.»

Wir schafften es, den Mann hochzuheben, die Bahre unter ihn zu schieben und ihn festzuschnallen. Aus dem Gewölbe brachen immer grössere Stücke heraus, und ich wurde den Eindruck nicht los, dass wir auch in dieser Hinsicht in Gefahr waren. Ich betete zu Gott, mich nicht geirrt und den Mann nicht getötet zu haben, als wir ihn hochhoben. Aber wenn der Schacht über ihm zusammengebrochen wäre …

Ich hing noch diesen Gedanken nach, als wir gerade wieder an die Oberfläche kamen und eine Art Erdbeben die gesamte Mine erschütterte. Der Schacht hinter uns stürzte in sich zusammen.

Endlich war Dr. Cornwallis gekommen. Zum Glück! Und Basil war auch da. Sie waren bereits in Hemdsärmeln und kümmerten sich um die Verletzten.

Jonathan und Basil umarmten sich, sie kannten sich. Sie waren gleich alt und hatten ihre Kindheit im gleichen Internat in Eton verbracht.

Der Mann, den wir als Letzten heraufgeholt hatten, starb drei Tage später.

Und ich hatte meine Feuertaufe hinter mir. Im Laufe meines Berufslebens sah ich verunfallte, verletzte, in Stücke gerissene Männer und Frauen. Einzelne Unfälle sind mir im Gedächtnis hängengeblieben, aber an keinen erinnere ich mich so genau wie an diesen, weil es mein erster war.

Als ich am anderen Morgen nach einer nahezu schlaflosen

Nacht zur gewohnten Zeit in der Praxis eintraf, reichte mir Dr. Cornwallis seine Hand, ich reichte ihm die meine, und er drückte sie kräftig.

«Gestatten Sie, Doktor, Sie zu beglückwünschen. Sie haben gezeigt, was Sie können.»

Dieser kräftige Händedruck und dieser feierlich und ohne die Spur eines Lächelns ausgesprochene Satz war für mich das schönste aller Diplome.

Die Bevölkerung der Gegend schloss sich diesem guten Zeugnis an, und seither wurde ich immer akzeptiert. Ich war genauso «die Frau Doktor» wie meine männlichen Kollegen «der Herr Doktor» waren.

Kurz darauf besuchte uns Jonathan Barber und verbrachte einen Tag mit uns. Ich erzählte ihm, was Cornwallis gesagt hatte.

«Aber ohne dich hätte ich es nicht geschafft. Du verdienst das Kompliment so gut wie ich.»

«Ihr meint, ich wäre für die Medizin zu gebrauchen?», fragte er in jenem sehnsuchtsvollen Ton, mit welchem junge Adelige zum Ausdruck bringen wollen, dass sie es nicht nötig haben zu arbeiten.

«Du würdest dich der Gesellschaft als nützlich erweisen, das wäre nicht schlecht. Und immerhin hast du neulich erfahren, dass du beim Anblick von Blut nicht ohnmächtig wirst.»

Ich meinte es als Scherz, doch ihm war es heiliger Ernst. Mit fünfundzwanzig begann er das Studium, und er blieb dabei.

VI

Eigentlich hatte ich von unseren Aufenthalten in England zu erzählen begonnen, um nicht von mir, sondern von Basils Erfolgen zu reden. Doch offenbar ist die Erinnerung an die Mine noch so stark und gegenwärtig, dass sie sich als Erste gemeldet hat.

Aber ich erinnere mich durchaus auch an Basils Premieren. Zwischen dem Tag, als wir uns kennenlernten, und dem Abschluss meines Studiums hatte er ein halbes Dutzend Stücke geschrieben, drei davon wurden in London gespielt, eines in Edinburg. Das Ende der jeweiligen Probezeit waren die einzigen Momente, in denen wir nicht zusammen waren. Aber ich richtete es immer ein, an seinen Premieren dabei sein zu können, die in der Regel mit einem grossen Fest endeten, an dem die Creme der Literatur und Aristokratie der Hauptstadt teilnahm.

Zu diesen Anlässen fuhr ich immer erst im letzten Augenblick nach London, um so wenige Vorlesungen als möglich ausfallen lassen zu müssen. Damit ich nicht allein fahren musste, nahm ich Joséphine mit. In der damaligen Zeit reiste eine Dame unter solchen Umständen standesgemäss immer in Begleitung.

«Als ich mich in Pontoise in diese Mansarde verkroch, hätte ich nicht eine Sekunde lang daran gedacht, einmal die Welt zu bereisen», stellte sie fest, als ich sie das erste Mal nach London mitnahm.

«Und als ich Sie in Pontoise in der Küche stehen sah, dachte ich nicht eine Sekunde lang, es könnte aus Ihnen eines Tages eine lebensfrohe Person werden.»

Die Veränderungen waren in der Tat beeindruckend. Sie gingen so weit, dass ich befürchtete, ein Mann könnte sie eines Tages verführen und uns wegnehmen, sie war wirklich liebenswürdig, und man sah ihr das Alter überhaupt nicht mehr an.

In London angekommen, ging ich für zwei, drei Tage einkaufen, ein Kleid, modische Accessoires, die mich für die Dauer eines Abends in die Frau verwandelten, die ich immer weniger war. Aber das englische Sprichwort heisst: Wenn du in Rom bist, mach's wie die Römer. Wenn ich in London war, machte ich es wie die Londonerinnen. Das war die sicherste Methode, nicht wahrgenommen zu werden. Die meisten Leute glaubten, die übrige Zeit lebe ich zurückgezogen auf dem Land, und das war mir mehr als recht.

Einmal – ein einziges Mal – fuhr ich zur Vernissage von Basils Bildern nach London. Ein Galerist schwärmte für seine Werke, hatte alles an Lager genommen, was er bisher gemalt hatte, und ein grosses Fest organisiert, um die Bilder dem Publikum vorzuführen. Basil war der Meinung, es mit einem Verrückten zu tun zu haben, aber er täuschte sich. Zwei Tage nach Ausstellungseröffnung war alles verkauft, mit Ausnahme des Porträts von mir, das Basil für sich, und eines Selbstporträts von ihm, das ich für mich reserviert hatte. Die Umstände wollten es, dass dies Basil Tatleys einzige grosse Ausstellung bleiben sollte.

An das Fest selber erinnere ich mich nur schwach, an Champagner, der in Strömen geflossen war, an endlose Handküsse und Lächeln hierhin und dorthin. Mein Vater und mein Bruder waren anwesend, aber Mutter kam nicht, was mich sehr bedrückte. Ich hatte mich noch nicht daran gewöhnt, dass sie für mich auch als eigenständige Person, über die sie keinerlei Macht ausübte, nicht das geringste Interesse aufbrachte.

Am klarsten erinnere ich mich an Basil, das Malen bedeutete ihm im Grunde mehr als das Schreiben, aber er war davon ausgegangen, dass man ihn als Maler nicht ernst nehmen würde. Da stand er, hochgewachsen, von ausgesuchter Eleganz, mit krausem Haar, und beobachtete mit seinen grossen grauen Augen, wie die Menge ihn bewunderte. Sein Gesicht sah aus wie das eines Kindes, das gerade den Weihnachtsmann gesehen hatte – er war schön. Und er platzte fast vor Glück. Als sich die Gelegenheit ergab, zog er mich in eine dunkle Ecke und küsste mich leidenschaftlich.

«Wenn ich es nicht tue, gibt es eine Überschwemmung», sagte er lachend, als wir wieder zu Atem gekommen waren.

Aber dieser Erfolg stieg ihm nicht mehr zu Kopf als sein Erfolg am Theater. Er war zwar nicht so geräuschvoll, aber ebenso real. Wenn die Festbeleuchtung erlosch, kehrte er nach Zürich zurück und arbeitete.

Im Sommer nach den Grubenunglück arbeitete ich wieder bei Dr. Cornwallis. Das Kostbarste, was ich bei ihm lernte, war die Erfahrung, dass die Leute, die mir anfänglich misstrauten, wenn mich der Doktor mit Absicht als seine Stellvertretung zu jemandem schickte, mir dann doch ihr Vertrauen schenkten, weil sie feststellten, dass ich mich genauso gut wie mein Chef um sie kümmerte.

Ich begriff, dass es im Gegensatz zu allem, was man mir gesagt hatte, nicht einfach war, als Ärztin in ein Schweizer Krankenhaus hineinzukommen. Und wenn die Fakultät abgesehen von kleinen Sticheleien auch offen und gastfreundlich sein mochte – die Berufswelt war es weniger. Aber auf dem Land in Cornwall hatte es nicht lange gedauert, bis es gewisse Patientinnen vorzogen, sich mir anzuvertrauen, wenn sie ein spezifisch weibliches Problem hatten. Heute kann man sich das nicht mehr vorstellen, aber damals palpierten viele Ärzte die Frauen blind, mit allen Kleidern am Leib. Bei mir zogen sie sich aus, legten sich auf den Behandlungstisch, und obwohl ich weniger Erfahrung hatte als Dr. Cornwallis, sah ich besser, wo die Probleme lagen.

Eines Abends machte der gute Doktor eine scherzhafte Bemerkung zu mir.

«Mag sein, dass es schwer ist für Sie, in Krankenhäusern zu arbeiten, aber es würde schon genügen, sich von einem der ständig überlasteten Ärzte einspannen zu lassen und einen Teil seiner Patienten zu übernehmen. Vorausgesetzt, es wäre auf dem Land, käme kein klinisches Praktikum dieser Welt dagegen an.»

«Meinen Sie etwa jemanden wie Sie?»

Er lachte herzhaft, bevor er ganz und gar ernsthaft antwortete:

«Ja, zum Beispiel. Aber im kommenden Sommer würde

ich an Ihrer Stelle lieber anderswo als bei mir etwas suchen, um andere Erfahrungen machen zu können.»

So kam es, dass ich am Ende des folgenden Studienjahres, das dritte oder vierte, ich weiss es nicht mehr, beschloss, mich bei Dr. Kiener nützlich zu machen. Darum gebeten habe ich ihn nicht wirklich, ich schrieb ihm einen Brief, der meine Ankunft ankündigte.

Es regnete an dem Abend, als wir in Saint-Louis eintrafen. Fräulein Kiener, die Schwester des Arztes, hatte bei sich ein grosses Zimmer für uns eingerichtet. Basil stellte auch seine Staffelei auf, und während der zwei Monate schliefen wir in den Dünsten von Terpentin und Leinöl, aber das war uns egal. Der Aufenthalt ist in meinem Gedächtnis als einer der schönsten Momente unseres gemeinsamen Lebens haftengeblieben.

Dr. Kiener hiess uns mit offenen Armen willkommen.

«Der Himmel schickt Sie. Endlich kann ich aufatmen.»

Basil mietete eine Kutsche, und die meiste Zeit begleitete er mich auf meinen Touren. Während ich bei den Patienten war, zeichnete er. Bei seinen Patienten vorgestellt hat mich Dr. Kiener mit den folgenden, hundertfach wiederholten Worten:

«Wenn Frau Tatley Sie behandelt, können Sie so tun, als ob ich es wäre.»

Ich verbrachte den Sommer im Sprechzimmer und bei Hausbesuchen. Zum ersten Mal habe ich – von den Umständen erzwungen – ein Baby entbunden, es kam plötzlich und überraschend, als ich bei einer im siebten Monat schwangeren Frau war. Sie brachte ihren Jungen in weniger als zwei Stunden zur Welt. Dabei habe ich festgestellt, dass ich in der Hitze des Gefechtes imstande war, meine Angst zu überwinden, ich könnte der Aufgabe nicht gewachsen sein, und meinen persönlichen Kummer darüber zu vergessen, dass ich es nicht schaffte, ein Kind zu bekommen.

Das Ende meines Studiums kann ich überfliegen: Winter in Zürich, fünfzehn Stunden lernen pro Tag, Sommer in Saint-Louis und Umgebung, Behandlung von Dr. Kieners Patienten.

Das war eine harte Schule. Kieners Patienten waren meist arme Leute, Arbeiter, Arbeitslose, vernachlässigte Alte, die nur das Nötigste hatten, mittellose Bauern. Gelegentlich behandelten wir in der Praxis auch Bürger – durchaus standesgemäss. Dr. Kiener hatte mir die angemessene Verhaltensweise erklärt.

«Sie sollen zahlen für ihre Konsultation und für diejenige von zehn anderen, die wir im Laufe des Tages behandelt haben.»

Einige murrten, doch die meisten verstanden, worum es ging, einige unterstützten die Praxis sogar, ohne dass sie eine Konsultation nötig gehabt hätten.

Im Elsass lernte ich mehr als in Cornwall oder in Zürich, wo ich über mehrere Wochen hinweg einen Arzt mit Beinbruch vertrat, mit Extremsituationen konfrontiert zu werden, Mangelerscheinungen als solche zu erkennen und sie von Krankheitssymptomen zu unterscheiden – und dort war es auch, wo mir klar wurde, dass ich mich niemals damit zufriedengeben könnte, Ärztin in einem vornehmen Quartier zu sein. Diese armseligen Kreaturen gaben mir das Gefühl, nützlich zu sein.

Meinen Doktortitel erhielt ich etwas mehr als sieben Jahre nach Beginn des Studiums. In Zürich hätte ich nicht bleiben können, selbst wenn ich es gewollt hätte. Man hatte mir beispielsweise erzählt, dass es in der ländlichen Umgebung Winterthurs viel Arbeit für einen Arzt gäbe, der bereit gewesen wäre, dort zu arbeiten. Doch die acht Ärzte männlichen Geschlechts in der Gegend hatten sich dagegen verwehrt, Konkurrenz von einer Frau zu bekommen. Die fragliche Frau, eine Studienkollegin von mir, frisch von der Fakultät, musste sich nach Zürich zurückziehen, wo sie ihren Beruf ohne Zwischenfälle vierzig Jahre lang ausübte. Kurzum, in Zürich waren Studentinnen, vor allem, wenn sie Ausländerinnen waren und nach Abschluss des Studiums wieder verschwanden, durchaus willkommen.

Bis wir etwas Besseres finden würden, liessen wir uns zusammen mit Joséphine zunächst in Saint-Louis nieder, und während fast zwei Jahren arbeitete ich ständig unter Dr. Kieners Führung; in dieser Zeit wurde mir auch klar, was für ein aussergewöhnlicher Arzt er war. Er hatte die Statur eines Lastenträgers, krauses, mit Ausnahme einiger grauer Fäden immer noch schwarzes Haar, die Stimme eines Jahrmarktrufers, Hände wie Scheunentore, und er überragte Basil um eine halbe Hauptеslänge. In dieser Masse von Körper verbarg sich eine medizinische Feinfühligkeit, die – jedenfalls nach meiner Auffassung – ans Wunderbare grenzte. Er wusste schon Bescheid, bevor er untersuchte, was ihn allerdings nicht daran hinderte, anschliessend doch in aller Gründlichkeit zu untersuchen, damit ich genau verstand, aus welchem Grund er dieses und jenes getan hatte. Innerhalb von weniger als zwei Jahren lernte ich mehr als während der sieben Jahre davor.

Heute weiss ich nicht mehr genau, wie es gekommen war, dass wir am Ende jener Zeit wieder nach England fuhren und in dieses Haus zurückkehrten, wo ich jetzt gerade bin. Ich erinnere mich an die Wochen und Monate nach unserer Rückkehr als Ruhe vor dem Sturm. Zweifellos verkläre ich die Bruchstücke, die mir geblieben sind – die Nächte, die wir im Atelier unter dem Dach verbrachten, die Modellsitzungen für ein Porträt, während denen wir die ganze Zeit schwatzten, ohne dass ich noch wüsste, worüber – vielleicht über die Bücher, die wir gelesen, oder über Stücke, die wir in London gesehen hatten, worüber wir uns aber aus Mangel an Zeit noch nicht hatten unterhalten können. Oft genug habe ich später versucht, mich an jedes einzelne Wort zu erinnern – vergeblich.

Dann kam der Tag, als …

Es war kalt, wir heizten den Kamin mit Holz ein. Wir lasen. Wir hatten einen nachmittäglichen Ausritt hinter uns, die frische Luft hatte mich etwas ermüdet, und über meinem Buch fielen mir die Augen zu.

«Geh ins Bett, du Murmeltier», scherzte Basil. «Ich lese noch diese Geschichte zu Ende, es sind nur noch ein paar Seiten. Dann komme ich auch.»

Ich ging hinauf. Ich legte mich ins Bett und schlief augenblicklich ein. Als ich nach ein paar Minuten wieder aufwachte, hatte ich das Gefühl, lange geschlafen zu haben. Eine Hand hatte mich aus dem Schlaf geholt, indem sie mich schonungslos schüttelte. Joséphine.

«Madame, Madame, schnell. Im Salon ... Monsieur ...»

Ich sprang aus dem Bett.

«Was? Was ist geschehen, Joséphine? ...»

Ich hatte mir den Morgenmantel übergeworfen, es war schrecklich kalt im Zimmer.

«Er antwortet nicht mehr ... Er ist ...»

Schon rannte ich die Treppe hinunter.

Er war auf die Seite gefallen. Auf der Hemdbrust waren Spuren von Erbrochenem zu sehen. Joséphine und ich legten ihn aufs Sofa, ich beugte mich mit dem Stethoskop über ihn. Er atmete, aber nur noch sehr schwach.

Wir hatten einen Gärtner namens Peter. Er bewohnte mit seiner Familie ein Haus in der Nähe und kümmerte sich in unserer Abwesenheit auch um Pferde und Garten.

«Joséphine, laufen Sie zu Peter, sagen Sie ihm, er solle die Kutsche anspannen, und dann zu Dr. Cornwallis, sagen Sie ihm, er solle mit der Ambulanz kommen. Schnell, schnell, jede Minute zählt.»

Kaum hatte ich geendet, war sie bereits unterwegs. Während der ganzen Zeit des Wartens war Basil bewusstlos. Alle Symptome deuteten auf einen Hirnschlag hin.

Es fiel mir schwer, nicht zu weinen. Aber ich war der Arzt am Bett eines Schwerkranken, das war nicht der Moment, um Tränen zu vergiessen. Ich flehte ihn an, mich nicht zu verlassen, obwohl ich wusste, dass er dies bereits getan hatte. Ich weigerte mich, mir einzugestehen, dass alles vorbei war. Er war nicht tot, er war nicht tot. Aber allen meinen Bemühungen zum Trotz kam er nicht wieder zu Bewusstsein. Ich wusste mit fast hundertprozentiger Sicherheit, was er hatte – einen Gefässwandriss.

Endlich war Dr. Cornwallis mit der Ambulanz da, so dass wir Basil in die Praxis fahren konnten, die für Notfälle eingerichtet war. Aber alle unsere Anstrengungen halfen nichts, er starb am folgenden Tag noch vor dem Morgengrauen. Er war noch keine vierunddreissig Jahre alt.

Von da an ist alles verschwommen.

Ich kehrte nach Hause zurück, legte mich vor dem Kamin aufs Sofa und blieb da während mehrerer Tage. Das sage ich zwar jetzt, aber ich hatte bestimmt die Beerdigung organisiert – ich weiss es aber nicht mehr. Ich habe mehr als einmal eine geliebte Person verloren, aber dieser Verlust, der erste, war der schlimmste von allen. Das wurde mir erst bewusst, als es nichts anderes mehr gab als mein Leben. So unabhängig es auch gewesen sein mochte, war es doch ganz und gar auf Basil ausgerichtet gewesen. So sehr, dass ich alles, was ich tat, wenn er nicht da war, sinnlos fand.

Ich ass nicht mehr, ich schlief nicht mehr und ich bewegte mich auch fast nicht mehr.

Mein Vater war zweifellos gekommen, er sagte es mir später, aber ich erinnere mich nicht daran. Ich sehe nur ein schwarzes Loch mit ein paar Stimmen darin. Joséphine ist die eindringlichste von allen, weil sie sich um mich kümmerte wie eine Mutter um ihr Kind. Sie versuchte buchstäblich, mir das Essen mit dem Löffel einzugeben, aber ich wollte nur eines – sterben.

Wie lange es so weiterging, weiss ich nicht.

Hingegen erinnere ich mich sehr gut an den Tag, als es vorbei war. Die Tür zum Salon ging auf (ich hatte mich geweigert, mich in das Bett zu legen, das unser Bett gewesen war), und mit energischer Hand wurden die Vorhänge zurückgezogen. Ich drehte mich auf die Seite der Lehne, um nichts sehen zu müssen. Doch die energische Hand legte sich mir auf die Schulter.

«Was machst du denn für Sachen, Zadie? Du willst doch nicht etwa zehn Jahre Medizinstudium vor die Hunde gehen lassen?»

Ein Arm legte sich um meine Schultern, und ich wurde gezwungen, mich aufzurichten. Wer wagte es, sich in Dinge einzumischen, die ihn nichts angingen? Es dauerte einen Moment, bis ich Jonathan Barber erkannte.

«Lass mich in Frieden.»

«Kommt gar nicht in Frage. Ich nehme dich mit.»

«Jonathan, lass es. Ich kann nicht …» Und schon weinte ich.

Er nahm mich in die Arme, drückte meinen Kopf an seine Schulter und murmelte mit plötzlich ganz zärtlicher Stimme:

«Weine, komm, weine, so viel du willst. Aber dann gehen wir nach Bath, dort pflege ich dich, bis du wieder meine Zadie geworden bist. Dr. Tatley. Die in die Mine einfährt.»

Er hatte exakt das gesagt, was es brauchte, damit alle Tränen flossen, über die ich noch verfügte. Wie lange es dauerte, weiss ich nicht mehr.

Schliesslich nahm sich Joséphine meiner an. Sie hatte bereits für mich gepackt. Sie wusch mich, kämmte mich, zog mich an, setzte mich an den Küchentisch und nötigte mich, ein paar Löffel Brühe zu mir zu nehmen.

Während der ganzen Zeit sagte ich nichts als «Ja», «Nein», «Danke». Die geringste Bewegung war eine Überanstrengung. Ich begriff nicht, was mit mir geschah, und ich wollte es auch gar nicht wissen. Jonathan Barber war verschwunden, dann wiedergekommen, ohne dass mir klar gewesen wäre, was er hier tat. Ich fand mich in einem geschlossenen Wagen wieder, allein mit ihm, und hier war es, als sich mein Gehirn nach und nach wieder in Gang setzte.

«Warum bist du gekommen?»

«Ich bin Dr. Cornwallis Praktikant dieses Jahr. Als das Unglück geschah, war ich in London. Und als ich zurückkam, war schon alles vorbei. Eines Tages machte ich dir einen Kondolenzbesuch, aber deine Joséphine erklärte mir, du seiest nicht in der Lage, jemanden zu empfangen. Seither kam ich von Zeit zu Zeit vorbei, um zu hören, wie es dir ging. Aber gestern kam Joséphine in die Praxis, sie erzählte uns, wenn wir nichts unternähmen, würdest du an Unterernährung sterben. Cornwallis beurlaubte mich unter der Bedingung, dass ich deine Gesundheit wiederherstelle.»

«Und wohin fahren wir?»

«Nach Bath zur Kur und zum Essen, damit wieder etwas Fleisch an deine Knochen kommt.»

«Mit dir? Das gehört sich nicht», sagte ich mit etwas wie meinem ersten Lächeln seit Basils Hirnschlag.

«Mach dir keine Sorgen. Wir haben deine Anstandsdame mitgenommen, sie sitzt draussen beim Kutscher, sie bestand darauf, uns allein zu lassen. Und in Bath ist meine Schwester.»

«Du hast also wirklich Medizin studiert?»

«Siehst du. Alles ist möglich. Sogar dass es ein Taugenichts schafft, sich nützlich zu machen.»

«Du arbeitest?»

«Ich nutzte den Umstand, dass ich ein Vermögen geerbt habe, um in Südlondon eine Praxis zu eröffnen, in einem Quartier einfacher Leute. Derzeit wird sie von einem sehr kompetenten Arzt geleitet, ein Freund von mir, der bereit war, sich um alles zu kümmern. Eines Tages werde ich mich vielleicht auch dort niederlassen, vielleicht aber auch nicht, gegenwärtig bin ich noch nicht reif genug, um eine solche Verantwortung zu übernehmen.»

Erstaunt runzelte ich die Stirn. Aber bevor ich hätte reagieren können, sagte er:

«Herr Marx hat interessante Dinge über die Sozialisierung des Reichtums geschrieben. Ich versuche seine Theorien anzuwenden, auf meine Weise, versteht sich. Aber jetzt gehen wir nach Bath die Reichen spielen, es ist sehr angenehm dort, und wir werden uns hüten, so zu tun, als wäre es das nicht.»

Das war ganz Jonathan. Ein richtiger Dandy, aber wahnsinnig grosszügig. Von Natur aus wäre er ein Lebemann gewesen, doch er widmete sein Leben den Armen wie der frömmste aller Franziskaner. Bezüglich der Klasse, aus der er stammte, war er gnadenlos, ganz und gar davon überzeugt, dass die Menschen von Geburt alle gleich waren und dass allein das Geld für spätere Unterschiede verantwortlich war. Das hiess aber nicht, dass er den Reichen Enthaltsamkeit predigte. Seine Devise lautete:

«Gleichheit bedeutet nicht, dass alle nur Kartoffeln essen sollen, sondern dass es Chateaubriand gibt für alle.»

Seine Praxis hatte sich rasch in ein regelrechtes Krankenhaus verwandelt, geleitet hat er es selber allerdings nie, doch als das Geld knapp zu werden begann, weil sein gesamtes Vermögen nicht gereicht hätte für alles, warf er sich in seinen Frack, ging auf die grossen Abendgesellschaften und bettelte bei den Schönen und Reichen um das nötige Geld. Wenn es darum ging, riesige Geldmengen zu sammeln, gab es keinen Besseren.

Aber schon wieder eile ich den Ereignissen voraus. Es liegt wohl daran, dass einem durchaus die Augenblicke durcheinandergeraten können, wenn man ein ganzes Jahrhundert lang gelebt hat. Mit dem Alter lasse das Gedächtnis etwas nach, heisst es. Für mich trifft dies nicht zu, ich brauche nur daran zu denken, und schon eilen die Geschichten herbei.

Zurück zu Jonathan also, an jenem Tag, als er nach langer Pause wieder in meinem Leben auftauchte, wir hatten uns seit Jahren nicht mehr gesehen.

Wir fuhren nach Bath. Nicht zur Kur, sondern aus dem einfachen Grund, weil seine Schwester oder eigentlich Halbschwester dort ein kleines Hotel führte. Sie war die uneheliche Tochter von Barbers Vater, er hatte ihr die Ausbildung bezahlt und dann auch das Hotel, das sie sich gewünscht hatte. Sie ist eine junge, fröhliche Frau, die mich begrüsste, als wären wir alte Freunde.

Bath war im 18. Jahrhundert im georgischen Stil vollständig wiederaufgebaut worden. Seine Parks und der sogenannte Royal-Crescent-Komplex, ein Bauwerk in Halbkreisform, das auch in der heutigen Zeit berühmt ist, waren ganz besonders schön. Die Stadt war sehr in Mode, die wohlhabenden Leute kamen zur Kur. Ich wage mich nicht mehr nach Bath zurück, seit die Nazis im letzten Weltkrieg die Stadt bombardiert haben, es heisst, man sei dabei, sie Stein um Stein wiederaufzubauen.

In meiner Erinnerung ist es ein Ort der Harmonie und vieler Tage im Grünen. Jonathan begleitet mich, Joséphine erwartet mich bei meiner Rückkehr, Maisy, Jonathans Schwester, lässt für mich kleine Speisen auftragen, die ich aber kaum anrühre. Ich schaffe es nicht, wieder ich selber zu werden. Es ist, als ob meine Persönlichkeit mit Basil ins Grab gesunken wäre. Am schlimmsten ist es nachts. Ich schlafe nur sehr schwer ein und schrecke im leeren Bett immer wieder aus dem Schlaf auf. Manchmal wache ich auch wegen meiner eigenen Schreie auf, dann eilt Joséphine herbei und wiegt mich.

Erst viel später sagte sie eines Tages zu mir:

«Ich wusste nicht mehr, was ich tun sollte, um dort hineinzukommen», und hielt einen Finger an meine Stirn. «Ich machte mir Sorgen um Ihre geistige Gesundheit.»

Sie hatte mir beim Lernen geholfen und hatte beim Sezieren von Hähnchen und Kaninchen auf dem Küchentisch mitgewirkt. Auf diesem Weg war sie eine Gelehrte geworden.

Im Nebel meines Schmerzes, in dem ich lebte, kam Jonathan und ging wieder, ich sah ihn weniger häufig als seine

Schwester oder Joséphine, wir lebten ja noch in der Zeit, als eine Frau nicht allein mit einem Mann sein konnte, der nicht ihr Ehemann war, aber ich glaube fast, dass Jonathan die ganze Zeit da gewesen ist.

Er war es jedenfalls, der mich schliesslich aus dem Brunnenschacht heraufholte, in den ich gefallen zu sein schien.

Eines Morgens sehr früh sass ich wie so oft im Morgenmantel und mit aufgelöstem Haar am Fenster meines Zimmers, als sich leise die Tür einen Spaltbreit öffnete und Jonathan seinen Kopf durch die Öffnung streckte.

«Ach, du bist schon wach, umso besser. Zieh dein Reitzeug an.»

«Mein Reitzeug?»

«Ja, wir machen einen Ausritt.»

«Zu Pferd? Aber ich kann mich kaum auf den Beinen halten?»

«Genau. Das Pferd trägt dich.»

«Jonathan, ich weiss nicht ...»

«Ich weiss, dass du keine Lust verspürst dazu. Aber tu es mir zuliebe. Komm mit mir. Ich bin nach Bath gekommen, um bei dir zu sein, aber du sitzt die ganze Zeit hier in dieser Fensternische.»

«Wenn es dir langweilig ist, kannst du ja zurück nach ...»

«Erzähl keine Dummheiten, und komm mit mir auf einen schönen Galopp.»

So ging es noch eine Weile weiter, aber schliesslich gab ich nach. Joséphine brachte Kaffee und Gebäck, holte mein Reitzeug hervor, half mir beim Anziehen, kämmte mich, und ich schloss mich Jonathan an, der im Flur auf mich wartete und ein Gesicht machte wie ein Offizier, der sich weigert, in Betracht zu ziehen, seine Befehle könnten nicht ausgeführt werden.

Er hatte recht.

Den ganzen Tag verbrachten wir draussen an der frischen Luft und allmählich – wie soll ich sagen – trat die Welt wieder bei mir ein. Zu Mittag machten wir Rast in einer Herberge, und ich schaffte es, eine Kleinigkeit zu essen, Jonathan nahm ein Zimmer für mich, damit ich Siesta halten konnte, und holte mich zwei Stunden später wieder ab. Seit dem Tod Basils schlief ich zum ersten Mal wie ein Stein. Und als ich am Ende des Tages vor Müdigkeit fast vom Pferd gefallen wäre, nahm mich Jonathan vor sich aufs Pferd. Im Trott ritten wir zurück und zogen mein Pferd am Zügel neben uns her.

Im Laufe des Tages erzählten wir uns unsere Lebensgeschichte. Und als es mir gelang, über Basil zu sprechen, war es, als ob ich mich selber wiederfände.

«Und du?», fragte ich irgendwann.

«Ich, ach, weisst du ...»

«Nein, Jonathan, ich habe dir alles erzählt, jetzt spiel hier nicht den Typen, der nichts zu sagen hat.»

Sein Blick entschwand in weite Ferne.

«Auch meine Frau ist gestorben.»

«Was? Du warst verheiratet?»

«Ich bin dreiunddreissig, da ist nichts Ungewöhnliches dran.»

«Und ich sitze da und jammere die ganze Zeit.»

Mit einer Handbewegung brachte er mich zum Schweigen.

«Das war vor vier Jahren, ich habe Zeit gehabt, den Schmerz zu überwinden.» Er schwieg. «Wir heirateten im Frühling, im Sommer war sie schwanger und im folgenden Frühjahr verlor ich sie alle beide, die Mutter und das Kind.»

Ich legte meine Hand auf die seine. Diese Geste bedeutete, dass ich aus mir herausgegangen war, aus Mitleid, und so fand ich mich selber wieder.

Tags darauf fuhren wir – im Wagen diesmal – ans Meer. Ich schaffte es sogar, mich zu vergnügen.

Nach einer Woche kehrten wir nach Saint Askin zurück.

VII

Die zwei folgenden Jahre will ich lieber nur überfliegen. Ich irrte herum wie eine verlorene Seele. Natürlich funktionierte ich wieder, aber es war, als ob mein Kompass falsch eingestellt wäre. Ich klammerte mich an die Tatsache, dass ich «Dr. Tatley» war, und in der Arbeit versuchte ich zu vergessen, dass ich die andere Hälfte meiner selbst verloren hatte. Aber auch das war nicht leicht. In den Krankenhäusern wurde ich nicht als Interne akzeptiert. Ich versuchte es in ganz Grossbritannien, ich versuchte es in Frankreich. Bevor ich mich selbständig machen, also allein arbeiten konnte, musste ich als Teil einer Gruppe arbeiten, Erfahrungen austauschen, wie es die Männer auch taten. Akzeptiert wurde ich nirgendwo.

Doch schliesslich hatte ich in Florenz Glück, wo ich für einmal zu meiner Ablenkung hingefahren war. Nicht dass man 1889 in italienischen Krankenhäusern die Frauen mit offenen Armen aufgenommen hätte. Ich war ganz einfach zum richtigen Zeitpunkt mitten in eine Fieberepidemie hineingeplatzt (eine Grippe, vielleicht), die bereits ich weiss nicht wie viele Ärzte dahingerafft hatte.

Ich wohnte in einer Pension am Arno und versuchte mir einzureden, alles würde gutgehen, dass ich «im Urlaub» sei – wovon eigentlich? Das frage ich mich wirklich.

Eines Morgens am Frühstückstisch sprach ein Mann mit einem dicken Schnurrbart über das Krankenhaus, um uns davor zu warnen, überhaupt hinzugehen, es sei ein Sterbeort geworden, auch die Ärzte fehlten. Ich warf Joséphine einen Blick zu. Sie begleitete mich getreulich überallhin, und wir verstanden uns. Eine Stunde später waren wir dort.

Mein Italienisch war korrekt, mit einem kleinen englischen Akzent zwar, aber immerhin hatte sich mein Vater alle Mühe gegeben, damit ich korrekt Italienisch sprach. Und aus gegebenem Anlass stellte ich mich unter seinem Namen vor.

«Was beweist mir, Signora De Vico, dass Sie Ärztin sind?», fragte ein vor Sorgen und Müdigkeit erschöpfter Chefarzt.

«Nichts. Ich hatte nicht vor zu arbeiten und deshalb meine Diplome nicht mitgenommen. Nehmen Sie mich für zwei Tage zur Probe. Und nehmen Sie auch gleich meine Gesellschafterin, sie ist nämlich Krankenschwester.»

«Vierundzwanzig Stunden also, danach sehen wir weiter.»

In den folgenden drei Tagen sah ich ihn nur von weitem. Schliesslich sprach ich ihn an, als er eiligen Schrittes einen Flur hinunterging. Ich fragte ihn, ob ich bleiben könne, er blieb unvermittelt stehen, schien mich zunächst nicht wiederzuerkennen, doch dann hellte sich sein Gesicht auf.

«Ach ja, stimmt. Dr. De Vico. Ich höre nur Gutes über Sie. Gefällt Ihnen unser Krankenhaus? Bleiben Sie?»

Ich hielt es nicht für nötig, ihm zu sagen, dass die Entscheidung bei ihm lag.

«In jeder Hinsicht.»

«Gut, ich gehe bei der Verwaltung vorbei und sage Bescheid, man solle Ihnen ein Gehalt als Interne zahlen. Morgen können Sie dann selbst hingehen und Ihre Angaben machen.

Aber genug geschwatzt jetzt. An die Arbeit!» Und schon eilte er weiter.

Wir arbeiteten ungefähr zwei Monate lang ohne einen einzigen Ruhetag. Mein Geschlecht spielte überhaupt keine Rolle mehr. Wir behandelten. Manchmal gelang es uns sogar zu heilen.

Aber bei Operationen wollte man mich als Frau nicht dabeihaben.

Doch eines Tages kam Joséphine in das Zimmer, das wir mit zwei Krankenschwestern teilten – wir hatten diese Lösung gewählt, um mit dem Weg zu unserer Pension nicht zu viel Zeit zu verlieren –, und schob mir ein Paket zu.

«Es ist Arztkleidung. Für männliche Ärzte im Operationssaal. Ziehen Sie diese Hose an und die Maske, ich binde Ihnen die Haare fest, niemand wird etwas merken.»

Niemand bemerkte etwas. Schliesslich reichte ich sogar dem Chirurgen auch bei komplizierten Eingriffen die Instrumente, nähte Wunden, ohne dass einer der Anwesenden gemerkt hätte, dass ich keine Interne war. So kam es, dass ich bei den unterschiedlichsten Operationen assistierte, und ich bekam das Gefühl, mein etwas bücherlastiges Fachwissen verankere sich kräftig in der Realität.

Insgesamt vier Monate blieb ich im Krankenhaus von Florenz. Dann war die Epidemie endgültig unter Kontrolle und die Tatsache, dass ich eine Frau war, zählte wieder. Der sehr liebenswürdige Chefarzt wiederholte ständig, ich wäre in meiner eigenen Praxis besser aufgehoben als hier im rauhen Krankenhausklima, um mir begreiflich zu machen, die Zeit sei für mich gekommen, wieder zu gehen.

Im letzten Augenblick, als ich vorhatte, aus Florenz abzureisen, mit Bedauern, weil es mir hier inzwischen gefiel, kam mich eine Krankenschwester in der Pension besuchen, wo Joséphine und ich wieder wohnten.

«Ein paar Frauen eröffnen eine Klink für junge Mütter, ein paar sind Hebammen, aber sie möchten auch ärztliche Dienste anbieten können. Ich habe von Ihnen erzählt, und sie sind von der Idee begeistert, sich nicht an einen Mann wenden zu müssen. Besuchen Sie sie und sagen Sie, ich habe Sie geschickt. Ich werde übrigens auch mitmachen.»

So kam es, dass ich in Florenz blieb und alles lernte, was man zu jener Zeit über Geburtshilfe und Frauenleiden lernen konnte. Als wir anfingen, war das natürlich ein Verstoss gegen mächtige Vorurteile. Lauter Frauen, das konnte nicht gutgehen – davon waren die wohltätigen Seelen überzeugt. Am Anfang hatten wir nur sehr wenige Patientinnen. Weit häufiger als von unserem eigenen lebten wir vom Geld meines Vaters, um das ich ihn bat. Doch mit der Zeit kamen die Frauen mit Problemen zu uns, über die sie niemals mit einem männlichen Arzt zu sprechen gewagt hätten. Innerhalb von sechs Monaten arbeiteten wir rentabel, umso mehr, als ich darauf bestanden hatte, Sprechstunden für Frauen zu organisieren, die anderweitig einen Arzt nie hätten bezahlen können. Sie kamen sogar von weit her.

Zusammen mit Joséphine gab ich die Pension auf, wir zogen in eine Wohnung im obersten Stock eines grossartigen mittelalterlichen Palazzos, nur ein paar Schritte von der Piazza della Signoria entfernt. Der Eingang lag an einem Seitengässchen, man stieg vier Stockwerke hoch und fand sich in einer

Art hängendem Palazzo wieder, mit einer Terrasse und Aussicht auf die Stadt, den Arno und die Hügel rundum. Der Lärm der Stadt drang nur sehr gedämpft bis zu uns herauf. Wir hatten vier grosse Zimmer und eine Küche, die etwas von einer Höhle hatte, obwohl wir durch das hohe Fenster beinahe bis nach Fiesole hinübersehen konnten.

Mein Vater kam zu Besuch. Ich zeigte ihm die Klinik, wo er wie ein Held empfangen wurde.

«Danke für Ihr Vertrauen», sagte die Direktorin beim Begrüssungskuss, eine Hebamme mit imposanten Massen. Sie leitete ihre Welt mit einer Mischung aus Ernsthaftigkeit und Sanftheit, die ich bewunderte.

«Es tut einem alten Mann wie mir gut, sich nützlich zu fühlen. Was soll das Geld, wenn es nicht dazu dient, in seiner Umgebung Glück zu bereiten und der Sache der Menschheit zu dienen.»

«Schön wäre es, wenn alle reichen Leute der Welt so dächten», seufzte die Direktorin, die die Hälfte ihrer Zeit dafür aufwendete, Geld zu erbetteln.

Auch mit siebzig Jahren war mein Vater noch erstaunlich lebendig und rüstig. Als ich ihn darauf hinwies, lachte er.

«Mein Grossvater ist hundertfünf geworden, und er kümmerte sich um seine Angelegenheiten bis zum letzten Tag. Mein Vater starb mit fünfundachtzig Jahren bei einem Jagdunfall, sonst wäre er vielleicht noch unter uns. Aber reden wir lieber von dir, meine kleine Zaïda. Was hast du vor?»

Seit er hier war, sprachen wir Italienisch, als wäre es das Natürlichste der Welt.

«Ich habe vor, für die Dauer einer echten Assistenzzeit zu bleiben. Man hält mich für eine reiche und extravagante Ausländerin, und plötzlich akzeptiert man mich diskussionslos. Ich bin in gewisser Hinsicht ein Eisbrecher, wie Frau Heim in Zürich. Ich bin ein Beispiel. Unsere gesamte Klinik ist ein Beispiel. Der Satz, den ich am häufigsten höre, lautet: ‹Ich hätte es nie gewagt, mit Ihnen über diese Sache zu reden, wenn Sie ein Mann wären.› Und ‹diese Sache› sind manchmal Tumore, denen gegenüber ich mich machtlos fühle, aber in den meisten Fällen handelt es sich um Krankheiten, die problemlos geheilt werden können, wenn sie rechtzeitig entdeckt werden. Ich bin stolz darauf, dass diese Frauen bereit sind, sich mir anzuvertrauen. Ich lerne, Vater. Ich lerne jeden Tag, und als Unterstützung kann ich auf die Erfahrung dieser Hebammen zählen, die zehnmal besser Bescheid wissen als ich.»

Er nahm meinen Kopf zwischen seine Hände und küsste mich auf die Stirn.

«Ich hoffe, dich bald einmal in meiner Nähe zu sehen. Unterdessen tue, was du tun musst, meine Zadie.»

Ruhig reiste er wieder ab.

Ich arbeitete viel, aber mit dem Rhythmus im Krankenhaus liess es sich nicht vergleichen. Ich war beratende und, abgesehen von Ausnahmen, nicht niedergelassene Ärztin. Manchmal rief man mitten in der Nacht nach mir, um bei einer schwierigen Geburt zu assistieren. Aber die Arbeit beanspruchte mich weniger als beispielsweise damals, als ich gleichzeitig Anatomie und Chemie lernen und die Matura nachholen musste.

Ich fing an, auszugehen, Museen zu besuchen, Spaziergänge in den Hügeln zu machen. Einige ehemalige Patienten luden mich zu Abendveranstaltungen ein, und an einem solchen Abend war es, als ich wieder Jonathan Barber gegenüberstand.

Man hatte mich zu einem Konzert eingeladen, anschliessend wurden Erfrischungen angeboten. Ich sass auf dem vorletzten Platz der zweiten Reihe, und das Konzert begann, ohne dass jemand den letzten beansprucht hätte. Es wurde ein Mozart-Quartett gespielt, eine Musik, die mich in eine andere Welt versetzte, und ich war so sehr davon in Anspruch genommen, dass ich ganz erstaunt war, als ich nach dem ersten Satz feststellte, dass jemand neben mir sass. Ich warf einen flüchtigen Blick hinüber, doch was ich wahrzunehmen glaubte, veranlasste mich, den Neuankömmling genauer anzusehen. Er lachte wie ein kleiner Junge, der einen guten Witz erzählt hatte. Die Musik ging weiter und mir blieb nur die Zeit, leise zu sagen: «Jonathan!», worauf er murmelnd antwortete: «Zadie!» Anstelle eines Grusses ergriff ich seine Hand oder er ergriff die meine, ich weiss es nicht mehr. Und zum ersten Mal seit langer Zeit war die Berührung eines Mannes ganz und gar sexueller Natur. Als sich unsere Hände am Ende des Stückes wieder lösten, damit wir applaudieren konnten, war es, als ob ich gerade mit Jonathan geschlafen hätte.

Und für ihn war es nicht anders. Er sagte es mir erst später, aber ich wusste es augenblicklich.

Wie sonderbar, dachte ich, während das Konzert weiterging. Ich küsste diesen Jungen als Heranwachsende, ich begegnete ihm unzählige Male während meiner Jahre mit Basil, während einiger Wochen lebte ich sozusagen mit ihm zusammen, aber nie wäre ich auf den Gedanken gekommen, Sexualität könnte im Spiel sein. Aber ist es so, unbestreitbar.

«Was machst du in Florenz?», fragte ich bei den Erfrischungen.

«Ich wollte die Kunstdenkmäler besichtigen. Weisst du, dass dein Bruder und ich in London im gleichen Club verkehren?»

«Nein, das wusste ich nicht.»

«Nun, an dem Tag, als ich den Gedanken äusserte, nach Florenz zu reisen, sagte dein Bruder zu mir: ‹Dann solltest du meine Schwester besuchen, sie arbeitet dort unten in einer Frauenklinik.› Er gab mir die Adresse deiner Klinik, morgen wollte ich dich dort aufsuchen. Einer der Gäste im Hotel schlug mir vor, ihn heute Abend hierherzubegleiten, seine Frau wollte nicht ausgehen.»

«Und dann landest du gleich neben mir.»

Mit der Rückseite seiner Hand streichelte er meine Wange.

«Das ist Schicksal. Eines Tages mussten wir uns begegnen, wirklich begegnen.»

Die trockene, aber kalte Nacht verbrachten wir spazierend. Wir stiegen nach San Miniato hinauf und durch die Hügel wieder hinunter. Und wir redeten über uns. Wir wussten alles voneinander. Aber von der Art, wie man sich zwischen zwei leidenschaftlichen Küssen einander anvertraut, wussten wir nichts.

Wir versuchten uns darüber klarzuwerden, in welchem Augenblick der Wechsel von der Freundschaft zur Liebe erfolgt war, die Jonathan lachend als «triebgesteuert» qualifizierte. Für mich war die Sache klar, es war an diesem Abend im Konzert passiert. Aber für ihn?

«Es war nicht, als wir uns geküsst haben damals?», fragte ich.

«Nein. Diese paar keuschen Küsse drückten eher den Wunsch aus, eine kleine Schwester zu haben, als irgendetwas anderes. Wir waren drei Jungen. Dass es auch Maisy gab, ignorierten wir damals.»

«Auch für mich warst du ein grosser Bruder. Und ich muss gestehen, dass ich dich vergass, sobald du aus meinem Gesichtsfeld verschwunden warst. Damals konnte ich mir die Liebe nur im Zusammenhang mit Heiraten vorstellen, und ich hatte keine Lust, dich zu heiraten.»

«Ich habe mich zweimal in dich verliebt. Das erste Mal am Tag in der Mine. Als du mir mit dem Stolz einer Königin erklärtest: ‹Ich bin Dr. Tatley. Und Dr. Tatley fährt hinunter›, traf es mich wie ein Blitz aus heiterem Himmel.»

«Ich hatte nicht die Zeit gehabt, dies zu bemerken.»

Wir lachten von Herzen.

«Anschliessend wurde mir klar, dass du Basil Tatleys Frau warst, ich hatte den Kerl sehr gemocht während der Schulzeit, wir waren Klassenkameraden, und eines Tages hatte er an meiner Stelle eine Tracht Prügel bezogen, weil ein Gentleman niemals jemanden verrät. Als mir das klar war, entschied ich mich augenblicklich, darauf zu verzichten, dich verführen zu wollen.»

«Du hättest es nicht geschafft. Die Liebe zwischen Basil und mir liess dafür keinen Platz.»

«Das war mir klar. Aber damals war ich ein junger Geck, der nichts zu tun und kein Ziel im Leben hatte. Aber diese … sagen wir mal, Bewunderung für dich und für das Paar, das ihr wart, hat immerhin mein Leben verändert. Nach dem Grubenunglück begriff ich, dass ich etwas mit meinem Leben hätte anfangen sollen, dass ich hätte nützlich sein können. So wie ich damals war, brauchte ich mich nur darum zu mühen, am Leben zu bleiben. Ich langweilte mich zu Tode. Aber als ich euch sah, Basil und dich, vollständig in euren Aktivitäten aufgehend und keine Minute verlierend, weil ihr euch in vollen Zügen des Lebens erfreutet, des gemeinsamen und jeder für sich in seinem Beruf, war das für mich eine Offenbarung. Leuten wie euch war ich zwar auch schon begegnet, aber nicht in meinem Milieu, wo man schon mit der Muttermilch aufsaugt, dass ein Gentleman nicht arbeitet. Aber in den Windungen meines Dickschädels begann ich mir die eine wesentliche Frage zu stellen: Wenn sie es können, warum dann nicht auch ich?»

«Das sagte Frau Dr. Heim immer wieder.»

«Wer ist Frau Dr. Heim?»

«Die erste Frau, die in Zürich den Doktortitel der Medizin erworben hat. Sie spricht von unserer Verantwortung, mit dem guten Beispiel voranzugehen. Es sei unsere Pflicht, Veränderungen anzuregen.»

«Ich nehme an, sie verstand darunter das gute Beispiel für die Frauenfeinde, um ihnen zu zeigen, dass ihr genauso gute Ärzte sein könnt wie die Männer.»

«Ganz bestimmt. Aber nicht nur. Wenn Basil und ich dich dazu angeregt haben, Arzt zu werden, und wenn dich dies weiter dazu angeregt hat, in einem Armenviertel eine Praxis zu eröffnen, ist das ebenso gut.»

«Willst du nicht wissen, wann ich mich das zweite Mal in dich verliebt habe?»

Ich lächelte in die Dunkelheit hinein.

«Ich glaube, ich weiss es, obwohl ich im eigentlichen Moment weder etwas gedacht noch gespürt habe. Wenn wir uns heute nicht begegnet wären, hätte ich es wieder vergessen. Es war bei unserem Ausritt, nicht wahr?»

«Ja, genau. Obwohl das Wort ‹verliebt› nicht auszudrücken vermag, was ich für dich empfand an jenem Tag. Mir wurde ganz plötzlich klar, dass du die Frau warst, die ich schon immer haben wollte. Mein anderes Ich, mein Kind, meine Mutter – alles, was ich schon immer ersehnt hatte. Meine erste Frau Jane habe ich geliebt, aber sie war ein Mädchen ohne wirkliche Bildung, zur perfekten Hausherrin erzogen und nicht dafür, jemandem eine echte Gefährtin zu sein, wie ich es mir wünschte. Sie ist mir in guter Erinnerung, aber ich weiss nicht, was aus unserer Ehe geworden wäre, wenn sie zehn Jahre gedauert hätte.» Aus seiner Stimme war jetzt Ängstlichkeit herauszuhören. «Meinst du, ich bin gerade dabei, die Erinnerung an sie zu verraten?»

«Nein. Wenn du deinerseits nicht denkst, ich sei im Begriff, diejenige an Basil zu verraten.»

Er blieb unvermittelt stehen und küsste mich ungestüm.

«Wir haben die Pflicht zu leben!», sagte er darauf in fast wildem Ton. «Basil wäre der Erste, der uns dazu ermutigen würde.»

«Du hast recht. Leben wir.»

«In diesem Fall …»

Ich ahnte im Dunkeln, dass er niedergekniet war. Tastend suchte er nach meiner rechten Hand und küsste sie.

«Madame, geben Sie mir die Ehre, meine Hand anzunehmen?»

«Ich habe Ihnen soeben die meine überlassen, Monsieur.»

Er erhob sich wieder, und der Bund wurde mit einem Kuss besiegelt. Ich glaube, wenn es nicht so kalt gewesen wäre, hätten wir uns ohne Umstände gleich ins hohe Gras geworfen.

Ich war in einer Kutsche ins Konzert gefahren und hatte sie für den ganzen Abend gemietet. Bevor ich mit Jonathan spazieren ging, schickte ich den Kutscher nach Hause und bat ihn, Joséphine auszurichten, es könnte spät werden, damit sie sich keine Sorgen zu machen brauchte.

Als ich um sechs Uhr morgens mit wirren Haaren die Küche betrat, war mir offenbar anzusehen, dass ich glücklich war, und als ich erklärte: «Ich nehme jetzt ein Bad und gehe dann in die Klinik», genügte ihr ein einziger Blick.

«Was? Sie haben mit einem Mann geschlafen?»

«Nicht direkt, Joséphine. Ich habe Jonathan wieder getroffen, und wir haben die ganze Nacht diskutiert.»

«Diskutiert!»

«Nun ja, Joséphine, es war zu kalt, um auf einer Wiese Liebe zu machen, und als sich die Sache abzuzeichnen begann, war weit und breit kein Bett verfügbar. Aber wir werden keine Zeit verlieren.»

Auf Joséphines Gesicht breitete sich ein Lächeln aus.

«Endlich! Ich fragte mich, worauf er eigentlich noch wartete, dieser kleine Herr Jonathan. Er hat sich Zeit gelassen.»

«Meine liebe Joséphine, wir sind uns ganz zufällig begegnet.»

Joséphine krümmte sich vor Lachen.

«So, so! Zufällig! Der Witz ist wirklich gut.»

Ich war sprachlos.

«Aber warum ...»

«Warum ich lache? Meine arme Madame Zadie, dieser Mann ist seit Jahren verrückt vor Liebe für Sie. Sie waren in einem solchen Zustand, dass Sie nichts davon bemerkten, aber haben Sie je einen Mann gesehen, der sich wie er um Sie gekümmert hat, wenn es nicht aus heftigster Liebe war?»

«Sie sind ungerecht, Joséphine. Er hatte freundschaftliche Gefühle für mich, er ist Arzt, und ich war verzweifelt ...»

«Meinetwegen mag es so begonnen haben. Aber schon nach einer Woche war er ganz verrückt nach Ihnen. Alle haben es bemerkt, nur Sie nicht. Also brauchen Sie mir nicht weiszumachen, sie wären sich rein zufällig begegnet. Er ist nach Florenz gekommen, um Sie zu sehen.»

«Er sagt aber, er habe sich entschieden, nach Florenz zu reisen, und dann habe ihm Simon ganz plötzlich meine Adresse gegeben.»

«Und ich sage Ihnen, dass er Sie wiedersehen wollte und fand, der Augenblick sei vielleicht gekommen, so dass er Simon um Ihre Adresse bat und im Nachhinein fand, Florenz im Herbst müsste eigentlich ganz schön sein und dass er unbedingt kommen sollte, bevor es richtig kalt würde.»

Sie imitierte Jonathan so perfekt, dass ich lachen musste.

Sie legte mir eine Hand auf die Schulter.

«Und vor allem, glauben Sie Ihrer alten Joséphine. Tun Sie so, als würden Sie seine Version akzeptieren. Und wenn er Ihnen eines Tages gestehen sollte, er sei nur Ihretwegen gekommen, tun Sie so, als ob Sie selber niemals darauf gekommen wären.»

«Einverstanden, Joséphine.»

«Und heute Abend bringen Sie ihn hierher. Das ist besser als im Hotel, und ich werde mich aus dem Staub machen. Sie werden unter sich sein.»

«Aber ...»

«Das reicht. Ihr Bad ist heiss, gehen Sie.»

Ich nahm mein Bad und ging in die Klinik.

Jonathan holte mich um sieben ab, um diese Zeit beginnt es normalerweise ruhiger zu werden. Ich zeigte ihm die Räume und stellte ihn meinen Kolleginnen vor.

«Dr. Barber interessiert sich für unsere Klinik.»

«Ich habe den Eindruck, er interessiere sich noch viel mehr für unsere Ärztin», raunte mir eine der Hebammen zu, als er uns gerade den Rücken zukehrte. Ich liess es mit einem Lächeln bewenden. Man musste uns angesehen haben, dass wir glücklich waren.

Als wir bei mir ankamen, brannten in allen Zimmern Kerzen, aber Joséphine war nirgends zu sehen. Sie hatte den Tisch gedeckt und gekocht. Wir assen zu zweit, es herrschte eine beinahe magische Atmosphäre. Wir langten tüchtig zu und verschlangen uns dabei mit den Augen, doch bis nach dem Likör berührten wir uns nicht.

Als es nichts mehr zu essen und nichts mehr zu trinken gab, nahm ich ihn bei der Hand und führte ihn in mein Zimmer. Die Kerze, die ich mitgenommen hatte, stellte ich auf den Schrankkoffer, dann drehte ich mich zu ihm um.

Wir sprachen kein einziges Wort. Wir fingen an, uns gegenseitig auszuziehen. Weil ich nie ein Korsett trug, war das kein Problem. Und als wir nackt voreinander standen, sahen wir uns eine ganze Weile einfach in die Augen, ich habe keine Ahnung, wie lange das gedauert hat.

«Zadie, ich liebe dich», murmelte Jonathan schliesslich.

«Jonathan, ich liebe dich», antwortete ich im gleichen Tonfall.

Erst jetzt hob er mich hoch und trug mich zum Bett. Danach … danach verlor ich den Kopf. Wir verloren den Kopf. Ich hatte nichtsahnend geglaubt, nie mehr jemanden lieben zu können, wie ich Basil geliebt hatte. Doch mein Körper war anderer Meinung.

«Wie konnte ich bloss ohne dich leben?», fragte Jonathan etwas später – wann, weiss ich nicht, denn es war, als ob die Zeit stillgestanden hätte, als ob wir im Jenseits lebten. Ich weiss nur, dass die Kerze heruntergebrannt war und wir im Dunkeln lagen.

«Du hast noch nie zuvor mit dem ganzen Körper und von ganzer Seele geliebt?», fragte ich.

«Wie du Basil geliebt hast, willst du sagen? Nein. Ich liebte eine Frau von ganzem Herzen. Und ich liebte mehrere Frauen mit dem ganzen Körper. Aber beides zusammen – das ist heute das erste Mal.»

«Ich habe das Glück, das zum zweiten Mal zu erleben», sagte ich. Und wir sanken uns wieder in die Arme.

Am nächsten Tag machte er es sich in der grossen Wohnung gemütlich. Er war mit seinem Diener nach Florenz gereist. Damals reiste ein Gentleman immer mit seinem Diener. Aber Joséphine verbat diesem, das Haus zu betreten. Sie brauche keine Hilfe, sie sorge ganz allein für uns.

«Monsieur wird doch hoffentlich alt genug sein, um sich selber anziehen zu können.»

«Gewiss, meine gute Joséphine, aber es geht gar nicht darum, mich anzuziehen. Zu zweit habt ihr ganz einfach weniger Arbeit.»

Als ob er nichts gesagt hätte, fuhr sie fort:

«Und wenn Monsieur eine Rasur braucht, ist er bei mir bestens aufgehoben.»

Der Diener, den ich künftig bei seinem Namen Michael nennen will, weil er trotz Joséphines Widerständen sehr schnell Teil der Familie geworden war, nahm die Sache gelassen und fand im gleichen Haus zwei Stockwerke tiefer einen Unterschlupf. Im Grunde war es nicht mehr als eine Abstellkammer, die uns die Nachbarn überlassen hatten, aber er fand das ganz in Ordnung. Innerhalb nur weniger Wochen hatte Joséphine diesen sanften, pfiffigen und tüchtigen Koloss, von unermüdlicher Arbeitskraft und mit trockenem Humor, ins Herz geschlossen, es aber nie geschafft, ihn aus der Ruhe zu bringen, selbst dann nicht, wenn es dafür allen Grund gegeben hätte.

Jonathan und ich heirateten kurz vor Weihnachten, an einem Tag, als Florenz unter einer Schneedecke lag. Es war zauberhaft, und ich kam mir vor wie in einem Traum. Ein Traum, aus dem ich ein paar Wochen später unsanft erwachte, als ich feststellte, dass ich schwanger war.

VIII

«Was ist denn los mit dir, Zadie? Wein doch nicht so, mein Liebling. Und geh hinein, es ist eiskalt hier draussen auf der Terrasse.»

Es war noch Nacht, ich war eine Stunde früher aufgestanden, um wie gewohnt in die Klinik zu gehen, und schon zum dritten Mal hintereinander musste ich mich übergeben. Seit fast zwei Monaten hatte ich die Regel nicht mehr, und bis dahin hatte ich mich geweigert, die Realität ernst zu nehmen, doch die Realität wusste sich immer durchzusetzen. An jenem Morgen sagte ich mir, es sei nutzlos, weiter nach Ausflüchten zu suchen – ich war schwanger. Und natürlich würde ich mein Kind verlieren. Oder schlimmer noch: Ich würde es behalten können, aber es würde gleich nach der Geburt sterben. Eine unerträgliche Aussicht. Alles kam auf einmal wieder hoch. Die Kinder der anderen, die ich entband, und die Leere in mir jener Kinder wegen, die ich selber nie gehabt hatte. Der Kummer, den ich mit Basil geteilt hatte, suchte mich wieder heim, obwohl ich es doch gerade eben geschafft hatte, mein Leben wieder in Gang zu setzen.

Ich war auf die Terrasse hinausgegangen, weil ich an die frische Luft wollte. Die Tränen überrumpelten mich. Mir war kalt, aber ich befürchtete, die gute Beziehung, die ich mit Jonathan aufgebaut hatte und die mir auch Monate, nachdem wir uns wieder begegnet waren, wie ein Wunder vorkam, in gewisser Weise zu vergiften, wenn ich hineingegangen wäre.

«Komm rein, Zadie, komm in die Wärme, und erzähl mir deinen Kummer.»

Wir gingen hinein, er legte mir eine Decke um die Schultern und holte eine Tasse Kaffee aus der Küche. Und wie ich erst etwas später bemerkte, schickte er Michael in die Klinik, um auszurichten, ich sei krank.

Der Kaffee beruhigte mich, ich erbrach nicht mehr und langsam hatte ich meine fünf Sinne wieder beisammen.

«Also, was ist passiert?», fragte Jonathan, und seiner Stimme war anzuhören, dass er sich Sorgen machte. Ich nahm also meinen ganzen Mut zusammen:

«Ich bin schwanger.»

Als Erstes war auf seinem Gesicht Ungewissheit und dann Bestürzung zu bemerken.

«Und das versetzt dich in einen solchen Zustand? Freust du dich denn nicht auch, ein Kleines zu bekommen, das wir lieben?»

Ich sah ihn an, wollte ihm alles erklären, doch ich fand die Worte nicht und begann wieder zu weinen. Schliesslich brachte ich es aber doch hervor:

«Das ist es nicht, Jonathan, ich freue mich genauso wie du darauf, ein Kleines zu … zu … zu bekommen, das wir lieben.» Erneut versagte meine Stimme, und ich weinte wieder. Von meinen Fehlgeburten hatte ich ihm nie ausführlich erzählt, sondern sie nur beiläufig erwähnt.

«Ja, aber …»

«Jonathan, ich war fünfmal schwanger. Zwei Schwangerschaften habe ich ausgetragen. Drei gingen vor dem vierten

Monat zu Ende. Ich ertrage den Gedanken nicht, das n… noch ein… mal erleben zu müssen.»

Er drückte mich an sich, damit ich mich beruhigte. Wir verbrachten den Tag zusammen, beinahe wortlos, die meiste Zeit in Umarmung. Es dämmerte bereits, als Jonathan vom Sofa aufstand, einige Schritte von mir weg machte – und sich in Dr. Barber verwandelte.

«Erzähl mir, wie es mit diesen Schwangerschaften war, Zadie. Und mit den Geburten.»

«Zur ersten kann ich dir nichts sagen. Es war so unerträglich, dass ich alles ausgelöscht habe. Auch hat mir der Geburtshelfer irgendetwas gegeben, Laudanum oder Chloroform, auf jeden Fall war ich nicht mehr ganz da. Frag Joséphine, sie war dabei. Die anderen, die ich früh verloren habe, waren einfach gekommen, obwohl wir nach der ersten Fehlgeburt eine ganze Reihe von Vorsichtsmassnahmen getroffen hatten. Und das kleine Mädchen, das ich bis in den siebten Monat trug …»

Wieder schüttelte mich unkontrollierbares Schluchzen. Jonathan drückte mich an sich und massierte mir den Rücken, streichelte mein Gesicht, und nach einem Weilchen sagte er:

«Zadie, ich weiss, es ist hart, aber sag mir, was mit diesem kleinen Mädchen passiert ist.»

«Sie … sie hatte eine Gelbsucht, sie lebte nur vierundzwanzig Stunden.»

«Und das erste? Hatte das auch Gelbsucht?»

«Nein. Es war einfach in einer sehr schlechten Geburtslage, und die Hebamme war nicht rechtzeitig da. Als sich Dr. Kiener einschaltete, war es schon zu spät. Und fast wäre ich auch daran gestorben.»

«Aha ... Ich habe davon gehört ...» Er stand auf und ging nachdenklich auf und ab. «Ich glaube ...»

«Was?»

«Einer meiner Kollegen, der an der medizinischen Fakultät in Wien studiert hat, sprach von einer Beobachtung, die offenbar von mehreren gemacht worden ist: Frauen, deren erste Geburt ohne Zwischenfälle verlief, die dann aber weitere Kinder nicht mehr zu halten vermochten. Entweder sind es extreme Frühchen oder die Babys sterben bei der Geburt. Aber in den Fällen, wo diese Frauen ein zweites Mal geheiratet haben und von ihrem zweiten Mann schwanger wurden, verlief alles ganz normal.»

«Und?»

«Man ist der Auffassung, es handle sich um eine Unverträglichkeit, aber man weiss nicht, welcher Art sie ist – etwas, was zwischen Mann und Frau nicht zusammenpasst, das kann man hier wörtlich nehmen. Mit einem anderen Mann aber geht alles gut, und das Gleiche gilt für den Mann mit einer anderen Frau.»

Auf diese Art und Weise beschrieb man damals ein Phänomen, das heute erkannt und definiert ist, und zweifellos auch bald heilbar sein wird – die Hämolyse des Neugeborenen, die man einfacher auch Rhesus-Unverträglichkeit nennt. Das erste Kind wird normal geboren. Aber ab der zweiten Schwangerschaft mehren sich die Schwierigkeiten und die Säuglinge überleben nur selten, oft ziehen sie sich eine Gelbsucht zu und sterben einen oder zwei Tage nach der Geburt. Ich kenne die Blutgruppeneigenschaften Basils nicht, denn damals ahnten wir nicht einmal, dass es diese Blutgruppen überhaupt gab, aber die vier abgebrochenen Schwangerschaften in der Zeit, als ich seine Frau war, sind ohne jeglichen Zweifel darauf zurückzuführen. Während der Verlust meines ersten Kindes ganz einfach ein Unglücksfall war.

Aber gut, damals wussten wir noch nichts von den Entdeckungen, die Jahrzehnte später gemacht worden sind. Im besten Fall konnten wir uns an ein paar Beobachtungen klammern, an die ersten Vorboten, die das Spätere ankündigten.

Wir hatten geplant, im Frühling mit einem Abstecher über Saint-Louis nach England zurückzukehren, aber als Vorsichtsmassnahme beschlossen wir, das Kind in Florenz zu erwarten.

Ich kehrte zu meinen Alltagsgewohnheiten zurück, mit dem Unterschied, dass ich eine Stunde später als gewöhnlich in die Klinik ging, und als die Morgenübelkeit vorbei war, strotzte ich wieder vor Gesundheit. Zwischen Jonathans und meinem Blut gab es keine Verträglichkeitsprobleme.

Jonathan hatte Arbeit in einer Praxis gefunden, die von einer Arbeiter-Hilfsorganisation, einer Art inoffizieller Gewerkschaft, eingerichtet worden war. Er ging in die Fabriken zu den Arbeitern. Einige seiner Patienten waren Bauern, die in die Stadt kamen, um hier zu arbeiten, und bald einmal kümmerte sich Jonathan auch um ihre Familien irgendwo im fernen Hinterland. Bei den einfachen Leuten war er bald bekannt wie ein roter Hund. Wenn er weite Wege vor sich hatte, ritt er zu Pferd zu den Krankenbesuchen, allein oder in Begleitung Michaels.

Er liess sich immer bezahlen. Ein symbolischer Pfennig, wenn die Leute nicht mehr hatten, aber auf diesen Pfennig legte er Wert.

«Ich brauche ihr Geld nicht. Aber die Bezahlung macht den ganzen Unterschied aus zwischen einem Fürsorgefall und einem Patienten. Und ich behaupte, dass ein Patient schneller gesund wird als ein Fürsorgefall. Das hat auch etwas mit Medizin zu tun», sagte er und schlug sich an die Stirn.

Nachdem ich schwanger geworden war, liess er sich auf der Stelle in einem Schnellkurs zum Geburtshelfer ausbilden.

«Wir müssen alle Chancen nutzen. Es könnte sein, dass ich mich mit der Vermutung irre, dein Unglück habe mit der Verbindung von Basil und dir zu tun. Du brauchst vielleicht einfach etwas mehr Betreuung. Du bist Arzt, ich bin Arzt, dem Zufall überlassen wir nichts.»

Als meine Schwangerschaft weiter voranschritt, übernahm er – eigenmächtig – meine Nachtdienste in der Klinik, wenn eine schwierige Geburt bevorstand. Schliesslich war er in Sachen Geburtshilfe genauso gut im Bild wie ich.

Aber es passierte nichts Dramatisches. Die Geburt verlief völlig problemlos, umgeben von dreien unserer Hebammen und von meinem Mann, auf dem gleichen Tisch, auf welchem ich meine Patientinnen entband. Alles war bereit für den Fall, dass … Aber die Geburt dauerte nur kurze Zeit. Innerhalb weniger Stunden war unser kleiner Junge auf der Welt. Ich hatte nicht einmal Zeit genug gehabt, Schmerzen zu empfinden.

«Er ist wunderbar, Zadie, wunderbar.»

«Die Gelbsucht ...?»

«Keine Spur davon, Signora Barber, nicht die geringste Spur.»

Ich nahm ihn zu mir und schluchzte los.

Die Hebamme tätschelte mir die Schulter und sagte zu Jonathan:

«Es sind Freudentränen, Dottore, das ist normal.»

Und plötzlich sah ich ihn durch meine Tränen hindurch in seiner weissen Bluse mit hochgekrempelten Ärmeln. Er war schon immer umwerfend schön gewesen, braun, regelmässige Züge, glattrasiert (mir zuliebe, weil ich bärtige Gesichter nicht mochte), grosse haselnussbraune Augen, überdurchschnittlich gross, was ihm immer und überall eine erlesene Eleganz verlieh, ich glaube, sogar in Lumpen hätte er elegant gewirkt. Aber in diesem Augenblick war er mehr als schön – sein Gesicht wirkte entrückt. Und gleichzeitig stand er da mit den herabhängenden Armen eines zu gross Gewachsenen, der nicht wusste, wohin damit. Ich lachte mitten aus meinen Tränen heraus schallend, und er kam auf mich zu und nahm uns in seine Arme.

«Sehr gut, Dottore», sagte die Hebamme, bevor sie den Rückzug antrat, «das ist die richtige Medizin.»

Er streichelte mein Haar.

«Wollen wir ihn immer noch Martin nennen?»

«Klar.»

Er streichelte den schwarzen Flaum auf dem Kopf des Kleinen.

«Ich liebe dich, Zadie», flüsterte er mir zu.

«Ich liebe dich, Jonathan.»

«Ich liebe dich, Martin.»

«Ich auch, Martin, vergiss das bitte nie.»

Eigenartigerweise hatte ich nun eine Art Flash, ein ungewohntes Bild aus einer Zeit, die ich aus meinem Gedächtnis hatte streichen wollen.

«Weisst du, wann wir uns das erste Mal begegnet sind, Jonathan?»

Er runzelte die Stirn.

«Hm, als wir Halbwüchsige waren.»

«Nein. Als wir uns das erste Mal begegnet sind, war ich drei Jahre alt. Du warst beim Angeln, und ich war meinem Kindermädchen davongelaufen.»

«Aber ja! Du wolltest bei mir bleiben und weigertest dich, auf ihre Zurufe zu antworten.»

«Du warst acht. Schon ein Grosser.»

Statt zu antworten, beugte er sich über mich und küsste mich auf den Mund. Wir schwiegen – eine ganze Weile.

Während einer Woche zitterte ich, aber Martin hatte tatsächlich keine Gelbsucht – und auch sonst nichts, was ihn von anderen Neugeborenen unterschieden hätte. Es dauerte eine gewisse Zeit, bis ich daran glaubte, dass ich, Zadie, ein gesundes Kind hatte und ohne Drama. Dieser kleine Martin brachte uns noch näher zusammen. Jonathan war verrückt vor Glück. Auch er hatte ja eine dramatische Geburt erlebt. Für ihn war Martin nicht nur sein Sohn, sondern in erster Linie die Frucht unserer Liebe, und er behandelte mich, als ob ich so etwas wie eine Wundertäterin wäre. Es muss rührend gewesen sein, uns zu sehen.

Warum wir schliesslich unsere Meinung änderten und nicht nach England zurückfuhren, weiss ich nicht mehr. Statt dessen vergrösserten wir nach Martins Geburt unsere Wohnung, indem wir die gegenüberliegende, die frei geworden war, dazu nahmen, wir stellten ein Kindermädchen ein, wie dies in allen guten Familien damals üblich war, und wir begannen wieder zu arbeiten, ich in der Klinik, er in seiner Praxis. Oft tauschten wir auch unsere Rollen. Wenn ich verhindert war oder wenn er fand, ich müsse geschont werden, ging er statt meiner zu einer Geburt, oder wenn er zu einem Notfall gerufen wurde, aber bereits an einem anderen Krankenbett stand, ging ich an seiner Stelle. Die ersten zwei-, dreimal war es etwas schwierig für mich, akzeptiert zu werden, aber man muss wissen, dass ich eine Taktik entwickelt hatte, die bewirkte, dass mir die Leute schliesslich doch ihr Vertrauen schenkten. Anstatt zu sagen: «Wie soll eine Frau uns versorgen können», sorgte ich in gewisser Weise dafür, dass sich die Leute sagten: «Sie ist zwar eine Frau, aber sie versorgt uns dennoch bestens.» Perfekt war das noch nicht und der Weg war noch weit, bis man sich keine Gedanken mehr darüber machen musste, ob der Arzt männlich oder weiblich war, aber ein kleiner Fortschritt war es immerhin.

Über die nun folgenden Jahre gibt es nicht viel zu berichten. Wir bekamen ein zweites Kind. Ebenfalls völlig problemlos. Noch ein Sohn, Jonathan junior, den man hier in Italien natürlich Gianni rief.

Wir arbeiteten hart, aber wir wurden nicht immer mit Erfolg belohnt.

«Wir haben eine Diagnosemedizin, wir geben uns zufrieden, wenn wir feststellen können, uns nicht geirrt zu haben, aber weder verstehen wir es, der Krankheit vorzubeugen noch uns wirklich der Patienten anzunehmen. Meistens werden sie geheilt, weil sie robust sind, und nicht dank unserer Behandlung, sie erweist sich rasch als kläglich, wenn jemand wirklich ernstlich krank wird», sagte Jonathan manchmal und knirschte dazu mit den Zähnen.

Damals war ich mit ihm mehr oder weniger gleicher Meinung.

«Einen Fingerbreit tragen wir schon zur Heilung bei», gab ich für gewöhnlich zur Antwort, trotz der Fehlschläge. Mit den Heilungs- und Vorbeugemöglichkeiten, über die wir heute verfügen, würde ich das nicht mehr sagen. Jonathan hatte vollkommen recht: Der grösste Fortschritt im Vergleich zwischen damals und einer Zeit hundert Jahre früher war es, die Bedeutung der Hygiene erkannt zu haben.

Wie unbedeutend unsere Mitwirkung auch sein mochte, gegeben haben wir immer viel, von uns selbst, aus unserem Geldbeutel und ohne zu zählen. Wir hatten beide das Glück, reich geboren worden zu sein. Wir teilten. Wir dachten, das sei unsere Pflicht. Ich hatte sogar festgestellt, dass Johathans Vermögen von der Klinik in London (in die sich die einstige Praxis unterdessen verwandelt hatte) und seiner nahezu kostenlosen Behandlung toskanischer Bauern vollständig aufgebraucht worden war – in den Augen seiner Familie selbstverständlich reine Verschwendung. Ich war gegen solches Missgeschick gefeit, denn mein Vater und Simon wachten über meine Finanzen mit der gleichen Sorgfalt, mit der sie die Klippen der Börse umschifften.

Nach sechs Jahren fühlte ich mich endlich bereit, meinen Beruf allein auszuüben.

Unzählige Male diskutierten wir die Möglichkeit, uns in Cornwall niederzulassen.

«Das kann ich nicht, die Gesellschaft ist noch nicht reif dafür zuzusehen, wie der adelige Sohn mit der Arzttasche in der Hand durch die Lande streift. Sie würden mich genauso scheel anblicken wie dich, die Frau, die als Lord Lidleys Schwägerin den Arztberuf ausübt.»

«Wir brauchen uns ja nicht unbedingt in Saint Askin niederzulassen.»

Schliesslich waren wir so weit, einen Umzug nach Bodmin oder selbst nach Bristol in Betracht zu ziehen, wo Jonathan sein Praktikum gemacht hatte. Dieser Ort kam für uns durchaus in Frage. Aber nach London wollten wir nicht.

Ich fand, sechs Jahre Florenz seien genug. Umso mehr, als wir keinen Eingang in den geschlossenen Kreis der guten Florentiner Gesellschaft gefunden hatten. Natürlich lud man uns zu Abendanlässen ein, und auch wir gaben das eine oder andere Fest. Die Leute hatten sogar unseren Namen italienisiert und nannten uns Barbieri. Gleichwohl blieben wir Exoten, die man mit Distanz betrachtete, wir kamen uns vor wie Tiere im Zoo, und mit der Zeit fingen wir an, dieses Gefühl, das wir beide teilten, als störend zu empfinden.

Wir waren im Begriff zu gehen. Wir hatten bereits alle Reisevorbereitungen getroffen, als Jonathan ans Krankenbett eines Mannes gerufen wurde, der von einem Baugerüst gefallen war, irgendwo in der Nähe von San Miniato.

Ich war gerade von der Klinik nach Hause gekommen, hatte etwas Zeit mit den Kindern verbracht und sie zu Bett gebracht.

Es war Nacht geworden inzwischen, und während ich auf Jonathans und Michaels Rückkehr wartete, der ihn begleitete, sass ich bei Joséphine in der Küche und besprach mit ihr, was morgen alles zu tun sein würde.

Es musste gegen acht Uhr gewesen sein, als plötzlich die Tür heftig aufgestossen wurde. Auf der Schwelle stand Michael, der grosse und breitschultrige Mann, stark wie Herkules und leichenblass, und auf seinen Armen trug er Jonathans leblosen Körper. Für einen kurzen Augenblick hatte ich den Eindruck, eines der Gemälde der Kreuzabnahme vor Augen zu haben, die es in Florenz massenhaft gab. Nach meinem Gefühl hatte unsere Lähmung sehr lange gedauert, aber in Wirklichkeit werden es nicht mehr als zwei, drei Sekunden gewesen sein. Wir waren alle mit Notfällen vertraut. Weil sie mit Ärzten zusammenlebten, reagierten Joséphine und Michael genauso schnell wie wir. In der Zeit, die ich brauchte für die zwei Schritte zur Tür, hatte Joséphine bereits den Tisch abgeräumt, ihn mit einem sauberen Laken bedeckt und bevor ich auch nur ein Wort herausbrachte, mit heiserer Stimme befohlen:

«Sachte, legt ihn hierher.»

Meine Knie wankten, meine Hände zitterten, aber ich half Michael, Jonathan auf den Tisch zu legen. Die Stelle, wo die Kugel eingedrungen war, konnte man nicht übersehen. In der

Gegend des Herzens. Jonathan atmete kaum noch. Ihn transportieren zu wollen, war aussichtslos, er wäre unterwegs gestorben.

«Michael, gehen Sie in die Klinik und bringen Sie zwei Krankenschwestern mit, wenn möglich Marianna und Giacomina. Sagen Sie ihnen, sie sollen alles mitnehmen, was es für eine Operation braucht. Aber machen Sie schnell, ich weiss nicht, wie lange er noch durchhält.»

Er sagte kein Wort, man hörte ihn die Treppe hinunterrennen. In der folgenden halben Stunde verwandelte sich die Küche in einen Operationssaal.

Michael kam mit Marianna und Giacomina zurück, und ausserdem mit einem Mann, den ich noch nie gesehen hatte, mittelgross, gedrungen, olivfarbener Teint, dichtes schwarzes Haar und ebenfalls sehr dunkle Augen mit stechendem Blick.

«Dottore Giocondo, ich bin Chirurg. Ich war bei meiner Schwester auf Besuch, die Sie entbunden hatten, Dottore. Als Ihr Diener eintraf, wollte ich gerade gehen. Ich denke, zu zweit sind wir besser dran.»

Unterdessen hatten wir alle die Kittel übergezogen.

«Michael, bringen Sie uns so viele Lampen wie Sie nur können. Wir müssen klar sehen», sagte ich. Ich hatte es geschafft, die Verbindung zu meinem persönlichen Ich zu kappen, ich war nur noch Arzt, der einen Patienten retten will.

Michael zündete alle in der Wohnung vorhandenen Lampen an und stellte sie rund um den Tisch auf. Man glaubte, es sei heller Tag. Wir operierten während mehrerer Stunden. Die Kugel steckte in der Lunge, ganz nahe beim Herzen.

Giocondo, der bei Operationen dieser Art mehr Erfahrung hatte als ich, wie ich sofort feststellte, sprach, ausser wenn er ein Instrument anforderte, nur ein einziges Mal.

«Wenn sich solche Schweinereien an einem Ort wie diesem breitmachen, dann ist das Scheisse.»

Es war zwar die Sprache der Stallknechte, aber sie drückte eine brutale Wahrheit aus.

Wir taten alles, was wir konnten. Gegen zwei oder drei Uhr frühmorgens waren wir fertig, und Jonathan lebte noch, aber niemand von uns machte sich Illusionen. Michael und Dr. Giocondo trugen ihn auf ein Sofa.

«Überwachen Sie seinen Puls», befahl mir Giocondo, «wenn Sie können. Geht es?»

«Es geht. Verlassen Sie uns?»

«Nein. Ich gehe zu meiner Schwester, um sie zu beruhigen und meinen Vorrat an Chinin zu holen. In zwanzig Minuten bin ich zurück.»

Während einer Stunde geschah nichts. In meinem Gedächtnis gibt es ein schwarzes Loch, ich sagte mir, dass ich es geschafft haben musste, nichts mehr zu denken und mir klarzumachen, dass die Umstände zwar anders, die Sache selber aber die gleiche sei: Mit fünfunddreissig Jahren stand ich zum zweiten Mal am Bett eines sterbenden Gatten.

Es dauerte vier oder fünf Tage. Giocondo und ich wechselten uns ab, auch mit Michael und Joséphine und einigen unserer Krankenschwestern der Klinik, die von sich aus gekommen waren, damit immer eine kompetente Person in seiner Nähe war, auch wenn ich mich um die Kinder kümmern musste, um sie zu beruhigen, und wenn ich mich einmal für eine Stunde ausruhte. Trotz der Pflege und des Chinins, das ihm Dr. Giocondo injizierte, bekam Jonathan Fieber, seine Konstitution war zu sehr geschwächt. Er schaffte es nicht.

Er war nur noch einmal zu Bewusstsein gekommen, als ich gerade bei ihm war.

«Zadie, glaub diesem Mann nicht.»

«Welchem Mann?»

«Derjenige, der …»

«Der was?»

«Er glaubte, ich wolle … seine Frau …»

«Ein Mann hat aus Eifersucht auf dich geschossen?»

«Ja, ein Dummkopf. Ich liebe nur dich. Ich will nur dich.»

Die Tränen strömten wie von allein. Man nahm mir meinen Mann aus einem so nichtigen Grund weg? Das war unerträglich.

«Ich weiss, Jonathan. Ich liebe dich.»

Ich ahnte mehr als ich sah, wie Giocondo aufstand und sich entfernte.

«Hast du mich operiert, meine Zadie?»

«Ja, Jonathan. Zusammen mit Dr. Giocondo.»

«Ihr werdet … Küsse die Kinder von mir.»

«Du kannst Sie selber küssen, Jonathan.»

«Wenn ich sterbe …»

«Jonathan, du …»

«Still! Wenn ich sterbe, gib sie nicht den Barbers. Sie würden nutzlose und anmassende Nobelgecken aus ihnen machen.»

Er schloss die Augen, Zeit war vergangen.

Dann schien er sich aufzubäumen und öffnete die Augen wieder weit.

«Zadie!»

«Jonathan?» Ich schaffte es kaum, die Tränen zurückzuhalten.

«Ich meine es ernst. Lass dich nicht auf ihre Geschichten über Dynastien und Titel ein. Mach aus ihnen brauchbare Männer. Ingenieure, Forscher. Das sind die wirklichen Adelstitel.» Er sprach zunehmend leiser, ich neigte mich über ihn, um ihn zu verstehen. «Versprichst du es mir?»

«Ja, Jonathan.» Mir war, als würde ich gleich tot umfallen, so sehr schnürte es mir das Herz zu. «Ich verspreche es dir.»

Ich glaube, er hörte mich nicht mehr. Er starb noch vor Anbruch der Nacht.

Solange er noch lebte, kannte ich nur eines: ihn zu retten. Als er dann nicht mehr da war, und vor allem nach dem, was er mir gesagt hatte, wollte ich wissen, was geschehen war.

«Michael, sagen Sie mir, was geschehen ist.»

«Er wartete auf Dr. Barber hinter einem Mäuerchen. Auf einem Bauernhof, wo Dr. Barber eine Frau behandelt hatte. Sie war ihm dafür dankbar und zeigte es ihm in aller Unschuld, als sie geheilt war. Aber die Eifersucht ist eine Krankheit, Madam, ein eifersüchtiger Ehemann ist nicht zur Vernunft zu bringen. Es geschah so plötzlich, vor allem so unerwartet …» Seine Stimme gab nach. «Es macht uns Dr. Barber nicht wieder lebendig, aber dieser Idiot hat bekommen, was er verdient.»

«Was wollen Sie damit sagen, Michael, Sie machen mir Angst.»

«Ich habe ihn getötet, Madam. Halten Sie mir keine Moralpredigt, ich habe nur das Recht auf Vergeltung ausgeübt. Morgen hätte er sich wieder einbilden können, ein Mann begehre seine Frau, und er hätte auch diesen getötet. Nein.»

Michael war in Indien Jonathans Ordonnanz gewesen. Damals war er fünfzehn Jahre alt, hatte mir Jonathan erzählt. Etwas Militärisches war ihm immer geblieben, trotz seiner für diesen Koloss so überraschenden Sanftheit. Seine Hingabe an seinen Meister war unwiderruflich. Dieser absurde Mord bereitete ihm ebenso viel Kummer wie mir – die beiden waren seit Jahren unzertrennlich gewesen. Aber seine Art, dies auszudrücken ... Geradezu eine Hinrichtung ...

«Und die Polizei?», fragte ich zaghaft.

«Wenn wir nicht reden, erfährt es die Polizei nicht, auf jeden Fall wird sie uns nicht damit in Verbindung bringen.»

Offenbar wusste sie tatsächlich nichts, denn wir sind niemals befragt worden. Und was Jonathan betraf, war er an den Folgen eines Unfalls gestorben.

Dieses Mal liess ich mich nicht gehen. Unmöglich! Ich hatte zwei Kinder. Ich musste es ihnen erklären. Gianni würde es vergessen, aber Martino, das wusste ich, würde davon gezeichnet sein für immer.

IX

Joséphine hatte die Initiative ergriffen, um meinen Bruder Simon telegraphisch zu benachrichtigen und ihn zu bitten, Jonathans Familie zu informieren.

Simon traf am Tag vor der Beerdigung ein, vermutlich im gleichen Zug wie Jonathans Brüder, Lawrence, der älteste und Titelerbe, sowie Cuthbert, der jüngste.

Simon schloss mich in seine Arme, wir sprachen nicht ein Wort. Ich wusste, dass er verstand, und ich vermute, dass er es sinnlos fand, etwas zu sagen. Der Albtraum wiederholte sich.

«Wegen der Kinder konnte Mireille nicht wie ich alles stehen und liegen lassen, vielleicht kommt sie schon morgen mit Vater.» Mireille und Simon hatten zwei Kinder, eine Tochter und einen Sohn.

Wir sassen wortlos beim Tee, als sich kurz darauf Michael meldete.

«Lord Lidley und Pfarrer Cuthbert Barber sind eingetroffen.»

Ich wollte gerade sagen, ich sei nicht da, aber Simon hinderte mich daran.

«Wenn irgend möglich, solltest du ihnen nicht allein entgegentreten, Zadie. Aber du kommst wohl nicht darum herum, mit ihnen zu reden müssen.»

Als sie den Raum betraten, war ihr Missfallen nicht zu übersehen.

Über die Familie Barber habe ich mich nie geäussert, denn diese Geschichte wird schon lang genug, ohne dass ich mich mit Überlegungen über diese Leute aufzuhalten brauche, die innerhalb ihres strengen, aus dem Mittelalter stammenden Systems lebten. Lord Lidley senior war gestorben, als Jonathan zweiundzwanzig oder dreiundzwanzig Jahre alt war. Jonathan nutzte die Gelegenheit, um unverzüglich seinen Abschied von der Armee zu nehmen, wo ein zweitältester Sohn einer Familie wie der seinen mehr oder weniger gezwungen war, Karriere zu machen. Lawrence und Cuthbert (der Drittälteste, der wie es sich gehörte, Geistlicher geworden war) hatten ihm das nie verziehen. Auch missbilligten sie sein Medizinstudium, seine Abwesenheit, die Art und Weise, wie er sein Vermögen verbrauchte und seine Heirat mit mir. Sie waren mit meiner Mutter befreundet, und ich wagte nicht daran zu denken, was sie ihnen alles hatte erzählen können, wenn sie sich gesprochen haben sollten. Jedenfalls war der Klatsch in diesen Kreisen ebenso an der Tagesordnung wie in einer Pförtnerloge – kein Wunder, sie hatten ja nichts anderes zu tun, als sich gegenseitig zu überwachen und die Rebellen zu exkommunizieren.

In meiner Kindheit waren wir Nachbarn gewesen, sie kannten uns. Meinen Vater hatten sie nie akzeptiert, weil er sein Geld in der City verdiente. Sie sahen in uns – eine Horrorvision! – Bürgersleute. Das Schlimmste aber war für sie, dass sowohl ihr Bruder als auch ich den Adel Adel sein liessen, um – o Schrecken aller Schrecken – zu arbeiten!

Es dürfte somit einigermassen verständlich sein, dass ich keine besondere Lust verspürte, Jonathans Brüdern zu begegnen. Und die Art und Weise, wie sie auf das Thema eingingen, entsprach ganz und gar dem Ruf, den sie genossen.

«Der Erbe eines Grafs in einer Mietwohnung!»

«Es handelt sich um ein historisches Palais mit grossartigen Salons.»

«Auf der vierten Etage wohnt das Gesinde.»

Ich lasse es dabei bewenden. Lord Lawrence Lidley war kinderloser Witwer. Jonathan aber, der voraussichtliche Erbe des Titels, erlaubte sich nicht nur zu arbeiten, statt sich persönlich um die Verwaltung seiner Güter zu kümmern, sondern auch, deren Erträge unter die Armen zu verteilen. Und alles andere dementsprechend.

«Morgen reisen wir ab, wir nehmen Ihren Sohn mit, er ist der voraussichtliche neue Erbe des Titels. Wir werden aus ihm einen Mann machen, der seiner Verantwortung würdig ist», schloss er.

Ich war auf alles gefasst gewesen, nur nicht auf diese Ungeheuerlichkeit. Ich hatte zwar oft genug gehört, dass diese Leute in einer anderen Welt lebten, dennoch verschlug es mir die Sprache.

Simon reagierte.

«Meine Schwester hat gerade ihren Mann verloren. Und jetzt wollen Sie ihr auch noch ihren Sohn wegnehmen?»

«Wir lassen ihr den jüngeren, vorläufig. Denn Jonathan und sie haben bewiesen, dass ihnen die nötige Verantwortung fehlt, es ist Zeit, dass wir die Interessen unserer Familie wahrnehmen.»

«Und mutig wie Sie sind, haben Sie gewartet, bis Ihr Bruder tot ist. Mein Glückwunsch.»

Während Simon das Wortgefecht, zu dem er fähiger war als ich, weiterführte, dachte ich nach.

Um sicher zu sein, dass mir diese Leute Martino nicht wegnahmen, musste ich möglichst weit weg von ihnen sein, mich sogar verstecken. Es war aussichtslos zu hoffen, der älteste Bruder, etwa in den Vierzigern, würde nächstens wieder heiraten und gleich einen Sohn produzieren. Und von Cuthbert, dem Geistlichen, ein sonderbarer Mann, ging eine Art – wie soll ich sagen? – zweideutige Verachtung gegenüber Frauen aus. Ich fand, es bestehe kaum Aussicht, dass er jemals heiraten würde, und sein älterer Bruder wusste das wohl auch.

Als die Barbers gegangen waren, eilte ich ins Kinderzimmer. Michael hatte wohl an der Tür gelauscht, er war da und hielt Wache.

Am Tag darauf, an Jonathans Beerdigung, wurden Martino und Gianni bewacht wie Staatsoberhäupter. Mireille und mein Vater waren gekommen. Ein ganzes Heer von Krankenschwestern und Patienten drängte in die Kirche von Santa Maria del Carmine. Ich hatte sie ausgewählt, weil Jonathan sie am liebsten mochte, wegen eines Freskos mit dem Titel «Adam und Eva werden aus dem Paradies vertrieben», eine der ersten Nacktdarstellungen der Renaissance. Für die Barbers war das ein weiterer Skandal – Anglikaner begruben einen der ihren in einer katholischen Kirche.

Über die Diskussionen darüber will ich mich nicht weiter verbreiten, ich hatte nicht den Mut, mich zu beteiligen. Es war niederschmetternd für mich. Mein Vater, der schon auf die achtzig zuging, seinen Biss aber noch nicht verloren hatte, nahm sich die Barber-Brüder mit aller ihm zu Gebote stehenden Diplomatie vor. Er gab dem Älteren geradeheraus den Rat, wieder zu heiraten.

«Um Schande von Ihrer Familie fernzuhalten, bleibt Ihnen nichts anderes übrig. Mit dem kleinen Martino wäre die verkommene Seite unserer Familie für die Ihre eine ständige Bedrohung.»

Er meinte dies zweifellos ironisch, doch auf diesem Ohr waren die Barbers taub. Für sie war mein Vater bloss ein kleiner zweifelhafter und zugelaufener Adeliger, der ausserdem eine Frau ihrer Kaste hatte sitzenlassen.

Die Abreise aus Florenz verzögerte sich. Ich hielt alle dazu an, wieder ihren Beschäftigungen nachzugehen, und hatte selber zahlreiche Angelegenheiten zu erledigen, bevor ich abreisen konnte. Ich zog es vor, mich allein darum zu kümmern. Mein Vater und Simon hatten zwar zu protestieren versucht, doch ich bot ihnen die Stirn. Ich war eine erwachsene Frau und entschlossen, mein Schicksal selbst in die Hand zu nehmen. Schliesslich reisten sie ab, aber nicht ohne sich vergewissert zu haben, dass die Barbers vor ihnen die Stadt verlassen hatten.

Doch die Barbers mochten zwar wieder abgereist sein, aufgegeben hatten sie deswegen ihre Sache noch lange nicht.

Ein paar Tage später hatten doch tatsächlich von ihnen bezahlte Leute versucht, die Kinder zu entführen. Michael und Joséphine waren es, die es verhinderten.

Nachdem sie ihre anfängliche Rivalität aufgegeben hatten, verstanden sich Joséphine und Michael sehr gut. Jonathan und ich hatten zu erraten versucht, wann sie das erste Mal miteinander geschlafen hatten, doch die Sache ging in so kleinen Schritten vonstatten, dass es ein Geheimnis blieb. Kurz vor Jonathans Tod hatte mir Joséphine angekündigt, dass Michael und sie heiraten wollten.

«Um klare Verhältnisse zu schaffen», hatte sie erklärt.

«Sind Sie Ihrer Sache sicher, Joséphine? Ist er nicht viel jünger als Sie?»

«Zehn Jahre. Was ist das schon? Seit Jahren gehen wir zusammen und machen uns ... sagen wir, gegenseitig Freude. Worauf warten wir also noch? Es ist das Beste für alle.»

Michael hatte Jonathan mehr oder weniger das Gleiche gesagt, und wir hatten an der Hochzeitsfeier teilgenommen. Aus diesem Grund fragte ich mich nach Jonathans Tod erst gar nicht, was Michael tun würde, er blieb einfach bei uns.

Am Morgen der verhinderten Entführung war Joséphine mit den Kindern aus dem Haus gegangen, und Michael, der die Barbers besser kannte als ich, folgte ihnen und behielt sie im Auge. Als eine unbestimmte Zahl von Personen versuchte, Joséphine festzuhalten und sich der Kinder zu bemächtigen, griff Michael ein. Bei dem darauffolgenden Handgemenge war ich nicht dabei, doch nach dem, was Joséphine, Martino und eine gerade dort vorbeikommende Nachbarin erzählten, musste sich Michael wie Herkules aufgeführt haben, der die Riesen niederstreckte.

Wir sassen alle am Küchentisch, tranken Schokolade, und die Kinder und Joséphine versuchten mir zu erklären, was geschehen war, als es an der Tür läutete.

Wir schwiegen. Ziemlich verängstigt, würde ich sagen.

Ich sah schaudernd, wie Michael sich vergewisserte, dass sein Dolch im Gürtel steckte, und öffnen ging.

«Es ist Dr. Giocondo», meldete er. Dr. Giocondo, der grosse Unbekannte, der zu einem unserer Vertrauten geworden war.

«Danke, dass Sie gekommen sind, Dottore. Und danke für alles, was Sie getan haben.»

Während der ganzen Zeit, als Jonathan im Sterben lag, war er im Haus geblieben, den wenigen Schlaf, den er sich gönnte, fand er in einer Besenkammer, und wenn ich nicht mehr konnte, wachte er bei dem Kranken.

Auf seine direkte und brüske Art, deren Wirksamkeit ich zu schätzen gelernt hatte, erkundigte er sich:

«Auf der Strasse erzählt man sich eine Geschichte wie aus einem Abenteuerroman. Man wollte offenbar Ihre Kinder entführen?»

Warum sollten wir es für uns behalten, sagte ich mir, es konnte im vorliegenden Fall sogar nur gut sein, wenn alle Bescheid wussten. Ich erzählte ihm die Geschichte. Sich Francesco Giocondo anzuvertrauen, war schon immer leicht gewesen. In seinen rabenschwarzen Augen lag eine Beständigkeit und ein Wohlwollen, dem man sich nicht entziehen konnte.

«Ausserdem bin ich davon überzeugt, dass sie auf die Sache zurückkommen werden. Ich muss es einrichten, verschwinden zu können, zumindest für eine gewisse Zeit.»

Ohne mit einer Wimper zu zucken, sah er mich an, bestimmt eine ganze Minute lang. Ich überlegte mir schon, ob ich nach Tee läuten oder ihn bitten sollte zu gehen, als er sich räusperte. Er stand auf, machte ein paar Schritte im Zimmer, dann setzte er sich wieder, aber nicht in den Sessel, den er gerade verlassen hatte. Er setzte sich neben mich aufs Sofa. Für die Sitten der damaligen Zeit war das ein grober Verstoss.

«Ich denke, dass ich über Mittel verfüge, um Ihnen dienlich zu sein.»

«Tatsächlich?»

«Heiraten Sie mich. Ich adoptiere Ihre Kinder, und der Rest ist erledigt.»

Ich sah ihn mit weit aufgerissenen Augen an.

«Dottore Giocondo! Sie belieben zu scherzen!»

«Keineswegs. Ich bitte Sie nicht darum, mich zu lieben, und auch nicht, das Bett mit mir zu teilen.»

«Aber was wäre dabei der Gewinn für Sie?»

Ich stellte ihm die Frage, um das Gespräch in Gang zu halten. Dabei hätte ich ihm am liebsten die Tür gewiesen, wenn mich der Kummer nicht zermürbt und fast vollständig abgestumpft hätte.

«Zum ersten Mal seit Jahren begegne ich einer Frau, die mich berührt. Das ist mein Hauptgrund. Aber ich gestehe, dass ich auch unter dem Druck meiner Familie stehe, mich zu verheiraten. Im Wesentlichen aber wünsche ich mir seit meiner frühen Jugend eine Frau, die mir ebenbürtig ist. Meine Partnerin. Sie sind diese Frau.»

Er sagte dies auf eine so entschiedene und ruhige Art, als ob es sich um einen Beweis handelte, und ich musste mich regelrecht schütteln, um reagieren zu können. Ich stand abrupt auf, mein Kopf schwirrte. Dieser Mann macht mir einen Heiratsantrag in der Art des Mannes, den ich gerade verloren habe, war alles, was ich im Moment zu denken imstande war.

Auch Giocondo erhob sich. Auf meinem Gesicht musste sich Panik spiegeln.

«Ich bin immer noch der Gleiche», sagte er. «Um den heissen Brei herumreden kann ich nicht. Im Operationssaal ist das eine Tugend. Aber um jemandes Hand anzuhalten, dafür braucht es wohl mehr Feinfühligkeit, als ich habe.»

Ich nahm den Kopf in meine Hände, mir war, er müsse gleich explodieren.

«Warten Sie, Dottore. Setzen Sie sich.» Er nahm wieder Platz. Ich setzte mich in einen Sessel ihm gegenüber, ich wollte ihn so klar wie möglich vor Augen haben. «Sie schlagen vor, mich zu heiraten, meine Kinder zu adoptieren und mir so mein Verschwinden zu ermöglichen. Das wird nicht einfach sein: Ihr Familienname und ihre Titel können nicht gelöscht werden. Selbst wenn wir annehmen, eine Adoption biete einen gewissen Schutz – Sie kennen mich nicht, ich kenne Sie nicht. Sie könnten ein Betrüger sein, ein Mitgiftjäger, was weiss ich.»

Er kratzte sich am Kopf, und auf seinen Lippen erschien ein scheues Lächeln.

«Ich kenne Sie sehr gut. Von meiner Schwester weiss ich, wie Sie ihr Kind gerettet haben. Ich habe Sie am Operationstisch gesehen. Ich habe Sie in schrecklichen Augenblicken beobachtet – Sie haben nie die Nerven verloren, nie gezaudert, nie ungeschickt reagiert. Und ich kann Ihnen versichern, dass ich Ihr Geld nicht brauche.» Er machte eine Pause und sah mich mit einer solchen Eindringlichkeit an, dass ich mir vorkam wie die sprichwörtliche Maus vor der Schlange. «Ausserdem habe ich gehört, wie Sie dem unglücklichen Jonathan versprochen haben, die Kinder nicht den Barbers zu überlassen, sondern nützliche Menschen aus ihnen zu machen. Trotz Ihrer aussergewöhnlich tüchtigen Dienerschaft werden Sie das allein nie schaffen. Heiraten Sie mich.»

«Aber ich liebe Sie nicht.»

«Ich weiss. Aber in unseren Kreisen ist die Vernunftehe an der Tagesordnung. Eine Liebesheirat haben Sie hinter sich ...»

«Zwei sogar. Ich war Witwe, als ... Und überhaupt – nein. Ich bin lieber unverheiratet, als eine Vernunftehe einzugehen.»

Er verbeugte und verabschiedete sich, nicht ohne seine Karte zurückzulassen.

«Falls Sie Ihre Meinung ändern, schicken Sie mir ein Telegramm.»

Nachdem er gegangen war, sah ich mir die Karte an. Er lebte in Venedig.

Mit Gewalt versuchten es die Barbers nicht mehr, mir die Kinder wegzunehmen, doch noch bevor wir Zeit gehabt hatten aufzubrechen, schickten sie uns eine Horde von Anwälten auf die Fersen.

Es dauerte Wochen. Ich wagte es nicht mehr, an die Verwirklichung meines Wunsches zu denken, nach England zurückzukehren, ich hatte Angst, die Barbers würden rechtliche Mittel finden, um mich zur Übergabe meines Ältesten zu zwingen. Auch ich konsultierte Anwälte. Mein Leben in ständiger Angst war zur Hölle geworden. Ich schaffte es nicht einmal, Jonathan zu betrauern, zu sehr war ich damit beschäftigt, mich zu wehren.

Ich hatte Joséphine von Giocondos eigenartigem Heiratsantrag erzählt. Sie bestand zwar darauf, sich wie eine Bedienstete zu benehmen, aber für mich war sie eine Freundin. Und seit ihrer Heirat mit Michael war er Teil dieser Freundschaft. Nach Jonathans Tod und Michaels Art, wie er sich für seinen Herrn gerächt hatte, zeigte sich dies noch deutlicher. Ich hiess seine Tat selbstverständlich nicht gut. Ich fand die Todesstrafe schon immer barbarisch, und das biblische «Auge um Auge, Zahn um Zahn» jagte mir Schrecken ein. Aber hier hatte ich, ich muss es gestehen, das Gefühl, eine Rechnung sei beglichen worden.

Eines Abends, als ich nach einem besonders anstrengenden Tag mit dem Kopf auf den Armen am Küchentisch sass, erklärte Joséphine mit Nachdruck:

«Wissen Sie, Madame, Dr. Giocondos Antrag waı gar nicht so dumm.»

Ich sah sie erstaunt an.

«Wie können Sie so etwas sagen, Joséphine? Ich kenne ihn ja nicht einmal.»

«Ziehen Sie Erkundigungen über ihn ein. Monsieur Simon stehen auf der ganzen Welt jede Menge Detektive zur Verfügung, wenn er sich über potentielle Kunden informieren will. Er könnte eine Überprüfung Giocondos veranlassen.»

«Aber ich liebe ihn nicht.»

«Noch nicht. Aber er liebt Sie. Das war zu sehen. Er hat sich sofort in Sie verliebt.»

«Joséphine, Sie haben das Gemüt eines Backfischs.»

«Nein. Ich halte nur die Augen offen.»

«Joséphine, wie soll ich einen Mann heiraten, mit dem das Bett zu teilen ich nicht die geringste Lust verspüre, nach zwei ... zwei ... Liebes... ehen.»

Und wieder einmal strömten die Tränen.

Doch an jenem Abend, allein in meinem Bett, wurde mein Widerstand auf eine harte Probe gestellt, und ich begann, schwach zu werden. Einen Mann zu haben, der mich beschützte, kam mir nun vor wie der sichere Hafen, wie ein Schutzwall gegen die Sorgen. Ja, ich weiss, ich war voller Widersprüche. Ich wollte doch Eisbrecherin sein für die Unabhängigkeit der Frau, aber heute denke ich nicht mehr so. Es war das Jahr 1894 oder 1895, und meiner bevorzugten Lage zum Trotz erlitt ich eine weitere meiner bereits zahlreichen Erschütterungen. Ich fühlte mich am Ende.

Und ich muss gestehen, dass mir dieser Giocondo ganz gut gefiel. Er hatte etwas grundlegend Beruhigendes an sich. Das Aussehen eines Kämpfers, beinahe magnetische Augen, eine anziehende Sanftheit und eine schier unerschöpfliche Energie. Ganz abgesehen davon, dass ich Gelegenheit gehabt hatte festzustellen, dass er ein talentierter Chirurg war.

Am folgenden Tag schrieb ich Simon einen Brief, um ihm die Sache darzulegen und ihn über den Heiratsantrag in Kenntnis zu setzen.

Es dauerte einen Monat, bis ich den Bericht bekam. Francesco Giocondo war jüngster Sohn einer Triester Bankiersfamilie, ursprünglich stammte er jedoch aus Verona. In Österreich und in Paris hatte er bei seinem Medizinstudium geglänzt. Er führte seine eigene Praxis und operierte in den Krankenhäusern in der Umgebung von Venedig. Er stand im Ruf, ein eigentlicher Wundertäter zu sein. Er hatte von seinem Vater einen Teil des Familienvermögens geerbt, seine zwei älteren Brüder kümmerten sich um die Bank. Und er hatte zwei Schwestern. Die Ältere war in Florenz mit einem deutschen Geschäftsmann verheiratet, sie hatte ich entbunden – sie hätte beinahe ihr Kind verloren, doch schliesslich ging alles gut. Ich hatte bemerkt, dass sie ein Original war, klare Ideen bezüglich der Rechte der Frauen hatte, und ich fand sie sympathisch. Die Jüngere war ledig, sie wanderte als Krankenschwester nach Australien aus, ich lernte sie nie kennen. Im Grossen und Ganzen schienen die Geschäfte und die Medizin die zwei Leidenschaften dieser Familie zu sein. Simons Schlussfolgerung war, Giocondos Heiratsantrag möge zwar aussergewöhnlich sein, habe aber nichts mit Mitgiftjägerei zu tun.

In einem separat verschickten Briefchen liess mich mein Bruder wissen, «sein Mann in Venetien» habe von Freunden, Kollegen und ehemaligen Geliebten erfahren, Giocondo sei ein wohlgefälliger Mann mit ehrenhaften Sitten, sein Wort sei verlässlich, und er habe keine der Fehler, die man damals «Laster» nannte.

Bevor ich mich entschied, machte ich noch Rosa Marbach, Giocondos Schwester, einen Besuch.

«Ich weiss, warum Sie gekommen sind, mein Bruder hat mir alles erzählt», sagte sie gleich, nachdem ich im Salon ihres

Hauses in Fiesole Platz genommen hatte. «Wenn Sie ihn heiraten, wären Sie das schönste Paar ganz Italiens.»

Ihr Ton war überschwenglich, und es ging eine Kraft von ihr aus, die an ihren Bruder erinnerte, dem sie ganz ähnlich sah. Sie verströmte Begeisterung und Lebensfreude.

«Von einem ästhetischen Standpunkt aus gesehen, kann man es nicht leugnen», gab ich zur Antwort und lächelte gegen meinen Willen, «aber es gibt auch alles andere – ich kenne ihn nicht.»

«Ist er ein hervorragender Arzt, ja oder nein?»

«Gewiss, ich bewunderte ihn … aber …»

«Er ist ein Mann von schier krankhafter Ehrlichkeit und von meinen drei Brüdern derjenige, den ich am liebsten habe. Um Ihnen seine Heldentaten zu erzählen, brauche ich eine Woche und eine zweite, um Ihnen von seinen edelmütigen Werken zu berichten. Ein Dutzend Mal wäre es beinahe zu einer Heirat gekommen, doch jedes Mal meldeten sich bei ihm in letzter Minute Bedenken: ‹Sie ist nicht die Frau für mich, ich bin nicht der Mann für sie.› Und jetzt, wo er sich seiner Sache sicher ist – enttäuschen Sie mich nicht.»

«Aber er kennt mich nicht, vielleicht überschätzt er mich.»

«Frau Doktor Barber, wissen Sie, wann er zu mir gesagt hat: ‹Das ist die Frau meiner Träume›?»

«Nein.»

«Das erste Mal, als er mich nach der Geburt besuchte. Ich erzählte ihm, wie es gelaufen war, wie Sie es geschafft hatten, das Baby zu retten – und glauben Sie bloss nicht, ich hätte nicht gehört, wie die Hebamme sagte: ‹Es ist verloren›, und Sie ihr zur Antwort gaben: ‹Ein Kind ist so lange nicht verloren, bis man nicht alles versucht hat, um zu verhindern, dass es stirbt›, wie Sie es genommen und es zum Atmen gebracht haben, obwohl man Ihnen sagte, Sie sollten aufhören. Als ich das Francesco erzählte, wollte er Sie kennenlernen, und ich riet ihm, einmal bei Ihnen in der Praxis anzuklopfen. Dabei sind Sie sich irgendwo im Haus über den Weg gelaufen, Sie hielten die Hand einer Frau, die man in den Operationssaal brachte, und redeten ihr gut zu. Er unterbrach Sie nicht, aber gedacht hat er es: ‹Das ist die Frau meines Lebens.›»

Ich lächelte, traurig, denke ich.

«Das gehört alles zum Alltag eines Arztes. Und überdies war ich noch mit einem ganz und gar lebendigen Mann verheiratet.»

«Trotzdem hat mein Bruder aus Liebe zu Ihnen versucht, ihn zu retten. Sie hätten niemals etwas von der Liebe erfahren, die er für Sie empfindet, wenn Ihr Mann überlebt hätte. Das ist mein Bruder, wie er leibt und lebt, so ist er nun einmal. Männer wie ihn gibt es nicht viele.»

Dieser Mann «liebt» die Ärztin in dir, nicht die Frau, sagte meine Vernunft. Und ich brachte diesen Gedanken zur Sprache.

«Einverstanden, die Tatsache, dass Sie wie er Ärztin sind, dürfte der entscheidende Faktor gewesen sein. Aber Sie müssen wissen, dass er, seit er denken kann, verkündet: ‹Ich will eine Gefährtin, keine Dienerin und keinen Salon-Popanz.›»

Ich akzeptierte diese Erklärungen. Ich telegraphierte ihm. Am Tag darauf war er da. Auf seinem Gesicht lag eine Mischung aus Unglaube und Hoffnung, die mich rührte.

«Sie haben Ihre Meinung geändert?» Für einmal lag ein Zögern in seiner Stimme.

«Ja und nein. Ich wäre bereit, Ihren Heiratsantrag anzunehmen, aber Sie müssen wissen, dass es mir unmöglich ist, mit Ihnen ins Bett zu gehen.»

«Das ist normal. Sie haben gerade eben Ihren Mann verloren, den Sie liebten, unter anderen Umständen hätte ich das Ende Ihrer Trauerzeit abgewartet, um meine Bitte vorzutragen. Aber glauben Sie mir, um Ihre Hand angehalten hätte ich auf jeden Fall. Wir sind füreinander geschaffen, das weiss ich.»

Was soll man von einer solchen Behauptung halten? Ich liess nicht locker:

«Vielleicht haben Sie recht, und Sie sind mir sehr sympathisch, aber nichtsdestotrotz müssen Sie mich verstehen: Ich kann keine sexuelle Beziehung mit einem Mann haben, für den ich keine Liebe empfinde. Selbst wenn ich es wollte, mein Körper würde sich verweigern.»

«Ich versichere Ihnen, dass ich Sie niemals gegen Ihren Willen nehmen werde.»

Ich verstand, was er damit andeutete. Er hoffte, dass ich eines Tages seinem Charme erliegen würde.

Es ist müssig, mich hier über die Massnahmen und Schliche zu verbreiten, mit denen verhindert werden sollte, dass uns die Barbers nicht – oder sagen wir: nicht so leicht – fanden. Ich zog um mit Sack und Pack und verkündete laut und deutlich, ich kehrte nach England zurück. Das Einzige, was ich bedauerte, war, die Klinik aufgeben zu müssen. Aber als wir in Venedig anlegten, in einer Stadt, wo ich noch nie gewesen war, hatte ich doch das Gefühl, eine Last sei mir von den Schultern genommen worden – ein neues Leben lag vor mir.

Wir mussten warten mit der Heirat, bis ich zwei Monate Aufenthalt in Venedig hinter mir hatte, damit das Aufgebot nicht auch in Florenz verkündet wurde. Dr. Giocondo (ihn Francesco zu rufen, schaffte ich noch nicht, er seinerseits redete mich mit Dr. De Vico an, Barber hatten wir vorsichtshalber weggelassen) schlug mir vor, die Praxis mit ihm zu teilen.

«Wir vergrössern, die Chirurgie ergänzen wir mit einer Geburtshilfe-Abteilung, so sind Sie besser geschützt, als wenn Sie auf eigene Rechnung arbeiten.» Ich wollte einen Einwand anbringen, doch er erriet, worum es mir ging. «Es geht mir nicht darum, Ihnen das Leben zu erleichtern, weil Sie eine Frau sind. Sie werden ohnehin feststellen, dass der Anfang hart sein wird für Sie. Meine Anwesenheit hilft da gar nicht. Doch für einen aussenstehenden Beobachter sind Sie weniger sichtbar.»

Ich willigte ein.

Er zog um in ein geräumiges Haus am Canale, das der Bank Giocondo gehörte.

Im Erdgeschoss plazierte Giocondo einen Pförtner mit martialischem Aussehen, der eine regelrechte Wachmannschaft auf die Beine stellte. Falls die Barbers es bis hierher schaffen sollten, würden sie wissen, mit wem sie es zu tun hatten.

Giocondo bewohnte den ersten Stock, wir den zweiten. Er verbrachte viel Zeit mit den Kindern, mit denen er sich sogleich gut verstand. Gianni, der sich nur sehr vage an seinen

Vater erinnerte, rief ihn bald einmal «Papa», und mit der Zeit tat es ihm Martino gleich. Manchmal assen wir gemeinsam, doch während des ersten Jahres ging unsere Beziehung ausserhalb der Medizin nicht weiter. Unsere Hochzeit fand in aller Eile statt, mein Vater und mein Bruder waren nicht gekommen, weil wir fürchteten, sie könnten von den Barbers überwacht werden. Die Adoption der Kinder erwies sich als schwierig, weil Giocondo erst vierunddreissig Jahre alt war und er theoretisch fünfzig hätte sein müssen, um adoptieren zu können. Eine mögliche Ausnahme gab es, den entsprechenden Gesetzeswortlaut habe ich vergessen, aber auch in diesem Fall musste er mindestens fünfunddreissig sein. Eine Lösung wurde gefunden, und am Tag seines fünfunddreissigsten Geburtstags hiessen Martin und Jonathan Giocondo Barber. Ein trügerischer Schutz.

Die Beziehung zu meinem Mann war freundschaftlich, aber distanziert. Ich nannte ihn inzwischen Francesco und er mich Zaïda (selbstverständlich sprachen wir ausschliesslich Italienisch). Beruflich halfen wir uns gegenseitig, doch die Abende verbrachten wir beide meist allein. Am Anfang deshalb, weil ich noch so voll von Jonathan war. Nach einer gewissen Zeit, als sich die Trauer gelegt hatte und allmählich absorbiert worden war vom Leben, das weiterging, von der neuen Stadt, die es sich anzueignen galt, von der Lebendigkeit der Kinder, da schien es mir, meine anfängliche Weigerung werde zu einer Schranke zwischen uns. Ich hatte das Gefühl, Francesco distanziere sich von mir. Eines Abends, als ich aus irgendeinem Grund ausgegangen war, entdeckte ich ihn unter einer Arkade mit einer Frau an seinem Arm. Er ist ein normaler Mann mit seinen Bedürfnissen, sagte ich mir, worüber sollte ich mich also beklagen? Ich empfand weder Eifersucht noch Kummer.

Wieder war er es, der die Initiative ergriff, um die Situation zu ändern.

Die medizinische Fakultät der Universität Wien, wo er fünf Jahre studiert hatte, organisierte einen grossen Ball für ihre ehemaligen Studenten. Francesco bat mich, ihn zu begleiten.

«Man würde es nicht verstehen, wenn ich ohne meine Frau käme, und ausserdem bin ich ein schlechter Lügner.»

Ich willigte ein, das gehörte sozusagen zu unseren Verpflichtungen. Wir nahmen den Zug nach Wien, fuhren über Udine, Pontebba und durch eine liebliche Alpenwelt mit einer Vielzahl österreichischer Orte, deren Namen ich vergessen habe. Wir hatten ein ganzes Abteil erster Klasse reservieren lassen. So machte man das damals. Zum ersten Mal verbrachte ich so viel Zeit mit Francesco, ohne dabei über einen Kranken oder über Patientenakten gebeugt zu sein.

Während der ersten Stunden waren wir beide ganz in Anspruch genommen. Ich las, er überflog die Zeitungen. Nach und nach begannen wir aber, unsere Eindrücke der Landschaft, die an uns vorüberflog, auszutauschen. Eine Mahlzeit wurde eingenommen, es gab Zwischenhalte. Wie sich die Änderung vollzog, weiss ich nicht. Heute sage ich mir, wir seien erwachsen gewesen, jung, von normaler Verfassung, Mann und Frau, und die Natur habe ihr Recht verlangt – wir hatten Lust aufeinander. Doch damals sah ich die Dinge keineswegs so. Ich hatte eine Vernunftheirat gewollt, ich mochte zwar zum ersten Mal, seit ich ihn kannte, von diesem Mann durcheinandergebracht worden sein, doch ich war es, die die unberührte Ehe verlangt hatte, ich konnte mich ihm nicht aufdrängen, und ausserdem hatte er eine Geliebte. Überhaupt war es für mich inzwischen zu spät für die fleischlichen Genüsse, ich war sechsunddreissig und in seinen Augen zweifellos eine alte Frau und so weiter.

Trotz all des Unausgesprochenen war in unserer Beziehung bei der Ankunft in Wien eine gewisse Wärme zu spüren.

Man hatte den damaligen Gebräuchen entsprechend eine Suite für uns reserviert: Auf der einen Seite Schlaf- und Badezimmer des Ehemanns und seine Garderobe, dann Badezimmer und Garderobe der Ehefrau und ihr Schlafzimmer.

Ich hatte es abgelehnt, mich von Joséphine begleiten zu lassen, ich wollte, dass Michael und sie auf unsere Kinder aufpassten. Das Hotel stellte mir ein Zimmermädchen zur Verfügung, das mir beim Ankleiden half, auch das gehörte sich so in jener fernen Zeit. Ich trug ein üppiges Kleid und den Schmuck, den mir mein Vater zu meinem ersten Debütantinnenball geschenkt hatte, der auch mein letzter gewesen war, denn anschliessend hatte ich gleich Basil geheiratet. Später trug ich ihn zu jedem der wenigen Bälle, an denen ich teilnahm. Das Zimmermädchen hatte mir geholfen, ich hatte mich überreden lassen – es verwandelte meinen Haarknoten in eine wahre Lockenorgie.

«Sind Sie sicher, dass das bei meiner Haarfarbe nicht übertrieben ist?» Ich hatte immer noch rote Haare ohne eine einzige graue Strähne.

«Gnädige Frau! Das ist es ja gerade, was schön ist.»

Als ich bereit war, ging ich in die Hotelhalle hinunter, wo Francesco auf mich warten wollte. Ich trat auf ihn zu. Er starrte mich an, als ob er mich nicht kennen würde.

«Träumen Sie, mein Freund?»

«Sind … sind Sie das wirklich, Zaïda?»

«Aber … ja doch, warum?»

«Sie sind … Ich hatte Sie …»

Er verneigte sich und bot mir seinen Arm, ohne den angefangenen Satz zu beenden. Wir kletterten in den Wagen, der uns in langsamem Trott zu dem Palais brachte, wo der Ball stattfand. Ich habe nur eine bruchstückhafte Erinnerung an diesen Ort, an die Leute und sogar an den ersten Teil des Abends.

Mit dem Walzer wird sie deutlicher. Bisher hatten wir uns den üblichen komplizierten Salontänzen gewidmet. Nur der Walzer erlaubte es damals den Partnern, sich mehr als flüchtig zu berühren, Tänze wie der Tango oder der Slowfox waren noch unbekannt.

Francesco nahm mich in die Arme, ich legte meine Hand auf seine Schulter. Zum ersten Mal überhaupt tanzte ich mit meinem Mann. Ich entdeckte, dass er ein vorzüglicher Walzertänzer war. Ich weiss gar nicht recht, wie ich ausdrücken soll, was ich empfand – Freude, Gemütsregung, Fülle und alles vermischt mit einem Tropfen Melancholie darüber, dass mein Leben als Frau dabei war, seinen Zenit zu überschreiten. Auf mein Wort! Das dachte ich in dem Augenblick, als der Walzer begann.

Wir tanzten in vollkommener Harmonie, und ich hatte das Gefühl, anderswo zu sein, als Francesco am Schluss einer

Kehre, die uns fast ans andere Ende des Saales gebracht hatte, langsamer wurde, mit den Fingerspitzen mein Kinn berührte, mein Gesicht dem seinen zudrehte, mich mit seinem unwiderstehlichen Blick ansah und mit klangloser Stimme sagte:

«Ich habe Lust auf dich.»

Die lapidare Antwort kam von selbst, unabhängig von meinem Willen.

«Ja.»

Der Druck auf meine Taille verstärkte sich. Sonst sagten wir nichts.

Der Walzer ging zu Ende, doch er liess mich nicht los. Wir verweilten noch etwa eine Stunde auf diesem Ball, wir tranken, assen und lachten mit den Kollegen.

«Meine Frau ist ebenfalls Ärztin», sagte er bei meiner Vorstellung, als ob er einen Adelstitel aussprechen würde. In Österreich waren die Frauen noch nicht als Ärztinnen zugelassen, manchmal sah man mich bewundernd, manchmal ironisch und manchmal auch feindselig an.

Als wir den Ball verliessen, hatte ich das Gefühl, Fieber zu haben. In der Kutsche warfen wir uns gegenseitig in die Arme wie Ausgehungerte, und wir küssten uns ungestüm während des ganzen Rückwegs.

Vergleichen kann ich diese Nacht mit keiner anderen. Ich hatte auf mein Leben als Frau, auf die Leidenschaft verzichtet. Ich hatte es als ein Wunder empfunden, nach Basil Jonathan lieben zu können, aber ich war mir sicher, dass sich das nicht wiederholen würde. Die erste Nacht mit Francesco war für mich – wie soll ich sagen – so etwas wie der Duft der letzten

Zigarette für den zum Tod Verurteilten, eine Zigarette allerdings, die ihn gleichzeitig befreite. Ich hatte geglaubt, mein Körper sei tot, doch mir wurde klar, dass er so lebendig war wie noch nie. Francescos Ungestüm trug mich mit sich fort.

Als es in den frühen Morgenstunden einen Moment der Ruhe gab, fragte ich mich, ob ich Jonathans wegen nicht Skrupel haben sollte. Ich antwortete mir mit einem Nein. Denn wenn Jonathan – oder Basil, wenn schon, denn schon – hätte reden können, hätte er mir sicher zugestimmt.

Francesco neben mir bewegte sich, öffnete die Augen, stützte sich auf einen Ellbogen und streichelte meine Wange.

«Ich wusste es. Ich wusste es am ersten Tag, dass du die Frau meiner Träume bist.»

«Das ist ein Schlafzimmer-Argument.»

«Du wirst schon sehen, ich wiederhole es zum Frühstück, zum Mittagessen, heute Abend … bis du mir glaubst.»

«Unterdessen wirst du festgestellt haben, dass ich nur eine alte Frau bin.»

Ich sagte es lachend, doch er hatte den ernsten Hintergrund meiner Bemerkung gehört.

«Zadie», sagte er in feierlichem Ton, was mich rührte, denn es war das erste Mal, dass er mich mit dem Namen aus meiner Kindheit ansprach, «ich glaube, du siehst dich nicht richtig. An dem Tag, als du mir sagtest, vier Kinder zur Welt gebracht zu haben, fiel es mir schwer, dir zu glauben – du siehst aus wie ein Mädchen. Aber wie dem auch sei, du bist die Frau, auf die ich gewartet und deretwegen ich nicht geheiratet habe. Womit ich sagen will, dass dein Alter für mich keine Rolle spielt.»

«Möglicherweise könntest du von mir sogar keine Kinder mehr bekommen.»

«Wovon redest du denn da? Ich habe bereits zwei von dir. Ich muss niemandem etwas beweisen, ich muss nicht unbedingt selber ein Kind zeugen.» Er beugte sich über mich und küsste meinen Bauch. «Ein Kind, das hier herausgekommen ist, ist ebenso mein eigenes, wie wenn wir es gemeinsam gemacht hätten.»

Wir verliessen den ganzen Tag das Bett nicht.

X

Wir hatten zwar auf die Schnelle geheiratet, aber nachdem unsere Ehe zur wirklichen Gemeinschaft geworden war, brauchte sich das Fest, das wir organisierten, nicht zu verstecken.

Alle meine Bekannten waren gekommen. Von Dr. Cornwallis aus Saint Askin bis zu Pfarrer Michael Tatley, Basils Bruder, der uns getraut hatte, er war das Mitglied dieser Familie, das ich am besten kannte. Auch alle Frauen, die mit mir zusammen Medizin studiert hatten, hatte ich eingeladen. Eine von ihnen, inzwischen Dr. Schilt in Basel, war sogar gekommen. Auch Dr. Kiener riss sich von seinen Patienten los. Und meine liebe Welti nahm die Reise auf sich, mit ihren Kindern, die inzwischen dreizehn oder vierzehn waren. Seit einem Jahr war sie Witwe und leitete nun die Schule in Biel, wo sie nach ihrer Rückkehr aus England als Lehrerin angefangen hatte. Marianna und Giacomina, meine beiden liebsten Krankenschwestern in der Florentiner Klink waren gekommen und viele andere mehr. Auch mein Vater, Simon und seine Familie waren da. Francesco lud ebenfalls seine Bekannten und Freunde ein. Ich kannte sie noch nicht, und sie gingen in der Menge fast unter, ausser Rosa, seine Schwester, die mit zufriedener Miene erklärte:

«Ich war mir ganz sicher, dass ihr euch schliesslich finden würdet.»

Nur eine Person fehlte, meine Mutter.

Ich habe kaum von ihr gesprochen, doch während all dieser Jahre schrieb ich ihr die ganze Zeit. Es war schwierig, ihr herzliche Briefe zu schreiben, denn sie antwortete auf jeden mit dem immer gleichen: «Danke für Deinen Brief, der heute gekommen ist.» Kein einziges Wort mehr. Das lud natürlich nicht zu Ergüssen ein. Deshalb wurden meine Schreiben schliesslich zu Protokollen meines Lebens. Sie bekundete keinerlei Neigung, ihre Enkel zu sehen. Die ganze Zeit hatte ich gehofft, sie würde ihre Meinung ändern. Vergeblich.

Die Bekanntgabe meiner dritten Heirat und die Einladung zum Fest brachten das Fass zum Überlaufen und hatte zehn statt nur zwei Zeilen zur Folge. Basil und Jonathan seien immerhin die Jüngsten aus Adelsfamilien gewesen, schrieb sie. Dieses Mal verriet ich meine Klasse, weil ich einen Bürgerlichen heiratete. Wie könne ich bloss auf den Gedanken kommen, sie würde an einer Feier teilnehmen, die eine solche Vulgarität absegnete. Mit anderen Worten: Meine Mutter hatte mir immer noch nicht verziehen, dass ich nicht ihrem Beispiel gefolgt bin – und ich würde mich mit dem Gedanken vertraut machen müssen, dass sie mir nie verzeihen würde.

Als ich diesen Brief erhielt, war ich zwei Tage lang traurig. Ich sagte mir, im Grunde sei meine Mutter so sehr Gefangene ihrer Konventionen, dass sie sich verboten hatte, glücklich zu sein; und um mir zu verdienen, ihre Tochter zu sein, hätte ich so sein sollen wie sie, mit einem unglücklichen Leben wie das ihre. In ihren Augen gab es für mich kein anderes Heil.

Frau Heim mit ihrem Bild des Eisbrechers war mir wieder in den Sinn gekommen. Mit keinem dieser Packeisfelder würde ich abdriften. Im Hinblick auf meine Mutter lebte ich in einer anderen Welt. Zweifellos verdankte ich mein Studium der Tatsache, dass ich zu den Privilegierten gehörte. Aber seither stand ich auf eigenen Füssen. Und falls die Leute um mich herum alle auf einen Schlag ruiniert worden wären, hätte ich dank der Früchte meiner Arbeit ohne weiteres überleben können. Für meine Mutter war das unfassbar.

Abgesehen von diesem Schönheitsfehler dauerte dieses Fest, das ursprünglich nur als Empfang in etwas grösserem Rahmen vorgesehen war, eine ganze Woche, denn mehrere unserer Gäste blieben einfach: Sie wollten Venedig sehen. Wir machten ausgedehnte Ausflüge in Gondeln und zu Fuss, erkundeten die Kanäle und erhielten Zugang zum Arsenale, wo uns alte Seebären erklärten, wir hätten zur Zeit der Serenissima kommen sollen. Da hätte es wirklich etwas zu sehen gegeben – sie redeten mit uns, als ob es sich um eine mythische Zeit handelte, als man für den Bau eines ganzen Schiffes nur einen Tag brauchte. Mit düsterem Gesicht beschworen sie anschliessend den Tag herauf, als Napoleon sämtliche Schiffe im Arsenale hatte versenken lassen, mit Ausnahme jener, die die französische Flotte versorgten.

«Zweitausend Arsenalotti arbeitslos, wissen Sie, was das heisst, Signora?»

Wie Francesco erläuterte, waren mit den Arsenalotti die Werktätigen im Arsenale gemeint.

«Was mir an diesen Leuten gefällt», bemerkte er anschliessend, «ist ihre grosse Liebe für ihre Arbeit, die sie sogar befähigt, die Leiden ihrer Kollegen mitzufühlen, die ihre Grossväter oder sogar Urgrossväter waren. Für diese Leute war allein schon der Gedanke, Schiffe zu versenken, ein Frevel.»

Bemerkungen dieser Art gingen mir zu Herzen, Francesco sprach auf die gleiche Weise von den Werktätigen wie Jonathan – als ob sie sich gekannt hätten. Doch das Milieu ihrer Herkunft hätte unterschiedlicher nicht sein können. Aber man muss einräumen, dass Francesco auch über die Fähigkeit verfügte, die Unterschiede zwischen ihm und Jonathan zum Ausdruck zu bringen, sogar im Arsenale von Venedig.

«Weisst du», sagte er leichthin, «hier wurden während eines ganzen Jahrtausends Schiffe gebaut.

... So wie im Arsenal der Venezianer
Im Winter zähes Pech zu sieden pflegt,
Um schlecht gewordne Schiffe zu kalfatern
Die nicht mehr fahren können, und der eine
Ein neues Fahrzeug baut, indes der andre
Des vielgereisten lecke Flanken ausstopft ...

Diese Verse stammen aus Dantes ‹Die Hölle›. Also aus dem 13. Jahrhundert. Du siehst, wir befinden uns im Zentrum der Tradition.»

Jonathan wäre vermutlich nie in der Lage gewesen, ein Gedicht zu rezitieren. Die Poesie war nicht seine Stärke. Ich habe den Verdacht, dass Jonathans Stärken nach dem Vorbild der unzähligen Müssiggänger, die am Ende ihrer Ausbildung sich selber überlassen waren, der Sport und die Frauen waren – bis auf jenen Tag, als ihn die Leidenschaft für die Medizin packte.

Man könnte der Ansicht sein, ich hätte aufhören sollen, an Jonathan zu denken. Und ich gestehe, dass ich mir Vorwürfe machte, weil ich ihn zu den unpassendsten Gelegenheiten auf diese Weise zurückkommen liess. Es war stärker als ich. Am schlimmsten war die Angst. Von dem Augenblick an, als Francesco und ich wirklich Mann und Frau geworden waren, empfand ich in einer unglaublichen Intensität Glück und Erfüllung. Bewusster als mit Basil. Stärker als mit Jonathan. Weil ich es überhaupt nicht erwartet hatte und zweifellos auch, weil ich inzwischen reifer geworden war. Gleichzeitig aber war immer diese vollkommen irrationale und deshalb nicht zu bändigende Angst da, dass sich dies alles in nichts auflösen würde, so wie es gekommen war. Aschenputtel würde nach dem Ball aufwachen. Allein. Verlassen. Dafür bestraft, untreu gewesen zu sein.

Meine Beziehung zu Francesco war ganz anders als jene, die ich mit meinen beiden ersten Ehemännern gehabt hatte. Sein Leben war von meinem vollkommen unabhängig. Er ging in eines der Krankenhäuser, um zu operieren, und kam erst nach zwei oder drei Tagen zurück. Er schickte mir keine Botschaften, gab keine Erklärungen ab, wenn er zurückkam, erzählte nicht, was er getan hatte. Das war bereits Vergangenheit und als solche uninteressant. Aber wenn er anwesend war, war er aufs Äusserste gegenwärtig. Zu sagen, er umfasse mich dann vollständig, wäre zu wenig: Er war mein Geliebter, aber gleichzeitig schien er auch mein Vater und mein Sohn zu sein. Wir waren kein symbiotisches Paar, wie Basil und ich es gewesen sein mochten. Wir waren zusammen. Untrennbar, sozusagen, aber beide voneinander unabhängig. Es ist schwer, dies in Worte zu fassen.

Ich muss gestehen, dass ich mich anfänglich fragte, ob er immer ins Krankenhaus ging, wenn er verschwand. Ob er nicht manchmal eine Mätresse aufsuchte. Die Antwort kam zu mir, bevor ich die Frage überhaupt hatte stellen können. Eines Tages konsultierte mich eine sehr schöne Frau, ich hatte sie zuvor einmal an Francescos Arm gesehen. Ich erkannte sie sofort. Sie hiess Franca Fiori.

Sie bekam von mir die gewünschte ärztliche Untersuchung, ich stellte Blutarmut fest und riet ihr, Apfelsinen und grünes Gemüse zu essen, Vitamine als solche kannte man damals noch nicht, doch seit langem kannte man die gesundheitsfördernde Wirkung roher Lebensmittel.

Eigentlich war ich aber überzeugt, dass sie aus einem ganz anderen Grund gekommen war, wollte die Initiative jedoch ihr überlassen.

«Haben Sie noch Fragen», sagte ich zum Abschluss meiner Untersuchung. Das war meine rituelle Art, meine Patienten zu entlassen.

«Ja», gab Franca Fiori zur Antwort, sah mir dabei direkt in die Augen und errötete ein wenig. «Ich möchte wissen, ob Ihr Mann und Sie … ob Sie …»

Ich faltete die Hände und entfaltete sie wieder, bestimmt bin auch ich rot geworden, aber ich tat nicht so, als ob ich die Bedeutung ihrer Frage nicht verstanden hätte.

«Ja», antwortete ich. «Aber erst seit kurzem. Inwiefern geht Sie das etwas an?» Ich war mir ihrer Antwort sicher.

«Weil er nicht mehr mit mir schläft.» Ihr Blick entschwand durchs Fenster ins Jenseits. «Als wir uns kennenlernten, warnte er mich sofort. Er sei verheiratet. Aber möglicherweise würde er nie mit seiner Frau ins Bett gehen, obwohl er sehr in Sie … in Sie verliebt sei. Er sagte mir, an dem Tag, an dem Sie … Sie damit einverstanden wären, gehe unsere Beziehung zu Ende. Vogel, friss oder stirb. Es gab nicht die Spur einer Mehrdeutigkeit.»

«Aber Sie sagten sich, er hätte geradeso gut auch einer anderen begegnen können, weil er sich in Bezug auf mich kaum Hoffnung machte.»

«Nun ja. Aber Sie sind seine Frau. Es tut zwar weh, aber er hatte mich gewarnt – doch Sie SIND seine Frau. Eine andere hingegen …»

«Sie müssen wissen, dass ich meinen Mann noch nicht sehr gut kenne, lange Zeit lebte ich mit ihm, ohne dass wir uns ausserhalb der ärztlichen Arbeit sahen, aber etwas habe ich begriffen: Sein Wort gilt, und er lügt nicht. Er sprach mit mir nicht über Sie, und von mir erfährt er nicht, dass Sie mich aufgesucht haben. Aber wenn ich Ihnen behilflich sein kann …»

Sie lächelte schwach.

«Ich danke Ihnen. Die einzige ‹Hilfe› wäre gewesen, dass er Sie nicht liebt. Aber er liebt Sie. Er liebt Sie sogar wie verrückt und Sie können glücklich sein.»

Ihre Augen füllten sich mit Tränen, es tat weh zu sehen, wie sie litt, aber ich konnte nichts tun, um es ihr leichter zu machen. Sie tupfte sich die Augen ab.

«Ich schätze, dass Ihre Ehe mit einem Mann, auf den Sie sich verlassen können, sehr lange dauern wird. Auf jeden Fall wünsche ich Ihnen das, Sie verdienen es. Ich kehre nach Bologna zurück, wo ich herkomme, und nehme wieder eine Stellung als Lehrerin an.»

«Waren Sie Francescos wegen nach Venedig gekommen?»

«Nein, um einer Situation zu entfliehen, in der ich mich

damals befand. Ich war mit einem meiner Lehrerkollegen verheiratet. Er verfiel dem Wahnsinn, hatte eine Krise nach der anderen, er hätte mich beinahe umgebracht, und ich musste mich dazu entschliessen, seiner Verwahrung zuzustimmen. Während der drei Jahre, die ich nicht verheiratet, aber auch nicht frei war, hatte ich das Gefühl, ersticken zu müssen. Inzwischen ist er tot, er stürzte sich vom Dach des Heims, wo er untergebracht war – fragen Sie mich nicht, wie das möglich war. Aber wie gesagt, ich kehre jetzt nach Bologna zurück.»

«Lassen Sie mich wissen, wie es Ihnen geht.»

Sie sah mich erstaunt an.

«Warum? Warum sollten Sie sich dafür interessieren, wie es mir geht?»

«Ich fühle mich ein bisschen verantwortlich für Sie, meine Liebe, nachdem ich Ihnen den Mann weggenommen habe, den Sie geliebt haben. Deshalb würde ich es gern erfahren, wenn das Glück zu Ihnen zurückkehrt.»

Wir gingen aufeinander zu und umarmten uns. Sie weinte, und ich war nicht weit davon entfernt.

Ich bin ihr nie mehr begegnet. Aber einige Jahre später schickte sie mir eine Karte, um mich wissen zu lassen, sie habe eben ein Mädchen zur Welt gebracht, und es gehe ihr gut.

Francesco erwähnte sie nie, und ich auch nicht. Sie gehörte dem «vorher» an, vor jener Nacht in Wien, die unser Leben verändert hatte.

Doch die Begegnung mit ihr machte mir ein schlummerndes Problem bewusst. Ich stellte fest, dass in der Tiefe meines

Unbewussten eine Angst hauste, derer ich mich schämte, und die ich mit aller Kraft zu verdrängen suchte – das Gefühl, ein Glück zu beanspruchen, worauf ich kein Recht mehr hatte. Und ich schaffte es nicht, mit Francesco darüber zu reden.

Es liess sich nicht vermeiden, dass er es bemerkte. Der Tag, vielmehr die Nacht kam, als es zur Sprache kam, ohne dass ich es wirklich gewollt hätte. Ich wachte aus einem verschwommenen Albtraum auf, weil Francesco mich schüttelte. Ich war entsetzt. Er nahm mich in seine Arme und tröstete mich, während ich weinte, ohne zu wissen, warum.

«Zaza, mein Liebling, sag mir, was los ist. Wenn du schreist in der Nacht und gegen Gespenster kämpfst …»

«Ich schreie nachts?»

«Du sprichst im Schlaf, du flehst.»

Ich sah ihn voller Schrecken an.

«Wie denn?»

«Meistens rufst du nach Basil, manchmal auch nach Jonathan.»

«Rede ich mit ihnen?»

«Du redest mit ihnen. Du flehst Basil an, dir zu erlauben, dass du mich liebst.»

«Francesco!»

«Glaube mir, Liebste, es gefällt mir nicht sonderlich, aber wir müssen über diese Kerle reden. Ich habe den Eindruck, du betrügst mich mit Toten.»

«Willst du damit sagen, dass ich mit B… Ba… sil rede?»

«Zum Beispiel. Ich weiss, dass er dein Mann gewesen ist, aber sonst nichts.»

Ich dachte nach. Wo sollte ich anfangen? Aber dann war mir auf einmal klar, was ich tun musste.

«Auch wenn du nicht mit ihm hast reden können, weil es zu sp… spät war, hast du Jonathan doch gekannt und auch die Welt, in der wir lebten. Aber Basil … Basil kann ich dir nur an Ort und Stelle erklären. Lass uns ein paar Tage freinehmen und in mein Haus nach Cornwall fahren. Dort kann ich vielleicht wirklich über ihn reden.»

Sein Gesicht erhellte sich.

«Du würdest das tun?»

«Aber natürlich. Und diese Reise wird dir in gewisser Weise auch Jonathan näherbringen, denn Basil und Jonathan waren gleich alt, wir stammten alle drei aus der gleichen Gegend, sie kannten sich unabhängig von mir, sie hatten zusammen Eton besucht. Der einzige wirkliche Unterschied zwischen den beiden war die Tatsache, dass Jonathan der zweitälteste Sohn war, den man nach der Tradition der grossen Familien zur Armee schickte, während man Basil, der als Vierter geboren worden war, machen liess, was er wollte. Basil hatte demzufolge einen weiten kulturellen Horizont, bei Jonathan war er etwas beschränkter, aber er verfügte über eine Grosszügigkeit, die alles andere wettmachte.»

«Ich weiss. Du irrst dich, wenn du glaubst, wir wären nicht dazu gekommen, miteinander zu reden. In der Nacht, als ich bei ihm Krankenwache hielt, war er für längere Zeit ganz gegenwärtig. Er redete. Er war Arzt und wusste, dass er sterben würde. Er machte sich Sorgen um die Kinder und um dich. Er nahm mir das Versprechen ab, auf euch aufzupassen, und er war es, der mir riet, dich zu heiraten, um dich besser beschützen zu können.»

Vor lauter Verwunderung brachte ich meinen Mund nicht mehr zu.

«Warum hast du mir das nicht schon früher gesagt?»

«Zur Hauptsache deshalb, weil ich wollte, dass du die Entscheidung selber triffst. Ich wollte nicht, dass du mich heiratest, um dem letzten Willen Jonathans zu genügen, auch dann nicht, wenn du mich nicht aus Liebe heiraten würdest. Ich nahm mir vor, es dir dann zu sagen, wenn wir Mann und Frau geworden sein würden, und seither habe ich auf den richtigen Augenblick gewartet. Der ist jetzt, finde ich. Morgen mache ich Visite in den Krankenhäusern, und wenn niemandes Leben von mir abhängt, können wir übermorgen nach Cornwall reisen. Es sei denn, der eine oder andere deiner Patienten bedarf dringend deiner Anwesenheit.»

«Das kläre ich ab, aber ich denke, es wird gehen.»

Wir verreisten. Wir brauchten mehr als zwei Tage bis nach Saint Askin. Ich hatte Dr. Cornwallis ein Telegramm geschickt, und er war zu Steve und Mary gefahren, zu dem Paar, das sich um das Haus kümmerte. Es war gelüftet und strahlte vor Sauberkeit, als wir ankamen. Das Tor befindet sich am Ende einer Allee. Steve und Mary, die wussten, wann unser Zug ankommen würde, achteten auf das Geräusch unserer Kutsche. Am Eingang standen die Köchin, das Zimmermädchen, der Hausdiener, der Kutscher, die Dienstmädchen in einer Reihe, das gesamte vom Verwalterehepaar eingestellte Personal. Für ein bürgerliches Haus in der Zeit vor der Industrialisierung war das die Norm. Sie empfingen uns mit einem Bückling und einem Lächeln. (Falls der mögliche Leser hier ungläubig die Stirn runzeln sollte, möge er oder sie wissen, dass es am Ende des 19. Jahrhunderts durchaus noch üblich war, das gesamte Personal zu bestellen, um einen Haushalt für ein paar Wochen in Gang zu halten. Ehrlich gesagt, habe ich heute selber Mühe, es zu glauben.)

Nachdem unser Gepäck abgeladen war und wir uns frisch gemacht hatten, begab sich Francesco mit den Händen in den Taschen auf Erkundungstour im Haus und im Garten. Es war sonderbar, ihn in diesem Rahmen zu sehen.

Seit meinem letzten Aufenthalt hier hatte jemand (vermutlich mein Vater) Gasbeleuchtung installieren lassen. Es gab eine Lampe in jedem Zimmer, und wenn es Nacht wurde, vertrieben sie alle Geheimnisse aus den dunklen Ecken, wo man früher die Gespenster vermutete.

«Hattest du nicht erwähnt, Basil und Jonathan seien Nachbarn gewesen?»

«Doch, aber nicht Nachbarn dieses Hauses, mein Vater schenkte es mir zu meiner ersten Hochzeit. Meine Mutter hatte mich gewissermassen vor die Tür gesetzt. Ihre Besitzungen befinden sich etwa fünfzehn Meilen von hier.»

«Können wir hinfahren?»

«Morgen, wenn du möchtest. Ich weiss nicht, wer jetzt dort lebt, aber ich bin mir sicher, dass es Leute sind, die uns nicht mit offenen Armen empfangen werden.»

Trotzdem fuhren wir in der Kutsche hin, um das Haus dann allerdings nur aus der Ferne sehen zu können. Aber im

Park gingen wir spazieren, wir benutzten den Zugang vom Anwesen der Eltern Basils.

«Hast du keine Erinnerungen?»

«Kaum. Ich hatte kein Privatleben. Nur Verpflichtungen. An gewisse Besuche meines Vaters erinnere ich mich.» Ich suchte in meinem Gedächtnis. «Ach ja, jetzt sehe ich sehr klar meine erste Begegnung mit Jonathan. Ich war drei.»

Er liess sich den Ort zeigen und wollte, dass ich ihm mehrmals erzählte, was damals gewesen war.

«Was ist los mit dir?», fragte ich schliesslich.

«Einer meiner Kollegen aus Wien, den ich aber kaum kenne, weil er sein Studium beendet hat, als ich gerade anfing, ist überzeugt, dass Blockaden auf die Kindheit zurückzuführen sind. Im Wachzustand weisst du nichts davon, aber glaube mir, im Schlaf hörst du nicht auf, flehentlich um Befreiung zu bitten. Nach meinem Kollegen Dr. Freud ist der Schlüssel zu deinen Blockaden in deinen Erinnerungen zu suchen, und die Träume drücken das aus.»

«Ich habe davon gehört.»

Ich glaubte nicht wirklich daran, aber für Francesco war die Sache klar: Wir sollten eine glückliche Ehe führen, doch das war unmöglich, solange ich mich eingeschlossen fühlte in einem … Worin wohl? Er wusste es nicht, und ich schämte mich, es ihm zu sagen.

Aber er gab nicht auf.

Er bat mich, ihm zu erzählen, wie ich Basil kennengelernt hatte. Ich erzählte ihm vom Unfall mit der Kutsche, von meiner Ankunft in der Herberge, von unserer Begegnung und von der Leidenschaft, die uns zusammengebracht hatte, ohne dass wir gewusst hätten, warum.

«Am Tag, als wir uns begegneten, gingen wir miteinander ins Bett. Zehn Tage später waren wir verheiratet, und während zehn Jahren lebten wir einer für den anderen. Ich war ich, aber ich war auch er, er war er, aber er war auch ich.»

Ein entmutigtes Lächeln zeigte sich auf Francescos finsterem Gesicht.

«Wie soll ich gegen eine solche Leidenschaft ankämpfen!»

«Aber ich liebe dich doch, Francesco!»

«Ich weiss, dass du mich liebst. Trotzdem scheint ein Teil von dir immer noch in dieser Symbiose verblieben zu sein, die ihr zusammen gelebt habt, in dieser wundersamen Begegnung, von der alle träumen, die aber nur sehr selten Wirklichkeit wird.» Er sah mich von unten herauf an. «Zeige mir die Orte, wo es geschehen ist.»

«Aber ...»

«Wir nehmen ein Pferd und machen uns auf den Weg.»

Mir kam das unsinnig vor, aber noch mehr hatte ich das Gefühl, Basil zu verraten. Gleichzeitig liebte ich aber Francesco zu sehr, um zu kneifen. Diese Ehe musste gelingen. Wir gingen ins «King's Arms», das sich kaum verändert hatte. Die Kutsche war zwar fast gänzlich vom Zug verdrängt worden, doch das Automobil trat erst sehr zögerlich in Erscheinung und hatte den Betrieb einer Poststation wie das «King's Arms» noch nicht durcheinandergebracht. Die grossen Stallungen und der Hufschmied waren immer noch da, und es gab überhaupt kein Problem, ein Pferd zu mieten. Wir legten den Weg so schnell zurück, wie es das Pferd schaffte – ich hatte das arme Tier im Verdacht, es nicht mit dem Vollblut aufnehmen zu können, das Basil zweifellos ritt, als wir uns begegneten. Am Bahnhof stiegen wir ab. Es brachte mich zum Weinen, den Augenblick wieder zu erleben, der mein Leben so grundlegend verändert hatte.

«Und dann?», wollte Francesco wissen, als ob ich ihm noch gar nichts erzählt hätte.

«Dann verpassten wir den Zug um Haaresbreite, es regnete in Strömen, und wir waren so durchnässt, dass wir irgendwo an die Wärme mussten, um uns zu trocknen.» Ich legte eine Pause ein. «Heute hätte ich mich nach dem nächsten Zug erkundigt. Damals kam weder er noch ich auf diese Idee.»

Dann gingen wir zu Fuss und mit dem Pferd am Zügel ins «Grenville's Arms». Die Wirtin war die gleiche wie vor neunzehn Jahren, ihr Haar war weisser geworden, die Falten im Gesicht waren zahlreicher, aber ihr Überschwang war noch fast derselbe. Mit zittriger Stimme erklärte ich ihr, welches Zimmer wir gern für die Nacht hätten. Ein neugieriger Blick war ihr einziger Kommentar, sie erinnere sich nicht an mich, während ich ein bestimmtes Zimmer wünschte, als ob ich mich in ihrem Haus auskannte. Wie dem auch sei, sie stieg kaum langsamer und schwerfälliger als damals vor uns die Treppe hoch, öffnete uns die Tür und sah zum Kamin.

«Ich schicke jemanden, der Feuer macht.»

«Feuer machen» war indessen nur noch eine Redewendung, der Kamin wurde inzwischen mit Gas betrieben. Den alten Marc mit seinem Kohleeimer brauchte es nicht mehr. Für einen Augenblick stand ich wie gelähmt da. Ich sah uns tropfnass bis auf die Knochen, sorglos. Jetzt flossen die Tränen, aber stumm, als ob die Quelle meines Kummers, den ich nie auszuräumen vermocht hatte, beschlossen hätte, sich zu entleeren.

«Du musst mir erzählen, was hier geschehen ist, Zadie.»

Ich muss gestehen, dass ich in diesem Augenblick dachte, er sei grausam, brutal und habe kein Recht … Aber tief in meinem Innern verspürte ich auch das Bedürfnis, die Szene zu schildern, die Basils und mein Geheimnis geblieben war.

«Wir waren patschnass und ich hatte meinen Hut verloren. Basil drehte sich zum Feuer um, und ich zog mich aus, die Wirtin, die uns eben empfangen hat, holte unsere Kleider. Wir hatten vorgehabt, eine oder zwei Stunden später wieder zu gehen, doch wir verliessen dieses Zimmer nicht mehr bis zum anderen Morgen.»

Ob mir Francesco wirklich zuhörte, weiss ich nicht, meine Stimme war ausser Kontrolle. Ich nahm meinen Hut vom Kopf, zog den Mantel aus und die Schuhe – jetzt schluchzte ich wieder auf: Wie hatte ich all die Jahre bloss ohne Basil leben können? Ich liess mich aufs Bett fallen und dort blieb ich liegen, unfähig, diese Maskerade weiterzuführen, ich konnte nichts mehr erzählen, wollte nicht mehr reden. Nach einem langen Moment kam Francesco und setzte sich zu mir auf den Bettrand. Er streichelte mir Haare und Wangen.

«Verzeih, Liebling. Ich glaubte, das einzige Mittel sei ein Exorzismus. Aber wenn es dir zu sehr weh tut, hören wir auf.»

Er sprach zweifellos weiter, doch ich hörte nichts mehr. Ich fiel in einen bleiernen Schlaf. Viel später, als es schon Nacht war, weckten mich Francescos Hände auf meinem Körper wieder halbwegs. Er entkleidet mich, dachte ich. Ich liess es willenlos geschehen. Er brachte mich zu Bett, wie man ein müdes Kind zu Bett bringt. Dann legte er sich neben mich. Auch er hatte sich ausgezogen. Ich schlief wieder ein. Als ich aufwachte, drang weissliches Tageslicht durchs Fenster. Francesco und ich lagen da in enger Umarmung. Als ich versuchte, mich zu bewegen, öffnete er gleich die Augen. Francesco verwunderte mich immer wieder: Selbst aus dem tiefsten Schlaf heraus ist er in Bruchteilen einer Sekunde hellwach. Er zog einen Arm weg, stützte sich auf den Ellbogen auf und lächelte mich an.

«Gut geschlafen?»

«Ja.»

«Kein Albtraum?»

«Kein Albtraum.»

Ich streichelte seine Schulter. Er küsste mich auf den Hals. Wir umarmten uns wieder, und was am Abend zuvor unmöglich und undenkbar erschienen war, geschah nun – wir liebten uns im selben Bett, in dem ich meine erste Nacht mit Basil verbracht hatte.

Diese Rosskur war der Anfang meiner «Genesung». Gegen Mittag kehrten wir nach Hause zurück.

Am nächsten Tag schaffte ich noch etwas, was ich mir nicht mehr zugetraut hatte.

Nach Basils Tod hatte ich Joséphine gebeten, alle seine Bilder in sein Atelier zu bringen und es dann abzuschliessen, ich war mir sicher gewesen, dass ich nie mehr hierher zurückkommen würde. Ich schaffte es, Francesco mitzunehmen. Die meisten von Basils Bildern waren verkauft worden. Aber einige begonnene und einige vollendete, die er nicht hatte verkaufen wollen, waren noch da. Ein Akt von mir. Mein Porträt. Sein Selbstporträt. Eine Ansicht von Pontoise. Als ich diesen Raum unter dem riesigen Glasdach betrat, hatte ich das Gefühl, meinen Fuss auf den Mond zu setzen. Ich hatte ihn noch nie ohne Basil betreten. Es war mir nicht möglich, irgendetwas anzufassen.

Francesco zögerte nicht. Er drehte die Bilder um, die an die Wand gelehnt waren, und betrachtete wortlos meinen Akt und das Porträt von mir.

«Es ist auf jeden Fall ein Verlust für die zeitgenössische Kunst», sagte er schliesslich. «Dieser Mann hatte Stil. An wen muss man sich wenden, wenn man eines dieser Bilder kaufen möchte?»

«An seinen Händler, vermute ich.»

Er lächelte.

«Ich will das Porträt von dir. Mehr als einmal dachte ich, ich hätte dich niemals anders kennenlernen wollen, als du bist, aber gewusst hätte ich schon gerne, wie du warst, als du noch nicht zu leiden gehabt hattest. Dieses Porträt …»

«Ich erwartete unser erstes Kind, und ich dachte nicht im Entferntesten daran, dass es schiefgehen könnte. Wir waren sehr glücklich.»

«Ich möchte dieses Bild kaufen.»

«Es gehört mir. Alles, was hier ist, gehört mir. Ich schenke es dir.»

Er schloss mich in seine Arme und küsste mich heftig. In Basils Atelier.

Ich verzichte darauf, alles aufzuzählen, was dazu beigetragen hat, meinen «Normalzustand» wiederherzustellen. Es brauchte Zeit, und ich wunderte mich, dass Francesco niemals Zeichen von Ungeduld zu erkennen gab.

«Gibt es nicht scharenweise Patienten, die in den Krankenhäusern auf dich warten, und haufenweise Arbeit?»

«Doch, ganz bestimmt.»

«Aber ...»

«Und deine Patienten ...»

«Ja, klar.»

«Zadie, ich möchte eine lange glückliche Ehe mit dir führen. Aber damit sie nicht gleich scheitert, schien es mir notwendig, Zeit und Mühe zu investieren. Haben wir das hinter uns, können wir nach Hause fahren und uns den Patienten widmen. Aber vorher müssen wir uns gegenseitig ganz sicher sein.»

Mein Herz krampfte sich zusammen.

«Zweimal schon sagte ich mir, ich sei bereit für ein langes Leben, zuerst mit Basil und dann mit Jonathan. Ich hoffe, du erlaubst dir nicht, einen Hirnschlag zu bekommen. Ich würde es nicht überleben, wenn mir das noch einmal passieren sollte, die Kinder würden nicht genügen, um mich am Leben zu erhalten.»

«Lass deine schwarzen Gedanken, Zadie. Denke positiv. Unsere Ehe wird ein halbes Jahrhundert dauern, du wirst schon sehen.»

Francesco war ein Ehrenmann. Unsere Ehe dauerte nicht fünfzig, sondern sechzig Jahre, dass er mich im Alter von vierundneunzig Jahren verliess, kann ich ihm wirklich nicht übelnehmen. Das Fundament dieses langen Lebens war während unserer Wochen – eigentlich waren es zwei Monate – in England gelegt worden.

XI

Ich vermisste die Kinder. Die beinahe täglichen Briefwechsel zwischen Joséphine und mir vermochten sie mir ebenso wenig zu ersetzen wie Martinos Zeichnungen und einige ungelenke Worte von seiner Hand – im Gegenteil. Aber mir war klar, dass das, was ich jetzt unternahm, nötig war für meine Zukunft und für meinen inneren Frieden. Und dass es Zeit brauchte.

Damals wirkte das, was wir taten, sonderbar. Heute würde es mehr oder weniger akzeptiert, jedenfalls seitens gewisser psychoanalytischer Schulen. Das Trauma erneut zu durchleben, um es dadurch auszutreiben oder zu löschen, gilt einem grossen Teil dieses Berufsstandes als der letzte Schrei. Aber wir lebten im Jahr 1896 und Herr Freud war noch kaum mehr als ein Gerücht. Francesco hatte während seines Studiums in den gleichen Kreisen verkehrt wie er und sich an den gleichen Diskussionen beteiligt, aber viel bewirkt hatte das nicht. Und ausserdem drückte er das, womit er mir helfen wollte, nicht in analytischen, sondern in moralischen Begriffen aus.

«Du musst ihm die Stirn bieten, damit sich der Drache vor deinem Blick fürchtet und vernichtet wird.»

Es hatte zwei Monate und ein paar heilsame Schocks gebraucht, bis meine Albträume verschwanden, ich aufhörte, mich dafür zu schämen, dass ich wieder geheiratet hatte, und mir erlaubte, meinen Mann zu lieben.

Wir besuchten auch Michael Tatley. Als ich ihm in Venedig wiederbegegnet war, hatte ich begriffen, warum ich ihm nach Basils Tod so konsequent aus dem Weg gegangen war – er sah ihm sehr ähnlich. Während meiner ersten Ehe hatte ich meinen Schwager kaum wahrgenommen; woran ich mich im Allgemeinen erinnere, wenn ich an ihn dachte, war die Sonderbewilligung, die er für Basil besorgt hatte, damit wir heiraten konnten, und dass er unsere Ehe gesegnet hatte.

Er hatte seine Pfarrei verlassen und wohnte nun mit einer ziemlich zahlreichen Kinderschar im grossen Haus der Tatleys. Graf von Barronbridge, sein älterer Bruder, hatte es ihm überlassen. Michael hatte spät geheiratet und vier Kinder bekommen. Der Graf hatte es übrigens vorgezogen, auf seinem Gut in Kent zu residieren, wahrscheinlich war er dort London näher als auf dem entlegenen Familiensitz in Cornwall. Als wir dort ankamen, war das Haus voll vom Geschrei und dem Gepolter der herumtobenden Kinder. In der Nähe bellte ein Hund. Nichts von alledem schien den Eltern etwas auszumachen, sie empfingen uns, als ob der Lärm im Haus für sie das Konzert eines Streichquartetts wäre.

«Warum hast du deine Pfarrei aufgegeben?», fragte ich Michael. Das hatte mich neugierig gemacht.

«Weil ich nicht mehr an das glaubte, was ich tat, Zadie. Ich weiss nicht, ob dir bewusst war, dass Basil und ich uns lange Briefe geschrieben haben. Je mehr er sich aus dem Kreis der Konventionen unserer Familie entfernte, desto freier wurde sein Denken und umso mehr überzeugte mich unser Briefwechsel davon, dass man die Dinge auch anders sehen konnte. Bis dahin hatte ich kein Glück gehabt. Zwar hatte ich den familiären Kokon verlassen und ging an die Universität, aber dort wurden die gleichen Werte vertreten, die auch in der Familie Geltung hatten, eigenständiges Denken war mir fremd geblieben.» Zu Francesco gewandt, fuhr er fort: «Diese zwei Ahnungslosen wussten nicht, was sie in den Augen ihrer Umgebung angerichtet hatten. Sie brachen mit sämtlichen Tabus, einfach so, auf einen Schlag.»

«Ach, weisst du, ausser daran, uns zu lieben, dachten wir eigentlich an nichts.»

Wir lachten alle herzlich.

«Auch kein winziger Gedanke daran, was Ihre Mutter dazu hätte sagen können?», fragte Mrs. Tatley schelmisch.

«Nicht einmal das.»

Michael schüttelte den Kopf.

«Wenn ich mich an deine Mutter erinnere, Zadie, würde ich sagen, dass du die Kaste an jenem Tag verlassen hast.» Wieder nahm er Francesco als Zeugen, der ihm so aufmerksam zuhörte, dass ich befürchtete, er könnte nachträglich einen Eifersuchtsanfall bekommen. «Stellen Sie sich den dreissigjährigen, ehrenhaften Pfarrer vor, den eines Abends sein jüngerer Bruder aufsucht und ihm sagt: ‹Ich brauche eine Sondergenehmigung zum Heiraten.› Er war in einer solchen Verfassung, dass ich dachte, er habe ein Mädchen geschwängert und wolle den Skandal vermeiden.»

«Da ist schon etwas Wahres dran.»

«Nein, Zadie, eigentlich nicht. Denn als er mir sagte: ‹Keine Diskussionen, Michael, ich war mit Zadie De Vico im Bett und ich will sie heiraten, bevor sie es sich anders überlegt›, hätte ein Fingerschnippen genügt und ich wäre platt hingefallen, glaub mir.»

«Wie konnte er bloss denken, ich könnte meine Meinung ändern?»

«Er erwies dir die Ehre anzunehmen, dass du dich nicht verpflichtet fühltest, die Konventionen einzuhalten und automatisch zu heiraten. Er ging davon aus, dass du dich nicht entehrt und deshalb auch nicht verpflichtet fühltest, ihn zu heiraten.»

«Aber immerhin hatte er es sehr eilig.»

Michael lachte herzhaft. Seine Frau schloss sich ihm an und meinte:

«Er nutzte alle seine Chancen, was wollen Sie.»

«Und Sie besorgten ihm die Ehebewilligung, ohne sich dagegen zu sträuben?», fragte Francesco.

«Machen Sie Witze? Als Erstes lehnte ich rundweg ab. Dann brachte er ein Argument ins Spiel, das er Zadie gegenüber nicht zu erwähnen vorhatte. Er sagte zu mir: ‹Wenn du nicht mitmachst, ist sie entehrt.›» Er machte eine weit ausholende Handbewegung. «Ich dachte, Simon De Vico würde kommen und Wiedergutmachung fordern und Lady De Vico würde einen ihrer Brüder schicken, um Basil zum Duell herauszufordern. Das ist zwar nicht mehr üblich, aber dieser Fall war wirklich ernst. Schliesslich sagte ich mir: Er ist mein kleiner Bruder, aber volljährig. Ich gehe davon aus, dass er weiss, was er tut. Und veranlasste alles Notwenige.» Er lächelte mir zu. «Ich habe richtig gehandelt.»

Wir brachen auf und versprachen wiederzukommen.

«Ich frage mich, ob du nicht ein paar Wochen bei Dr. Cornwallis arbeiten solltest», schlug Francesco eines Morgens vor.

«Meinst du?»

«Es war eine deiner Tätigkeiten damals.»

Wir suchten den Arzt auf und unterbreiteten ihm den Vorschlag. Francesco erläuterte in sehr professionellem Ton den Grund unseres Anliegens. Dr. Cornwallis lächelte.

«Ich brauche keinen Grund, um Dr. Zadie aufzunehmen. Aber weil ihr zu zweit seid, gehe ich noch einen Schritt weiter und mache euch einen Vorschlag: Ich gehe in die Ferien.»

«Wir vertreten Sie!», rief ich.

«Genau.»

Francesco und ich, wir beide waren richtige Tatmenschen, und ich vermute, dass uns der Müssiggang trotz unserer Probleme zu schaffen machte. Natürlich hatten wir es nicht so gesagt, aber wir stürzten uns wie Verhungernde auf diesen Vorschlag. Bereits am nächsten Morgen gingen wir zusammen auf Visite, dann überliess uns Cornwallis seiner Krankenschwester, einem Drachen, der schon bei seinem Vorgänger auf diesem Posten gewesen war. Sie wusste alles, kannte alle und empfand für mich seit dem folgenschweren Tag des Unglücks in der Kaolin-Grube Hochachtung, wenn nicht gar Zuneigung.

Während drei Wochen waren wir von frühmorgens bis abends spät unterwegs, und unsere Nächte waren auch nicht immer ruhig.

Eines Abends, als die Krankenschwester schon gegangen war und wir dabei waren, nach Hause zu gehen, rief man uns wegen Lady Lidley zu Hilfe, der es sehr schlecht ging. Ich wunderte mich. Die Lidleys waren keine Leute, die sich an den Landarzt wandten. Und sie standen auch nicht auf Dr. Cornwallis' Patientenliste.

Francesco und ich sahen uns eine ganze Weile an. Wer würde gehen? Er oder ich?

«Ich gehe», sagte ich. Wenn es denn sein musste, dann mutig. Francesco verbeugte sich mit einem Lächeln in den Augenwinkeln.

«Nimm die Kutsche, ich gehe zu Fuss nach Hause», sagte er. «Wenn du mich brauchst, schick einen Boten.»

Ich wurde von einem Butler empfangen, der mich nicht kannte. Er runzelte zwar erstaunt die Stirn, als er mich sah, aber akzeptierte kommentarlos mein: «Dr. Giocondo. Ich vertrete Dr. Cornwallis.» Eilig begleitete er mich ans Krankenbett.

Ich hatte erwartet, einer alten Dame beistehen zu müssen. Doch ich wurde vom schreckverzerrten Gesicht einer sehr jungen Frau empfangen. Sie war gerade dabei, ein Kind zur Welt zu bringen, und streckte mir wortlos eine Hand entgegen. Für einen Augenblick hatte ich das Gefühl, eine Schiffbrüchige kurz vor dem Untergang vor Augen zu haben. Die Hebamme drehte sich um.

«Ich hatte nach einem Arzt rufen lassen.»

Ich liess mich von ihrem vorwurfsvollen Ton nicht beeindrucken.

«Ich bin Ärztin.»

Ich stellte meinen Koffer ab und bat um die Möglichkeit, die Hände waschen zu können. Dann neigte ich mich über die Patientin und begann ihr tröstende Worte zuzuflüstern.

«Entspannen Sie sich, es wird alles gutgehen, entspannen Sie sich. Wie heissen Sie?»

«Diana.»

«Gut, Diana, atmen Sie ganz tief, während ich Sie untersuche. Atmen Sie kräftig, atmen Sie, atmen Sie …»

Und während ich so mit ihr redete und ihr direkt in die Augen sah, palpierte ich sie, um zu verstehen, was mit ihr los war. Die Diagnose war eindeutig, das Kind befand sich in Steisslage. Eine Verlegung ins Krankenhaus kam zeitlich nicht mehr in Frage, obwohl das Risiko so geringer gewesen wäre. Der Transport hätte zu lange gedauert, die Strasse ging bergauf und -ab und war in einem schlechtem Zustand.

«Wir verlegen sie auf eine harte Unterlage, dieses Bett ist unpraktisch und fördert zudem Infektionen.»

Die Erfahrung hatte mich gelehrt, dass in Fällen, die möglicherweise eine Operation nötig machten, eine harte Unterlage besser geeignet war als ein weiches Bett, und dass eine gutgepflegte Küche oft der sauberste Raum im Haus war.

Die Hebamme warf mir einen Blick zu, den ich frauenfeindlich fand, auch wenn er von einer Frau stammte. Doch sie wich zwei Schritte zurück. Das bedeutete, dass sie mich machen lassen wollte.

«Wer ist der Hausherr?»

«Lord Lidley.»

«Wo ist er?»

«In einem der Salons wohl, er war zu nervös, wir haben ihn weggeschickt.»

Plötzlich glaubte ich zu verstehen.

«Diese junge Frau ist Lord Lidleys Ehefrau?»

«Selbstverständlich.»

Selbstverständlich – von wegen, sie konnte kaum älter als achtzehn sein, Lord Lidley hingegen war über vierzig.

«Holen Sie ihn.»

«Aber …»

«Holen Sie ihn, wir haben keine Zeit für Diskussionen.» In Augenblicken wie diesem, wo die Dringlichkeit den Ton angab, verwandelte ich mich in die echte Tochter meiner Mutter. Unangenehm, hoheitsvoll und autoritär. Man gehorchte mir dann im Allgemeinen aufs Wort.

Ich hatte nicht die Zeit, Lord Lidleys Gesichtsausdruck zu würdigen, als er mich sah. Und ich liess ihm keine Zeit, Dummheiten zu sagen.

«Guten Abend, Mylord. Ich brauche einen festen Tisch, auf den wir Ihre Frau betten können. Sofort. Sagen Sie Ihrer Köchin, sie solle den Küchentisch mit Javelwasser scheuern, und lassen Sie ein peinlich sauberes Bettlaken auslegen. Stellen Sie keine Fragen, wir haben keine Zeit. Ihr Kind befindet sich in Steisslage, wir werden das Unmögliche versuchen.»

Ich muss Lidley zugute halten, dass er wirklich nicht diskutierte. Wenige Minuten später kam er persönlich, um mir zu sagen, es sei alles bereit.

«Nehmen Sie Ihre Frau in die Arme, falls nötig mit Hilfe der Hebamme, und sagen Sie ihr unterwegs nur zärtliche Worte. Nichts, was sie veranlassen könnte, sich zu verkrampfen.»

Er leistete meinem Befehl Folge und trug sie mit langsamen Schritten weg, gefolgt von einem Zimmermädchen, das ohne meine Anweisung sämtliche Bettkissen mitnahm.

Ich rannte in die Küche, die Köchin reichte mir wortlos eine weite Schürze, frisch aus der Wäsche. Ihr vertrauensvoller Blick berührte mich, verschaffte mir in gewisser Weise Flügel. Wir würden es schliesslich doch schaffen, dieses Eis zu brechen.

Lord Lidley kam mit seiner Frau. Er legte sie auf den Tisch.

«Setzen Sie sich zu ihr, legen Sie ihr feuchte Tücher auf die Stirn und sprechen Sie mit ihr. Sagen Sie ihr, dass Sie sie lieben und stolz sind auf sie.» Ich wartete nicht auf seine Reaktion, wir machten uns an die Arbeit.

Die Einzelheiten lasse ich weg, viele habe ich ohnehin vergessen. Ich will nur erzählen, dass ich in den folgenden Stunden mit einer Verbissenheit, die ich mir nicht zugetraut hätte, dafür sorgte, dass diese Geburt gut ausging. Mein Eifer ging weiter als meine ärztlichen Pflichten. Wenn Lord Lidley ein Kind bekam, würde er meine nicht mehr zu stehlen brauchen.

Die Hebamme musste schliesslich eingestehen, dass ich mein Geschäft verstand, sie war wunderbar, und gemeinsam schafften wir es, den Kaiserschnitt zu vermeiden. Der nächste Lord Lidley kam um fünf Uhr früh zur Welt, schmächtig, aber gesund. Seine Mutter war erschöpft. Ich verabreichte ihr Laudanum, damit sie schlafen konnte, und die Hebamme kümmerte sich um das Neugeborene.

Ich selber liess mich auf einen Küchenstuhl fallen und gab mich damit zufrieden, einen Punkt direkt vor mir anzustarren, ohne etwas zu sehen.

Eine Hand legte sich auf meine Schulter.

Lord Lidley lächelte, das war doch schon etwas.

«Kommen Sie, man wird das Frühstück für uns zubereiten.»

Ich stand auf, warf einen Blick in die Runde und stellte fest, dass das gesamte Küchenpersonal versammelt war, vermutlich warteten sie darauf, dass ich ging. Ich lächelte ihnen ein bisschen verlegen zu. Und dann fingen diese Frauen und Mädchen, die zweifellos bereits über sämtliche Einzelheiten der Geburt im Bild waren, zu applaudieren an. Es trieb mir Tränen in die Augen. Es kam nicht alle Tage vor, dass die Arbeit einer Ärztin auf diese Weise anerkannt wird. Diese einfachen Frauen akzeptierten mich ganz ohne jene Vorbehalte, die in Kreisen der Begüterten die Regel waren.

Lord Lidley drückte kräftig auf meinen Ellbogen, doch ich nahm mir die Zeit, den Kopf zu neigen und «Danke, meine Damen, danke, meine Fräuleins» zu sagen, in der Hoffnung, diesen hochnäsigen Lidley zu schockieren, weil ich seine Dienst- und Zimmermädchen als Damen und Fräuleins anredete.

«Ich habe mich gewundert, dass Sie mich nicht vor die Tür setzten, als Sie begriffen, dass ich die Ärztin war», meinte ich zu ihm mit Sarkasmus in der Stimme, als wir beim Frühstück sassen. Ich würde nicht so tun, als ob ich die unwürdige Art und Weise, wie er mich in Florenz behandelt hatte, vergessen hätte.

«Ich hatte von meinem Bruder gehört, dass Sie eine tüchtige Geburtshelferin seien. Ich dachte, Gott habe Sie geschickt.

Ich wundere mich, dass Sie gekommen sind und sich so sehr eingesetzt haben, obwohl Sie wussten, dass wir es sind.»

«Der hippokratische Eid verpflichtet mich, jedem Kranken zu helfen, auch meinem Feind. Ihre kleine Diana ist nicht mein Feind. Und meiner Meinung nach hat nicht Gott mich geschickt, sondern Jonathan, der das alles von dort oben arrangiert hat, er fand es zweifellos zu blöd von uns, so lächerliche Beziehungen zu haben. Kommen Sie, lassen Sie uns die Hand reichen und uns wie zivilisierte Personen aufführen.»

Ich glaubte, er würde die Hand, die ich ihm entgegenstreckte, ausschlagen, doch er war nur aufgestanden, bevor er sie ergriff und sie an seine Lippen führte.

«Entschuldigen Sie meine Dummheit, liebe Schwägerin. Es geschah in bester Absicht.»

Schon wollte sich wieder Verärgerung einstellen, doch ich sagte mir, es sei im Grunde gar nicht so schlecht, wenn meine Söhne ohne Furcht und Bitterkeit in der Familie ihres Vaters verkehren konnten, um so mehr, als sie jetzt ja auch einen neuen Cousin hatten.

«Ich weiss», gab ich deshalb kühl zur Antwort. «Wie auch immer, meine Kinder brauchen Sie jetzt nicht mehr, Ihre Diana wird ihnen zweifellos weitere schenken.»

Er setzte sich wieder.

«Ich weiss nicht, ob wir vergessen können …»

«Wie wär's, wenn Sie mich Zadie und ich Sie bei Ihrem Vornamen nennen würde, verehrter Schwager?»

«Einverstanden, Zadie.»

«Mein lieber Lawrence, es waren *meine* Kinder, die Sie entführen wollten, und *ich* schlage Ihnen vor, es zu vergessen. Also vergessen wir es.»

Er verneigte sich.

Kurz darauf ging ich, nicht ohne eine ganze Reihe von Anweisungen hinterlassen zu haben, um einer Infektion vorzubeugen, aber alles ging gut. Die kleine Diana war innerhalb weniger Tage wieder auf den Beinen. Als das Kind eine Woche später auf den Namen Francis getauft wurde, luden sie uns dazu ein. Francesco schüttelte Lord Lidley die Hand, machte mit mir unter den Gästen die Runde, alle fühlten sich wohl, und ich hatte das Gefühl, man habe mir schwere Last von meinen Schultern genommen.

Beiläufig erfuhr ich, dass der jüngste der Barbers, Cuthbert, gestorben war.

«Er reiste nach Südafrika, und ungeschickt wie er immer war, schaffte er es, sich zwei Wochen nach seiner Ankunft umbringen zu lassen», sagte Lawrence. An diesem Mann war wirklich nichts Feinfühliges, und mir tat seine Frau leid.

Von allem, was Francesco vorgeschlagen hatte, um mich zu «heilen», war die Idee, mit Dr. Cornwallis zu arbeiten, die beste. Es brachte mit sich, dass ich in einer Gegend unterwegs war, wo ich teilweise meine Kindheit verlebt hatte, ich traf Leute wieder, die ich früher einmal behandelt hatte, und ich beantwortete ihre Fragen.

«Das mit Mr. Tatley muss schrecklich gewesen sein für Sie», sagten die einen.

«Wir waren sehr traurig, als wir vom Tod Dr. Barbers hörten», sagten die anderen.

«Und dass Ihnen das gleich zweimal passieren musste!»

Ich stellte ihnen Francesco vor, ich erzählte ihnen unsere Geschichte samt unserer Unschlüssigkeit und unseren Zweifeln. Sie verstanden. Sie waren glücklich, dass ich wieder einen Partner gefunden hatte.

«Ein schöner Mann, ein grossartiger Arzt und zweifellos ein guter Gefährte», lautete der Kommentar eines bärtigen Fischers, dem ich eines Tages über den Weg lief. Er verbrachte die Nächte auf See, galt als alter erfahrener Seebär und als grosser Schmuggler. Auf alle Fälle war er ein Original. Er erzählte mir, er habe zusammen mit Francesco einmal eine bewegte Nacht auf dem Boot der Seerettung verbracht, um zu versuchen, junge unvorsichtige Leute, die Schiffbruch erlitten hatten, aus dem Wasser zu fischen. Sie waren erfolgreich, anschliessend musste Francesco einige Knochenbrüche richten, was für seinen Ruf Wunder gewirkt haben musste.

Wie es sich gehörte, hätte ich ohne die Schilderungen des Fischers nie etwas davon erfahren. Francesco blieb seinem Prinzip treu, wonach er mir keine Rechenschaft schuldig war für das, was er tat, wenn ich nicht direkt davon betroffen war.

«Auch er ist ein Mann des Meeres», stellten einige Fischer am Ort anerkennend fest.

Ich äusserte meine Verwunderung über diese Einschätzung, als Francesco und ich wieder unter vier Augen waren.

«Weisst du, als ich jung war, hatte ich mich in Triest freiwillig zur Seerettung gemeldet. Die Alten brachten uns bei, unter Wasser zu schwimmen, bewusstlose Leute heraufzuholen, an Bord eines Schiffes in Seenot zu gehen. Ich war ziemlich aktiv, bevor ich nach Wien ging.» Er lächelte schelmisch. «Ich war schon immer der Waghalsigste der Familie.»

Also wirklich, ich kannte meinen Mann immer noch nicht.

Ich gelangte schliesslich zur Überzeugung, dass meine Lebensweise gutgeheissen und mein Mann «bei mir zu Hause» akzeptiert wurde. Dass es mir niemand übelnahm, einen «Ausländer» geheiratet zu haben, nachdem ich zuvor mit zwei Einheimischen verheiratet gewesen war. Mehr noch, der «Ausländer» mit seinem ziemlich dürftigen und zudem mit einem starken italienischen Akzent versetzten Englisch war angenommen worden.

Eines Tages gingen wir auf einem Küstenweg spazieren, der nach dem Hörensagen vor allem und meist nachts von Strandräubern, Schmugglern und allerlei Piraten benutzt wurde, die diesen Küstenstrich heimsuchten. Tagsüber kann man dort gefahrlos spazieren gehen und das Meer und den Himmel bewundern. Es wehte ein starker Wind und wir gingen Arm in Arm. Plötzlich hatte ich das Gefühl, meine Körpergrösse sei auf die von Francesco zugeschnitten – eine absonderliche und neue Empfindung. Basil war gross gewesen, etwa sechs Fuss, rund ein Meter achtzig, und Jonathan mit schätzungsweise einem Meter neunzig noch grösser. Ich war nie grösser gewesen als einen Meter fünfundfünfzig, Jonathan hatte sich regelrecht bücken müssen, um mich zu küssen. Wenn wir standen, musste ich den Kopf nach hinten neigen, um ihm in die Augen schauen zu können. Francesco war etwa eins siebzig oder eins zweiundsiebzig gross. Auch er war grösser als ich, aber es war dennoch anders. Wenn er mich umarmte, glaubte ich, Schulter an Schulter mit ihm zu sein. Ich liebte das sehr. Wir sprachen nicht, marschierten mit dem Wind im Gesicht und betrachteten das Meer. Und auf einmal begriff ich, dass Francesco über eine Fähigkeit verfügte, die Jonathan und Basil nicht gehabt hatten – insofern jedenfalls, als die Grösse einer Person als Eigenschaft in Betracht gezogen werden konnte. Bis jetzt hatte ich zwar Unterschiede bemerkt, aber mir nichts dabei gedacht, sie waren weder zum Vorteil noch zum Nachteil für jemanden. Zum ersten Mal fiel ein Vergleich welcher Art auch immer in meinem Kopf zu Francescos Gunsten aus.

Plötzlich blieb ich stehen.

«Bist du müde?»

«Nein, ich …»

Ich drehte mich zu ihm um, nahm seinen Kopf in meine beiden Hände und küsste ihn auf den Mund. Er stellte keine Fragen mehr, drückte mich an sich und so blieben wir, küssten uns im Wind, in der Gischt, die manchmal bis zu uns heraufstob, im Duft des Meeres und des Heidekrautes – eine kleine Ewigkeit lang. Endlich sind wir wirklich verheiratet, war alles, was mir durch den Kopf ging.

Anschliessend setzten wir unseren Spaziergang fort, Arm in Arm und schweigend, und wir kamen später nie mehr auf diesen Augenblick der Kommunion zu sprechen, der mit nichts anderem vergleichbar war. Doch ich vermute, dass das Gespräch, das wir am anderen Morgen beim Frühstück führten, durchaus damit zu tun hatte.

Francesco erschien mit lächelndem Gesicht und jenem undefinierbaren Ausdruck, den er sich manchmal gab, kurz bevor er mir einen frivolen Antrag machte.

Er setzte sich, schenkte Kaffee ein und räusperte sich.

«Ich dachte, Zadie …»

Schweigen.

«Was denn?»

«Ich wollte dir vorschlagen, Michael Tatley zu bitten, unsere Ehe zu segnen.»

«Was?» Als frivoler Antrag war das nicht schlecht.

Er wurde rot, was ich bei ihm noch nie gesehen hatte. Es war ihm ernst.

«Deine früheren Ehen … habt ihr kirchlich geheiratet?»

«Basil habe ich in Michaels Kirche geheiratet. Mit Jonathan gaben wir uns mit dem englischen Konsul in Florenz zufrieden. Aber du warst gegen die Kirche, oder hast du das vergessen?»

«Wir haben eine Vernunftehe geschlossen. Und die katholische Kirche fordert Versprechen in aller Öffentlichkeit, die die Mehrheit der Leute nicht zu halten in der Lage ist. Hast du grundsätzlich etwas gegen eine kirchliche Heirat?»

«Nein. Aber denk bitte daran, dass du katholisch bist und ich wie Michael anglikanisch. Unterdessen ist er möglicherweise sogar Methodist geworden. Und bei einer protestantischen Heirat verspricht man genauso viel wie bei einer katholischen.»

«Mag sein. Aber Michael hat jene Haltung eines Kirchenmannes, die ich sehr schätze – er zweifelt.»

«Ich hatte immer gemeint, die Religion sei dir egal.»

«Du hast ja recht. Ich glaube an eine höhere Weisheit, aber ich gehe davon aus, dass das eine Sache zwischen ihr und mir ist und ich deshalb keinen Mittler braucht. Sagen wir, ich bin Agnostiker. Die anderen hatten sich entschieden, ich sei Atheist. Sollen sie. Ich habe dich auch noch nie in die Kirche gehen sehen.»

«Je länger ich Medizin studiert, je länger ich praktiziert habe, desto mehr näherte ich mich der Position an, die du gerade beschrieben hast. Ich bin Agnostikerin wie du. Aber wenn wir unsere Ehe segnen lassen wollen, müssen wir bereit sein, unsere Versprechen zu halten, als ob wir katholisch heiraten würden.»

Er sah mich mit aller Eindringlichkeit an, die er in seinen Blick zu legen vermochte.

«Ich erkläre dir hiermit feierlich, Zaïda, dass ich nicht die geringste Absicht habe, dich zu tyrannisieren, dich zu betrügen oder mich von dir scheiden zu lassen. Ich bin entschlossen, dein Gefährte zu sein und dein Geliebter bis ans Ende meiner Tage. Ich hatte nie zwei Mätressen gleichzeitig, nie schlief ich mit einer Frau und verheimlichte es einer anderen. Das ist keineswegs mein eigenes Verdienst, ganz im Gegensatz zu vielen Männern, die ich kenne, ich schaffe das einfach nicht. Das alles hat nichts mit Versprechen zu tun, die man sich im Rahmen einer Zeremonie gibt. Aber ich finde, eine Segnung durch einen Kirchenmann, der zweifelt, hier, bei dir und durch diesen Mann, würde unseren Aufenthalt hier gewissermassen abrunden und vervollständigen.»

Ich war nicht fähig, ihm zu antworten, denn ich begriff, dass sich Francesco, der einer Drittperson gegenüber keine

Pflichtversprechen machen wollte, mir gegenüber gerade eben unwiderruflich verpflichtet hatte. Als typisch weibliche Reaktion auf so etwas weinte ich.

Er stand auf, ich tat es ihm gleich, und wir umarmten uns. Auch Francesco weinte – das hatte ich bei ihm noch nie gesehen.

«Es ist ganz gut, dass du diese Dinge so siehst, Liebster», brachte ich schliesslich mit erstickter Stimme hervor, «denn ich glaube, ich bin schwanger.»

Mit einer plötzlichen Geste stiess er mich von sich, sah mich einen Augenblick lang mit schon wieder trockenen Augen an, dann hob er mich mit beiden Armen hoch, fing an durch das Zimmer zu wirbeln, als ob ich überhaupt kein Gewicht hätte, und sang dazu aus voller Kehle eine Opernarie.

Ein paar Tage später segnete Michael Tatley in aller Öffentlichkeit und im Beisein meiner aus London angereisten Familie und der gesamten Nachbarschaft unsere Ehe und setzte damit einen symbolischen Schlusspunkt hinter die Krise, unter der ich so sehr gelitten hatte.

Wir kehrten nach Italien zurück.

XII

Ich kann mich anstrengen, so viel ich will: Ich schaffe es einfach nicht, mich zu erinnern, weil es sich zwar innerhalb einer nur kurzen Zeit, aber ganz allmählich entwickelt hat. Hatten wir das Elektrische schon, als mein kleiner Alberto zur Welt kam? Zu welchem Zeitpunkt wurde aus unserer Kutsche ein Automobil? Ich weiss es nicht mehr.

Und ich bin mir meiner Sache umso unsicherer, als wir zwischen der Rückkehr aus England und meiner Niederkunft umgezogen sind.

Ein Mailänder Arzt und Freund Francescos, Luigi Mangiagalli, drang darauf, dass er sich in Mailand niederlasse.

«Du lebst in einem Museum, Venedig liegt zu nahe an diesem Österreich, dem wir alle nicht über den Weg trauen. Mailand braucht Leute wie dich. Wir bilden selber Studenten aus, statt sie anderswo hinschicken zu müssen.»

Francesco zögerte. Mangiagalli schwebte eine medizinische Fakultät in Mailand vor, und er plante, ein Kollegium dynamischer Berufsleute um sich zu scharen, die bereit waren, von einem Tag auf den anderen den Betrieb aufzunehmen. Doch diese Fakultät blieb zunächst ein Traum. Pavia, Universitätsstadt seit Jahrhunderten, bot sämtliche Fakultäten an und gab nichts preis.

«Mein lieber Luigi», sagte Francesco, «Mailand fehlt es nicht an Charme, und wir wären bereit zu kommen. Doch wir können nicht darauf warten, bis die Politiker eines möglichen Tages beschliessen, eine medizinische Fakultät zu eröffnen.»

Diskussionen dieser Art hatten wir bereits vor unserer Abreise nach England geführt. Als wir nach Italien zurückkehrten, wartete ein Brief auf uns: Ein Arzt, Dr. Grassi, der im Zentrum Mailands seine Praxis führte, hatte einen Unfall gehabt und war gestorben. Seine Praxis stand zum Verkauf. Dr. Mangiagalli sicherte sich in unserem Namen eine Option und wartete auf unsere Rückkehr. Und weil Dr. Grassi Chefchirurg in einem der Krankenhäuser gewesen war, hatte es Mangiagalli einrichten können, dass der Posten ihm zufiel.

Im Zug fuhren wir nach Mailand – trotz meiner Schwangerschaft ging es mir gut, und ich hatte darauf bestanden, die Reise zu unternehmen.

Als die Witwe Grassi uns empfing und feststellte, dass auch ich Ärztin war, begann sie zu strahlen.

«Dann habe ich also recht gehabt zu warten. Mein lieber Mann wird vor Freude ein Halleluja anstimmen, wenn er Sie hier bei mir sitzen sieht. ‹Frauen sind die besseren Ärzte als wir›, pflegte er zu sagen, ‹sie können besser zuhören und beobachten als wir. Und sie bringen die nötige Geduld auf.›»

Während eines ganzen halben Tages erläuterte sie uns die Arbeit und legte uns in allen Details den Charakter der verschiedenen Patienten mit all ihren Marotten und Manien dar, so dass Francesco und ich zum Schluss kamen, dass sie die rechte Hand ihres Mannes gewesen sein musste, die selber wohl nicht Ärztin («Wo hätte ich denn im Jahr 1850 Medizin studieren sollen?»), aber sehr wohl in der Lage war, jene Patienten zu versorgen, die sie als die «ihren» bezeichnete.

Die Praxis befand sich im ersten Stock eines vornehmen Hauses an der Via Alessandro Manzini.

«Unsere Wohnung liegt im vierten Stock. Seit man einen Aufzug eingebaut hat, ist damit überhaupt keine Unannehmlichkeit mehr verbunden. Von den Mitbesitzern hat mein Mann die unbenutzten Dienstbotenzimmer erworben und sie in einen Raum für seine Basteleien umgebaut, er ist von der Wohnung her zugänglich. Ich sage Ihnen das für den Fall, dass Sie auch die Wohnung übernehmen möchten.»

«Aber … Und Sie?»

In meinem tiefsten Innern bin ich überzeugt, dass es für Menschen eines gewissen Alters nie gut ist, den Ort verlassen zu müssen, wo sie einen guten Teil ihres Lebens verbrachten.

«Ich besitze eine Sommerresidenz nicht weit von Mailand, inzwischen fährt die elektrische Trambahn dort hinaus. Ich glaube, das ist mir lieber, als ohne meinen lieben Mann weiter in diesen Mauern zu leben.» Ihr Blick entschweifte in weite Fernen. «Wir waren während eines guten Vierteljahrhunderts verlobt und verheiratet», sagte sie schliesslich.

Ehrlich gesagt wirkte die Wohnung sehr düster auf mich, aber ich fand, wenn man einige der Anstriche in Bordeaux, die flaschengrünen Tapeten und die dunklen Teppiche entfernen würde, könnte es gehen.

Gleichwohl fragte ich mich, ob diese riesige Wohnung und die fast gleich grosse Etage unter dem Dach für uns, für die drei Kinder, für das unerlässliche Kindermädchen im Hinblick auf das erwartete Baby und für Joséphine und Michael gross genug sei.

«Auf mich persönlich wirken grosse Häuser bedrückend», sagte Francesco, nachdem wir uns im «Cova» niedergelassen hatten, einem Café ganz in der Nähe des Hauses, wo wir später so viele Stunden verbringen sollten.

«Wenn ich an den Palazzo denke, den du dir in Venedig als Wohnung ausgesucht hast, erstaunt mich das.»

«Das, mein Schatz, hatte seinen Grund darin, dass wir zum Schutz deiner Kinder eine Festung brauchten. Ich musste eine Wachmannschaft aufstellen, damit man sie uns nicht still und leise entführt. Aber dieses Problem gibt es nicht mehr. Und wenn wir aus ihnen nützliche Männer machen sollen, wie es sich der verstorbene Jonathan wünschte, ist es mir lieber, sie in einer Wohnung zu haben statt in einer der Villen in den besseren Vierteln.»

«Das hier ist aber nicht gerade, was ich ein Elendsquartier nennen würde …»

«Nein, natürlich nicht. Aber wir sind im Stadtzentrum. Sie brauchen nur das Haus zu verlassen, um den unterschiedlichsten Leuten zu begegnen. Mir genügt diese Wohnung voll und ganz. Joséphine und Michael können die obere Etage bewohnen, und für das Kindermädchen richten wir auch ein Zimmer ein, wenn die Zeit für seine Anwesenheit gekommen ist. Es bleibt genug Platz. Dir ist doch klar, dass das Stockwerk mit der Praxis ebenso geräumig ist und dass wir ohne die drei Salons meines Vorgängers auskommen, auch wenn wir zwei Ärzte sind. Es bleibt sogar Platz für eine Pflegestation und für ein Gästezimmer.»

Wir einigten uns schliesslich darauf, dass Francesco nach Venedig zurückkehrte, um sich der Kinder und allfälliger Patienten anzunehmen, während ich in Mailand blieb und Joséphine erwartete, um die praktischen Fragen der Einrichtung zu besprechen.

«Dafür tauge ich überhaupt nicht», bekräftigte Francesco. «Ich habe gesehen, wie du dein Haus in England eingerichtet hast, einfach und charmant, das passt mir sehr gut. Wenn ich einen Wunsch äussern darf, dann der, dass du es hier genauso machst wie dort. Auch auf der Praxis-Etage. Du bereitest alles vor, damit wir sie beim Umzug nur noch einzurichten brauchen.»

Gerade in Mode waren überladene Zimmer. Ich hasste das, sowohl aus ästhetischen wie aus hygienischen Gründen – irgendwo blieb immer Staub liegen. In Zürich hatte ich Gefallen an einer spartanischen Einrichtung gefunden, und seitdem warf ich sämtliche überflüssigen Möbel hinaus, wenn ich ein Wort mitzureden hatte. Ich ignorierte die Mode, die die Salons mit kleinen Tischchen und lächerlichem Krimskrams vollstopfte. Ich hatte Zimmer gesehen, die vom schottischen Architekten William Morris in London eingerichtet worden waren. Zwar wirkten sie noch etwas düster, aber sie waren halb leer, und das fand ich wunderbar. Deshalb begann ich leichten Herzens mit der Planung.

Ich richtete mich im «Grand Hotel Milano» ein, auch nur ein paar Schritte von unserer künftigen Wohnung entfernt, ein gediegenes Haus, in dem die besten Leute verkehrten. Zwei Tage später traf Joséphine ein. Und Michael begleitete sie.

«Wissen Sie, Miss Zadie, bevor ein Taugenichts aus mir wurde und ich die Wahl hatte zwischen Galgen und Armee, war ich Zimmermannslehrling, und ich habe nicht vergessen, was ich damals lernte.»

«Dem Galgen? Das ist mir neu. Wie kommt es, dass ich nie etwas davon erfahren habe?»

Auf seinen Lippen deutete sich ein Lächeln an.

«Mr. Jonathan hat mir verboten, darüber zu reden. Ich verdanke ihm mein Leben, denke ich – er entriss mich praktisch den Händen des Henkers. Das war in Indien und ist eine lange Geschichte, Madam, ich erzähle sie Ihnen ein andermal.» Er drehte seinen Hut in den Händen und wechselte das Thema. «Dr. Giocondo legte mir nahe zu kommen, er meinte, ich könnte mich hier nützlich machen.»

Ich dankte in Gedanken dem Himmel, dass mir diese stille Kraft ganz wohl und nicht feindlich gesonnen war. Er hatte Jonathans Mörder getötet. Wozu er sonst noch fähig sein mochte, wollte ich lieber gar nicht wissen. Mir seine Geschichte zu erzählen, verschob er übrigens immer wieder auf «ein andermal», das nie Wirklichkeit geworden ist.

«Sehr gut», sagte ich nur. «Wir werden sehen, ob das Zimmer, das ich für Joséphine bestellt habe, bereit ist, und wenn Sie …»

«Sie haben ein Zimmer für mich reserviert? HIER? In diesem Palast?»

«Ja, Joséphine, das ist am praktischsten. Und kommen Sie mir nicht wieder mit Ihrer Nummer, Sie seien meine Bedienstete und so weiter und so fort. Sie wohnen hier, und Michael auch, Ihre Herrin will das so. Passt Ihnen das?»

Sie machte eine ihrer halben Verbeugungen, wie sie sie mir den lieben langen Tag lang geliefert hatte, als wir uns in Pontoise kennenlernten.

«Wie Madame wünschen.»

Und wir lachten alle drei.

Über Joséphine habe ich nicht mehr sehr viel gesagt. Da sie einfach immer da war, wurde dies schliesslich eine Selbstverständlichkeit. Doch an jenem Abend in dieser nicht sehr familiären Umgebung sagte ich mir einmal mehr, dass die Begegnung mit Michael tatsächlich ihr Leben verändert hatte.

Als ich sie kennenlernte, hatte sie gerade ein wesentlich schlimmeres Trauma hinter sich als ich: Sie hatte den Mann verloren, den sie liebte, sie musste auf ihr Kind verzichten und sich die Schlechtigkeiten gefallen lassen, die die wohlmeinende Gesellschaft ledigen Müttern schuldig zu sein glaubt. Ich bin mir fast sicher, dass sie während unseres gesamten Aufenthalts in Zürich mit niemandem eine intime Beziehung gehabt hat. Es war zweifellos die Begegnung mit Michael, der sie einfach so akzeptierte, wie sie war, der sie liebte, ihr ganz ergeben war und es geschafft hatte, sie aus ihrer Trauer herauszuholen, die so tief gewesen sein musste, dass sie kaum darüber sprach. Und weil sie immer in meiner Nähe sein wollte, verliess sie auch ihre enge geistige Welt, sie reiste, und inzwischen las sie fliessend, schrieb ganz leidlich und sprach vier Sprachen, drei davon fremde, die sie, das muss man zugeben, mit ihrem normannisch gefärbten Französisch verunstaltete. Ausserdem war sie eine kompetente Hilfspflegerin und kam in den Krankenhäusern sehr gut zurecht. Es fiel mir schwer, in ihr eine Bedienstete zu sehen, denn sie verhielt sich überhaupt nicht als solche. In mancherlei Angelegenheiten ergriff sie die Initiative, und wenn sie mich dann darüber informierte, hatte ich keine Einwände vorzubringen. Wenn sie es für nötig erachtete, stellte sie Personal ein, wovon ich meist nichts wusste. Und sie verwaltete das Haushaltsgeld klug und korrekt. Der Kinder nahm sie sich an, als ob es ihre eigenen wären, und um mich kümmerte sie sich, als ob ich bald ihre Schwester, bald ihre Tochter wäre. Und nie gab es Schwierigkeiten oder Konflikte. Aber sie bestand darauf, mich mit «Madame» anzusprechen, und wünschte, dass ich sie Joséphine rief. Auch Michael sollte ich bei seinem Vornamen rufen, während er das anfängliche «Mylady» mit «Miss Zadie» vertauschte.

Auch er wurde ohne jegliche Einschränkung ein Mitglied der Familie, er verteilte die Aufgaben, ergriff Initiativen und traf kluge Entscheidungen, die wir im Nachhinein nur gutheissen konnten. Als Francesco und ich heirateten, hatte er sich für eine gewisse Zeit zurückgezogen. Schliesslich aber bewunderte er den Arzt und respektierte den Mann, dem er nun bedingungslos zu Diensten stand. Überdies wussten wir seine Tüchtigkeit sehr zu schätzen. Jonathan hatte ihm beigebracht, in Notfällen im Operationssaal zu assistieren und mit den Jahren praktizierte er dies mit Takt und Feingefühl.

Daran änderte auch die Tatsache nichts, dass die beiden zwei fröhliche Menschen waren, die wussten, wie man sich zu Tisch setzte (am liebsten in der Küche), die herzhaft mit uns tranken und uns ungeniert Soldatenwitze erzählten.

Aber zurück zu Mailand.

Ich schlug Michael vor, Signora Grassi seine Hilfe beim Umzug anzubieten.

«Und wenn hier alles leer ist, Michael, verwandeln wir es in eine Baustelle und streichen alles in Weiss, Beige und Lila, wobei das Schlüsselwort Helligkeit lautet.»

«Und was ist mit den Vorhängen?» Das war Joséphine.

«Tüllvorhänge im ersten Stock, damit die Nachbarn gegenüber die hüllenlosen Patienten nicht sehen, und Tüll oder gar nichts oben, hier gibt es gegenüber praktisch keine Nachbarschaft.»

Zwei Tage lang dauerten die Diskussionen dieser Art. Ich beauftragte Michael auch, sich um die Räume unter dem Dach zu kümmern. Das machte er mit links, denn in erster Linie lag ihm daran, Signora Grassi beim Umzug zu helfen.

«Ihr Kutscher ist grossartig, er denkt an alles», sagte sie zu mir, als ich mich bei ihr verabschiedete. Mein «Kutscher» würde das zu würdigen wissen.

Etwas in diesem Haus gefiel mir ganz besonders – der Aufzug, so etwas hatte ich noch nie gesehen. Zur damaligen Zeit liefen die Aufzüge noch nicht automatisch, sie wurden bedient. Wir hatten Signor Dini, unseren Pförtner, der den hinteren Teil des Erdgeschosses bewohnte. Zusammen mit seinem Sohn Franco, einem fünfzehnjährigen Bengel, fuhren sie Patienten und Hausbewohner hinauf und hinunter. Sie kannten alle, waren umgänglich und hatten immer eine Anekdote zu erzählen. In Notfällen waren sie hilfsbereit, ohne sich zu schonen. Und wir verstanden uns auf Anhieb bestens.

Nach etwa einem Monat war die Mailänder Wohnung bezugsbereit. Wie üblich hatte es Simon über «seinen Mann in Mailand» übernommen, mit den Anwälten der Witwe zu verhandeln. (Gab es eigentlich eine Stadt in Europa, wo Simon nicht «seinen Mann» hatte?) Aber er schaltete sich auch direkt ein, denn ich bin mir sicher, dass er inzwischen Telefon hat.

Wie dem auch sei, noch bevor die von Michael beaufsichtigten Arbeiten vollendet waren, gehörten die beiden Wohnungen uns. Und den grossen leeren Raum unter dem Dach hatte er in eine behagliche Dreizimmerwohnung verwandelt, mit Küche, Bad und allen Bequemlichkeiten. Manchmal denke ich häufiger an die Wohnung unter dem Dach als an unsere vierte Etage, weiss aber nicht, warum. Im Jahr 1943 fiel das gesamte Gebäude den Bombardierungen zum Opfer, als fast die ganze Via Manzoni zerstört und auch die «Scala» in Mitleidenschaft gezogen wurde.

Zu Anfang des Frühlings kamen wir nach Mailand, und mein dritter Sohn Alberto wurde am 10. Juni 1897 geboren.

Ich gestehe, dass ich nicht ohne Sorge gewesen war. Die Angst vor einer möglichen Unverträglichkeit, die Todesursache meiner kleinen Tochter gewesen war, meldete sich wieder. Ausserdem beunruhigte mich die Tatsache, dass ich bereits achtunddreissig war. Ich hatte mit eigenen Augen gesehen, in welchem Zustand manchmal ein achtes Kind von Frauen meines Alters zur Welt gebracht wurde.

Ich strotzte vor Gesundheit, das Kind machte sich mit einem Gestrampel bemerkbar, das nur Gutes bedeuten konnte, und Francesco hörte mich ab und lächelte dazu die ganze Zeit.

(Aber hätte er in meiner Gegenwart zu lächeln aufgehört, wenn etwas nicht gestimmt hätte?)

Bei meiner Niederkunft war dann Dr. Mangiagalli zugegen, ein angesehener Geburtshelfer. Doch Alberto hatte Lust, geboren zu werden, der Junge, dessen Lebendigkeit nichts zu wünschen übriglassen sollte, kam rasch und ohne jegliche Komplikationen zur Welt.

Ich hatte verlangt, aus hygienischen Gründen in einer Klinik zu gebären – die ernsthafteste Gefahr, die damals nach einer gut verlaufenen Geburt drohte, waren Infektionen, denen immer noch zu viele Mütter und Neugeborene zum Opfer fielen. Wenn ich zu einer Gebärenden gerufen wurde, traf ich alle denkbaren Vorsichtsmassnahmen. Ich hatte schon früh von Dr. Pasteurs Arbeiten gehört und befolgte seine Empfehlungen aufs Wort. Ich war sogar nach Paris zu einer Weiterbildung in dieser Sache gefahren. Kurz und gut, ich war in einer Klinik. Nonnenschwestern umflatterten mich – mit missbilligenden Blicken auf diesen sehr gegenwärtigen Ehemann und den Gynäkologen, der keiner der ihren war. Aber «wie könnte man Professor Mangiagalli etwas abschlagen»? Sein Ansehen hatte sogar Klostermauern überwunden.

Ein Bild ist mir geblieben: Ich liege im Bett mit Alberto in den Armen und Martin auf der einen, Jonathan auf der anderen Seite. Sie spielen mit den winzigen Fingerchen ihres kleinen Bruders, und Francesco stehend über uns, mit einer Wange an meinen Haaren. Mit einer Hand streichelt er den schwarzen Flaum des Babys, mit der anderen meine Wange. Wir sprechen nicht. Und in mir ein Gefühl, das ich meines

Wissens noch nie zuvor empfunden hatte. Dieser Augenblick des Glücks, den ich nach den durchlebten Dramen ohne weiteres nie mehr hätte erleben können, war ein Geschenk des Schicksals, ein – wie soll ich sagen? – Gratisgeschenk. Ich glaube, dass ich das ohne die vorausgegangenen Leiden nie in seiner vollen Grösse zu schätzen gewusst hätte.

Nach ein paar Tagen kehrten wir nach Hause zurück. Meine Männer waren gekommen, um mich abzuholen, wir fuhren in einer offenen Kutsche, als ob es darum ginge, seinem Volk den Erbprinzen zu präsentieren. Es war wunderschönes Wetter und Martin und Jonathan schrien, sie würden viel lieber Rad fahren.

«Wir werden sehen, wie wir das einfädeln können», sagte Francesco.

Wir waren da. Das Kindermädchen, das Joséphine drei Wochen lang gesucht hatte, weil sie das beste wollte (ich übrigens auch), erwartete uns. Wir überliessen die Buben Francesco und begaben uns ins Kinderzimmer ganz hinten in der Wohnung. Pierina, das Kindermädchen (eine junge Frau, mit der ich bis ans Ende meiner Karriere als Geburtshelferin sehr gute Beziehungen unterhalten sollte), hatte ein Zimmer im oberen Stock abgelehnt.

«Ich will in der Nähe des Kleinen schlafen, Signora, Sie brauchen Ruhe.»

Im Vergleich mit den zwei älteren Buben hatte ich nur ein Problem – weniger Milch. Aber wenn ich mich richtig erinnere, konnte ich Alberto doch mindestens einen Monat lang stillen.

Selbstverständlich blieb die medizinische Fakultät, die Professor Mangiagalli vorschwebte, ein Wunschtraum und zwar noch lange Zeit. Mailands ganzer Stolz war das Polytechnikum, das *Politecnico,* alles andere waren Hirngespinste der Mailänder Behörden. Sie bekamen ihre Universität erst ein Vierteljahrhundert später. Paradoxerweise sollte sie sich rund um jenen Palazzo entfalten, der im 15. Jahrhundert die medizinische Fakultät beherbergt hatte. Sie war von den Sforzas oder den Viscontis gegründet worden, ich weiss es nicht mehr, aber aus mir unbekannten Gründen verschwand sie wieder aus Mailand. Für uns kam sie zu spät.

Doch kehren wir zu unserem Thema zurück, ich neige heute zu ärgerlichen Abschweifungen. Es muss an der Erinnerung an die Geburt des geschenkten Kindes liegen. Ich spüre die Leichtigkeit jenes Tages fast sechzig Jahre später noch einmal.

Aber seither verlief unser Leben in ruhigen Bahnen. Getrübt wurde es nur von der schrecklichen Erschütterung im Jahr darauf.

Francesco arbeitete teils in einem Krankenhaus, teils in seiner eigenen Praxis. Den Posten als Chefarzt, den ihm Mangiagalli angeboten hatte, schlug er aus.

«Um ihn mir, der von auswärts kommt, zu geben, hätte er weiss Gott wie viele Leute kränken müssen. Wenn er mir den Posten aufgrund meiner Kompetenzen angeboten hätte, wäre es in Ordnung. Aber bis jetzt bin ich nur ein Chirurg unter vielen anderen.»

Aber als Frau musste ich mich mit meiner Praxis zufriedengeben und mich glücklich schätzen, Patienten zu haben.

Denn in einer grossen Stadt wie Mailand war es ebenso schwierig wie im kleinen Florenz, als Frau Ärztin zu sein. Letztes Jahr hatte Maria Montessori ihr Doktorat nach grossen Anstrengungen und nur dank einer List gemacht, wenn ich es richtig verstanden habe (sie soll sich als Mann verkleidet haben, hiess es). Für Italien war das eine Premiere. Die zwei oder drei weiteren Ärztinnen, die ich hatte aufstöbern können, hatten in Zürich und England studiert. Keine von ihnen machte eine Karriere, die ein Mann an ihrer Stelle gemacht hätte. Sie nahmen sich der Armen und insbesondere armer Frauen an. Hinter dem *Cimitero monumentale*, dem grössten Friedhof Mailands, und den Bahngeleisen hatten sie in einer belebten Strasse ein Ambulatorium eröffnet. Mehr als einmal war ich dort gewesen, um Material oder Geld zu überbringen. An einem Sonntag im Monat machte ich dort Dienst, es war dies der einzige Tag, an welchem die Arbeiterinnen kommen konnten.

Meine Familie finanzierte nach wie vor Dr. Kieners Ambulatorium in Saint-Louis. Wie er uns versicherte (wir schrieben uns oft), war er kurz vor dem Ruhestand, aber inzwischen hatte er zwei junge Idealisten eingestellt, die für ihn und noch mehr als er arbeiteten. Ich fühlte mich übrigens auch für das Ambulatorium im Londoner East End verantwortlich, das von Jonathan eingerichtet worden war, wo ich selber aber nie hingekommen bin. Es hatte das gesamte persönliche Vermögen seines Gründers verschlungen. Zum Glück wurde es von einer ganzen Reihe wohlmeinender Leute weiter unterstützt. Mit Briefen gelang es mir sogar, Lawrence Barber dazu zu bringen,

Mitglied des Patronatskomitees zu werden – und nötigenfalls zu zahlen. Mit anderen Worten: Ich habe ihm die Verantwortung abgetreten. Er hatte dieses Amt bis zu seinem Tod inne.

Was in Venedig geschehen war, wiederholte sich in Mailand. Auf dem Schild an meiner Tür stand nur «Dr. Z. Giocondo, Arzt.» Doch nach und nach kamen immer mehr Frauen in meine Praxis. Anfänglich konsultierte mich nicht ein einziger erwachsener Mann, abgesehen von unserem Pförtner, seinem Sohn und später von Marcantonio Bellini, einem der Kellner im «Cova», den ganz Mailand unter dem Namen Marcantonio kannte, aber es waren immer Notfälle. Wegen meiner Adresse waren die meisten Patientinnen wohlhabend, aber oft genug war ihr Elend nicht kleiner als das armer Frauen. Und jene, die glauben, nur Ungebildete, Arbeitslose und Trunkenbolde schlügen ihre Frauen, irren sich. Ich hatte häufiger, als es der Regel entsprochen hätte, bei luxuriös gekleideten Damen Schlüsselbeine zu richten, gebrochene Rippen zu versorgen und blaue Augen zu pflegen.

Eines Abends stand eine junge Frau schluchzend in meiner Praxis, sie brachte kein Wort heraus, war von blauen Flecken übersät und trug keinen Hut. Ihr Ehegatte, ein in der Stadt wohlbekannter und bewunderter Geschäftsmann, hatte sie so lange traktiert, bis ihre beiden Vorderarme gebrochen waren. Ich wusste nicht, woher sie meine Adresse hatte, aber ihr Mann wusste, wo sie war. Er folgte ihr auf dem Fuss, stiess Joséphine beiseite, die auf sein Läuten geantwortet hatte (sie war mir zu Hilfe geeilt), und steuerte schnurstracks auf die Praxis zu. Francesco war nicht da. Im Treppenhaus liess Joséphine einen Schrei fahren. Signor Dini hatte den Aufzug bedient, wegen des Kerls Verdacht geschöpft und war gerade rechtzeitig vor dem sturzbetrunkenen und rasenden Mann bei mir eingetroffen, so dass nicht auch ich von ihm geschlagen wurde.

Wir mussten die Polizei rufen. Ich behielt die arme Frau über Nacht bei mir, am anderen Morgen brachten Joséphine und Michael sie in ein Kloster, wo sie Schutz suchen wollte.

Das ist nur ein Beispiel von vielen.

Wie viele junge Frauen aus guten Familien kamen zu mir, um sich von einer Schwangerschaft befreien zu lassen, gegen die sie sich nicht zu schützen verstanden hatten. Damals konnte ich ihnen unglücklicherweise nie helfen. Wenn sich eine Provokateurin unter ihnen befunden hätte, wäre es um meinen und Francescos Ruf geschehen gewesen. Nicht dass ich Angst gehabt hätte. Aber ich sagte mir, wir seien nützlich, und es wäre zu blöd, aus dem Verkehr gezogen zu werden. Eine Abtreibung wurde mit Gefängnis bestraft.

Es kamen Frauen mit Geschlechtskrankheiten zu mir, die zwar bürgerlich verheiratet waren, sich aber gleichwohl prostituierten, um den Lebensunterhalt zu bestreiten, weil ihre Männer Spieler waren oder ihr ganzes Geld zu ihren Mätressen trugen.

Basta!

Ja doch, ich hatte auch viele Patientinnen, die mich mit harmlosen Anliegen aufsuchten, die Kontrolle einer erwünschten Schwangerschaft oder einfach ihrer Gesundheit. Aber man erinnert sich weiss der Himmel warum zwangsläufig nie an diese Art von Patientinnen.

Natürlich gab es auch gute Augenblicke. Sehr oft gingen wir zum Beispiel in die «Scala», nur etwa fünf Minuten von uns. Die Theater. Die Kaffeehäuser – wo in erster Linie Männer verkehrten, doch allmählich wurde auch den Frauen Zutritt gewährt. Manchmal ging ich zwischen zwei Patienten im «Cova» eine Schokolade oder einen Kaffee trinken. Ich mochte diesen Ort, er war geräumig und spärlich möbliert, abgesehen natürlich von der langen Bar mit Spiegeln. Einer war zerbrochen, und wie man mir bald einmal erzählte, ein historisches Stück. Er war während der «Fünf Tage» von 1848 von einer Kugel durchschlagen worden, als die Lombarden die Österreicher vertrieben. Mein Glück war, dass ich einem der Kellner hatte helfen können. Eben diesem Marcantonio, eines Tages, als er sich in die Hand geschnitten hatte. Seither reservierte er mir jeden Morgen einen Tisch am Fenster. Er erzählte mir den neuesten Klatsch und brachte mir die Zeitungen, die damals voll waren von Nachrichten über das Elend und den Hunger, über den Brotpreis, über Revolten und deren Niederschlagung. Aber ich überflog sie meist ohne besonderes Interesse, das muss ich gestehen. Die Politik im eigentlichen Sinn schaffte es erst spät, mich einzuholen.

XIII

Womit soll ich anfangen, um über das *annus terribilis* 1898 zu reden? Mit meinem persönlichen Leben? Mit der Hungersnot? Mit der dumpfen Unruhe in Mailand, deren Erschütterungen bis zu uns in den vierten Stock hinauf zu spüren waren?

Ich will mit den Kindern beginnen. Wir hatten uns entschieden, sie in die öffentliche Schule zu schicken.

«Diese Wahl traf mein Vater für mich, nachdem er gesehen hatte, was die Privatschule mit meinem älteren Bruder anrichtete. Du kennst ihn kaum, er ist es auch kaum wert, gekannt zu werden», hatte Francesco erklärt. «Er ist ein fähiger Bankier, aber er verachtet alle, mich eingeschlossen.»

«Die öffentliche Schule könnte aber hart werden für die Kinder.»

«Bestimmt härter als eine Privatschule. Aber wir werden gut aufpassen, und immerhin werden sie auf Anhieb mit der Wirklichkeit der Welt konfrontiert, in der sie leben.»

Es fiel ihm leicht, mich zu überzeugen.

Es gab eine öffentliche Schule zwei Strassen weiter, Francesco und ich brachten Martin abwechselnd hin, und weil wir um die Mittagszeit gewöhnlich von unseren Patienten in Anspruch genommen waren, holten Michael und gelegentlich auch Joséphine sie ab. In kürzester Zeit war er Martino geworden, und wir mussten etwas Druck ausüben, damit er sein Englisch nicht vergass. Dabei war er sprachlich sehr begabt. Das Englisch blieb, Joséphine sprach Französisch mit ihm, er lernte ziemlich schnell, mit ihr zu sprechen – mit einem Hauch normannischen Akzents. Wir stellten übrigens fest, dass er auch den lombardischen Dialekt beherrschte. Er hatte ihn auf dem Pausenhof aufgelesen, denn im Unterricht war Italienisch vorgeschrieben. Die italienische Sprache war eines der Bindemittel einer Nation geworden, die erst seit kurzem eine war.

Jonathan, inzwischen endgültig Gianni, war noch zu klein für die Primarschule. Wir stöberten einen privaten Kindergarten auf, damit er sich nicht langweilte, wenn sein Bruder in der Schule war. Wir machten mit einer jungen Frau Bekanntschaft, die mit Maria Montessori studiert hatte. Sie setzte einige Theorien über die Kindheit praktisch um, die allmählich in Umlauf kamen und die Frau Montessori später bekannt machen sollten. Hilfreich waren sie vor allem für kleine Kinder.

Und der kleine Alberto? Nachdem ich ihn nicht mehr stillte, kümmerte ich mich immer frühmorgens um ihn, dann nahm ihn bis zur Mittagszeit Pierina in Obhut. Ich tat mein Möglichstes, um gegen dreizehn Uhr gemeinsam mit den Kindern essen zu können, es war die Zeit, wenn sich ganz Mailand zu Tisch begab und ich abgesehen von Notfällen keine Patienten hatte.

Am Nachmittag machten sie Spaziergänge und trieben mit Michael Sport, der sich als hervorragender Ratgeber erwies. Martino machte Hausaufgaben. Ich greife etwas vor, wenn ich erwähne, dass meine beiden Ältesten rasch eine Leidenschaft für Bücher entwickelten, für die sie viel Zeit verwendeten.

Wenn sie in der Schule waren, widmeten wir uns unseren

Kranken, ich meist in meinem Sprechzimmer, gelegentlich auch im Krankenhaus, wenn eine meiner Patientinnen dort lag. Francesco war entweder in seinem Sprechzimmer (weniger häufig als ich) oder im Krankenhaus tätig, wo er manchmal den ganzen Tag im Operationssaal verbrachte, oder er machte Krankenbesuche. Wir waren voneinander unabhängig, und wenn wir uns gegenseitig zu Rate zogen, dann meist wegen medizinischer Probleme. Schliesslich hatte sogar jeder seine eigene Krankenschwester, denn eine allein genügte nicht mehr, wenn wir beide in der Praxis waren.

Francesco und ich hatten mehr als ausgefüllte Tage, es überbordete. Wir sahen uns nur selten. Doch wir hatten uns entschieden, unsere Abende mit Ausnahme eines höchst dringlichen medizinischen Notfalls oder unumgänglicher Verpflichtungen gemeinsam zu verbringen. Es ergab sich eine Gewohnheit, die wir während mehr als einem halben Jahrhundert pflegten. Im Allgemeinen assen die Kinder vor uns, wir brachten sie dann zu Bett, und es lag uns daran, dies gemeinsam zu tun. Wenn sie dösten oder eingeschlafen waren, setzten wir uns zu zweit zum Abendessen zu Tisch, diskutierten (wir hatten immer Gesprächs- und manchmal auch Stoff für einen Streit), und wir legten uns im gleichen Bett schlafen, wo die gegenseitige Anziehungskraft sich nie verleugnete. Junge Leute verstehen das nicht, ich glaube, dass auch ich es nicht verstanden hätte, als ich jung war, aber die Zärtlichkeiten, die wir mit über neunzig Jahren noch austauschten, waren ebenso leidenschaftlich, wie diejenigen als Achtzehnjährige mit Basil oder mit Francesco, als wir uns gerade kennengelernt hatten.

Es wäre höchstens in Betracht zu ziehen, dass wir mit neunzig etwas weniger athletisch waren als mit zwanzig.

So etwa sieht aus, was ich das Skelett unseres Alltagslebens nenne.

Um diese Wirbelsäule, die wir (mit einem gewissen Erfolg, wie ich sagen darf) stabil zu halten versuchten, bis Alberto zu einem jungen Mann herangewachsen war, gruppierten sich mit der Zeit besondere und aussergewöhnliche Ereignisse. Das erste war das, was die Mailänder den «Aufstand des Magens» nannten oder die «verkehrten fünf Tage». Die ruhmreichen «Fünf Tage» waren jene, als sich Mailand 1848 von der österreichischen Tyrannei befreite. Die «verkehrten fünf Tage» vom 6. bis 11. Mai 1898, auf den Tag genau fünfzig Jahre nach den anderen, waren eine blutige und ehrlose Woche und bescherten mir ausserdem meine Feuertaufe und ein gewaltsames Eintauchen in die Welt der Politik.

Ich hatte erwähnt, dass ich ausser meinem Pförtner und meinem Kaffeehaus-Kellner nur Frauen als Patienten hatte. Doch eines Tages, es dürfte noch im Jahr 1897 gewesen sein, hatte ich doch mit einem männlichen Patienten zu tun – er war natürlich rein zufällig bei mir gelandet. Nur ein paar Schritte von unserem Haus entfernt war ihm von einem Balkon ein schwerer Gegenstand auf den Kopf gefallen. Niemand kam, um sich zu entschuldigen oder ihm zu helfen, mühsam rappelte er sich wieder auf, stellte fest, wie wackelig er auf seinen Beinen war, und ausserdem hatte er Nasenbluten. Er machte ein paar Schritte, und gerade, als er glaubte, das Bewusstsein zu verlieren, sah er das Messingschild.

«Ich erinnere mich nicht mehr, wie ich ins Haus gekommen bin», sagte er später zum Abschluss seiner Schilderung des Vorfalls, nachdem ich festgestellt hatte, dass sein Schädel unversehrt war, und ich den Mann auf die kleine Liege in Francescos Praxis gebettet hatte. Francesco war im Krankenhaus.

Signor Dini hatte angeklopft, um sich nach dem Ergehen des Mannes zu erkundigen, und bei dieser Gelegenheit erzählte er mir, was vorgefallen war.

«Er fiel mir blutüberströmt in die Arme, er sprach wirr ...», lautete seine leicht übertriebene Schilderung. Der Mann hatte etwas Blut auf seiner Hemdbrust. «Es ist Valera, wissen Sie, Signora?»

«Valera? Sie kennen ihn also?» Ich hatte ihn nicht nach seinem Namen gefragt, denn während ich ihn untersuchte, redete er zusammenhanglos.

«Aber natürlich, Signora! Er ist einer der bekanntesten sozialistischen Journalisten der Stadt. Und in den noblen Quartieren einer der berüchtigtsten.»

«Na, wunderbar. Die Urteile der feinen Quartiere fand ich immer besonders vertrauenswürdig.»

«Setzen Sie ihn vor die Tür?»

«Einen Verletzten? Machen Sie Witze? Wenn die noblen Quartiere jemandem nicht über den Weg trauen, heisst das meist, dass es sich um einen netten Kerl handelt.»

Das brachte Signor Dini zum Lachen. Auf einmal sah er mich mit anderen Augen an und hielt damit auch nicht zurück.

Ich hatte Signor Valera mit seiner Hirnerschütterung angewiesen, zwei oder drei Stunden liegen zu bleiben, und nach anfänglichem Murren willigte er ein. Als es ein Uhr schlug, machte ich ihm den Vorschlag, mit mir in den vierten Stock hinaufzukommen.

«Ich möchte sehen, ob Sie wieder essen können, und es ist mir ganz lieb, Sie unter Kontrolle zu haben für den Fall, dass Sie wieder ohnmächtig werden.»

Er lachte, ganz tief aus dem Bauch heraus, und liess mich machen. Es ging ihm bereits besser. Ich glaube, er muss damals um die fünfundvierzig gewesen sein, mittelgross, robust, korrekt gekleidet, aber ohne übermässige Eleganz. Er hatte ein offenes Gesicht, trug einen diskreten Schnurrbart, und seine Augen schienen in die verborgensten Winkel zu schauen. Dass er Lombarde war, verriet er beim Reden.

Bei Tisch zog er aus allen möglichen Taschen Stifte und kleine Notizblöcke hervor, was Martino belustigte. Valera tat so, als sei er verärgert.

«Lacht nicht über meine mörderischste Waffe, Kinder.»

«Wollen Sie sich mit einem Bleistift zur Wehr setzen?»

«Wie heisst du, mein Junge?»

«Martino.»

«Ich bin Paolo. Also, Martino. Du fragst, ob ich mich mit einem Bleistift gegen einen Ziegel zur Wehr setzen könne, der mir auf den Kopf fällt, und ich antworte dir mit nein.» Er legte eine sehr wirkungsvolle Pause ein. «Aber wenn ich jemanden gesehen hätte, der von einem Balkon aus versucht hätte, mich mit diesem Ziegel umzubringen, würde dieser Bleistift zur Waffe werden. Denn nur mit dem Wort kann ich mich verteidigen, kann ich das Verbrechen bekannt machen. Dieses kleine Stück Holz mit einem Herz aus Graphit würde als Waffe wirkungsvoller als ein Maschinengewehr.»

«Ta, ta, ta», machte Martino, lachte dazu und stiess mit einem der Bleistifte gegen seinen Bruder, «du bist tot.»

Entschlossen nahm ihm Valera den Stift aus der Hand.

«Es ist mir ernst, Martino. Denn schau, dieser Bleistift schreibt. Er verkündet, er erzählt, was geschieht. Einige sind gestorben, weil sie die Wahrheit gesagt haben. Weisst du, was Victor Hugo zur Antwort gab, als Baudin ihn am Vortag des 2. Dezember fragte, welchen Dienst er ihm erweisen könne?»

«Nein.»

«‹Leihen Sie mir einen Bleistift.› Am nächsten Tag starb Baudin auf den Barrikaden.»

«Ehm?», machte Martino, und ich war froh darüber, denn sonst hätte ich es tun müssen.

«Victor Hugo war ein französischer Schriftsteller. Am 2. Dezember des Jahres 1851, als böse Leute versuchten, die Regierung zu stürzen, versuchte er, die Republik zu verteidigen. Verstehst du?»

«Ja…aa…»

«Jedenfalls standen sie sich in einer Schlacht gegenüber, bis auf die Zähne bewaffnete Männer auf der einen Seite, und sie auf der anderen nur mit ihrem Wort als Waffe. Mit dem von Baudin geliehenen Bleistift schrieb Victor Hugo später ein Buch, dem wir es zu verdanken haben, dass wir jetzt die ganze Geschichte kennen und dass Baudin wesentlich länger in unserem Gedächtnis bleibt als die Elenden, die das Vaterland verraten haben. Verstehst du?»

«Ich glaube schon.»

Schliesslich ging Paolo Valera. Er hatte sich erholt, und ich vermutete, dass er eine Natur hatte, die sich von nichts unterkriegen liess. Doch später sah ich ihn wieder. Im «Cova», wo auch er seinen Kaffee trank und seine Artikel schrieb, oder auf der Strasse. Nach der Regelmässigkeit unserer Begegnungen zu schliessen, mussten sich unsere Wege schon vorher gekreuzt haben, bloss kannten wir uns da noch nicht, wir hatten uns nicht wahrgenommen. Als ich ihn Francesco vorstellte, verstanden sie sich augenblicklich so gut, als ob sie unter einer Decke steckten, sie waren beide von grosszügiger Natur.

Ich spreche deshalb von ihm, denn als die Politik ganz offiziell Teil unseres Lebens wurde, war er es (jedenfalls für mich), der mit seinen geschriebenen und gesprochenen Worten den Dingen einen Sinn gab, die wir vor unseren Augen hatten oder noch erleben würden. Und für ihn war die Sprache tatsächlich eine Waffe, jedes seiner Worte hatte die Wucht eines Kinnhakens.

Ich brauchte zweifellos mehr Zeit als ein Armer, um zu begreifen, was sich abspielte. Ich bitte um Nachsicht. Ich bin mit einem Silberlöffel im Mund auf die Welt gekommen. Und selbst, als sich das Familienvermögen der De Vicos, der Barbers und der Giocondos im grossen Ganzen verflüchtigt hatte, musste ich dank meines Berufes nie auf das Notwendige und auch nicht auf den Überfluss verzichten.

Weil ich Zeitung las, begann ich zu begreifen, dass das Jahr

1897 ein Hungerjahr gewesen war. Für ein Land, das noch weitgehend von der Landwirtschaft lebte, war eine Missernte furchtbar. Die kleinen Leute hungerten. Aber welche Amtsstelle nichtsdestotrotz den Brotpreis erhöhte, weiss ich nicht.

Während Wochen berichtete die Presse über Aufstände der Hungernden. Vom Süden über das Zentrum bis in den Norden revoltierten die Leute. Die Reihe der Orte, wo das geschah, war endlos. Als Erstes fiel mir auf, wie prompt die Regierung in jedem Fall mit Truppen intervenierte, «um die Ordnung wiederherzustellen», und mit welcher Regelmässigkeit dies jedes Mal mit Toten und Hunderten von Festgenommenen endete. Zeitungen wie der *Corriere della Sera* waren vom «sozialistischen Komplott» überzeugt: Sie stürzen den Staat, brüllten sie, sie wollen die Revolution. Das Problem des mangelnden Brotes und des Brotpreises wurde – jedenfalls von dieser Presse – nicht beachtet. Stattdessen phantasierten sie ohne Unterlass von Kanonen, die die Feinde (selbst italienische) des Königs und damit des Staates den Sozialisten schicken würden; oder von der katholischen Kirche, die zu meiner nicht geringen Verwunderung als Feindin des sakrosankten «Staates» und als Alliierte der «Revolutionäre» betrachtet wurde. Wenn man bedenkt, mit welcher Kraft sie später die Diktatur unterstützte, schüttelt man sogar im Nachhinein den Kopf. In Wirklichkeit war es nur die Einbildung wohlhabender Leute, die nicht das Geringste ihrer Macht preisgeben und den armen Leuten klarmachen wollten, wer das Heft in der Hand hielt. Selbst mir in meiner politischen Ahnungslosigkeit fiel das auf.

Auch in der Region Mailand war es unruhig. Das Paradox

der «verkehrten fünf Tage» ereignete sich im Mai. Der Tod eines jungen Mannes war das Vorspiel. Kein x-beliebiger junger Mann, muss man wissen. Er hiess Muzio Mussi und sein Vater (Mitglied der Radikalen Partei) war zweiter Präsident des Abgeordnetenhauses. Am 5. Mai versuchte er sich in Pavia zwischen eine nach Brot schreiende Menge und die schussbereiten Soldaten zu stellen. Er wurde von den Soldaten niedergeschossen.

Am 6. Mai, einem Freitag, stand es in allen Zeitungen.

Gegen zehn Uhr morgens ging ich ins «Cova» hinunter, zu dieser Zeit war das Lokal normalerweise nur schwach besetzt. Aber an diesem Tag war es voll, und an meinem Tisch sassen vier Unbekannte, in eine leidenschaftliche Diskussion vertieft. Marcantonio kam mir entgegen.

«Das wird gefährlich werden, Signora. Sie gehen besser nicht allein aus dem Haus.»

«Glauben Sie wirklich ...?»

«Die Leute irren herum wie Fragezeichen.» Und nach einer kurzen Pause: «Ich konnte Ihren Tisch nicht freihalten. Aber kommen Sie, hier ...»

Er plazierte mich an einem Ecktisch und brachte mir die Zeitungen. So erfuhr ich vom Tod des jungen Mussi. Und die Gesprächsfetzen, die bis zu mir drangen, wurden verständlich. Die Spannung war zum Greifen. Ein junger Mann mit lauter Stimme erzählte davon, dass die Armee in den Aussenquartieren die Fabriken umstellte. Ein anderer widersprach ihm – nein, niemals würde die Armee für so etwas eingesetzt, das wäre Bürgerkrieg. «Dann *ist* es angesichts dessen, was sie tun, halt Bürgerkrieg», erwiderte der Erste.

An einem anderen Tisch in meiner Nähe sprach man von Muzio Mussi: Nein, er habe sich nicht dazwischenstellen wollen, er sei einfach per Zufall dort vorbeigekommen.

Und so weiter. Die Worte aus einem Dutzend Diskussionsrunden ertönten von allen Seiten. Und von mir, der einzigen Frau im Raum, nahmen die Männer kaum Notiz. Bei anderer Gelegenheit wäre ich Gegenstand der Aufmerksamkeit oder der Ablehnung für mindestens die Hälfte der Gäste gewesen.

Hier in diesem Café hörte ich zum ersten Mal den Namen Bava Beccaris, ein General, den König Umberto beauftragt hatte, die Ruhe wiederherzustellen, und nachdem, was ich hörte, tat Beccaris, was man von ihm verlangte, mit Gewehren oder auch mit Kanonen.

«Ein kindischer Alter, mit aller Macht ausgestattet», sagte ein Herr an der Bar.

«Ein Schlächter», ergänzte ein anderer.

«Haben Sie gesehen, was er gemacht hat?»

«Was denn?»

«Er hat sein Hauptquartier auf der Piazza del Duomo eingerichtet.»

Die Hälfte der Leute rannte weg, man sah sie die Piazza della Scala überqueren und dann in die Galerie strömen.

Ich widerstand der Versuchung, ihnen zu folgen, und kehrte nach Hause zurück. Mehr schlecht als recht verbrachte ich den Tag bei der Arbeit. Alle waren nervös. Michael erklärte, wenn es morgen immer noch so unruhig sei, wäre es besser, die Kinder nicht zur Schule zu bringen.

Es wurde Nacht. Von der Strasse drang ständig lauter werdender Krach herauf. Der Wind trug schwere Regenwolken herbei. Ein Gewitter lag in der Luft. Der Donner war nicht mehr fern. Ich trat auf den engen Balkon des Esszimmers hinaus. Die Strasse war schwarz vor Leuten.

Ich spürte, wie hinter mir die Tür geöffnet wurde, drehte mich um und sah im Lampenschein (war es schon das Elektrische oder noch Gaslicht? Ich weiss es nicht mehr) einen Mann in Hemdsärmeln, zerzaust, schmutzig und die Hemdbrust voller Blut – ich brauchte mindestens zwei Sekunden, bis ich meinen Mann erkannte.

«Francesco, bist du verletzt?»

Er streckte mir einen Arm entgegen, damit ich nicht näher kam.

«Mir geht es sehr gut. Ich muss mich umziehen, dann gehen wir beide wieder hinunter, aber mit unseren Arzttaschen, denn wenn diese Mörder weitermachen wie bisher, braucht es alle Ärzte der Stadt, um zu versuchen, jene zu retten, die sie mit den Maschinengewehren niedermähen.» Er drehte sich zu Joséphine um, die meinen Schrei gehört hatte und herbeigeeilt war. «Wir essen in der Küche etwas im Stehen, Pina, wir haben keine Zeit.» Er nannte sie Pina, den Kosenamen für Joséphine auf Italienisch, seit dem Tag, als er sie kennengelernt hatte.

Ich machte meine Arzttasche fertig, zog mich schwarz an und band die graue Schürze der Hilfspflegerinnen um, ich knotete meine Haare zusammen und steckte die kleine Haube meiner Krankenschwester auf. Es konnte nicht schaden, wenn auf den ersten Blick zu sehen war, dass ich da war, um zu helfen. Ich war zutiefst befriedigt, dass Francesco nicht einen Augenblick lang gedacht hatte, mitten in einem möglichen Aufruhr auf die Strasse hinunterzugehen, «sei nichts für eine Frau». Er nahm mich als Ärztin wahr und nicht als Frau.

Wir assen stehend etwas und rannten dann die Treppe hinunter, gefolgt von Michael, der vorgab, uns helfen zu wollen, wahrscheinlich aber dachte, wir brauchten einen Leibwächter.

Unter der offenen Tür zur Strasse hinaus drehte sich Francesco zu mir um.

«Zaïda, ich habe den ganzen Tag versucht, diese armen Leute vor dem Tod zu retten», sagte er mit zerrissener Stimme, «sie haben in die Menge – geschossen, ich habe Frauen und Mädchen sterben sehen. Ich hoffe, dass das heute Abend nicht wieder geschieht. Versuchen wir, zusammenzubleiben.» Er reichte mir seine Hand, ich gab ihm die meine. «Bitte denk daran, wenn das Militär wieder schiesst, bring dich in Sicherheit. Keine Heldentaten! Die Leute brauchen uns. Wir müssen heil bleiben, wenn wir Verletzte versorgen sollen. Aber es versteht sich von selbst, dass wir sterben wie alle anderen, wenn sie wieder in die Menge schiessen, wie sie es vor der Fabrik getan haben. Aber ohne Grund bringen wir uns nicht in Gefahr.»

Für ein paar Sekunden umarmten wir uns, um uns gegenseitig Kraft zu geben, dann traten wir hinaus auf die Strasse.

«Lass uns die Galerie umgehen, mir ist offenes Gelände lieber», schlug Francesco vor.

Mir fiel auf, wie geschickt er sich in diesem Aufruhr, dieser Spannung bewegte.

«Man hat den Eindruck, du fühlst dich in dieser bedrohlichen Lage wie zu Hause.»

Er lächelte schwach und warf mir einen schelmischen Blick zu.

«Was glaubst du, warum ich dich nie nach Triest zu meiner Familie mitgenommen habe?»

«Warum?»

«Weil ich befürchtete, die Carabinieri und Gefolgsleute der Österreicher könnten mich erkennen. Auch wir Triester möchten Italiener sein. Es gibt Gruppen …»

«Aber du hast doch in Wien studiert, wir sind zusammen hingefahren. Sie haben dich vergessen.»

«Von wegen! Sie vergessen nie. Ich war unter einem falschen Namen aktiv, selbst meine Brüder erfuhren ihn erst hinterher. Aber das einzige Mal, als ich nach Triest fuhr, wurde ich beinahe verhaftet, und wenn ich dir erzählen würde, wie ich es geschafft habe, ihnen zu entkommen, würdest du sagen, ich hätte zu viele Abenteuerromane gelesen.»

Unterdessen waren wir über den Umweg kleiner Gässchen angekommen. Die Eingänge zu den Galerien wären versperrt gewesen, auch wenn wir versucht hätten, innen durchzukommen. Die Menge war dicht, doch weil wir uns an der Hand hielten, schafften wir es zusammenzubleiben. Den Inhalt meiner Arzttasche trug ich in einem Stoffbeutel als Umhängetasche. Michael folgte uns wortlos.

Wir gelangten in Sichtweite des Domes. Auf der ersten Stufe der grossen Treppe stand eine breite Reihe von Soldaten, Gewehr bei Fuss, Bajonett aufgepflanzt.

Plötzlich erhob sich aus der Menschenmenge heraus ein junger Mann, wahrscheinlich von ein paar Freunden auf ihre Schultern gehoben, und begann, der Menge eine feierliche Rede zu halten.

«Mitbürger, man tötet Arbeiter, man tötet Studenten, man tötet jene, die Brot wollen. So haben wir die so sehr ersehnte Republik nicht gewollt. Wir akzeptieren nicht, dass zum fünfzigsten Jahrestag der *Cinque Giornate* …

«Entweder hörst du sofort auf, oder ich gebe den Befehl zum Angriff», schrie der verantwortliche Offizier von der Treppe herab. Die Soldaten senkten ihre Gewehre, die Bajonette waren auf die Menge gerichtet, und der junge Mann wurde wie durch Zauber von der Menge verschluckt.

Ich hatte das Gefühl, wir hätten alle Fieber. Gruppen von Soldaten zogen umher und versuchten, die Menge zu zerstreuen, doch die liess sich nicht teilen. Das Fieber stieg, alle diese Waffen, das Geschrei, Offiziere, die Befehle erteilten … Wenn sie schiessen, wenn ich sterben würde …

In diesem Augenblick öffnete sich nach einem ohrenbetäubenden Donnerschlag der Himmel, und der Regen strömte auf uns hernieder. Innerhalb von Sekunden waren wir durchnässt. Regelrechte Sturzbäche. Der Blitz. Der Donner. Die Schreie. Die Leute auf der Suche nach einem Unterstand. Francesco zog mich fort in die entgegengesetzte Richtung.

«Nass oder nicht nass, wir suchen keinen Unterstand. Sie werden bei den Eingängen so viele verhaften, wie sie nur können.»

Schnellen, aber ruhigen Schrittes gingen wir um den Dom herum. Ich war nass bis auf die Haut. Als wir auf kaum weniger bevölkerten Strassen die Piazza della Scala erreichten, stellten wir fest, dass die Menge den Eingang zur Galerie erzwungen hatte – in dieser Flut von Menschen würde es weniger leicht sein, Verhaftungen vorzunehmen. Michael hatten wir verloren.

Der Regen hatte schliesslich alle Gaffer vertrieben und gegen elf Uhr abends sahen wir von unseren Fenstern aus, dass die Strassen leer waren, im fahlen Licht der Strassenlaternen sah man nur noch Uniformierte auf Streife.

Jetzt erzählte mir Francesco von seinem Tag. Das Krankenhaus hatte sich mit Verletzten gefüllt, die meisten waren selber gekommen und hatten Horrorgeschichten erzählt.

«Ich nahm meine Arzttasche und ging hinaus. Ein Typ, der nur einen Kratzer abbekommen hatte, brachte mich dorthin, wo es am Schlimmsten war. Die Leute stöhnten, sie lagen auf dem Boden herum, die Offiziere sahen ihnen beim Sterben zu und beschimpften sie als subversives Pack. Es hätte nicht viel gefehlt, und ich wäre von den Bajonetten aufgespiesst worden, doch schliesslich liessen sie mich durch. In den meisten Fällen gab es nichts mehr zu tun. Es gelang mir, eine kleine Gruppe junger Frauen, Mädchen eigentlich, zu retten.» Er war den Tränen nahe. «Als ich sie wegführte, hörte ich, wie man sie als Huren beschimpfte. So haben wir uns unser Italien nicht vorgestellt, so haben unsere Väter nicht von der vereinigten Nation geträumt. Sie sind schlimmer als die Österreicher. Was die machen, ist Bürgerkrieg der Reichen gegen die Armen.»

«Ich glaube, das nennt man Klassenkampf, wenn ich Paolo Valera richtig verstanden habe.»

Die Atempause war nur von kurzer Dauer.

Am anderen Morgen versuchte ich erst gar nicht, ins «Cova» zu gehen – es war übrigens Samstag und aus einem unerfindlichen Grund waren samstags immer mehr Leute unterwegs als sonst.

Francesco ging ins Krankenhaus. Ich hatte zwei oder drei Termine mit Patientinnen, die aber nicht erschienen. Das war zu erwarten. Die Kinder behielten wir zu Hause. Michael hatte eines der Flugblätter mitgebracht, die überall in der Stadt ausgehängt waren. Ich las es in der Küche, wo wir alle beieinander waren.

«Mailänder! Die Unordnung, die seit gestern diese Stadt überschattet, nimmt mehr und mehr die Ausmasse eines regelrechten Aufruhrs an. Aus diesem Grund und auf Anordnung des Ministeriums übernehme ich das Kommando zur Wiederherstellung der öffentlichen Ordnung. Ich rate allen Bürgern, zu Hause zu bleiben, damit die Truppe nur mit den Demonstranten konfrontiert ist und mit der nötigen Härte vorgehen kann. Gezeichnet: Bava Beccaris.» Jenen Mann, den Gäste im «Cova» als Schlächter bezeichnet hatten.

«Das oder der Freibrief für ein Massaker kommt aufs Gleiche heraus», sagte ich halblaut. Dann sah ich Martinos verängstigte Augen. Er war acht Jahre alt und verstand. «Mach dir keine Sorgen, mein Schatz. Wir bleiben hier, und sie werden uns nichts tun.»

«Aber Papa ist im Krankenhaus.»

«Das stimmt. Aber Papa ist schlau, er weiss mit heiler Haut wieder nach Hause zu kommen.»

In Wirklichkeit war ich so besorgt wie er.

Um drei Uhr nachmittags eilte er herbei.

«Diese Schweinehunde haben in der Via Torino geschossen, ich habe Verletzte unten, komm, hilf mir.»

So schnell meine Beine mich trugen, rannte ich hinunter. Ein Mädchen hielt sich den linken Arm, sie war bleich wie der Tod, und das Blut floss so stark, dass sich auf dem Fussboden eine Lache bildete. Zwei Jungen. Einer mit einer Verletzung am Kopf, auch er blutete, aber es war nichts Ernstes. Dem anderen fehlte sichtbar nichts, aber er sass zusammengekrümmt da. Und schliesslich ein Mann in den Vierzigern auf einem der Untersuchungstische, fast nackt. Er hatte eine Kugel in den Unterleib bekommen.

Ich ging zur Tür und schrie so laut ich konnte:

«Signor Dini!»

Er kam herbeigerannt.

«Gehen Sie in den vierten Stock und sagen Sie Michael, er solle herunterkommen, um uns zu assistieren, wir müssen operieren.» Er machte kehrt und wollte gehen. «Mhm, Signor Dini!» Er blieb stehen und sah mich an. «Wenn man Sie danach fragt: Niemand ist bei uns.»

«Was mich betrifft, Signora, habe ich keine einzige lebendige Seele gesehen.»

Michael kam schon nach wenigen Augenblicken, gefolgt von Dinis Sohn.

«Ich bin im Flur und bereit zu holen, was Sie brauchen.»

Ich nahm mich des Mädchens an. Sie hatte eine Kugel in der Schulter. Ich nahm sie heraus – ganz allein, und ich flehte zum Himmel, dass ich ihr in der Eile nicht zu viel Chloroform gegeben hatte. Unterdessen holten Francesco und Michael im anderen Raum die andere Kugel heraus. Meine Operation war rascher beendet als ihre, weshalb ich mich um den Jungen mit der Kopfverletzung kümmerte. Er blutete bereits nicht mehr, er litt vor allem unter einer heftigen Erschütterung.

Dann wandte ich mich dem Letzten zu, dem nichts zu fehlen schien.

«Ich bin nicht verletzt», sagte er. «Aber ein Soldat stiess mir seinen Gewehrschaft in den Bauch, es tut höllisch weh.»

Innere Blutungen, eine verletzte Leber? Fragen dieser Art schwirrten mir durch den Kopf, während ich ihn bat, sich auf das Sofa zu legen, den einzigen noch freien flachen Platz, vom Fussboden abgesehen. Ein violetter Striemen zog sich über seinen Bauch. Ich palpierte und achtete auf die Stellen, wo er aufstöhnte – glücklicherweise schien die Leber unverletzt. Letztes Jahr hatten wir eine Studie über Röntgen- oder X-Strahlen gelesen, wie sie der Gelehrte selber nannte. Sie ermöglichen es, in den menschlichen Körper hineinzuschauen. Wenn das zutraf, hätte ich jetzt sehr gern in das Innere dieses Unterleibes hier sehen wollen. Was soll's, wir mussten uns mit den empirischen Methoden zufriedengeben. Frische Kompressen mit Arnikatinktur war alles, was ich anzubieten hatte. Der Verletzte wiederholte immer wieder, dass sie ihm Erleichterung verschafften.

«Fühlen Sie sich in der Lage, mir zu erzählen, was geschehen ist?»

«Ich weiss es eigentlich gar nicht, ich war nicht in der ersten Reihe. Irgendwo in der Via Torino, in Richtung der Bastioni, wir mussten zu Tausenden gewesen sein. Plötzlich versperrte uns die Truppe den Weg, wir standen uns direkt gegenüber, dann richteten sie die Bajonette auf uns, und die Leute bekamen Angst, worauf der Offizier den Feuerbefehl gab, sie schossen einfach in die Menge. Auf unbewaffnete Leute.»

«Hatten sie die Plakate nicht gesehen, die Ihnen rieten, zu Hause zu bleiben?»

«Aber, Frau Doktor, haben wir nicht das Recht, in der eigenen Stadt auszugehen, einzukaufen, Freunde zu treffen? Niemand ist bewaffnet. Es wird nicht gekämpft. Niemand *will* kämpfen. Wir stehen einfach da mit den Händen in den Hosentaschen. Was sich in jüngster Zeit zugetragen hat, ist ein Skandal. Was für ein Teufel hat sie denn geritten, den Brotpreis zu erhöhen, obwohl halb Italien Hunger leidet? Wir bringen nur unsere Unzufriedenheit zum Ausdruck. Schiesst man deshalb auf uns? Obwohl wir nichts wollen, als auf der Strasse zu sein?»

In gewisser Weise hatten wir es mit dem Zusammenprall von zweierlei Logik zu tun. Mein junger Mann hier ging davon aus, dass die Plakate des finsteren Bava Beccaris nicht für ihn bestimmt waren.

So geht es fast eine Woche lang. Die Verletzten gehen, wie sie gekommen sind, in die Kutsche gebettet, für welche Francesco, der sich die allergrösste Mühe gibt, immer piekfein angezogen zu sein, um die Behörden zu beeindrucken, einen Passierschein als Arzt ergattert hat – die Büttel glauben, er gehöre zu ihnen. Gewöhnliche Patienten kommen kaum mehr, doch unsere erste Etage ist ständig voll von Verletzten, die Hilfe brauchen. Sie kommen allein oder werden gebracht, oder Francesco und Michael holen sie von dort, wo von einer Schiesserei die Rede gewesen ist. Und an Schiessereien fehlt es nicht. Schiessereien oder Artillerieeinsätze. Und Tote. Und Verletzte, von denen einige sich nicht trauen, ein Krankenhaus aufzusuchen, weil dort die Carabinieri die Rekonvaleszenten aus den Betten zerren. Paolo Valera bringt einige seiner sozialistischen Freunde zu uns, und die Gespräche zwischen ihm und ihnen werden für mich zur politischen Analyse des Geschehens. Die Räumlichkeiten ihrer Zeitung *Avanti!* ist vom Militär verwüstet worden. Auf der Strasse gesehen zu werden hat für sie die Verhaftung zur Folge. Valera selber wird schliesslich wegen Anstiftung zum Aufruhr auch verhaftet. Es hat Monate gebraucht, um ihn wieder freizubekommen, nachdem ein Prozess ergeben hat, dass die «linken» Journalisten, wie man sie nennt, nicht für den Aufruhr verantwortlich gemacht werden können.

Eine schreckliche Woche, als mir zwei Verletzte unter den Händen starben, als ich Augenblick für Augenblick befürchtete, Francesco und Michael nie mehr wiederzusehen, er war mit ihm unterwegs und diente ihm als Kutscher, Krankenpfleger und Leibwächter.

Sogar Martino und Gianni schnitten Bettlaken auseinander, woraus wir neues Verbandsmaterial herstellten.

«Warum machen wir das?», fragte Gianni, als wir ihn um seine Hilfe baten.

«Für Freiheit und Gerechtigkeit», erklärte Francesco. Ich fand das eine schwierige Antwort für einen so kleinen Jungen, doch sie schien ihn zufriedenzustellen.

Als der Aufruhr sich legte, hatten wir viele Freunde gewonnen. Wir waren erschöpft – ich persönlich hatte kaum mein Bett gesehen. Doch die Lektion der *Cinque Giornate alla Rovescia* hatte ich gelernt. Sie begleitete mich durch mein ganzes Leben.

Und ganz Mailand lebte in einer Atmosphäre der Unterdrückung. In den Strassen wagten sich die Leute nicht einmal mehr in die Augen zu schauen. Diese Stadt, die den Österreichern getrotzt hatte, liess sich von einem senilen Alten vereinnahmen, der ein Komplott zum Umsturz der Regierung gesehen hatte, wo bloss hungrige Bürger dachten, es sei ihr Recht, ihre Unzufriedenheit zum Ausdruck zu bringen.

XIV

Die schrecklichen Tage im Mai 1898 waren einer der wichtigsten Wendepunkte in meinem Leben. Mir wurde zu dieser Zeit bewusst, wie sehr mich meine Familie behütet hatte. Ich war schon immer den Ideen der Gleichheit zugetan, und ich dachte auch immer, meine Pflicht sei es zu dienen. Eines der grossen und seit meiner frühen Kindheit wiederholten Prinzipien meines Vaters (der über die Gabe verfügte, meine Mutter damit zur Verzweiflung zu bringen) war: Wer Geld hat, hat auch die Pflicht, weniger begüterten Leuten beizustehen.

«Sie hätten bloss zu arbeiten brauchen, dann wären diese Leute genauso reich geworden wie Sie», pflegte meine Mutter in einem hochfahrenden Ton darauf zu antworten.

«Meine Liebe, vielen ist das unmöglich. Allein schaffen sie es nie, sich jene Mittel anzueignen, die es ihnen ermöglichen, sich zu befreien. Sie sind für sie nie in Reichweite gewesen. Ich hatte das Glück, dass sie es für mich waren.»

Deshalb schien es mir immer selbstverständlich, dafür zu sorgen, dass zum Beispiel Dr. Kiener das ausüben konnte, was er sein medizinisches Priesteramt nannte. Ich fand es bewundernswert, dass sich Jonathan finanziell ruinierte, um ein Krankenhaus einrichten zu können. Und für mich selber war es eine Ehrensache, mich seit meiner Ankunft in Mailand an einem Sonntag im Monat einem Ambulatorium zur Verfügung zu stellen.

Doch die Ereignisse im Mai 1898 öffneten mir die Augen.

Es waren die sogenannt mässigen Liberalen, meine eigene soziale Klasse, die den Schlächter Bava Beccaris herbeigerufen hatten, der mit Kanonen und Bajonetten auf jede noch so kleine Versammlung reagierte. Sie waren es auch, die Cavour, den Architekten der Vereinigung Italiens, für sich beanspruchten, den Helden meines Vaters. Und sie waren es auch, die eine ganze Meute von ... von ... Bütteln und Aufpassern losgelassen hatten, die töteten, töteten, töteten, und sich dann auf die Häuser von Leuten wie uns stürzten, weil wir ihren Schlächtereien nicht applaudiert hatten und deshalb ebenfalls zu ihren Feinden gezählt wurden.

Francesco und ich hatten unglaubliches Glück: Zehn Minuten, bevor sie kamen, hatten wir beide das Haus verlassen, um die Kinder zur Schule zu bringen. Sie mussten noch etwas beruhigt werden, während einer ganzen Woche hatten sie es nicht gewagt, aus dem Haus zu gehen. Wenn sie uns erwischt hätten, wäre es für Monate um unsere Freiheit geschehen gewesen. Auf dem Rückweg kehrten wir im «Cova» ein, wo wir mehr aufs Zuhören bedacht waren und selber kaum sprachen.

Ich hatte mich noch nicht davon erholt, Kinder wegen Schussverletzungen behandeln und zusehen zu müssen, wie ein kleines Mädchen und ihre Mutter in meiner Krankenstation starben. Man hatte auf sie geschossen, auf zwei dunkle, schmale Silhouetten, die nichts an sich hatten, wodurch man sie, die Waffe bereits auf ihrer Brust, als «Feinde» hätte identifizieren können. Francesco belastete es sehr, dass er so viele hatte sterben sehen müssen, in den Krankenhäusern und auf offener Strasse, wo er mit einem bewundernswerten Mut mit der Kutsche oder mit dem Fahrrad unterwegs war und den Offizieren trotzte, die ihn mit dem Tod bedrohten.

Der Tod war unser alltäglicher Begleiter geworden, wir hatten beide Patienten, die wir nicht hatten retten können – Frauen, die nach der Niederkunft an Kindbettfieber erkrankten, Männer, die einer Embolie zum Opfer fielen oder sich nicht von einer Operation erholten, Verunfallte, denen wir nicht rasch genug helfen konnten. Aber was uns hier wirklich entsetzte, war die Willkür dieser regelrechten Hinrichtungen – und die Sinnlosigkeit einer solchen Unterdrückung in der modernsten Stadt Italiens.

Wir waren wie gesagt im «Cova», und uns waren die Herzen schwer. So etwas wie Normalität schien zurückgekehrt zu sein. Ich trank heisse Schokolade, klammerte mich an die Tasse und an den vertrauten Geschmack, als Michael auftauchte. Ich griff nach Francescos Ärmel und spürte, wie er sich versteifte. Michael wäre uns niemals ohne ernsten Grund im «Cova» holen gekommen. Fast reflexartig standen wir beide auf.

Als er uns sah, entspannte sich sein verkrampftes Gesicht, er kam mit offenen Armen auf uns zu, brach vollständig mit der sehr angelsächsischen Etikette des selbstbewussten und respektvollen Dieners, der er sein wollte, und schloss uns beide an seine mächtige Brust.

«Entschuldigen Sie», sagte er schliesslich, als er uns wieder losgelassen hatte, «aber einen Augenblick lang befürchtete ich, sie hätten Sie mitgenommen. Bevor ich Alarm gab, wollte ich aber hier vorbeischauen, ob …»

«Wer sind ‹sie›?»

«Eine Bande von Leuten, die ich Ihnen nicht beschreiben kann, Madam, ich bin zu spät gekommen. Als Erstes drückten sie die grosse Haustür ein. Dann schlugen Sie Mister Dini. Schliesslich drangen sie in Ihre Praxisräume ein und in ein paar Minuten war alles zerstört. Franco lief die Dienstbotentreppe hinauf, um mich zu informieren, aber als ich bis auf die Zähne bewaffnet unten ankam, war niemand mehr da. Mister Dini war nicht in der Lage, mir zu sagen, ob Sie bereits von der Schule zurückgekommen waren.»

«Und Alberto? Joséphine? ...»

«In den vierten Stock hinauf gingen diese Barbaren nicht.»

Ich spürte, dass ich ohnmächtig werden würde. Die «Bande» waren vermutlich Soldaten oder Carabinieri. Wenn Michael auf sie geschossen hätte ... spekulieren ist zwecklos, denken wir an etwas anderes.

«Ist mindestens noch so viel übrig, dass ich Signor Dini versorgen kann?» Besser, man klammerte sich an die Realität.

Francesco sah mich an, und er lächelte ob der Feststellung, dass meine einzige sichtbare Reaktion ganz und gar praktischer Natur war. Das entspannte die Atmosphäre ein bisschen. Alle drei brachen wir in Lachen aus – es war besser so.

Ich stand auf und wollte gehen, aber Francesco hielt mich zurück. Normalerweise war es im «Cova» um diese Zeit ruhig. Doch wir waren noch nicht zur Normalität zurückgekehrt. Er gab Marcantonio ein Zeichen, und dieser kam, um sich nach unseren Wünschen zu erkundigen.

«Gibt es unter den hier Anwesenden vielleicht einen Anwalt? Keinen allzu liberalen, wenn möglich?»

Marcantonio führte sich mit einem kreisenden Blick seine Gäste vor Augen.

«Dort, Signor Cairoli, etwas jung zwar, aber ein echter Demokrat, und sehr wortgewandt. Schauen Sie, der Mann neben der Säule, mit der Zeitung und den blonden Locken.»

Francesco stand auf und ging direkt auf den jungen Mann zu. Der andere gab ihm zu verstehen, sich zu setzen, was man an seiner Handbewegung erkennen konnte. Sie sprachen kurz miteinander. Dann standen Cairoli und Francesco auf und kamen an unseren Tisch. «Etwas jung» war eine Untertreibung, Cairoli sah aus wie ein Halbwüchsiger. Nach der Vorstellung sagte er zu Michael:

«Erzählen Sie mir, was geschehen ist.»

Michael wiederholte seinen Bericht. Der Anwalt rieb sich die Hände.

«Wir können darauf wetten, dass sie kein Mandat hatten. Und selbst wenn sie eines gehabt haben sollten, gehandelt haben sie nicht vorschriftsgemäss. Sind Sie im Verlauf dieser Woche jemals bewaffnet unterwegs gewesen?»

«Ja, bewaffnet mit Stethoskop, Verbandszeug und Kompressen.»

«Kennen Sie Subversive? Ich meine damit Leute, die ‹sie› subversiv nennen?»

«Ein paar, ja.»

«Haben Sie sie bei sich untergebracht?»

Ich wurde ungehalten.

«Signor Cairoli! Im Ambulatorium, das sie zerstört haben, behandeln wir die Verletzten. Falls auch nur ein Einziger der sogenannten Aufrührer bewaffnet gewesen wäre, hätte es auch unter den Soldaten und Carabinieri Verletzte gegeben, aber das war nicht der Fall. Angenommen, General Bava Beccaris persönlich wäre verletzt zu uns gebracht worden, hätte ich alles getan, um wie in jedem anderen Fall auch sein Leben zu retten. Und wenn es nur gewesen wäre, um ihm nach der Genesung ins Gesicht spucken zu können.»

Cairoli lehnte sich zurück, steckte seine zwei Daumen in die Taschen seiner Weste und lächelte. Er wirkte wie ein Fünfzehnjähriger.

«Eine solche Haltung gefällt mir. Vor Gericht werden wir es nicht exakt in diesen Worten ausdrücken, die Passage über das Spucken streichen wir, aber machen Sie sich keine Sorgen.»

«Gut. Kann ich jetzt gehen, damit ich mich um meinen Pförtner kümmern kann, dem es offenbar sehr schlecht geht?»

«Nein, ich rate Ihnen davon ab. Ich gehe davon aus, dass sie in zwei Tagen mit den Verhaftungen aufhören. Es wäre zu dumm, wenn ich Tag und Nacht arbeiten müsste, um Sie aus dem Gefängnis herauszuholen, falls Sie noch vorher verhaftet würden. Gehen Sie ins Hotel, wenn Sie es sich leisten können.»

«Ich kümmere mich um Mister Dini», sagte Michael. «Und wenn es zu ernst ist, komme ich Sie holen oder ich bringe ihn zu Ihnen.»

Wir gingen ins «Grand Hotel Milano», wo man mich vom letzten Jahr kannte. Der einzige Vorteil, der sich aus dem erzwungenen Auszug und den Ereignissen, die dazu geführt hatten, für uns ergab, war die Bekanntschaft mit dem Komponisten Giuseppe Verdi, der als Dauergast im Hotel residierte. Und dort sollte er drei Jahre später auch sterben.

Seine Reaktion auf die Ereignisse war äusserste Empörung. «*Vergogna!*», wetterte er – was für eine Schande!

Wie so viele Republikaner, die Mailand bevölkerten (die Stadt hätte, sich selber überlassen, den König ohne weiteres vertrieben), war auch Verdi der Ansicht, so habe man sich das vereinte Italien nicht vorgestellt.

Es dauerte noch eine Woche, bis wieder einigermassen normale Verhältnisse herrschten. Cairoli veranstaltete einen Höllenlärm um «unseren Fall», nach dem Grundsatz, Angriff sei die beste Verteidigung. Ich profitierte vom Umstand, dass es im Hotel Telefon gab, um Simon zu informieren und ihm zu sagen, wir seien alle wohlauf, und um ihn zu bitten, alles Vater zu erzählen, damit er sich keine Sorgen machte.

Noch am gleichen Abend rief mich Vater an.

«Ich habe den Prince of Wales aufgesucht, er ist ein Freund von mir ...»

«Der Prince of Wales ist Ihr Freund?»

«Nein, das ist ein Scherz, mein Schatz. Ich habe einem seiner Junker einen Dienst erwiesen, und als ich ihm die Geschichte erzählte, sagte er: ‹Wir schicken auf diplomatischem Weg eine Note, in welcher wir die italienische Regierung wissen lassen, wie sehr es uns missfällt, mit welcher Respektlosigkeit die Truppe Ihre Frau Tochter behandelt hat.›»

«Ich freue mich darauf zu sehen, was das bringt. Bis jetzt war der Respekt, den man uns entgegenbrachte, mehr als bescheiden.»

Es funktionierte. Niemand entschuldigte sich, niemand ersetzte uns den Schaden, aber man liess uns in Frieden. Wir statteten unsere erste Etage neu aus, und so blieb sie in all den folgenden Jahren.

Zu Beginn der zwanziger Jahre, als die Strafexpeditionen der Faschisten begannen, erinnerte ich mich oft an diesen Vorfall, vor allem dann, wenn sich die Leute über solche Methoden wunderten. Ich wunderte mich überhaupt nicht. Die jungen Leute von 1920 waren von ihren Vätern unterrichtet worden. Die Väter hatten dreingeschlagen, ohne dass es eine Strafe nach sich gezogen hätte. Die Söhne konnten «demnach» dort weitermachen, wo die Väter aufgehört hatten.

Ab dieser Zeit interessierte ich mich aktiv für die Politik. Ich war eine Bürgerliche, ich *bin* eine Bürgerliche, und ich werde nicht den armen Schlucker spielen, mich «proletarisieren», wie manche es tun. Ich intensivierte meine Arbeit im Ambulatorium für Frauen. Jenes, wo ich einmal pro Monat sonntags den Dienst übernommen hatte, war praktisch zerstört. Es befand sich in jener Gegend, wo die Artilleriebeschüsse am heftigsten gewesen waren. Ausserdem war die Ärztin, die unter der Woche dort arbeitete, verhaftet worden. Es war Anna Kulischoff, Turratis Gefährtin. Er war einer der sozialistischen Führer, sie Russin und Anarchistin. Sie hatte eine lange Freiheitsstrafe vor sich, das war sicher. Aber ihre Assistentin, eine Hebamme, war den Razzien entgangen. Ich bat sie, sich nach einem Lokal an einem Ort umzusehen, wo die ärmsten unter den Frauen keine Angst zu haben brauchten hinzugehen, irgendwo in der Gegend des Ponte Seveso. Ich zahlte ihr ein Gehalt, bis wir eine behördliche Unterstützung gefunden haben würden. An drei Nachmittagen pro Woche und an zwei Sonntagen im Monat nahm ich mich dort der Frauen und ihrer Probleme an. In Erinnerung an Jonathans Lektion verlangten wir zehn *centesimi* für eine Konsultation, der Preis für einen Laib Brot. Das war das einzige Einkommen, das das Ambulatorium je hatte.

Die Heilung der politischen Wunden von 1898 war umso schwieriger, als der Schmerz über den Verlust eines oder mehrerer Angehöriger in Hunderten von Familien riesig war. Und um das Mass der erlittenen Beleidigungen vollzumachen, wurde Bava Beccaris für seinen «Erfolg» mit Ehren überschüttet.

Ich weiss, wie schwer dieser Schmerz wog. Laufend empfingen wir Patienten, die einen, zwei, sogar drei Angehörige im Feuer der Maschinengewehre verloren hatten. Von amtlicher Seite war von achtzig Toten die Rede. Doch wir wussten von unseren Einsätzen, dass es mindestens mehrere Hundert gewesen sein mussten. Und die Spannungen hielten an.

Im Grunde schwelte der Konflikt, so sagte man mir, seit dem *Risorgimento,* den berühmten «Fünf Tagen» von 1848. Zwischen den beiden Lagern, den Liberalen und den Demokraten, die ein vereinigtes Italien wünschten, gab es von Anfang an grundlegende Unterschiede. Die Liberalen vertraten die Macht, sie waren es übrigens, die Mailand während des ersten halben Jahrhunderts der Unabhängigkeit in der Regierung repräsentierten. Die Demokraten hingegen sprachen von Rechten, von Bürgerschaft und von der Redefreiheit. Diese zwei Strömungen standen sich schon immer gegenüber, doch das Jahr 1898 riss zwischen den beiden Lagern einen Graben auf.

Als es 1900 allgemeine Wahlen gab, brachte nichts die Unvereinbarkeit der beiden Konzepte besser zum Ausdruck, als die Schlagzeile der radikalen Zeitung *Il Secolo:* «Ihren Kanonen widerstehen wir mit Papier.» Aus der Sicht dieser Zeitung, die zu meiner täglichen Lektüre wurde, war klar, was auf dem Spiel stand: *«Die elementarsten politischen Freiheiten, Pressefreiheit, Redefreiheit, Versammlungsfreiheit»*. Für jene, die man die Linke zu nennen begann, wurden diese Freiheiten durch die liberale Politik gefährdet. (Die Zeitung *Avanti!* war mit der gleichen Brutalität demoliert worden wie mein Sprechzimmer.) Die Linke war der Auffassung, dass die Vorfälle von 1898 sogar jene des *Risorgimento* in den Schatten stellten.

Die Liberalen – heute würde man sie die Rechten nennen – sprachen von der Gefährdung des Staates durch die Linke und warnten davor, Sozialisten oder Radikale zu wählen. Vergebliche Liebesmühe: Bei der Wahl gewannen die Volksparteien zwei Drittel der Stimmen. Die Liberalen hatten verloren. Ich fühlte mich gerächt – ich hatte zwar kein Wahlrecht, doch Francesco hatte die Sozialisten gewählt.

«Ich bin mir nicht sicher, ob ich mit den Sozialisten einverstanden bin, aber den Liberalen muss Einhalt geboten werden», erläuterte er mir.

Und dann tötete ein Anarchist König Umberto I., der die Unterdrückung angeordnet hatte; mit der Begründung, die Toten von 98 zu rächen. Es ist vermutlich nicht sehr barmherzig, dies zu sagen, aber auch ich spürte, dass diese Tat uns rächte, mich, das Mädchen, das in meinen Armen starb und dessen Namen ich nie erfahren habe, und alle anderen. In den Quartieren der kleinen Leute antwortete man mit befriedigtem Lächeln auf die Nachricht – diskret zwar, aber eindeutig.

Ich bin keine Romanautorin und meine deshalb, der Rest meines Lebens genüge nicht, in allen Einzelheiten die Schicksalswendungen Mailands der folgenden Jahre zu erzählen. Für uns spielte sich das Leben nach dem gewohnten Muster ab – abgesehen davon, dass wir an unseren Abenden ausser ins Theater oder in die Oper auch zu politischen Versammlungen gingen. Auf den Streik von 1904, auf die Debatten und Unruhen, die Mailand von Grund auf erschütterten, will ich nicht näher eingehen. Talentierte Autoren wie zum Beispiel Carlo Gadda mit seinen grossartigen Romanen, deren Schauplatz Mailand ist, schildern diese Ereignisse wesentlich besser. Beim Lesen tauchen nicht nur Erinnerungen und Bilder auf, sondern auch Gerüche und Geräusche. Oder Paolo Valera, der ganz im Sinn seiner ursprünglichen Begabung und mit dem unbändigen Willen, die Dinge zur Sprache zu bringen, ein unerwartetes Bild Mailands zu Papier brachte.

Das Leben in unserer Familie verlief ohne Aufregung. Martino wuchs über die Massen, er würde – mit fünfzehn – so gross sein wie sein Vater. Mich überragte er bereits um fast eine Haupteslänge, und mit achtzehn war er grösser als wir alle – Michael ausgenommen. Er wollte Anwalt werden, um sich in den Dienst anderer zu stellen. Es hat den Anschein, dass diese Idee ansteckend ist, denn aus dem gleichen Grund wollte unser kleiner Gianni Arzt werden – wie Papa und Mamma.

Und nun zu Alberto. Seit seiner frühen Kindheit war die Mathematik für ihn ein offenes Buch. Mit zehn stellte er uns knifflige Fragen, die wir nicht beantworten konnten, und sein Mathematiklehrer bat uns zu einem Gespräch, um uns zu erklären, unser Sohn sei «entweder ein Genie oder ein Monster», er konnte sich nicht für das eine oder andere entscheiden. Albertos schnelle Auffassungsgabe war übrigens allgemeiner Natur. Der Mathematik wandte er sich zu, weil er diese Disziplin besonders gern mochte, aber auch alles andere fiel ihm einfach in den Schoss, ohne dass er sich dafür hätte anstrengen müssen. Seine Arbeiten waren brillant, und mit vierzehn war er bereits Abiturient.

Er war mittelgross und rothaarig, hatte grüne Augen und war aussergewöhnlich aufgeweckt. Zudem war er ein hervorragender Sportler – in einem Aussenquartier spielte er Fussball. In seinem Club begegnete er allen möglichen Leuten, mit denen er reinsten Mailänder Dialekt sprach, und die ihn, wie ich selber feststellen konnte, anbeteten. In diesem Zusammenhang muss erwähnt werden, dass seine Intelligenz ohne den geringsten Hochmut auskam – Alberto nahm sich einfach nicht die Zeit dafür, um sich auf sein Wissen etwas einzubilden, zu sehr war er damit beschäftigt, die Welt zu erkunden, um herauszufinden, was er noch nicht wusste.

Er ging dauernd irgendwo «verloren», wurde aber auch immer wieder gefunden. Einmal, als wir ihn während Stunden suchten, war er zum Vergnügen ausgegangen, hatte beim Theater «La Scala» ganz in der Nähe von uns eine offene Seitentür entdeckt, war hineingegangen und hatte, ohne entdeckt zu werden, einer Orchesterprobe beigewohnt. Als die Probe zu Ende war, wandte er sich an einen Violinisten und überhäufte ihn mit Fragen zu seinem Instrument.

Und dann äusserte er die Bitte: «Darf ich es versuchen?»

Der andere lachte.

«Nur zu.»

Und zu seiner grossen Verwunderung entlockte Alberto dem Instrument tatsächlich Musik.

«Kein Geniestreich», sagte der Musiker, als er mir meinen Sohn zurückbrachte, nachdem dieser leichthin bemerkt hatte, er werde wahrscheinlich zu Hause erwartet, weil er nicht gesagt hätte, wohin er gehe. «Doch», fuhr der Violinist fort, «manche Leute brauchen Wochen, um den ersten Ton hervorzubringen, aber er hat es in zwei Minuten kapiert.»

Alberto stürzte sich voller Ungestüm auf die Geige. Wir waren überzeugt, dass es nur eine Laune war, aber wenn er auch nicht ein Paganini oder ein Menuhin wurde, spielte er doch sein ganzes Leben Geige, manchmal in einem Orchester, oft aber einfach zum Vergnügen. Denn selbstverständlich ist er nicht Berufsmusiker geworden, sondern Mathematiker. Ich höre ihm immer gern zu, ich finde, seine Lebendigkeit und die Überfülle von Talenten, die ihm das Schicksal in die Wiege gelegt hat, ist auch in der Art und Weise zu spüren, wie er Bach oder Elgar spielt.

Aber damit eile ich nun wirklich der Zeit sehr voraus.

Während der Mailänder Jahre, die für mich – sagen wir: von einem sozialen Standpunkt aus gesehen – die interessantesten meines Lebens waren, wuchs die Stadt und wurde modern. Zu

Beginn des 20. Jahrhunderts, wann genau, weiss ich nicht mehr, tauschten wir unsere Kutsche gegen einen Wagen ein, den zu lenken ich augenblicklich lernte. Das Elektrische, das bereits die Strassen erhellte, drang auch in die Häuser vor, und schliesslich hatten wir zwei Telefonapparate. Jeder von uns, die Kinder eingeschlossen, hatte sein Fahrrad. Oft fuhr ich damit auch zu meinen Sprechstunden ins Ambulatorium. Ich frage mich allerdings, wie ich es schaffte, mit den langen, weiten und dickstoffigen Kleidern, die wir damals noch trugen, Rad zu fahren.

Einer der grossen Augenblicke zu Anfang des Jahrhunderts war die Wahl unseres Dr. Luigi Mangiagalli, der uns ja nach Mailand geholt hatte, zum Bürgermeister der Stadt – als Vertreter der Radikalen Partei. Er träumte immer noch von seiner medizinischen Fakultät. Zwar gelang es ihm als Inhaber des höchsten Amtes der Stadt nicht, sie herbeizuzaubern, doch er traf eine Massnahme mit Erstlingscharakter: Er richtete ein Institut für berufliche Weiterbildung im medizinisch-chirurgischen Bereich ein, mit dem Ziel, den frischdiplomierten Ärzten die Möglichkeit zu geben, das an der Universität Gelernte praktisch anzuwenden und keine der Neuerungen zu verpassen, die damals in atemberaubendem Tempo eine auf die andere folgten. Gegen 1906 oder 1907 war es so weit – da machten wir beispielsweise unsere ersten Röntgenbilder. Immer häufiger belegten wir Fortbildungskurse. Wir mussten dem Fortschritt in der Medizin hinterherrennen, wenn wir ihn unseren Patienten nicht vorenthalten wollten.

Mein grösster Kummer war schon immer, dass die Menschheit so lange gebraucht hatte, um die Segnungen der Antibiotika zu entdecken, denn trotz der grossen Fortschritte, die vorher gemacht worden waren, ist es uns erst dank der Antibiotika möglich, gewisse Krankheiten zu heilen, die zuvor zuweilen ganze Regionen niedergemäht hatten.

Eine Erinnerung aus jenen sozial so bewegten, bei den Giocondos aber ruhigen Jahren ist mir besonders lieb – unsere erste Reise nach England mit den drei Kindern. Es muss 1909 oder 1910 gewesen sein. Martino war inzwischen ein Mann geworden, Abiturient oder vielleicht war er bereits im Studium der Rechte, ich weiss es nicht mehr; Gianni war halbwüchsig und Alberto dürfte um die zwölf gewesen sein. Unterwegs besichtigte er die Lokomotiven sämtlicher unserer Züge und stieg in den Maschinenraum des Schiffes hinab, mit dem wir den Ärmelkanal überquerten. Selbstverständlich fuhr er schon am zweiten Tag unseres Aufenthaltes in eine der Gruben von Saint Askin ein, während wir ihn, wie es sich gehörte, überall suchten.

Wir hatten gemeint, unsere Kinder sprächen kaum Englisch, obwohl wir sie dazu angehalten hatten, es zu lernen, und Michael sich nur in dieser Sprache mit ihnen unterhielt und «kein Wort verstand», wenn man ihn auf Italienisch ansprach. Aber wir täuschten uns – in kürzester Zeit waren sie in dieser Sprache zu Hause.

Ich habe es nicht erwähnt, aber seit meiner Genesung nach Jonathans Tod, wie ich es nennen möchte, war ich mehrmals hierher zurückgekommen, allein oder mit Alberto, wahrscheinlich weil die älteren zwei in die Schule mussten. Aber jetzt waren wir erstmals alle gemeinsam hier, für die gesamte

Dauer der Sommerferien, die in Italien sehr lang sind. Es war Giannis und Martinos erster Englandaufenthalt.

Es weckte in mir immer wieder eigentümliche Gefühle, wenn ich in das Haus zurückkam, das so grundsätzlich mit Basil verbunden war und ist. Mit Francesco bin ich unverhofft auch sehr glücklich geworden, aber wenn ich in mein Haus in Cornwall kam, wurde mir jedes Mal bewusst, dass Basils Tod, zusätzlich unterstrichen durch den Jonathans, der für mich, wie mir später klar wurde, so etwas wie sein Alter Ego gewesen sein musste, ein Trauma war, das wohl nie ganz heilen würde. Fünfzig Jahre später bestätige ich an diesem Tisch sitzend: Es sind seit seinem Tod schon fast siebzig Jahre vergangen, aber für mich, glaube ich, wird es immer sein, als ob es gestern gewesen wäre.

Dr. Cornwallis war in den Ruhestand getreten, wohnte aber immer noch im Dorf. Sein Nachfolger war ein schlaksiger Mann, der seine ewige Tweedjacke und Reitstiefel trug. Nachts war er zu Pferd unterwegs, um Schwerkranken Hilfe zu bringen. Ein Pferd habe nie eine Panne, pflegte er dem Hörensagen nach zu bemerken, man könne sich auf es verlassen. Dass ihn die Leute anbeteten, war nicht zu übersehen. Ich ging bei ihm vorbei, um ihm guten Tag zu sagen. Er hiess Couch, glaube ich, oder so ähnlich.

«Oh, die berühmte Ärztin.»

Etwas aus der Fassung gebracht durch diese Art von Begrüssung, runzelte ich die Stirn.

«Berühmt, so, so?»

«Die erste Ärztin dieser Region, wissen Sie, was das bedeutet? Weitere hat es nicht gegeben seither, deshalb haben die Leute zwangsläufig eine Legende um Ihre Person gewoben. Angeblich sind Sie sogar in die Mine eingefahren, als Sie für Dr. Cornwallis tätig waren.»

Er schien das nicht für bare Münze zu nehmen, und erzählte es, als ob es sich um einen zünftigen Witz handelte.

«Mhm … Es ist keine Legende, ich bin in die Mine eingefahren.»

Er wurde rot, mein Ehrenwort – und machte eine scheinbar zerknirschte Miene.

«Entschuldigen Sie, ich wollte nicht …»

Innerlich seufzte ich. Aber ich hatte entschieden, mich jeglichen Kommentars zu enthalten, wenn die Leute die Meinung äusserten, «eine Frau tut dieses oder jenes nicht». Der einzige Weg, der sie überzeugen konnte, war, gerade das zu tun. Deshalb liess ich es bei einem Lächeln der netten Frau Doktor bleiben und lud ihn ein, nächstens bei uns zu speisen.

Das Erstaunlichste aber war die Begegnung mit Lawrence Barber, Lord Lidley, meinem Exschwager. Unterdessen hatte er zwei weitere Kinder, zwei Mädchen, er würde sich nicht mehr an meinen Söhnen vergreifen wollen – nebenbei gesagt, hatten sie ja auch nicht mehr das Alter, in dem man sich kidnappen lässt.

Ich hatte zwanzig Jahre Zeit gehabt, um mich daran zu gewöhnen, dass Martino seinem Vater glich wie ein Tropfen Wasser dem anderen, und was Ähnlichkeiten mit den Barbers betraf, war auch Gianni ganz gut ausgestattet. Darauf war Lawrence nicht gefasst, meine Söhne waren für ihn Fremde, die er ein einziges Mal gesehen hatte, als sie noch ganz kleine Kinder waren. Wir hatten gefunden, es sei klüger, ihn zu uns einzuladen, um jeglichen Formalitäten aus dem Weg zu gehen – wir waren in den Ferien und konnten Gäste zwanglos empfangen.

An jenem Nachmittag waren Martino und Alberto zum Leuchtfeuer am Ende der Bucht hinausgegangen – die beiden verstanden sich besonders gut, nicht weil sie sich ähnlich, sondern im Gegenteil, weil sie so anders waren, dass sie sich ergänzten. Ausserdem spielte Martino bei seinem kleinen Bruder ganz gerne den Papa – Alberto gehorchte ihm aufs Wort, während die Wirkung unserer elterlichen Autorität bisweilen zu wünschen übrigliess.

Nun gut, Martino und Alberto platzten fröhlich und ein bisschen zerzaust herein, als wir auf der Terrasse Erfrischungen zu uns nahmen. Mitten in einem Satz verstummte Lawrence auf einen Schlag und die Jungen ebenso mitten in einem Lachen. Sie sahen sich an, und Lawrence wurde bleich, richtig bleich. Dann schloss er die Augen und öffnete sie wieder.

«Komm, Martino, ich stelle dich deinem Onkel Lawrence vor.»

Martino, plötzlich sehr britisch, verbeugte sich.

«Es ist mir eine Freude, mein Onkel», murmelte er.

«Auch für mich ist es eine Freude», antwortete Lawrence mit einem etwas gezwungenen Lächeln.

Ich schickte die Jungen weg, sich umzuziehen.

«Zuerst glaubte ich, eine Vision zu haben», sagte Lawrence. «Die Halluzination eines echten Doppelgängers. Haben Sie ihn auf die englische Art erzogen, Zadie?»

«Er passt sich an. In Italien ist er Italiener. Hier macht er es wie ihr.»

Der Rest des Besuchs verlief höchst wahrscheinlich im üblichen Rahmen – Lawrence war mit Francis gekommen, seinen Sohn, dem ich geholfen hatte, auf die Welt zu kommen. Innerhalb von zehn Minuten war er mit seinem «Cousin» Alberto in eine grosse Diskussion vertieft, sie waren praktisch gleich alt und beide tobten sich gern aus. Lady Lidley und ihre Töchter waren in London, glaube ich. Wir waren noch in einer Zeit, als der Sommer in London die «Saison» war. Lord Lidleys Töchter waren noch klein, doch ich könnte mir denken, dass die Gräfin Lust auf etwas Zerstreuung verspürt hatte. Auch sie war noch jung, sie musste um die dreissig sein – und was gäbe es dafür Besseres als die Saison, vor allem, wenn der Ehemann auf dem Land blieb.

Im Laufe seines Besuches hatte mir Lawrence erzählt, seine Halbschwester Maisy habe die Pension in Bath aufgegeben und kümmere sich nun um die familiären Besitzungen. Das gab mir zu denken, einerseits wusste ich, dass Lord Lidley während Jahren nichts hatte wissen wollen von dieser «Bastardin der Sünde», andererseits konnte die Übernahme der Güter durch Maisy bedeuten, dass die kleine Diana keine gute Hausherrin war – es sei denn, die Reise nach London sei nichts anderes als eine fromme Lüge, während Lady Lidley in Wirklichkeit seine Welt im Stich gelassen hatte und die keineswegs nachtragende Maisy ihrem Bruder zu Hilfe geeilt war.

Ein paar Tage später besuchte ich sie. Ich hatte etwas konfuse, aber positive Erinnerungen an sie. Sie war sie selbst geblieben. Etwas rundlicher geworden vielleicht, aber immer noch gleich liebenswürdig, gleich energisch, gleich fröhlich und bereit, die Dinge von ihrer besten Seite zu sehen. Aus Loyalität erzählte sie mir nichts, und aus Diskretion stellte ich keine Fragen, aber mein Eindruck, Lady Lidleys Gegenwart in der Hausgemeinschaft sei zumindest zufällig, bestätigte sich.

Regelmässig trafen wir uns mit den Tatleys, mit Michael und seiner Familie, die Kinder waren inzwischen junge Erwachsene, die sich rasch mit den unseren verstanden. Michael hatte seine Pfarrei wieder übernommen, aber er blieb ein sonderbarer Pfarrer, der weder seine Vorbehalte noch seine Zweifel versteckte.

«Einige meiner Pfarreiangehörigen finden meine Gewissensprobleme skandalös und haben bereits disziplinarische Massnahmen gegen mich verlangt. Aber der Kirchenrat und die meisten der Pfarreiangehörigen unterstützen mich, ich habe es geschafft, die Kirche zu einem Ort zu machen, wohin man kommt, um über die Probleme dieser Welt diskutieren zu können. Zu einer Zeit, da man sich über leere Kirchen beklagt, sollte das zu denken geben. Der Bischof bat mich, ‹nicht zu übertreiben›, aber erteilte mir seinen Segen.»

Auch mein Vater kam uns besuchen. Man konnte sich über ihn nur wundern. Er war über die fünfundachtzig hinaus, sein exaktes Alter kenne ich nicht, aus dem einfachen Grund, weil auch er es nicht kennt. Aber fest stand, dass er ein alter Mann war, zwar etwas schwächlich, aber immer noch vital und zungenfertig. Noch immer verbrachte er mindestens einen halben Tag am Stock Exchange, wo er sich lukrativen Geschäften widmete.

«Ich bin zu reich», sagte er bei diesem Besuch. «Manchmal wundere ich mich, dass ich der Einzige bin, der gewisse Dinge sieht, aber das ist es, was es mir ermöglicht, reich zu werden. Wie dem auch sei, ich habe mein Vermögen in sechs Teile geteilt, für jedes meiner Enkelkinder.»

Simon hatte zwei Söhne und eine Tochter – auch Mireille und er kamen uns besuchen. Es musste in der Familie liegen, mein Bruder alterte gut. Es fiel mir schwer zu glauben, dass er fünfundsechzig war, man schätzte ihn auf fünfzig. Ihre Kinder, alle erwachsen, sahen wir nicht. Sie waren in der Stadt geblieben, um ihren eigenen Geschäften nachzugehen. Der älteste Sohn, Leonard, Leo gerufen, arbeitete bereits (mit Freude, wie seine Mutter erwähnte) am Stock Exchange, zusammen mit seinem Vater und seinem Grossvater.

Francesco nutzte diesen Aufenthalt, um die Grafschaft auf dem Pferderücken zu erkunden – er liebte Pferde, und in Mailand gab es kaum noch Möglichkeiten auszureiten. Man bestieg ein Pferd nur noch aus sportlichen Gründen oder für die Jagd im näheren Hinterland.

«Ich verbringe meine Zeit damit, Leben zu retten, und werde mich deshalb nicht dazu hingeben, Tiere zu töten», hatte er erklärt, als er sein letztes Reittier verkaufte.

Aber hier genoss er es in vollen Zügen. Und noch einer Beschäftigung gab er sich mit Freuden hin – er fuhr mit den Fischern hinaus. Sie achteten ihn, weil er sie auch bei rauher See begleitete.

Alles in allem hatten wir richtige Ferien gehabt. Die letzten, wo wir alle glücklich beisammen waren, aber das wussten wir noch nicht.

Ein einziges Mal musste ich an meine Arbeit denken. Dr. Couch liess mich rufen, weil eine seiner Patientinnen ein Kind bekam und die Hebamme weit weg bereits im Einsatz war. Er fand, es sei besser, zu zweit zu sein.

Ich fuhr hin, und ich brauchte ein paar Augenblicke, um zu verstehen. Die Frau trug Zwillinge, aber sie schien es nicht zu wissen. Es gelang mir, dem ersten Baby, einem Jungen, auf die Welt zu helfen, aber die Mutter litt immer noch wie bisher.

«Es gibt noch eins, das herausmöchte», sagte ich der Frau. «Haben Sie nie das Gefühl gehabt, es könnten zwei sein? Manchmal spürt man es.»

«Nein! Das kann nicht sein.»

«Aber es ist hier, da, spüren Sie!»

Ich nahm ihre Hand und legte sie ihr auf den Bauch. Sie sah mich an, als ob ich ihr eine Katastrophe ankündigte, und vielleicht war es ja auch eine für sie.

Das zweite Kind liess sich Zeit, es hatte keine Lust, die Gebärmutter zu verlassen, und Dr. Couch begann sich Sorgen zu machen. Doch schliesslich entschied sich das Kind doch. Die zwei Jungen waren zwar ein wenig klein, aber gesund und kräftig.

Als es vorbei war, sagte der Doktor:

«Im Grunde bräuchten wir eine Geburtshelferin mit vollem Pensum.»

Ach so! Sogar der Chauvinist begreift, dass eine Frau nützlich sein kann, sagte ich mir und lächelte ihn liebenswürdig an.

Ich zögerte, ob ich meine Mutter aufsuchen sollte, um sie dazu zu nötigen, ihre drei Enkel kennenzulernen. Aber ich hatte ihnen nie etwas von ihr erzählt, laut Simon lebte sie zurückgezogen in Kent. Dann kam ich zum Schluss, es könnte für die Kinder, für mich und sogar für sie ein Trauma daraus werden, und verzichtete. Sie war zu alt, um sich zu ändern. Im Jahr darauf starb sie, ohne je etwas unternommen zu haben, um mich wiederzusehen und ohne dass ich sie wiedergesehen hätte.

XV

Für uns begann der Erste Weltkrieg, auch der Grosse Krieg genannt, erst im Jahr 1915. Doch kommen sehen hatten wir ihn schon lange. Es war, als sässen wir in einem Zug ohne Lokomotivführer, der steil bergab donnerte, ohne dass ihn jemand zu bremsen vermochte. Und diese Zeit nannte man die «Belle Époque!» Weil wir ein wenig zwischen zwei Welten lebten, sahen wir das Elend, die Unruhe. Auf der einen Seite gab es so etwas wie eine kollektive Enttäuschung: Haben wir wirklich für ein solches vereintes Italien gekämpft, jahrhundertelang? Auf der anderen Seite verstärkte sich das Bewusstsein für die Rechte des Individuums immer mehr, wodurch die benachteiligten Schichten, die kleinen Arbeiter ermutigt wurden, Gleichheit zu verlangen, die nur mit einem grundlegenden sozialen Wandel zu verwirklichen gewesen wäre.

Die Idee einer sozialen Revolution, die man im Jahr 1898 hatte unterdrücken wollen, obwohl sie damals noch nicht sehr konkret war, erhielt nun ihren Sinn. Aber die Revolution stand natürlich nicht auf der Tagesordnung der herrschenden Schichten. Sie waren stattdessen sehr damit beschäftigt, dafür zu sorgen, dass Italien ein «Imperium» wurde. Bloss gab es nicht mehr viel, was man hätte «erobern» können, wenn man nicht in offene Konflikte mit den grossen Kolonialmächten geraten wollte. Aber «wir» fanden dann doch noch ein freies Plätzchen – wir stürzten uns auf Libyen. Man erwarte aber bitte nicht von mir, diese erbärmliche Expedition zu kommentieren. Mit den bescheidenen Mitteln, die mir zur Verfügung standen – Diskussionen, Teilnahme an Versammlungen und Kundgebungen auf der Strasse –, setzte ich mich dagegen zur Wehr. Francesco war ausser sich.

«Statt uns Kopf voran in Abenteuer zu stürzen, denen wir nicht gewachsen sind, und uns an Leuten zu vergreifen, die uns nichts getan und die nichts mit uns zu tun haben, wäre es besser für uns gewesen, auf dem Verhandlungsweg dafür zu sorgen, dass gewisse Städte, die ihrem Ursprung nach italienisch sind, aber durch politische Zufälle und Launen österreichisch wurden, zurückgewonnen werden können.»

Am Herzen lag ihm Triest, seine Vaterstadt, die damals noch zu Österreich-Ungarn gehörte. Ein grosszügiger, aber leider nicht sehr realistischer Gedanke. Das immer noch mächtige Österreich-Ungarn würde niemals auf seinen einzigen Zugang zum Meer verzichten. Man musste es in die Knie zwingen, damit es etwas preisgab.

Österreich, Deutschland und Italien galten als Alliierte, es war vom Dreibund die Rede. Aber man brauchte nur die Zeitungen zu lesen, um zu sehen, dass die Regierung die Vorteile erwog, die sich aus einem Austritt aus der Allianz und dem Anschluss an England und Frankreich, an die sogenannte Entente ergeben würden.

«Wir sind primitivste Händler und bereit, uns für den Meistbietenden zu prostituieren», sagte Paolo Valera, der für uns geradezu die Klatschbase der Arbeiterbewegung war. Er war überall und sah alles. Für die Zeitungen schrieb er nicht mehr so viel, stattdessen aber Romane, die ich wunderbar fand.

Er war es, der uns als Erster von einem jungen Mann namens Benito Mussolini erzählte, ein fähiger Journalist und mitreissender Redner, nach Paolo Valeras Auffassung die Hoffnung der politischen Linken. Er bewunderte ihn für sein energisches Auftreten und für sein Eintreten für die Sache der Benachteiligten. Er versprach mir, mich mit ihm bekannt zu machen, aber es ist nie dazu gekommen. Im Nachhinein betrachtet ist mir das mehr als recht.

Über Politik zu reden ist ganz entschieden nicht meine Sache, und ich würde gar zu gern darauf verzichten, wenn sie unser Leben nicht so sehr durcheinandergebracht hätte.

Eine meiner Sorgen im Hinblick auf den drohenden Krieg war egoistischer Natur: Die Wehrpflicht, die sich zwangsläufig aus dem Beginn des Konflikts ergab, würde mir meine Jungen wegnehmen, aber würde sie sie mir auch wieder zurückgeben?

1914 hatte Martino sein Jurastudium abgeschlossen und plante, es in England fortzusetzen – er war davon überzeugt, dass transnationalen Anwälten eine schöne Zukunft winkte. Gianni studierte in Pavia Medizin und in den Semesterferien wollte er mir oder Francesco assistieren. Er war ein Junge von ausgeglichenem Gemüt und hilfsbereit, er verfügte über die Gabe, zuhören zu können, und er brachte die Leute zum Reden. Er war wie geschaffen für die Medizin, das war nicht zu übersehen. Alberto hingegen war glücklicherweise noch zu jung … Zu jung? Der Krieg brauchte nur ein Jahr lang anzudauern, dann wäre er achtzehn und alt genug, zur Anmusterung verpflichtet zu sein.

Das raubte uns den Schlaf. Uns Eltern, denn natürlich redeten unsere Söhne über die Lage, setzten aber unbeirrbar ihre Studien fort.

Seit zwei Jahren war Alberto in Zürich, wo das Studium der Mathematik sehr fortgeschritten war. Er hatte diese Wahl von sich aus getroffen, ohne zu wissen, dass ich dort Medizin studiert hatte. Was für ihn zählte, war der gute Ruf der Eidgenössischen Technischen Hochschule. Einstein persönlich, das Idol meines Sohnes, hatte dort studiert. Nach einem Gespräch mit dem Rektor der Hochschule hatte ihn dieser zur Aufnahmeprüfung zugelassen, obwohl er eigentlich noch zu jung war. Er bestand problemlos.

Wir waren glücklich, dass Alberto eine Lösung gefunden hatte, die ihn befriedigte, denn mit seinem Gedächtnis und seiner Auffassungsgabe jenseits des Üblichen war er ein echtes Phänomen. Ich hatte befürchtet, seine Unkenntnis des Deutschen könnte zum Problem werden für ihn, im Gegensatz zu mir hatte er diese Sprache als Kind nicht gelernt. Ich schlug ihm vor, den Monat vor Studienbeginn bei Welti beziehungsweise Frau Hunziker zu verbringen. Er kannte sie seit seiner frühesten Kindheit und nannte sie «Tante Louise». Er fuhr hin. Welti versicherte mir nachträglich, als er zu Semesterbeginn nach Zürich gefahren sei, habe er Deutsch gesprochen und gelesen.

Von Welti und vielen anderen ist nicht mehr die Rede gewesen, aber wir hatten unsere Beziehung immer aufrechterhalten. Sie führte immer noch ihre Schule, wir schrieben uns, und gelegentlich begegneten wir uns, wenn es der Zufall des Reisens so wollte. Einmal, 1906 oder 1907, verbrachte sie mit ihren Söhnen die Weihnachtsferien bei uns. Für mich war sie eine geistige Mutter, hatte aus mir eine selbständige Person gemacht, «eine Feministin, ohne es zu wissen», wie Francesco sagte, während meine eigene Mutter für mich das übliche Leben einer guten Partie vorgesehen hatte. Im Grunde hatte ich zu Welti eine Beziehung, wie sie mit meiner leiblichen Mutter nicht möglich gewesen war – sie war ein Bezugspunkt für mich, sie hielt eine schützende Hand über mich, und ich blieb ihr mein ganzes Leben lang verbunden.

Auch von Dr. Kiener habe ich nicht mehr gesprochen, glaube ich, er war in jener Zeit gestorben. Aber es ist jetzt nicht der Moment, ich weiche vom Thema ab, ich sprach von meinen Kindern und von unserer Angst, dass ein möglicher Krieg sie uns wegnehmen könnte.

Mir wird bewusst, dass wir ohne Krieg eine Familie ohne Geschichte geblieben wären – 1914 war ich fünfundfünfzig und Francesco vierundfünfzig. Wir hatten vor, unsere beruflichen Tätigkeiten einzustellen. Wir waren beide der Überzeugung, dass chirurgische Eingriffe sichere Reflexe und hohe Konzentration erforderten, wir waren aber nicht sicher, ob wir noch lange über beides verfügen würden. Ich ging zwar immer noch ins Ambulatorium, hatte aber weniger Privatpatienten. Für Hebammen gab ich Kurse. Francesco arbeitete teilweise für die Weiterbildung junger Ärzte und zwar in der Schule, die Dr. Mangiagalli eröffnet hatte, weil die medizinische Fakultät, von der er immer noch träumte, auf sich warten liess. Im Operationssaal war er nicht mehr so oft. Wir suchten nach Ersatz für uns. Kurz und gut, wir waren gerade dabei, unsere Motoren zu drosseln, als der Krieg ausbrach.

Italien trat aus dem Dreibund aus und erklärte sich neutral. Wir waren Pazifisten. So sehr auch Francesco den Anschluss Triests und des Trentino an Italien befürwortete, so entschieden war er dagegen, uns deswegen in ein «sinnloses Gemetzel» hineinziehen zu lassen.

Doch im Mai 1915 war Italien in den Krieg eingetreten.

In Mailand hatten wir nicht gleich unter dem Konflikt zu leiden. Der Krieg spielte sich in den Alpen ab, entlang der Flüsse Isonzo und Piave. Viele Soldaten rückten freiwillig ein. Gegen den Erzfeind Österreich zu kämpfen, missfiel ihnen keineswegs. Für sie war dieser Krieg irgendwie die Fortsetzung des *Risorgimento* – der Feind war der gleiche.

Martino wurde 1916 als Erster einberufen. Zwischen zwei der grossen Schlachten am Isonzo (es gab Dutzende davon) brach er auf, und danach hörten wir nichts mehr von ihm, und es wurde nicht über ihn gesprochen … Es war, als ob er schon am ersten Tag vom Schlachtfeld verschluckt worden wäre. Vielmehr: Während die Zeitungen reihenweise schreckliche Zahlen herunterbeteten – Tausende Tote, Zehntausende Verletzte, die alles Mögliche waren, bloss keine «Fakten» –, liess uns der Generalstab wissen, dass der Soldat Giocondo als *disperso* zu gelten habe, wenn er nirgends zu finden sei. Das italienische Wort ist eigentlich unübersetzbar, es bedeutet sowohl verloren oder verschwunden, aber in der schlimmeren Version auch zerstreut, pulverisiert. Wir stellten uns unseren Jungen von einer Kugel zerfetzt vor. Ich ass nicht mehr, schlief nicht mehr, arbeitete schlecht. Dann wurde Gianni einberufen, und ich war überzeugt, dass ich das nicht überleben würde, dass das nicht sein konnte, dass mein Herz es nicht verkraften würde, auch den zweiten Sohn zu verlieren.

Doch Gianni hatte Glück – relatives Glück. Statt ihn in die Schützengräben zu schicken, wurde er in einem Lazarett eingesetzt, wo er fünfzehn bis zwanzig Stunden am Tag Verwundete versorgte. Was er zu sehen bekam, war an Schrecken kaum zu überbieten.

Alberto hingegen wurde zunächst nicht zu den Fahnen gerufen. Er blieb in der Schweiz und arbeitete beharrlich an mathematischen Theorien, die er mir regelmässig zu erklären versuchte, mich damit aber überforderte. Als schliesslich nach schweren Verlusten selbst der allerletzte Jugendliche einberufen wurde, rieten wir ihm dazu, in der Schweiz zu bleiben und eine Aufenthaltsbewilligung zu beantragen, die er, Gott sei Dank, auch erhielt. Es war ziemlich leicht, denn die Schweiz war damals noch sehr gastfreundlich, das Ausländergesetz wurde erst nach dem Krieg erlassen.

«Ich habe es mir gut überlegt, Mamma», sagte er mir am Telefon. «Es mag nicht sonderlich heldenhaft sein, aber ich bin gegen den Krieg, ich bin mitten in einer Forschungsarbeit, die ich jetzt nicht einfach liegenlassen kann, und ausserdem habe ich mich in eine Kollegin verliebt.»

«In eine Kollegin?»

«Nun, sie ist Studentin wie ich. Esther. Sie ist auch Italienerin. Sie studiert Chemie.»

Wahr und wahrhaftig! Sogar mein Baby war erwachsen geworden.

«Ich hoffe, dieser Wahnsinn ist rasch vorbei, damit du mir deine Esther vorstellen kannst.»

«Verlass dich auf mich, Mamma. Übrigens spiele ich im Symphonieorchester der Oper. Heute Abend geben wir *Falstaff*. Als ich ihnen erzählte, ich habe mit Verdi unter einem Dach geschlafen, machten sie alle grosse Augen.»

Das war ganz und gar Alberto. Im einen Augenblick ein reifer Mann, im anderen noch ein Kindskopf.

«Bist du sicher, dass du nicht ein bisschen aufschneidest? Du warst gerade ein Jahr alt.»

«Doch, schon. Aber später bin ich ihm begegnet.»

«Ach so? Du bist ihm begegnet. Ich mache dich darauf aufmerksam, dass du allerhöchstens vier Jahre alt warst, als er starb.»

«Aber hör mal, Mamma. Erinnerst du dich denn nicht, wie wir ihm auf der Strasse begegnet sind und er deine Hand geküsst hat? Ich war vielleicht vier oder fünf. Er kniff mich in die Wange. Anschliessend sagtest du zu mir: ‹Vergiss das nie, Tino, heute bist du einem musikalischen Genie begegnet.›»

«Bist du sicher, dass du das nicht geträumt hast?»

«Nein, Mamma, glaub mir. Streng dich ein bisschen an, für mich ist es, als wäre es gestern gewesen.»

Ich erinnerte mich damals nicht und ich erinnere mich auch jetzt nicht. Aber es wird schon stimmen. Alberto hat überprüfbare Erinnerungen bis in die Zeit, als er noch nicht laufen konnte.

Wenn ich auch Verdis Handkuss vergessen habe, erinnere ich mich klar und deutlich an diesen Telefonanruf, denn er bedeutete, dass wenigstens eines meiner Kinder ausser Gefahr war.

«Wenn ich könnte, würde ich sofort in die Schweiz auswandern», sagte sein Bruder anlässlich eines Urlaubs, als ich ihm von Albertos Entscheidung erzählte. Aber Gianni war dazu geboren, das Leid der Menschheit zu mindern, er konnte «seine» Verwundeten nicht dem Schicksal überlassen. Dann kehrte er in sein Lazarett zurück, das nach vielen Schlachten und Frontverschiebungen gar nicht mehr so weit von der Gefahrenzone entfernt lag.

London rief ich an, so oft ich konnte. Während der ganzen Dauer des Krieges ging ich nie nach England, und meine Angehörigen kamen nicht auf den Kontinent. Je mehr der Konflikt eskalierte, desto gefährlicher wurde es, die deutschen Unterseeboote kreuzten in den Weltmeeren und versenkten zahllose Schiffe. Aber den Kontakt konnten wir immer aufrechterhalten.

Einmal hatte ich einen von Michael Tatleys Söhnen zu Besuch, er war Verbindungsoffizier an der Westfront und hatte es geschafft, sich nach Rom versetzen zu lassen. Auf dem Weg dorthin machte er in Mailand halt. Er besuchte uns unangemeldet. Seine zwei Brüder waren tot, seine Schwester, die als Ambulanzfahrerin gedient hatte, ebenfalls.

«Für meine Eltern ist es furchtbar. Sie sind auf einen Schlag sehr alt geworden.»

Ich wagte nicht daran zu denken, welchen Kummer sie haben mussten.

Von ihm erfuhr ich auch, Lawrence, Lord Lidley, habe seinen ältesten Sohn Francis verloren, dem ich auf die Welt geholfen hatte, und dass es ihm sehr leid tat. Für einen Augenblick sah ich das Neugeborene, wie es seine kleinen geschlossenen Fäustchen bewegte – nein, es gab Bilder, die man besser nicht heraufbeschwor.

Anfang 1918 starb mein Vater, ohne dass ich ihn noch einmal gesehen hätte.

«Bis gestern kam er noch an den Stock Exchange, Zadie», sagte mir Simon mit erstickter Stimme. «Er kehrte nach Hause zurück, legte sich schlafen, und heute Morgen wachte er nicht mehr auf.»

Simon seinerseits war über siebzig, aber auch er liess sich nicht davon abbringen, Tag für Tag an den Stock Exchange zu gehen. Ich machte eine entsprechende Bemerkung.

«Du hättest uns in letzter Zeit sehen sollen», erzählte er mit einem traurigen Lächeln in der Stimme. «Vier Generationen De Vico im selben Büro. Vater und ich. Leo und seit einiger Zeit sein Sohn Neville. Er ist sechzehn, aber schon sehr aufgeweckt. Wir beten darum, dass der Krieg zu Ende geht, bevor er alt genug ist, um in den Schützengräben zu sterben.»

Auf einmal lag Martinos Schatten zwischen uns, aber wir sagten nichts mehr.

In Mailand waren wir fernab von der Front, doch der Krieg schaffte es dennoch, unser Alltagsleben durcheinanderzubringen.

Die erste Umwälzung war rein interner Natur, wenn ich so sagen darf, eine reine Gefühlssache. Joséphine war krank geworden. In den rund vierzig Jahren, die ich sie kannte, hatte sie niemals auch nur einen Schnupfen. Sie war inzwischen um die siebzig, doch hatte man bei ihr niemals Anzeichen einer Verlangsamung festgestellt. In Zürich hatte sie zu Basils Zeiten die Verantwortung für unseren Haushalt übernommen, und seither kümmerte sie sich – später zusammen mit Michael – um alles. Sie war in gewisser Weise meine zweite Ersatzmutter. Selbstverständlich wusste sie, «wo sie hingehörte», fragte mich, bevor sie Entscheidungen traf, die sie für bedeutend hielt. Aber wenn ich sie um Rat fragte, war sie nie um eine Antwort verlegen. Sie war sogar dazu fähig, ihren Respekt mir gegenüber, der ihr so wichtig war, zu vergessen, um mir in ihrem unnachahmlichen Französisch zu erklären:

«Meine arme Zadie, kann man wirklich dümmer sein als Sie?»

Ansonsten aber war ich Madame Zadie, daran gab es nichts zu rütteln. Jahre früher hatte ich ihr ein Mädchen aus dem Navigli, ein Quartier an den Kanälen, anvertraut, das mich im Ambulatorium konsultiert hatte. Sie war damals kaum älter als dreizehn. Als sie mir schluchzend eröffnete, sie sei von ihrem Vater schwanger, der sie Abend für Abend nötigte, fackelte ich nicht lange. Es lief zwar meinen Grundsätzen zuwider, aber ich nahm eine Abtreibung vor (sie blieb eine der seltenen meiner gesamten Karriere). Sehr schnell wurde mir klar, dass ich sie zwei Monate später wieder hier haben würde, wenn ich sie jetzt nach Hause schickte – ihr Vater war ein brutales

Wesen und unfähig zu Empfindungen für seine Kinder. Nach anstrengenden Verhandlungen mit diesem schrecklichen Vater und einer Mutter, die sich neben ihm wie eine graue Maus verhielt – scheu und stumm –, brachte ich Valeria zu uns. Joséphine nahm sie mit offenen Armen auf. Sie erklärte:

«Gut, eine Hilfe zu haben. Es fällt mir manchmal etwas schwer, die ganze Arbeit zu erledigen.»

Ich hielt das für einen Vorwand, und Valeria wurde Teil unseres Haushaltes. Als Joséphine dann krank wurde, war Valeria achtzehn. In materieller Hinsicht kam es zu keinerlei Veränderung. Michael übernahm die Kontakte zu mir, und Valeria war inzwischen fähig, alles zu übernehmen, was Joséphine getan hatte.

Unsere Behandlung, die von Francesco so wenig wie meine, richtete nichts aus. Innerhalb einer Woche war Joséphine tot – das Fieber stieg, statt zurückzugehen, sie geriet in Atemnot und schliesslich versagte das Herz. Nach Martinos Verschwinden war das sehr hart. Ich konnte mir einreden, so viel ich wollte, die Tatleys und viele andere hätten drei Kinder verloren, mein Kummer liess sich davon nicht beeindrucken.

Michael war am Ende. Während Tagen schlich er herum wie ein Gespenst. Francesco sprach lange mit ihm. Ich versuchte ihn zu trösten. Vergeblich!

Dann, eines Morgens trafen wir ihn in der Küche, seinen üblichen Beschäftigungen nachgehend und Valeria die nötigen Anweisungen erteilend. Ohne ein weiteres Wort übernahm er die Organisation unseres Haushaltes, wir kehrten zu unseren Kranken zurück, und zusammen mit Valeria kümmerte er sich um alles, so wie es vorher Joséphine getan hatte.

Eines Tages fragte ich ihn – schweren Herzens, wie ich gestehen muss –, ob er nicht doch lieber nach England zurückkehren möchte, nachdem Joséphine nicht mehr unter uns war. In seinen Augen sah ich sofort, wie sehr ihn diese Frage beunruhigte. Doch nach kurzem Schweigen begnügte er sich damit, den Kopf zu schütteln.

«Meine Familie hat mich verraten, als ich noch fast ein Kind war. Für sie bin ich schon lange tot. Mein Glück ist Mister Jonathan gewesen, er hat mir wahrlich im letzten Moment das Leben gerettet und aus mir sein Faktotum gemacht, ohne sich zu fragen, ob ich ihn nicht eines Tages berauben oder umbringen würde, das habe ich sehr deutlich bemerkt. Sie haben mich wie einen Verwandten aufgenommen. Mit Ihnen und Joséphine habe ich die schönsten Jahre meines Lebens verbracht. Angehörige meiner Familie habe ich nie wiedergesehen.»

Seine Stimme zitterte und er wischte eine Träne ab.

«Meine Familie sind Sie», fuhr er fort, nachdem er sich geschneuzt hatte. «Ihre Kinder sind meine Kinder. Wenn Sie mich immer noch gern haben, würde ich lieber bleiben.»

Jetzt war ich dran, Tränen abwischen zu müssen.

«Ob ich Sie noch gern habe, Michael? Auch für uns gehören Sie zur Familie. Aber ich habe mich gefragt, ob Sie nicht in den Ruhestand treten möchten oder müssten, wenn ich so sagen darf.»

Natürlich war ihm anzusehen, dass er noch auf der Höhe seiner Kräfte war. Er zuckte mit den Schultern.

«Machen Sie sich meinetwegen keine Sorgen, Miss Zadie. Ich bin in bester Verfassung.»

Das Thema kam nicht wieder zur Sprache, und er blieb unser Mann für alles bis zu seinem Tod.

Die empfindlichste Umwälzung fand indessen in meinem Sprechzimmer statt. Francesco und ich waren – wie bereits erwähnt – der Auffassung, dass wir jenes Alter erreicht hatten, wo es angezeigt war, mit der Chirurgie aufzuhören. Die Operationen waren das tägliche Brot meines Mannes, aber alles, was mit Geburtshilfe zu tun hatte, operierte ich regelmässig selber. Weil Krieg war und viele Ärzte an der Front dienten, mussten wir, die Zurückgebliebenen, sie ersetzen. Übrigens wurde nicht mehr unterschieden zwischen männlichen und weiblichen Ärzten. Es war wie in der Fabrik. Wir verrichteten unsere Arbeit, und niemand kümmerte sich wirklich darum, wer einen Rock trug und wer Hosen. Unsere Sprechzimmer füllten sich mit Leuten, die wir nicht gesucht hatten und die zu normalen Zeiten auch nicht zu uns gekommen wären. Anlässlich einer Versammlung der Ärztevereinigung machte man uns klar, jetzt aufzuhören käme einer Desertion gleich.

Während ein paar Monaten versorgten wir die Bevölkerung. Ich war gezwungen, auch Kranke ausserhalb meines Fachgebietes zu behandeln – Männer und Frauen.

Nach den ersten grossen Kämpfen von 1916 gesellte sich eine weitere Kundschaft dazu: Verwundete, die man aus den Kampfzonen evakuiert hatte, aber noch ärztlichen Beistand brauchten.

«An der Front machen sie nur das Nötigste, dann schicken

sie sie zurück, und es kommen so viele zu mir, dass ich nicht mehr weiss, wo mir der Kopf steht», sagte Francesco.

Ich hätte es mir nie verziehen, den Kriegsverwundeten den Wundertäter vorzuenthalten, der Francesco war. Ich übernahm deshalb seine Privatpatienten, während er den ganzen Tag und manchmal noch bis tief in die Nacht hinein Verwundete, die von der Front zurückgekehrt waren, versorgte, operierte und tröstete.

Manchmal kamen auch Frauen in die Praxis und brachten ihre Männer mit. Zurückgekommen ohne einen Kratzer, aber voller Angst, wieder einrücken zu müssen.

«Ich erkenne ihn nicht wieder, Frau Doktor», lautete die Klage, die ich am häufigsten zu hören bekam. «Er ist gewalttätig geworden. Er trinkt. Er spricht nicht mehr. Er hätte beinahe einen Freund umgebracht, der ihm eine Hand auf die Schulter legte. Nachts schreit er. Oder weint grundlos. Er kann nicht arbeiten.» Die Litanei der Angst war endlos.

Eines Abends trafen wir uns in der Küche – wie ein Wunder früher als sonst. Ich hatte ein Glas Wasser holen wollen. Es regnete, und Francesco nahm den Dienstboteneingang, um die Teppiche der Haupttreppe nicht nass zu machen. Er stiess die Tür auf und schüttelte sich.

Es war sicher nicht später als neun Uhr. Wir sahen uns erstaunt an – beide wunderten wir uns, den anderen «jetzt schon» zu Hause anzutreffen.

«Ein Abend mit dir wird mir guttun, Zadie.»

«Und mir erst ...»

Wir fingen damit an, uns an den Küchentisch zu setzen,

und wie von Zauberhand erschien Michael, der uns «Toddies» zubereitete, eine Mischung aus heissem Whisky und Milch, womit er uns immer versorgte, wenn uns kalt war.

«Ewig wird dieser Krieg nicht dauern», sagte Francesco. «Meine Brüder sind überzeugt, dass Österreich finanziell am Boden ist und aufgeben muss. Bei Informationen dieser Art sollte man den Bankiers vertrauen, sie sind immer auf dem Laufenden. Es geht ja um ihr Geld.»

Die Giocondo-Brüder hatten ihre Familien in der Romagna in Sicherheit gebracht, waren selber aber auf ihrem Posten geblieben, um nach dem Rechten zu sehen. Sie befanden sich in einer heiklen Lage. Offiziell waren sie zwar Österreicher, doch sie fühlten sich als Italiener, in einer Stadt, um die sich die zwei Länder stritten – in Wirklichkeit diesen Krieg führten. Die Giocondo-Brüder mussten gut aufpassen, wie sie ihre Karten mischten, um sicherzugehen, dass sie am Ende der Feindseligkeiten wieder auf ihren Füssen landeten. Finanziell waren wir unabhängig von ihnen, so unabhängig, wie ich von den De Vicos war. Wir lebten schon lange von unseren eigenen Einkünften. Mit den Giocondos von Triest verkehrten wir kaum, zwischen Francesco und seinen Brüdern herrschten oft gespannte Verhältnisse, ich kannte nicht einmal alle ihre Kinder. Wenn Francesco von Zeit zu Zeit dennoch Kontakt mit ihnen hatte, dann eben deshalb, weil sie über den realen Zustand der Welt immer sehr gut informiert waren.

Wir gingen zu Bett. Aber wir waren zu müde, um schlafen zu können, und deshalb nahm in der Dunkelheit unseres

Schlafzimmers eine Idee Gestalt an, die unser weiteres Leben bestimmen sollte.

«So lange das dauert, kommen die Verwundeten zu Millionen, wir müssen weiterhin in diesem Höllentempo arbeiten, es gibt keine Wahl. Aber ich frage mich, was dann geschieht, wenn die Unverletzten zurückkehren, die noch zahlreicher sein werden. Krank sind auch sie. Das sehe ich jeden Tag. Im Lebensalltag verhalten sie sich nicht mehr normal. Heute hat man mich gebeten, einen Soldaten zu untersuchen, der einen Mann getötet hat, weil dieser ihm ein Stück Brot verweigerte. ‹Ich soll getötet haben? Na, so was! Vielleicht … Wenn der Herr Doktor es sagt …›» Francescos Stimme versagte. «Es machte ihm nicht das Geringste aus. Er erinnerte sich nicht einmal daran.»

Nach einer Pause fuhr er fort:

«Ich habe versucht, mit ihm ins Gespräch zu kommen. Ein hübscher Kerl. Gross, graue Augen, freundliches Gesicht. Er ist der einzige Überlebende seines Zuges. Rund um ihn herum fielen sie alle. Um von dort wegzukommen, musste er über Hunderte von Leichen steigen. Das Leben hat für ihn jeglichen Wert verloren. Er ist ein einfacher Junge und verfügt über keinerlei Orientierung mehr. Er kehrte unversehrt zu uns zurück, er wollte Brot, er nahm es sich. Ob er getötet hat? *Vielleicht* … Ich fürchte, von diesem Vielleicht werde ich mich nie erholen.»

«Ich höre schon die ganze Zeit ähnliche Geschichten. Die Frauen erkennen ihre Männer nicht mehr. Manche sind auf Urlaub zu Hause, aber die Angst, an die Front zurückzukehren, lähmt sie. Sie fliehen Richtung Schweiz und verstecken sich irgendwo im Hinterland, wo sie niemand findet. Andere sind vollständig apathisch oder im Gegenteil aussergewöhnlich gewalttätig.»

«Siehst du? Genau das meine ich. Wenn der Krieg vorbei ist, stehen wir mit Hunderttausenden von geistig Kranken da.»

Wir kannten Sigmund Freud. Francesco hatte in Wien studiert und war in Kontakt geblieben mit seiner Fakultät, wo die Psychiatrie heftig debattiert wurde und Gegenstand der Forschung war. Die Freudschen Theorien hatten uns gleich von Anfang an interessiert. Seine Bücher standen in unserer Bibliothek, und wir hatten sie aufmerksam gelesen. Im Gegensatz zu vielen unserer Kollegen nahmen wir Werke wie «Zur Psychopathologie des Alltagslebens» oder «Über den Traum» immer ernst. Wir waren überzeugt von der Psychoanalyse als einer guten Sache, einer genialen Idee, wirkungsvoll und heilsam. Aber bis jetzt hatten wir uns mehr aus persönlichem Interesse informiert. An jenem Abend erschien uns die Psychoanalyse als Lösung.

«Wenn der Krieg vorbei ist, fasse ich kein Skalpell mehr an», sagte ich.

«Ich auch nicht», antwortete Francesco heftig.

«Aber die Psychoanalyse ist etwas ganz anderes.»

«Meinst du, wir sind dazu fähig?»

«Wir müssten jemanden finden, bei dem wir uns analysieren lassen könnten. Dann sehen wir schnell, ob wir dazu taugen oder nicht.»

Im Dunkeln schnippte Francesco mit den Fingern.

«Ich hab's. Edoardo Weiss!»

«Wie, Edoardo Weiss?»

«Er ist Triester, neulich bin ich ihm begegnet. Er war ein junger Schützling Freuds, studierte in Wien und verbrachte seine Ferien bei seinen Eltern. Er träumt davon, die Psychoanalytische Gesellschaft Italiens zu gründen. Unterdessen muss er seine eigene Lehranalyse hinter sich haben. Das Problem ist nur, dass er sich meines Wissens irgendwo in Österreich aufhält.»

Francesco war hartnäckig. Tags darauf telefonierte er mit einem seiner Brüder und bat ihn, sich zu erkundigen. Eine Stunde später erfuhren wir, dass sich die Familie Weiss immer noch in Triest aufhielt, dass Edoardo seine Psychoanalyse in Graz bei einem gewissen Dr. Federn gemacht hatte, der rechten Hand Sigmund Freuds.

So wie die Dinge lagen, war es ihm nicht möglich, nach Italien zu kommen, und wir konnten nicht nach Graz reisen.

Doch es gelang uns, Bücher zu beschaffen – unser Vorteil war es, dass wir Deutsch und Französisch lasen, während entsprechende Publikationen in Italien noch selten waren. Sehr regelmässig telefonierte ich auch mit Alberto. Ich erzählte ihm von unserem Projekt.

«Das ist grossartig!», sagte er. «In Zürich brodelt es nur so auf dem Gebiet, das euch interessiert. Ich strecke mal meine Nase hinein und schicke euch Bücher, wann immer es möglich ist.»

Auch er hatte mit seelisch Verwundeten zu tun, meistens Deserteure – von ihm erfuhr ich, dass es Angehörige aller Nationalitäten waren, Franzosen, Deutsche genauso wie Italiener.

Ich weiss gar nicht, wie wir es geschafft hatten, die nötige Zeit zu finden, doch bis Kriegsende hatten wir alles gelesen, was wir in die Hände bekommen hatten, und wir diskutierten mit Verbissenheit – meist unter uns. Wenn wir unseren Kollegen gegenüber das Vorhaben zur Sprache brachten, hielten sie uns für sanfte Träumer auf der Suche nach einer Placebo-Beschäftigung im Ruhestand.

XVI

Frühling 1918. Womit anfangen? Wir arbeiteten Tag und Nacht. Die Kranken. Die Verwundeten. Die Verlorenen. Der Hunger. Die Kälte dieses Winters war schrecklich, noch steckte sie uns in den Knochen. Ganz Italien schrie nach Brot. Kohle war keine mehr aufzutreiben, weil die deutschen U-Boote die Schiffe versenkten, die sie hätten transportieren sollen, und was dennoch sein Ziel erreichte, ging an die Kriegsindustrie. Die Zahl der Kranken stieg dementsprechend. Eine erste, zunächst noch schwache Grippewelle füllte die Krankenhäuser.

Dabei war von einem Blitzkrieg die Rede gewesen! Francescos Brüder mochten behaupten, so lange sie wollten, den Österreichern stehe das Wasser bis zum Hals und den Deutschen gingen die Mittel aus, es fiel uns schwer, daran zu glauben.

An gewissen Tagen sagte ich mir, dass ich nicht durchhalten würde bis zum Schluss.

Dann kam ein bestimmter Abend im Mai. Der 6. Mai. Ich erinnere mich daran, weil es der zwanzigste Jahrestag der «verkehrten fünf Tage» war. Niemand dachte mehr daran, aber sehr zu Unrecht. Jene Tage der Artillerieangriffe eines Bava Beccaris waren nur das Vorspiel für das universelle Gemetzel.

Man läutete an der Tür.

Die Krankenschwester, wir hatten nur noch eine, die zweite war an der Front, war bereits gegangen. Ich ging selber zur Tür.

Unser Pförtner, Signor Dini, stand auf der Schwelle, die Hände wie zum Gebet gefaltet und in Tränen aufgelöst.

«Was ist passiert, Signor Dini? Kommen Sie bitte herein.»

«Nein, Signora, es ist …»

Er machte ein paar Schritte im Flur, dann schob er zwei Silhouetten vor sich her, die ich anfänglich im Dämmerlicht des Treppenabsatzes gar nicht bemerkt hatte. Die eine war klein, die andere … Die Deckenlampe warf ihr Licht auf sie.

Für einen Augenblick weigerte sich mein Gehirn, etwas zu registrieren. Eine kleine schmale Frau, fast noch ein Mädchen, hielt jemanden an der Hand … Ja. Nein. JA!

«Martino!»

Er sah mich an und lächelte.

«Mamma!»

Wir warfen uns gegenseitig an den Hals, er schloss mich in seine Arme wie ein Ertrinkender, der seine Boje gefunden hat.

«Mamma, bist du das? Meine kleine Mamma! Ich hatte wirklich Angst, mich geirrt zu haben!»

«Sind Sie wirklich seine Mutter?», fragte die junge Frau hinter ihm mit zaghafter Stimme. Sie reichte ihm nicht bis an die Schulter. Aber man gewann den Eindruck, sie sei die Erwachsene und Martino, einen Meter neunzig gross, das Kind.

«Ja, kommt, kommt herein. Und Sie auch, Signor Dini.»

«Nein danke, ich bin allein, und wenn jemand läutet …»

«Wie Sie wünschen.» Er wollte gerade gehen, aber ich hielt ihn zurück. «Signor Dini, kein Wort davon zu niemandem, bitte, so lange wir nicht wissen, woher sie kommen.»

«Verlassen Sie sich auf mich, Signora.»

Er ging schniefend seines Weges. Ich schloss die Tür. Meine Beine gaben nach, meine Hände zitterten. Auf dem Weg in mein Sprechzimmer hielt ich mich an den Wänden fest. Und zum ersten Mal sah ich mir Martinos Gefährtin an. Sie war wie eine Bäuerin gekleidet, während Martino Hirtenkleider trug, das bedeutete also nichts. Aus der Art und Weise ihrer Haltung schloss ich, dass sie etwa im vierten Monat schwanger sein musste. Sie erriet die Frage in meinen Augen.

«Ich bin Daria. Ich habe Peppi gefunden ... Nein, ich muss mich daran gewöhnen ... er heisst Martino.»

«Gefunden? Wo denn? Wann und wie?»

«Bei uns, ein Weiler in den Bergen. Wir wissen nicht einmal, ob wir Italiener sind oder Österreicher. Auf der Karte gibt es uns gar nicht. Der Krieg rückte ziemlich nahe an uns heran, dann entfernte er sich wieder, und wir sahen nichts mehr davon ausser von Zeit zu Zeit einen Mann, der sich in die Berge verirrt hatte. Meistens sind es Deserteure. Die Männer des Dorfes hatten sich entschieden, nicht zu kämpfen, weil beide Seiten sie vergessen hatten, sie hätten ja auch nicht gewusst, bei welcher Armee sie hätten anmustern sollen. Sie versteckten sich, schliesslich versteckte sich der ganze Weiler. Wir lebten von unseren Ziegen und ein paar Erzeugnissen des Landbaus. Ich glaube, niemand weiss, dass es uns gibt.»

Sie legte eine Pause ein.

«Als wir Martino fanden, waren noch andere dabei, alle tot. Ihn hielten wir zuerst auch für tot, aber er hatte nur eine Kopfverletzung.»

Ich streckte meine Hand nach Martinos Gesicht aus.

«Mein Sohn», sagte ich auf Englisch zu ihm, «du hast keine Ahnung, wie sehr ich um dich geweint habe.»

Er sah mich mit Augen voller Traurigkeit an.

«Und ich habe euch alle während Monaten vergessen.»

«Wurdest du schon am ersten Tag verwundet?»

Er runzelte die Stirn.

«Das ist ja das Verrückte. Ich erinnere mich an nichts. Am deutlichsten erinnere ich mich an mein Abschlussexamen als Anwalt. Ich stellte fest, dass ich das Straf- und Zivilrecht noch fast auswendig konnte. Aber angemustert? Ausgebildet? Auf Patrouille geschickt und verletzt? An nichts von alledem kann ich mich erinnern.»

Die Stille zog sich in die Länge. In diesem Augenblick wurde die Haustür geöffnet und wieder geschlossen. Ich stand auf und ging Francesco entgegen.

«Mein Gott, Zadie, was ist los? Signor Dini sagte mir eben, ich müsste mich auf eine grosse Überraschung gefasst machen, er ist in Tränen aufgelöst. Und jetzt würde man glauben, du hättest ein Gespenst gesehen.»

«Es ... Es ... Es ist da, das Gespenst.»

Ich machte ein Zeichen in Richtung meines Sprechzimmers, und ich vermute, dass Francesco in diesem Augenblick verstand. Er stiess mich mit einer plötzlichen Bewegung weg, was sehr unüblich war bei ihm, er war im Allgemeinen von ausgesuchter Höflichkeit. Als ich auch wieder dort war, hatte er seine Arzttasche fallen lassen. Dabei hatte sie sich geöffnet und den Boden mit Papieren und medizinischen Geräten übersät. In seinen Armen hielt er einen Martino, der sich ebenso an ihn klammerte wie vorher an mich. Weinend und stotternd sagte er:

«Papa. Papa.»

Was dann geschehen ist, weiss ich nicht mehr, auch nicht, wie wir schliesslich in die Küche im vierten Stock gelangt sind. Michael und Valeria tischten zu essen und zu trinken auf. Martino stützte sich mit den Ellbogen auf den Tisch und hielt den Kopf in den Händen. Dann hob er seinen Blick, der sich mit dem von Michael kreuzte.

«Michael? Sind Sie Michael?» Er sprach Englisch.

«Ja, Martino.»

«Manchmal kommt es, dann verschwindet es wieder. Nein, es verschwindet nicht, es erscheint mir nur unwirklich. Und … und … Joséphine?»

«Sie hat uns verlassen, Martino, eine böse Erkältung.»

«Ach! Das tut mir leid, Michael. Und Sie? …»

«Ich bin hier und bereit, dir zu helfen, wieder auf die Füsse zu kommen.» Michael hatte instinktiv den richtigen Ton gefunden. Martino lächelte. Und etwas von seinem Vorkriegslächeln machte sich auf seinem Gesicht bemerkbar. Weine nicht, Zaïda! Es fiel mir schwer, dem energischen Befehl Folge zu leisten, den ich mir etwa alle dreissig Sekunden erteilte.

«Wie konnte ich bloss so lange nicht an euch denken?», seufzte er.

«Während mehr als einem Jahr sprach er kein Wort», sagte Daria. «Während Monaten lächelte er auch nicht. Er lebte bei uns mit verschlossenem Gesicht und leeren Augen. Am Tag, als er das erste Mal lächelte, betranken sich die Männer vor Freude. Aber er sagte immer noch nichts, wir waren nicht einmal sicher, ob er uns verstand.»

«Und dann?», fragte Francesco.

«Dann begann er, ein paar Worte zu sprechen. Manchmal verstand man ihn, manchmal nicht, aber jetzt, wo ich weiss, dass es Englisch ist, verstehe ich, warum wir ihn nicht verstanden haben.»

«Und dann?»

Sie wurde rot.

«Wir … Er … Wissen Sie, wir hatten keinen Pfarrer, ich weiss, dass es eine Sünde ist, aber schliesslich haben wir …»

«Das ist normal», sagte Francesco, als ob es sich um die natürlichste Sache der Welt handelte. «Sie können später heiraten.»

Sie tätschelte sich den Bauch.

«Das Problem ist nur, dass es da ist, es kann nicht warten. Aber wissen Sie, dass er es mit mir gemacht hat, machte ihn, ich weiss nicht, wie ich es sagen soll … Langsam sprach er wieder ein bisschen. An den Militärdienst erinnerte er sich nicht, aber er sprach von einem Haus am Meer, von einem Leuchtturm, von seinem kleinen Bruder, der sehr stark in Mathematik ist. Manchmal sprach er mehr, manchmal weniger. Und dann sagte er eines Tages einfach so: ‹Ich heisse Martino Giocondo.›»

«Das war, als ich mich an Saint Askin erinnerte», sagte Martino. «Ganz plötzlich sah ich mich zusammen mit Alberto, und ich erinnerte mich an ihn, als er oben auf dem Leuchtturm nach mir rief: ‹Martino, komm herauf!›, und da wusste ich auf einmal, dass ich Martino Giocondo Barber bin.»

«Du erinnertest dich wieder an uns?»

«Nein. Nur an Alberto. Ich war mir nicht einmal ganz

sicher, dass das mein richtiger Name war. Aber unterdessen trafen wir unter den Deserteuren auch einen Mailänder. Er sagte mir, er kenne einen Dr. Giocondo, dich, Papa. Er beschrieb mir die Via Manzoni, und damit weckte er meine Erinnerungen.»

«Als wir in Mailand waren», sagte Daria, «fand er die Adresse, ohne zu zögern. Ich war mir immer noch nicht sicher, aber als ich sah, dass der Pförtner ihn wiedererkannte und er ihn Signor Martino nannte …»

«Ohne Daria hätten wir es niemals bis hierher geschafft. Sie riet mir, den Blöden zu spielen, sie würde sich um den Rest kümmern. Wir sind zwei Rekrutierungswachtmeistern und mehreren Carabinieri-Patrouillen begegnet. Sie hat sie alle um den Finger gewickelt. Daria erzählte, ich sei ein armer Schwachkopf, der die Hälfte seines Hirns verloren habe.» Er hob seine Haare an, die eine grosse Narbe am Rand der behaarten Kopfhaut verbarg. «Sie zeigte ihnen das Loch, durch welches es gegangen sei. Ich bin mir sicher, dass das medizinisch nicht haltbar ist. Aber für diese Typen reichte es, umso mehr, als sie auch mich mit verdrehten Augen und Geifer am Mund vor Augen hatten.»

Er lachte, und wir lachten mit ihm. Es war befreiend.

«Seid ihr mit dem Zug gekommen?»

Jetzt drehten Daria und Martino die Augen zur Decke. «Im Zug? Mit welchem Geld denn? Nein, zu Fuss. Unterwegs sind wir seit März, wir brachen auf, sobald es zu tauen anfing. Die Deserteure hatten eine Karte, sie zeichneten uns den Weg ein. Auf dem ersten Teil unserer Reise durch die Berge kannte sich Daria aus wie in ihrer eigenen Tasche, sie brauchte keine Karte. Wir blieben in der Höhe und begegneten lange keiner einzigen Uniform. Wir hatten altbackenes Brot dabei, und manchmal begegneten wir Hirten, die uns etwas Käse gaben. Von den Deserteuren hatten wir auch ein paar Lire bekommen, für alle Fälle. Und wir brauchten sie nicht anzurühren, bis nach Mailand – oder fast. Wir marschierten und lebten von dem, was wir erbetteln konnten.»

Es dauerte mehrere Tage, bis Martino wieder mehr war als der Schatten seiner selbst. Seine Gefährtin war ein einfaches Mädchen, die angesichts eines Komforts, von dem sie noch nie etwas gehört hatte, grosse Augen machte.

«Bei uns ist der Boden aus gestampfter Erde und der Kamin ist meistens einfach ein Loch im Dach.»

Fliessendes Wasser, Telefon, das Elektrische – das war für sie, als ob sie von einem anderen Planeten stammte. Abgesehen davon, dass es irgendwo im Trentino sein musste, begriff ich nie, wo ihr Weiler lag. Sie konnte es mir nicht erklären, und Martino ebenso wenig, auch dann nicht, als er sein gesamtes Erinnerungsvermögen wiedererlangt hatte.

Unsere grösste Sorge war, dass ihn uns die Armee mit ihrem Bedarf an Kanonenfutter nicht wieder wegnahm, um ihn erneut an die Front zu schicken. Die Rekrutierer durchkämmten die Stadt mit der Kraft der Verzweiflung. Sie brauchten um jeden Preis neue Soldaten. Es war die Rede von einer Offensive, mit welcher die Österreicher ihre Gegner «erledigen» wollten.

Nach Ansicht von Francescos Brüdern war es ein Entweder-oder. Wenn sie die Entente in dieser Offensive nicht erledigten, würden sie die Erledigten sein. Was auch immer die Gründe sein mochten, um zu kämpfen – wir fanden, Martino sei seelisch noch zu schwach, um zu überleben, wenn wir ihn wieder an die Front einrücken liessen. Doch wir waren auch überzeugt, dass sich die Armee von solchen Nuancen nicht stören lassen würde.

Ich erkundigte mich bei meinen Patientinnen – mehrere von ihnen hatten Angehörige, die sich versteckten, sogar in Italien selber, in der Schweiz, in Spanien. Ich hatte vor, Martino nach Zürich zu schicken. Alberto würde bestimmt Mittel und Wege finden, um sich um ihn zu kümmern. Als er zum Studium in die Schweiz gegangen war, hatten wir ein Konto für Alberto eröffnet, auf welches die De Vicos den Erbteil überwiesen, den mein Vater für die Kinder vorgesehen hatte. Geld war also vorhanden, um ihn zu versorgen. Am allerliebsten hätten wir das selber getan, doch dafür mussten wir das Ende des Krieges abwarten.

Wir liessen Martino und Daria in die Schweiz bringen. Michael und Francesco begleiteten sie in einer mondlosen Nacht im Auto bis Como. Am See waren sie mit einem Schlepper verabredet.

«Sie bringen sie in die Schweiz, wir bleiben hier, und wenn Sie zurückkommen und alles gutgegangen ist, bezahlen wir Sie», erklärte ihm Francesco. Der Mann lehnte ab. Er wollte zuerst das Geld. Aber wir hatten Geschichten von Schleppern gehört, die ihre Passagiere in Italien ausluden oder, noch schlimmer, direkt bei den Carabinieri ablieferten – was den sicheren Tod wegen Desertion bedeutete.

«Sehr gut, dann begleite ich Sie», sagte Francesco. «Aber das Geld bleibt hier, Sie bekommen es, wenn Sie mich zurückgebracht haben.»

Der andere musste wohl oder übel akzeptieren. Noch vor dem Morgengrauen waren sie zurück, und das Geld wechselte den Besitzer.

Ich konnte Alberto nicht benachrichtigen. Denn selbstverständlich hätte ich mit ihm nicht über seinen Bruder reden können. Man wusste nie, ob der Telefonverkehr nicht abgehört wurde. Als ich ihn schliesslich erreichte, sagte ich nur:

«Ich schicke dir einen Apparat für deine Forschung, kümmere dich um ihn.»

Alberto war sofort klar, dass ich nicht frei reden konnte, und verlangte keine Erklärungen. Zwei Tage später rief er mich wieder an.

«Der Apparat ist in gutem Zustand angekommen, Mamma. Ich traute meinen Augen nicht. Es müssen ein paar Einstellungen vorgenommen werden, aber mach dir keine Sorgen, wir kümmern uns darum. Ich bin sehr, sehr zufrieden.»

Wir hatten immer noch Hunger, und wir waren immer noch überanstrengt, aber Martinos Auferstehung war wie ein Peitschenhieb für uns. Das Leben schien auf einmal weniger schwer.

Jedenfalls bis zum nächsten Albtraum.

Man hatte mich aus einem Krankenhaus angerufen, nicht aus dem *Ospedale Maggiore*, aber ich weiss nicht mehr, aus welchem. Es musste August gewesen sein, vielleicht sogar Anfang September. Auf jeden Fall war die von Österreich-Ungarn geplante grosse Offensive zurückgeschlagen worden, und es hiess, der Krieg würde bald vorbei sein. Bloss dass das niemand mehr glaubte. Der Telefonanruf also.

«Dr. Giocondo?»

«Persönlich.»

«Wir haben hier einen jungen Mann, der behauptet, Ihr Sohn zu sein.»

Martino! Was war passiert? War er zurückgekommen? Ich glaubte plötzlich, keine Luft mehr zu bekommen.

«Ich habe mehrere Söhne, Signora. Von welchem reden Sie?»

«Mhm ... Auf dem Zettel, den ich erhalten habe, steht kein Vorname. Hauptmann Giocondo ist alles, was man mir sagte.»

Ich liess einen Seufzer der Erleichterung fahren, obwohl ich sehr beunruhigt war. Es war Gianni.

«Trägt er keine Identifikation bei sich?»

«Nein, nichts. Man brachte ihn vor zwei Tagen zu uns, aber er war bis jetzt nicht in der Lage gewesen, seinen Namen zu nennen. Seine Papiere müssen unterwegs verlorengegangen sein.»

«Ich komme.»

Als ich das Zimmer betrat, überflog ich die Gesichter in den Betten. Mehrere Köpfe waren bandagiert. Herr, mache, dass er nicht verunstaltet ist. Ich ging langsam durch das Zimmer. Als ich ganz hinten angekommen war, hörte ich ein schwaches: «Mamma!»

Ausgestreckt in dem Bett, aus dem dieser schwache Ruf gekommen war, sah ich eine Statue liegen. Der Oberkörper, die beiden Beine und die beiden Arme waren im Gips, der Kopf bandagiert, nur das Gesicht war unversehrt. Giannis Gesicht.

Ich trat näher und griff nach seiner linken Hand, die unbeschadet aus dem Gips hervorlugte. Die rechte war verbunden. Ich bedeckte sie mit Küssen, dann machte ich das Gleiche mit dem Gesicht. Wir weinten.

«Mein armer Schatz, was ist passiert?», fragte ich schliesslich.

«Ich bin in einem Flugzeug abgeschossen worden. Rippen, die beiden Beine und Arme gebrochen, der Schädel etwas beschädigt, aber ansonsten bin ich noch heil. Wir können von Glück reden, der Pilot ist gestern gestorben.»

«Ich will schauen, ob wir dich nach Hause mitnehmen können.»

Er lächelte. Es war ein müdes Lächeln.

«Wenn das nur ginge, Mamma. Hier kenne ich niemanden. Und es wird überall gestorben. Das hilft nicht gerade beim Gesundwerden.»

Ich stand auf, um mit der zuständigen Person zu verhandeln, als mir plötzlich eine Frage durch den Kopf ging.

«Was hast du in einem Flugzeug gemacht?»

«Man erwartete von mir, irgendeinen hohen Offizier zu retten, der im Sterben lag. Um keine Zeit zu verlieren, schlug man mir vor, das Flugzeug zu benützen – und wenn ich sage, schlug vor … Man *befahl* mir, das Flugzeug zu nehmen. Ich operierte den hohen Offizier, und ich kann dir nicht einmal sagen, ob er durchgekommen ist. Das Flugzeug wurde auf dem Rückflug abgeschossen, während zwei oder drei Tagen war ich bewusstlos, und als ich gestern wieder aufwachte, wurde mir klar, dass ich Mister X geworden war.»

«Und deine Sachen?»

«Schau, mit dem vielen Gips hier nützen Kleider nichts. Man hat ein Paket geschnürt, das gestohlen wurde. Man hatte mir bereits die Taschen geleert, notgedrungen, schon vor diesem Raub gab es nichts mehr, was darauf hinwies, wer ich war.»

Ich ging zum Chefarzt. Glücklicherweise kannte ich ihn flüchtig.

«Wenn die Militärbehörden davon ausgehen können, dass er anschliessend nicht desertiert», sagte er zu mir, «macht das ein Bett frei, und das wäre gut für uns.»

«Er wird nicht desertieren. Wir werden ihn nur wieder auf die Füsse bringen.»

Wir luden ihn in eine Ambulanz, und ich brachte ihn nach Hause.

Noch am gleichen Abend brach Francesco den Gips an Beinen und Armen auf, um zu sehen, wie die Brüche behandelt worden waren, und er entfernte auch diese Art Panzer, der den Rumpf des armen Gianni umschloss.

«Ich verstehe nicht, warum die Ärzte meinen, gebrochene Rippen müssten eingegipst werden. Es verunmöglicht dem Patienten, einigermassen normal zu atmen, und es besteht die Gefahr von Komplikationen mit der Lunge.»

Er gipste die Arme und Beine wieder ein und brachte ihn mitten in der Nacht und fast heimlich wieder ins Krankenhaus, um den Rumpf röntgen zu lassen. Nachdem er festgestellt hatte, dass die Brüche sauber waren und es keine Komplikationen gab, wickelte er Gianni in eine elastische Binde. Dann vertrauten wir ihn Michael an, der sich um ihn kümmerte und ihm mit seiner üblichen Hingabe, seiner Geduld und seinen allgemeinen Fähigkeiten half, wieder auf die Beine zu kommen. Wenn er die Möglichkeit gehabt hätte, Medizin zu studieren, wäre Michael ein guter Arzt geworden.

Dann meldete sich der nächste Albtraum.

Er lag schon eine ganze Weile in der Luft. Ich meine die Grippe, die man später die Spanische nennen würde, die aber sehr wahrscheinlich, das wurde mir erst Jahre später klar, der Preis war, den wir für die späte Hilfe der Amerikaner zu zahlen hatten – das Virus war in ihrem Gepäck eingeschleppt worden.

Nachdem jeder von uns Hunderte Kranke hatte sterben sehen und die Symptome beobachten konnte, fragten wir uns, ob nicht bereits Joséphine an dieser Krankheit gestorben war – ich blieb im Ungewissen.

Unser Glück war, dass Francesco und ich bereits Erfahrung mit einer Grippe-Epidemie hatten, ich in Florenz, er in Triest oder Wien, noch bevor wir uns kannten. Wir waren sogar selber daran erkrankt, was uns wahrscheinlich immun gemacht hat. Sie hatte uns belästigt und geschwächt, aber nichts von dem, was wir jetzt in den Krankenhäusern zu sehen bekamen, hatte eine Ähnlichkeit mit dem, was wir bereits kannten.

Offen gesagt, machte sich zumindest in Mailand die Ärzteschaft lange vor den Behörden Sorgen. Diese leugneten die Krankheit nicht, sie spielten sie herunter.

Ende August verlas der Chefarzt des *Ospedale Maggiore* seinen Ärzten in höchst missbilligendem Ton eine Depesche des

Innenministeriums an die Präfekturen, nach welcher es *keinerlei Berechtigung gab für die von einigen Hitzköpfen verursachte Beunruhigung.* Je mehr Zeit verging, je mehr die Zahl der Erkrankten und der Toten sich vervielfachte, umso mehr beruhigende Verlautbarungen prasselten auf uns herab. Den Zeitungen war es mehr oder weniger verboten, über die Grippe zu schreiben, und sie gehorchten, was ihre Leser angesichts der ständig steigenden Opferzahlen allerdings nicht zu beschwichtigen vermochte. Doch ungeachtet der Wirklichkeit fuhren die Zeitungen fort, von einer Krankheit mit gutartigem Verlauf zu sprechen, der gegenüber die Befürchtungen Einzelner völlig grundlos wären, böswillige Übertreibungen, um die Leute glauben zu machen, es sei eine Epidemie am Werk.

Nach Auffassung der Regierung ging es darum, zum Zeitpunkt, als sich das Kriegsglück zugunsten der Entente wendete, die Soldaten nicht zu demoralisieren.

Jedenfalls endete die Verschwörung des Schweigens in einer regelrechten Gesundheitskatastrophe, der die Bevölkerung, in dreieinhalb Kriegsjahren abgemagert und geschwächt, sich selber überlassen und ohne jegliche Anweisungen zu möglichen Vorbeugemassnahmen, wehrlos ausgesetzt war.

Aber lächerliche Inserate tauchten auf – eine bestimmte Zahnpasta-Marke, deren Namen ich vergessen habe, oder ein gewisses Kölnischwasser schützten gegen die Grippe, hiess es. Kurzum: Man steckte den Kopf in den Sand, und die Wirkung der Grippe war verheerend.

Mit den Wochen, die vergingen, wurde auch immer deutlicher, dass es kein Wundermittel geben und die Zahl der

Toten von Tag zu Tag steigen würde. Entsetzt mussten wir feststellen, dass unter Jugendlichen die höchste Zahl an Grippetoten zu beklagen war.

Was sich zwischen Oktober 1918 und Januar 1919 in Mailand abspielte, ist unbeschreiblich. Man wusste nicht mehr, wohin mit den Tausenden von Kranken, man lagerte sie reihenweise in Kirchen, Turnhallen und Schulen (die für Schüler geschlossen waren).

Wir verbrachten unsere Tage und Nächte damit, die Leute zu verarzten und darauf zu warten, dass die Krankheit und der Tod auch uns ereilen würde. Der Krieg ging zu Ende, «wir» hatten gewonnen, die Italiener zogen triumphierend in Triest ein. Patriotismus. Operettenklänge. Aber für uns war das nur ein kleiner Wellenschlag im Einerlei der Tage. Wir eilten von Bett zu Bett, die Leute starben wie die Fliegen – ich bin nicht in der Lage, ein Bild zu zeichnen, das dieser Apokalypse würdig wäre. Um der schrecklichen Wirklichkeit gerecht zu werden, bedürfte es der Feder eines Paolo Valera oder derjenigen Victor Hugos, den er als seinen Meister betrachtete.

Bei uns wurde Valeria als Erste krank. Michael richtete in seiner Wohnung unter dem Dach einen Schlafraum ein, in welchem er die junge Frau und die zwei Töchter unserer Nachbarn einen Stock tiefer isolieren konnte. Wir pflegten kaum Kontakt mit diesen Leuten, sie missbilligten die Freiheit, die wir unseren Söhnen einräumten, Gianni war sogar beschuldigt worden, eines der Mädchen im Haus verführt haben zu wollen, kurzum, unsere Beziehung war mehr als kühl, sie hielten uns für schlechte Eltern – was konnte man übrigens von einer Mutter, die arbeitete *(sic!)*, anderes erwarten. Das hinderte die Leute allerdings nicht daran, die arbeitende Frau ganz nützlich zu finden, als ihre Töchter krank geworden waren. Ich vergass meinen Stolz, ich hätte es mir nicht verziehen, ihnen meine Hilfe aus Eigenliebe zu verweigern.

Unsere grösste Sorge war, dass Gianni nicht angesteckt wurde. Francesco hatte ihm die Gipsverbände abgenommen, und unser Sohn ging an Krücken. Die Kopfwunde war verheilt und die Narbe auf der Stirn bildete sich zurück. Aber er war sehr schwach. Und er wurde einsilbig und düster.

Valeria starb und eines der Mädchen unserer Nachbarn auch. Dann wurde Gianni krank, während einer Woche war ich überzeugt, dass auch er sterben würde. Er war nicht nur sehr geschwächt, er leistete der Krankheit auch keinen Widerstand, er liess sich gehen, als ob er keine Lust mehr hätte weiterzuleben. Ich kam praktisch nie mehr ins Bett, Francesco verbrachte die meiste Zeit zu Hause. Wir schafften es, ihn zu retten, oder er schaffte es, sich selber zu retten, wir werden es nie wissen. Aber als ihn das Fieber endgültig verlassen hatte, war er nur noch ein Schatten seiner selbst. Stundenlang sass er herum und starrte ins Leere. Manchmal weinte er, die Tränen flossen lautlos, es war furchtbar.

Als wir ihn so weit hatten, dass er sich zu uns an den Tisch setzte, konnte er wieder ganz er selber sein und fast eifrig über alles Mögliche diskutieren – wenn es bloss nichts mit dem Krieg zu tun hatte. Diese Augenblicke waren wie ein Licht in dunkler Nacht.

So wie es aussah, waren die Lichter nicht zahlreich genug, er war noch nicht über den Berg.

Eines Abends, es muss Ende November gewesen sein, kam ich spät von der Kirche zurück, wo ich Dutzende Grippekranke versorgte, die dort Zuflucht gefunden hatten. Alle gesunden Ärzte halfen in diesen Notkrankenhäusern aus. Normalerweise ging ich direkt in den vierten Stock, wenn ich so spät nach Hause kam. Was mich veranlasst hat, im ersten Stock haltzumachen, weiss ich nicht. Als ich eintrat, sah ich das Licht, das unter der Tür zur Pflegestation durchdrang. Ein Einbrecher? Konnte ich es allein mit ihm aufnehmen? Aber es war überhaupt kein Geräusch zu hören. Zur Beruhigung meines Gewissens musste ich nachsehen. Ich öffnete die Tür.

Gianni lag am Boden. Neben ihm glänzte ein Skalpell. Ich erfasste die Situation auf einen Blick. Ich stürzte mich auf den Materialschrank, holte zwei Abschnürbinden hervor und band sie um Giannis Arme, ohne mich zu fragen, ob es nicht schon zu spät war. Aber mein Gehirn hatte registriert, dass das Blut von hellroter Farbe war. Frisch. Er musste noch am Leben sein.

Als die Abschnürungen angelegt waren, legte ich zwei Finger an die Halsschlagader. Das Herz schlug ganz heftig. Ich musste nur ein paar Augenblicke, nachdem er das Bewusstsein verloren hatte, gekommen sein.

Ich griff nach dem Telefon und rief im vierten Stock an. Innerhalb weniger Sekunden waren Michael und Francesco da. Wir trugen Gianni in sein Bett, das er verlassen hatte, ohne dass es jemand bemerkt hätte.

Wir wussten, ohne es ausgesprochen zu haben, dass wir uns

keine Hoffnungen auf eine Transfusion zu machen brauchten. Wegen der Grippe herrschte in den Krankenhäuser eine heillose Unordnung. Gianni konnte sich nur selber retten.

Als er endlich wieder zu sich kam, warf er Francesco, der sich in diesem Augenblick über ihn beugte, einen entsetzten Blick zu.

«Ihr habt mich nicht sterben lassen», sagte er leise, aber in vorwurfsvollem Ton.

«Hast du wirklich gedacht, wir würden es widerspruchslos zulassen, dass du uns die Pflegestation verschmierst?», antwortete Francesco entschieden. Gott sei Dank, Gianni war ein Rest Normalität geblieben, er lächelte.

«Ich hätte es im Hinterhof machen sollen», sagte er mit einem Seufzer.

«Du hättest es gar nicht machen sollen», entgegnete Michael. Ich selber brachte kein einziges Wort heraus. Ich stand noch ganz unter den Nachwirkungen des Schocks, und ich hatte das Gefühl, es sei jetzt an mir, ohnmächtig zu werden.

XVII

Wie viel Zeit vergangen ist zwischen dieser dramatischen Nacht und dem Anruf von Edoardo Weiss, dem Psychiater aus Triest, kann ich nicht sagen. Schon vor Monaten hatten wir unsere Telefonnummer bei seiner Familie hinterlassen, zu einer Zeit, als es unmöglich war, mit ihm in Verbindung zu treten. Unterdessen hatten wir ihn ein wenig vergessen.

Er erinnere sich an Francesco. Ja, er war bereit, mit uns ins Gespräch zu kommen, und es ergab sich, dass er nächstens nach Mailand reisen musste. Was wir zu einem Treffen bei uns sagen würden?

«Sie sind herzlich willkommen, Doktor. Aber ich warne Sie: In Mailand laufen Sie Gefahr, sich die Grippe einzufangen.»

«Ich hatte sie bereits, verehrte Signora, und bin auch wieder geheilt. Ich halte mich für immun.»

Am Abend vor dem Treffen mit Weiss hatten Francesco und ich eine lange Diskussion.

«Ich habe es vor vier Jahren gesagt und jetzt sage ich es erst recht», erklärte Francesco, «wir sollten nicht mehr operieren, wir sind nicht mehr in dem Alter dazu.»

«Ich stimme dir zu, ganz abgesehen davon, dass ich auch nicht mehr mag. Aber glaubst du wirklich, die Psychologie ist der richtige Weg für uns? Dass wir so spät in unserem Leben noch etwas Neues anfangen können? Wir sind bald sechzig.»

«In diesem Bereich spielt das Alter keine Rolle. Es gibt Politiker, die ihre Karriere mit sechzig beginnen. Wenn wir es wirklich wollen, schaffen wir es auch.»

«Wenn ich an unsere Söhne denke, möchte ich gern verstehen, was mit ihnen passiert ist. Und noch etwas habe ich unterwegs in der Stadt und in Gesprächen mit Frauen im Ambulatorium festgestellt: Die Fronterfahrung hat manche depressiv werden lassen, andere aber wurden aggressiv, was zwingend soziale Probleme nach sich ziehen wird.»

«Wenn wir uns mit der Psychologie befassen, können wir uns vielleicht nützlich machen. Für unsere Söhne. Für die Gesellschaft. Auf andere Art als bisher, aber … nützlich ist nützlich.»

Am nächsten Tag legten wir unsere Idee Dr. Weiss vor. Er war begeistert.

«Ich finde das ein hervorragendes Vorhaben. Sie verfügen über Erfahrung und Sie sind unternehmungslustig. Und ausserdem haben Sie ein echtes Problem erkannt: Die vielen Kriegsheimkehrer müssen wieder in ein normales Leben integriert werden, ohne Gewalt, und das wird nicht einfach sein.»

Er erklärte uns die Notwendigkeit einer vorhergehenden sogenannten Lehranalyse, die dazu verhilft, sich selber und die Probleme der Patienten zu verstehen.

«Ein Psychiater ist niemals in der Lage, seine Patienten in einem höheren Grad zu Ausgeglichenheit zu führen, als er sie selber erreicht hat. Wir haben deshalb die Pflicht, uns so gut als möglich vorzubereiten.»

Daraufhin wollten wir gerade grundlegende Entscheidungen treffen, als im Januar 1919 die Stadt beziehungsweise Europa von einer zweiten Grippewelle erfasst wurde, noch bevor sie sich von der letzten ganz erholt hatte. Ich gehe nicht weiter darauf ein. Sie war weniger heftig als die erste, sie forderte weniger Todesopfer als im Oktober und November. Wir beschlossen, dass wir die Kranken nicht im Stich lassen konnten, umso weniger, als wir bei Ausbruch der Grippe gar nicht wissen konnten, ob es weniger, aber ebenso tödliche Fälle geben würde wie beim letzten Mal.

Im Frühjahr 1919 bekamen wir endlich wieder Boden unter die Füsse. Gianni ging es ein wenig besser, dank unserer Behandlung gelang es uns, ihn wieder auf die Beine zu bringen, und so paradox es auch scheinen mag – der missglückte Selbstmordversuch hatte ihm etwas von der Lebensfreude zurückgegeben. Er war zum Fürchten mager und bleich, und er hatte bereits weisse Fäden in seinem mahagonibraunen Haar. Aber er sprach von der Zukunft.

Michael stellte eine Frau ein, um die arme Valeria zu ersetzen, eine Kriegswitwe, kaum mehr als halbwüchsig, die er halb verhungert auf der Strasse aufgelesen hatte. Sie hiess Mathilda. Sie und Michael sahen die Anstellung als etwas Vorübergehendes, doch dann erwies sie sich als neue Joséphine und sie versieht treu ihren Posten seit Jahrzehnten. Nachdem sie ordentlich ernährt war, wurde sie lebendig, lustig und rührig.

Dann schlossen wir offiziell unsere Praxis. Francesco gab auch die Arbeit im Krankenhaus auf und beendete die Fortbildungskurse für junge Chirurgen.

Während des Krieges hatten wir einen grossen Teil unserer Privatpatienten verloren, weil wir zu sehr mit den Verwundeten und dann mit den Grippekranken beschäftigt waren, meist ohne Bezahlung und in gemeinschaftlichen Einrichtungen. Die Privatpatienten, die wir noch hatten, vernachlässigten wir keineswegs, aber um neue bemühten wir uns nicht.

Im Hinblick auf eine psychoanalytische Tätigkeit bauten wir im vierten Stock die bisherigen Kinderzimmer in ein kleines Behandlungszimmer und in zwei Büros um, eines für jeden von uns. Den ersten Stock vermieteten wir weiter.

Gianni genas nur langsam und wollte nichts mehr mit Medizin zu tun haben. Wir gingen davon aus, dass er ein Kriegsopfer war und Zeit brauchte, um wieder Fuss zu fassen.

Anfang 1919 fuhren wir alle drei nach Zürich, sobald es die Grippe zuliess. Zum ersten Mal seit vier Jahren war unsere Familie wieder vereint.

Martino und Daria hatten geheiratet, und ich war Grossmutter eines Mädchens, Violetta. Dennoch war Martino weit davon entfernt, wieder der zu sein, der er vor dem Krieg gewesen war. Tatsächlich war dieser «gewonnene» Krieg für die Meinen ein unwiederbringlicher Verlust, und es fiel mir schwer, das hinzunehmen. Wir gewöhnlichen Bürger hatten überhaupt nichts gewonnen.

«Weisst du, Mamma, es ist, als ob dem Leben das Salz fehlen würde», sagte mir Martino auf einem gemeinsamen Spaziergang. «Aber ich verstehe nicht, warum das so ist. Ich war zweifellos an der Front, möglicherweise habe ich schreckliche Dinge gesehen, aber ich erinnere mich an nichts, und wenn ich mir Gianni anschaue, der furchtbare Bilder vor seinen Augen hat, die ihm den Schlaf rauben, dann sage ich mir, dass ich viel Aufhebens mache um nichts. Ihm kann es tatsächlich schlechtgehen. Aber mir?»

«Wenn ich dich richtig verstehe, müssen deine Erinnerungen zurückkehren, damit die Sache wieder in Ordnung kommt. Hast du nicht auch für dich selbst an eine Psychoanalyse gedacht?»

«Ich habe festgestellt, dass Papa und du diese Sache sehr ernst nehmt, bis jetzt hielt ich das für Scharlatanerie. Aber wenn ihr es mir anratet ...» Schweigen. «Ich habe einen Brief von Onkel Lawrence bekommen.»

«Was schreibt er?»

«Dass sein Sohn tot sei und der Titel des Lord Lidley nach seinem eigenen Tod auf mich kommen würde. Er schrieb auch, wegen des Krieges sei nicht mehr viel Geld vorhanden und wegen des Gutes und des Hauses würde ich wohl mit manchen Unannehmlichkeiten zu rechnen haben.»

Ich war sprachlos.

«Und was hältst du davon?», fragte ich schliesslich nach längerem Schweigen. Statt einer Antwort lachte er nur, dann sagte er nach einem weiteren längeren Schweigen:

«Wir waren noch klein, aber ich erinnere mich durchaus an die Zeit, als er uns entführen lassen wollte, um aus uns Prinzen des Königreichs zu machen. Ihr habt uns nichts gesagt, aber Gianni und ich wussten Bescheid. Damals fand ich die Idee schrecklich, und sie gefällt mir auch heute nicht.»

«Nun?»

«Ich verstecke mich hinter der Tatsache, dass ich ein Giocondo geworden bin und werde Onkel Lawrence vorschlagen, den Titel jemand anderem zu verleihen. Ich gehe sehr gern nach Saint Askin, aber als gewöhnlicher Bürger. Vielleicht würde es Gianni gefallen, geadelt zu werden, er sucht sich ja ein neues Lebensziel.»

Als wir mit ihm darüber sprachen, konnte ich mich darüber freuen, Gianni wieder lachen zu sehen wie damals, als er noch ein Kind war.

«Weisst du, was Martino zu mir sagte, als wir noch klein waren? Gehorche, sonst schreibe ich an Onkel Lawrence, dann macht er dich zum Lord. Nein, Lord Lidley zu werden, war das Schreckensbild unserer Jugend, und kommt jetzt nicht in Frage.» In seinen Augen lag wieder Traurigkeit, aber nur für einen kurzen Augenblick. «Glaubt ihr, dass ich eine gewisse Zeit in Saint Askin leben könnte. Ganz allein mit dem Meer, das würde mir vielleicht guttun.»

Allein diese Idee gab ihm etwas von seiner früheren Lebendigkeit zurück.

Ich machte ein paar Telefonanrufe, die Nachbarn (nicht mehr die gleichen) lüfteten das Haus und zwei Tage später reiste Gianni ab. Francesco und ich lagen uns in der Nacht darauf (innerlich) zitternd in den Armen. War er verreist, um sich selber wiederzufinden? Oder vielleicht doch, um sich in aller Ruhe umbringen zu können? Aber es war uns klar, dass wir nicht mehr viel tun konnten für ihn.

In Zürich begegneten wir einem Freund von Dr. Weiss, Dr. Colombo, ein in der Schweiz geborener Italiener, der in Wien Psychiatrie studiert und eine Lehranalyse mit einem der Freud-Jünger gemacht hatte. Nach Dr. Weiss war er bestens in der Lage, uns zu analysieren, und ausserdem gerade als Professor an die Universität von Pavia berufen worden.

«Es ist besser, wenn ich Sie nicht beide analysiere», erklärte uns der rundliche und leutselige Mann, «aber ich kann Ihnen einen Kollegen in Monza empfehlen. Er ist Schweizer, er hält sich aus familiären Gründen dort auf. Wenn Sie einverstanden sind, übernehme ich eine Person, mit wöchentlichen Sitzungen, sobald ich zurück in Pavia bin, und er übernimmt die andere.»

Gemeinsam fuhren wir nach Monza, um den Kollegen zu konsultieren. Es war uns sofort klar, dass Francesco zu ihm gehen würde. Warum weiss ich eigentlich nicht, aber Tatsache ist, das wir uns kaum abzusprechen brauchten. Ihn habe ich seither nie mehr wiedergesehen und gerade wird mir klar, wie sehr er mir fremd war, so dass ich sogar seinen Namen vergessen habe.

Es ist noch zu erwähnen, dass uns die zwei Psychiater dazu geraten hatten, nicht über unsere Analysen zu diskutieren, so lange sie nicht abgeschlossen waren. Manchmal ging mir die Frage durch den Kopf, ob sich die Psychiater ihrerseits in unserer Sache konsultierten.

Die getroffene Lösung mag kompliziert erscheinen, aber zur damaligen Zeit war es schwierig, in Italien Psychoanalytiker zu finden. Bereits machte sich die feindselige Haltung der Kirche bemerkbar, der aufkommende Faschismus war für diese Art von individueller Betätigung nicht gerade förderlich, und die wenigen Psychiater, die es gab, waren mit Arbeit überhäuft.

Während der zweijährigen Dauer der Analyse führte ich ein Tagebuch. Leider ging es zusammen mit so vielen anderen Erinnerungsstücken in den Bombardierungen von 1943 verloren. Es ist für mich deshalb nicht ganz leicht, im Einzelnen über meine Lehranalyse zu berichten. Vergessen habe ich sie nicht, vielmehr verinnerlicht. Es kostet mich eine gewaltige Anstrengung, mir zu vergegenwärtigen, wie ich vor diesem Abenteuer dachte, das mir eine Folge von Erleuchtungen bescherte. Ob sie mich verändert hat, könnte ich nicht sagen, ich glaube sogar, dass es im Grunde nicht der Fall ist. Aber die Analyse hat mir geholfen, einige meiner heftigsten Reaktionen zu verstehen.

Sie ermöglichte mir die Erkenntnis, wie sehr mir meine Mutter gefehlt hatte, und welches Gewicht sie gerade wegen dieser Abwesenheit und wegen ihres strengen Konformismus hatte. Aus dieser Haltung heraus war es mir möglich, mit sämtlichen Tabus auf einen Schlag zu brechen, als ich zum ersten Mal in meinem Leben mit einem Mann allein war. Und ich lernte auch das Glück schätzen, dass dieser Mann Basil war. Wenn ich statt seiner einem Grobian begegnet wäre, hätte mein Leben ziemlich elend werden können.

Verstanden habe ich auch meine Beziehung zu Basil und zu Jonathan. Dr. Colombo zeigte mir, dass Jonathan für mich Basils Schatten war, sein Alter Ego. Meine Beziehung zu ihnen drückte den Durst nach Zärtlichkeit aus, die mir gefehlt hatte. Welti war liebevoll gewesen, aber sie brachte ihre Gefühle nur zur Hälfte zum Ausdruck. Als ich klein war, war sie noch sehr jung und stand unter der Fuchtel meiner Mutter. Sie soll einmal, als sie sah, wie Welti meine Haare streichelte, befohlen haben, «dieses Getue zu unterlassen». Welti erzählte es mir später.

Dies alles veränderte mein Leben kaum. Meine Beziehung zu Francesco war schon immer anders gewesen als die zu meinen zwei ersten Ehemännern, wir waren uns als Erwachsene begegnet, und das hat sich nie geändert. Seit mehr als zwanzig Jahren lebten wir eine harmonische Ehe. Streit gab es nur selten, und es gelang uns, gleichzeitig ein zusammengeschweisstes Paar und zwei voneinander unabhängige Persönlichkeiten zu sein. Aber verstehen zu können, was in gewisser Weise der Motor meiner Kindheit gewesen war, das hat mir, wie ich jetzt feststelle, sehr geholfen, die Kindheit von anderen zu verstehen.

Man hatte uns gewarnt, die Analyse könnte uns als Paar schaden. Bestimmt hatten wir im Laufe dieser zwei Jahre einige bisher unbekannte Probleme, aber zu den Störungen, die man uns vorausgesagt hatte, ist es nicht gekommen.

Wir hatten viel zu tun. An drei Nachmittagen pro Woche ging ich immer noch in mein Ambulatorium, ich spürte, dass ich nicht das Recht hatte, die Frauen ihrem Schicksal zu überlassen. Während eines Semesters belegten wir in Zürich einen Kurs in Psychologie. Mehrmals fuhren wir nach Wien, nach wie vor die Hauptstadt der Psychoanalyse, und besuchten Tagungen, Seminare und Versammlungen. Und wenn wir nichts von dem allem taten, lasen wir sämtliche Bücher über Psychoanalyse und Psychiatrie, die wir in die Finger bekamen.

Die Debatten unter den Psychoanalytikern ersparte ich mir, sie bewegten nur eine winzige Gruppe von Fachleuten, die sehr von Dr. Freuds Ideen abhängig waren. Ich fand sie langweilig. Viele Kollegen gingen mir aus dem Weg oder wollten mich gar nicht kennen. Das war mir ganz recht.

Martino hatte sich schliesslich für ein Doktorat der Rechte an der Universität Zürich entschieden. Bei einem der Psychoanalytiker der Stadt liess er sich behandeln, was ihn wieder einigermassen ins Gleichgewicht brachte, obwohl die Gedächtnislücke für die Militärzeit bestehen blieb. Die Narbe auf seinem Kopf war unterdessen sehr verblichen und wenn man ihm begegnete, hatte man den Eindruck, den alten Martino wieder vor Augen zu haben – reifer geworden natürlich, fünf Jahre älter, verheiratet und Familienvater.

Alberto hingegen hatte die Verlobung mit Esther gelöst. Er sei für sie ein zu wunderlicher Kerl gewesen, erklärte er mir mit hörbarem Bedauern in der Stimme. Mathematik und Violine – damit konnte sie nicht viel anfangen.

«Sie träumt von einem Mann mit einem soliden Beruf, Mamma. Und für sie hat der Beamte einen soliden Beruf. ‹Wenn Einstein auf dem Patentamt arbeiten konnte, warum dann nicht auch du, wofür hältst du dich eigentlich?›, sagte sie zu mir. Ich wies sie darauf hin, dass ich im Orchester der Oper mehr oder weniger meinen Lebensunterhalt verdiente. Aber die Musik ist kein solider Beruf.» Er seufzte schwer. «Schade, dass der für Gefühle zuständige Teil des Gehirns so beschränkt ist, während die Wissenschaft unbegrenzte Wege öffnet für die Spekulation und uns einlädt, sie zu beschreiten.»

Er hatte sich für die Wissenschaft entschieden und plante, nach dem Doktorat in Mathematik, in drei oder vier Jahren, an einer der grossen Universitäten der USA Mathematik zu lehren, wofür er schon jetzt eine entsprechende Einladung in der Tasche hatte.

Wir kehrten nach Mailand zurück.

Es musste daran gelegen haben, dass wir so sehr von unserer Ausbildung und unseren persönlichen Angelegenheiten in Anspruch genommen waren – jedenfalls nahmen wir die politischen Veränderungen nicht wahr, obwohl sie sich direkt vor unserer Nase vollzogen. Benito Mussolini, den Valera vor einigen Jahren noch grossartig gefunden hatte, schlug sein Hauptquartier in Mailand auf.

Doch bevor ich näher auf dieses Thema eingehe, muss ich noch einmal auf Gianni zu reden kommen. Er kehrte nicht nach ein paar Wochen, wie er es vorgehabt hatte, von Saint Askin zurück. Er schrieb zwar und telefonierte, aber er blieb in England.

Schliesslich fuhren wir hin, wir waren beunruhigt.

Mein erster Eindruck war, dass Gianni wieder im Gleichgewicht war. Er war braungebrannt, hatte zugenommen und war heiter. Doch es brauchte Zeit, um zu merken, dass hinter dem äusserlichen Anschein von Gesundheit nach wie vor die ungelösten Probleme steckten. Er weigerte sich strikt, den Arztberuf auszuüben. Da er in England britischer Staatsbürger war, hatte er vor, in einem Büro zu arbeiten, vielleicht auch an einer Schule, er meinte, er könnte zum Beispiel Italienisch unterrichten. Im Augenblick, da noch nichts entschieden war, arbeitete er mit Fischern des Ortes, er fuhr mit ihnen hinaus, um die Netze einzuholen – daher rührte sein sehr gesundes Aussehen.

Wir waren zwar noch nicht in der Lage, andere zu analysieren, aber in unserem Studium doch weit genug fortgeschritten, um zu erkennen, was er tat: Er wartete darauf, dass das Meer ihm den Selbstmord abnahm, wenn ich so sagen darf.

Mit Onkel Lawrence hatte er wieder eine Beziehung angeknüpft, es verbinde sie jetzt eine Art Freundschaft, erklärte er mir. Wir besuchten Lawrence, er war sehr gealtert. Der Hausdame jedoch, immer noch Maisy und immer noch sie selbst, gelang es, so etwas wie eine gute Stimmung ins Haus zu bringen, das ohne sie wohl ziemlich düster gewesen wäre. Sie schaffte es sogar, Gianni «gutzutun», wenn man seinen Worten Glauben schenken kann. Nach Diana zu fragen, wagte ich nicht. Eine der Töchter hatte geheiratet und die andere, Joyce, noch halbwüchsig, kümmerte sich zusammen mit Maisy rührend um diesen Vater, der dem Alter nach ihr Grossvater hätte sein können, aber ohne deswegen gleich ihr eigenes Leben dafür zu opfern. Sie ging aus zum Tanzen ins Dorf. Nun begriff ich, dass die Freundschaft, von der Gianni sprach, der hier wieder Jonathan hiess, sich zwischen diesen beiden abspielte.

Etwas später heirateten sie – zwei junge Leute, ziemliche Einzelgänger mitten in dieser Welt, die man einst die Goldenen Zwanziger nennen sollte … hatten sich verliebt. Meines Wissens störte es sie nie, dass sie Cousin und Cousine waren, sie hatten das Recht zu heiraten und sie taten es. Sie bekamen einen Sohn, den sie nach drei Jahren wieder verloren. Wir waren zur Taufe gegangen, und schon damals war ich beunruhigt wegen des kränklich wirkenden Kindes. Leider waren meine Sorgen berechtigt, es war mit einem Herzfehler geboren worden. Gianni und Joyce hatten keine weiteren Kinder mehr.

Hatte Jonathan Barber junior durch seine Heirat mit seiner

Cousine den Lidley-Titel geerbt? Ich weiss es nicht, und er sprach nie darüber. Auf jeden Fall war dies die geringste seiner Sorgen. Er legte allem und jedem gegenüber eine Gleichgültigkeit an den Tag, die mir Angst machte. Joyce bewunderte ich dafür, ihre gute Laune und ihre offenbar mühelose Tatkraft nicht verloren zu haben.

Ich hatte mir so sehr gewünscht, dass alles, was wir lernten, dazu dienen könnte, dass dieser in seiner Seele so schwer verletzte Sohn nicht so unglücklich sein müsste, aber wir waren gezwungen, uns damit zufriedenzugeben, die Leiden anderer junger Männer seines Alters zu lindern. Er wollte nie etwas von einer psychiatrischen Behandlung wissen.

Festzustellen, wie machtlos wir waren, lähmte uns allerdings nicht, im Gegenteil. Wir wollten erst recht gute Psychiater werden, weil sich unser Sohn so verloren vorzukommen schien. Das war ein grosser Ansporn für uns.

Bloss war das alles nicht so einfach, wie wir es uns gewünscht hätten.

Die von uns gewählte Arbeit war dazu bestimmt, jungen Erwachsenen, die unter einem Kriegstrauma litten, zu helfen, wieder sie selber zu werden und sich um ihr und das Leben der anderen zu kümmern. Doch wir standen einer Ideologie gegenüber, die sich die Verachtung des menschlichen Lebens zunutze machte, eine Folgeerscheinung bei diesen jungen Erwachsenen, die Zeugen des furchtbaren Gemetzels während des Grossen Krieges gewesen waren.

Wir meinten, uns jenseits der Politik zu bewegen, doch wir befanden uns im Zentrum des furchtbaren politischen Orkans, der in weniger als zwanzig Jahren in den Zweiten Weltkrieg münden sollte. Ich vermute, dass wir uns umgebracht hätten, wäre uns das damals bewusst gewesen.

Im «Cova» machten sich die ersten Schwierigkeiten bemerkbar. Marcantonio, unser Lieblingskellner und inzwischen fast ein Freund, war immer noch da. Er war noch sehr jung gewesen, als wir nach Mailand gekommen waren, jetzt war er ein reifer Mann und eine Art Maître d'Hôtel, wobei ich gar nicht weiss, ob der Vorgesetzte der Kellner in einer Bar überhaupt diesen Titel trägt. Nehmen wir es einfach an. Wie dem auch sei, für lärmige «Sozialisten», die sich bald einmal «Faschisten» nennen sollten, hatte er nichts übrig. Viele dieser jungen Leute hatten Kriegsdienst in einer Eliteeinheit geleistet, die man wegen ihrer Tapferkeit die *Arditi*, die Verwegenen, nannte. Ihr Verhalten war zweifellos heldenhaft gewesen. Doch ins Zivilleben zurückgekehrt, machten sie die gleiche bittere Erfahrung wie alle, die unter dem Krieg zu leiden gehabt hatten – zu Hause hatte man ihre Opfer bereits vergessen. Das machte sie zynisch, bitter, frech und arrogant. Wenn man ihnen nicht gab, was ihnen zustand, würden sie es sich nehmen.

Mussolini verstand es, diesen Groll für sich zu nutzen. Er machte sich eines der auffallendsten Elemente ihrer Uniformen, das schwarze Hemd, zu eigen, lockte sie mit sozialistischen, revolutionären Ideen und stellte sie dann in den Dienst reaktionärer Kräfte, das Gegenteil des Revolutionären. Wir verwendeten damals noch nicht diese Worte, aber es gibt keine, die geeigneter wären, um das zu beschreiben.

Kurzum, eines Morgens kamen wir ins «Cova», als die Glaser gerade eine der grossen Scheiben des Kaffeehauses ersetzten. Hinter vorgehaltener Hand erklärte uns Marcantonio, die «Faschisten» (wir hörten dieses Wort damals zum ersten Mal) hätten am Abend zuvor einen Gast zusammengeschlagen und ihn anschliessend durchs Fenster geworfen. Der Mann lag in ernstem Zustand im Krankenhaus.

«Die Signora Cova musste heute Vormittag an den Sitz des *Fascio*, um zu versuchen, die Dinge ins Lot zu bringen. Ich hoffe, so etwas kommt nicht wieder vor, erst recht nicht, weil der Chef dieser Leute, Signor Mussolini, hier Gast ist.»

«Warum kennen wir ihn dann nicht?»

«Er kommt nicht zur gleichen Zeit wie Sie, Signora, und Sie verpassen nichts, glauben Sie mir.» Er seufzte. «Zuerst redete er nur über Literatur, er spricht mehrere Sprachen und ist sehr gebildet. Dann wechselte er zur Politik und sein kultureller Lack wurde brüchig. Und wenn er jetzt mit seinen Schwarzhemden kommt, einfältigen Kerlen, die er für seine Zwecke zu manipulieren versteht, tut er so, als wäre er ebenso ungebildet wie sie. Er ist ein Demagoge!»

Ich habe später oft an diese Tirade denken müssen, vor allem, wenn jemand sagte: «Es ist nicht meine Schuld, ich wusste nicht, was da vor sich ging.» Aber als einfacher Mann, für den die Schule mit zehn zu Ende gewesen war, hatte Marcantonio Bellini bereits 1921 den Scharlatan durchschaut.

Ich muss noch erwähnen, dass Paolo Valera, der ihn vor zehn Jahren noch als den neuen Garibaldi pries, inzwischen eine deutlich andere Meinung von ihm hatte. Auch er bemerkte die Veränderungen sofort.

«Sie haben ihn aus der sozialistischen Partei ausgeschlossen, weil er alle ratlos machte, er lief ihnen nach und schrie, sie seien Reaktionäre, der wahre Revolutionär sei er, sie würden sich noch wundern. Doch egozentrisch wie er ist, waren die Sozialisten augenblicklich seine Feinde, die mit allen Mitteln zu vernichten seien», sagte Valera.

Aber Tatsache ist, dass das Revolutionäre wegen der sozialistischen Revolution in Russland unterdessen eine andere Dimension angenommen hatte. Es war zwar nicht immer klar, was dort geschah, aber es war viel radikaler als alles, was die italienischen Sozialisten je predigten – alle Macht den Bürgern, sagten die. Wir waren sehr schlecht informiert, und nur aus der Ferne, meist dank meiner Patienten, hörte ich das Echo der damaligen Ereignisse.

Doch dann kam eines Nachmittags einer dieser Patienten blutüberströmt in meine Praxis. Wir verbanden ihn, wir legten ihn hin, ich gab ihm eine Tasse Tee zu trinken, und er weinte laut schluchzend und sagte lange Zeit nichts. Schliesslich brachte er doch ein paar Worte heraus, und zwar trotz seines Kiefers, der mir gebrochen zu sein schien.

«Es sind die Faschisten, sie lauerten mir vor meiner Haustür auf, in ihren Augen bin ich der Sohn eines Kriegsgewinnlers. Ich versuchte ihnen klarzumachen, dass ich als einfacher Soldat an der Front gekämpft hatte, aber sie hatten sich entschieden, sich meine Familie vorzuknöpfen … Sie waren mindestens zu zehnt, unter ihnen waren auch zwei Kerle, mit denen ich zur Schule gegangen bin, als ich klein war, Signora.»

Und er schluchzte von neuem und heftiger als zuvor.

Die Strafexpeditionen häuften sich von da an. Einige Wochen später, wenn ich mich nach vierzig Jahren noch richtig erinnere, marschierte Mussolini nach Rom, mit neunzigtausend Schwarzhemden zog er unter Blumenregen und Hochrufen in die Stadt ein, wo ihm der König den Posten des Ratspräsidenten anvertraute.

Ich weiss nicht recht, wie ich die folgenden Jahre beschreiben soll, am liebsten gar nicht. Wir mussten zuschauen, wie die Mussolini-Anhänger mehr und mehr die Macht über das gesamte italienische Leben ausübten, die Vereinnahmung der Kinder, der Maulkorb für die Presse, die fortschreitende Ausschaltung der Gegner, zahlreiche Parlamentarier inbegriffen. Sie wurden niedergeschlagen, aus dem Fenster geworfen, verwundet. Einige gewählte Abgeordnete wurden hingerichtet, es gibt kein anderes Wort dafür. Als erster Giuseppe Di Vagno, Anwalt und Abgeordneter aus Süditalien. Er wurde in Bari ermordet und fast wäre sein Tod in Mailand unbekannt geblieben. Valera erzählte mir, sie seien zu zwölft gekommen, denn er sei ein junger, grosser und kräftiger Mann gewesen. Sie durchsiebten ihn mit Kugeln, um ihrer Sache auch ja sicher zu sein. Auf diese Weise entledigten sie sich auch Wahlkandidaten, ich erinnere mich an einen Drucker aus Reggio Emilia namens Piccinini. Und Giacomo Matteotti, Abgeordneter der Mitte und Demokrat mit Leib und Seele, wurde entführt und mit Messerstichen ermordet. Er war das letzte einer ganzen Reihe von Opfern dieser vier oder fünf Jahre, aber auch jenes, das den Italienern am meisten zu Herzen ging. Ich glaube, viele Leute haben Ähnliches erlebt wie wir: Bis zu diesem

Mord glaubten wir, die Sache könne vielleicht wieder in Ordnung gebracht werden. Doch von jenem Zeitpunkt an wurde sogar den (politisch) Stumpfsinnigsten klar, dass man entweder Faschist werden musste oder die übelsten Misshandlungen zu gewärtigen hatte.

Nur die eingefleischtesten Optimisten wie Edoardo Weiss hofften weiter. 1925 gründete er die Psychoanalytische Gesellschaft Italiens. Er wollte die Idee der Psychoanalyse Mussolini «verkaufen», der sich einmal dafür interessiert hatte. Doch es dauerte nicht lange. Eines Tages – wobei ich den Ereignissen vorgreife – muss jemand in diesem Land, wo die Juden seit Jahrhunderten friedlich lebten, den «Duce», der sich diesen lächerlichen Titel gab, weil er glaubte, Julius Cäsar zu sein, darauf aufmerksam gemacht haben, Weiss sei Jude. Damit war es vorbei mit dem Interesse des Faschismus an der Psychoanalyse.

XVIII

Ahnungslos, wie Martino sagen würde, meinten wir, die Übel, unter denen so viele Italiener litten, würden uns nicht betreffen – wir machten ja keine Politik. Wir begriffen nicht gleich, dass wir gegen den Strom schwammen. Die Ideologie, die sich nun für die nächsten zwanzig Jahre in Italien breitmachte, war ganz und gar unverträglich mit dem humanistischen Respekt gegenüber dem Individuum, der zur Psychoanalyse gehört. Wir glaubten, einfach einen Beruf auszuüben, gewiss noch einen etwas sonderbaren, der aber ausschliesslich das Individuum betraf und nicht die Gesellschaft.

Aber wenn sich unsere Patienten ihrer eigentlichen Identität und ihrer Verantwortlichkeiten bewusst wurden, wenn sie es schafften, Widerstände zu überwinden und ihre Behandlung durchzustehen, wandelten sie sich oft in ausgeglichene Erwachsene, die der Faschismus nicht brauchen konnte; nicht fanatisch genug und nicht zu blindem Gehorsam bereit, beteiligten sie sich nicht an der kollektiven Hysterie, die inzwischen grosse Teile Italiens erfasst hatte.

Kurzum, wir befanden uns mitten in der Politik.

Das wurde uns bewusst, als sich ein Provokateur unter Francescos Patienten mischte. Mein Mann brauchte nur zwei Sitzungen, um zu begreifen, was diese Person wollte. Wir betrachteten es als Zeichen dafür, dass sich die faschistische Partei für uns interessierte, und das beunruhigte uns sehr.

Zu Recht.

An jenem Tag hatten wir Paolo Valera zu Grabe getragen, die Traurigkeit hatte mich den ganzen Tag nicht losgelassen. Es war schon Mitternacht vorbei, als das Telefon läutete. Ich war noch auf und antwortete.

«Signora, ich bin's, Marcantonio.»

«Was ist los, Marcantonio?»

«Ich habe eben mit Signora … mit der Chefin gesprochen, und sie riet mir, bei Ihnen vorbeizuschauen. Könnten Sie mir die Haustür öffnen?»

Das Telefon musste Michael geweckt haben, jedenfalls erschien er unter der Tür. Sein Instinkt witterte schon seit Wochen Gefahr.

«Michael kommt, Marcantonio, geben Sie ihm eine Viertelstunde.»

Michael war das nicht geheuer.

«Und wenn es eine Falle ist? Wenn zwanzig Faschisten eindringen und alles kurz und klein schlagen? Wenn sie sich an Ihnen vergreifen?»

«Michael, es ist Marcantonio, wir kennen ihn seit einem Vierteljahrhundert.»

«Man kann ihn dazu gezwungen haben, Madam.» Er überlegte kurz. Um diese Zeit schlief Signor Dini, unser Pförtner, bereits. «Wir gehen alle drei hinunter. Der Herr Doktor und ich sind bewaffnet, Sie öffnen die Tür.»

Ich holte Francesco, der schon im Bett war, aber noch las, dann gingen wir hinunter. Ich öffnete die Tür einen Spaltbreit, und Marcantonio schlüpfte hinein. Sofort schob ich wieder den Riegel vor, er lehnte sich an die Tür.

«Sie misstrauen der Sache», bemerkte er angesichts der Waffen, «und zwar zu Recht.»

«Wir dachten, man könnte Sie gezwungen haben.»

«Dazu sind sie durchaus fähig.»

«Kommen Sie, wir gehen hinauf», sagte Francesco. Wir setzten uns an den Küchentisch.

«Die Faschisten kommen morgen, sie haben vor, den Doktor zu verprügeln und der Signora Rizinusöl zu verabreichen. Lachen Sie nicht, Doktor, das ist eine Art Folter und furchtbar.»

«Ich lache nicht, aber ich verstehe nicht, warum sie sich uns vornehmen wollen.»

«Sie sind nicht ihre Jünger geworden. Andere haben diesen Schritt getan, Sie aber nicht, ‹folglich› sind Sie ihre Feinde und ‹verdienen eine Lektion›. Ich habe ihr Vorhaben aus den Gesprächen herausgehört, die ich beim Servieren mitbekam. Und ich konnte nicht so tun, als ob es mich nichts anginge, dass von zwei meiner besten Kunden die Rede war. Nach allem, was Sie für mich und meine Familie getan haben.»

«Was schlagen Sie vor?»

«Nachdem, was man so hört, sollten Sie jetzt gleich verschwinden. Wenn sie als Gruppe auftauchen, weiss man nie, wie es endet, man kann nicht einmal sicher sein, lebend davonzukommen, sie haben völlig ungestraft bereits Tausende von Leuten umgebracht.»

«Diese Nacht?» Ich hatte das Gefühl, schlecht zu träumen.

«Nehmen Sie Mathilda mit, ich kümmere mich um den Rest», sagte Michael.

«Aber Sie sind auch in Gefahr, Michael.»

«Sie kennen mich nicht, und wenn ich für acht Tage Faschist werden muss, stört mich das überhaupt nicht. Aber nehmen Sie Mathilda mit.»

Michaels Hartnäckigkeit kam mir eigenartig vor. Ich wandte mich an Mathilda. Als sie am Ende des Krieges zu uns kam, war sie bleich und abgezehrt und hatte ausgesehen wie ein Spatz, der aus seinem Nest gefallen war. Seither hatte sie sich sehr verändert. Sie war ein hübsches Mädchen. Klein zwar, aber im Gegensatz zu mir, die ich nicht grösser war als sie, aber mein ganzes Leben lang schmächtig und schlank geblieben bin und mit einer nicht sehr stark entwickelten Brust ausgestattet, verfügte sie über Rundungen an den richtigen Stellen, die, wie ich oft feststellen konnte, auf der Strasse Blicke auf sich zogen.

«Mathilda, Sie sind nicht verpflichtet mitzukommen, wenn Sie nicht wollen. Ihnen wird man nichts tun.»

Sie wollte antworten, doch ihre Augen füllten sich mit Tränen.

«Ach! Signora! Ich ... ich habe ... ich ... ich ...»

Michael stand auf und reichte ihr ein Taschentuch.

«Sie hat es mir gestern gesagt, und ich hoffte, dass es ohne Folgen bleiben würde. Aber leider ...»

Francesco explodierte.

«Vorwärts, Michael oder Mathilda, und beeilen Sie sich.»

Mathildas Tränen versiegten augenblicklich.

«Ich habe seit einiger Zeit einen Freund. Er wollte alles über mich wissen, ich erzählte ihm, was ich mache, dass ich für Sie arbeite, er wollte wissen, wer Sie sind, das sagte ich ihm auch, ich war überhaupt nicht misstrauisch», stiess sie in einem Zug hervor, dann schneuzte sie sich und fuhr mit zittriger Stimme in einer Mischung aus Tränen und Wut fort: «In Wirklichkeit interessierte er sich gar nicht für mich, sondern für Sie, er wollte wissen, ob Sie gute Faschisten seien. Schliesslich schöpfte ich doch Verdacht, gestern sprach ich mit Michael darüber. Wenn er mich morgen hier antrifft ... Ich will ihn nicht mehr sehen, Dottore, bitte verzeihen Sie mir, und nehmen Sie mich mit. Ich habe wirklich nicht gedacht ... Wenn ich gewusst hätte ...» Nun versagte ihre Stimme vollständig.

Ich ging um den Tisch herum und nahm sie in meine Arme, sie wirkte sehr unglücklich.

Marcantonio stand auf.

«Sie haben eine lange Nacht vor sich, ich gehe jetzt.»

In Michaels Augen sah ich, dass er immer noch misstrauisch war. Und wenn die Strafexpedition in der Garage bereits auf uns wartete?

«Ich komme mit», sagte er.

Sie gingen, und Michael kam erst eine Stunde später zurück.

«Ich glaube, dass man ihm trauen kann», räumte er ein und fügte hinzu: «Ich habe Ihren Wagen aus der Garage gefahren und ihn in einer kleinen Nebenstrasse abgestellt. Am einfachsten wird es sein, den Dienstbotenausgang zu benützen.»

Während wir auf seine Rückkehr gewartet hatten, packten wir unsere Koffer – zurückhaltend, um nicht Verdacht zu erwecken. Glücklicherweise hatten wir eine Einladung zu einem Seminar über die Jungsche Psychologie des Unbewussten in Zürich. Wir hatten nicht vorgehabt, daran teilzunehmen, Jung interessierte uns nicht. Aber um über die Grenze zu kommen, wäre das genau das Richtige. Einen Koffer füllten wir mit Büchern, einen zweiten mit den Krankengeschichten unserer glücklicherweise noch nicht sehr zahlreichen Psychoanalyse-Patienten. Wir wollten niemanden kompromittieren. Vergessen habe ich nur das Tagebuch, das ich während meiner eigenen Analyse geführt hatte. Zu meinem grossen Bedauern sah ich es nie wieder.

An persönlichen Erinnerungsstücken packten wir nur die zwei Porträts ein, die uns überallhin begleiteten. Francesco nahm Basils Porträt von mir von der Wand, ich dessen Selbstporträt. Uns war klar, dass wir – wenn überhaupt – nicht so bald zurückkommen würden.

Selbstverständlich gehörten wir zu den Privilegierten. Wir besassen Geld in der Schweiz, eine Familie, die uns mit offenen Armen aufnehmen würde, und auch in England verfügte ich über Mittel, in Saint Askin stand uns sogar ein Haus offen. Zurück liessen wir alles, was unser Leben ausgemacht hatte, aber wir hatten, was wir brauchten, um getrost in die Zukunft blicken zu können.

Was es für jene bedeutete, die völlig mittellos hatten fliehen müssen, wurde mir immer klarer, als wir im Morgengrauen Richtung Como fuhren, mir war, als würde mir das Herz aus dem Leib gerissen. Mailand war mir sehr lieb geworden und sein Zentrum so etwas wie die Erweiterung unserer Wohnung, ich kannte alle Läden, alle Cafés, die Theater, auszugehen war für mich wie der Aufenthalt in einem Freiluftsalon, man grüsste sich, man blieb stehen, man schwatzte. Ich dachte auch an mein Ambulatorium und an die Beziehungen zu zahllosen Frauen, die im Laufe von drei Jahrzehnten geknüpft worden waren. Wir rissen uns von ihnen los, ohne zu wissen, ob wir sie je wiedersehen würden. Immerhin waren wir schon fünfundsechzig.

Dank unseres Vorsprungs kamen wir ungehindert über die Grenze, unsere Namen standen noch nicht auf einer schwarzen Liste.

Wir hätten gern in Lugano haltgemacht, doch nach reiflicher Überlegung fanden wir, es sei noch zu nahe bei Mailand. Wir fuhren deshalb gleich über den Gotthard bis in eine kleine Stadt, wo man uns bestimmt nicht suchen würde. Wir wechselten uns beim Fahren ab. Mathilda sass bleich und schweigsam auf dem Rücksitz.

In Brunnen fanden wir ein hübsches Zimmer mit Blick auf den See und blieben dort für zwei Tage. Wir waren niedergeschlagen und erschöpft, so wollten wir nach dieser ersten Reisenacht nicht unseren Kindern begegnen. Zunächst versuchten wir zu schlafen, was nicht so leicht war, dann gingen wir Hand in Hand spazieren. Ein Schiff bediente jede einzelne Anlegestelle, der Himmel war blau, die Temperatur angenehm, und wir gingen an Bord – auf dem Wasser zu sein, hat immer eine beruhigende Wirkung.

Wir hatten auch für Mathilda ein Zimmer gemietet. Sie vergrub sich, und wir gaben es auf, mehr von ihr hören zu wollen als ein «Ja, Dottore», «Nein, Dottore». Mehr gab sie nicht von sich preis.

Auch wir waren nicht sehr gesprächig. Es gab nichts zu sagen. Ich fand sogar Francesco sonderbar ruhig, denn im Allgemeinen war er ziemlich überschäumend, wenn Gefühle im Spiel waren. Wir schmiegten uns aneinander, und ich dachte, das Wichtigste sei uns erhalten geblieben – wir waren zusammen.

Am dritten Tag rief ich Alberto an.

«Mamma, wie geht es dir?»

«Alberto, wir sind in Brunnen.»

«Und was macht ihr in Brunnen. Etwa Ferien?»

«Zwangsferien. Wir sind hier, weil wir sonst hätten damit rechnen müssen, umgebracht zu werden.» Ich erzählte ihm von unserer Flucht. Alberto war ausser sich.

«Ich komme euch holen, ich ...»

«Wir kommen, Alberto, und mach dir keine Sorgen, es geht uns gut. Wir rechnen damit, gegen drei Uhr in Zürich zu sein. Reserviere bitte Hotelzimmer für uns, dann treffen wir uns bei euch.»

Spät am Nachmittag waren wir da.

Alberto und eine junge Frau, von der ich noch nie etwas gehört hatte, empfingen uns. Mit seinen rund dreissig Jahren glich Alberto Francesco, obwohl er grösser war. Meine Haare hatten ihre Farbe verloren, inzwischen waren sie fast weiss, die meines Mannes waren hingegen schwarz geblieben. Das unterstrich noch die Ähnlichkeit zwischen Vater und Sohn.

Alberto hatte uns Zimmer in einem «kleinen, aber feinen Hotel» nicht weit von ihm reserviert. Er schlug vor, uns zu begleiten, anschliessend würden wir bei ihm essen, es sei alles vorbereitet.

Wir gingen ins Hotel «Urban». Alberto hatte ein gutes Auge gehabt, in einem grossen Luxushotel wären wir uns wie im Exil vorgekommen. Aber hier fühlten wir uns unter den Gästen wohl, es schienen vorwiegend Künstler zu sein.

Als wir wieder bei Alberto waren, explodierte Francesco doch noch. Während drei Tagen hatte er geschwiegen, man durfte sich auf eine Flut heftigster Verwünschungen gefasst machen.

«Dieser Dreckskerl, dieser unverschämte Lümmel, dieser Politheini vertreibt uns aus unserem Land. Der Typ ist gefährlich, er denkt nur an seinen eigenen Ruhm und an seine Macht. Wenn ich zwanzig Jahre jünger wäre, würde ich ihn abmurksen – und er kann von Glück reden, wenn er mir nie auf einem Operationstisch begegnet!»

«Papa!»

«Du sollst nicht töten, ich weiss. Ich kenne auch den Eid des Hippokrates. Aber du wirst doch zugeben, dass ein Mann, der die Leute zur Flucht zwingt, weil sie nicht mit ihm einverstanden sind, ein sonderbares Demokratieverständnis haben muss.»

«Wie können die Italiener das mit sich machen lassen, von einem Typen, der am helllichten Tag Morde verübt?», fragte Albertos Freundin Noemi, ein Mädchen mit sehr braunem Teint, sportlichem Aussehen und einem Kopf, der höchste Intelligenz vermuten liess. Alberto hatte mir beiläufig zugesteckt, sie sei Deutsche.

«Was hättet ihr denn gemacht an unserer Stelle?», fragte

ich sie. «Die Wahrheit ist, dass wir es nicht haben kommen sehen. Und wir hörten nicht auf jene, die ihm nicht über den Weg trauten», fügte ich hinzu und dachte dabei an Paolo Valera, der ab 1915 sagte, er habe sich in Mussolini getäuscht, und dass er «grosses Unheil» anrichten würde, wenn man ihn nicht bremste.

Noemi sah mich mit ihren grossen schwarzen Augen an.

«Ich weiss, es ist leichter, etwas aus der Distanz zu sagen als aus der Nähe.»

«Auf jeden Fall», sagte Francesco entschieden, «mache ich in meinem Leben nicht zweimal die gleiche Dummheit. Von jetzt an engagiere ich mich. Gibt es in Zürich eine sozialistische Partei?»

«Eine italienische sozialistische Partei, meinst du? Denn wenn du in der sozialistischen Partei der Schweiz zu politisieren anfängst, wirst du augenblicklich ausgewiesen. Wer sich in die Innenpolitik einmischt oder wer sich an Aktionen beteiligt, die als Gefahr für die Neutralität angesehen werden, wird an die Grenze gestellt.»

«Natürlich eine italienische sozialistische Partei. Ich will zum Sturz Mussolinis beitragen und nicht Schweizer Politik machen.»

«Ja, die gibt es. Ich begleite dich morgen hin. Wir gehen ins Restaurant ‹Cooperativo›, das ist der beste Ort; oder ins Lebensmittelgeschäft der Dezzas.»

Wir erlebten eine grosse Premiere. In der Familie Giocondo hatte man sich nie auf diese Weise politisch betätigt. Wir erfüllten unsere Bürgerpflicht, nahmen an allen Wahlen teil und stimmten für die Sozialisten. Doch wir wussten, dass wir zu den Begüterten gehörten, und waren nie politisch aktiv. Wir beschränkten uns darauf, unsere Zeit für die Enterbten einzusetzen, weil uns das Schicksal hinreichend mit Gütern gesegnet hatte, aber weiter hatte unser «politisches Engagement» nicht geführt.

Im Laufe dieses Abends gelang es uns endlich, Mathilda aufzutauen. Mit kaum hörbarer Stimme schilderte sie ihre «Dummheit», mit etwas mehr Einzelheiten als in unserer Küche in Mailand. Sie tat uns leid, denn sie hatte doppelten Kummer. Einesteils, weil sie glaubte, uns mit ihrem indiskreten Geplauder mit dem, den sie Toni nannte, unabsichtlich denunziert zu haben, obwohl wir wahrscheinlich bereits Missfallen erregt hatten, wenn man diesen Toni als Späher ausgeschickt hatte. Andernteils hatte sie sich ein bisschen in diesen Kerl verliebt und fühlte sich verraten.

Und sie erzählte uns ganz spontan eine Geschichte, die bis jetzt noch niemand zu hören bekommen hatte.

«Verstehen Sie», sagte sie und verdrehte dazu die Finger, «als ich vierzehn war, verheirateten mich meine Eltern mit einem Nachbarn. Ich … ich wollte nicht, dann nahm er … er … mich mit Gewalt. Es war furchtbar. Zwei Jahre ging das so, und ich träumte Nacht für Nacht davon, ihm ein Messer zwischen die Rippen zu stossen. Er redete nicht mit mir. Er warf mich auf die Matratze und holte sich sein Vergnügen. Nach zwei Jahren begann er mich zu beschimpfen und zu schlagen, weil ich nicht schwanger wurde. Dann kam der Krieg, und er wurde zu den Fahnen gerufen. Ich kehrte zu meinen Eltern zurück. Auch sie schrien ohne Ende, weil ich kinderlos war. Eines Tages liess man uns wissen, mein Mann sei gefallen. Die Zeit reichte nicht, um aufatmen zu können, jetzt wollte mein Vater mich zwingen. Heimlich packte ich meine Siebensachen und eines Nachts schlich ich davon. Ich will sie nie wiedersehen. Ich lebte von der Wohltätigkeit, doch gegen Ende des Krieges waren alle arm, und die Leute gaben wenig. Ich hatte sogar die Grippe, wissen Sie, die grosse Grippe. Ich hoffte, sterben zu können, aber ich lebe immer noch. An dem Tag, als Michael mich fand, war ich am Ende.» Zum ersten Mal im Laufe dieser eintönigen Erzählung, die einfach so hervorsprudelte und die niemand aufhalten wollte, deutete sich auf ihrem Gesicht ein Lächeln an. «Zuerst dachte ich, er sei ein Zuhälter und schleppe mich ins Bordell. Wir werden ja sehen, sagte ich mir, wenn es das ist, bringe ich mich um. Doch dann kamen wir zu Ihnen, Signora, und ich … fasste wieder Mut. Nie wieder ein Mann, sagte ich mir. Und bis jetzt hatte ich auch wirklich … Dann kam Toni, und ich dachte, vielleicht sei ich inzwischen geheilt, dass wir … Zum Glück hatten wir noch nicht versucht … verstehen Sie. Ich hatte recht zu denken, es sei besser, mich von Männern fernzuhalten. Ich bitte Sie um Verzeihung, wirklich, ich …»

Jetzt weinte sie wieder. Wir waren nach dieser in aller Einfachheit geschilderten Geschichte des Schreckens wie erstarrt.

«Wovon hätten Sie geheilt werden wollen, Mathilda», fragte ich sie.

Sie warf einen Blick auf Alberto, dann auf Francesco, dann zuckte sie mit den Schultern und antwortete:

«Wenn es mit Gewalt geschieht, mein Mann hat mich … verstehen Sie? Es tut jedes Mal ganz furchtbar weh.»

«Mathilda, warum haben Sie uns das nicht schon früher gesagt? Wir sind Ärzte. Wir hätten Ihnen helfen können. Wir *werden* Ihnen helfen. Und vergessen Sie Ihre ‹Denunziation›, was soll denn das. Wenn die Faschisten von Ihnen hören wollten, wer wir sind, heisst das, dass wir bereits ihren Verdacht erweckt hatten.»

Alberto und Noemi begleiteten uns zu Fuss zu unserem Hotel. Unterwegs nahm Noemi Mathilda am Arm und auf dem ganzen Weg tauschten die beiden Frauen murmelnd Vertraulichkeiten aus. Kein Wunder nach dieser Katharsis. Mathilda brauchte zweifellos das Gespräch mit einer Gleichaltrigen.

Alberto nutzte die Gelegenheit, um uns wissen zu lassen, Noemis Vater, Simon Steinberg, sei in München Anwalt. Auch ihre Mutter sei Anwältin und arbeite mit ihrem Mann zusammen. Noemi war ihr einziges Kind. Und Alberto war, wie er uns sagte, aber es war auch zu sehen, sehr verliebt in sie.

Wir brauchten nur wenige Tage, um uns klarzuwerden, dass wir in Zürich bleiben wollten. Ich war Doktorin der hiesigen Universität und hatte das Recht, den Beruf als Ärztin auszuüben. Francesco würde «nur» Psychoanalytiker sein können, eine Tätigkeit, die nicht an einen medizinischen Abschluss gebunden war. Sein österreichischer Doktor der Medizin war in der Schweiz ungültig.

Michael rief uns an und teilte uns mit, wir stünden ganz gewiss auf einer schwarzen Liste und dass wir gerade noch rechtzeitig verschwunden seien.

«Sie sind als Liebespaar auf Reisen, Ihren Chauffeur brauchten Sie nicht, und ich weiss nicht, wohin Sie gefahren sind. Nach Frankreich vielleicht und nach England, wo Sie ein Haus besitzen. Das habe ich ihnen erzählt. Sie durchsuchten alles, zerschlugen zwei oder drei Scheiben, aber weiter nichts. Ich liess sie gewähren, als ob mich das nichts anginge, solchen Typen gegenüber ist das immer noch die beste Haltung. Ich glaube nicht, dass sie wiederkommen werden, aber sie warten auf Sie.»

«Michael, Sie können nicht ganz allein dort bleiben.»

«Nein, natürlich nicht. Machen Sie mir eine Liste der Dinge, die Ihnen etwas bedeuten, und ich besorge den Umzug. Dann schliesse ich alles und komme zu Ihnen.»

In den folgenden Wochen suchten und fanden wir eine Wohnung, beantragten und erhielten eine Aufenthaltsgenehmigung. Die grosse antifaschistische Emigration hatte noch nicht wirklich begonnen, bei der Fremdenpolizei dachte man noch grosszügig und das Asylrecht und das Recht über die Aufnahme von Emigranten, das uns noch sehr beschäftigen sollte, gab es noch nicht. Ausserdem waren wir Bürgerliche, die sich auch selber als solche verstanden, und wir verfügten über finanzielle Mittel, was die Sache vereinfachte. Vorausgesetzt, man hatte genügend Geld, war es schon immer kein Problem, sich in der Schweiz niederzulassen. Unnachgiebig waren die eidgenössischen Beamten vor allem den Armen gegenüber.

Unsere Wohnung lag etwas versteckt in der Altstadt, an einer Strasse namens Winkelwiese, und wie es der Name sagt, befanden wir uns inmitten von Gärten, der Lärm der Stadt war sehr fern, aber Theater, Kinos und Museen ganz in unserer Nähe. Der Eigentümer hatte deutlich gemacht, er vermiete die Wohnung nur vorübergehend, doch sie gefiel uns so gut, dass wir das Risiko auf uns nahmen – zu Recht, wir wohnten dort während unseres ganzen Aufenthalts in Zürich.

Michael traf eines Tages mit einem kleinen Lastwagen ein, beladen mit unseren Sachen – Bücher, Kleider, medizinisches Material, dieser Michael war wirklich die Findigkeit in Person. Er war ungefähr so alt wie ich, hatte noch kaum graue Haare und war immer noch von beeindruckender Statur. Auch seine soldatische Haltung hatte er behalten, und seine Energie schien unerschöpflich.

«Wollen Sie wirklich nicht nach England zurück?», fragte ich ihn noch einmal, als bei uns alles eingerichtet war. «Wir lassen unseren Wagen in der Garage und benutzen die öffentlichen Verkehrsmittel, die sind hier ganz vorzüglich. Patienten haben wir kaum, und die Wohnung ist kleiner als die vorherige. Ich möchte nicht, dass Sie sich verpflichtet fühlen.»

Er sah mich lächelnd an.

«Meine liebe Frau Doktor», antwortete er auf Englisch, «in England habe ich keine Familie, das wissen Sie. Und meinem Herrn habe ich versprochen, auf Sie aufzupassen bis zu Ihrer letzten Stunde. Wenn mich der Himmel so lange leben lässt, stehe ich zu meinem Wort.»

«Ihrem Herrn?»

«Dr. Barber meine ich, als er im Sterben lag.»

Plötzlich hatte ich Tränen in den Augen.

«Aber Michael, Sie müssen auch an sich selber denken.»

Er machte eine protestierende Handbewegung.

«Ich denke sehr wohl an mich, Frau Doktor. Wenn ich bei Ihnen bin, spüre ich weniger, dass mir meine liebe Joséphine fehlt. Und ich habe das Gefühl, immer noch in Dr. Barbers Diensten zu stehen, dem ich mein Leben verdanke. So habe ich auch den Eindruck, mein Leben sei nützlich. Aber ich verstehe, dass Sie hier keinen Platz haben für mich. Und es werden Ihnen die Mittel fehlen, um mein Gehalt zu zahlen. Sie werden zwangsläufig den Gürtel enger schnallen müssen. Machen Sie sich meinetwegen keine Sorgen, ich …»

Ich brachte ihn mit einer Handbewegung zum Schweigen.

«Wenn Sie wirklich bei uns bleiben wollen, Michael, dann sorgen wir dafür, dass es Platz gibt für Sie, das verspreche ich Ihnen. Und keine Rede davon, auf Ihr Gehalt verzichten zu wollen.»

Unsere Wohnung lag im Erdgeschoss des Hauses und ging auf einen verwahrlosten Garten hinaus, dem man aber noch ansah, wie prächtig er hätte sein können. Er war in drei Stufen angelegt. Als wir uns einmal einen Weg durch Brombeeren, Gebüsch und hohes Gras gebahnt hatten und auf der dritten Stufe angelangt waren, entdeckten wir dort ein Häuschen, das am Zerfallen war. Ein paar Tage nach unserem Gespräch krempelte Michael die Ärmel hoch und begann zu roden. Es dauerte seine Zeit, aber er schaffte es, den Garten wieder so aussehen zu lassen, wie es sich sein Schöpfer wohl gedacht hatte. Und als der Sommer kam, richtete er sich in dem Häuschen ein. Dass ich für ihn eine Wohnung in der Nähe suchen würde, wollte er nicht hören. Als uns klar wurde, dass der Eigentümer keinen Anspruch auf dieses Häuschen erhob, begann

Michael sogar, es Schritt für Schritt zu renovieren. Zwei Jahre nach unserer Ankunft hatte er fliessendes Wasser und Elektrisch eingerichtet, die Böden und das Dach erneuert, und er wohnte dort ganz angenehm.

Aber kehren wir zurück zum Frühling und Sommer des Jahres 1926 (oder war es 25 oder 27, ich schaffe es nicht mehr, die richtige Zeit zuzuordnen). Diese Periode ist ein einziges Durcheinander in meinem Kopf. Wir unternahmen so viel … Mein Bruder Simon starb, und ich fuhr zu seiner Beerdigung. Mireille war während der grossen Epidemie an Grippe gestorben, das hatte ich zu erwähnen vergessen. Aus undurchschaubaren Visumsgründen konnte mich Francesco nicht begleiten. Er besass nur einen italienischen Pass und die italienische Botschaft, die inzwischen fest unter faschistischer Kontrolle stand, stellte den *fuorusciti*, denjenigen, die das Land verlassen hatten, womit während des ganzen Faschismus die politischen Emigranten gemeint waren, nicht ohne weiteres Reisedokumente aus. Um kein unnötiges Risiko einzugehen, blieb Francesco in Zürich. Ich fuhr allein nach London, um von meinem Bruder Abschied zu nehmen. Auch er war wie mein Vater bis zum letzten Tag an den Stock Exchange gegangen. Und auch er wachte nicht mehr aus dem Schlaf auf. Der einzige Unterschied bestand darin, dass er «nur» achtzig Jahre alt geworden ist. Nach meiner Heirat mit Basil hatte ich nie längere Zeit mit Simon verbracht, doch der Gedanke an seine wenn auch ferne Anwesenheit hatte mir Sicherheit gegeben – von jetzt an konnte ich nicht mehr mit ihm telefonieren, das war weit schlimmer, als mir zu sagen, ich könne nicht nach Mailand zurückkehren.

XIX

Nach der Beerdigung machte ich mich zusammen mit Gianni – oder eigentlich Jonathan, ausser uns nannte ihn niemand mehr bei seinem italienischen Namen – auf den Weg nach Saint Askin. Ihn auf dieser Beerdigung zu sehen, erschütterte mich. Er war nicht so gross wie sein Vater, aber auch er war ihm schliesslich sehr ähnlich geworden – kaum weniger als sein älterer Bruder. Wenn Martino und er nebeneinander standen, hätte man sie abgesehen von ihrer Grösse und Giannis grauen Haaren für Zwillinge halten können. In ihrer Kindheit wurde diese Ähnlichkeit zweifellos von Giannis Rundlichkeit überdeckt. Aber seit er aus dem Krieg zurück war, brachte seine Hagerkeit die Struktur seines Gesichtes deutlicher zum Ausdruck.

Wir nahmen den Zug und fuhren allein hin. Martino hatte versprochen, zum Wochenende auch zu kommen. Joyce hingegen … Nach dem Tod ihres Kindes hatte sie es nicht mehr ausgehalten an der Seite dieses einsilbigen Mannes. Sie ging ihre eigenen Wege.

Während der Feierlichkeiten hatte ich kaum Gelegenheit gehabt, mit ihm und Martino zu reden, erst im Zug konnten wir anfangen, uns unser Herz auszuschütten. Mich um meinen Sohn kümmern zu können, war Balsam für meinen Kummer.

«Ich habe eine Überraschung für dich, Mamma», sagte Gianni (was soll's, ich schaffe es nicht, ihn anders zu nennen) und zeigte dazu eines seiner selten gewordenen Lächeln.

«Nur zu, ich bin bereit.»

«Ich wohne jetzt in Falmouth.»

«Eine Überraschung ist das nicht gerade. Du hattest mir deine Adresse geschickt.»

Das Lächeln verstärkte sich.

«Ja, aber ich sagte dir nicht, was ich dort mache.»

Schlagartig wurde mir klar, was er meinte, aber ich wollte ihm nicht die Freude verderben.

«Und was machst du?»

«Medizin. Sogar Chirurgie. Ich arbeite im Krankenhaus.»

«Wirklich. Und geht alles gut?»

«Nein, Mamma, nicht alles geht gut. Als ich zum ersten Mal operierte, zitterten mir die Knie.»

Ich lächelte. Es war besser, nicht auf Tragik zu machen.

«Aber die Hände hoffentlich nicht.»

«Nein, die Hände nicht. Früher hatte ich am gerichtsmedizinischen Institut mehrere Leichen seziert. Eigentlich ist es wie beim Radfahren. Man verlernt es nie wirklich. Sobald du auf dem Sattel bist, ist alles wieder da.»

«Operierst du viel?»

«Nein. Nur in Notfällen. Abgesehen davon behandle ich meine Patienten, wie es sein muss, und niemand bemerkt etwas. Aber es gibt immer noch Augenblicke, wo ich am liebsten alles hinschmeissen und mich aus dem Staub machen würde. Aber seltener als bei meiner Rückkehr von der Front. Ich hatte einfach entschieden, mich nützlich zu machen, wenn ich schon die Granate, die Grippe, den Selbstmord und die Stürme überlebt hatte.»

Ich kannte meinen Sohn zu gut, um auch nur ein Wort des Trostes zu wagen. Er hätte sich verschlossen wie eine Auster.

«Und die Lidleys?»

Er machte eine Handbewegung.

«Joyce ist weg, wir sind geschieden. Sie wird von einem anderen bestimmt Kinder kriegen. Im Krankenhaus wissen sie nicht einmal, dass ich Barber heisse. Englische Mutter ist alles, was ich angegeben habe. Ich bin Dr. Giocondo, wie auf meinem Diplom.»

«Aber sie wissen, dass du auf dem Schlachtfeld gearbeitet hast?»

«Natürlich. Das musste ich angeben, damit sie mich überhaupt genommen haben. Ich musste sogar ein Papier vom italienischen Kriegsministerium kommen lassen.» Einen Augenblick sah er mich nachdenklich an. «Wenn du willst, nehme ich dich mit ins Krankenhaus. Morgen. Es ist mein Tag, ich muss hin.»

«Kommst du nicht in Saint Askin vorbei?»

«Ich kann nicht, ich muss schon um sieben im Krankenhaus sein.»

Ich traf augenblicklich eine Entscheidung.

«In dem Fall komme ich mit, ich gehe ins Hotel, und du zeigst mir das Krankenhaus, wann immer du Zeit hast.»

Er lachte. Seit Jahren hatte ich meinen Sohn nicht mehr lachen gesehen.

«Von mir aus! Wenn du das Hotel vergisst. Ich habe ein Cottage, und eine sehr nette Dame kommt jeden Tag, macht mir den Haushalt und kocht für mich. Sie wird im siebenten Himmel sein, wenn sie dich sieht.»

Als wir in Falmouth eintrafen, wurde es gerade Nacht. Giannis Cottage lag direkt zur Bay hin. Ein Puppenhaus, niedrige Decke, kleine Fenster und die Zimmer eng nebeneinander.

«Der Typ, von dem ich das Cottage übernommen habe, riet mir, Wände herauszureissen, um einen grossen Raum zu haben, aber ich wollte nicht. Mehrere kleine Zimmer, das ist, was ich brauche», erklärte mir Gianni.

Über eine enge Treppe erreichte man das Obergeschoss, das noch miniaturhafter wirkte, weil es ins Dach integriert war. Auch ich hätte ein paar Wände herausgerissen, aber ich verstand, dass man das Verwinkelte charmant finden konnte. Es roch nach Bohnerwachs und in der Luft hing der Duft von Suppe.

Die «sehr nette Dame» kam wenig später ausser Atem und mit strahlendem Gesicht.

«Herr Doktor, warum haben Sie mir nichts gesagt … Ach, guten Abend, Madam. Entschuldigen Sie, ich …»

Gianni nahm sie bei beiden Händen.

«Alles ist in Ordnung, Mrs Steen. Ich stelle Ihnen meine Mutter vor.»

Bevor er mich als Doktor titulieren konnte, sah ich mich vor.

«Sehr erfreut, Mrs Steen. Ich bin Mrs Giocondo.»

«Was für eine gute Idee, Ihren Jungen besuchen zu kommen! Ich mache Ihnen gleich etwas zu essen. Wenn ich gewusst hätte …»

«Mrs Steen, bemühen Sie sich nicht, wir gehen ins ‹Old Mariner›. Wenn es Ihnen Freude macht, können Sie morgen

Abend für uns kochen. Während des Tages macht meine Mutter einen Besuch im Krankenhaus.»

«Mrs Steen ...», sagte ich. «Das erste Kindermädchen, an das ich mich erinnere, hiess Mrs Steen. Ich war sieben oder acht Jahre alt, als meine Mutter Welti einstellte, vor ihr war es eine Mrs Steen, die sich um mich kümmerte.»

«Tatsächlich. Das könnte meine Tante gewesen sein, sie war Kindermädchen, und sie sorgte für mehrere kleine Kinder aus grossen Häusern. Erinnern Sie sich an ihren Vornamen?»

«Ehrlich gesagt, nein. Ich nannte sie Mrs Steen, und meine Mutter knapp Steen.»

«Und Sie, wie heissen Sie?»

«Zadie De Vico.»

«Die Tochter von Sir Leo De Vico?»

«Ja, das ist mein Vater.»

«Dann war es meine Tante. Sie ist schon vor Jahren gestorben. Sie heirateten den Jüngsten der Barronbridges, seinen Vornamen habe ich vergessen. Und später einen der Jüngeren der Lidleys. Sie sind ebenfalls Ärztin, nicht wahr?»

Dass diese Unbekannte so viele Einzelheiten meines Lebenslaufes kannte, erheiterte mich. Aber es stimmt schon, in dieser Gegend wurden Informationen dieser Art weitergegeben und vor allem behalten. Manchmal vergisst man etwas, aber meist merkt man es sich. So kommt es, dass man Ihnen in gewissen kornischen Dörfern obskure Episoden aus der Zeit Henrys VIII., der Königin Elisabeth oder aus dem Bürgerkrieg von 1640 erzählt, als ob sie sich gestern zugetragen hätten. Mrs Steen ging nicht so weit, den Schluss zu ziehen, dass Gianni ein Verwandter der Lidleys sein müsse, diese Information war nicht bis nach Falmouth gedrungen.

Wir gingen bis zum Wasser hinunter, dann stiegen wir zur Hauptstrasse hinauf, wo das «Old Mariner» dem Meer entschlossen den Rücken zukehrte.

Und hier fand ich zum ersten Mal seit dem Krieg wirklich meinen Sohn wieder. Einerseits, weil er endlich in der Lage war, über seine Erfahrungen zu reden. In dem Beruf, den ich seit so vielen Jahren ausübe, wissen wir, dass das beste Mittel, seelische Wunden zu heilen, darin besteht, darüber zu reden, zehn- oder zwanzigmal, wenn nötig. Und Gianni hatte endlich Lust – oder vielleicht brauchte er es auch – zu reden. Schluss mit seinem leeren Blick, der während mehrerer Jahre der Welt schwer zu schaffen gemacht hatte – seine unglückliche Ehefrau inbegriffen, die für ihn, wie sie mir einmal gestand, offenbar nur ein «vorübergehendes Sexualobjekt» gewesen war, was er in seinem Dämmerzustand aber nicht wahrnahm, und auf das er keine Lust mehr hatte, als er endlich aufwachte.

«Er versuchte, nett zu sein. Er hätte trotzdem weiterhin mit mir gelebt, wenn ich nach dem Tod unseres Kindes nichts unternommen, wenn ich mich nicht anderweitig umgesehen hätte.»

Aber zurück ins «Old Mariner».

Ich verzehrte das typische Gericht dieser Art von Tavernen, vom Chef gutgelaunt serviert. Über das «kornische Telefon» hatte er bereits erfahren, dass ich das ehemalige ehrenwerte Fräulein sei. Für gewöhnlich spricht man zwar vom «arabischen Telefon», aber ich wüsste wirklich nicht, warum. Die schnelle mündliche Übermittlung gibt es in allen kleinen Ortschaften dieser Welt. Gianni begann, die Schrecken des Krieges aufzuzählen, ich hörte ihm zu und stellte Fragen, als ob er mein Patient wäre. Keinerlei Ausdruck meiner persönlichen Empfindungen. Gianni hätte das ohnehin nicht gewollt. Der arme Junge versuchte, objektiv zu sein.

«Das Schlimmste war, Mamma, dass die Hälfte der Männer, die ich nicht dem Tod zu entreissen vermochte oder die ich zu amputieren gezwungen war, für nichts gekämpft hatten. General Cadorna, ein genialer Pseudostratege, war unfähig. An der Front merkte man das vielleicht nicht, aber im rückwärtigen Raum war es nicht zu übersehen.

In Caporetto verlor er aber doch eine entscheidende Schlacht, was Zehntausende Tote und Flüchtlinge zur Folge hatte. Seine Unfähigkeit war offenkundig. Wir hielten ihn für einen Kriminellen.»

Der leere Blick kehrte für einen Moment zurück.

«Ich persönlich zerbrach, als mir der Befehl wieder in den Sinn kam, in welchem von ‹überflüssigen lebensverlängernden Massnahmen› die Rede war, wie es in dem Brief hiess. Und weisst du, warum? Weil ich sehr schwer Verwundete zu retten versuchte, die nach meiner Ansicht mit einem Minimum an Behandlung hätten überleben können, und weil ich mich weigerte, diskussionslos zu amputieren, während mit einer Operation ein Arm oder ein Bein zu retten gewesen wäre. Das verstanden sie unter lebensverlängernden Massnahmen.»

«Und was empfandest du dabei?»

«Ich konnte einen Mann nicht sterben lassen, den man

hätte retten können. Plötzlich wurde ich von meinen Vorgesetzten bedrängt, und schliesslich spürte ich eine machtlose Wut, die mir Schlaf und Appetit raubte. Dann versuchten sie mich von den Operationssälen fernzuhalten, damit ich nicht mehr mit den Notfällen zu tun hatte, sondern nur noch mit Männern, die darauf warteten, evakuiert zu werden.»

«Warst du damit einverstanden?»

«Das brauchte ich gar nicht. Die anderen Ärzte und Krankenschwestern, die Ambulanz-Leute, das gesamte medizinische Personal protestierte. Es ist verrückt, weisst du, Mamma, ich bin frisch von der Fakultät weg dort gelandet, und nach zwei Jahren hatte ich so viele Leute operiert, dass ich als Spezialist galt.»

«Du sagst das, als ob es ein Makel wäre.»

«Aber schau doch, Mamma! Ich war noch keine fünfundzwanzig, als ich in dieser Hölle strandete. Ich war mit armen Teufeln beschäftigt, die ihr Leben riskierten. Gott allein weiss, wie viele ich aus Unwissenheit getötet habe. Ich sammelte Erfahrungen, während sie ihr Leben riskierten und verloren. Ihr Leben, verstehst du, die Zukunft, die Liebe, das Glück, alles.»

Seine Stimme zitterte unter den zurückgehaltenen Tränen.

«Im Grunde fühltest du dich schuldig zu überleben, während sie starben.»

Er sah mich voller Verblüffung an.

«Meinst du?»

«Hast du dir nie diese Frage gestellt?»

«Wir hatten nicht die Zeit, uns Fragen zu stellen.»

«Wenn du das sagst … Aber später? …»

«Glaube mir, manchmal verstehe ich, wie gewisse Typen ohne Bildung und ohne klares politisches Bewusstsein später Faschisten wurden. Du bist vom Schlachtfeld zurückgekehrt, wo du alles gegeben hast, aber zu Hause ist das Leben ruhig und unterscheidet sich auf den ersten Blick nicht vom Üblichen. Man sieht die Kriegsgewinnler … Papa und du, ihr wart vor Entbehrungen abgemagert. Aber wenn du die Via Manzoni hinuntergingst, konntest du auf Schritt und Tritt Leuten mit hochrotem Gesicht vor lauter Selbstzufriedenheit begegnen. Für diese Leute war der Krieg nur eine Gelegenheit zum Geldverdienen gewesen.»

«Und dann?»

«Genauso werden die Gewissensbisse, von denen du sprichst, unhaltbar. Und die Trauer um die vielen für nichts verlorenen Leben. Die Eingliederung Triests und der von Italien beanspruchten Regionen wäre auf dem Verhandlungsweg zu erzielen gewesen. Papa hat das immer gesagt, und ich teile seine Auffassung. Wir hätten neutral bleiben können. Österreich wäre so oder so geschlagen worden. Italien hatte Jahrhunderte der Zerstückelung hinter sich, es war die Zeit für ein gedeihendes Land gekommen. Aber man überliess es den Demagogen als Weideplatz. Und ich war am Leben, um das zu sehen, während alle meine Kameraden …» Dieses Mal flossen die Tränen reichlich. «‹Werde ich sterben, Doktor?›», fuhr er fort, nachdem er sich geschneuzt hatte. «Auf diese Frage hatte ich viele hundert Mal antworten müssen. Und ich sagte immer nein, selbst zu Männern, denen eine Granate das Gesicht weggerissen hatte, die sterben *wollten* und die ich manchmal aus Mitleid sterben liess. Ja, ich habe es getan, wenn sie mich darum baten und das Überleben ein einziger Leidensweg gewesen wäre. Nicht oft, aber ich habe es getan. ‹Werde ich sterben, Doktor?› Als ich wieder bei euch in Mailand war, bei Papa, Michael und dir, und ihr mich versorgt habt wie damals als kleines Kind, war diese Frage mein ständiger Albtraum. Ich hörte sie Nacht für Nacht, sie weckte mich aus dem Schlaf. Bis zu jenem Abend, als ich nicht mehr konnte und auch hatte sterben wollen, um die Frage nicht mehr hören zu müssen ...» Er streckte die Hand aus und legte sie auf die meine. «Bitte verzeih mir, Mamma, nachträglich. Ich war nicht mehr bei Sinnen.»

«Du brauchst dich nicht zu entschuldigen, mein Sohn. Wir hatten es verstanden, ohne zu wissen, was du mir gerade erzählt hast.»

Das vertrauliche Gespräch ging noch lange weiter, Gianni schilderte gewisse Operationen im Einzelnen, auch Empfindungen, die er während der zwei langen Jahre am Operationstisch gehabt hatte – zu seinem grossen Verdruss natürlich, in solchen Fällen war man besser beraten, zum eigenen Schutz den Zugang zu den Gefühlen zu kappen.

Es war ein besonderer Abend in meinem Leben, der sich tief in meine Erinnerung eingegraben hat, einer derjenigen, der, wenn ich es mir recht überlege, den Schmerz auf fast unhaltbare Weise wieder hat aufflammen lassen, den ... Nein, jammern nützt nichts.

Am anderen Morgen fuhren wir im Auto ins Krankenhaus. Wenn mir Giannis Cottage im Verhältnis zum Meer hochgelegen vorkam, was sollte ich dann sagen zu diesem kleinen Spital? Es liegt am oberen Ende einer Strasse (Killigrew Road, wenn mich mein Gedächtnis nicht täuscht), und von seinen Fenstern aus erfasst man die ganze Bay mit einem Blick. Ich fand, für Gianni müsse es besonders günstig sein, mit einem solchen Kontakt zur Natur zu seinem Beruf zurückkehren zu können.

Hier musste ich mich als Ärztin ausweisen, und glücklicherweise erinnerte sich jemand daran, dass ich die erste Praktikantin bei Dr. Cornwallis gewesen war. Demjenigen, der einen Sinn für Geschichte hat, geht nie etwas verloren, und die Leute von Cornwall waren zweifellos mit Geschichtssinn ganz besonders gesegnet.

Ich lasse einen interessanten Tag links liegen, weil wenig davon im Gedächtnis hängengeblieben ist. Ich notiere nur meine Erleichterung. Ja, mein Sohn hatte seinen Platz gefunden. Der Chefarzt des Krankenhauses nutzte einen Augenblick, als Gianni mit Patienten unterwegs war, um mich wissen zu lassen, wie sehr er mit ihm zufrieden war. Im Gegensatz zu dem, was mein Sohn dachte, sah der Chefarzt, der selber drei Jahre in einem Feldlazarett gedient hatte, durchaus, welche Qualen sein neuer Mitarbeiter zu erdulden gehabt hatte.

«Für ihn muss es schlimmer gewesen sein als für mich», erklärte er. «Ich war schon fast vierzig und hatte viel Erfahrung auf Notfallstationen gesammelt. Aber er, frisch von der Fakultät weg dort hineingeworfen – damit kann man ein für allemal ein Leben ruinieren.» Er legte eine beruhigende Hand auf meinen Unterarm. «Aber machen Sie sich keine Sorgen, er ist ganz bei der Sache, auch im Operationssaal.»

Wie unsinnig es manchmal ist, sich anderen nicht anzuvertrauen.

Am Abend assen wir zu zweit das vorzügliche Mahl, das Mrs Steen für uns zubereitet hatte, und die Rollen waren vertauscht. Ich vertraute Gianni meinen tiefen Schmerz über Simons Tod an.

«Schau, es ist, als ob ich zwei Väter gehabt hätte, und einer liebenswürdiger als der andere. Sie beschützten mich jederzeit. Dank ihnen hatte ich nie das geringste materielle Problem und ihr auch nicht. Die letzten dreissig Jahre lebten wir von dem, was Papa und ich verdienten, aber bei Basils plötzlichem Tod und als dein Vater ermordet wurde ... Wenn ich da Simon nicht gehabt hätte ...» Die Gefühle erstickten mir die Stimme.

«Aber den Bankkontor De Vico gibt es immer noch, Cousin Leonard kümmert sich vorzüglich um unsere Angelegenheiten, und sein Sohn Neville hat auch schon alles von einem perfekten Bankier. Er ist erst vierundzwanzig oder fünfundzwanzig und am Krieg ist er haarscharf vorbeigekommen, in den ‹Verrückten Zwanzigern› wäre er bestimmt der ideale Rekrut gewesen, du kennst ihn ja. Er ist verheiratet, hat Kinder, jeden Tag zieht er seine Nadelstreifenhose an, seine silberne Weste, seine Melone, sämtliche Attribute des perfekten Bankiers, und begibt sich brav in die City, wo er sich dem Vernehmen nach bereits einen guten Ruf erworben hat.»

«Ich weiss. Aber ich dachte nicht nur ans Geld. Simon war der Einzige, dem ich immer alles erzählen konnte. Und wenn ich den Blues hatte, war er da. Auch Francesco ist ein Mann, dem man alles erzählen kann. Er hat eine wirkliche Gabe dafür,

Vertrauliches auf blosse Andeutung hin wahrzunehmen. Aber Simon … Er war da, als ich geboren wurde, was willst du.»

«Ich verstehe.» Er lächelte schelmisch. «Was auch immer geschehen mag und für alle Fälle sind auch wir da.»

Gleichzeitig und spontan standen wir beide auf und umarmten uns so heftig, dass uns fast der Atem weggeblieben wäre.

Als der Abend zu Ende ging, riefen wir Martino an und schlugen ihm vor, am Wochenende zu uns zu kommen, aber eher nach Falmouth als nach Saint Askin. Auch er hatte das Krankenhaus noch nicht gesehen und wusste nichts über das neue Leben seines Bruders. Dieser hatte übrigens von Freitag auf Samstag Nachtdienst und hätte gar nicht nach Saint Askin kommen können.

«Habt ihr Platz für meine Sippe?» Nach Violetta, die gleich nach Kriegsende geboren worden war, hatten Martino und Daria vor kurzem ein weiteres Kind bekommen – Edward oder Edoardo. Es waren Kinder, die ich zu jenem Zeitpunkt kaum kannte.

«Ja, die Zimmer haben zwar nur Schuhschachtelgrösse, aber jeder hat sein eigenes.»

Als wir am anderen Morgen Mrs Steen die Besucher ankündigten, befürchtete ich, sie würde nicht begeistert sein. Aber das Gegenteil traf zu. Ich war mit ihr allein, als Gianni zu einem Kranken gerufen wurde, da sagte sie mir, wie glücklich sie sei, dass «Dr. Jonathan», wie sie ihn nannte, endlich Gäste empfange.

«Ein junger hübscher Mann wie er, ständig allein, das ist nicht gut. Manchmal sieht er so traurig aus. Ich finde es sehr gut, dass Sie gekommen sind, und Sie werden schon sehen, wie wir das alles schaukeln für Ihre Enkelkinder.»

«Ich helfe Ihnen gern, wenn …»

«Lassen Sie mich nur machen, Madam, ich liebe es, Gäste im Haus zu haben, wissen Sie», sagte sie mit Begeisterung und fügte hinzu: «Ich fragte mich gerade, wie ich über die Runden kommen sollte, als Dr. Jonathan kam und mich bat, seinen Haushalt zu übernehmen. Unsere Lebensmittelhändlerin hatte ihm anvertraut, ich hätte Probleme, seit mein Mann auf See gestorben war. Noch am gleichen Tag kam er zu mir. Er erzählte mir, er sei vier Jahre lang Hochseefischer gewesen, deshalb liegt es auf der Hand, dass wir zwei uns sehr gut verstehen. Es war, als ob ich einen Sohn gefunden hätte.»

«Haben Sie auch einen Sohn verloren?»

«Ja, das Meer nahm mir auch ihn weg. Wir sind kaum zu zählen, die Witwen und trauernden Mütter an den Küsten. Das Meer ist eine anspruchsvolle Geliebte, unsere Männer sind mit ihr bereits verheiratet, wenn wir mit ihnen die Ehe schliessen. Aber ich hatte Glück in meinem Unglück. Ich glaubte, den Rest meines Lebens allein sein zu müssen, doch dank des Doktors habe ich wieder eine Familie gefunden.»

Das Wochenende wurde ein Erfolg.

Im letzten Jahr, kurz bevor wir Mailand verliessen und schon voller Sorge um die Zukunft waren, hatte uns mitten in der Nacht Martino angerufen. Francesco wachte so leicht auf wie kein anderer. Er war schon am Apparat, als ich gerade erst realisierte, dass das Telefon läutete.

«Papa, ich erinnere mich wieder an alles … oder an fast alles. Gerade jetzt. Ich schlief, und … Ich kann es dir nicht erklären. Glaubst du, dass es echte Erinnerungen sind? Nach so vielen Jahren?»

«Hast du mit deinem Psychoanalytiker gesprochen?», lautete die erste Frage des Psychoanalytikers.

«Ich habe seit einer halben Ewigkeit keinen Psychoanalytiker mehr, Papa, und ausserdem, von London nach Zürich, verstehst du …»

«Du telefonierst ja auch nach Mailand.»

«Ja, aber mit dir ist es etwas anderes. Was denn nun, ja oder nein?»

«Selbstverständlich ja. Ich habe Patienten, die ihre Gedächtnislücken nach dreissig Jahren zu füllen vermögen. Bei dir sind es gerade ein paar Jahre, das ist absolut plausibel. Und was hast du entdeckt?»

«Erinnerst du dich, dass ich überhaupt keine Lust hatte, bei diesem Krieg mitzumachen? Ich glaubte nicht daran.»

«Ja, ich erinnere mich.»

«Gut. Ich war dort oben, oberhalb des Isonzo angekommen, und vermutlich hatte ich zu verstehen gegeben, dass ich etwas gegen den Krieg hatte. Ich war ja nicht der Einzige. Deshalb fand unser Offizier, ein Hauptmann, glaube ich, wir bräuchten eine Lektion. Er bildete einen Stosstrupp, den er ins Gemetzel schickte. Wir waren etwa ein Dutzend, glaube ich, und wir hatten den Auftrag, ziemlich weit oben in den Bergen einen Vorposten einzunehmen, wo mindestens fünfzig bis auf die Zähne bewaffnete Österreicher sassen. Dank ihrer strategischen Lage sahen sie uns kommen.» Er machte eine Pause, die sich in die Länge zog. Ich sagte nichts. Ich hatte den zusätzlichen runden Hörer ohne Mikrophon genommen, den wir bei uns «das Ohr» nannten. «Unser Leutnant erkannte die Falle, ganz plötzlich, er war derjenige von uns, der die Gegend am besten kannte. Er teilte uns in zwei Gruppen auf, damit wir uns verstecken konnten, jedenfalls ein bisschen. Meine Kameraden wurden alle getötet. Am Schluss waren nur noch der Leutnant und ich übrig. Er sagte zu mir: ‹Sie wollten uns loswerden, geh nicht zurück, falls du überlebst. Ich haue auf jeden Fall ab.› Danach musste ich diesen Streifschuss am Kopf erwischt haben, abgesehen vom Blackout war es nicht so schlimm, ich hatte schon schlimmere Wunden gesehen. Aber weil mich dieser Streifschuss k.o. schlug, rettete er mir das Leben.»

«Und der Leutnant?»

«Ich weiss es nicht, Papa. Sein Gesicht an diesem Tag hat sich zwar tief in meine Erinnerung eingegraben, aber möglicherweise kannte ich nicht einmal seinen Namen. Ob er abhauen konnte, nachdem ich getroffen worden war? Ich habe keine Ahnung. Daria glaubt, unter den Toten habe es nur Soldaten gegeben, keinen Offizier. Wenn sie und ihre Freunde nicht vorbeigekommen wären, wäre ich wahrscheinlich gestorben, ich glaube nicht, dass ich aus eigener Kraft weggekonnt hätte, als ich wieder zu mir gekommen war. Und vor allem hätte ich nicht gewusst, wohin. Auf jeden Fall wäre ich nie mehr in die Nähe eines Offiziers zurückgekehrt, der mich sozusagen zum Tod verurteilt hatte.»

In den folgenden Wochen rief er regelmässig wieder an, um das Bild zu vervollständigen. Eines Tages zum Beispiel kam ihm der Name des Hauptmanns wieder in den Sinn. Durch Freunde, die er unter den Emigranten gefunden hatte, erfuhr Francesco, dass «dieser Geck», wie ihn der Informant nannte, jetzt der faschistische Verantwortliche der Region Ancona war.

«Wenn ich noch lebe, wenn der Faschismus zusammengebrochen ist, werde ich mich mit dem Kerl beschäftigen», sagte Michael. Ich musste ihm das sofort ausreden, ich wusste nur zu gut, was Mördern blühte, die ihm über den Weg liefen.

«Ich helfe Ihnen, aber ich sehe schwarz», sagte Francesco gutgelaunt. «Unglücklicherweise müsste es wahrscheinlich vom Paradies aus geschehen, wo wir uns begegnen dürften, mein lieber Michael, denn meiner Meinung nach hat der Faschismus gut und gern noch mindestens zwanzig Jahre vor sich. Und so lange werden wir wohl nicht mehr leben.»

Kurz und gut, Martino ging es viel besser. Er hatte seine Idee in die Tat umgesetzt, Fachmann für internationales Recht zu werden, und als er sein Studium beendet hatte, fuhr er nach London. Er hatte die nötigen Diplome in der Tasche, und der Faschismus half ihm beim Entschluss, nicht nach Italien zurückzukehren. Glücklicherweise war auch er britischer Staatsbürger. Er hiess nun Master Martin Barber Giocondo – im Gegensatz zu seinem Bruder, der sich schlicht mit Giocondo begnügte.

Kurzum (nach einer solchen Abschweifung «kurzum» zu sagen, ist gewagt, ich weiss), wir trafen uns in Falmouth in Giannis Cottage, und ich muss noch eine Klammer öffnen, um über Daria zu reden. Sie war nicht mehr die gleiche Frau, und ich würde sogar so weit gehen zu sagen, sie sei der lebende Beweis dafür, was Bildung zu bewirken vermag. Als sie Martino rettete, war sie vielleicht achtzehn und konnte kaum lesen und schreiben gar nicht. Sie verbrachte einige Monate in Weltis Schule. Martino und sie hatten anfänglich für ein paar Wochen in Biel gelebt, dann setzte sie die Ausbildung auf dem Korrespondenzweg fort. Daria hatte sich einem regelrechten Drill zu unterziehen gehabt. Welti hatte sie dazu animiert, ihren Schulabschluss und dann das Reifezeugnis zu machen. Das machte aus ihr eine andere Person. Sie hatte zwar immer noch etwas von einer Zigeunerin, aber gleichzeitig entwickelte sie sich zur Intellektuellen. In nur wenigen Monaten hatte sie Deutsch gelernt, wovon übrigens ihr ziemlich eigenartiges Italienisch gefärbt war, als ich sie kennenlernte. Auch das Englische hatte ihr keine grösseren Schwierigkeiten bereitet. Als wir uns bei Gianni trafen, studierte sie an der London School of Economics, wo sie sich sehr wohl fühlte. Und während sie diese intellektuellen Heldentaten vollbrachte, gebar sie auch noch zwei Kinder, die sie mit fester Hand erzog.

Ich glaube, ich tanze um den heissen Brei herum. Womöglich verzichte ich ganz darauf, diese zwei Tage zu schildern. Es sind zauberhafte, auf ihre Art einmalige Erinnerungen. Was sie dennoch mit Bitterkeit tränkt, ist die Tatsache, dass ein paar Jahre später alle … Nein, ich kann nicht. Ich habe mich mit der festen Absicht an diesen Tisch gesetzt, die wichtigen Augenblicke meines Lebens zu erzählen. Jene zwei Tage brachten eine echte Wende in meine Beziehung zu meinen beiden Ältesten und zu meinen Enkelkindern, aber die Vollkommenheit des Augenblicks macht die Erinnerung daran umso schmerzlicher. Ich begnüge mich damit zu sagen, dass ich ein seltenes Gefühl von Erfüllung erlebte und dass wir alle, glaube ich, glücklich waren.

Jetzt gehe ich ein paar Schritte spazieren, damit es ein Ende hat mit dem dummen Weinen, als ob ich noch ein kleines Mädchen wäre.

XX

In Saint Askin blieb ich nur eine Nacht, gerade Zeit genug, um zu kontrollieren, ob alles in Ordnung war – Daria hatte mir versichert, sie passe auf alles auf, ihre kleine Familie hielt sich oft im Haus auf, ich brauchte mir keine Sorgen zu machen. Eine letzte Nacht verbrachte ich auch in London, um mich mit Leo und Neville zu besprechen und zu erfahren, wie es um meine Finanzen stand. Francescos ältere Brüder, beide inzwischen tot, hatten eine grosse Familie und wenig Geld hinterlassen. Der Anschluss Triests, das seit Jahrhunderten Österreichs Seehafen gewesen war, an Italien, das über zahlreiche andere Häfen verfügte, hatte ihnen keine Vorteile gebracht. Triest wurde links liegengelassen, und seine Geschäfte kamen allmählich zum Erliegen. Es war für mich deshalb wichtig zu wissen, wie es um das stand, was man zu jener Zeit noch mein persönliches Vermögen nannte.

«Meiner Ansicht nach», erklärte mein Neffe, und sein Sohn nickte zustimmend, «durchlaufen wir gerade eine Periode verrückter und gefährlicher Spekulationen. Jedermann gewinnt husch, husch drei Pence, gibt sie aus und kehrt zurück an die Börse, um die nächsten drei Pence zu gewinnen und so weiter. Aber eines Morgens werden wir aufwachen und uns die Augen reiben.»

«Schon dein Vater und dein Grossvater predigten das immer wieder.»

«Ja, und meistens zu Recht. Wir haben kleinere Katastrophen erlebt, die aber nie Folgen nach sich zogen. Die nächste wird weltweit sein, das wirst du schon sehen. Wir haben es in Kauf genommen, Kunden zu verlieren, die von uns verlangten, für sie in alle Richtungen zu spekulieren. Nicht mit mir! Nach dem ‹Krach des Jahrhunderts› wirst du mir dafür danken.»

«Er ist unvermeidlich», ergänzte Neville.

Wenn es denn schon die Jungen so sahen …

«Wollt ihr mir damit sagen, dass eure Kunden ungeschoren davonkommen, während der Rest der Welt ruiniert wird?»

«Unsere Kunden, dich eingeschlossen, und jene von Bankiers, die denken wie wir, ich bin nicht der Einzige, der Zweifel hat. Wenn es sich so abspielt, wie ich es vermute, werden wir zwar Geld verlieren, aber in Grenzen.»

«Ich brauche mir also keine Sorgen zu machen?»

«Das Undenkbare ist immer möglich, aber im Grunde ist dein Vermögen so breit gestreut, dass dir immer etwas bleibt, selbst wenn du hundert Jahre alt wirst.»

Er hielt Wort, dass muss ich gestehen. Ich wechselte von sehr reich zu wohlhabend, von wohlhabend zu gut versorgt, und von gut versorgt zu … sagen wir, nicht unbemittelt – ich kann nicht mehr ohne zu zählen Geld ausgeben wie früher, aber es fehlt mir an nichts. Ich habe noch Patienten, mit ihren Honoraren bestreite ich meine täglichen Ausgaben, und ich besitze immer noch mein Haus in Saint Askin. Es wird sogar etwas für die Urenkelin übrig bleiben, die gerade dabei ist, auf die Welt zu kommen.

Aber ich kehre jetzt zurück zu der Zeit, als ich noch wohlhabend war.

Nach Zürich heimgekehrt, fiel mir die Realität wie eine Tonne Ziegelsteine auf den Kopf. In meiner Abwesenheit war einiges geschehen.

Francescos Pass war abgelaufen, das hatte ich erwähnt. Alberto, der sich mitten in den Abschlussexamen befand und dessen Pass ebenfalls bald ablaufen würde, war bei ihm geblieben. Wir hatten hin und wieder zusammen telefoniert, doch Vater und Sohn erwähnten ihre Schwierigkeiten mit keinem Wort.

Als ich nach zweitägiger Reise abends in Zürich ankam, traf ich die beiden mit finsteren Mienen am Küchentisch.

Über Francesco habe ich im Laufe dieser Geschichte wenig gesagt, und man wird auch verstehen, weshalb. Wir hatten es immer geschafft, ein Paar und gleichzeitig voneinander völlig unabhängig zu sein. Wir übten den gleichen Beruf aus, aber jeder von uns hatte sein Spezialgebiet. Wenn wir über unsere Arbeit sprachen, dann nicht so sehr, um uns zu erzählen, was wir an dem und dem Tag getan hatten, sondern weil wir einen medizinischen Rat brauchten. Ergebnis: Auch nach dreissig Jahren begegneten wir uns immer noch so, als ob wir uns am Vortag gerade erst kennengelernt hätten, und wir waren so sicher, dass wir uns aufeinander verlassen konnten, dass es uns nie in den Sinn gekommen wäre, uns Sorgen zu machen, wenn wir getrennt waren. Eifersucht gab es bei uns – zum Glück – nie. Ich war genug Eifersüchtigen begegnet (auch als Patienten, die ich deswegen behandelte), um zu wissen, wie viel Kraft es kostet, sich davor zu fürchten, seinen Partner verlieren zu können, und sich dauernd zu fragen, was er wohl gerade tue. Oder ihm ständig erklären zu müssen, was man tat.

Also gut, zurück zu diesem Abend. In der Küche mit den gerunzelten Stirnen.

«Du kommst gerade zur rechten Zeit, Zadie, um uns einen Rat zu geben», sagte Francesco, als er aufstand, um mich zu umarmen. Ich liess mir die Zeit, ihn zu küssen und das ganze mit Alberto zu wiederholen, der ebenfalls aufgestanden war.

«Man erneuert meinen Pass nur, wenn ich der faschistischen Partei beitrete, um den Herrn Konsul zu besänftigen. Er glaubt nämlich, ich sei ein gefährlicher Antifaschist, und er möchte sicher sein, dass er sich irrt. *Sic dixit.*»

«Bist du ein gefährlicher Antifaschist?»

«Du weisst ja, dass es so ist. Erinnerst du dich an das Manifest der intellektuellen Faschisten von Giovanni Gentile? *Heute versammeln sich die Geister in zwei Lagern, auf der einen Seite die Faschisten, auf der anderen ihre Gegner, die Demokraten jeglicher Schattierung, zwei Welten, die sich gegenseitig ausschliessen.* Ich esse im Restaurant ‹Cooperativo›, wo es von Demokraten nur so wimmelt, und wenn ich unterwegs bin im Quartier, profitiere ich davon, dass man an gewissen Orten glaubt, in Italien zu sein, etwa wenn ich bei Signora Dezza demokratische Kartoffeln kaufe. Und ausserdem ist auch Enrico Dezza ein gefährlicher Antifaschist, denn er weigert sich, der faschistischen Partei beizutreten. Also bin auch ich ein gefährlicher Antifaschist. Eine unhaltbare Logik, da wirst du mir zustimmen wollen.»

«In der Tat, da gibt es nichts dagegen zu sagen. Und jetzt?»

«Jetzt erfährst du, meine liebe Zadie, dass man in der Zeit, als du in England warst, in Italien die Parteien verboten hat.»

«Ist das neu?»

«Nein, die Linksparteien hatten sie schon vorher verboten, und einige ihrer Männer hatten sie die Redaktion der sozialistischen Zeitung *Avanti!* niederbrennen lassen. Aber jetzt haben sie die republikanische Partei verboten, die liberale Partei und die Volkspartei – mit einem Wort, die bürgerlichen Parteien. Das bedeutet, dass Meinungen, die nicht faschistisch sind, heute verboten sind. Alle. *Quod erat demonstrandum,* wir sind gefährliche Antifaschisten, wir hätten vom Manifest der intellektuellen Faschisten gewarnt sein sollen.»

«Und welche Konsequenzen hat das für uns?»

«Auch mir verweigern sie die Verlängerung meines Passes», schob Alberto ein. «Aber ich habe eine Einladung, in Harvard in den Vereinigten Staaten zu lehren, Mamma. Deshalb haben Noemi und ich uns entschieden, zu heiraten und wegzugehen. Euch stehen verschiedene Möglichkeiten offen: Ich denke, dass Papa mit dir in England leben könnte. Oder aber ihr kommt mit uns nach Harvard …»

«Oder aber?»

«Oder aber … seit zwei Tagen lesen wir alle möglichen Dokumente, um herauszufinden, ob ihr nicht die Schweizer Staatsbürgerschaft erwerben könntet.»

«Um uns über den italienischen Konsul lustig zu machen, sollen wir die Nationalität wechseln?»

«Nein, dieser Grund würde nicht ausreichen. Wir würden die Nationalität wechseln, um in Sicherheit zu sein», sagte Francesco mit Nachdruck, «und frei, um etwas Nützliches für Italien zu tun, ohne die Ausweisung befürchten zu müssen.

Der sympathische Konsul hat mir bereits gedroht. Es gibt faschistische Maulwürfe an den Sitzungen der sozialistischen Partei Italiens in Zürich. Sie ist nebenbei bemerkt von der Schweiz verboten worden, und der Konsul wusste, dass ich an der einen oder anderen Sitzung teilgenommen hatte. ‹Herr Doktor, Herr Doktor, die Beamten der Bundespolizei werden sie nächstens an die Grenze stellen.› Sie würden es auf sein Betreiben hin tun, versteht sich. Seit sie Mussolini einen Doktor *honoris causa* verliehen haben, sind diese Leute meiner Meinung nach zu allem fähig. So, das ist es, was mir diese Schlange von Konsul zehnmal an den Kopf geworfen hat, bevor er mir die Verlängerung meines Passes verweigerte.»

Die folgenden Wochen überspringe ich. Für einmal musste eine Entscheidung, der einen von uns persönlich betraf, vom anderen gutgeheissen werden – denn es verstand sich von selbst, dass wir als Familie das Schweizer Bürgerrecht beantragen würden; ganz abgesehen von Mathilda, von der wir nicht wussten, was aus ihr werden sollte, wenn sie Italienerin blieb und ausserdem im Dienst gefährlicher Antifaschisten stand.

Doch Mathilda, die unsere Diskussionen aufmerksam, aber wie üblich stumm mitverfolgt hatte, löste das Problem auf ihre Weise. Wir hatten einen sehr netten Nachbarn, Urs, aus der Innerschweiz. Er lebte in einer winzigen Wohnung unter dem Dach zwei Häuser weiter, und er studierte an der Kunstgewerbeschule. Er war homosexuell und zu Francesco gekommen, um sein «Problem» mit ihm zu besprechen. Er war ihm dankbar dafür, dass er ihm klargemacht hatte, nicht er habe das «Problem». Er war, wie er war, die anderen machten daraus ein Problem. Er war bereits nicht mehr in Behandlung, als er von unseren Schwierigkeiten erfuhr, darauf bat er Mathilda, ihn zu heiraten – in allen Ehren. Dann wäre sie Schweizerin. Mathilda war es recht, die Frau eines liebevollen Mannes zu sein, der aber auf sexuellem Gebiet nichts von ihr wollte. Ihr erster Mann hatte sie gequält, beinahe verstümmelt, wir hatten es mit einer Art Wiederherstellungschirurgie versucht, aber ich war vom Erfolg nicht ganz überzeugt. Mathilda hatte sich entschieden, nicht mehr darüber zu reden. Der seelische Schaden war ohnehin grösser als der körperliche.

Michael war britischer Staatsbürger, und wir hatten keine Mühen gescheut, um den Schweizer Behörden klarzumachen, dass dieser vielsprachige «Arztsekretär» für uns unverzichtbar war. Wir stellten ihm in aller Form einen Arbeitsvertrag aus, *conditio sine qua non,* um eine Aufenthaltsbewilligung zu bekommen.

Wir unternahmen das Nötige, um eingebürgert zu werden. Und wir taten es gemeinsam, was die Dinge vereinfachte, obwohl ich dank meines britischen Passes nicht viel zu befürchten hatte. Die Schikanen, die Inspektionen pingeliger Funktionäre und die beträchtliche Summe Geldes, die wir zu zahlen hatten, überspringe ich. So viele Jahre später sind die Einzelheiten bedeutungslos geworden. Einmal mehr beglückwünschte ich mich später, dass wir sofort gehandelt hatten. Als die politischen Flüchtlinge aus Italien zum Strom anschwollen, zogen die helvetischen Behörden die Schrauben an, worauf es immer schwieriger wurde, Mittel und Wege zu finden, um in der Schweiz bleiben zu können.

Ach, diese Jahre! Francesco und ich arbeiteten beide mehr, als wir vorgesehen hatten. Unser Esszimmer hatten wir zur Krankenstation umgebaut. Wir hatten natürlich Psychoanalyse-Patienten, aber immer häufiger behandelten wir auch Flüchtlinge, die kein Geld hatten für eine ärztliche Behandlung. Wir verkehrten regelmässig im Restaurant «Cooperativo», und ich gab Kurse in sexueller Erziehung, man nannte sie «Hygienekurse». Es war eine Idee Enrico Dezzas, des Geranten dieses sympathischen Restaurants, wo man das Gefühl hatte, zu Hause zu sein, sobald man seinen Fuss über die Schwelle gesetzt hatte.

«Die neu eintreffenden Leute sind oftmals von einer unglaublichen Ahnungslosigkeit», sagte er mit seiner tiefen Stimme. «Wir konnten einen Kindergarten eröffnen, aber auch die Erwachsenen brauchen Hilfe.»

«Alles, was ich dazu beitragen kann, sind Kurse in … in Gynäkologie», hatte ich damals vorsichtig vorgeschlagen.

Signor Dezza strahlte.

«Wir nennen sie Hygienekurse. Sie werden bald viel Zulauf haben, Doktor.»

In der Tat. Ich gab und wiederholte diese Kurse während Jahren, sie waren immer ein Erfolg. Und daraus ergab es sich, dass junge Emigrantinnen zu mir kamen, um mir ihre Sorgen anzuvertrauen – eine ungewollte Schwangerschaft, eine gewünschte Schwangerschaft, die aber nicht «hielt», ein gewalttätiger, gleichgültiger, eifersüchtiger Ehemann, Liebeskummer. Wie in Mailand gingen die Männer auch hier lieber zu Francesco. Von den Umständen gezwungen, eröffneten wir in der Gegend der Josefstrasse ein Ambulatorium, wo viele Italiener wohnten, und einmal pro Woche hielt ich dort Sprechstunde. Und wieder wie in Mailand und getreu dem Prinzip von Jonathan senior verlangten wir auch von den Ärmsten zwanzig Rappen pro Konsultation. Das Geld überwiesen wir an die Kooperative.

Was also soll ich erzählen von diesen paar Jahren?

Wir lebten in einer gewissen Routine und waren wie schon immer mehrere Stunden pro Tag für das Wohl anderer tätig. Das hatten wir so gewollt, von Anfang an. Ich war nie politisch engagiert gewesen, hatte also nie einer Partei angehört, aber insofern die Parteien erklärten, im Dienste der Bürger zu stehen, engagierte auch ich mich. Aber ich war mir meiner Privilegien zu sehr bewusst, um eine politische Anerkennung seitens welcher Partei auch immer geltend machen zu wollen. Wer kann sagen, wie ich mich verhalten hätte, wenn ich arm auf die Welt gekommen wäre?

Ein herausragendes Ereignis auf persönlicher Ebene war die Geburt des kleinen Emmanuel in Harvard. Während mindestens zwei Jahren mussten wir uns mit Fotos zufriedengeben.

1929, kurz vor dem «Grossen Krach», den Leo vorausgesagt hatte, verbrachten wir einen Monat in Saint Askin, und unsere drei Söhne schlossen sich uns mit Frau und Kindern an. Auch dieser Monat war denkwürdig. Zehn Jahre nach ihrer Rückkehr vom Krieg hatten sich meine zwei Ältesten endlich mehr oder weniger von ihren Leiden erholt.

Am Tag unseres Eintreffens erschien Gianni in Begleitung einer der Schwestern seines Krankenhauses – Jacqueline. Im

Laufe des Abends erfuhr ich, dass auch sie während des ganzen Krieges in einem Feldlazarett in den Ardennen gedient hatte. Errötend schob sie ihre füllige Haartracht beiseite, um mir eine Narbe an der Schädelbasis zu zeigen, ein richtiges Loch, man fragte sich, wie sie mit einer solchen Verletzung überhaupt hatte überleben können.

«Jonathan und ich verstehen uns», vertraute sie mir an. «Beide erleben wir schwierige Momente, meist nicht gleichzeitig, so dass der, dem es bessergeht, dem anderen helfen kann, der eine Krise hat. Manchmal ist es auch gleichzeitig, dann isolieren wir uns. Aber wir sind so glücklich wie wir halt sein können nach so viel Unglück.» Jetzt gab es eine Pause.

«In vier Jahren habe ich Hunderten von Jungen meines Alters die Augen zugedrückt. Am Schluss hatte ich den Eindruck, Sargträger zu sein und nicht Krankenschwester.»

«Und Sie konnten Ihre Arbeit wiederaufnehmen?»

«Fünf Jahre später, als alle anderen Quellen erschöpft waren. Als ich Jonathan sah, wusste ich sofort, dass auch er ‹meine› Krise durchlebt hatte. Man fühlt sich zusammen wohler als mit anderen, man versteht sich ohne Worte.»

«Lieben Sie ihn?»

Sie hatte die Güte zu erröten.

«Leidenschaftlich.»

«Dann ist es gut.»

Sie verrenkte ihre Finger.

«Wir haben uns entschieden, keine Kinder zu haben. Ich bin sicher, dass Sie das nicht gutheissen.»

«Haben Sie das gemeinsam entschieden?»

«Ja.»

«Warum sollte ich dann etwas dagegen haben? Mir kommt es darauf an, dass ihr glücklich seid.»

«Aber Jonathan erzählte mir, dass Sie ... Ihre Schwangerschaften ...»

«Das waren andere Zeiten und andere Umstände, ich war achtzehn und wir waren völlig anders erzogen worden. Wenn ich jetzt achtzehn wäre, wüsste ich nicht, was ich denken würde. Wie dem auch sei, eurer Leben gehört euch.»

Sie stand auf und küsste mich.

«Wir werden heiraten», sagte sie dann.

«Das ist sehr gut. Wenn es uns die Zeit erlaubt, von Zürich wegzugehen, werden wir gern kommen und zu euren Ehren sogar ein Fest ausrichten.»

Wir kehrten in die Schweiz zurück und waren entschlossen, in einigen Wochen zur Hochzeit wiederzukommen. Aber unterdessen kam der «Krach». Apokalyptisch. In gewissen Ländern wurden Hunderttausende von Männern, Frauen und Kindern aus ihren Häusern und auf die Strasse geworfen, die grössten Fabriken schlossen, es gab Millionen von Arbeitslosen, auf der ganzen Welt stürzten sich Börsenmakler aus dem Fenster oder schossen sich eine Kugel in den Kopf, unter ihnen auch einer von Francescos Neffen in Triest. Vermögen, die sich in einigen Jahren gebildet hatten, wurden innerhalb von Minuten verschluckt. Unter diesen Umständen eine grosse Hochzeit zu geben, schien uns unanständig. Gianni und Jacqueline heirateten auf dem Bürgermeisteramt von Falmouth ohne Pauken und Trompeten.

«Wir kommen mit einem blauen Auge davon, aber wir kommen davon», erklärte mir Leo am Telefon. «Es geschieht, was ich für den schlimmsten Fall vorausgesehen habe. Deshalb bleiben wir aber trotz allem nicht unversehrt.»

In der Schweiz war es weniger extrem, immerhin ist Vorsicht eines der Schlüsselwörter für die helvetische Seele, doch die Arbeitslosigkeit stieg auch hier kräftig an. Vor den Volksküchen bildeten sich lange Schlangen, unsere Patienten hatten sogar Mühe, die symbolischen zwanzig Rappen für eine Konsultation zu zahlen.

Michael arbeitete für die Kooperative, er bemühte sich, den Grossisten, Hotels und allen Wohlhabenden, zu denen er Zugang hatte, alles zu entlocken, was für die Zubereitung von Mahlzeiten gebraucht werden konnte. Seine beeindruckende Körpergrösse, seine natürliche Eleganz, seine Gutmütigkeit, sein bescheidenes Deutsch, sein englisch gefärbtes Italienisch musste die Mischung gewesen sein, die ihn unwiderstehlich machte. Er kehrte jedes Mal mit einem vollen Karren zur Suppenküche zurück, der er zugeteilt war. Alle nannten ihn Bob, und er gewöhnte sich gutgelaunt an diesen Übernamen. Mathilda kochte regelmässig für ein paar Dutzend Studenten der Kunstgewerbeschule, Freunde ihres Mannes – deren Eltern waren nicht mehr in der Lage, ihnen etwas zu schicken, von dem sie sich hätten ernähren können.

Francesco hatte es übernommen, die Schweizer für das Schicksal Italiens zu interessieren. Die braven Helvetier begriffen nicht wirklich, was sich südlich der Alpen abspielte.

«Euer Land war im Chaos versunken. Mussolini hat Ordnung gemacht. Achten Sie bloss auf die Züge, jetzt sind sie pünktlich.»

«Das erzählt man Ihnen. Aber die Züge mit Verspätung werden verschwiegen.»

«Es gibt keine Verbrechen gegen Leib und Leben mehr.»

«Es steht nichts darüber in den Zeitungen», korrigierte Francesco geduldig, «das heisst nicht, dass keine begangen werden. Im Gegenteil. Sogar gemässigte politische Gegner werden umgebracht.»

Den meisten italienischen Antifaschisten war die Kultur heilig. Deshalb war die Erschütterung gross, als die Bibliothek eines Dichters namens Roberto Bracco und anschliessend die eines Philosophen, den wir gekannt hatten, Arturo Labriola, zerstört wurden. Zur gleichen Erschütterung war es bereits kurz nach unserer Ankunft gekommen, als Antonio Gramsci, der eigentlich parlamentarische Immunität genoss, verhaftet wurde. Neuankömmlinge berichteten mit Tränen in den Augen darüber.

«Wir haben unter dem Krieg nicht so sehr gelitten, um jetzt das erleben zu müssen», sagten einige mit verzweifelter Stimme.

Francesco fuhr sogar nach Bern, um den Bundesrat dazu zu bewegen zu protestieren. Vergebliche Liebesmüh! Die Antifaschisten verfassten ein Kommuniqué nach dem anderen, aber nur ein paar unbedeutende linke Blätter mit bescheidener Leserzahl druckten sie ab.

Doch dann schöpfte die gesamte Emigration Hoffnung, die Lage werde doch verstanden, als ein italienischer Emigrant,

Giovanni Bassanesi, der meines Wissens im Tessin lebte, sein Bravourstück ablieferte. In Frankreich mietete er ein Kleinflugzeug, füllte es mit Flugblättern, die er hatte drucken lassen, um die Bevölkerung zum Widerstand aufzurufen. Dann liess er sie über Mailand und die ganze Lombardei regnen. Doch auf dem Nachhauseweg verirrte er sich im Nebel und prallte gegen einen Berg, aber auf Schweizer Seite. Die Armee fand ihn lebend. Als klar war, dass er überleben und von seinen Verletzungen geheilt würde, waren wir alle überglücklich darüber, was er gewagt hatte. Aber die Schweizer sahen die Sache anders, und kaum war er wiederhergestellt, machte man ihm den Prozess wegen Verletzung der Neutralität. Francesco war bereit, ihm aus der eigenen Tasche einen Anwalt zu bezahlen, aber das war gar nicht nötig. Sogar konservative Anwälte drängten sich vor, um ihn ohne Honorar verteidigen zu dürfen.

Bekannte Vertreter der italienischen Intelligenz im Exil schlugen vor, sich mit dem kleinen Giovanni, der kaum fünfundzwanzig war, für schuldig zu erklären. Sie gingen davon aus, dass ihre Schriften den jungen Mann zu dieser Aktion verleitet hatten. Die Anwälte begrüssten das begeistert und das Urteil fiel mild aus: einige Monate Gefängnis, die Giovanni mit der Untersuchungshaft bereits abgesessen hatte. Die gesamte europäische Presse war an den Verhandlungen zugegen. Wir hofften wirklich, den Leuten und vor allem den Schweizern würden die Augen geöffnet – aber daraus wurde nichts, obwohl Mussolinis Reaktion alles andere als diplomatisch war, er wütete in vulgärsten und aggresssivsten Worten in der italienischen Presse und vor den ausländischen Korrespondenten.

Um die italienische Regierung zu beschwichtigen, wiesen die Schweizer Behörden Bassanesi aus der Schweiz aus, glücklicherweise nach Frankreich und nicht nach Italien.

Es hat Hitler gebraucht, bis den Schweizern endlich ein Licht aufging.

Im persönlichen Leben machte mir 1930 der Tod Weltis am meisten zu schaffen.

Ihre Schule blühte nach wie vor, am Beispiel Darias konnte ich beurteilen, was für eine vorzügliche Pädagogin sie war. So wie sie es mit mir gemacht hatte, impfte sie auch ihr die Freude am Lernen ein. Einer ihrer Söhne und dessen Frau, eine Lehrerin, sorgten gemeinsam dafür, dass diese Schule weiterhin gedieh. Sie genoss einen guten Ruf weit über Biel hinaus – Schülerinnen kamen aus der ganzen Welt.

Wir waren uns sehr verbunden geblieben, und seit der Erfindung des Telefons sprachen wir mindestens einmal pro Woche miteinander. Sie war für mich – ich kann es nicht oft genug wiederholen – die einzige positive mütterliche Bezugsperson, obwohl sie gar nicht viel älter war als ich. Bei Sorgen oder Kummer hatte es oft gereicht, mit Welti darüber zu reden, und schon lösten sie sich in Luft auf. Für die Kinder war sie Tante Louise, was die innere Bindung zwischen uns noch verstärkte.

Ihr Sohn Marc (der andere, der Ingenieur geworden war, hiess Basil) hatte mich verständigt.

«Sie leidet an einem schlimmen Krebs und mag nicht mehr weiterleben. Sie meint, mit achtzig Jahren sei ihre Stunde gekommen. Wir tun unser Möglichstes, damit sie sich in ihren letzten Tagen wohl fühlt.»

Für die Welti-Söhne hatte ich immer zur Familie gehört. Wahrscheinlich habe ich vergessen, darüber zu berichten, wie ich manch anderes auch vergessen habe, aber als Jugendliche hatten sie vor dem Krieg ein Jahr bei uns in Mailand verbracht, um Italienisch zu lernen. Deshalb kenne ich sie ganz gut. Marc machte ich gleich den Vorschlag, nach Biel zu kommen und ihm beizustehen. Doch er lehnte mein Angebot ab.

«Bitte, glaub mir, Zadie, sie ist in besten Händen. Wir haben eine Krankenschwester eingestellt, und sie wird in ihrem eigenen Bett sterben können, in ihrer Schule, ich glaube, das wünscht sie sich auch.»

Nach diesem Telefongespräch fuhr ich anderntags gleichwohl nach Biel, um dann mit eigenen Augen feststellen zu müssen, dass Welti am Ende war. Sie war fast nur noch Haut und Knochen. Aber dank des Morphins, das man ihr spritzte, war sie ganz heiter.

«Wir können zufrieden sein mit uns», murmelte sie mit einem Lächeln. «Wir hätten auch wie zwei dumme Gänse leben können, die sich nur um ihre Garderobe sorgen, aber wir haben es beide geschafft, für die Gesellschaft nützlich zu sein.»

«Das habe ich Ihnen zu verdanken, Welti. Allein hätte ich das nie fertiggebracht.»

«Ich doch auch nicht. Ich hatte eine ungefähre Ahnung, dass man auch anders leben könnte, nachdem ich Charlotte Brontë, Elizabeth Gaskell und einige andere gelesen hatte. Aber erst als ich Ihre Mutter sah mit ihren Regeln, die zu nichts taugten, als alle unglücklich zu machen, fiel bei mir der Groschen. Ich wollte Sie davor beschützen, aber nicht aus Berechnung, sondern instinktiv. Es reichte, bei Ihnen die Freude am Lernen zu wecken, und Sie sehen ja, was daraus geworden ist.»

«Was zählt, ist vor allem Ihre Qualität als Lehrerin.»

Sie machte eine schwache Geste der Verneinung.

«Ich habe Ihnen das beigebracht, was ich gelernt hatte, ich hatte ja das Glück gehabt, mit meinem Zwillingsbruder zur Schule gehen zu können.»

Ich runzelte die Stirn. Von einem Zwillingsbruder hatte ich sie nie reden gehört.

«Sie hatten einen Zwillingsbruder?»

«Ja. Und mein Vater wollte die beste Ausbildung für ihn, damit er an die Polytechnische Hochschule gehen konnte, die gerade eröffnet wurde, als er zur Welt kam. Von mir wurde erwartet, mich ausschliesslich für Stickereien zu interessieren, aber als Walter, mein Bruder, zu Hause mit einem Privatlehrer Mathematik, Chemie und Naturwissenschaften lernte, begriff ich diese Dinge geradeso gut wie er. Man liess mich zur Schule gehen, weil man überzeugt war, es sei bloss eine Schrulle von mir, aber ich lernte. Als ich mich zur Eintrittsprüfung für das Lehrerseminar anmeldete, bestand ich problemlos.»

«Und Ihr Bruder?»

«Er kam mit achtzehn bei einem Badeunfall ums Leben. Meine Mutter war bereits an Tuberkulose gestorben. Mein Vater war dem vielen Kummer nicht gewachsen, er gab sich auf und starb ebenfalls. Da suchte ich eine Stelle möglichst weit weg von Biel, und so bin ich zu Ihnen gekommen.»

«Sie hatten Ihren Bruder nie erwähnt ...»

«Ich glaube, ich wollte ihn für mich behalten, ein Zwilling ist vermutlich ein Teil von einem selbst, wie ein Kind, das man auf die Welt gebracht hat. Ich sprach praktisch nie darüber. Mit niemandem. Meine Söhne sind auf dem Laufenden, ich sagte ihnen Bescheid, damit sie wussten, dass auch sie Zwillinge bekommen könnten wie meine Mutter und ich. Aber Sie sehen ja, dass dies nicht der Fall ist.»

«Und das Lehrerseminar?»

«Einen Teil davon hatte ich mit hervorragenden Resultaten hinter mir, bevor ich nach England fuhr. Als ich zurückkam, erklärte ich den Leuten meinen Fall, und man liess mich nach einem Zusatzjahr zum Examen zu.»

«Davon haben Sie mir auch nie etwas erzählt.»

Noch eine unbestimmte Handbewegung.

«Sie hatten selber genug Ärger hinunterzuschlucken. Ob ich Ihnen davon erzählte oder nicht, hätte daran nichts geändert. Ich hatte mich entschieden, Sie damit in Ruhe zu lassen.»

Gegen Abend musste ich wohl oder übel wieder gehen, sie war mit einer Hand in der meinen eingeschlafen. Ich verliess ihr Zimmer mit Tränen in den Augen und mit dem starken Gefühl, nicht aufmerksam genug gewesen zu sein für das Leben dieser Frau, die für das meine so viel Achtung aufgebracht hatte.

«Ich komme übermorgen wieder», sagte ich zu Marc. Am anderen Tag hatte ich meinen Hygienekurs, und ich glaubte nicht das Recht zu haben, ihn den Frauen vorzuenthalten, die mit mir rechneten.

An diesem Tag starb sie, ein Übermorgen gab es nicht mehr.

XXI

Ich glaube, es war Puschkin, der sagte: «Die Gewohnheit ist eine Himmelsgabe als Ersatz für das Glück.»

Diese Himmelsgabe wurde mir nicht zuteil. Jedes Mal, wenn ich den Eindruck hatte, mich endlich behaglich eingerichtet zu haben, kam etwas, warf mich hinaus aus meinen Gewohnheiten und rief mir die grundsätzliche Unbehaglichkeit in Erinnerung, in der wir lebten. Es fehlte uns materiell an nichts, das kann ich nicht oft genug wiederholen, aber deswegen waren wir den Stürmen der Zeit nicht weniger ausgesetzt.

Mir kam der Tag des Jahres 1930 wieder in den Sinn, als uns am frühen Morgen die Türglocke aus dem Schlaf riss. Wie gewöhnlich sprang Francesco ohne zu zögern aus dem Bett und ging öffnen. Kurz darauf streckte er seinen Kopf durch die angelehnte Tür:

«Komm schnell, Zaza, wir haben einen Überraschungsbesucher.»

Ich stand auf.

Am Küchentisch sass Marcantonio, der Oberkellner aus dem «Cova», und ein junger Mann, den ich nicht mit Gewissheit wiedererkannte, aber sein Sohn zu sein schien.

«Marcantonio. Was für eine Überraschung!»

«Eine Überraschung, die ich Ihnen gern erspart hätte, Dottore.»

«Sie hatten Ärger.» Das war keine Frage.

Er begann zu erzählen, ohne seinen Blick vom Küchentisch zu heben.

«Sie haben mich aufgefordert, der faschistischen Partei beizutreten. Ich zeigte keine Eile, weder an jenem Tag noch in der darauffolgenden Woche. Deshalb sind sie zu mir nach Hause gegangen, fingen an, alles kurz und klein zu schlagen, und als meine Frau dazwischentreten wollte, schlugen sie sie und sie ... sie ... ist ...»

«O nein!» Sie war eine meiner Patientinnen und ich mochte sie sehr.

«Und dann ...», fuhr Marcantonio fort, als ob ich nichts gesagt hätte, seinen Blick immer noch auf den Küchentisch gerichtet, «... ist Peppino gekommen, Sie erkennen ihn, Signora, mein Ältester.»

«Ja, ich erkenne ihn», log ich.

«Als er kam, begriff er nicht gleich, dass seine Mutter tot war. Er wollte sie verteidigen, ging auf den Angreifer los und schlug ihn nieder.»

«Und dann?», fragte Francesco resigniert. Es war nicht schwer, sich die Fortsetzung vorzustellen.

«Als er sah, dass seine Mutter tot war, wurde ihm klar, was ihm blühen würde, wenn der Faschist wieder aufwachen sollte. Erzähl du, Peppino, ich weiss gar nicht, warum ich die ganze Zeit an deiner Stelle rede.»

Peppino, gross und braun, ein sehr hübscher Mann, sass da wie eine Statue, einen Ellbogen auf den Tisch gestützt und das Kinn in der Hand. Er sah Francesco mit einem Blick an, aus dem echte Verzweiflung sprach.

«Sie haben mich verhaftet, als ich fliehen wollte, denn draussen warteten mehrere von ihnen. Sie brachten mich ins San-Vittore-Gefängnis, doch am Eingang kam es zu einer grossen Verwirrung, warum, weiss ich nicht. Die Türen des Fahrzeugs, in dem ich mich befand, öffneten sich zufällig. Wir waren zu zweit, wir nutzten unsere Chance, ein paar Sekunden später waren wir weg.»

«Und was habt ihr dann gemacht?»

«In Mailand gibt es antifaschistische Zellen. Ich ging zu einer der mir bekannten Adressen. Im ‹Cova›, wissen Sie …»

Ich spürte, wie eine Welle von Heimweh in mir aufstieg.

«Sie arbeiten auch im ‹Cova›?»

«Ja, Signora Cova stellte mich eines Tages als Ersatz für jemanden ein, der krank geworden war, dann behielt sie mich. Beim Bedienen erfährt man vieles, verstehen Sie?»

«Ich verstehe.»

«Ich sagte, ich hätte eine dieser Adressen aufgesucht, die ich aufgeschnappt hatte. Dort glaubten sie mir und benachrichtigten meinen Vater.»

«Es war eine junge Frau», fuhr Marcantonio fort, der nun endlich vom Tisch aufsah. «Ich kannte sie nicht, und es war nicht zu übersehen, dass sie sich in den noblen Quartieren nicht auskannte. Sie setzte sich hin mit ihrer Baskenmütze auf dem Kopf, wie eine Studentin … Aber sie war keine Studentin.» Barkellner sind, was die soziologische Einordnung von Leuten betrifft, absolut unschlagbar, vor allem, wenn Intelligenz und Scharfblick eines Marcantonio damit verbunden ist. «Sie verfolgte mich mit ihren Blicken, während sie ihr Bier trank. Eine Frau allein, die ein Bier bestellt, am Vormittag und noch dazu in einer Bar wie dem ‹Cova›, das ist seltsam, verstehen Sie? Wie dem auch sei, schliesslich flüsterte sie mir zu, als ich zum x-ten Mal an ihr vorbeiging: ‹Peppino ist in Sicherheit und lässt Ihnen ausrichten, nicht nach Hause zu gehen, die Polizei erwartet Sie.› Ich tat, als ob ich nichts gehört hätte. Glücklicherweise hatte sie sich an einen Tisch gesetzt, der um diese Zeit für einen Stammgast reserviert war. Ich beauftragte einen Kellner, sie an einen anderen Platz zu schicken, in eine der Nischen ganz hinten. Dort konnte ich mit ihr reden, ohne dass man uns sah. Sie informierte mich über den Tod meiner Frau, aber sie liess mir keine Zeit für Traurigkeit. ‹Ich habe auch Ihren anderen Sohn gewarnt, und ein Freund informierte Ihre Tochter. Weil sie es eher auf Sie als auf die Kinder abgesehen haben, sollten Sie verreisen. Wenn Sie ausserhalb Italiens jemanden kennen, sollten Sie dort einen Besuch machen.›»

Marcantonio hielt inne, seine Stimme versagte und die Tränen flossen.

«Sie wollte nicht wissen, wen ich kannte und wo. ‹So kann ich Sie nicht verraten, falls ich verhaftet werde›, sagte sie. Stellen Sie sich das mal vor. In was für einer Welt leben wir eigentlich, Dottore?»

«Und auf welchen Wegen sind Sie in die Schweiz gelangt?», fragte Francesco.

«Mit Hilfe eines Schleppers. Mein anderer Sohn ist so gut wie verlobt mit einer Französin, er fuhr nach Paris und nahm seine Schwester mit. Wir wollten hierherkommen, ich glaube nämlich, Peppino hat einen gebrochenen Arm, und ich fand, es sei besser, ihn jemandem zu zeigen, dem man vertrauen kann, bevor wir weiterreisen. Vom Bedienen kenne ich einen Typ, der mir einmal gesagt hat, für den Fall der Fälle gebe es immer Mittel und Wege, um in die Schweiz zu kommen. Jetzt sind wir da.»

Peppino machte eine Grimasse.

«Wir mussten viel zu Fuss gehen, mit dieser Schulter war das nicht gerade angenehm.»

«Ihr seid aber nicht von Mailand zu Fuss gekommen?»

«Nein, von einem Kaff nördlich von Turin aus, durch die Berge. In Martigny haben wir den Zug genommen.»

Francesco kratzte sich am Kopf.

«Seit wie vielen Tagen sind Sie verletzt?»

«Fast eine Woche.»

«Ich hoffe, Ihnen nicht allzu sehr weh tun zu müssen, um das in Ordnung zu bringen. Als Barkellner müssen Sie diesen Arm problemlos benutzen können. Kommen Sie.»

Sie verschwanden. Marcantonio und ich hatten nicht die Zeit, drei Worte zu wechseln, als Mathilda erschien, die Haare im Gesicht und im Morgenmantel. Es war sechs Uhr morgens, und sie hatte nicht erwartet, uns hier anzutreffen. Wie angewurzelt blieb sie auf der Türschwelle stehen.

«Signor Bellini! Was ist los?», rief sie dann.

Marcantonio wiederholte seine Geschichte in knappen Worten.

«Ach, Ihre arme Frau! Und wer hat sie beerdigt?»

Er schaffte es, ihr zu antworten, aber die Stimme zitterte.

«Ihre Schwester, eine Klosterfrau. Offenbar war sie benachrichtigt worden, und wenn man sieht, wie die Faschisten neuerdings im Vatikan Stiefel lecken, hat sie vermutlich nichts zu befürchten.» Er lachte nervös. «Ich erinnere mich an Signor Mussolini im ‹Cova›, als sie die faschistische Partei gründeten. An einem der Tische verfasste er ein Manifest, dabei liess er einen Entwurf zurück. Ich bewahrte ihn auf und las ihn von Zeit zu Zeit. *Proklamation der Republik Italien,* lautete die Überschrift. *Meinungs-, Gewissens- und Religionsfreiheit, Einzug der kirchlichen Güter, Versammlungs-, Presse-, Propaganda- und Agitationsfreiheit, Abschaffung der Adelstitel,* und so weiter, es waren etwa zwanzig Artikel. Und heute leisten sie der Kirche den Treue-Eid, die Monarchie benutzen sie, um an die Macht zu kommen und die Presse knebeln sie. Der *Corriere della Sera* veröffentlichte einen Artikel, der Mussolini riet zurückzutreten. Raten Sie mal, was dann passiert ist – der Chefredakteur musste den Hut nehmen. Man hatte ihnen gedroht, andernfalls alles niederzubrennen wie bei *Avanti!,* der sozialistischen Zeitung.»

Von der Krankenstation her hörte man Francesco rufen: «Zadie, kannst du nachsehen, ob Michael da ist?»

Ich wollte gerade aufstehen, doch Mathilda hielt mich zurück.

«Ich gehe, Signora.»

Sie rannte weg. Drei Minuten später kam sie wieder, Michael war tatsächlich vom Markt zurückgekehrt, er ging direkt in die Krankenstation.

«Es tut mir leid, Ihnen so zur Last zu fallen, Signora», stammelte Marcantonio.

«Machen Sie Witze, mein Freund? Warum hätten wir Ihnen

unsere Adresse geben sollen, wenn nicht, um Ihnen zu helfen. Wenn wir dazu beitragen können, Ihnen das Leben zu erleichtern – von Herzen gern. Aber Sie werden Schwierigkeiten mit den Schweizer Behörden bekommen, ist Ihnen das bewusst?»

«Ja, aber wir haben nicht vor zu bleiben. Eigentlich wollten wir nach Frankreich. Aber als ich sah, dass Peppino verletzt war, kam mir kein anderer Gedanke, als Sie aufzusuchen.»

In diesem Augenblick kam Michael, die zwei Männer schüttelten sich die Hände, umarmten sich, und vor lauter Ergriffenheit brachten sie kein einziges Wort heraus.

Vater und Sohn blieben etwa zehn Tage bei uns, so lange, bis Peppinos Arm zu heilen begann.

Francesco suchte unsere italienischen Freunde auf, die einen Schlepper nach Frankreich organisierten.

«Das ist ganz leicht», versicherte man uns, «im Jura gibt es Dutzende Wege, die nur die Einheimischen kennen.»

Während dieser Tage schilderten Marcantonio und Peppino ein Bild des Lebens in Italien, vom «Cova» und von ihnen zu Hause aus gesehen, das nichts Verlockendes an sich hatte.

«Kennen Sie die OVRA?»

«Eigentlich nicht.»

«Die Erfindung von Leuten, die am liebsten alles in Reih und Glied stehen sehen. Die Jungen werden in *Balillas* oder künftige Soldaten verwandelt, ihrem Chef, der sich selber zum *Duce* ernannt hat, mit Leib und Seele ergeben. Sie werben sogar die ganz Kleinen an – für eine Organisation namens *Figli della Lupa.* Die Mädchen gehören zu den *Piccole Italiane,* und ihre grösseren Brüder und Schwestern zu den *Fasci di com-*

battimento. Und wir Männer sind Mitglieder der Partei mit dem grossen F. Wir sind *Fascisti,* kurz und bündig.»

«Und was ist mit der OVRA?»

«*Opera volontaria repressione antifascista.* Freiwilligenarbeit zur Unterdrückung des Antifaschismus. Fanatiker von A–Z.»

«Das riecht alles sehr nach Bürgerkrieg», kommentierte Francesco, und es klang ironisch und bitter.

«Wie konnte es bloss so weit kommen?», fragte ich halblaut.

Peppino seufzte.

«Der Krieg, Signora. Die Hälfte der Überlebenden sind hysterisch geworden, die andere Hälfte ist erschöpft. Und während sich die Müden leider viel zu langsam erholten, tanzten ihnen die Hysterischen bereits auf der Nase herum.»

«Sie haben die Sondergerichte geschaffen», ergänzte sein Vater.

«Warum, genügten denn die ordentlichen Gerichte nicht mehr?»

«Sie hätten durchaus genügt, aber sie tun nicht, was das Regime wünscht. Deshalb richteten sie Militärgerichte ein, die sich nicht als solche zu erkennen geben. Die Richter sind keine Juristen, sondern in Rechtssachen Einfaltspinsel wie Sie und ich, aber sogar im Schlaf machen sie den Faschistengruss. Sie tun, was die OVRA von ihnen verlangt. Deshalb sind wir abgehauen, so schnell wir konnten. Peppino hat einen OVRA-Mann niedergeschlagen, man hätte ihn dafür zum Tod verurteilt.»

«Ach, sie verhängen Todesurteile.»

«So viele sie können. Und es ist kein schöner Tod, die Beschuldigten werden in die übelsten Zellen geworfen, man foltert und misshandelt sie nach allen Regeln der Kunst.»

«Und wissen Sie», fügte Peppino hinzu, «man braucht gar nicht erst einen ihrer Aufpasser niedergeschlagen zu haben. Eine anonyme Denunziation genügt, um von der OVRA verhaftet, vor ein Sondergericht geschleppt und zu zehn oder zwanzig Jahren oder zum Tod verurteilt zu werden. Sich mit einem OVRA-Mann anzulegen ist das sichere Todesurteil und als Zugabe verfolgen sie die ganze Familie.»

Beiläufig berichtete mir Marcantonio über den Zustand unserer Wohnung. Signor Dini, unser Pförtner, war tot. Er war von einem seiner Neffen, ebenfalls Dini mit Namen, ersetzt worden, der so sehr seinem Onkel glich, dass man meinte, der Pförtner sei immer noch der alte, aber wunderbarerweise verjüngte Dini.

«Sie kümmern sich um Ihr Stockwerk, bis jetzt ist es nicht beschlagnahmt worden. Und ausserdem passt Avvocato Cairoli auf.»

Cairoli war ein Liberaler. Seine Partei war verboten worden, aber er hatte sich entschieden, nicht zu fliehen. Er gab sich unscheinbar und trat der faschistischen Partei bei, um überhaupt plädieren zu können, während er sich im Verborgenen um die Angelegenheiten von Leuten wie uns kümmerte. Falls die Faschisten ihren Zugriff auf Italien verstärkten, würde auch er Ärger bekommen. Im Augenblick gab er sich damit zufrieden, sein doppeltes Spiel zu spielen. Er behielt sein lausbubenhaftes Wesen, weshalb man ihn gern unterschätzte, und er schaffte es bestens, seine Umgebung zu täuschen. Einige dachten sogar, er sei nicht ganz klar im Kopf – aber er spielte meisterlich mit dem Missverständnis. Alle seine Klienten wussten, weshalb er der Partei beigetreten war. Die Beschlagnahmung unserer Wohnung verhinderte er, indem er sich als deren Käufer ausgab. Wir hatten sogar einen Kaufvertrag unterschrieben.

Eines Morgens früh reisten Vater und Sohn Bellini in einem Lieferwagen für Frühgemüse ab. Einige Tage später riefen sie uns von Paris aus an. Alles war gutgegangen.

Die folgenden zwei oder drei Jahre überspringe ich einfach. Wir lebten unser gewöhnliches Leben und arbeiteten viel. Regelmässig stellten wir fest, dass wir nach geltenden Theorien längst zwei zittrige und müde Alte hätten sein müssen. Aber dem war nicht so. Mit dreiundsiebzig hatte ich noch ohne Probleme meine Zehnstundentage. Die Patienten zu analysieren war gewiss nicht sehr anstrengend, doch das Ambulatorium forderte nach wie vor meine ganze Kraft. Tatsächlich arbeitete ich nicht weniger als in Mailand, einmal davon abgesehen, dass ich nicht mehr operierte. Und Francesco ebenso. Er kümmerte sich allerdings weniger als ich um Kranke, seine Analyse-Patienten natürlich ausgenommen, dafür umso mehr um die Politik. Er, der bis zu den «Fünf Tagen der Schande» im Jahr 1898 einen Anarchisten nicht von einem Liberalen unterscheiden konnte, war nach und nach zu einem überzeugten Sozialisten geworden – vor allem auch deshalb, weil die italienischen Sozialisten in Zürich, immer noch verboten, die bedingungslosesten Gegner Mussolinis waren und nach Francescos Dafürhalten in der Schweiz am besten organisiert.

Von unserer Oase mit ihrer Alltagsroutine aus verfolgten wir mit wachsender Angst die Krise in Deutschland und Hitlers Aufstieg.

Als er an die Macht kam, waren wir gleich doppelt beunruhigt. Die Schweizer, mit denen wir verkehrten, fanden, wir würden auf «italienische Art» dramatisieren, Deutschland brauche angesichts von Inflation und Arbeitslosigkeit einen starken Mann. Aber wir sahen vor allem die Ähnlichkeiten mit dem Faschismus, diejenigen von uns, die unter ihm litten, hatten seine Natur durchschaut. Als sie mit den öffentlichen Bücherverbrennungen anfingen, waren wir unserer Sache sicher. Und dann kam es zum Schlimmsten, wobei ich mich nicht mehr an das genaue Datum erinnere.

Ich erhielt einen verzweifelten Telefonanruf von Noemi aus New York.

«Zadie, mein Vater ist aus dem Anwaltsverband ausgestossen worden.»

«Warum?»

«Weil sie die Juden vertreiben. Könnt ihr meine Eltern aufnehmen, bevor man sie umbringt?»

«Natürlich, Noemi, aber warum deine Eltern? ...»

«Aber Zadie, weil sie Juden sind natürlich.»

«Sie sind Juden?»

In Italien sind die Juden in gewissen Jahrhunderten zweifellos diskriminiert worden. Aber zu unserer Zeit waren sie so gut assimiliert, dass man oft gar nicht wusste, welcher Religion sie angehörten. Auf Italienisch bedeutet *cristiano* ein menschliches Wesen, und darin waren auch die Juden eingeschlossen.

«Sind Sie noch da, Zadie?»

«Ja, ja, ich bin da. Sie sind also Jüdin?»

«Ja, wussten Sie das nicht?»

«Spielt das eine Rolle? Alberto liebt Sie, das ist für mich die Hauptsache.»

Am anderen Ende der Leitung gab es einen tiefen Seufzer.

«Wenn alle so wären wie Sie, wäre die Welt das Paradies. Doch die Hitlerleute bereiten einen ganzen Gesetzesapparat gegen die Juden vor, weshalb ich meinen Eltern geraten habe, Deutschland sofort zu verlassen. Jetzt! Offenbar finden ihre Freunde, ich übertreibe, aber das glaube ich nicht. Bitte, Zadie! Nur so lange, bis ich sie in die Vereinigten Staaten kommen lassen kann. Die jüdische Gemeinschaft hat uns Hilfe versprochen.»

«Sagen Sie ihnen, sie sollen kommen, wir werden uns zu helfen wissen.»

Sie kamen mit je einem kleinen Koffer als Gepäck.

«Wir wollen nicht auffallen.»

Ich war ihnen einmal begegnet und hatte sie als zwei lebendige und fröhliche Fünfziger im Gedächtnis.

Empfangen haben wir zwei Zerlumpte. Als sie bei uns in der Küche sassen, die inzwischen unser Esszimmer und grösstenteils auch unser *Drawing room* geworden war, weil der Salon oft von durchreisenden Gästen belegt war, fing Frau Steinberg zu schluchzen an, Herr Steinberg starrte mit zusammengebissenen Zähnen auf die Pfannen an der Wand und wartete darauf, dass seine Frau zu weinen aufhörte.

Ich verzichte darauf, zu erzählen, was man inzwischen in

vielen Büchern lesen kann – die Vernichtung der jüdischen Geschäftswelt und die Vertreibung jüdischer Mitglieder aus den freien Berufen. Zum Zeitpunkt der Flucht der Steinbergs brachte man sie noch nicht in die Lager, sie waren keine Kommunisten. Aber aufgrund der Nürnberger Gesetze wurde das Leben für sie unhaltbar, der Weg zum Holocaust stand offen.

«Die Endlösung der Judenfrage» war so undenkbar, dass viele Leute wie ich und – zu ihrem grossen Leidwesen – viele Juden nicht glaubten, Hitler würde so weit gehen. Schlimmer noch, wir beschäftigten uns gedanklich gar nicht damit. Jene, die wie Noemi ahnten, was kommen würde, waren für lange Zeit in der Minderheit. Was Hitler politisch vorhatte, war uns sofort klar. Mussolini hatte uns diese Lektion beigebracht. Aber wir achteten nicht (gut genug) auf Hitlers Wahnsinn, den er eine Zeitlang auf so viele Leute übertrug, dass er ein ganzes Volk vergiften konnte.

Ich könnte dazu eine lange psychoanalytische Abhandlung liefern, aber ich lasse es lieber.

Ich hatte mich aufgemacht, ein Leben zu schildern, von dem ich zu jenem Zeitpunkt fand, dass es schon zu lange dauerte. Warum sollte ich leben, um das mit ansehen zu müssen?

Beinahe beneidete ich Michael, als er uns 1935 ebenso unauffällig verliess, wie er gelebt hatte. Er hatte die Gewohnheit, frühmorgens auf den Markt zu gehen. Er half ein paar Händlern, ihre Stände aufzustellen und erhielt dafür Waren für die Volksküche. Gegen sieben Uhr kam er zurück, dann trafen wir ihn in der Küche, wo er seinen Kaffee trank und Eier mit Speck verzehrte, worauf er nie verzichtete und die Mathilda für ihn zubereitete, allerdings nicht ohne Kopfschütteln und Stöhnen jeden zweiten Tag:

«Ah! Questi Inglesi. Cenano la mattina!»

An einem Tag im Frühling 1935 frühstückten wir, ohne dass Michael gekommen wäre, worüber wir uns wunderten, denn er war ein Mann mit Gewohnheiten. Ich hatte mehr als einmal mit ihm gescherzt und gemeint, er sei wie Kant. Die Königsberger hätten ihre Uhren nach ihm gestellt, weil er seine Zeit so genau eingeteilt hatte. Francesco lachte uns immer aus deswegen, er sagte, er wisse aus sicherer Quelle, dass Kant bis ins fortgeschrittene Alter ein grosser Lebemann mit ziemlich ungefährem Stundenplan gewesen sei.

Wir dachten, Michael müsse aufgehalten worden sein, und gingen unserer Arbeit nach. Ich fuhr ins Ambulatorium, es war mein Tag, und mehrere Italienerinnen warteten auf mich. Eine von ihnen gab schliesslich das Alarmzeichen.

«Wir haben heute Morgen Bob nicht gesehen. Er ist doch nicht etwa krank?»

Bis jetzt hatte ich mir keinerlei Sorgen gemacht, aber diese Frage beunruhigte mich und ich rief Mathilda an.

«Gehen Sie nachsehen, was los ist», sagte ich ihr, «auf dem Markt hat man ihn auch nicht gesehen.»

Kurz darauf rief sie zurück, und aufgrund ihres Schluchzens, bevor sie ein Wort hervorbrachte, wusste ich Bescheid.

«Ist er gestorben?»

«Ja … ja, Signora. Er sieht aus, als ob er schlafen würde, aber er ist ganz weiss, er …»

«Sind Sie sicher?»

«Er ist ganz kalt, seine Lippen sind blau, ich … Ja!»

Mir wurde das Herz schwer, und ich seufzte.

«Er muss eine Herzattacke gehabt haben. Ich komme zurück, sobald ich kann, Mathilda. Ist mein Mann zu Hause? Hat er einen Patienten?»

«Ja, eben, aber ich wollte nicht …»

«Sie hatten recht. Sagen Sie ihm Bescheid, sobald der Patient gegangen ist. Einverstanden? Ich komme, sobald ich kann.»

Ich hätte gut daran getan, mich darauf vorzubereiten. Ich war sechsundsiebzig wie Michael, ein Alter, in dem man stirbt. Aber aus einem unerfindlichen Grund, vielleicht, weil er so kräftig und nie krank gewesen war, traf mich Michaels Tod wie eine unvorhergesehene Katastrophe.

Er war meine letzte Verbindung zu meiner Jugend, die zweifellos am Entschwinden war. Er nahm die letzten Spuren Joséphines und Jonathan Barbers mit sich fort.

Der Schock rieb mich während Wochen völlig auf.

Und der Zustand der Welt war nicht dazu geeignet, meine Stimmung zu bessern.

Es war einer der Augenblicke dieser langen Leidenszeit unter dem Faschismus, als ich beinahe den Boden unter den Füssen verloren hätte, trotz Francescos herzlicher und tatkräftiger Hilfe.

«Zaïda, ich bitte dich. Solange wir am Leben sind, ist es unsere Pflicht durchzuhalten. Wir müssen das Ungeheuer zur Strecke bringen.»

«Wir? In unserem Alter? Haben wir deiner Meinung nach nicht schon genug Ungeheuer zur Strecke gebracht?»

«Du weisst doch ganz genau, dass sich die Probleme nicht

auf dieser Ebene stellen. Erstens will ich nichts von ‹unserem Alter› hören. Und zweitens sag mir lieber, dass du nicht vergessen hast, wie sehr ich dich liebe.»

Ich streichelte seine Wange.

«Nein, ich hab's nicht vergessen.»

«Wenn du es nicht allein schaffst, komm mit mir. Die Versammlungen der sozialistischen Partei Italiens sorgen dafür, dass du nicht trübsinnig wirst. Ich verstehe, dass dich Michaels Tod bedrückt, er vertritt einerseits den Vater deiner beiden Ältesten, gewissermassen, und andererseits Joséphine. Auch mir tut es weh, ich habe das Gefühl, man habe mir einen Arm amputiert. Die Art und Weise, wie Michael mich nach Jonathans Tod adoptiert hat, war etwas ganz und gar Einmaliges in meinem Leben. Aber glaube mir, weder Jonathan noch Joséphine noch Michael möchten, dass wir ihretwegen verzweifeln.»

Er nahm mich in seine Arme. Und ich versprach, wieder an die Arbeit zu gehen.

Es war allerdings so, dass ich gar keine Wahl hatte, es gab einfach zu viel zu tun.

Noemis Eltern waren in die Vereinigten Staaten ausgereist, aber es trafen immer wieder Flüchtlinge bei uns ein, Italiener und Deutsche, junge Leute, die sich aus dem Staub machten, um nicht eingezogen und nach Spanien geschickt zu werden, wo ein General den Aufstand gegen die gewählte, legitime Republik, gegen politische Gegner und Juden organisierte. Immer häufiger gegen Juden, da sich die neuen Gesetze gegen sie vervielfachten. Michaels Häuschen, das wir unter uns «Bob's House» nannten, stand nie leer.

Eines Tages stand sogar ganz plötzlich Rosa Marbach, Francescos Schwester vor der Tür, deren ältestem Sohn Friedrich ich auf die Welt geholfen hatte, und ihr Mann Benjamin – sie läuteten einfach an der Tür. Mathilda war öffnen gegangen und führte die beiden in die Küche. Ich war zunächst sprachlos. Seit einem Dutzend Jahren hatte ich sie nicht mehr gesehen und dachte zuerst, ich würde mich täuschen.

«Ehm … Rosa?»

Sie streckte mir ihre Arme entgegen. «O Zaïda!», ich machte einen Schritt auf sie zu, und sie brach weinend in meinen Armen zusammen, wenn ich so sagen darf, sie war einen halben Kopf grösser als ich.

Sie mussten aus ihrer bayerischen Kleinstadt fliehen, weil ihr Sohn Friedrich wegen Nazi-Feindlichkeit denunziert worden war. Der Zufall hatte es gewollt, dass er an dem Tag in Paris war, als sie gekommen waren, um ihn zu verhaften. Deshalb hielten sie sich an sie und schrien: «An den Galgen mit den Juden.» Benjamin stammte tatsächlich aus einer jüdischen Familie, doch unter Umständen, die mir nicht bekannt sind, wurde seine Familie christlich – eine Tatsache, von der ich nie geglaubt hätte, sie jemals erwähnen zu müssen.

«Und Sie sind einfach abgereist?»

«Man hat so viele Geschichten gehört. Wir fanden, es sei besser, anderswo zu sein», erklärte Benjamin. «Man liess uns vorerst noch in Ruhe, doch ich war der Meinung, dass es nicht mehr lange so weitergehen würde.»

«Sind Sie im Zug gereist?»

«Nein, wir hatten eine Adresse in Rheinfelden … ich fand,

es sei besser, unsere Pässe nicht zeigen zu müssen. Aber gültig sind sie.»

«Sagt uns, wie wir euch helfen können», sagte Francesco und streichelte die Hand seiner Schwester.

«Wir werden nach Paris zu Friedrich gehen. Wir haben ihn angerufen, er erwartet uns. Dann wollen wir weiter nach London, wo sich der Hauptsitz der Versicherungsgesellschaft befindet, für die ich arbeite. Sie sind auf dem Laufenden. In aller Stille haben sie ein Programm auf die Beine gestellt, um alle von uns, die von den Nazis bedroht werden, wiedereingliedern zu können. Man wird uns wahrscheinlich nach Chile oder nach Alaska schicken.»

«Es kam nicht in Frage, dass ich als Opferlamm dort blieb», kommentierte Rosa in einem plötzlich kämpferischen Ton, wodurch sie ihrem Bruder auf einmal sehr ähnlich sah.

Benjamins Voraussage traf zu. Er wurde nach Buenos Aires geschickt, wo Rosa und er den Rest ihres Lebens verbrachten. Ihren Schock darüber, dass eines der grossen Länder der Aufklärung und ein anderes, das Galionsfigur der Renaissance gewesen war, in so tiefe Finsternis versinken konnten, überwanden sie nie. Sie kamen nie mehr zurück, auch nicht nach dem Krieg. Friedrich hingegen starb mit der Waffe in der Hand im französischen Widerstand.

Es fällt mir schwer, diese Episode einzuordnen, sie war so alltäglich für uns, wir erlebten Dutzende dieser Art. Solche Begegnungen mit Freunden oder Unbekannten verstärkten immer mehr unser Gefühl des Belagertseins.

Aufs Höchste alarmiert waren wir, als bekannt wurde, dass

sich Mussolini Hitler annäherte. Eines Tages erhielt ich einen Anruf von unserem Kollegen Edoardo Weiss, dem Mann, durch den wir Zugang zur Psychoanalyse gefunden hatten. Wir wussten, dass er die psychiatrische Klinik von Triest, wo er arbeitete, hatte verlassen müssen, weil er sich weigerte, der faschistischen Partei beizutreten und seinen Namen auf «Bianchi» italienisieren zu lassen, die Übersetzung von Weiss. Im Gegensatz zu anderen verfolgte man ihn allerdings nicht weiter, nachdem man ihn von seinem Posten entfernt hatte. Er ging nach Rom, wo er zufällig die Tochter einer faschistischen Persönlichkeit analysierte, das schützte ihn, ohne dass er hätte Konzessionen machen müssen. Dass es dann doch schieflief, hatte damit zu tun, dass Mussolini unter den Einfluss Hitlers geriet und im Begriff war, dessen Rassengesetze zu übernehmen.

Jetzt wohnte Edoardo Weiss in Bern bei Freunden.

«Es gelang mir, die Sache voranzubringen, mit ein paar Kollegen gründeten wir eine nationale Vereinigung für Psychoanalyse, alles schien gutzugehen, doch dann setzte sich Mussolini in den Kopf, Antisemit zu sein. Er ist völlig fasziniert von Hitler und sieht nicht, was für ein Dreckskerl der ist. Deshalb bin ich gegangen.»

«Wollen Sie sich in der Schweiz niederlassen?»

«Nein, zunächst kehre ich nach Italien zurück, solange dies noch möglich ist, aber ich bereite mich darauf vor, in die Vereinigten Staaten auszuwandern. Eine grosse Universität möchte mich als Professor haben, und ich habe eingewilligt. Ich spreche fliessend Englisch, das ist überhaupt kein Problem. Mein Bruder Ottocaro ist schon dort, er bereitet alles vor für uns. Ich richte es so ein, dass die ganze Familie mit uns gehen kann, bevor sie uns massakrieren.»

Wir luden ihn ein, uns zu besuchen, wie alle Emigranten waren wir begierig auf Informationen. Er verbrachte eine Nacht bei uns. Aber auf unsere brennendste Frage wusste er keine Antwort:

«Wie lange noch?»

«Ohne Hitler wäre Mussolini meiner Meinung nach in den Widersprüchen seines Regimes längst untergegangen. Unglücklicherweise verbündet sich Hitler aus eigenen Interessen mit ihm, aber das sieht dieser Geck von Mussolini nicht. Er fühlt sich geschmeichelt, der Dummkopf. Es ist, als ob die Maus sich freuen würde über das Interesse der Katze für sie. Ansonsten habt ihr ja gesehen, was passiert.»

Ein paar Tage vorher hatten die Deutschen Guernica bombardiert, der spanische Flecken wurde dem Erdboden gleichgemacht oder doch fast. Die Italiener hatten bei diesem Luftangriff ebenso mitgewirkt, wie sie am Boden auf der Seite Francos in diesem unwürdigen Krieg mitkämpften, der das wahre Vorspiel des Zweiten Weltkriegs gewesen war. In Spanien tobte der Bürgerkrieg, und ich will mich gar nicht näher damit aufhalten, dass auch hier ein Diktator Oberhand hatte. Die Bombardierung eines Städtchens, vielleicht nur deshalb ausgewählt, weil es die Heilige Stadt des spanischen Baskenlandes war, diente einzig dazu, die Bevölkerung in Angst und Schrecken zu versetzen. Es war von mehreren Tausend Toten die Rede. Wir hatten es gerade erst erfahren und waren völlig ausser uns. Auch hier verstanden wir Italiener die Botschaft besser als die Schweizer.

«Wie wird das alles enden?»

«Schlecht natürlich. Aber wir müssen Widerstand leisten und kämpfen.» Das war ganz Francesco. In den bisher zwanzig Jahren unseres Exils verging wohl kein Tag, ohne dass er dies gesagt oder gedacht hätte. Mussolini, Hitler und Franco loszuwerden, waren seine Ziele geworden. Dieser Kampfgeist war es, der ihm seinen elastischen Schritt, seinen wachen Kopf und sein aufmerksames Auge bewahrte.

Edoardo Weiss seufzte.

«Ich bin nicht der Mann der Handstreiche. Ich werde von den USA aus mein Bestens tun, auf theoretischem Gebiet.»

Mir schien, er warte darauf, dass wir ihn ermutigten.

«Theoretiker sind ebenso wichtig wie Männer, die anpacken. Wenn ich etwas zu sagen hätte, würde auch ich dorthin gehen, wo ich es sagen kann. Aber alles, was ich kann, ist hier zu bleiben, ein paar Frauen zu behandeln und zu versuchen, Emigranten zu trösten, die bei uns vorbeikommen.»

«Lasst mir die Zeit, mich einzurichten, wenn ihr dann meine Dienste braucht, um jemanden in die Vereinigten Staaten kommen zu lassen, gebt mir Bescheid.»

Über die Tatsache, dass wir Schweizer geworden waren, lachte er viel, aber er selber sollte kurz darauf amerikanischer Staatsbürger werden.

Wir redeten lange an diesem Abend, Edoardo erzählte uns von Italien und wir ihm von der Schweiz.

Der Faschismus und mehr noch der Nationalsozialismus führten dazu, dass Zürich zu einem bewundernswerten kulturellen Bienenstock wurde. Eine grosse Zahl von Künstlern flohen hierher. Das Schauspielhaus war bald das einzige freie Theater deutscher Sprache. Und der Deutschschweizer Film war der einzige in deutscher Sprache, der nicht der Kontrolle Berlins unterworfen war.

Für die Deutschschweizer Künstler hingegen war es ab 1933 die grösste Sorge, nicht mit den Deutschen oder – noch schlimmer – mit den Nazis verwechselt zu werden. Das führte zu einer Blüte aussergewöhnlichen Kunstschaffens, das von der Bevölkerung, deren antinazistische Haltung beeindruckend war, leidenschaftlich aufgenommen wurde. Und es brachte auch eine Vielfalt von Theateraktivitäten an verschiedensten Orten hervor. Am liebsten hatten wir ein Kabarett namens «Cornichon» – es befand sich nur fünf Minuten von uns und wir gingen oft hin.

«Ich brauche eine kleine Behandlung», sagte Francesco mit einem Lächeln in den Augenwinkeln.

«Bei Dr. Cornichon vielleicht?», antwortete ich.

«Das ist es, etwas Essig ist die beste Medizin.»

Wir sprachen beide seit unserer frühesten Kindheit Deutsch, wir bemühten uns auch, den Dialekt zu verstehen, um etwas vom «Cornichon» zu haben. Der Dialekt wurde übrigens eine Notwendigkeit – je mehr der Horror in Deutschland überhandnahm, umso mehr weigerten sich die Deutschschweizer, Hitlers Sprache zu sprechen.

Bis zum Krieg konnte sich das «Cornichon» frei äussern – sowohl ernsthaft als auch persiflierend, aber immer kritisch. Das zahlreiche Publikum war mit Begeisterung dabei, und wenn ich in dem kleinen Saal des Hotels «Hirschen» sass, wo das «Cornichon» auftrat, hatte ich das Gefühl, den Puls der

Bevölkerung zu spüren. Wir gingen auch ins Schauspielhaus und in die Oper, wo noch nie so viele glänzende Programme von Leuten mit berühmten Namen gespielt, gesungen und inszeniert worden waren, aber das «Cornichon» blieb immer etwas Besonderes: Wir hatten den Eindruck, dass das, was hier gesagt wurde, ganz gezielt geschrieben worden war, um uns wieder Hoffnung zu geben.

Als der Krieg ausbrach, nahm die offizielle Politik der Schweiz gegenüber Deutschland Züge unerhörter Unterwürfigkeit an. Man schwenkte die Fahne der Neutralität, um zu zensurieren. Es versteht sich von selbst, dass auch das Publikum den Vertreter des deutschen Konsulats bemerkt hatte, der hinten im Saal sass und sich die Gags notierte, um sich hernach gleich in Bern darüber zu beschweren. Wir fanden, dies sei kein Grund, um die Programme zu zensurieren, aber als Vorsichtsmassnahme gewöhnten sich die Autoren an, die Dinge dreifach überhöht zur Sprache zu bringen, wodurch sie noch komischer oder noch grausamer wurden.

XXII

Der Krieg brach aus. Wir erwarteten es seit einem Jahr und wussten, dass es unvermeidlich war. Für mich war es am schwierigsten, von meinen Söhnen getrennt zu sein. Denn vom Tag an, als Hitler Polen überfiel und Frankreich und England ihm den Krieg erklärten, konnte man nicht mehr reisen – es war zu gefährlich. Während einer gewissen Zeit telefonierten wir weiter miteinander.

«Dass wir in unserem Leben einen zweiten Krieg durchmachen müssen!», seufzte Gianni. «Hatten wir nicht dem einen, der alle weiteren Kriege unnötig machen sollte, die besten Jahre unserer Jugend geopfert?»

Meine Söhne waren niedergeschlagen – immerhin war es gar noch nicht so lange her, dass sie die Schrecken des Krieges von 1914/18 überwunden hatten. Aber ihre Standhaftigkeit war unversehrt, und für Fatalisten hatten sie nur Verachtung übrig. Ihr Held war Churchill, sie sprachen sogar wie er.

«Ich hasse den Krieg jetzt genauso, wie ich ihn 1915 gehasst habe», sagte mir Martino eines Abends in einem unserer letzten Gespräche. «Aber wenn man es von mir erwartet, kämpfe ich gegen Hitler. Diese Diktatoren sind Gangster im wahrsten Sinne des Wortes. Die Welt muss von ihnen befreit werden. Sie wollen einen Staat, in dem es nur Roboter und Sklaven gibt.» Er seufzte. «Ich habe einen jüdischen Klienten, ein Freund von Onkel Benjamin, der es auf fast wunderbare Weise geschafft hat, Österreich zu verlassen. Von ihm höre ich, inzwischen würden die Juden in Lager gesteckt, ähnlich jenen, die die Nazis für ihre politischen Gegner eingerichtet haben. Sie nennen sie Konzentrationslager.»

Auch ich hatte von Konzentrationslagern reden gehört. Was würde geschehen, falls Hitler in die Schweiz einmarschieren sollte? Würden wir alle, Juden und Nichtjuden, in diesen Lagern enden?

Ich will mich nicht bei den Schwierigkeiten aufhalten, mit denen die Schweiz, die lautstark ihre Neutralität verkündete, selber konfrontiert war: Die Rationierung, die Frauen, die sich allein um ihre Kinder kümmern mussten, während die Männer an der Grenze standen, die ständige Furcht, von Deutschland überrannt zu werden. Auch davon legt eine ganze Wagenladung Bücher Zeugnis ab, ich brauche das nicht auch noch zu beschreiben. Und ich gestehe, dass unser Leben im Vergleich zu dem, was wir 1918 in Mailand durchzumachen hatten, jetzt allen Entbehrungen zum Trotz mehr als erträglich war. Oder vielmehr hätte ich es erträglich gefunden, wenn ich weiterhin regelmässig Nachrichten von meinen Söhnen bekommen hätte. Doch es wurde immer schwieriger, ins Ausland zu telefonieren. Bis dann eine weibliche Stimme der Zentrale verkündete:

«Es tut mir leid, für Privatpersonen können wir solche Verbindungen nicht mehr herstellen.»

Noch zwei- oder dreimal gelang es mir dank des britischen Konsuls, sie zu erreichen. So erfuhr ich auch von Michael Tatleys Tod, Basils Bruder, und etwas später auch von Maisys, Jonathans Halbschwester. Aber als die Deutschen Frankreich angriffen und das Verhängnis offenkundig wurde, verlor ich jeglichen Kontakt zu Gianni und Martino. Ich wusste nicht, wo sie waren und was sie machten. Sie gingen gegen fünfzig, würden sie noch einberufen? 1918 gab es sogar in den Schützengräben Fünfzigjährige. Als ich zum letzten Mal mit meinem Ältesten hatte sprechen können, sagte er mir, er habe vor, in die Dienste des Aussenministeriums zu treten, eine Büroarbeit. Unterdessen hatte der Krieg eine katastrophale Wende genommen, und ich erhielt praktisch keine Nachrichten mehr.

Den Vogel schoss Mussolini ab. 1939 entschied er, sich aus dem Konflikt herauszuhalten, 1940 änderte er seine Meinung (wir hatten es sozusagen im Vorbeigehen vorausgesehen) und verwickelte Italien in den Krieg, «um die Grösse des Faschismus unter Beweis zu stellen» – fragt sich bloss, wie.

Augenblicklich forderte Rom die Emigranten auf, ein Bataillon von «Freiwilligen» aufzustellen. Da waren Familienväter und junge Pazifisten sehr auf Hilfe angewiesen, um unerkannt zu bleiben.

Die Nachrichten wurden immer alarmierender. Von der Niederlage des nach Frankreich entsandten britischen Korps erfuhren wir nur durch ich weiss nicht wie viele Filter der Zensur. Von Urs, Mathildas Ehemann, der ein begeisterter Radioamateur war, hörten wir vom Aufruf General de Gaulles an die Franzosen. Damals wussten wir nicht, wer dieser General war, doch wir waren erleichtert, als wir feststellen konnten, dass Churchill nicht der einzige Rufer in der Wüste war, als die uns die damalige Welt vorkam.

Wir waren aktiver denn je. Mit Arbeit bis zur Erschöpfung versuchte ich meine Sorgen zu vergessen. Schwer war das nicht, man wusste kaum mehr, wo einem der Kopf stand. Ich hatte auch von Alberto keine Nachrichten mehr, aber ich wusste, dass er in Sicherheit war. Das minderte die Angst.

Dann, eines Tages im Juli 1940 erhielt ich einen Anruf aus der britischen Botschaft.

«Mrs Giocondo Barber?»

«Yes.»

«Der Herr Botschafter Kelly möchte Sie kennenlernen, Sie und Ihren Gatten. Morgen kommt er nach Zürich, könnten Sie ihn empfangen?»

Ich versuchte meine Verwunderung zu verbergen. Botschafter Kelly? Uns kennenlernen? Hatte der nicht ernstere Probleme? Was wir über die internationale Lage zu hören bekamen, liess uns vermuten, sie sei dramatisch und die Schweiz so etwas wie eine Drehscheibe für alle. Ich versuchte mir seine Arbeit vorzustellen, gleich nach dem historischen Fiasko, auch wenn sich – Gott sei Dank! – England nicht als geschlagen erklärte.

«Aber gewiss doch», sagte ich, nachdem ich dies alles gedacht hatte. «Wenn er bei uns vorbeikommen möchte … Aber wir können uns auch in einem Restaurant treffen.»

«Ich werde ihn fragen, was ihm lieber ist. Könnten Sie mir eine Zeit nennen?»

Ich bat um einen Augenblick Geduld und ging Francesco fragen, der im Garten unter einem Baum die Zeitungen las. Wobei, wenn ich Garten sage … Der Rasen war in einen Gemüsegarten verwandelt worden – wir zogen Karotten, Tomaten, etwas Kartoffeln und andere Knollengewächse. Wir befolgten damit den «Plan Wahlen», nach dem Bundesbeamten benannt, der die Idee hatte, die Anbaufläche zu erweitern, indem Rasen in Kartoffeläcker verwandelt wurden. Und die drei Stadtmenschen, die wir waren, Francesco, Mathilda und ich, manchmal von Urs unterstützt, jäteten und ackerten fleissig in unserem Stück Exgarten.

«Ich weiss nicht, was dieser Botschafter von uns will, aber er besteht darauf, uns zu treffen.»

Francesco zuckte mit den Schultern.

«Lade ihn zum Mittagessen ein und mache ihn darauf aufmerksam, dass nur unsere Rationen auf den Tisch kommen», sagte er lächelnd.

Ich kehrte ans Telefon zurück.

«Herr Botschafter Kelly ist uns zum Mittagessen willkommen. Anbieten können wir ihm allerdings nur, was unsere Rationen zulassen. Aber es kommt von Herzen.»

Das brachte meinen Gesprächspartner zum Lachen, er musste ein junger Mann sein.

«Ich werde dem Herrn Botschafter sagen, seine eigenen Rationen mitzubringen, machen Sie sich keine Sorgen.»

Ich weiss nicht, warum, aber so wenig ich anlässlich des Telefonanrufs irgendwelche Vorahnungen hatte, so sehr WUSSTE ich, als er vor der Tür stand, dass er schlechte Nachrichten mit sich brachte.

Er war ein grosser und hagerer Mann, der zwar keine Miene verzog und dennoch ein tragisches Gesicht machte. Seine Stimme war von einer Kultiviertheit, wie man sie nur an den besten Schulen erwirbt. Er küsste mir die Hand.

«Ich freue mich sehr, Ihre Bekanntschaft zu machen, Frau Doktor. Ich kenne Ihren Neffen gut, Sir Leonard De Vico, wir hatten uns gestern gesprochen, und er bat mich, Sie persönlich aufzusuchen.»

Es war schön und warm, und wir gingen in den Garten. Die Wohnung hatte sich, was immer häufiger vorkam, in eine Reihe von Schlafzimmern verwandelt. Wir setzten uns, der Botschafter fuhr sich mit der Zunge über die Lippen, dann gab er sich einen Ruck und sagte mit sichtlicher Mühe:

«Ich bedaure sehr, Ihnen schlechte Nachrichten überbringen zu müssen.» Wir sahen ihn beide wortlos an. Das Schweigen dauerte bestimmt eine Minute, dann fuhr er fort: «Ihre Söhne und deren Kinder wurden … wurden … Opfer eines deutschen Luftangriffs.»

«Unsere Söhne?» Mein Gehirn weigerte sich, das aufzunehmen. «Wie, unsere Söhne? Wo denn?»

Er legte mir eine Hand auf den Arm.

«Die Deutschen haben einen Teil des Hafens von Falmouth bombardiert, mehrere Schiffe und einige Häuser wurden getroffen. Dr. Barber war zu Hause und Mr Barber, seine Frau, sein Sohn und seine Tochter waren auf Besuch da – ich glaube, sie meinten, dort eher in Sicherheit zu sein als in London.» Er atmete tief durch. «Es gab etwa dreissig Opfer. Mrs Jonathan Barber hatte Dienst im Krankenhaus, und Mrs Martin Barber war zufällig bei ihr, sie sind am Leben. Aber ihre Gatten und die jungen Leute …»

Francesco stand auf und setzte sich neben mich auf die Bank. Tastend suchte ich nach seiner Hand. Ich konnte nichts mehr auseinanderhalten und war nicht in der Lage, irgendeinen Ton von mir zu geben. Vor meinem geistigen Auge sah ich nur Gianni vor mir, der mir in zurückgewonnener Heiterkeit sagte: «Wenn ich schon die Granate, die Grippe, den Selbstmord und die Stürme überlebt hatte, konnte ich mich geradeso gut nützlich machen.» Alles hast du nicht überlebt, mein Kleiner. Alles nicht. Nach einem solchen Schlag konnte auch ich nur sterben.

«Mylady … Frau Doktor? …»

«Ich … Ich gehe … Man muss … der Schock …»

Ich sah Francesco an, aber ich kannte meinen Mann, er würde nichts sagen. Er würde später explodieren – in Verwünschungen und Schluchzen. Unmittelbar liess er sich selten etwas anmerken. Jetzt sass er nur steif da wie eine Statue, drückte mit aller Kraft seinen rechten Arm an mich und liebkoste mit der linken Hand meine Haare.

«Auch die kleine Violetta?», fragte er schliesslich. Violetta studierte politische Wissenschaften und arbeitete für das Kriegsministerium, sie hätte nicht dort sein dürfen.

«Leider, ja, Herr Doktor. Man hatte ihr ein paar Tage freigegeben. Und ihr junger Bruder hatte Ferien. Sie waren alle …»

Er verstummte.

«Wissen Sie etwas über unsere Schwiegertöchter?», fragte Francesco kaum hörbar. Ich selber war immer noch wie versteinert.

«Neville De Vico ging sie holen, sie sind bei ihm. Sein Vater und er baten mich, Sie zu benachrichtigen. Sie haben London verlassen, wo es derzeit auch sehr gefährlich ist. Unter den Bomben sterben die Leute zu Tausenden.»

Ich konnte kein einziges Wort sagen, ich sah nichts mehr, ausser immer noch vor meinem geistigen Auge die Explosion, die meine Kinder und Enkelkinder pulverisierte – ich stellte mir vor, wie ihr Blut auf die kleinen Strassen an den Abhängen von Falmouth tropfte.

Francesco nahm jetzt die Sache in die Hand.

«Lassen Sie uns zu Tisch gehen, und erzählen Sie uns bitte alles, was Sie wissen.»

Mathilda, die unsere Bewegungen vom Küchenfenster aus überwachte, erschien augenblicklich mit dem Essen. Bei ihrem Blick durchs Fenster hatte sie erahnt, dass etwas Ernstes geschehen sein musste. Aber da sie kein Wort Englisch sprach, hatte sie nicht mitbekommen, worum es ging.

«Haben Sie Kummer, Signora?», flüsterte sie mir zu, als sie die Gerichte auf den Tisch stellte.

Es gelang mir zu sagen:

«Meine Söhne … Meine Jungen … Meine Grosskinder … sind … sind …», und endlich kamen die Tränen, sie liessen sich nicht aufhalten, das Leid, wie ich es beim Tod Basils, beim Tod Jonathans erfahren hatte, ein schwarzes Loch, das mich verschlang, ein Monster, das mich an der Kehle packte und mir die Luft abdrehte …

Ich glaubte, ohnmächtig zu sein, aber in Wirklichkeit dauerte es nur einen Augenblick, ich sass immer noch auf meinem Gartenstuhl, Francesco streichelte immer noch meine Hand, David Kelly sah mich voller Sympathie an und rauchte nervös, sein Gesicht drückte Verzweiflung aus, und Mathilda weinte lautlos, sie stand vor uns wie eine Statue.

«Danke, Herr Botschafter, dass Sie gekommen sind, uns das persönlich mitzuteilen», gelang es mir endlich zu sagen.

Er lächelte traurig.

«Glauben Sie mir, ich leide mit Ihnen. Ich hatte mit Mr Martin Barber zu tun, ich schätzte ihn und mochte ihn gern. Aus diesem Grund und weil ich es Leo De Vico, ein Freund von mir, versprochen hatte, wollte ich Sie persönlich informieren. Ich war unentschlossen, ob ich Sie nach Bern kommen lassen sollte, doch ich fand, was ich Ihnen zu berichten habe, sei so furchtbar, dass es wohl besser sei, wenn Sie zu Hause sind.»

Ich weiss nicht, wie dieses Essen weitergegangen ist, ich brachte nichts hinunter und konnte mich nicht konzentrieren. Ich sah mich vor einem halben Jahrhundert in Florenz auf der Terrasse, am Tag, als mir klar wurde, dass ich mit Martin schwanger war – und meine Verzweiflung an jenem Morgen, ich könnte ihn noch vor der Geburt verlieren. Die beiden Schmerzen vereinigten sich, jetzt hatte ich nicht einen, sondern Jonathans beide Söhne verloren und mit ihnen ihre Kinder; sie gingen, ohne eine Spur zu hinterlassen. Ich sah, wie Michael in Florenz mit ihrem toten Vater auf den Armen die Küche betrat. Sie waren alle gewaltsam ums Leben gekommen, aber ich war hier unbeschadet, während man mir einen nach dem anderen entriss.

An den folgenden Tagen musste ich darauf verzichten, meine Patienten zu empfangen. Ich wollte sterben. Ich war einundachtzig Jahre alt, ich hatte das Recht zu gehen, oder etwa nicht? Hatte ich nicht genug gelitten? Wofür konnte man mich noch brauchen? Alberto ... Ja, Alberto, natürlich. Aber Alberto war derjenige von den dreien, der mich am wenigsten brauchte, er hatte seinen Vater und hinter seinem Vater einen ganzen Clan, den wir eigentlich gar nicht kannten, sie interessierten sich kaum für uns, und Francesco pflegte nur spärlichen Umgang mit ihnen. Ich hatte immer gedacht, sie nähmen ihm übel, Arzt geworden zu sein, statt sich der Familientradition entsprechend mit Bank- und Versicherungsgeschäften abzugeben. Heute wechseln die Jungen ihren Beruf wie das Hemd, aber bei Menschen des 19. Jahrhunderts wurde er vererbt. Wer sein Brot ausserhalb des familiären Rahmens verdiente, war somit zwangsläufig ein Aussenseiter. Aber die familiäre Solidarität gab es trotzdem, das konnte ich bei Francescos Tod feststellen, sie waren alle da, wirklich da, selbst die, von deren Existenz ich gar nichts wusste. Diese Unbekannten sind manchmal die Aufmerksamsten von allen.

So wie es aussah, hatten es Leo und Neville geschafft, Alberto zu informieren, ich erhielt über die amerikanische Botschaft einen langen Brief von ihm. Er arbeitete immer noch in der Forschung, in der theoretischen Mathematik. Noemi beteiligte sich an Aktivitäten mit dem Ziel, «so viele Juden als irgend möglich aus Hitlers Klauen zu befreien». Ihren Kindern ging es gut. Emmanuel schien die Talente seines Vaters geerbt zu haben, mit zwölf war er schon sehr aufgeweckt, und seine mathematischen Überlegungen waren bemerkenswert, was ihn allerdings nicht daran hinderte, sich auch für Baseball zu begeistern. Die kleine

Sarah indessen, die ich noch nie gesehen hatte, war zweijährig und es gab nichts Besonderes über sie zu berichten, es ging ihr gut. Diese Nachrichten standen auf der ersten Seite von Albertos Brief, die zwei folgenden drehten sich ausschliesslich um den Tod seiner Brüder. «Martino war für mich wie ein zweiter Vater», schrieb er, «ein junger Vater, immer verfügbar und immer bereit, auf alle meine Fragen zu antworten. Es berührte mich besonders, dass ihm im Krieg 1914/18 die Erinnerung an mich das Gedächtnis seiner Identität zurückgebracht hatte. Martino war mein Dichterbruder, während Gianni der Kritiker war, der mit wissenschaftlichem Blick unsere Ansichten, Taten und Gesten beurteilte, tausendmal bewahrte er uns vor Dummheiten. Und ich half ihm oft. Mit zehn war ich in Mathe stärker als er, obwohl er schon fünfzehn war, worauf ich ganz schön stolz war.» Er teilte unseren Kummer, indem er ihn mit seinem eigenen verglich. «Sie beide gleichzeitig und gemeinsam umkommen zu sehen, ist für mich, als ob man mir einen Teppich unter meinen Füssen wegzöge, in welchen ein ganzer Teil meiner Identität eingewoben ist, als ob der wohlmeinende und beschützende Schatten ihres Vaters, des Arztes, an den sie sich nur ungenau, aber völlig idealisierend erinnerten, von einem bösen Geist ausgelöscht worden wäre, selbst für mich, obwohl ich ihn nicht gekannt habe. Deshalb glaube ich mir vorstellen zu können, was ihr, was Mamma empfinden muss, die sie getragen, die sie sich so sehr gewünscht und deren Verlust sie so sehr befürchtet hatte. In gewisser Weise ist es für uns, die wir ihn ja bereits einmal für tot hielten, noch härter, heute Martinos wirklichen und unbestreitbaren Tod zu akzeptieren.»

Ich habe Albertos Brief jetzt wieder gelesen und stelle fest, dass er ziemlich genau das ausdrückt, was ich damals empfand.

Das Buschtelefon in der Gemeinschaft der italienischen Emigration funktionierte sehr gut, es wimmelte von Leuten um uns herum, es war fast zum Ersticken.

Angesichts des Zustandes der Welt riet ich mir, meinen Kummer zu überwinden. Nach und nach nahm ich meine Aktivitäten wieder auf. Ich hätte mir gewünscht, dass die Zeit stehenblieb. Aber unsere Sorgen nahmen ständig zu.

Der Verantwortliche der Eidgenössischen Fremdenpolizei war eine hassenswerte Person, ein gewisser Dr. Heinrich Rothmund. Seine Arroganz war ebenso beispiellos wie seine Böswilligkeit. Wenn wir einfachen Bürger von der Existenz der für die Juden bestimmten Todeslager wussten, wenn uns das widerliche Projekt namens «Endlösung» zu Ohren gekommen war, kaum dass die ersten Gerüchte aufgetaucht waren, dann ist es unmöglich, dass die Schweizer Regierung nichts davon gewusst hatte. Doch Rothmund, der die glänzende Idee hatte, in den Pässen der Juden einen Stempel in der Form eines J anzubringen, damit man sie nicht verfehlte, ignorierte diese Wirklichkeit. Er jagte sie gnadenlos wieder an die Grenze, wo sie unverzüglich den Bajonetten der Nazis und ihrer Schergen gegenüberstanden. Auch das brauche ich nicht zu schildern, andere haben es längst getan. Diese niederträchtigen Gesellen werden sich vor der Geschichte zu verantworten haben. Ich will aber doch ein paar Worte darüber verlieren. Der Gedanke, dass unglückliche Kreaturen, unter ihnen auch Kinder, direkt in die von offizieller Seite geleugneten Lager geschickt wurden, war für uns so unerträglich, dass wir uns entschlossen, etwas zu unternehmen. Und wir waren nicht die Einzigen. Es gab in der Schweizer Bevölkerung viele, die die Unehrenhaftigkeit dieser hohen Beamten wiedergutmachten. «Bob's House» wurde Zufluchtsort für jene, die es geschafft hatten, ins Land zu kommen. Meistens reisten sie dann nach England weiter oder via Portugal in die Vereinigten Staaten. Nicht alle sind an ihrem Bestimmungsort angelangt, wie wir nach dem Krieg erfahren mussten.

Eines Morgens erhielt ich den Besuch eines Unbekannten, der sich am Vortag gemeldet und um eine «Konsultation» gebeten hatte. Ein sportlicher Dreissiger mit offenem, beinahe kindlichem Gesicht.

«Ich bin Samuel Weber, Inspektor der Stadtpolizei.»

Ich dachte, wir seien entlarvt und würden verhaftet.

«Was kann ich für Sie tun, Herr Inspektor?»

«Mir sind Gerüchte zu Ohren gekommen, wonach Sie regelmässig illegale Einwanderer verstecken.»

«Eigenartige Gerüchte ...»

«Gibt es irgendeinen konkreten Grund dafür, Frau Doktor?»

«Hören Sie ...»

Da hob er eine Hand und lächelte auf eine Art und Weise, die mich sehr an Gianni erinnerte. Es war mir, als ob ich gerade einen Faustschlag in den Solarplexus erhalten hätte.

«Ich bin nicht in offizieller Mission hier, Frau Doktor, sondern aus eigenem Antrieb gekommen, heute ist mein freier Tag. Ich bin hier wegen einer psychiatrischen Konsultation.»

Es war wohl gescheiter, wenn ich nichts mehr sagte. Ich liess es bei einem Lächeln bewenden.

«Sie müssen wissen, Frau Doktor, dass die Bundespolizei sehr gut darüber informiert ist, dass Sie Leuten des italienischen Widerstands und Juden helfen. Und Sie müssen auch wissen, dass viele unserer Politiker und Industriellen mit den Nazis ein Herz und eine Seele sind, weil sie so zu verhindern suchen, dass sich Hitler genötigt fühlt, die Schweiz anzugreifen. Aber in der Bevölkerung und in der Armee werden die Dinge oft nicht aus diesem Blickwinkel gesehen. Die Stadtpolizei ist da keine Ausnahme.»

Ich hatte eine Erleuchtung.

«Sind Sie Jude, Herr Weber?»

«Ja, durch meine Mutter.»

«Und was wollen Sie mir sagen?»

«Ich bin gekommen, um ihnen nahezulegen, vorsichtig zu sein. Wir deichseln es, nichts zu sehen und nichts zu hören, auch bei unseren weniger empfindsamen Kollegen, aber wir bitten Sie, uns die Arbeit zu erleichtern.»

Darauf erteilte er mir eine ganze Reihe von Ratschlägen, damit unsere Gäste möglichst unerkannt blieben.

«Und wenn Sie ein ernstes Problem haben, schicken Sie mir eine Nachricht, ich werde dann zusehen, dass wir Ihnen helfen können.»

Samuel Weber und ich wurden an diesem Tag Freunde. Vielleicht wegen seines Lächelns, womit er Gianni so ähnlich sah. Vielleicht aber auch einfach deshalb, weil er ein ehrlicher Mann war. Oder weil ich einen Sohn brauchte, den ich lieben konnte, als Ersatz für meine eigenen, die im Blau des Himmels entschwunden waren. Bis zum Kriegsende kümmerte er sich mit berührender Fürsorglichkeit um uns. Der Form halber war er einer meiner Patienten, aber in Wirklichkeit lag er nie auf der Couch. Wir redeten einfach. Wenn gelegentlich ein heikles Problem anstand, half er uns, es zu lösen. Wir telefonieren und schreiben uns immer noch. Ich kenne auch seine Frau und seine Kinder, gelegentlich besuchen wir uns.

Ich glaube, es war Anfang 1942, als die britische Botschaft eines Morgens bei uns anfragte, ob wir in höchster Dringlichkeit nach Bern kommen könnten. Warum weiss ich nicht, aber Francesco war den ganzen Tag abwesend, deshalb entschloss ich mich, allein hinzufahren. Ich war beunruhigt. Welche weitere Katastrophe würde man mir verkünden? Waren Leo und Neville tot?

Es war etwas ganz anderes. Der Botschafter war nicht da. Ein Botschaftssekretär führte mich in einen Salon, zog sich zurück und schloss die Tür hinter sich.

Am Fenster standen zwei Soldaten ... Oder eher zwei Offiziere ... Ihre Beine ... Röcke. Ich blieb wie angewurzelt stehen. Es waren zwei Frauen. Ich sah sie nur im Gegenlicht, aber ... Die zwei Silhouetten drehten sich um: Jacqueline und Daria!

Während einer kleinen Ewigkeit sahen wir uns wortlos an.

«Mamma», sagte Daria mit erstickter Stimme.

Meine Augen füllten sich mit Tränen, und ich ging einen Schritt auf sie zu. Daria kam näher, schloss mich fest in ihre Arme, schluchzte und stotterte ein übers andere Mal: «Mamma, o Mamma!»

Wir küssten uns alle drei reichlich, wir trockneten unsere Tränen und nahmen schliesslich Platz auf dem Sofa. Ich hielt je eine ihrer Hände in den meinen. Ich war überwältigt.

Sie erzählten mir, wie sie zum Cottage von Falmouth gekommen waren und nur ein riesiges Loch vorgefunden hatten – es gab nicht einmal Leichen zu bestatten.

«Es war eine riesige Bombe und sie fiel genau auf unser Haus», sagte Jacqueline. «Auch Häuser in der Umgebung waren eingestürzt, wobei Dutzende Menschen ums Leben kamen. Übrigens kam auch Mrs Steen ums Leben. Sie war … i… im H… Haus mit ihnen.»

«Wir konnten nicht einmal weinen», sagte Daria mit zittriger Stimme.

«In diesem Augenblick schwor ich mir, dass sie dafür zahlen würden. Und jetzt lassen wir sie bezahlen.»

Keine Spur mehr von zittriger Stimme. Ihre Gesichter sahen aus, als ob sie eine Maske trügen. Die zwei sanften Frauen hatten sich in erbarmungslose Rächerinnen verwandelt.

«Was habt ihr vor?»

«Wir gehen an die Front. Ich kenne den Namen des Offiziers, der den Luftangriff auf Falmouth befohlen hat.»

Diese Ankündigung liess mich erstarren.

«Daria! Wie kannst du nur? …»

«Ich weiss, dass die Bombardierung nicht direkt meinen Mann und meine Kinder zum Ziel hatte. Das ist mir egal. Er muss zahlen.»

Daria hatte etwas von ihrer Wildheit zurückgewonnen. Sie trug zwar eine tadellose Uniform, aber gleichzeitig kam sie mir vor wie die zu allem bereite Zigeunerin, als die ich sie 1918 kennengelernt hatte. Jacqueline biss die Zähne zusammen. Am schlimmsten waren ihre Augen – hart und gnadenlos. Trotz ihrer Uniformen, die ihnen etwas Martialisches verliehen, standen sie da wie Göttinnen des Schmerzes. Es tat weh, das zu sehen. Und es machte Angst.

Ich versuchte sie von ihrem Projekt abzubringen, denn es schien mir, dass sie die Last der Gefühle, die sie zu dieser Aktion antrieb, in Gefahr bringen könnte. Es ist nie gut, impulsiv zu handeln.

Schweigend hörten sie mir zu, dann sagte Jacqueline:

«Mutter, wir haben nichts mehr zu verlieren. Das Einzige, was uns noch am Leben hält, ist der Gedanke, sie zahlen zu lassen. Für das, was sie uns, und für das, was sie Juden, Polen, Engländern, Russen, eigentlich allen angetan haben ... sogar den Deutschen, die damit nicht einverstanden sind.»

Schliesslich sah ich ein, dass man sie machen lassen musste. Sie hatten ja ihren Marschbefehl, sie konnten ihre Meinung nicht mehr ändern. Auge um Auge, Zahn um Zahn – das war nie meine Philosophie gewesen, aber jetzt begriff ich, dass es besser war, nichts mehr zu sagen.

Ich habe sie nie wiedergesehen.

Nach 1945 liess uns der britische Kriegsminister wissen, Jacqueline sei in Norwegen gefallen, das sei sicher. Daria war einfach verschwunden. Man hatte sie mit einem heiklen Auftrag nach Österreich geschickt, der Auftrag war erfüllt worden, aber sie tauchte nie wieder auf und es gab keinerlei Nachrichten von ihr.

Manchmal dachte ich, sie lebe vielleicht noch, sie sei vielleicht hinauf in die Berge zurückgekehrt, wo sie hergekommen war. Ich überlegte kurz, ob ich meine Vermutung dem Hauptmann gegenüber erwähnen sollte, der mir die Information überbracht hatte, doch nach reiflicher Überlegung behielt ich sie für mich. Mir war die Ungewissheit lieber, und wenn Daria in ihrer Heimat lebte, dann deshalb, weil sie es so wollte. Es stand mir nicht zu, in ihre persönliche Sphäre einzudringen.

Aber ich greife wieder der Zeit voraus.

Unterdessen war ich nach Zürich zurückgekehrt. Ich analysierte weiter ein halbes Dutzend Patienten, ich gab meinen Hygienekurs, wann immer sich genügend Teilnehmerinnen dafür interessierten, ein- oder zweimal die Woche arbeitete ich im Ambulatorium, und ich empfing Juden und Widerstandsleute auf der Durchreise, wobei ich peinlich genau Samuel Webers Anweisungen befolgte.

XXIII

«Die Gewohnheit ist eine Himmelsgabe als Ersatz für das Glück.» Dieser Satz Puschkins kommt mir jetzt wieder in den Sinn, und ich finde, für den Rest des Krieges hätte ich ihn auch abändern können: «Die Gewohnheit ist eine Himmelsgabe als Ersatz für das Unglück.» So geht es mir, wenn ich mich daran mache, die folgenden vier Jahre zu schildern. Ich werde es übrigens nicht tun, überfliege sie nur. Die Nachrichten, die bei uns eintrafen, waren zum Verzweifeln: Tod, Vernichtung, Zerstörung. Hitler gewann. Wir konnten nur eines tun: Den Kopf einziehen, um (bildlich gesprochen natürlich) nicht geschlagen zu werden – und arbeiten. Sich an die Nachrichten gewöhnen – damit sie nicht unsere Entschlossenheit hemmten. Glücklicherweise gab es von einem bestimmten Zeitpunkt an einen wöchentlichen Rundbrief, den man abonnieren konnte. Er wurde von David Kelly verschickt, der bis 1942 britischer Botschafter in der Schweiz blieb, und vermittelte ein viel klareres und vollständigeres Bild des Krieges als die Zeitungen. Wenn diese etwa darauf verfielen, zu unabhängig sein zu wollen, wurden sie im Namen der Neutralität gnadenlos zensuriert. Francesco hatte eines Tages eine Zeitung aus Basel mitgebracht, eine Wochenzeitung namens *Die Nation.* Sie schien uns so interessant, dass wir sie gleich abonnierten. Doch je länger es dauerte, desto häufiger wurden die Ausgaben, die leere Spalten und Seiten enthielten. Die Zensur, deren Chef Bundesrat von Steiger war, vor dem Krieg Vertrauensanwalt der deutschen Botschaft, was Bände spricht, griff ein, aber zu spät, damit die Redaktion die zensurierten Artikel noch hätte ersetzen können. Aber ich glaube auch, dass ihnen daran gelegen war, uns wissen zu lassen, dass es nicht etwa die Redakteure waren, die ihre Informationspflicht vernachlässigten, sondern dass «Bern» überall war.

Ich verlor den Faden bei all dem, was wir offiziell durch Presse und Radio oder offiziös durch David Kelly, der inzwischen fast ein Freund geworden war, und von der italienischen Emigration erfuhren. Francesco verkehrte dort viel häufiger als ich. Er hatte die Schweizer Staatsbürgerschaft gewünscht, um Politik machen zu können, und das war kein leeres Wort – er beteiligte sich an allen möglichen Versammlungen und Aktionen.

Von dem Augenblick an, als Hitler Russland angriff, versicherte uns beispielsweise Kelly, er sei überzeugt, dass die Schweiz nun überhaupt nicht mehr in Gefahr sei, weil Deutschland sie zu sehr brauche.

«Natürlich ist der Führer verrückt, und wenn die Schweiz ihn zu sehr ärgert, ist er fähig, uns aus einer plötzlichen Anwandlung heraus zu überfallen, sogar wenn es gegen seine Interessen wäre», räumte er ein. Gleichwohl beklagte er sich privat, weit weg von offiziellen Ohren, immer wieder darüber, die Schweiz mache den Nazis gegenüber zu viele Konzessionen.

Sehr beunruhigt wurden wir durch ein vieldeutiges Rundfunkgespräch von Bundesrat Pilet-Golaz, dem damaligen Bundespräsidenten. Es mag dafür gedacht gewesen sein, uns zu beruhigen, aber nachdem wir es gehört hatten, gewannen wir den

Eindruck, unsere Regierung sei dabei, die Schweiz in eine autoritäre Demokratie mit beinahe faschistischen Zügen zu verwandeln. Die Appelle an die Adresse des «neuen Menschen», der der Durchschnittsschweizer werden sollte, erinnerten uns unangenehm an ähnliche Reden, die wir aus dem Mund Mussolinis gehört hatten. Was würde die helvetische Regierung tun, sollten die Deutschen einmarschieren? Kelly beruhigte uns: Alle Tunnel seien vermint. Und wenn schon ... Nachdem die Deutschen in Südfrankreich waren, war die Schweiz vollständig von den Achsenmächten umzingelt.

Samuel Weber bestätigte mir eines Tages, ohne es zu wissen, dass David Kelly recht hatte. Er hatte mehr als ein Jahr lang in einem Bunker am Rhein Militärdienst geleistet, dort, wo der Fluss die Grenze zwischen Deutschland und der Schweiz bildet.

«Man sieht den Deutschen direkt in die Augen, und sie sehen uns direkt in die Augen. Man schläft kaum, und am Morgen, wenn man aufsteht, weiss man nicht, ob man am Abend noch am Leben ist. An keinem einzigen Abend bin ich eingeschlafen, ohne gedacht zu haben, vielleicht wache ich nicht mehr auf.»

«Und wenn die Deutschen angegriffen hätten?»

«Der Bunker würde drei Stunden halten, danach wäre die ganze Mannschaft wahrscheinlich tot.»

«Drei Stunden? Wozu soll das denn gut sein?»

«Drei Stunden reichen, um das Hauptquartier zu alarmieren, das den Gotthard, den Simplon, gewisse Brücken sprengen lassen würde, und dann: Auf Wiedersehen, Hitler, die Schweiz hätte für ihn nicht mehr den geringsten Wert. Er hätte es nur noch mit einer Bevölkerung zu tun, die sich zum grössten Teil bis aufs Blut verteidigen würde und zwar in einer Landschaft, die sie unendlich viel besser kennt als er.»

Im Nachhinein wurde uns klar, dass zu dem Zeitpunkt, als wir jede Hoffnung aufgaben, die Gefahr für uns schon vorbei war. Hitler war anderweitig beschäftigt.

Aber damals war uns das nicht so klar, und wir bissen die Zähne zusammen, um auszuhalten.

In einem einzigen Punkt sagten alle Nachrichten, die wir erhielten, das Gleiche: Sie spiegelten die Leiden der Bevölkerung in allen Ländern Europas. In allem anderen waren sie widersprüchlich, oft vage oder sogar verlogen. Der italienischen Presse konnte man nicht trauen, und die Leute aus dem Untergrund, die bei uns Zuflucht suchten, hatten eine begrenzte Sicht der Dinge. Dennoch kamen wir aufgrund von aufgeschnappten Sätzen zum Schluss, dem Faschismus müsse das Wasser inzwischen bis zum Hals stehen. Dann kam ein Augenblick, als wir uns sagten, etwas Wichtiges liege in der Luft. Und tatsächlich sagten sich die italienischen Generäle von Mussolini los und unterschrieben eine Separatkapitulation für die Alliierten, die im Begriff waren, im Süden zu landen. Oder anders gesagt: Sie wechselten auf völlig verantwortungslose Art das Lager. Auf diese Weise lieferte man die Bevölkerung wehrlos den Deutschen aus, die bereits in Italien anwesend waren. Von einem Tag auf den anderen wurden aus diesen «Freunden» Besatzer, Feinde, die die Italiener als Feinde behandelten. Sie beeilten sich, eine Marionettenregierung aufzustellen, deren Chef

Mussolini war, ihre Marionette, denn die wahren Herren waren selbstverständlich sie. Die Nachrichten aus Italien wurden von jenem Moment an immer dramatischer.

Eines Abends, als wir gerade zu Bett gehen wollten, läutete es an Tür.

«Ich schaue mal», sagte Francesco.

Er war gleich wieder zurück, aber mit einem breiten Lächeln auf dem Gesicht und mit einem Mann im Schlepptau, den ich zunächst für einen Hirten hielt, in dem ich aber rasch Peppino Bellini erkannte, den Sohn unseres Lieblingskellners im «Cova».

Wir küssten uns zur Begrüssung.

«Sie sind nicht in Frankreich, Peppino?»

«Nein. Mein Vater ist immer noch in Paris, wo er unnötige Risiken eingeht. Ich bin 1940 nach Italien zurückgekehrt. Ich habe falsche Papiere, und seit drei Jahren bin ich im Untergrund. Leider hat mich jemand denunziert, beinahe wäre ich verhaftet worden. Ich schaffte es gerade noch, der Miliz zu entwischen und über die Berge in die Schweiz zu kommen.»

«Wissen es die Schweizer Behörden?»

«Nein. Ich bin gekommen, um neue Befehle entgegenzunehmen, und verschwinde morgen wieder. Aber ich wollte unbedingt bei Ihnen vorbeischauen, und ich wollte Ihnen auch sagen, dass Mailand in letzter Zeit stark bombardiert worden ist, Ihr Haus hat es voll erwischt. Stehen geblieben ist nur noch eine Fassade. Elf der Mieter sind tot, wie ich hörte. Die ‹Scala› ist in einem beklagenswerten Zustand und das ‹Cova› hat sich in Staub aufgelöst.»

Für ein paar Augenblicke brachte ich kein Wort heraus. Wenn wir der faschistischen Partei beigetreten und in Italien geblieben wären, wären wir jetzt alle tot, war alles, was ich zu denken vermochte.

«Es tut mir leid, Dottore …»

«Machen Sie sich nichts draus. Der Verlust eines Hauses, das man seit fünfzehn Jahren nicht mehr bewohnt hat, ist kein Drama. Aber es erinnert mich …», meine Stimme versagte, und Francesco erzählte ihm von Giannis, Martinos, Violettas und Edoardos Tod.

Peppinos Augen wurden feucht.

«Ich … Ich bin ganz durcheinander», stammelte er. Am Ende war ich es, die ihn tröstete, und das hat mir gutgetan. Es gibt mir Selbstvertrauen, mich mit anderen statt mit mir selber zu beschäftigen – das ist so seit meiner frühesten Kindheit. Auf jeden Fall lenkt es mich ab von meinem Kummer und meinen Sorgen.

Wir brachten Peppino in «Bob's House» unter, am Tag darauf holte Francesco den Gesprächspartner, dessentwegen er gekommen war. Noch einen Tag später war Peppino bereits wieder in Italien. Von seinem Vater erfuhren wir 1945, dass er Ende 1944 bei einem Zusammenstoss zwischen Partisanen und Deutschen gefallen war.

Nachdem Norditalien besetztes Gebiet geworden war und sich die Deutschen als Eroberer aufführten, schwoll der Strom der Illegalen weiter an.

Aus welchen Gründen sie auch immer in die Schweiz kamen – für viele aus dem Untergrund war es das grösste Problem, nicht der Polizei oder der Armee in die Arme zu laufen, weil die sie entweder gleich wieder an die Grenze stellten oder bis Kriegsende in einem Lager internierten, während doch die meisten Illegalen nur eines wollten – zurückkehren und kämpfen.

Von Zeit zu Zeit bekam ich Nachrichten von meiner Familie. Alberto arbeitete für das US-Verteidigungsministerium, er machte irgendetwas Mysteriöses, worüber er nicht sprechen durfte. Seinen Kindern ging es gut, auch Noemi. Leo und Neville verstanden es immer wieder, mich in aller Kürze auf dem Laufenden zu halten, beispielsweise über Lawrence Barbers Tod, oder mich wissen zu lassen, es gebe gerade nichts Besonderes zu berichten. Als David Kelly durch Clifford Norton ersetzt wurde, verloren wir unseren Freund in der britischen Botschaft, doch auch der neue Botschafter erachtete es zum Glück als seine Pflicht, die Familien zu informieren, wenn es Neuigkeiten über ihre Angehörigen gab. Und weil die De Vicos geschäftsbedingt Zugang zum Telegraphen hatten, erhielten wir wahrscheinlich häufiger Nachrichten als andere. Jedenfalls waren wir besser über unsere englische als über Francescos Familie informiert. Seine Neffen waren im Widerstand und ihre Familien in Sicherheit. Dies erfuhren wir von Illegalen, die sie zu uns geschickt hatten, damit wir ihnen halfen, Geld zu sammeln. Das zahlreiche Echo, das wir von allen Seiten zu hören bekamen, will ich hier nicht aufzählen. Einer der schlimmsten Momente, für Francesco wohl noch mehr als für mich, war die Nachricht von den Massenverhaftungen der Juden in Rom, Venedig und Triest.

«Juden von Italienern verfolgt!» Francesco war einem Gehirnschlag nahe. «In Triest! Bist du dir dessen bewusst, Zaza!

Triest ist die Stadt, wo Völker und Religionen seit Jahrhunderten friedlich zusammenlebten! Und wo die Tatsache, Jude zu sein, keine grössere Aufmerksamkeit auf sich zog als die Frage, ob jemand einen Schnauzbart trug oder nicht!»

«Sie hatten schon Edoardo Weiss das Leben schwergemacht ...»

«Weil er nicht der faschistischen Partei beitrat und nicht, weil er Jude war. Bevor er sich Hitler anschloss, war Mussolini in Fragen von Religion und Rasse farbenblind, aber mich macht allein schon das Wort ‹Rasse› rasend.»

«Und seine Beziehungen zum Papst ...»

Er wischte meinen Einwand mit einer Handbewegung weg.

«Seine Allianz mit dem Vatikan ist reinster Opportunismus. Er hätte sich auch mit Buddha verbündet, wenn ihm dies erlaubt hätte, die Macht an sich zu reissen und zu behalten.»

Was vermag sich in diesem Ozean des Unglücks, der die Schweiz von allen Seiten umgibt, über Wasser zu halten?

Dank der Informationen von britischer Seite und des Kurzwellensenders von Urs, Mathildas Mann, wussten wir, dass Hitler in Russland grosse Probleme hatte, wir wussten auch, dass es das deutsche Afrika-Korps nicht leicht hatte. Und wir hörten von einer mächtigen Widerstandsbewegung in Frankreich. Die Engländer schafften es mit Hilfe der Amerikaner fast von Anfang an, Hitler die Lufthoheit streitig zu machen, ganz abgesehen davon, dass man ein Land nicht vom Flugzeug aus erobern kann. Aber dieser Krieg, der als Spaziergang präsentiert worden war, den die deutsche Armee im Handumdrehen innerhalb weniger Wochen gewinnen würde, zog sich so sehr in die

Länge, dass man sich zu fragen begann, ob er überhaupt jemals enden würde. Der in dieser Hinsicht schwärzeste Augenblick war zweifellos der Winter 1943/44. Es war aussergewöhnlich kalt, es gab nur schlechte Nachrichten, die Rationen wurden immer kleiner, aber vor allem schien es keine Hoffnung mehr zu geben. Der Krieg war ein langer Tunnel, dessen Ende nicht zu sehen war.

Doch die warme Jahreszeit brachte die Wende. Eines Tages kam Urs und erzählte uns, bevor die Zeitungen etwas davon wussten, die Alliierten seien dabei, in der Normandie zu landen, und mir scheint, schon am Tag danach – in Wirklichkeit lagen mehr als zwei Monate dazwischen – hörten wir von der Befreiung von Paris. Die Schweizer feierten das Ereignis ähnlich leidenschaftlich wie die Franzosen – Neutralität hin oder her.

Da erschienen uns die Nachrichten umso tragischer, wonach Norditalien unter den deutschen Stiefeln zu leiden hatte wie noch nie zuvor: Razzien, Repressalien, Folter – die Widerständler, die bei uns vorbeikamen, erzählten Geschichten, die wir anfänglich gar nicht glauben wollten, weil wir sie für völlig übertrieben hielten. Für jeden gefangengenommenen deutschen oder verbündeten Soldaten erschoss die SS eine Geisel, für jeden toten deutschen oder verbündeten Soldaten erschossen sie mehrere – die einen sprachen von fünf Geiseln, andere von zehn. Als in der Nähe von Rom rund dreissig deutsche Soldaten in einen Hinterhalt geraten und getötet worden waren, füsilierte die SS als Vergeltungsmassnahme mehrere hundert Italiener. Dieses Massaker hatte so viel Aufsehen und so viele Tote mit sich gebracht, dass man immer noch davon spricht.

Ich arbeitete für eine aus den Umständen heraus entstandene Vereinigung italienischer Frauen. Wir versuchten allen zu helfen, die über die Grenze kamen und versteckt werden mussten. Diese Leute erzählten uns furchtbare Dinge. Auch fünfzehn Jahre später erschüttern sie mich noch, wenn ich daran denke.

Francesco verbrachte die meiste Zeit, wenn er keine Patienten hatte, in der Gegend der Kaserne, wo sich auch das Restaurant «Cooperativo» befindet, oder des Helvetiaplatzes, einer regelrechten italienischen Volksversammlung, wenn man sich am Morgen der Markttage nach dem neuesten Klatsch aus Italien erkundigte, der von Händler zu Händler weitergereicht wurde.

Francesco trug, so gut er konnte, mit den «Politischen» der Emigration dazu bei, die Zeit nach dem Faschismus vorzubereiten, denn inzwischen schien es absolut sicher, dass der Faschismus verschwinden würde. Ab Herbst 1944 war mein Mann an mysteriösen Verhandlungen zwischen der Eidgenossenschaft und Mussolinis Umgebung beteiligt, die nach einer Fluchtmöglichkeit suchte für dessen Frau und Kinder. Mussolini selber, so wusste Francesco, wollte sich den Alliierten ergeben, weil er wusste, dass ihm die grösste Gefahr drohte, wenn er seinen Landsleuten in die Hände fallen würde.

Die Marionettenregierung der Republik Salò, die für Norditalien zuständig sein sollte, sich aber in der Hand der Deutschen befand, vertraute so wenig in ihre Zukunft, dass sie für eine gewisse Zahl hochgestellter Faschisten eine Fluchtmöglichkeit in die Schweiz auszuhandeln versuchte.

Ich erinnere mich, dass der italienische Landwirtschaftsminister, dessen Namen mir entfallen ist, der Schweiz einen Tausch von dreitausend Tonnen Reis gegen Asyl für die Flüchtigen vorgeschlagen hatte. Um es nicht als schlichte Korruption erscheinen zu lassen, präsentierte er sein Angebot als «Beitrag an die Verköstigung italienischer Flüchtlinge, mit denen die Schweizer bis jetzt ihre Rationen geteilt hatten».

Seine Argumente hatten es in sich, Francesco in blinde Wut zu versetzen. Eines Abends sagte er zu mir:

«Für einmal ziehe ich den Hut vor Herrn Rothmund, dem ich ansonsten nie verzeihe, ein abgefeimter Antisemit zu sein.» Rothmunds Idee, die Pässe der Juden mit einem J zu stempeln, hatte ihm die Feindschaft vieler Leute wie uns eingetragen. «Rothmund stellte diese Leute in den Senkel. Er argumentierte, aus innenpolitischer Sicht wäre nicht zu rechtfertigen, dass die Schweiz faschistische Persönlichkeiten mit politischer Verantwortung aufnehme. Und er fügte hinzu, es sei auch nicht zu rechtfertigen, mit diesem Angebot dem hungernden italienischen Volk so viel Reis vorzuenthalten, nur um einigen Faschisten eine Flucht in die Schweiz zu ermöglichen.» Francesco schüttelte den Kopf. «Sollte dieser Kerl, der so viele Juden auf dem Gewissen hat, am Ende gar doch ein Herz haben?»

Abgesehen davon hielt sich mein Interesse für die Politik im eigentlichen Sinn in Grenzen. Und unserer Gewohnheit gemäss, die wir pflegten, seit wir uns kannten, erzählte Francesco selten, was er tat, wenn wir nicht beisammen waren. Umso weniger auch, als die Aktionen und Verhandlungen, an denen er beteiligt war, oft der Geheimhaltung unterstanden.

Die Umklammerung begann sich im Westen zu lösen, und

noch vor dem Winter war ganz Frankreich befreit. Wir sahen die ersten Alliierten, Engländer und Amerikaner, auftauchen. So kam es, dass ich eines Morgens, als es läutete, zu meiner grossen Überraschung nicht einen Patienten vor der Tür fand, sondern Neville De Vico, meinen Grossneffen. Ein energischer Vierziger, feiner Oberlippenbart, Offiziersuniform der englischen Marine – fast hätte ich ihn nicht erkannt.

«Du bist unglaublich, Zadie», sagte er, als er mich etwa zwanzig Zentimeter vom Boden gehoben hatte, um mir den Begrüssungskuss geben zu können. Ich hatte vergessen, dass er so gross war. «Du scheinst in bester Verfassung zu sein.»

«Und warum sollte ich nicht in bester Verfassung sein?»

«Weil Grossmütter zittrig zu sein, am Stock zu gehen und eine Brille zu tragen haben. Es stimmt, wenn ich an deinen Vater denke, der als Hundertjähriger mit ungeschmälerter Fähigkeit an der Börse arbeitete, nicht zitterte und nicht an einem Stock ging, muss ich mir sagen: Wie der Vater so die Tochter. Ich hoffe, eure Gabe, lange jung zu bleiben, geerbt zu haben.»

Es ist schon so, dass ich mir nicht richtig vorstellen konnte, fünfundachtzig zu sein. Die anderen redeten darüber, aber mir kam das abstrakt vor, genauso, wie wenn man mir jetzt sagt, ich würde bald hundert sein. Ich bin und ich war auch damals selten müde, und es gab für mich nicht den geringsten Grund, nicht zu arbeiten. Auf dem Gebiet der Psychoanalyse fing ich nun sogar an, mich richtig wohl zu fühlen und zu spüren, dass ich meinen Patienten wirklich helfen konnte.

Neville war wegen irgendwelchen Verhandlungen in der Schweiz, über die er sich nicht näher äusserte, und ich liess es dabei bewenden. Ich erkundigte mich stattdessen nach seinen Eltern.

«Papa und Mamma leben in einem Dorf in der Nähe von Oxford. Aber du kennst ja meinen Vater, er fährt immer noch regelmässig nach London, und vor allem jetzt, da mir das Büro des Premierministers diese Mission anvertraut hat. Er arbeitet für zwei.»

«Und Mary und John und Thomas?»

«Ehm ... Meiner Frau und meinen Kindern geht es gut. Ehm ... ich muss dir gestehen, Zadie, dass ich Mary, Thomas und John in deinem Haus in Saint Askin untergebracht habe», sagte er. «Unser Haus in London gibt es nicht mehr. Es ist zwar alles versichert, doch die Schäden sind so gross, dass es eine ganze Weile dauern wird, bis wir wieder eine Wohnung haben. Das Haus wäre ohnehin requiriert worden, wenn wir es nicht belegt hätten.»

Ich hatte schon eine ganze Weile den Eindruck, er habe mir etwas Wichtiges mitzuteilen, aber wenn es nur das war ...

«Wenn ihr Basils Atelier nicht angerührt habt, ist alles in Ordnung.»

«Wir haben alles gelassen, wie es ist. Papa hatte darauf bestanden, dies sei die *conditio sine qua non*.»

«In dem Fall ist es besser, das Haus ist bewohnt statt leer oder requiriert.»

Dabei liessen wir es bewenden. Ich wollte lieber nicht fragen, ob nicht auch Saint Askin bombardiert werden könnte. Bis zum Kriegsende machte ich mir Sorgen um Mary, Thomas und John, aber ich sagte es niemandem. Neville seinerseits sprach nicht über Martino und Gianni. Und ich auch nicht. Ich wollte nicht eine Wunde aufreissen, die zwar noch nicht richtig verheilt war, aber immerhin nicht mehr bei jedem Herzschlag blutete.

Dann kam der Frühling 1945. Während der letzten zwei Kriegsmonate arbeiteten wir Tag und Nacht. Wieder war der Winter sehr streng gewesen, die Italiener hungerten, es fehlte ihnen an allem, und oft genug befand sich die Zivilbevölkerung zwischen den Fronten – das Leid war gewaltig.

Doch endlich tauchte eines Morgens Mathilda in der Küche auf, wo wir beim Frühstück sassen. Ich bin mir sicher, dass wir nicht allein waren, sondern wie so oft ein oder mehrere Gäste hatten, aber ich sehe nicht mehr, wer es hätte gewesen sein können.

«Es ist so weit, Waffenstillstand! Waffenstillstand in Italien, die Deutschen haben um Waffenstillstand gebeten. Urs hat es auf Kurzwelle gehört.»

Sie liess sich auf einen Stuhl fallen, fing vor lauter Ergriffenheit zu weinen an und wiederholte halblaut:

«Waffenstillstand. Es ist zu Ende. Waffenstillstand!»

Daraufhin standen wir alle auf und fielen uns in die Arme.

In den nun folgenden Wochen organisierte die Italiener-Kolonie Lastwagen, die so schnell wie möglich nach Italien fahren konnten. Zusammen mit der Schweizer Arbeiterhilfe war die Union italienischer Frauen im Dauereinsatz. Wir erhielten ganze Berge von Gaben, die sortiert, verpackt und gelagert werden mussten, bevor wir sie abschicken konnten. Unsere Tage waren geprägt von den unglaublichsten Nachrichten: Mussolini hingerichtet, die Russen in Berlin, Hitlers Selbstmord. Und nie werde ich den Augenblick vergessen, als wir das erste Bild von Auschwitz zu sehen bekamen. Schlimmer als die schlimmsten Geschichten, die uns die Illegalen erzählt hatten.

Als am 8. Mai ganz Europa zum Klang sämtlicher Kirchenglocken auf der Strasse war, schlossen wir uns ihnen selbstverständlich an – aber ich konnte nicht für einen Augenblick Martino und seine Kinder, Gianni, Daria und Jacqueline vergessen, von denen ich nichts mehr gehört hatte. Wobei ich mich im Hinblick auf die beiden Letzteren keinerlei Illusionen hingab – man hatte ihnen angesehen, dass sie zu einem Selbstmordkommando unterwegs waren. Fast sechs Jahre Krieg, Millionen Tote, die Rede war von zwanzig oder dreissig Millionen, Europa am Boden – und wofür das alles? Eigentlich für nichts und wieder nichts, für ein paar Wahnsinnige, die einen Augenblick lang davon geträumt hatten, die Welt zu besitzen, und sich unter die Fuchtel des schrecklichen Hitler begeben hatten, um ihre schmutzige Arbeit verrichten zu können. Niemand kann die Welt besitzen, und alle, die diesen verrückten Traum träumten, wurden ausgelöscht – war es wirklich möglich, dass man nicht aus der Geschichte gelernt hat?

Ich treffe immer wieder Leute, die mich fragen, wozu denn die Psychoanalyse gut sei. Und meine Antwort ist immer wieder die gleiche: Sie soll dem Einzelnen wie der Allgemeinheit helfen, von der Vergangenheit zu lernen, um frühere Fehler nicht zu wiederholen. An diesem 8. Mai, als ich am Ufer der Limmat quaiauf und -ab mit der Menge tanzte, beweinte ich innerlich meine Kinder und die Millionen von Männern und Frauen, die wie sie ihr Leben lassen mussten für nichts.

Kaum waren wir in den Alltag zurückgekehrt, wollten auch wir nach Italien zurück. Aber das war gar nicht so einfach. Die Züge waren überfüllt, einzelne Strecken und einzelne Brücken, vor allem über den Po, waren bombardiert worden, die Reisen dauerten eine Ewigkeit.

Wir mussten uns über Wochen gedulden, bis uns einer der zahllosen Exwiderständler, die wir beherbergt hatten und nun «mit einer Mission» (das heisst, mit dem Auftrag, Medikamente zu holen) in die Schweiz gekommen waren, anbot, uns in der Fahrerkabine seines Lastwagens nach Mailand mitzunehmen. Wir nahmen sein Angebot an, und der britische Konsul besorgte uns die nötigen Visa, die brauchte man damals noch.

Wir kletterten in ein heruntergekommenes und dreckiges Fahrzeug.

«Wenn ich daran denke, dass wir Mailand im Luxuswagen verlassen haben ...», bemerkte Francesco gutgelaunt, bevor seine Stimme im asthmatischen Gehuste des angelassenen Motors unterging.

Natürlich waren wir darauf vorbereitet, die Stadt in einem sehr schlechten Zustand anzutreffen, doch was wir vorfanden, war zutiefst schockierend. Ich will gar nicht davon reden, dass unser Haus nur noch aus einem Stück Fassade bestand und dass das, was von der «Scala» übrig geblieben war, so aussah, als würde es gleich einstürzen. Die Bombe musste das Haus des «Cova» voll getroffen haben, es war ganz einfach nicht mehr da. Aber Zerstörungen gab es in jeder Strasse. Die Leute waren ausgemergelt. In dem Café, das wir betraten, war nur von Lebensmittelrationen und Schwarzmarkt die Rede.

Wir versuchten unseren Anwalt, Signor Cairoli zu erreichen, aber das Telefon funktionierte nicht. Wir gingen zu Fuss hin. Er war da, inmitten von Aktenordnern, und empfing uns mit grosser Herzlichkeit, die uns nach allem, was wir gesehen und gehört hatten, sehr gut tat. Der sehr junge Mann mit kindlichem Aussehen, dem wir vor einem halben Jahrhundert beinahe per Zufall begegnet waren, war auch im älter gewordenen Mann noch zu erkennen – er hatte in seinem Blick, in seiner Gestik und in der Lebhaftigkeit eines agilen Körpers das Verschmitzte von damals bewahrt.

«Meine Freunde! Seit Tagen versuche ich einen Wagen und ein Visum zu bekommen, um nach Zürich zu fahren, wie gut, dass Sie jetzt da sind.» Zur Begrüssung küsste er uns überschwenglich. «Sie bleiben doch bis heute Abend, nicht wahr. Giovannaaaa!» Eine Frau erschien. «Giovanna, das sind die Dottori Giocondo, unsere Zürcher Klienten.»

Signora Cairoli hatte uns kaum die Hand geschüttelt, als sie sagte:

«Ich mache ein Zimmer für Sie zurecht, es wird nicht sehr gross sein, aber für eine oder zwei Nächte dürfte es gehen, nehme ich an. Reden können wir nachher, Sie möchten sich bestimmt frisch machen.»

«Aber ... wir können ins Hotel gehen, wir möchten nicht ...»

«Die Hotels sind von Engländern und Amerikanern überfüllt, exorbitant teuer, man isst schlecht, mir ist es lieber, Sie hier zu haben.»

Es gab nichts zu diskutieren, und wir liessen den Dingen ihren Lauf.

Während der folgenden zwei Tage konnten wir feststellen, dass sich Signor Cairoli wirklich sehr gut um uns gekümmert hatte, assistiert von seinem Sohn, der am Ende des Krieges in den Untergrund gegangen war. Auch er war Anwalt, und mit seinen Allüren eines Pariser Strassenjungen war er das exakte Ebenbild seines Vaters. Wir sahen ihn nur kurz, aber er war uns auf Anhieb sympathisch. Seit sein Vater im Ruhestand ist, kümmert er sich um meine Angelegenheiten.

«Sie reden davon, die Via Manzoni und auch die ‹Scala› so wiederaufzubauen, wie sie vorher gewesen waren, aber das wird wohl sehr teuer werden. Man spekuliert bereits auf den Quadratmeterpreis», erfuhren wir von Cairoli. «Ich habe eine gleichwertige Wohnung in der Nähe des Castello für Sie gefunden. Die Wohnung ist im Zentrum, geräumig, und wenn sie instand gesetzt ist, werden Sie sich dort sehr wohl fühlen. Ich habe eine Option, gehen Sie sie morgen anschauen – wenn sie Ihnen nicht gefällt, suchen wir eine andere. Und Sie brauchen nichts zu befürchten, ich unternehme die nötigen Schritte, um so viel Geld als möglich zurückzubekommen. Ein Grund mehr, nicht in die Via Manzoni zurückzukehren. Wenn Sie das Geisterbild Ihrer früheren Wohnung teuer genug verkaufen, haben Sie genug Geld, um die nächste zu bezahlen. Ich werde mich dafür verwenden.»

«Es klingt vernünftig», sagte Francesco, «lass uns diese Wohnung ansehen.»

Den Abend verbrachten wir damit, Erinnerungen auszutauschen. Cairoli und Francesco waren beide Erzähler, die die banalste Geschichte in ein Heldenepos zu verwandeln vermochten. Cairoli beschrieb, wie er zwanzig Jahre lang zwischen Faschisten und Widerstand hin- und herpendelte, indem er die einen im Glauben bestärkte, er sei ein eifriger Verehrer Mussolinis, und den anderen verständlich zu machen versuchte, dass es ihm nur darum ging, die Interessen seiner Klienten zu schützen, egal, ob sie im Gefängnis sassen, tot waren, in welchem Fall man sich der Hinterbliebenen annahm, oder im Ausland lebten wie wir, wobei ich zu verstehen bekam, dass wir bei weitem nicht die Einzigen waren.

«Am Schluss hatte ich sogar im Schlaf für jeden die richtige Antwort parat. Aber alles in allem bin ich sehr zufrieden, dass es vorbei ist und wir endlich unseren wahren Neigungen folgen können.»

Er hatte Mailand nie verlassen, auch nicht während der schlimmsten Bombardierungen.

Bei dieser Gelegenheit erfuhr ich übrigens, dass Francesco mehrmals in Italien gewesen war, wenn auch nie weiter als bis Como, er spielte den hilflosen kleinen Alten, um unerkannt über die Grenze zu kommen.

«Der schlimmste Augenblick war, als mir eine uniformierte *Balilla*-Truppe unter der Führung eines autoritären Capo half, eine Treppe hinaufzukommen, ich aber meine Aktenmappe fallen liess und sie sich unter ihren Augen öffnete. Glücklicherweise waren es die Kinder, die mir beim Einsammeln meiner Papiere behilflich waren, denn ihr Chef hätte auf den ersten Blick erkannt, worum es sich handelte.»

«Du warst in Italien, und hast es mir nicht gesagt!»

«Liebling, du hast dir um die ganze Welt Sorgen gemacht,

um Alberto, Noemi, Emmanuel und Sarah, ganz zu schweigen von Leo und Neville und ich weiss nicht wem noch. Da wollte ich nicht, dass du dir auch noch meinetwegen Sorgen machen musstest. Es waren ohnehin nur kurze und seltene Vorstösse auf ‹Feindgebiet›, ich bin jedes Mal noch am gleichen Tag zurückgekommen, und es ist mir nie etwas passiert. Du wirst dir doch nicht etwa nachträglich noch Sorgen machen wollen.»

Ich lachte, was hätte ich denn tun sollen im Nachhinein? Es war wirklich gut, wieder in Mailand zu sein und sich nicht mehr vom Gewicht nebulöser und ständiger Gefahren erdrückt zu fühlen.

Am anderen Morgen sahen wir uns die Wohnung an. Sie lag in der Via Vincenzo Monti – die Mailänder lieben es, ihre Strassen nach Schriftstellern zu benennen. Nach der Via Manzoni fanden wir uns – nicht überraschend – an einer weiteren literarischen Adresse wieder, und die angrenzenden Strassen standen dem in nichts nach: Via Torquato Tasso, Via Giovanni Boccaccio, Via Giacomo Leopardi und so weiter. Dem Haus fehlte die Einzigartigkeit des einstigen Jugendstilhauses an der Via Manzoni, doch die Wohnung befand sich im vierten Stock, war sonnig, die Bäume reichten fast bis an unsere Fenster, nach hinten hinaus lag ein schöner Innenhof mit Rasen. In nächster Nähe gab es Läden und Cafés, die Theater, deren Wiedereröffnung nicht lange auf sich warten lassen würde, und die Kinos waren auch nicht weit, und zu unserer früheren Wohnung waren es nur zehn Gehminuten.

Wir nahmen die Wohnung, ohne zu wissen, ob wir überhaupt zurückkommen würden. Ich rede von ihr, als ob sie bewohnbar gewesen wäre, aber das traf nicht zu, es gab nur noch wenige intakte Fensterscheiben, Auswirkungen von Explosionen, Risse in den Mauern, geborstene Wasserleitungen, kein Elektrisch – das Haus lag zwar in einiger Entfernung des Bombeneinschlags, der es beschädigt hatte, aber es würde ordentlich Arbeit vonnöten sein, bis es wieder bewohnbar sein würde. Das liess uns Zeit, unsere Frage zu beantworten: Wollten wir wirklich die Schweiz verlassen?

«Wenn wir nicht zurückkommen, verkaufen wir sie wieder», sagte Francesco. «Wir brauchen uns nicht jetzt zu entscheiden. Fangen wir lieber an, alles instand zu setzen.»

Ich bin überzeugt, dass wir schliesslich verkauft hätten und nicht nach Mailand zurückgekehrt wären, wenn nicht noch einmal ein unerwartetes Ereignis unser Leben durcheinandergebracht hätte.

XXIV

Während fast eines Jahres stellte sich die Frage einer allfälligen Rückkehr nach Mailand nicht. Cairoli setzte alle Hebel in Bewegung, um ein Bauunternehmen zu finden, das unsere Wohnung instand setzen würde, aber wir waren nicht die Einzigen auf dieser Welt, trotz ungeheurer Arbeitslosigkeit am Ende des Krieges waren Maurer, Gipser, Klempner und Elektriker sehr gefragt. Wir liessen jenen den Vorzug, die in Provisorien lebten.

Die Arbeiten begannen im Frühling 1946, mehrere Male fuhr ich nach Mailand, um deren Fortschritt zu überwachen. Nach und nach gewann die Stadt ihr früheres Aussehen wieder. Aber nichts war leicht, denn mehr als ein Drittel der Gebäude war von den Bomben beschädigt worden. Eines der eindrücklichsten Zeichen für das Zerstörungswerk war das Fehlen von Bäumen, mehr als die Hälfte davon waren bei den Bombardierungen vernichtet worden.

Eines der ersten Gebäude, das die Mailänder wiederaufgebaut haben wollten, war natürlich die «Scala». Dank Signor Cairoli, unseres guten Geistes, konnten wir am 11. Mai 1946 der Einweihung der neuen «Scala» beiwohnen. Das Konzert wurde dirigiert von Arturo Toscanini. Als die ersten Noten Verdis erklangen, sah ich im wiedererstandenen Konzertsaal plötzlich meine toten Söhne vor mir – sie konnten nicht aus ihrer Asche auferstehen. Meine britische Abstammung hinderte mich daran, in aller Öffentlichkeit zu weinen, aber Francesco musste meine Verzweiflung gespürt haben, er nahm meine

Hand und liess sie nicht mehr los, bis der Abend vorbei war. Die Bilder meines Lebens, das sich dreihundert Meter von hier abgespielt hatte, zogen während des ganzen Konzerts an meinem geistigen Auge vorbei.

Dieser Abend hatte noch eine Überraschung für mich auf Lager. Ich war mir sicher, dass man uns nach so langer Abwesenheit vergessen hatte. Aber das war keineswegs der Fall. Leute, die unsere Patienten gewesen waren, Bekannte, Nachbarn, hiessen uns aufs Herzlichste willkommen. Für sie verstand es sich von selbst:

«Sie sind nach Mailand zurückgekehrt, um wieder hier zu leben, wir müssen uns unbedingt sehen.»

Ohne dass wir uns abgesprochen hätten, belehrten Francesco und ich niemanden eines Besseren. Wir hatten uns ohnehin noch nicht entschieden, und unsere mögliche neue Wohnung war immer noch eine Baustelle.

Nach Cornwall sind wir nicht gefahren. Das Haus wurde immer noch von Neville und den Seinen bewohnt, ausserdem war England ausgeblutet, noch immer war die Rationierung in Kraft, und ich fand, es sei besser, die Schwierigkeiten nicht noch zu vermehren. Und ich war mir nicht sicher, ob ich überhaupt Lust hatte – das konnte und musste warten.

Wir setzten unser übliches Leben in Zürich fort, vielleicht etwas weniger hektisch, denn es gab nicht mehr so viele Notfälle. Noch immer hatte ich Alberto nicht gesehen, aber wir hatten oft zusammen telefoniert. Er musste unbedingt zuerst eine dringende Arbeit erledigen, dann würde er sofort kommen.

Es war Mitte 1947, als mir Francesco eines Morgens sagte:

«Hast du das Telefon diese Nacht nicht gehört?»

«Nein. Ein Notfall?»

«Ich würde sagen ja, es war Alberto.»

Mir stockte das Blut.

«Ist ihm etwas passiert?»

«Die kleine Sarah hatte eine Hirnhautentzündung und ist daran gestorben.» Er machte eine Pause. Alberto tat mir leid, doch die kleine Sarah hatten wir nicht gekannt. Francesco fuhr fort: «Auch Noemi bekam Hirnhautentzündung, sie steckte sich bei Sarahs Pflege an.»

«O nein! Armer Alberto! Sollen wir hinfahren?»

«Er weist uns an, hörst du, es sind seine Worte, er weist uns an, uns nicht von der Stelle zu rühren, denn er überlegt sich, ob er nicht nach Europa zurückkehren soll. Es scheint, die Stimmung drüben sei nicht so gut, auch das sind seine Worte. Einzelheiten wollte er keine nennen.»

Während der folgenden Tage telefonierten wir oft, aber es war unmöglich, unserem Sohn Informationen zu entlocken, jedes Mal, wenn wir herauszufinden versuchten, was los war, brach er das Gespräch ab. Schliesslich kamen wir auf die Idee, er könnte befürchten, sein Telefon werde abgehört, und wir machten uns deswegen Vorwürfe – waren wir im Begriff, paranoide Angsthasen zu werden?

Doch dann läutete er ohne Vorankündigung eines Morgens an der Tür. Oder vielmehr sie läuteten, Emmanuel begleitete ihn. Sie sahen aus wie Brüder und nicht wie Vater und Sohn. Mit fünfzig wirkte Alberto noch sehr jugendlich, sein flammendes Haar der Kindheit hatte einen Mahagoniton angenommen, aber noch war kein einziger grauer Faden zu entdecken. Man musste zweimal hinschauen, um die Fältchen um seine Augen in einem so braun gebrannten Gesicht zu sehen, als ob er gerade vom Strand käme. Emmanuel war neunzehn oder zwanzig und hatte die Haare von Noemi, doch abgesehen davon glich er seinem Vater wie ein Ei dem anderen.

Nachdem wir das allseits von ein paar Tränen begleitete Wiedersehen hinter uns gebracht hatten, setzten wir uns in den Garten, der wieder aus Rasen, Rabatten und blühenden Sträuchen bestand, und Alberto sagte lächelnd:

«Ich hoffe, ihr habt etwas zum Essen und Anziehen für uns, denn wir sind nur mit meiner Geige, mit Emmanuels Cello und unseren Zahnbürsten abgereist, sonst nichts.»

«Könnt ihr kein Gepäck nachkommen lassen?»

«Vielleicht, doch im Augenblick war es wichtiger, nicht den Eindruck zu erwecken, wir wollten fliehen.»

«Alberto, willst du uns nicht erzählen, was los ist? In letzter Zeit hatte ich am Telefon jedes Mal gespürt, dass etwas nicht stimmte. Ich meine, etwas anderes als Noemis und Sarahs Tod.»

Er seufzte.

«Die Vereinigten Staaten sind aus ihrer zerbrechlichen Idylle mit der UdSSR aufgewacht und beginnen jetzt, Jagd auf Kommunisten zu machen.»

«Bist du Kommunist?»

«Nein, aber ich bin auch kein wilder Antikommunist. Und jetzt kommt der Augenblick, wo nur ein guter Amerikaner ist, wer hundert Prozent dagegen ist, wie zu Zeiten des Faschismus in Italien – andernfalls bist du ein Feind.» Ein weiterer schwerer

Seufzer. «Präsident Truman hat eine Ausführungsbestimmung unterzeichnet, sie nennen das ‹executive order›, wonach sämtliche Bundesbeamten zu durchleuchten seien, um sich ihrer Loyalität zu vergewissern.»

«Aber du warst doch gar nicht Bundesbeamter?»

«Doch. Die letzten drei Jahre arbeitete ich für den Bundesstaat, es war meine Art, meinen Beitrag zu leisten, was soll's. Ich gehörte zu einem ultra-geheimen Programm …»

«Aber nicht die Atombombe?», rief Francesco mit Entsetzen in seiner Stimme aus. Wir waren entrüstet über den Einsatz der Bombe über Hiroshima und Nagasaki, eine ganze wehrlose Bevölkerung war getötet worden, und nicht etwa die japanischen Soldaten, die mordend und plündernd den Pazifik unsicher gemacht hatten.

Alberto machte eine verneinende Geste.

«Nein, nein, beruhige dich. Es ging um die Eroberung des Weltraums.» Er lachte, als er unsere sehr verdutzten Gesichter sah. «Glaubt mir, das hat nichts mit Jules Verne zu tun. Eines Tages erkläre ich es euch vielleicht.»

«Und sie zweifelten an deiner Loyalität?»

«Zuerst befragten sie mich – in der Art ‹mutmasslich schuldig›, verstehst du. Dann fingen sie an, mein Telefon zu überwachen. Dann stellte ich fest, dass ich auf der Strasse verfolgt wurde.»

«Dann», fuhr Emmanuel fort, der noch etwas eingeschüchtert wirkte und nur zaghaft Italienisch sprach, «kamen sie zu mir in die Universität, um mir Fragen über meinen Vater zu stellen. Und sie nötigten mich in gewisser Weise.»

«Das war der Tropfen, der das Fass zum Überlaufen brachte. Bei mir mag es ja noch angehen. Aber Emmanuel ...» Er schlug mit der Faust auf den Tisch. «Ist euch klar, was sie zu ihm sagten: Entweder sagt ihr uns, dein Vater und du, wer eure Komplizen sind – man beachte das Wort *Komplize* –, ihr unterwerft euch also, oder man macht euch fertig.»

Francesco lehnte sich nach vorne.

«Aber was hast du denn getan, Alberto, dass man dich auf diese Weise bedroht?»

«Getan? Ich habe nichts anderes getan als das, was ich in den Vereinigten Staaten seit mehr als fünfzehn Jahren schon immer getan habe. Ich stellte mein Gehirn der Spitzentechnik zur Verfügung, ich machte gewagte mathematische Projektionen, ich tat, was Verrückte meiner Art tun, Papa. Und dazwischen spielte ich in einem Symphonieorchester, um mir eine Freude zu gönnen. Ich vermute, einer der ersten ‹Gelehrten› zu sein, wie sie sagen, der überprüft wird, aber das scheint erst der Anfang zu sein. Ich wiederhole: Ich bin kein Kommunist und habe niemals einer Partei angehört. Aber ich weigere mich, die Namen meiner Freunde anzugeben, von denen ich weiss, dass sie es sind.»

«Man wollte Namen von dir?»

«Genau.» Er dachte kurz nach. «Es kommt vor, dass es mir gelingt, Projektionen dazu zu machen, wie sich das, was gerade geschieht, in naher Zukunft entwickeln wird. Wie in der Mathematik, versteht ihr?» Natürlich verstanden wir nichts. Die Mäander von Albertos Gedanken, der ein Genie ist, waren für Normalsterbliche wie wir schon immer unverständlich gewesen. «Meistens erweisen sich meine Projektionen als richtig. Aber was ich jetzt zu sehen bekam, gefiel mir nicht. Deshalb nutzte ich das Wochenende und eine von einem befreundeten Schweizer Musiker frei erfundene Einladung, mit dem Zürcher Symphonieorchester zu spielen; ich nutzte die Tatsache, dass ich einen gültigen Pass besass und dass wir im Hinblick auf einen Besuch bei euch auch für Emmanuel einen besorgt hatten. Wir machten uns davon, bevor man uns dieses kostbare Dokument entzog.»

«Und warum glaubst du, mittellos zu sein?»

«Weil ich jede Wette eingehe, dass sie mein Bankkonto sperren, sobald sie feststellen, dass die Einladung des Symphonieorchesters ein Schwindel war.»

Die Geschichte gab ihm recht. Die Hexenjagd wurde zunehmend verschärft, sie erhielt den Namen McCarthyismus und forderte Tausende Tote.

Das Bankkonto war tatsächlich gesperrt worden, zumindest für eine gewisse Zeit, aber das behinderte Alberto nicht. Sobald man erfahren hatte, dass er hier war, erhielt er ein Angebot der Polytechnischen Schule in Zürich, ein weiteres von Oxford und ein drittes vom *Politecnico* Mailand. In Mailand ging es um eine komplette Erneuerung dieser ehrenwerten Institution. Alberto entschied sich einstweilen für Mailand, um später nach Oxford gehen zu können, dessen Angebot nicht für sofort galt. Während ein paar Wochen fuhr er zwischen Zürich und Mailand hin und zurück.

Emmanuel jedoch blieb bei uns, und seine Anwesenheit holte mich aus der Depression heraus, in die ich nach Kriegsende gefallen war, ohne dass ich mir dessen bewusst gewesen wäre. Emmanuel ist der würdige Sohn seines Vaters: beeindruckendes Gedächtnis, schnelle mathematische Auffassungsgabe, Lebhaftigkeit und Liebe für die Musik. Er spielt ein halbes Dutzend Instrumente. Wir lachten Tränen, als er zusammen mit seinem Vater, der Geige und Schlagzeug (aus Pfannen bestehend) spielte, das «Concerto für Kamm und grosses Orchester» zur Aufführung brachte und den Eindruck erweckte, er spiele auf zehn Instrumenten gleichzeitig.

Eine Sache freilich verwirrte mich: Alberto schien über den Tod seiner Frau nicht so unglücklich zu sein, wie ich mir das vorgestellt hätte. Eines Abends nach dem Essen wagte ich mich an das Thema heran. Wir waren allein, Francesco, er und ich. Das Gesicht meines Sohnes veränderte sich augenblicklich, aber nicht aus Traurigkeit. Es wurde hart.

«Mamma, ich … Wir …»

«Wenn du lieber nicht darüber reden möchtest, vergiss meine Frage.»

«Nein, nein, wenn schon, kann ich gleich jetzt meinen Kropf leeren. Tatsache ist, dass wir seit mehreren Jahren geschieden waren.»

«Ihr wart geschieden?!»

«Du hast es nicht gewusst, weil Krieg war, unsere Situation war schwierig, und ich wollte nicht, dass ihr euch Sorgen macht.»

«Und, kannst du jetzt darüber reden? Ich zwinge dich nicht dazu. Ich möchte im Bild sein, aber wenn du nicht willst, ist es auch gut so.»

«Doch, doch, ich möchte schon. Noemi verliebte sich in einen meiner Kollegen. Das sind Dinge, die in der Art von Gesellschaft, in der wir leben, vorkommen. In der Welt, wo ich herkam, dauerten Ehen das ganze Leben, das hat mich durcheinandergebracht, wie ich gestehen muss. Aber in Amerika heiratet man, lässt man sich scheiden und heiratet wieder, das ist an der Tagesordnung. Kurzum, Noemi hatte dieses Abenteuer, und ich gestehe, dass ich anfänglich gar nichts gemerkt habe.»

Er schwieg, und sein Blick verlor sich im Nichts.

«Tat es weh?» Ich stellte die Frage vorsichtig, um ihm zu helfen.

«Es hat mich umgehauen. Vor allem, weil sie Sarah bekam und mich erst danach wissen liess, das Kind sei nicht von mir.»

Ich brachte den Mund nicht mehr zu.

«Sarah war nicht von dir?»

«Nein. Das war übrigens auch der Grund, weshalb ich mich aufgeregt habe. Sie brachte das Kind zur Welt, liess die Geburt in aller Öffentlichkeit feiern und anschliessend liess sie mich wissen, dass ich nicht der Vater war.»

«Aber … warum bloss?»

«Aus Berechnung. Ihr Freund hatte sie verlassen, und sie hatte Angst, er könnte nicht mehr zurückkommen. Deshalb sagte sie sich: Ein Spatz in der Hand ist besser als die Taube auf dem Dach. Diese Haltung hat mich deprimiert. Eine Frau, mit der ich seit fast fünfzehn Jahren zusammenlebte, der ich vollkommen vertraute – das verstand ich nicht.» Er machte eine weit ausholende Handbewegung. «Ich nahm ihr nicht übel, dass sie sich verliebt hatte, versteht ihr, das sind Dinge, über die man eigentlich keine Kontrolle hat.»

«Und dann habt ihr euch scheiden lassen.» Das war Francesco, ganz sachlich.

«Was hättest du an meiner Stelle getan, Papa? Sie hatte ein Kind eines anderen, der Typ war in sie verliebt und sie in ihn. Und ausserdem war sie vierzig, sie hatte nicht erwartet, noch einmal ein Kind zu bekommen. Als sie dann anfingen und vom Wunder dieser Geburt schwafelten, sagte ich: Schluss jetzt! Die Scheidung war die einzige Lösung.»

«Und Emmanuel?»

«Das ist das Traurigste dabei. Sie war von dieser neuen Liebe und von diesem Baby so sehr in Anspruch genommen, dass sie ihn vollkommen vernachlässigte. Das ging so weit, dass er eines Abends von zu Hause weglief und an meiner Haustür läutete – Gott sei Dank war ich da! ‹Behalte mich, Papa, ich will bei dir bleiben›, sagte er schluchzend.» Seine Stimme bekam einen Riss. «Ich habe mir grosse Vorwürfe gemacht wegen dieser Situation, ich dachte, es sei alles so gekommen, weil ich zu sehr in meiner Welt lebte und Noemi vernachlässigt hatte. Doch sie schien so stark und unabhängig zu sein …»

Seine Augen füllten sich mit Tränen.

«An deiner Stelle würde ich sofort aufhören, mir Vorwürfe zu machen», erklärte Francesco. «Diese Dinge kommen in den besten Familien vor, und wie du selber sagst, können wir die Liebe nicht kontrollieren.» Er lächelte. «Ich verstehe, dass du darüber in deinen Briefen nicht berichten wolltest, zumal sie ganz bestimmt zensuriert wurden. Du hättest einen Roman schreiben müssen, um uns alles klarzumachen.»

Alberto fuhr fort.

«Ihr Tod geht mir sehr nahe, umso mehr, als Sarah trotz allem ein bisschen meine kleine Tochter war. Aber ich stelle keine Trauer mehr zur Schau – denn ich hatte sie schon vor Jahren erlebt, und glaubt mir, es war wirkliche Trauer. Am unglücklichsten ist Emmanuel. Aber er ist jung, und oft gewinnt die Gegenwart Oberhand, vor allem jetzt, nachdem wir unser Leben verändert haben.»

Ich dachte, auch Emmanuel würde vielleicht eines Tages mit uns darüber reden, aber er hat es niemals getan.

Der Sommer war prächtig und sehr heiss, die meisten meiner Patienten waren in den Ferien, und ich hatte noch nicht den Mut, nach Cornwall zu fahren.

Doch als eines Abends Alberto nach Hause kam, liess er sich aufs Sofa fallen und erklärte:

«Es ist so weit, wir können alle nach Mailand zurück.»

«Wie das denn?»

Er lachte schelmisch.

«Ich habe die Firma, die die Wohnung renoviert, überzeugt, sie müsse sich beeilen.»

«Und wie ist dir das gelungen?», erkundigte sich Francesco.

«Wenn ich in deiner Stimme den Verdacht zu bemerken glaube, ich hätte jemanden bestochen, um mein Ziel zu erreichen, kann ich dich gleich eines Besseren belehren. Es hat mich überhaupt nichts gekostet. Ich erzählte ihnen nur von euch.»

«Von uns? Und was hast du ihnen gesagt?»

«Die Wahrheit. Dass ihr zwei berühmte Ärzte seid, dass ihr auf das Ende der Bauarbeiten wartet, um eure Patienten empfangen zu können, und je früher dies der Fall sei, desto schneller würde auch bezahlt, dass eure Patienten einflussreiche Leute seien, und damit alle Welt wisse, wer die Wohnung so wunderbar renoviert habe, dürfe er eine kleine Tafel anbringen, nicht sehr auffallend, aber doch sichtbar.»

«Und er hat versprochen, das zu tun?»

«Er hat es nicht nur versprochen, er hat es *getan*.»

«Bist du sicher?»

«Ich habe es aus der Nähe verfolgt. Mein Versprechen habe ich vor zwei Monaten gegeben, gestern übernahm ich die Räume unter der Oberaufsicht von Signor Cairoli junior, Massimo für seine Freunde, zu denen ich mich zähle. Ihr braucht also nur zu gehen.»

Francesco und ich mussten wie zwei vollendete Dummköpfe ausgesehen haben. In unserer Unentschlossenheit hatten wir die Dinge einfach schleifen lassen. Aber schliesslich lachten wir darüber.

«Ich mache euch einen Vorschlag», sagte Alberto. «Die Wohnungsnot in Mailand ist so gross, dass wir alle vier, oder alle fünf mit Mathilda, in dieser Wohnung wohnen können. Versteht ihr jetzt, dass meine Einmischung nicht ganz absichtslos war?»

«Mathilda möchte vielleicht hierbleiben.»

«Mathilda will nur eines, zurück nach Italien. Ich habe sie gefragt.»

«Im Grunde hast du an alles gedacht. Wir brauchen nur noch ja zu sagen.»

Er breitete seine Arme aus und lachte schallend.

«Nehmt es mir nicht übel. Ich hatte den Eindruck, man müsse euch ein bisschen nachhelfen, nur ganz wenig, damit ihr euch in Bewegung setzt.»

Er hatte recht. Als er aus Amerika zurückkam, waren wir vermutlich gerade dabei, ins Altsein hinüberzugleiten, doch er schüttelte uns. Was uns am Ende dazu veranlasste, Zürich schnell zu verlassen, war der Besitzer, der nach mehr als zehn Jahren einen neuen Versuch unternahm: Dieses Mal brauche er die Wohnung wirklich. Einer seiner Söhne werde heiraten.

Er überliess uns indessen «Bob's House», es gehörte ihm zwar immer noch, aber wir hatten ein Nutzungsrecht daran, so lange wir wollten. Wenn es nur nach ihm gegangen wäre, hätte er das Häuschen abreissen lassen. Weil wir es aber auf eigene Kosten renoviert hätten, sei dies ein gerechter Ausgleich. Wir behielten es lange als Pied-à-terre, als dann unsere Besuche in Zürich seltener wurden, konnten wir es einrichten, dass Urs, Mathildas Mann, es mieten konnte. Er wohnt noch heute dort.

Im Herbst richteten wir uns in Mailand ein. Es hatte nur ein paar Telefonanrufe, ein paarmal Ausgehen und ein paar Begegnungen gebraucht, um wieder Patienten zu haben. Schon im Jahr darauf mussten wir Leute abweisen.

Dann wurde ich von einem weiteren … na ja, sagen wir «Phänomen» überrumpelt. Eines Tages begegnete ich auf der Strasse Myriam, einer Frau, um die ich mich damals im Ambulatorium mehrmals zu kümmern gehabt hatte, insbesondere kurz vor meiner Abreise in die Schweiz, als sie nach einer schwierigen Schwangerschaft Zwillinge bekam. Wir erkannten uns ohne weiteres und gingen zusammen einen Kaffee trinken.

«Ich möchte Sie wieder treffen, Dottore. Ihnen meine Zwillinge vorstellen, denen sie auf die Welt geholfen haben, erinnern Sie sich?»

«Natürlich erinnere ich mich. Sie glaubten mir nicht, als ich Ihnen sagte, es sei noch ein zweites Kind in Ihrer Gebärmutter.»

«Stellen Sie sich vor, wie ahnungslos wir waren!»

«Wie alt sind jetzt Ihre Zwillinge?»

«Zweiundzwanzig. Wie durch ein Wunder überlebten sie den Krieg. Am Schluss waren sie im Widerstand und gingen unsinnige Risiken ein. Jetzt besuchen sie die technische Schule. Wir haben ihnen die Namen Piero und Paolo gegeben.»

«Aber ja, bringen Sie sie mit, ich freue mich darauf.»

Ich gab ihr meine Adresse und wir verabredeten uns für den nächsten Sonntag.

Am Sonntag läutete es zur vereinbarten Stunde an der Tür. Ich ging öffnen, aber nur die Pförtnerin war da.

»Dottore, unten sind mindestens dreissig Leute, die Sie besuchen wollen, ich habe sie in den Innenhof eintreten lassen, weil ich mir sagte ...»

«Dreissig Personen!» Ich dachte, sie übertreibe. «Ich komme mit Ihnen hinunter.»

Im Hof war in der Tat eine kleine Menschenmenge versammelt. Die Leute begannen zu applaudieren, als sie mich kommen sahen. Ich war baff und brachte kein Wort heraus.

Aber langsam erkannte ich das eine oder andere bekannte Gesicht – Frauen, die im Ambulatorium meine Patientinnen gewesen waren, die Zwillinge (die tatsächlich an ihrer Gleichheit zu erkennen waren) und ein paar Männer.

Dann trat ein Mädchen vor, überreichte mir Blumen und machte einen kleinen Knicks. Myriam ergriff das Wort.

«Ich habe in Ponte Seveso von Ihnen erzählt, und gleich wollten Sie alle sehen, deshalb dachten wir ... Bitte entschuldigen Sie die Störung, aber sie wollten wirklich alle dabei sein.»

«Meine Freunde», brachte ich schliesslich mit bebender Stimme hervor, «es rührt mich zu Tränen, dass ihr alle da seid.» Und ich war tatsächlich so ergriffen, dass ich plötzlich etwas sagte, was ich noch vor einer Minute für undenkbar gehalten hätte: «Während des Krieges verlor ich zwei meiner Söhne, drei meiner Enkelkinder und drei Schwiegertöchter, seither fühlte ich mich sehr allein. Ihr gebt mir ... Ihr gebt mir eine grosse Familie zurück.» Und dann weinte ich wirklich. Hinter mir standen die Pförtnerin, die sich, wie ich beiläufig sah, mit dem Handrücken die Tränen abwischte, sowie Francesco, Emmanuel und Alberto. Dieser machte einen Schritt auf mich zu, legte mir einen Arm um die Schultern und erklärte in spasshaftem Ton:

«Und weil ich der dritte Sohn bin, bedeutet dies, dass wir alle Brüder und Schwestern sind.»

Alle lachten, was mir Gelegenheit bot, mich wieder zu fassen, dann fingen alle gleichzeitig zu reden an. Jetzt erschien Mathilda mit zwei prallvollen Einkaufstaschen an den Armen.

«Ich habe Tee gemacht, und es gibt Süssigkeiten für alle.

Ich schlage vor, wir gehen dafür in den öffentlichen Garten des Castellos.»

Wir zogen als Prozession hinüber, und ich verbrachte einen so vollkommen unerwarteten Nachmittag, dass mir war, es sei ein Traum statt Wirklichkeit.

Seit jenem Tag spürte ich nie mehr diese Einsamkeit, die mich in Zürich jedes Mal heimsuchte, wenn ich an Martino und Gianni dachte. Sie waren zwar immer noch da, ich hatte das Gefühl, sie seien in mir, aber die anderen waren auch da.

Plötzlich wurde mir bewusst, dass wir aus der Zeit in der Schweiz eine ganze Reihe Bekannte hatten, die aber jetzt, als der Krieg vorbei war, nach Mailand zurückgekehrt waren. Das Haus war immer noch voller Freunde. Die Angst jedenfalls, mich in Mailand heimatlos zu fühlen, erwies sich als grundlos. Im Gegenteil, wir hatten immer Leute um uns.

Nach ein oder zwei Jahren, ich weiss es nicht mehr, bekam Alberto seine Stelle in Oxford und verliess uns. Aber Emmanuel blieb. Er studierte an der polytechnischen Schule Physik und hatte vor, sich später an einer grossen Universität im Ausland weiterzubilden. Einstweilen aber wohnte er bei uns und brachte viel Leben in unser tägliches Einerlei als Psychiater.

Mein Vermögen war inzwischen auf ein Minimum zusammengeschmolzen. Der Bankkontor, von dem die Giocondos gelebt hatten, existierte zwar noch, aber sehr bescheiden, und das kleine Vermögen, das Francesco geerbt hatte, war verschwunden. Das Haus in Saint Askin wurde seit Jahren von Leo und Neville unterhalten, und wir besassen abgesehen von unserer Wohnung nicht mehr viel – das bisschen Geld, das uns geblieben war, hatte viel von seinem Wert verloren. Es blieb uns also nichts anderes übrig, als zu arbeiten und unser Brot zu verdienen. Doch als ich das seelische Elend vieler erkannte, die sich keine Analyse leisten konnten, richtete ich eine Art Gruppentherapie ein, zu der ich Leute empfing, die sich – meist gleichzeitig in einer seelischen und materiellen – Notlage befanden. Und wie am Ende des vorigen Krieges gab es viele Leute in Not. Entsprechend meinem Grundsatz, dem ich immer gefolgt bin, verlangten wir von ihnen ein symbolisches Honorar. Die Patienten, die den vollen Preis zahlten, ermöglichten uns, auch den Mittellosen unsere Dienste anzubieten.

Emmanuel hatten wir es zu verdanken, dass wir anfingen, ins Kino zu gehen. Bis jetzt hatten wir uns kaum für diese Kunstrichtung interessiert, doch in den ersten Jahren nach dem Krieg sahen wir pro Woche mindestens drei Filme, was uns aber nicht daran hinderte, auch ins Theater und in die Oper zu gehen.

Kurzum, unser Alltagsleben war schnell ganz schön erfüllt. Und zum ersten Mal seit Jahren hatte ich – vielleicht nicht gerade Freude – aber immerhin wieder mein Vergnügen daran, am Leben zu sein.

XXV

1949 nahm ich schliesslich meinen ganzen Mut zusammen und fuhr mit Francesco und Emmanuel nach Saint Askin. Alberto kam später auch dazu. Das Haus stand leer, Neville, Mary und Thomas waren nach London zurückgekehrt, John war in Oxford. Thomas, den ich kaum kannte, bereitete sich darauf vor, Nachfolger seines Vaters im Bankkontor zu werden, ein Beruf, für den sich hingegen John keineswegs interessierte, er war ein ruhiger und irgendwie auch unbändiger Junge, er würde sich zur Literatur hingezogen fühlen, das war offensichtlich.

Für mich war es nicht leicht, an den Ort meiner Kindheit zurückzukehren, nachdem ich ihm zehn Jahre lang ferngeblieben war. Alles war mir vertraut, und doch war nichts wie früher. Die meisten Freunde aus meiner Kindheit und sogar aus meinem reiferen Alter waren tot. Seit Michaels Tod gab es keine Tatleys mehr in der Gegend. Um den Lidley-Besitz kümmerte sich seit Maisys und Lawrences Tod ein Gutsverwalter. Und im Hintergrund sah ich überall das Bild dieses Lochs, in welchem meine Kinder verschwunden waren. Ständig suchten mich Erinnerungen heim und bereiteten mir einen so tiefen Schmerz, dass er fast körperlich war.

Francesco ging es in seinem Kummer ähnlich. Er sagte nichts, aber nach der Art, wie er in den Klippen oder im Garten spazieren ging, die Hände auf dem Rücken, den Blick in die Ferne gerichtet, wusste ich, was er empfand. Dass er nicht darüber redete, bestätigte es geradezu. Francesco war schon immer ein Mann gewesen, der ein Problem zuerst löste und erst dann darüber sprach.

Bei anderen Gelegenheiten belebten Emmanuel und Alberto unsere Tage, sie brachten uns zum Lachen, verwickelten uns in hitzige Diskussionen über – sagen wir – den letzten Film, den wir zusammen gesehen hatten, riefen Francescos schallendes Lachen und seine bissigen Erwiderungen hervor, und mich zwangen sie dazu, ganz bei der Sache zu sein, um meine Argumente den drei gewitzten Debattierern gegenüber vertreten zu können, ich lebte dann ganz in der Gegenwart.

John De Vico verbrachte ein paar Wochen bei uns und freundete sich mit Emmanuel an. Ich war überrascht, dass sie sich körperlich ähnlich sahen – nicht gerade wie Brüder, aber doch mit gemeinsamen Zügen: Die Art und Weise, wie sich ihr Haar gebärdete, die Farbe, das Lächeln – man sah, dass sie verwandt waren und das verwunderte mich, denn sie sind nur Cousins dritten Grades. Ansonsten aber ist John ein stilles Wasser, mit hundert Prozent britischem und ausschliesslich literarischem Humor, sparsamem Lächeln und scharfen Äusserungen, während Emmanuel ein wunderliches und zungenfertiges Irrlicht ist.

Eines Morgens waren alle anderen auf einem Spaziergang, und ich blieb mit Mathilda allein, wir bereiteten schwatzend eine Mahlzeit zu. Da läutete es. In Saint Askin ist es noch eine richtige Glocke, ein Seil führt zu ihr in der Küche, wo sie fröhlich bimmelt. Als wir das Elektrische einrichteten, hatte ich beschlossen, sie so zu lassen, wie sie war, solange das Seil halten würde. Es hält immer noch.

Ich öffnete die Tür. Draussen stand eine Frau.

«Zadie, man sagte mir, ihr seid da.»

«Ehm …»

«Erkennst du mich nicht? Joyce. Joyce Barber. Deine Exschwiegertochter.»

Sie war immer noch sehr schön, hatte sich aber doch verändert seit der Zeit, als sie Giannis (sehr junge) Frau gewesen war. Wir begrüssten uns überschwenglich.

«Von Zeit zu Zeit verbringe ich ein paar Wochen in dem grossen Haus», erklärte mir Joyce. «Gestern sagte man mir, dass ihr gekommen seid, weshalb …»

«Komm, setz dich und erzähl.»

Wir setzten uns in den Garten.

«Nach meiner Scheidung lernte ich einen Jungen kennen, den ich kurz vor Kriegsausbruch geheiratet habe. Dann trennte uns der Krieg. Er war Flieger, seine Maschine wurde über Deutschland abgeschossen, er kam mit dem Leben davon und wurde Kriegsgefangener. Auch ich engagierte mich, diente als Fahrerin für alle möglichen Offiziere und hochgestellten Persönlichkeiten, zuerst hier, dann in Frankreich, in Deutschland, überall.»

«Und dein Mann?»

«Das Rote Kreuz hatte seine Spur verloren, man hielt ihn für tot. Doch in München begegnete ich ihm eines Tages auf der Strasse. Glaub mir, Zadie, einfach so. Ich traute meinen Augen nicht. Du hättest ihn sehen sollen. Er war in Lumpen, und man fragte sich, wann er zum letzten Mal eine richtige Mahlzeit zu sich genommen hatte. Er war geflohen, aber nach der Befreiung Deutschlands verschlug es ihn in alle Richtungen. Als er den Russen in die Hände fiel, wollten die nicht glauben, dass er Engländer war, sie verdächtigten ihn, ein verkleideter Nazi zu sein und wollten ihn in die UdSSR deportieren. Er musste noch einmal fliehen, und daraufhin bekam ich ihn wieder.»

«Seid ihr zusammengeblieben?»

«Weisst du was, Zadie? Vorher mochten wir uns gern, mehr nicht. Unsere Heirat war eine Kopfangelegenheit, keine Herzenssache. Als wir uns wiederfanden, war es ein wenig, als ob wir uns gar nicht kannten. Und dann überkam uns die Liebe wie ein Blitz aus heiterem Himmel. Jetzt lieben wir uns wie verrückt.» Sie seufzte. «Leider ist es zu spät für Kinder. Vorher hatte ich keine gehabt und während sieben Jahren wurde ich nicht schwanger.» Es gab eine Pause, und ich bin mir sicher, dass wir beide ans Gleiche dachten, an das Kind, das sie mit Gianni gehabt hatte. Sie sprach weiter: «Ich war sehr traurig wegen Jonathan, Martin und den anderen, Zadie, ich habe oft an dich gedacht. Aber die Umstände waren so, dass ich es dir nicht sagen konnte.»

Es fiel mir sehr schwer, meine Stimme unter Kontrolle zu halten.

«Danke, Joyce. Das war etwas vom Grauenhaftesten in meinem ganzen Leben.»

«Warst du in Falmouth?»

«In Falmouth? Nein. Was sollte ich da?»

«Hat dir Daria nichts gesagt?»

Ihre Frage versetzte mich in Erstaunen.

«Weisst du, als wir uns das letzte Mal in der Schweiz sahen, Daria, Jacqueline und ich, war die Stimmung derart gefühlsbetont, dass wir bestimmt einiges vergessen haben. Was hätte sie mir denn sagen sollen, Joyce?»

Sie sah mich an.

«Du hast den Verlust ganz bestimmt noch nicht wirklich hingenommen.»

«Wie soll ich denn den Verlust hinnehmen. Für mich ist ihr Tod irgendwie abstrakt geblieben.»

«Wenn ich deine Psychoanalytikerin wäre …», sagte sie mit einem versteckten Lächeln. Dann legte sie eine Pause ein.

«Ja, wenn du meine Psychoanalytikerin wärst?»

«Wenn ich deine Psychoanalytikerin wäre, würde ich dir raten, auf dem Friedhof von Falmouth eine Feier zu veranstalten, denn ich gehe davon aus, dass die Art und Weise, wie es geschehen ist, in dir eine Leere hinterlassen hat.»

«Auf dem Friedhof von Falmouth, was soll das?»

Sie machte eine verwirrte Handbewegung.

«Die De Vicos haben dir also auch nichts gesagt?»

«Was hätten sie alle mir denn sagen sollen?»

«Als wir erfuhren, was geschehen war und über die Identität der Opfer Bescheid wussten, bat ich um Urlaub und ging nach Falmouth. Vom Haus war wirklich nichts übrig geblieben, aber wir haben trotzdem etwas Schutt eingesammelt, in eine Büchse gefüllt und auf dem Friedhof bestattet. Wir liessen auch einen Grabstein mit ihren Namen anfertigen, um uns von ihnen zu verabschieden und sie zu betrauern. Der Pfarrer sprach das Totengebet. Alle vom Barber-Clan Übriggeblieben waren da, auch viele Leute von Falmouth, und Mary De Vico ist gekommen, um dich zu vertreten, sozusagen.»

Ich war zwischen widersprüchlichsten Gefühlen hin- und hergerissen. Einerseits machten diese Einzelheiten meinen Schmerz noch unerträglicher, andererseits war ich böse, weil Neville mir nichts gesagt hatte, wobei mir schon klar war, dass er das getan hatte, um mich zu schonen. Und ausserdem war ich erleichtert, dass es ein, wenn auch nur symbolisches Grabdenkmal gab.

Joyce sah mich eindringlich an, ich nehme an, sie konnte einige meiner Gefühle von meinem Gesicht ablesen. Sie nahm mich bei der Hand.

«Komm, ich bin mit dem Wagen unterwegs, wir fahren gleich hin.»

«Aber die anderen ...»

«Wir fahren jetzt und organisieren etwas, und morgen oder übermorgen fahren wir alle hin.»

Es war zu verlockend.

«Fahren wir.»

Wir gingen in die Küche, und ich erklärte Mathilda die Situation.

«Fahren Sie, fahren Sie!», rief sie sofort. «Ist es weit?»

«Eine Dreiviertelstunde, denke ich.»

«In diesem Fall bereite ich Sandwiches für unterwegs zu.»

Im Handumdrehen waren die Sandwiches fertig – Mathildas Tüchtigkeit konnte einem Komplexe einjagen –, und wir fuhren los. Der Weg war mir bekannt, ich war darauf gefasst, dass es weh tun würde. Aber mir wurde klar, dass Joyce recht hatte. Neun Jahre nach ihrem Tod hatte ich meine Söhne noch immer nicht beerdigt, und zu wissen, dass ich es nun tun konnte, absorbierte den Schmerz, hob ihn gewissermassen auf.

Nach einer Viertelstunde sagte Joyce:

«Ich könnte ein Sandwich vertragen.»

Ich holte sie aus dem Korb hervor, reichte ihr eines, und weil wir schon dabei waren, ass ich auch eins.

Sonst sprachen wir während der Fahrt nicht. Nach weniger als einer Stunde stellten wir das Auto vor dem Friedhof ab.

Der Grabstein war aus hellem Granit, alle ihre Namen waren eingraviert. Mrs Steen beschloss die Liste. In einer Vase standen fast frische Blumen. Ein eigentümlicher Friede stieg in mir hoch. Ich wusste, dass ihre Körper nicht unter dieser Platte lagen, und ans Jenseits glaube ich nicht. Aber in diesem Augenblick, Hand in Hand mit Joyce, hatte ich den Eindruck, dass ich von meinen Söhnen umarmt wurde. Ich weinte. Joyce auch. Aber es waren keine Tränen des Kummers mehr, sondern der Rührung.

Wir blieben vielleicht eine Viertelstunde, dann machten wir uns auf den Rückweg, ohne uns abgesprochen zu haben und ohne etwas zu sagen. Doch Joyce hatte wirklich die richtige Eingebung gehabt. Zum ersten Mal seit langem war es mir nicht mehr unerträglich, an Gianni und Martino zu denken. Jetzt galt es nur noch, die Pilgerschaft zu Ende zu führen.

«Lass uns den Ort ansehen, wo das Haus gestanden hat.»

Wir stiegen wieder ins Auto, Joyce fuhr los, zur Bucht hinunter.

Das Haus war wiederaufgebaut worden, sozusagen originalgetreu, denn es lag in der Gegend, die man als «historisches

Zentrum» bezeichnete. Trotz der Ähnlichkeit berührte es mich aber nicht. Die Angst, hierherzukommen, verflüchtigte sich, und das Bild dieser ruhigen Strasse verdrängte jenes des gähnenden, blutgetränkten Abgrunds, das ich neun Jahre lang mit mir herumgetragen hatte.

Eine Stunde später waren wir zurück, die anderen sassen noch zu Tisch. Mathilda hiess uns Platz nehmen und servierte uns ohne zu fragen das Mittagessen. Einen Moment lang war es ganz still.

«Es hat mir gutgetan», sagte ich dann. Es war, als ob ich den kollektiven Seufzer der Erleichterung gehört hätte. «Ich schlage euch vor, dass wir morgen alle gemeinsam hinfahren und frische Blumen mitnehmen.»

Und das taten wir auch.

Während ich am Grab die Blumen herrichtete, vergossen alle einige Tränen.

«Addio, carissimi», sagte Francesco halblaut. Dieser Satz fasste das allgemeine Empfinden zusammen, und ich dachte schon, wir würden schweigend wieder gehen, aber Emmanuel, der sich kurz entfernt hatte, kam mit Albertos Geige und seinem Cello wieder. Als er seinem Vater die Geige reichte, sagte er:

«Lieber Onkel Martin, lieber Onkel Jonathan, ich habe euch nicht gekannt, aber Papa redete von euch in einer Art, als ob ihr meine Freunde gewesen wäret. Ich verspreche euch, alles zu tun, damit sich das, was euch passiert ist, nicht wiederholen kann, aber weil die Welt so ist, wie sie ist, bin ich nicht sicher, ob ich mein Versprechen halten kann. Ich kann euch nur versichern, dass ich mein Bestes tun werde.»

Zu meiner grossen Verwunderung trat auch John vor, das passte gar nicht zu ihm.

«Auch ich verspreche euch, mein Bestes zu tun, damit die Welt in Frieden leben kann.» Es gab eine Pause. «Wenn uns der Kalte Krieg die Wahl lässt», schloss er.

Darauf spielte Alberto die *Chaconne* von Johann Sebastian Bach, ein Stück, das unsere Familie begleitete, seit er es als Kind eingeübt hatte. Dann spielten Emmanuel und er im Duo eine der *Englischen Suiten* des gleichen Komponisten. Das war viel besser als es jede wie auch immer geartete Predigt hätte sein können. Anschliessend gingen wir zum Meer hinunter, ich fand das «Old Mariner» wieder, und wir nahmen dort so etwas wie das Leichenmahl zu uns.

Auf dem Rückweg im Auto nahm John meine Hand, (was ihm auch nicht ähnlich sah) und sagte nach vielen «Ehms» und «Hms»:

«Weisst du, Zadie, Papa und Mamma wollten dir damals nichts sagen, weil wir nicht wussten, was geschehen würde. Auch der Friedhof hätte bombardiert werden können. Und als Papa zu dir nach Bern kam …»

«Nach Zürich.»

«Ja, als er in die Schweiz kam, sah er, wie gross deine Trauer war und brachte einfach den Mut nicht auf, mit dir darüber zu reden. Nimm es ihm nicht übel, Zadie, und sag ihm nichts. Ich werde ihm klarmachen, dass seine gutgemeinten Gefühle fehl am Platz waren, dass er dir schweigend mehr weh getan hat, als wenn er dir alles erzählt hätte.»

Er verkündete dies in einem so professoralen Ton, dass ich

lachen musste, und dabei liessen wir es bewenden. Ich tat, wie er mir gesagt hatte, und zwischen Neville und mir waren Martino und Gianni nie mehr ein Thema. Auf der Rückreise nach Mailand machten wir bei ihm für zwei Tage halt und redeten nur über Finanzielles. Der Bankkontor De Vico – unterdessen zur Bank Vico geworden –, verwaltete immer noch, was von meinem Vermögen übrig geblieben war.

Bei dieser Gelegenheit sah ich die überall noch gegenwärtigen Spuren der Zerstörung in London. Die strahlende Kapitale der Jahrhundertwende gab es nicht mehr. Ruinen überall. Gähnende Löcher zwischen den stehengebliebenen Häusern, Berge von Schutt. Die Londoner waren schlecht gekleidet, und die einstige Üppigkeit war unübersehbar nicht mehr vorhanden.

Leo und seine Frau kamen an einem Abend zum Essen zu Neville, sie wohnten in Hampstead. Leo sah eher aus wie der Sohn seiner Frau und nicht wie ihr Mann, aber er nahm sich ihrer in berührender Gewissenhaftigkeit an.

«Du erstaunst mich, Leo. Du alterst nicht.»

Er lachte schallend.

«Aber wer sagt denn so etwas? Was ist denn mit dir? Noch jugendlicher als du und man stirbt daran, oder vielmehr, man stirbt nicht.»

Ich suchte nach einer Erklärung. Ich muss sagen, dass ich seit einiger Zeit oft Bemerkungen dieser Art zu hören bekam. Und sie waren geeignet, mir auf die Nerven zu gehen. Sie unterstellten häufig, dass eine ältere Person definitionsgemäss eine Ruine zu sein hatte. Musste man sich wirklich als Greis verkleiden, weil man an Jahren älter geworden war? Oder nur noch dummes Zeug reden?

«Weisst du, eine meiner Schwächen war schon immer, mit der Mode Schritt halten zu wollen», gab ich zur Antwort. «Nun … wie soll ich sagen? Vielleicht, dass die Kostüme von Chanel täuschen.»

«Es ist nicht nur das. Du hältst dich gerade wie ein Pfahl und du trägst keine Brille.»

«Doch, doch, manchmal abends, um zu lesen.»

«Und du hast schöne Beine.»

«Leo, ich bitte dich! Hör auf damit!»

«Ich höre auf unter der Bedingung, dass du mir nicht widersprichst, Zadie. Du bist jugendlich.»

«Wenn du meinst. Reden wir von etwas anderem.»

Beruhigt fuhren wir nach Mailand zurück. Das Schicksal hatte es gewollt, dass wir ausser ein paar Erkältungen nie krank gewesen waren. Aber wenn man objektiv über unser Alter sprach, musste ich eingestehen, dass unsere hervorragende Gesundheit nicht üblich war und dass wir beide von einem Tag auf den anderen hätten krank werden und sterben können. Es tat mir gut zu wissen, dass wir uns, was auch immer geschehen mochte, zwar keine Verrücktheiten leisten konnten, aber dass uns bis auf unseren Schicksalstag nichts fehlen würde. Ich wollte Alberto nicht zur Last fallen, und Francesco schloss aus, seine Familie je um Hilfe zu bitten, dafür war das Verhältnis mit seiner Verwandtschaft nie eng genug gewesen.

So gingen einige Jahre dahin, Sommer in Cornwall, Winter in Mailand, wo wir unsere Patienten versorgten.

John verbrachte ein Studienjahr bei uns, er wollte Italienisch lernen, damit er Dante im Original lesen konnte, er belegte dafür Kurse an der geisteswissenschaftlichen Fakultät und führte zusammen mit Emmanuel ein wildes Leben. Er würde bald seine Studien abschliessen und auf eigenen Füssen stehen. Emmanuel ging später für ein Jahr nach Oxford, wo er unter anderem auch bei seinem Vater studierte, der in einem Forschungslabor tätig war und einen Lehrstuhl für theoretische Mathematik innehatte.

Als er von Oxford zurück war, erklärte uns Emmanuel eines Tages, er werde heiraten. Er hatte Rosalie, eine Italienerin kennengelernt, in die er sich bis über beide Ohren verliebt hatte.

Zum ersten Mal in meinem Leben fand ich die Partnerin eines meiner Angehörigen diesem unwürdig. Diese junge Person war (und ist) von einer umwerfenden Schönheit. Aber das geübte Auge der Psychoanalytikerin stellte rasch fest, dass sie abgesehen von einer krassen Unwissenheit, die behoben werden konnte und keine grosse Bedeutung hatte, eingebildet, oberflächlich und ganz und gar selbstbezogen war, eine verwöhnte Göre. Das ging so weit, dass ich mich fragte, warum sie ausgerechnet Emmanuel heiraten wollte. Er selber war furchtbar in sie verliebt, und ich vermutete, dass Rosalie vor allem in die Liebe verliebt war, die ihr Emmanuel entgegenbrachte und nicht in Emmanuel selber. Ich kenne dieses Phänomen gut, ich konnte es bei nicht wenigen meiner Patienten beobachten.

Natürlich sprach ich mit niemandem über diese Angelegenheit. Wobei es mit Francesco gar nicht nötig war. Eines

Abends bemerkte er während unserer üblichen geflüsterten Unterhaltung im Bett nur:

«Emmanuels Wahl beweist, dass die höhere Intelligenz im intellektuellen Bereich bei manch anderen Dingen wie zum Beispiel den Gefühlen unterentwickelt bleibt.»

«Glaubst du, dass sie glücklich werden?»

«Schwer zu sagen. Ich möchte zu gern wissen, was Emmanuel zu erleiden hatte, als Noemi Alberto verliess. Er muss einen Schock erlebt haben, der jetzt seine Auswahl bestimmt. Ich weiss nicht, ob sich eine solche Ungleichheit in der heutigen Gesellschaft halten kann. Als ich so alt war wie er, stellte sich diese Frage nicht. Man heiratete, und damit hatte es sich, man arrangierte sich für den Rest seiner Tage. Aber sie ...»

Ich stiess mit meinem Ellbogen zu.

«So, so, du hast dich also mit mir für den Rest deiner Tage arrangiert.»

Er lachte in die Dunkelheit hinein und drückte mich an sich.

«Natürlich. Ich musste sogar ziemlich schuften, damit du mich nicht vor die Tür gestellt hast.»

Jetzt war ich dran mit Lachen.

«Kurz und gut, wir haben uns beide arrangiert.»

«Genau.» Wir kicherten, dann fuhr er fort: «Aber wir reden nicht mit ihm darüber, und ich habe auch nicht vor, es mit Alberto zu tun.»

«Den ich im Verdacht habe, in Oxford ein flatterhaftes Gefühlsleben zu pflegen, denn ich glaube nicht einen Augenblick, dass es ihm an gesundem Appetit fehlen könnte.»

«Was wieder einmal beweist, dass die Reife ... und so weiter, siehe oben. Nur dass er bis ans Ende seiner Tage ihr Mann geblieben wäre, wenn sie ihn nicht verlassen hätte.» Er dachte kurz nach. «Ich befürchte, dass Emmanuel leiden wird, wenn er eines Tages begreift, dass er eine schlechte Wahl getroffen hat. Und es besteht die grosse Chance, dass wir an jenem Tag nicht mehr da sein werden, um ihm zu helfen.»

Dies alles hielt uns nicht davon ab, ein Hochzeitsfest zu organisieren, wie es sich gehörte. Mathilda überbot sich selbst wie üblich. Dank der Findigkeit und all der Listen, die sie während des Krieges unter Beweis zu stellen hatte, wurde sie mit den Jahren eine bemerkenswerte Köchin. Sie ist für mich ebenso wie Joséphine eine liebe und kostbare Freundin, und was das Kulinarische anbetrifft, schlägt sie Joséphine haushoch.

Alberto kam aus Oxford.

Getreu unserem Ratschluss sagten wir ihm nichts, und er selber machte zwischen zwei Bissen nur eine beiläufige Bemerkung.

«Ich habe versucht, meinem Sohn diese Heirat auszureden, aber in solchen Dingen sind die Wege des Menschen verschlungen, und als ich sah, wie entschlossen er war, hielt ich den Mund.»

Francesco begnügte sich mit einem: «Das einzig wirklich Vernünftige», und wir sprachen nicht mehr darüber.

Kurz darauf erhielten wir von John, der nach England zurückgekehrt war und in Cornwall eine Anstellung als Lehrer an einem Gymnasium erhalten hatte, die Ankündigung seiner Hochzeit mit einer jungen Frau, die den poetischen Namen Hermione trug.

«Liebe auf den ersten Blick, Zadie», sagte er mir am Telefon, und ich dachte, das müsse wohl in der Familie liegen. Nach einer kurzen Pause fügte er hinzu: «Hermione wird nächste Woche ein Kind bekommen.»

«Aber das Kind ist von dir?»

«Zadie, ich bitte dich! Natürlich ist es von mir. Die Liebe auf den ersten Blick ist neun Monate alt. Ich glaube, es ist an dem Tag gezeugt worden, als wir uns kennengelernt haben. Oder am Tag danach. Ich sage es nur dir, Zadie.»

«Ich schweige wie das Grab, mach dir keine Sorgen.»

«Wenn es ein Knabe ist, nennen wir ihn Simon, wie mein Urgrossvater, dein Bruder.»

«Gute Idee.»

Ich versuche mich an die Zeit zu erinnern, als Francesco anfing, schwächer zu werden. Vor oder nach diesen Hochzeiten? Schwer zu sagen. Geistig blieb er sich treu. Er empfing weiterhin Patienten. Jeden Morgen machte er einen Spaziergang im öffentlichen Park, der das *Castello Sforzesco* umgab, nur gerade zwei Schritte von uns. Aber dann kehrte er eines Morgens ganz bleich zurück. So wie er aussah, fragte ich mich, ob er nicht eine Herzattacke erlitten hatte. Es brauchte Überzeugungsarbeit, aber schliesslich willigte er ein, einen Kardiologen aufzusuchen, einen Bekannten von uns und eine Kapazität. Er diagnostizierte eine Angina pectoris.

«Ermüden Sie sich nicht zu sehr, es ist eine Krankheit, die Sie während langer Zeit in Ruhe lässt, wenn Sie sich schonen. Aber ich kann Ihnen nichts versprechen, sie kann Sie auch von einer Sekunde auf die andere umbringen.»

Als wir wieder zu Hause waren, nahm er mich in seine Arme.

«Zaza, der Gedanke, dich verlassen zu müssen, macht mich wirklich traurig. Aber ich werde mich nicht schonen. Ich bin bald fünfundneunzig, ich hatte ein wunderbares und sehr interessantes Leben, abgesehen von unseren Unglücksfällen. Jetzt fange ich nicht plötzlich an, unter dem Vorwand, es um ein paar Wochen oder Monate verlängern zu können, ein fades Leben zu führen.»

Ich gab mir Mühe, nicht zu weinen, aber er hatte recht, ich hätte selber nicht anders gedacht.

«Du führst das Leben, das du willst, mein Freund, wie du es schon immer getan hast.»

«Wenn ich dich verlasse …»

«Es wird ohnehin nicht für sehr lange sein», sagte ich scherzhaft, und wir lachten gemeinsam darüber.

«Ich wollte sagen, wirst du, wenn ich dich verlasse, auf Emmanuel aufpassen?»

«Ich verspreche es dir. Solange ich da bin, werde ich tun, was ich kann.»

Er hielt weiterhin seine Sprechstunden ab. Verzichtet hat er nur auf seinen Morgenspaziergang im Schlosspark. Es dauerte einige Monate. Gestorben ist er an einem Morgen. Er war in die Küche gegangen, um Mathilda um eine Tasse Kräutertee zu bitten. Plötzlich schrie sie:

«Signora! Kommen Sie schnell.»

Für den Bruchteil einer Sekunde sah ich mich in die Nacht versetzt, als Joséphine mich wegen Basil wecken kam. Francesco war tot, ich wusste es bereits. Ich rannte in die Küche, und wir versuchten ihn wiederzubeleben, doch der Faden war durchtrennt, und Francesco hätte es nicht geschätzt, wenn wir weitergemacht hätten, da war ich mir ganz sicher.

Ich wollte Mathilda helfen, ihn auf unser Bett zu tragen.

«Das kommt gar nicht in Frage. Er ist zu schwer. Setzen Sie sich.» Sie drückte mich in einen Sessel, «ich kümmere mich darum.»

Dann haben wir ihn umgezogen, gekämmt und rasiert. Die Tränen flossen abwechselnd, und wir trösteten uns gegenseitig. Ich rief Emmanuel an, kurz darauf war er da.

«Meine arme Zadie!»

«Er hatte einen sehr schönen Tod, weisst du. Wie er ihn sich gewünscht hat. In einer Sekunde war er weg. Ich bin nicht traurig.»

«Aber du weinst …»

«Sechzig glückliche Ehejahre, Emmanuel. Manchmal haben wir uns gestritten, aber um Ideen und nie wegen uns als Paar. Wir haben uns nie überworfen. Ich fühle mich allein, spüre seine Abwesenheit, ich bedaure ihn, er fehlt mir. Aber ich bin nicht traurig.»

Wir organisierten ein ausschliesslich ziviles Begräbnis, Francesco und ich hatten immer gesagt, dass wir uns das wünschten, und schon vor zwanzig Jahren hatten wir uns gegenseitig versprochen, dass derjenige, der überlebte, den Wunsch des anderen respektieren würde.

Aus England kam meine ganze Familie, sogar Joyce und ihr Mann Derek nahmen die Reise auf sich. So hatte ich Gelegenheit festzustellen, dass sie die Heirat zustande gebracht hatte, von der meine Mutter für mich geträumt hatte. Derek, der «Junge», den sie in Lumpen auf den Strassen Münchens wiedergefunden hatte, war steinreich und gehörte zum britischen Hochadel, eine von jenen Familien, die bis auf Eleonore von Aquitanien zurückgehen – oder doch fast. Ein schöner Mann, keinerlei Überheblichkeit, sehr verliebt in Joyce, das lag auf der Hand. Wir sehen uns oft. Die Giocondos kamen in Massen, und jetzt erst konnte ich ermessen, wie sehr sie sich mit ihrem Onkel und Grossonkel verbunden fühlten, obwohl er ihnen nie besondere Aufmerksamkeit geschenkt hatte.

«Zia Zaïda, bist du sicher, dass du allein zurechtkommst?», erkundigten sich viele von ihnen.

«Ich bin nicht allein. Ich habe Mathilda, Emmanuel, Rosalie. Und ich habe meine Arbeit.»

Es war klar, dass ich sie nicht würde überzeugen können. Die *Inglesi* gehörten nicht zu ihrer Welt. Sie mussten mich sonderbar finden. Eine Frau meines Alters, die noch arbeitet, das allein war schon etwas Besonderes. In ihrer Welt verbrachten die Senioren ihre Zeit in einem Sessel, trugen keine Chanel-Kostüme und Schuhe mit hohen Absätzen. Sie sagten es zwar nicht, aber ich sah sehr wohl, dass ich ihnen ein bisschen verdächtig vorkam, nicht ganz ehrenhaft, mich umgab in ihrem Denken ein Geruch von Skandal, das konnte ich ebenso deutlich aus ihrer Haltung ablesen, wie es auf ihrer Stirn geschrieben stand. Aber gut, ich wollte mich jetzt nicht damit beschäftigen, was sie dachten, nachdem ich sie mein ganzes Leben lang nicht beachtet hatte.

Aber Emmanuel bemühte sich, herzliche Beziehungen mit ihnen allen aufzubauen, und das ist gut so. Eine grosse Familie war vielleicht das, was er jetzt am allermeisten brauchte.

XXVI

Die Rede ist von der Zeit vor knapp zwei Jahren, aber es fällt mir schwer, mich an den Anfang meiner Witwenschaft zu erinnern. Wie habe ich es geschafft, allein zu leben, nachdem ich sechzig Jahre lang ununterbrochen mit einem Gefährten zusammengewesen war?

Allein ist natürlich ein grosses Wort, denn in Wirklichkeit hatte ich ja viele Leute um mich herum. Alberto nützte die Semesterferien in Oxford, um mehrere Wochen zu Hause zu verbringen. Emmanuel besuchte mich fast jeden Tag. Allein. Rosalie hatte eine Stelle als Empfangsdame in einem Hotel gefunden, die ihr sehr zusagte. Kurz bevor sie Emmanuel kennengelernt hatte, hatte sie Kurse an einer privaten Institution belegt, die sie als «Hotelfachschule» bezeichnete.

«Am Empfang eines Hotels Gastgeberin zu sein, das ist ein Beruf, ein verantwortungsvoller Posten», erklärte sie mir in leicht herablassendem Ton, «es ist auf jeden Fall eine Berufsgattung, die man pflegen muss. Hört man für zu lange Zeit auf, ist man nicht mehr auf dem Laufenden und nicht mehr in der Lage, die Kundschaft verlässlich zu informieren. Und ausserdem habe ich keine Lust, vollständig von meinem Mann abhängig zu sein. Ich weiss, dass die Gesellschaft von einer verheirateten Frau erwartet, zu Hause zu bleiben. Aber nehmen wir einmal an, es würde Emmanuel etwas zustossen – was würde dann aus mir ohne Beruf?»

Ich hatte eine junge Patientin mit ähnlichen Ansichten,

und ich muss sagen, dass es mich sehr befriedigt festzustellen, wie sich die jungen Frauen von heute für unabhängig erklären. Das macht sie frei, und in gewisser Weise befreit dies auch ihre Partner.

Aber diesen schönen Reden zum Trotz fiel es mir am Anfang meiner Witwenschaft sehr schwer, ein unabhängiges Leben zu leben. Ich hatte mich so sehr daran gewöhnt, zu zweit zu sein, keine wichtigen Entscheidungen zu treffen, ohne vorher mit dem anderen gesprochen zu haben ... Ich sah das nicht als Abhängigkeit, aber war das auch wirklich so? Es stimmt, dass ich mein ganzes Leben gearbeitet habe und ich materiell nie von meinen Ehemännern abhängig gewesen bin, weil ich von Anfang an in privilegierten Verhältnissen lebte. Ich hatte einen grosszügigen Vater, einen fortschrittlichen, würde man heute sagen, und ich verfügte über persönliches Vermögen, das mir jede Not ersparte. Deshalb musste ich weder meine Rechte verteidigen noch überhaupt in solchen Kategorien denken. Ich erinnere mich an Michael Tatley, der gesagt hatte, Basil und ich hätten mit unserer Heirat und später, als ich nach Zürich ging, um studieren zu können, sämtliche Tabus gebrochen. Das ist zweifellos wahr, aber es geschah sozusagen blind, ohne dass ich gross darüber nachgedacht hätte, ohne Theorie und ohne vorher einen entsprechenden Anspruch angemeldet zu haben. Man ganzes Leben verlief so, vielleicht instinktiv, ohne Berechnung und lange Analysen. Und ich hatte Gefährten, die mich diskussionslos akzeptierten.

Zudem war es für mich einfacher, Kinder zu haben, als für die jungen Frauen, denen ich heute begegne. Mein ganzes Leben lang hatte ich immer Dienstpersonal. Wenn ich meine Mutter gewesen wäre, hätte ich gleich zwei Dutzend Angestellte gehabt. Weil ich aber ich war, hatte ich nur Joséphine, dann Joséphine und Michael, dann Valeria und schliesslich Mathilda, aber bei jeder Geburt konnte ich die Dienste eines Kindermädchens in Anspruch nehmen, und wenn das Kindermädchen weg war, war immer noch die Dienerschaft da. Die jungen Frauen von heute haben nicht mehr die Möglichkeit, sich diesen Luxus zu leisten. Jene, die früher unsere Bediensteten waren, gehen heute lieber in Fabriken, Geschäften und Büros arbeiten – und das ist besser so.

Ich bin mir nicht sicher, ob die Mechanisierung ein Fortschritt ist, denn seit einem Dreivierteljahrhundert höre ich die Klagen über das Verschwinden eines Dutzends von Berufen, was mich immer zu Fragen veranlasst hat, andererseits bin ich immer noch sehr beeindruckt davon, dass wir unsere Wäsche per Knopfdruck waschen können. Selbst im Jahr 1880, als wir spartanisch in Zürich lebten, war die Wäsche eine grosse Sache. Ein- oder zweimal pro Monat wurde eine Wäscherin engagiert, zwei Tage brauchte sie allein, um den Waschherd einzuheizen, die Wäsche einzuweichen, zu reiben, zu spülen und aufzuhängen – wer macht sich ein Bild davon, wie anstrengend das war? Am Tag, als an der Via Vincenzo Monti das Wunderding Waschmaschine Einzug hielt, wurde das Wäschewaschen ein Kinderspiel.

Ich kann deshalb sehr gut verstehen, dass Rosalie lange zögerte, ein Kind zu bekommen. Sie war erst neunzehn, als sie heiratete, aber das ist keine Altersfrage. Sie befürchtete zu

Recht, alle Freiheit zu verlieren, wenn sie Mutter würde. Ich brauchte mir deswegen nie Sorgen zu machen und ich mache mir übrigens auch ihretwegen keine allzu grossen. Sie ist vollkommen narzisstisch veranlagt, und das ist ein Schutz für sie: Sie zuerst. Ich hatte genügend Patientinnen wie sie, um zu wissen, dass man mit dieser Haltung immer davonkommt. Wenn schon Sorgen, dann eher Emmanuels und des zu erwartenden Kindes wegen.

Aber ich schweife ab.

Als Alberto nach Oxford zurückkehrte, nutzten Mathilda und ich die Gelegenheit, uns mit ihm nach Saint Askin zu begeben. Es war Ende Juli, eine Zeit, zu der Mailand ganz besonders unerträglich ist, es ist heiss, die Stadt staubig und von ihren Einwohnern verlassen; sie halten sich entweder am Meer oder in den Bergen auf – egal wo, Hauptsache, man kann der *Vampata d'agosto*, den Hundstagen im August, entfliehen. Meine Patienten machten da keine Ausnahme, also verreiste ich.

Nachdem ich mich in Saint Askin eingerichtet hatte, wurde ich von unerwarteten Gefühlen heimgesucht. Ich war während so vieler Jahre mit Francesco hierhergekommen, dass mir schien, das Haus habe im Vergleich zu meiner Ehe mit Basil eine neue Gestalt angenommen. Aber es genügte, dass Francesco nicht mehr zu sehen war, damit das, was ich Basils Gespenst nannte, wieder erschien, als ob es sich Francesco gegenüber ruhig verhalten hätte, sich aber jetzt, da ich allein war, die Freiheit nahm, wieder zu erscheinen. Ich verbrachte einige sehr unangenehme Tage oder Wochen, bevor ich den Ratschlag beherzigte, den ich meinen Patienten ohne jeden Zweifel gleich am ersten Tag erteilt hätte: Sich nicht gegen das Gespenst zur Wehr setzen, ihm Platz einräumen, es machen lassen.

«Sie sollten versuchen, Ihre Erinnerungen aus der Zeit niederzuschreiben, als dieses Gespenst noch eine lebende Person war», hätte ich Zadie ganz bestimmt geraten, wenn sie meine Patientin gewesen wäre.

Aber Schuster tragen bekanntlich die schlechtesten Schuhe, weshalb es einige Zeit dauerte, bis ich so weit war, aber dann fing ich an. Ungeschickt versuchte ich meine Begegnung mit Basil zu erzählen. Seit etwa siebzig Jahren schreibe ich problemlos Anamnesen, aber nichts erschien mir schwieriger, als meine eigene zu verfassen. Zehnmal fing ich wieder von vorne an, ich weiss nicht, wie viele Blätter ich wegwarf – die Sache misslang vollkommen, aber immerhin war ich beschäftigt, was das Gespenst für eine gewisse Zeit besänftigte.

So besänftigt, dass ich eines Morgens aufstand und zu Mathilda sagte:

«Kommen Sie mit mir auf den Dachboden, wir wollen das Atelier ausräumen.»

Wir räumten den Plunder fort, gingen mit dem Staubsauger zu Werk, und nach dem Abstauben putzte Mathilda sogar das Glasdach. Ich hatte vorgehabt, alles wegzuwerfen, aber als einmal saubergemacht war, fand ich das nicht mehr so unbedingt nötig.

«Sie sollten das Atelier lassen, wie es ist, solange Sie es nicht für etwas anderes brauchen», bemerkte Mathilda, und das gab für mich den Ausschlag. Wir stellten die Staffelei wieder auf, plazierten darauf das einzige verbliebene Bild, ein Akt von mir, als ich achtzehn war, und ordneten die Entwürfe. Es gab auf losen Blättern oder in Heften Hunderte davon.

«Ich muss eine Bibliothek finden, die bereit ist, sich der Sache anzunehmen», entschied ich. Der Wert von Basils Bildern, der bis etwa zehn Jahre nach seinem Tod bescheiden geblieben war, begann um 1900 zu steigen, dann ging es hinauf und hinunter, und jetzt, gegen Ende der fünfziger Jahre, war er bemerkenswert hoch. Die Skizzenhefte mussten ein kleines Vermögen wert sein, sagte ich mir plötzlich. Aber ich hätte mich nie dazu entschliessen können, sie zu verkaufen, ich hätte das Gefühl gehabt, mit der Seele meines Geliebten Geschäfte zu machen. Denn ich glaube, es war beim Aufräumen im Atelier, beim Blättern in den Heften, in welchen ich mich in allen möglichen Positionen dutzendfach wiederfand, als ich endlich den Mut fand, die Dinge so zu sehen, wie sie waren. Basil hatte mich leidenschaftlich, geliebt, ebenso wie ich ihn mit Leib und Seele geliebt hatte. Auch Jonathan und Francesco liebten mich leidenschaftlich, und ich liess mich lieben. Beide waren verführerisch, Jonathan war sogar sehr schön, ich war bezirzt, und mit beiden hatte ich ein intensives Gefühlsleben und eine starke und befriedigende körperliche Beziehung. Und das wollte etwas heissen, denn meine sexuellen Bedürfnisse waren beachtlich. Aber ihnen gegenüber bewahrte ich immer einen kleinen Abstand – eigentlich nur eine Haaresbreite, ein Nichts –, was mit Basil nie so gewesen war, für ihn hatte ich alles geöffnet und ihm vorbehaltlos alles gegeben.

Zunächst schien mir, es ändere nichts, wenn ich mir das jetzt eingestehen könne, aber offenbar hatte es das Gespenst gebraucht, dass mir dies bewusst wurde. Es hörte auf, mich heimzusuchen. Ich hatte ihn (endlich) als das erkannt, was er für mich war: Meine einzige grosse Leidenschaft.

Während ich darüber nachdachte, was ich mit diesem Bewusstsein anfangen könnte, lebte ich weiter mein ganz gewöhnliches Alltagsleben.

Ein- oder zweimal fuhren Mathilda und ich mit dem Zug nach Falmouth, um das symbolische Grab meiner Söhne und ihrer Kinder mit frischen Blumen zu schmücken.

Und einmal entschieden wir uns, John und Hermione in Truro zu besuchen, wo John einen Posten als Gymnasiallehrer innehatte und Hermione als Bibliothekarin arbeitete.

Sie empfingen uns in einer winzigen Wohnung und entschuldigten sich für die Enge der Räumlichkeiten. Ihr kleiner Simon war zwei oder drei Jahre alt und überall lagen Spielsachen herum.

«Ich fand eine Krippe unter der Woche, aber an den Wochenenden ist der Ärmste ein bisschen eingesperrt», sagte Hermione gutgelaunt. Ich mag Hermione sehr. Sie ist eine einfache Frau, die weiss, was sie will. Ihre Küche lässt punkto Finesse zu wünschen übrig, die Harmonie von Farben ist nicht ihre Stärke, und sie versteht es nicht, sich anzuziehen und zu frisieren, aber sie könnte sehr hübsch sein. Doch sie hat ein grosses Herz, und John und sie lieben sich mit einer Intensität, die man auf den ersten Blick erkennt. Neben ihrem introvertierten Mann strahlt sie für zwei. Wobei ich sagen würde, sie sei ebenso introvertiert wie er. Aber sie hat immerhin ein Leuchten, das John fehlt, jedenfalls auf den ersten

Blick, denn hinter seiner Verschlossenheit und seinem gelegentlich sogar mürrischen Wesen verbirgt sich ein grosszügiger und mitfühlender Mann.

Als wir in dieser kleinen Wohnung an diesem kleinen Tisch sassen, kam mir etwas in den Sinn, was ich dann auch gleich zur Sprache brachte.

«Warum zieht ihr nicht in mein Haus in Saint Askin, statt euch hier einzupferchen?»

«Aber … und was ist mit dir, Tante Zadie?», fragte John.

«Derzeit lebe ich in Mailand. Und wenn ich eines Tages das Bedürfnis haben sollte, unbedingt hier meine letzten Tage zu verbringen, finden wir eine Lösung. Das Haus ist gross, man könnte es sogar in zwei Wohnungen aufteilen. Das wäre immer noch besser als diese Wohnung hier, wo ihr euch gegenseitig auf die Füsse tretet.»

«Aber die Miete für ein solches Haus …»

«Komm, John, ich *schenke* dir mein Haus. Dank deiner Eltern ist es in bestem Zustand und ich bin mir sicher, dass Neville weiter …»

Ich hatte schon vorher das Gefühl, zwischen Vater und Sohn gebe es Reibereien, aber jetzt verwandelte sich mein Gefühl in Gewissheit.

«Ich will keine Hilfe von meinem Vater», spie John in einem Ton aus, der keine Widerrede duldete.

«John!», rief Hermione. Man spürte, dass diese Diskussion nicht neu war.

«Hör zu, John. Es ist *mein* Haus. Neville unterhält es mit *meinem* Geld, daran wird sich nichts ändern. Dass du es bewohnst, geht ihn nichts an, und das werde ich ihm auch klar und deutlich sagen. Mich stört es, dieses Haus die meiste Zeit leer zu sehen, und wenn ich keine sentimentale Beziehung zu ihm hätte, von der ich mich nie befreien konnte, hätte ich es längst verkauft. Also, John, zieht dort ein, und wenn du es nicht meinetwegen tust, dann tu es für den kleinen Simon, dem ein Garten sehr gut tun würde.»

«Ich fände das wunderbar», sagte Mathilda.

«Siehst du, John.» Mit Hermione brauchte ich nicht mehr zu reden, man sah es ihrem Gesicht an, dass ich bei ihr gewonnenes Spiel hatte.

«Wir haben kein Auto», entgegnete John noch einmal schwach.

«Wir kaufen einen Gebrauchtwagen», gab Hermione sofort zur Antwort. «Wir organisieren uns. Du selber hast mir gesagt, du seiest während des Krieges in Truro zur Schule gegangen. Es ist kaum eine halbe Stunde. Jetzt gibt es sogar einen Bus.»

Er seufzte, dann strahlte eines seiner seltenen Lächeln auf seinem Gesicht.

«Gut, gut, wenn alle Frauen gegen mich sind ...»

«Auch dein Sohn wäre gegen dich, wenn er zu wählen in der Lage wäre. In zwei oder drei Jahren wird er dir dankbar sein für den Garten.»

Es gab nur noch Rückzugsgefechte.

«Wenn ich es akzeptiere, muss Tante Zadie weiterhin kommen können, darauf bestehe ich.»

«Stell dir vor. Darauf bestehe ich auch», gab ich zur Antwort. «Mathilda und ich werden den zweiten Stock und das

Atelier bewohnen, ich lasse dort eine Küche einrichten. Wir haben sogar für Alberto Platz, wenn er kommen will, denn das Haus wird schliesslich einmal ihm gehören, nicht wahr. Mit fünfundneunzig kann ich nicht mehr sehr langfristig planen.»

In den folgenden Wochen fand ich einen Unternehmer, der das Sanitäre und die Küche installierte und damit den zweiten Stock mit seinen vier Zimmern und dem Atelier in eine Wohnung verwandelte, in der nicht gerade enge Verhältnisse herrschten.

Ich richtete mir im Atelier einen Schreibtisch ein und nahm mit einigem Widerwillen meine Entwürfe wieder zur Hand. Aber es half nichts, als die Stunde der Rückreise gekommen war, hatte ich kaum etwas geschrieben.

In Mailand ging der Winter für mich fast unbemerkt vorbei, ich war sehr beschäftigt. Zwei von Francescos Patienten hatten darauf bestanden, zu mir kommen zu können. Mir schien, sie seien einem gewissen Gleichgewicht so nahe, dass ich es nicht wagte, sie zurückzuweisen. So gesellten sie sich zu meinen Patienten hinzu, die ich zwei- oder dreimal die Woche sah, und es wurde mir nie langweilig.

Gelegentlich ging ich in die «Scala» und regelmässig auch ins «Piccolo Teatro», das mir viel lieber ist als die grossen snobistischen Theater: Sie spielen zeitgenössische oder klassische Autoren in verblüffenden Inszenierungen, ich finde das zauberhaft. Aber unser liebster Zeitvertreib ist das Kino. Das italienische Kino erlebt so etwas wie ein goldenes Zeitalter, Mathilda und ich verbringen viele Abende im Kino, und wir amüsieren uns bestens.

Wir fuhren auch zusammen nach Zürich zu kurzen Besuchen, um unseren Freunden, die immer noch dort sind, guten Tag zu sagen, vor allem Urs, der unerschütterlich daran festhält, sich als Mathildas Mann zu bezeichnen. Obwohl diese Heirat anfänglich eine reine Zweckverbindung war, stelle ich jedes Mal fest, dass es eine echte Ehe ist. Urs und Mathilda lieben sich – anders als ein gewöhnliches Paar, aber sie lieben sich. Bestimmt habe ich zu erwähnen vergessen, dass Urs ziemlich häufig nach Mailand kommt. Heute entwirft er Möbel und lebt sehr gut von seinem Beruf. Er wohnt immer noch in «Bob's House», denn wie er uns sagte, habe er nie etwas Bezauberndere gefunden.

«Ich schlafe dort, ich esse dort, ich empfange dort meine Freunde, im Garten lege ich mich an die Sonne und für die Arbeit habe ich anderswo ein grosses Atelier. Wenn Mathilda mich besucht, mache ich ihr Platz. Ich habe ein Landhäuschen mitten in der Stadt, wenn ich es aufgeben würde, könnte ich nur verlieren.»

Ich nehme für diese Besuche ein Hotel in der Nähe, wo man mich kennt. Als wir volles Haus hatten, brachten wir oft unsere nicht illegalen Freunde dort unter. Und manchmal, wenn unser Haus von Untergrundleuten berstend voll war, schliefen sogar Francesco und ich in diesem Hotel.

Letztes Jahr verbrachten wir den Sommer in Saint Askin und dieses Jahr auch wieder. Und da geschah etwas Sonderbares.

Aber zuerst ein kleiner Blick zurück. Im vergangenen Winter hatten mich Emmanuel und Rosalie wissen lassen, sie würden ein Kind bekommen. Das brachte mich, ich weiss nicht warum, auf den Gedanken zurück, die Bilanz meines Lebens zu ziehen. Ich überlegte und überlegte, aber erst, als ich hier eintraf, fiel der Groschen.

Gleich am ersten Abend ging ich ins Atelier. Seit es das Elektrische gibt, hat hier niemand mehr gemalt. Das liegt daran, dass nur eine schwache Glühbirne aufleuchtet, wenn man den Schalter dreht. Um beim Schreiben etwas zu sehen, stellte ich eine Lampe auf meinen Schreibtisch. Aber wenn ein Maler käme und nachts arbeiten wollte, müsste er die gesamte Beleuchtung erneuern. Ich trat ein, ich machte Licht und ging im Halbdunkel auf meinen Schreibtisch zu, wo mich seit letztem Jahr ein ganzer Wust von Papieren erwartete. Ich setzte mich und schaltete die Tischlampe ein. Das Atelier verschwand hinter dem Lichtschein, der mich umgab. Nur die Staffelei war noch zu erkennen. Und in diesem Augenblick tauchte mit aller Kraft das alte Bild unserer Abende in Zürich wieder auf, die Basil und ich gemeinsam verbrachten, ich mit Studieren und er mit Malen. Trotz der vergangenen siebzig Jahre schwebt hier noch ein Geruch von Terpentin und Leinöl in der Luft. Oder vielleicht wurden diese Gerüche von meiner Erinnerung neu geschaffen. Wie dem auch sei, das Bild, das auftauchte, war konkret, man konnte es berühren, und es hatte die Wirkung wie früher die Kurbel, mit der man die Automotoren anwarf. Ich beschloss, die Bilanz meines Lebens *jetzt* zu ziehen und sie meinem erwarteten Urgrosskind zu widmen. Der Motor sprang an.

Das war vor drei Monaten.

Seither habe ich täglich mehrere Stunden geschrieben.

Ich weiss nicht einmal, was genau, und ich habe weder die Lust noch den Mut dazu, es zu lesen.

Gibt es Wiederholungen? Habe ich «alles» gesagt? Ich habe meine Ehemänner und meine Söhne bedingungslos geliebt. Ich gestehe, dass ich nie versucht habe, sie zu analysieren. Ich nahm sie, wie sie waren. Wahrscheinlich wäre ich gar nicht in der Lage, ein vollständiges Porträt von ihnen zu verfassen.

Ich erinnere mich an eine meiner Patientinnen. Einmal, als sie mir etwas aus der Erinnerung schilderte, gestand sie mir, sie habe dabei immer das Gefühl zu lügen.

«Wie, lügen?», fragte ich verwundert. Sie neigte nicht zu zwanghaftem Fabulieren.

«Ja, weil ich Ihnen heute eine Geschichte erzähle und dann nach Hause gehe. Weil ich den Moment heraufbeschworen habe, ergeben sich daraus neue Erinnerungen, die ich nicht hatte, als ich bei Ihnen war. Beim nächsten Mal vervollständige ich die Geschichte, und wieder ruft dies neue Erinnerungen hervor. Und die vielen Löcher im Gewebe meiner Erzählung geben mir das Gefühl, durch Weglassung zu lügen.»

Mir geht es ziemlich ähnlich. Was ich erzähle, ist nicht «mein Leben». Es sind nur Bruchstücke.

Ich wiederhole, was ich meiner Patientin geantwortet habe: Es ist unmöglich, alles zu erzählen, man erinnert sich nie an alles. Und ausserdem wäre meine Geschichte niemals die gleiche, die Francesco, Basil, Alberto, Joséphine und die anderen erzählen würden. Es gibt keine Objektivität.

Möglicherweise habe ich Basil und Jonathan idealisiert, weil ihr früher Tod mir nicht die Zeit gelassen hat, schlechte Seiten ihres Charakters zu sehen, die sich mit dem Alter vielleicht bemerkbar gemacht hätten. Und ausserdem nehmen symbiotische Beziehungen, wie ich sie mit Basil und etwas weniger ausgeprägt mit Jonathan gehabt hatte, meist ein schlimmes Ende. Zumindest einer von beiden, wenn nicht gar beide, geben ihre Persönlichkeit auf. Diese Situation führt zu Spannungen, die auf Dauer unerträglich werden. Dann kommt es zur schmerzlichen, manchmal auch zerstörerischen Trennung. Dies hätte vielleicht auch Basil und mir oder Jonathan und mir passieren können, wer weiss.

Was Francesco betrifft, bin ich versucht zu sagen, ich habe ihn nicht idealisiert. Ich hatte viel Zeit, um ihn kennenzulernen, und unsere Ehe war ganz bestimmt nicht symbiotisch. Aber was weiss ich denn, welches Gesicht Francesco anderen und anderswo gezeigt hat?

Nein, es ist wirklich besser, nicht darauf zu bestehen, das Geschriebene erneut zu lesen und korrigieren zu wollen. Lassen wir es, dem Subjektiven Subjektives hinzufügen.

Es berührt mich, dass mein Urenkelkind jetzt zur Welt kommt. Könnte es aus meinem hundertjährigen Vorsprung Nutzen ziehen?

Gelegentlich frage ich mich, wozu es gut sein soll, nach so langer Zeit noch am Leben zu sein. Natürlich gibt es meine Patienten. Aber niemand ist unersetzlich, und wenn ich nicht da wäre, würden meine Patienten jemand anderen finden. Die Frage bleibt also. Ohne die Bombe von Falmouth wäre ich wahrscheinlich schon seit Jahren Urgrossmutter, denn Violetta, Martins Tochter, ginge jetzt auf die vierzig zu, und Edoardo wäre über dreissig. Womöglich habe ich auf mein erstes Urgrosskind gewartet, um mich zu verabschieden.

Ich weiss, dass man in meinem Alter, auch bei bester Gesundheit wie in meinem Fall, von einer Sekunde zur anderen, in einem Atemzug dahingerafft werden kann. Dieser Atemzug kann jetzt kommen. Meine Angelegenheiten sind geordnet und auch meine Erinnerungen sind aufgeschrieben, als ob ich ein Staatschef wäre.

In Wirklichkeit war ich nur eine Bürgerliche, die ihr bürgerliches Leben gelebt hat und trotz aller Sorgen und Verluste nie Mangel leiden musste. Derzeit sind politische Erzählungen und die Entwicklung eines kämpferischen Bewusstseins in Mode – alles Dinge, die hier nicht vorkommen, ich kannte das nicht.

Ich versuche zu teilen, was mir meine Privilegien zur Verfügung gestellt haben: Geld und Bewusstsein. Ich habe versucht, nützlich zu sein.

***

Das war es, was mich gegen Ende dieses Nachmittags beschäftigte, zum letzten Mal, wie ich dachte, hatte ich die Feder niedergelegt. Doch dann rief Alberto an.

«Mamma, Emmanuels Baby ist geboren. Eine Tochter. Sie nennen sie Alice, ein Name für alle Sprachen, wie mir Rosalie erklärte.»

«Gut gemacht, Grossvater.»

Er lachte.

«Danke gleichfalls, Urgrossmutter. Ich rufe dich an, um zu fragen, ob du nicht morgen mit mir für die Taufe auf einen

Sprung nach Mailand kommen möchtest, denn Rosalie besteht auf der Taufe des Kindes.»

«Wenn du meinst, es sei nötig ... Aber erklär mir bitte, was du mit ‹auf einen Sprung› meinst.»

«Ich hatte vor, das Flugzeug zu nehmen. Wir fliegen morgen Vormittag und kehren übermorgen Abend zurück, ich wäre dein dienstbeflissener Ritter, was meinst du?»

«Ich im Flugzeug?»

«Was? Du bist doch bestimmt schon einmal geflogen.»

«Eben nicht, mein Sohn, noch nie.»

«Dann ist es jetzt erst recht Zeit, damit anzufangen. Nimm den ersten Zug, ich hole dich in Reading ab, anschliessend fahren wir zum Flughafen. Passt dir das?»

«Warum nicht.»

Am anderen Morgen brachte mich der Zug wie vorgesehen nach Reading, und nach einer beeindruckenden und angenehmen Reise, die mir auch Gelegenheit bot festzustellen, dass ich keine Angst vor dem Fliegen hatte, waren wir um vier Uhr nachmittags in der Klinik, wo Rosalie lag, schöner als je zuvor, mit ihrem Baby im Arm, als ob sie für ein Modefoto posieren würde.

Wahrscheinlich habe ich einigen Hundert Babys auf die Welt geholfen, weshalb ich mich jetzt nicht über das «schöne Baby» auslassen werde. Sie sind alle schön. Oder hässlich, je nach Gesichtspunkt. Die kleine Alice schien gesund zu sein und eher von ruhiger als von aufgeregter Natur.

Am anderen Morgen tauften wir sie im Beisein der Giocondo-Sippe. Obwohl ich sie kaum kannte, rührten mich diese Leute. Sie sind immer bereit, uns einen Dienst zu erweisen, obwohl wir sie während Jahrzehnten vernachlässigt haben.

«Eine Sache der Erziehung», kommentierte Alberto, zu dem ich eine entsprechende Bemerkung machte. «Cousin Guido hat vor, in die Politik zu gehen, wie er mir sagte, das spricht Bände. Er hat das Zeug zu einem hervorragenden Staatsdiener.»

«Papa hatte wenig Wert auf einen Umgang mit ihnen gelegt.»

«Ich glaube, Papa legte vor allem wenig Wert auf einen Umgang mit seinen Brüdern, man erzählte mir, er habe Streit gehabt mit ihnen. Und wie es so ist bei privaten und öffentlichen Kriegen, sahen sie sich kaum. Aber diese Leute haben alle einen ausgeprägten Familiensinn. Sie sind nicht einmal ‹nett›. Für sie ist das einfach normal.»

Noch am gleichen Abend nahmen wir wieder das Flugzeug und gegen sieben Uhr waren wir in Heathrow.

«Was hältst du davon, ein oder zwei Tage zu mir zu kommen, Mamma?»

Ich willigte ein, und so kam es, dass ich nicht nur ein oder zwei Tage, sondern eine ganze Woche in Oxford verbrachte. Alberto besuchte mit mir die wichtigsten Colleges, ass mit mir in sämtlichen Restaurants, die für das universitäre Sozialleben von Bedeutung sind, stellte mich allen seinen Freunden und Kollegen vor, die gerade greifbar waren, wozu auch eine schöne Frau von fünfundvierzig oder fünfzig Jahren gehörte, bei der ich sicher bin, dass sie seine Geliebte ist. Ich weiss nichts über sie, und ich habe keine Fragen gestellt. Womöglich spielte sich hier etwas hinter dem Rücken eines eifersüchtigen Ehemannes ab. Ich hatte von Alberto nie verlangt, mir Rechenschaft über sein Leben abzulegen und werde jetzt nicht damit anfangen.

Jedenfalls verbrachte ich eine aufregende Woche in Oxford, mit lebhaften Diskussionen, interessanten Besuchen und vor allem zum ersten Mal seit langem gemeinsam mit diesem Sohn, der, wie ich gestehen muss, immer mein Lieblingssohn gewesen ist, wegen seiner Lebhaftigkeit, seiner Komik und seiner Intelligenz.

Am letzten Abend, bevor wir anderntags gemeinsam abreisten, weil der *Professor,* wie sie ihn alle nannten, zu einem Kongress musste, gingen wir in einem noblen Restaurant essen. Auf dem Nachhauseweg fragte mich Alberto, ob ich einen letzten Wunsch habe – wobei er bestimmt an ein letztes Glas dachte.

«Womit du mir wirklich eine Freude machen kannst, wäre, die *Chaconne* von Bach für mich zu spielen.»

Lachend holte Alberto seine Geige und spielte für mich dieses Stück, das unser Leben gewissermassen mit Interpunktionen versehen hat. Beim Zuhören erinnerte ich mich an die Zeit vor dem Krieg von 1914/18, als Alberto es übte. Ich weiss noch, wie er es zum ersten Mal öffentlich vortrug. Fünf Minuten vor seinem Auftritt hatte er eine solche Angst, eine falsche Note zu spielen, dass ich eingreifen musste, um ihn zum Auftritt zu bewegen. Er war vierzehn oder fünfzehn. Ich erinnere mich an Zürich, wo er sie eines Abends bei Vollmond im Garten gespielt hatte. Und ich erinnere mich an den Tag, als er die *Chaconne* am Grab seiner Brüder erklingen liess.

Am Schluss war ich so ergriffen, dass ich fast geweint hätte. Alberto legte mit seinen Arm um die Schultern und drückte mir zwei Küsse auf die Wangen.

«In solchen Augenblicken denke ich, dass ich unglaubliches Glück hatte, Eltern wie euch zu haben, Mamma.»

«Ich bitte dich! Ich habe Grund zur Dankbarkeit, mein Sohn.»

Anderntags begleitete er mich nach Hause, und ging dann wieder seines Weges.

Es war mir wichtig, diese wenigen Zeilen hinzuzufügen. Die letzten diesmal, versprochen.

Die Fermate hatte etwas für sich.

Ich weiss nicht, ob mir die Zeit bleibt, dich kennenzulernen, kleine Alice. Wenn du das eines Tages liest, hoffe ich, es werde dir einen Eindruck davon geben, wer deine Ahnin war – Kämpfe und Trauer waren unser Los, und in den schlimmsten Momenten bewahrten wir immer die Hoffnung, uns trotz allem für eine bessere Welt einzusetzen.

Dank

Zu danken habe ich an allererster Stelle zwei bedeutenden Frauen, deren ich gedenke: Meine Grosstante Zaïda Cuneo, als Hundertjährige gestorben, als ich Halbwüchsige war, und deren Vornamen ich mir entliehen habe, sowie Dr. Marguerite S., der ich am Tag ihres hundertsten Geburtstags begegnet bin und die für mich eine herzliche Freundin und leidenschaftliche Erzählerin war bis zu ihrem Tod im Alter von hundertneun Jahren.

Sie sind es, die mich im Wesentlichen zum Lebenslauf der Erzählerin inspiriert haben.

***

Wenn im Jahr 1880 eine Frau Medizin studieren wollte, hatte sie im übertragenen Sinn Berge zu überwinden – Vorurteile, Verbote, materielle Hindernisse –, aber auch im wörtlichen Sinn: Die Universitäten, die Frauen zum Studium zuliessen, waren rar und hatten Zulauf aus allen vier Himmelsrichtungen. Die interessanteste Studie über die Schwierigkeiten, eine Fakultät zu finden, schien mir die von Thomas Bonner zu sein, *To the End of the Earth, Women's Search for Education in Medicine* (Bis ans Ende der Welt, Frauen auf der Suche nach medizinischer Ausbildung), London, 1992. Auch ein zweites Werk interessierte mich sehr, es lässt die Verbissenheit in einem neuen Licht erscheinen, mit welcher eine zum Studium zugelassene Frau dafür kämpfen musste, Ärztin zu werden und ihren Beruf ausüben zu können: Johanna Siebel, *Das Leben von Frau Dr. Maria Heim-Vögtlin, die erste Schweizer Ärztin, 1845–1916*, Zürich, 1919. Das Buch veranschaulicht indirekt auch den «Feminismus» einiger Männer der damaligen Zeit: Herr Dr. Heim, der Frau Doktor Vögtlin heiratete, war stolz auf sie, und es wäre ihm nie in den Sinn gekommen, sie um den Verzicht auf Ausübung ihres Berufs zu bitten, um zu Hause zu bleiben und sich um ihre Kinder zu kümmern.

Diese frauenfreundliche Haltung zeigt sich übrigens ganz besonders in der Rede des Rektors der Universität Bern, Hans von Scheel, zum «Dies Academicus» des Jahres 1873, in der er erläutert, warum die Frauen auf die Bänke der Universitäten gehören (*Frauenfrage und Frauenstudium,* Bern, 1874).

Zur Geschichte Mailands zwischen 1890 und 1926, die in diesem Roman einen bedeutenden Platz einnimmt, erwähne ich im Sinne einer Würdigung nur Paolo Valera (1850–1926), den zu Unrecht verkannten sozialistischen Autor und Journalisten. Er beschreibt das Mailand seiner Zeit auf präzise, brillante und lebendige Art und Weise. Abgesehen von seinen Romanen waren für mich von besonderem Interesse: *I cannoni di Bava Beccaris* (Die Kanonen des Bava Beccaris), 1996, ein Buch über die sozialen Probleme und Konflikte um die Jahrhundertwende, sowie *Mussolini* (1925), Valeras letztes Werk, das in bemerkenswerter Klarheit den Aufstieg des Faschismus beschreibt.

Die Sozialarchive Zürichs sind sehr reich an Dokumenten über das Leben der italienischen Emigranten in der Schweiz und insbesondere in Zürich, aber meine beste Quelle ist eine mündliche. Ich schöpfte im Laufe der Jahre aus den Erzählungen von Italienern, die den Faschismus erlebt hatten und legal oder heimlich in die Schweiz geflüchtet waren. Ein Gesamtbild jener Zeit verdanke ich dem aufmerksamen Beobachter und grossartigen Erzähler Ettore Cella (1913–2004), Schauspieler, Film-, Theater-, Opernregisseur und Schriftsteller, der einer italienischen Familie entstammte, die nach 1900 in die Schweiz emigrierte. Er beehrte mich mit seiner Freundschaft und erzählte mir oft Geschichten von Emigranten und Flüchtlingen, die er gekannt hatte, sowie Episoden aus seinem eigenen Kampf gegen den Faschismus. Einiges davon hat seinen Widerhall gefunden in seiner *Nonna Adele, Das Damoklesschwert*, Zürich, 2001, und Lausanne, 2005.

Abgesehen von Personen, die tatsächlich gelebt haben, aber nur am Rande in diesem Roman vorkommen (der Maler Pissaro, der Schriftsteller Valera, der Psychiater Weiss, Botschafter Kelly und ein paar andere), sind alle hier beschriebenen Personen Produkte meiner Phantasie, wobei ich sie nicht eigentlich «erfunden» habe, ich habe vielmehr versucht, Männer und Frauen zu erschaffen, wie sie zu ihrer Zeit lebten. Die Sitten einer gleichzeitig ganz nahen und doch sehr fernen Zeit, die Lebensumstände dieser Personen, ihre Gedanken (nachzulesen in intimen Tagebüchern, Briefen, autobiographischen Büchern und Romanen, die in der Zeit geschrieben wurden, die meine Geschichte umspannt) sind diejenigen der Zeit, in der sie lebten. Das Fresko, das sich im Hintergrund abzeichnet, wurde ebenfalls sorgfältig auf der Grundlage von Zeitchroniken, Zeitungen und historischen Recherchen gestaltet.

***

Es liegt mir sehr daran, hier allen zu danken, die mein Manuskript gelesen, mir grosszügig Hilfe geleistet und Anregungen gegeben haben.

Mein Dank geht als Erstes an Mireille Dépraz und Dr. Eric Masserey, die bereit waren, mich bei meinem Umgang mit dem medizinischen Vokabular und der Beschreibung der medizinischen Vorgänge zu beraten und das Ergebnis zu überwachen.

Mein Dank gilt auch Marco Mona, Georges-Henri Dépraz und Christiane und Roger Cuneo, die gern als «Versuchskaninchen» meine ersten Leser waren und die mir geholfen haben, eine Anzahl Ungeschicklichkeiten zu vermeiden.

Dank auch an Giulia Farina vom Verlag Garzanti in Mailand, die mir erlaubt hat, nach dem Umschlagbild zu suchen und es zu finden, sowie an Barbara Catttaneo, Konservatorin der Photothek der *Musei civici* in Lecco, die das Original beigesteuert hat.

Schliesslich liegt mir auch sehr daran, mich bei der Zentralbibliothek und beim Sozialarchiv Zürich zu bedanken, die einmal mehr meine Recherchen dank der Kompetenz ihrer Bibliothekare und dem Reichtum ihrer Sammlungen erleichtert haben.

Anmerkungen

Das Dorf Saint Askin wird man vergeblich auf der Landkarte suchen. Ich habe es in die Mitte von Cornwall gelegt, es stellt eine Verbindung aus mehreren Orten der Gegend dar.

Desgleichen wäre jede Ähnlichkeit mit wirklichen Personen rein zufällig, abgesehen natürlich von den historischen Persönlichkeiten, die im Roman mit ihrem wirklichen Namen erscheinen, die ihre tatsächlichen Berufe ausüben und denen ich jene Dinge in den Mund lege, die sie auch tatsächlich geschrieben haben.

Ein Wort noch zum Adjektiv «kornisch» und zum Substantiv Cornwall: Auf Keltisch heisst Cornwall «Kern» und die Bewohner Cornwalls werden «Kernov» genannt. Das entsprechende deutsche Adjektiv «kornisch» ist in heutigen Nachschlagewerken gut vertreten. Das Wort bezeichnet unter anderem die Sprache Cornwalls, das Kornische, zu dessen Wiederbelebung in der Region grosse Anstrengungen unternommen werden.

***

Einige meiner ersten Leser haben mich darauf aufmerksam gemacht, dass Camille Pissaro Pontoise 1877/78, als Zaïda und Basil dort eintrafen, bereits verlassen hatte. Da mir sehr an der Genauigkeit des historischen Rahmens liegt, in den ich meine Geschichten stelle, habe ich die Sache überprüft und festgestellt, dass sich die verschiedenen Biographien des Malers widersprechen. Für einige verlässt er Pontoise 1874, für andere erst «Anfang der achtziger Jahre». Eines ist sicher: Pissaro hat Pontoise bis in die Jahre 1882/83 gemalt. Ich habe mir deshalb die Freiheit genommen anzunehmen, er sei noch in Pontoise gewesen, als sich meine beiden Figuren dort aufhielten.

Impressum

Foto: O. Heussler

Anne Cuneo wurde in Paris am Vorabend des Zweiten Weltkriegs geboren und lebt in der Schweiz, in Genf und Zürich.

Sie ist Autorin autobiographischer Erzählungen, einer Reihe dramatischer Texte und mehrerer Romane, die in der Schweiz, in Frankreich, in Deutschland, in Holland und in weiteren Ländern erschienen sind. Für ihren Roman *Der Lauf des Flusses* ist sie mit dem renommierten Prix des Libraires des Jahres 1995 ausgezeichnet worden. Weitere historische Romane folgten, darunter die Bestseller *Dark Lady* und *Garamonds Lehrmeister.*

Zaïda ist der erste Roman von Anne Cuneo, der auf Deutsch im bilgerverlag erscheint.

Der Verlag dankt der Kulturstiftung *Pro Helvetia* für die Unterstützung bei der Finanzierung der Übersetzung durch *Erich Liebi.*

Titel der Originalausgabe: *Zaïda*
Übersetzung aus dem Französischen: *Erich Liebi*

1. Auflage 2009
2. Auflage 2009

www.bilgerverlag.ch

Lektorat: Christian Döring, Venedig/Berlin, www.kreatives-schreiben-in-venedig.de
Korrektorat: Franziska Schwarzenbach

Buch- und Umschlaggestaltung: Dario Benassa, purpur, Zürich
Titelbild: Giuseppe Pessina © Musei Civici di Lecce, Fototeca

Satz: Barbara Herrmann, Freiburg im Breisgau

Druck: Friedrich Pustet KG, Regensburg

ISBN 978-3-03762-004-5